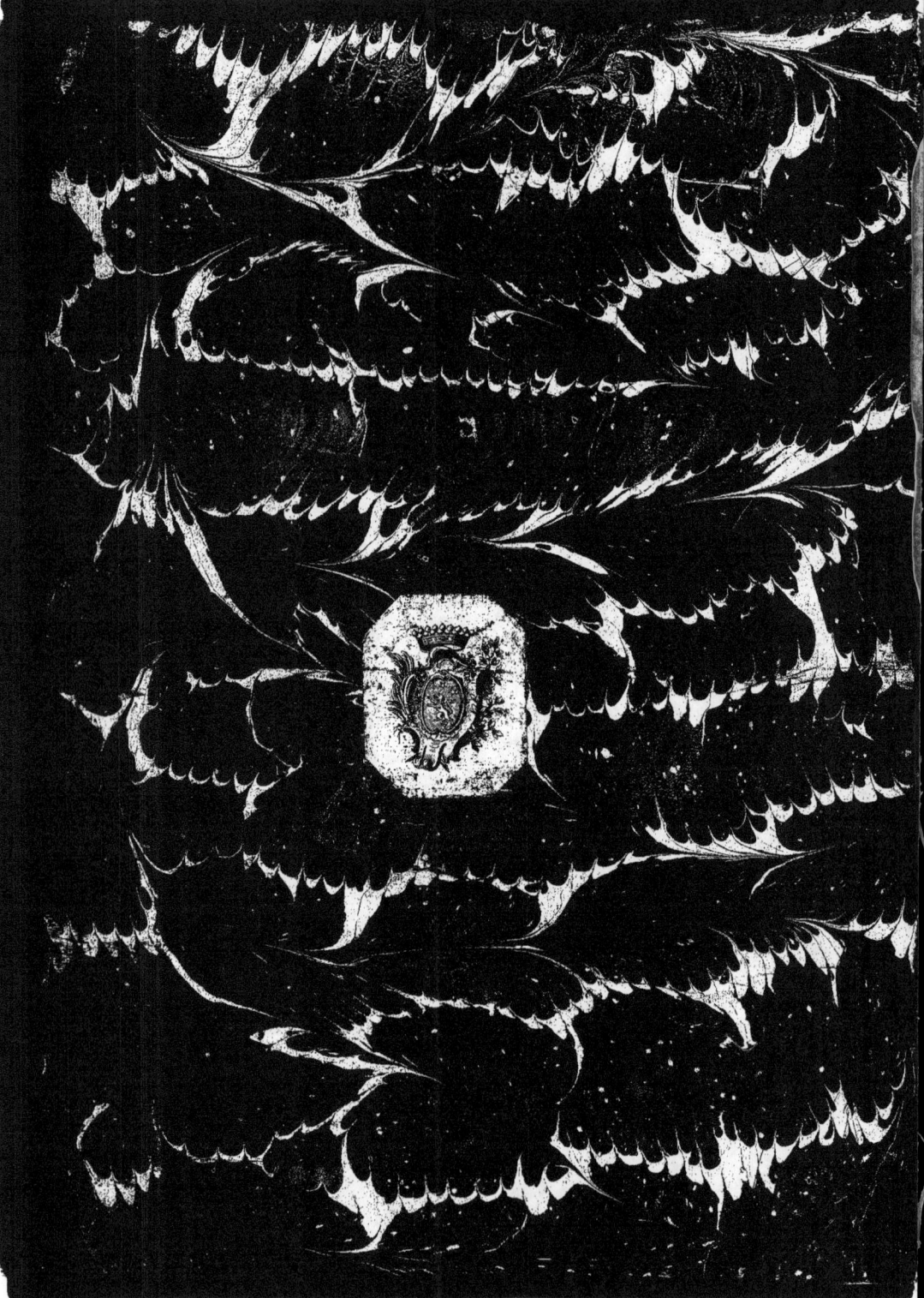

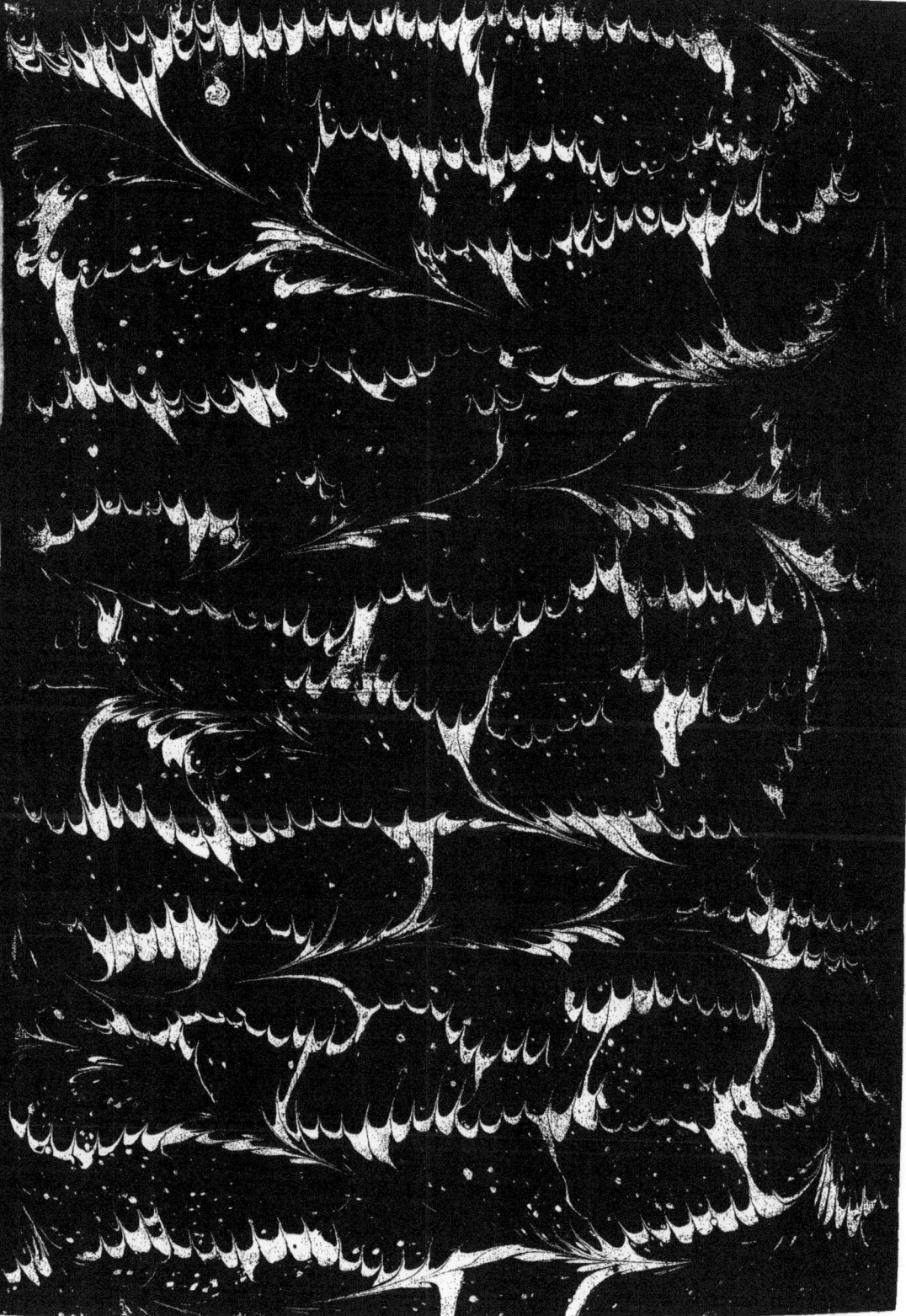

FIGURES qui REPRESENTENT les EVENEMENS les plus ADMIRABLES du Nouveau TESTAMENT.

Avant que la Foi fut venue, nous étions sous la garde de la Loi, renfermez jusqu'à la Foi, qui devoit être révelée. La Loi a été nôtre conducteur jusqu'à Jesus Christ. Galat. III. 23. 24.

DISCOURS
HISTORIQUES,
CRITIQUES,
THEOLOGIQUES, ET MORAUX,
SUR LES EVENEMENS LES PLUS MEMORABLES

DU VIEUX, ET DU NOUVEAU TESTAMENT.

PAR M. SAURIN,

Ministre du St. Evangile à la Haye:

CONTINUEZ

PAR M. C. S. DE BEAUSOBRE,

Pasteur de l'Eglise Françoise de Berlin.

Avec des Figures gravées sur les desseins de

Mrs. HOET, HOUBRAKEN & B. PICART.

TOME CINQUIEME.

A LA HAYE,
Chez PIERRE DE HONDT.

M. DCC. XXXVII.

Papier Imperial.

A

SON ALTESSE ROYALE

MONSEIGNEUR

LE

PRINCE ROYAL.

MONSEIGNEUR,

*I*L s'eſt introduit une coûtume, qui, bien qu'inconnuë aux Anciens, eſt devenuë une eſpece de Loi. C'eſt, Monſeigneur, de
loüer les Perſonnes illuſtres, à qui les Auteurs dédient leurs Ou-
Tome V.   *   vrages.

EPITRE.

vrages. Il eſt vrai qu'il y en a, qui commencent à s'affranchir de cette Loi, & l'on n'apprend pas que la Vérité s'en plaigne.

Ce n'eſt pas cette derniére raiſon, MONSEIGNEUR, *qui m'empêche de loüer* VOTRE ALTESSE ROYA-LE. *La Vérité ne s'en offenſera jamais. Elle eſt prête elle-même d'atteſter, par la bouche d'une infinité de Témoins éclairez & fidèles, que* V. A. R. *née avec toutes les qualitez d'un grand Prince, s'applique à s'élever à la Perfection, dont elle a conçû l'idée, & où l'appellent les heureux Talens, que la Providence lui a donnez. Mais on ſait que* V. A. R. *ſe déclare contre les loüanges, contente, de les mériter : Et d'ailleurs la connoiſſance que j'ai de ma propre foibleſſe, m'empêcheroit toute ſeule d'entre-prendre ce que Vôtre Modeſtie me défend.*

Il ne me convient donc, MONSEIGNEUR, *que de juſ-tifier la liberté que je prens, d'offrir mon Ouvrage à* VOTRE ALTESSE ROYALE. *Le ſujet n'en peut être plus digne : Ce ſont les Principaux Evénemens de la Vie du Sauveur. Jeſus Chriſt, qui paroit dans ces Diſcours, révêtû de la Puiſſan-ce Divine, & qui ne s'en ſert que pour délivrer les hommes de leurs miſeres, eſt un admirable modèle pour les Princes, à qui Dieu a confié ſon pouvoir, pour chaſſer de leurs Etats les Démons de la Violence & de l'Oppreſſion, & pour réprimer les Paſſions malfai-ſantes, qui en déchirent les entrailles.*

Vous trouverez encore dans ces Diſcours, MONSEI-GNEUR, *avec une courte explication des Hiſtoires de l'E-vangile, des Réflexions, qui tendent à confirmer la Foi, & à cor-riger les Mœurs, objets, qui méritent toute l'attention d'un grand* PRINCE. *Jamais les* PRINCES *ne ſeront plus heureux,*

ni

EPITRE.

ni mieux fervis, que lorfqu'ils auront des Sujets, formez par la Religion à la crainte de Dieu, & à l'obeiffance légitime qu'ils doivent à leurs Souverains.

Enfin, MONSEIGNEUR, *les Figures, qui accompagnent ces Difcours, & qui font des Chefs d'œuvres des plus excellens Maîtres, frapperont agreablement les yeux de* VOTRE ALTESSE ROYALE, *qui a tant de goût pour les beaux Arts.*

Il y a, pourtant, MONSEIGNEUR, *une raifon encore plus forte & plus décifive, que les précédentes; & c'eft celle qui m'a tout à fait déterminé à dédier cet Ouvrage à* VOTRE ALTESSE ROYALE. *On fait qu'elle a un amour fincere pour la Religion de notre Sauveur; qui fort toute pure des fources de l'Ecriture Sainte: Pour cette Religion, que la Raifon auroit apprife à tous les Hommes, s'ils l'avoient bien écoutée, & que la Revélation n'a fait qu'éclaircir & confirmer: Pour cette Religion, qui écartant une multitude de Queftions curieufes ou problematiques, confifte dans une profonde vénération pour l'Etre Suprême: dans la plus haute admiration, dans une tendre Devotion pour le Sauveur, dans un Culte fpirituel, dans la pratique de la Juftice & de la Charité. C'eft-là vôtre Religion,* MON. SEIGNEUR: *C'eft celle dont J. Chrift a tracé l'Original, fur lequel* VOTRE ALTESSE ROYALE *a formé la fienne, & celle enfin, qui eft enfeignée dans ces Difcours. Je ne doute point après cela,* MONSEIGNEUR, *que* V. A. R. *ne les reçoive gracieufement. J'ai feulement à la fupplier de les lire avec cette indulgence, qui fait tant d'honneur aux Genies fuperieurs: moins ils en ont befoin, & plus il leur fied bien*

d'en

E P I T R E.

d'en avoir. Il n'y a qu'une chose, MONSEIGNEUR, *fur laquelle je ne croi pas devoir en demander à* VOTRE AL- TESSE ROYALE, *c'eft fur le Zèle inviolable, fur la haute Vénération, & le profond Refpe, avec lequel j'ai l'honneur d'être.*

MONSEIGNEUR,

DE VOTRE ALTESSE ROYALE,

Le très-humble, très-obéiffant & très-foumis ferviteur,

C. S. DE BEAUSOBRE.

A Berlin le 24. Avril
1736.

P R E-

A V I S

AU RELIEUR,

Pour placer les Eſtampes du

CINQUIEME VOLUME.

S. Mat-

AVIS AU RELIEUR.

PREFACE.

Eu Mr. Saurin, célèbre Pasteur de la Haye, avoit commencé d'éclaircir divers sujets du Vieux Testament, dans des Discours *, où il y a certainement beaucoup d'Eloquence & d'Erudition. Mais une mort prématurée l'ayant empêché d'achever la tâche, qu'il avoit entreprise, le Libraire fit prier mon Père de la continuer. Ses occupations ne lui permettant pas de se charger de ce nouveau travail, il me pressa de le faire. Je m'en défendis d'abord. Je ne me sentois pas les forces nécessaires pour m'en bien acquitter. Mr. Saurin, secondé d'un heureux Genie & d'une belle Imagination, avoit pris un essor, où il étoit malaisé de le suivre. Il falloit d'ailleurs travailler † sur des sujets donnez, & je n'avois sur la plûpart rien, ou presque rien de prêt. Il falloit encore finir cet Ouvrage dans un tems limité; & ce tems étoit bien court pour un homme, qui a des occupations publiques, indispensables, & dont la santé est assez souvent interrompuë. Il est vrai que le Libraire ayant égard aux fâcheux contretems, qui me sont survenus, a eu la complaisance de prolonger le terme, qu'il m'avoit fixé. Je me suis en effet trouvé dans des circonstances, qui m'ôtoient presque toute liberté de penser, ce qui m'auroit fait abandonner l'Entreprise, si mon Père ne m'avoit encouragé. Il me promit de m'aider autant que son loisir le permettroit & il a eu la bonté de le faire. Il a revû ma composition, & m'a quelquefois fourni des pensées. Comme il avoit traité dans des Sermons quelques-uns des sujets, que je devois expliquer, il m'a communiqué ses réflexions, en me disant, qu'au fond „ le peu de bien, qu'il avoit acquis du côté de l'Esprit, étoit à moi, qu'il „ voudroit que l'heritage fut plus riche, mais qu'il esperoit que je l'augmen- „ terois avec le tems. ” Ce fut aussi lui, qui me traça la methode, que j'ai suivie, & je croi ne pouvoir mieux faire, que d'insérer dans cette Préface, l'Instruction, qu'il me donna là-dessus par écrit: Elle contient à peu près tout ce ce que j'ai à apprendre au Lecteur.

„ Nos Prédécesseurs, me dit-il, n'ont jamais eu une aversion aveugle pour „ les Images, & si quelques-uns d'eux semblent avoir porté cette aversion „ trop loin, ils n'ont pas neanmoins rejetté l'Usage que des Chrétiens en „ firent, pour représenter des Histoires édifiantes dans leurs Eglises primitives; „ comme l'on en voit encore présentement dans quelques Temples des Lu- „ theriens.

„ Les

---

* On ne parle que des Discours composez par Mr. Saurin, parce qu'il n'y avoit que ceux-là, quand on proposa à mon Père de les continuer. Mr. Roques, très digne Pasteur de Basle, s'est chargé depuis d'achever la tâche de Mr. Saurin sur le V. Testament, & tout le monde reconnoit, qu'il s'en est parfaitement bien acquitté.
† Il s'agit de 70. Discours sur autant de Sujets du Nouveau Testament, & de deux Volumes in Folio,

Tome V.   **

PREFACE.

„ Les prémiers Tableaux qui furent mis dans les Eglifes en Orient, re-
„ préfentoient les glorieux travaux des Martyrs : Quelque tems après, on
„ y joignit en quelques Eglifes d'Occident des Tableaux qui repréfentoient
„ des Hiftoires de l'Ecriture Sainte. *Paulin* fut le prémier, qui en orna fon
„ Eglife de *Nole*; Il fe propofoit d'inftruire un Peuple ignorant qui dans les
„ jours de Fête venoit en grand nombre de la Campagne dans cette Ville-
„ là, & pour le détourner, par un fpectacle utile & agréable, des excès,
„ qui de tout tems ont profané les jours deftinez à la Devotion. On a
„ trouvé à propos de les permettre dans les Livres de Pieté. Mais com-
„ me les Figures ne donnent qu'une idée générale des Actions & des Evé-
„ nemens les plus mémorables de l'Ecriture, on y a joint avec raifon des
„ Difcours, qui les expliquent, & qui font, pour ainfi dire, l'ame, dont
„ les Figures ne font que le corps.

„ Les Réformez avoient déja publié divers ouvrages, de cette nature,
„ compofez, par de très habiles Gens; * Mr. *van der Mark* ayant fait gra-
„ ver par les plus habiles Maîtres, qu'il y eut dans les Provinces-Unies de
„ nouvelles planches des principales Hiftoires de l'Ancien & du N. Tefta-
„ ment, il chercha une Perfonne capable d'illuftrer ces Figures par des Dif-
„ cours inftructifs. Il la trouva dans feu Mr. Saurin, qui joignoit à un fort
„ beau Genie, une Imagination vive & brillante. Celui-ci confiderant, que
„ † Mrs. Martin & Bafnage avoient déja fort bien éxecuté, ce que l'on exi-
„ geoit de lui, & qu'il n'y avoit qu'à réimprimer les Difcours de l'un ou de
„ l'autre, & les joindre aux nouvelles Figures, fe refufa d'abord à ce tra-
„ vail; mais il fe rendit enfuite aux follicitations de Mr. *van der Mark*,
„ pourvû qu'on lui permit de fuivre un nouveau plan. Il prit donc le parti
„ d'orner fes Difcours d'Erudition, & d'en faire des efpeces de Differtations
„ favantes, où il propofe des difficultez, rapporte diverfes manieres de les
„ réfoudre, & laiffe fouvent au Lecteur le foin de fe déterminer. Cette
„ methode convient à un Hiftorien, qui ne doit point prendre de parti;
„ mais convient elle de même à un Théologien §, à moins qu'il ne s'agiffe
„ de Faits & de Queftions fort indifferentes ? D'ailleurs fi l'Auteur, qui a
„ tout pefé, tout examiné, demeure lui même en fufpens, un Lecteur
„ moins éclairé que lui, fera encore plus embaraffé à décider : Il eft donc à
„ craindre, qu'au lieu d'inftruire le Lecteur, on ne lui fuggere des doutes,
„ qu'il n'avoit pas auparavant, & auxquels il n'auroit peut-être jamais penfé.

„ Pour moi, j'avoue que je fuivrois une autre methode, & c'eft celle
„ que je vous confeille. D'abord j'écarterois de ces Difcours *la Théologie*
„ *Dogmatique*, auffi bien que *la Théologie Elenctique ; & laiffant à part tous
„ les fyftêmes, je me contenterois d'expliquer fuccinctement les Hiftoires,
„ que je dois traiter, fans y mêler aucunes réflexions, ni pour confirmer

„ ni

---

* Voy. la Préface de feu Mr. Saurin, qui eft à la tête du prémier Volume, page 6. de l'Edit.
in Octavo.
† Voy. M. Saurin ubi fup. p. 8.
§ Ce n'eft pas comme Théologien que Mr. Saurin eft indécis. C'eft comme Critique. C'eft par
modeftie qu'il n'ofe decider entre de grands hommes de fentiment contraire. Cette qualité eft affez
rare pour devoir être eftimée en lui. Les doutes qu'il propofe font honneur à fa fincerité, & ils ne
fauroient nuire qu'à des gens qui font déja dans une mauvaife difpofition du cœur. Les autres y trouveront de quoi exercer leur Efprit, ou même leur humilité.

P R E F A C E.

„ ni pour défendre les différentes opinions des Sectes , qui partagent le
„ Chriſtianiſme. J'écarterois de même ce qu'on appelle Erudition, Literatu-
„ re, Critique, ou je n'en prendrois que ce qui eſt abſolument néceſſaire ,
„ pour donner l'intelligence de mon ſujet. La raiſon en eſt , que l'Erudi-
„ tion ne me paroit pas tout à fait bien aſſortie avec des Figures.

„ Les Figures n'ont été introduites , que pour l'inſtruction du Peuple ,
„ pour aider la mémoire, pour donner aux Enfans une légère connoiſſance
„ des principaux Evénemens de l'Écriture Sainte. C'eſt un attrait par le-
„ quel on tâche d'appliquer leur attention à des objets, qui les divertiſſent
„ en les inſtruiſant. Certainement les Figures n'ont pas été faites pour les
„ Savans, qui n'ont pas beſoin de ce ſecours, à moins qu'ils n'ayent du
„ goût pour de beaux Deſſeins. C'eſt pourquoy il me ſemble que c'eſt
„ une eſpece de contraſte , de joindre à ces Tableaux des Diſſertations
„ pleines de Critique & de Literature, ou de Queſtions curieuſes & problé-
„ matiques. Je ne prétens point blâmer ceux qui en ont uſé autrement. Ils
„ ont eu leurs raiſons. J'avouë ſeulement que cette methode , n'eſt pas
„ celle que j'aurois choiſie, ni celle que je vous conſeille. Ce n'eſt pas
„ qu'au fond elle ait de trop grandes difficultez. Dès qu'on ne ſe pique
„ pas d'inventer, la dépenſe n'eſt pas auſſi grande, qu'on ſe l'imagine. Les
„ Savans, qui ont travaillé ſur l'Ecriture , ont ramaſſé tant d'obſervations
„ de Literature & de Critique, qu'il n'y a qu'à les conſulter, & à tirer
„ ces thréſors d'Erudition de l'obſcurité des Langues Savantes, où ils les
„ ont cachez, pour les donner dans une Langue connuë. La ſeule diffi-
„ culté que j'y trouve, eſt de faire un bon choix, mais après cela il faut,
„ ſelon mon avis, laiſſer le reſte, qui ne peut ſervir qu'à contenter la cu-
„ rioſité.

„ Je croi donc que dans des Diſcours de cette nature , le parti le plus
„ convenable eſt d'expliquer, auſſi ſuccinctement qu'il eſt poſſible, les Hiſ-
„ toires repréſentées par les Figures , de faire remarquer ce qu'il y a de
„ grand & de beau dans les actions du Sauveur, & dans ſes paroles , qui
„ les ont accompagnées ; d'y mêler des réflexions, qui tendent à affermir la
„ Foi, à inſpirer de l'amour & de la vénération pour le Fils de Dieu , &
„ à régler nos mœurs ſur ſes inſtructions & ſur ſes exemples. En un mot,
„ je croi que des Diſcours, deſtinez à animer , pour ainſi dire, & à faire
„ parler des Figures , doivent être des Diſcours populaires, des eſpeces
„ d'Homélies, que les plus ſimples Fidèles pourront lire avec fruit , mais
„ qui ont aſſez de graces pour ne pas dégoûter ceux qui ſont plus éclai-
„ rez. Il faut qu'il y ait du *Lait pour les Enfans*, & de la nourriture *ſoli-
„ de pour les Adultes*. C'eſt-là l'idée que j'ai de la compoſition de ces Diſ-
„ cours, & la methode que j'aurois ſuivie, ſi j'avois pu me charger de les
„ faire.

J'ai crû devoir rapporter cette inſtruction, que je reçûs de mon Pére,
avant que de commencer à travailler ſur les Hiſtoires du Nouveau Teſta-

ment

PREFACE.

ment. J'ai tâché de m'y conformer, & par la déference que je dois à ses conseils , & parce qu'ils m'ont paru justes.

Je n'ai plus que deux choses à dire au Lecteur. La prémiere est, d'excuser les défauts, qu'il pourra trouver dans cet Ouvrage , & qui comme je l'espere de la bénédiction de Dieu, seront compensez par l'édification , que le Public en recevra. La seconde, que le Libraire ayant souhaité, qu'on mit à la tête de tout l'Ouvrage, un Discours sur l'authenticité & sur l'autorité des Evangiles, mon Pére voulut bien se prêter à un dessein si utile & si édifiant, & composa à cette occasion le Discours Préliminaire, que l'on trouvera au commencement de ce Livre.

DIS-

DISCOURS
HISTORIQUES, CRITIQUES,
THEOLOGIQUES ET MORAUX,

SUR LES EVENEMENS

LES PLUS MEMORABLES

DE L'ANCIEN ET DU NOUVEAU
TESTAMENT.
VOL. V.

SOMMAIRES

D U

DISCOURS PRELIMINAIRE.

I. LES *Difciples du Seigneur commencent par Prêcher l'Evangile.* II. *Ils l'écrivent en fuite. Leurs raifons.* III. *Pourquoi l'on traite ici de la vérité des Evangiles.* IV. *La Religion Chrétienne devoit être prouvée par des Miracles, & ne pouvoit l'être autrement.* V. *Cette Religion, & les miracles qui l'ont confirmée, n'ont pû être connus que par le témoignage des Apôtres. Ce témoignage a été rendu* 1. *de vive voix, &* 2. *par écrit.* VI. *Vérité de ce témoignage démontrée par trois Propofitions.* VII. *Première Propofition. Les Evangiles font certainement des Difciples du Seigneur, dont ils portent les noms. Ce fait eft atteflé.* 1. *par l'Eglife Univerfelle: &* 2. *par toutes les anciennes Sectes.* VIII. *Les Manichéens commencent vers l'an* 280. *ou* 270. *à nier l'Authenticité des Evangiles, fans nier la vérité des miracles & des Difcours du Seigneur.* IX. *Il n'y a rien dans les Evangiles qui démente le témoignage de l'Eglife.* X. *On n'y fauroit trouver aucune mar-*

que de *fuppofition. Eclairciffement fur la difficulté de Cyrenius Gouverneur de Syrie.* XI. *Les Evangiles font du tems auquel les Apôtres ont vécu.* XII. *Preuves que les Evangiles felon S. Matthieu, felon S. Marc & felon S. Luc, ont précédé la ruine de Jérufalem. Celui de S. Luc a certainement été écrit avant le Martyre de S. Paul. Première preuve, tirée de la maniere dont les Evangelifles racontent la prédiction de cet Evénement.* XIII. *Seconde preuve tirée de ce que l'on n'apperçoit dans les Evangiles aucun indice que Jérufalem fût ruinée, quand ils furent écrits.* XIV. *Les Evangelifles ont le veritable caractère d'Hiftoriens du Fils de Dieu. Idée de ce caractère.* XV. *Les Livres Apocryphes bien différens à tous égards des Livres véritables.* XVI. *Seconde Propofition. Que le témoignage rendu à J. Chrift par les Apôtres en général, & par les Evangelifles en particulier, eft digne de foi. Caractères des Témoins de la Vie & des Actions du Sauveur.* 1. *Leur nombre.* 2. *Leurs qualitez, leurs vertus.* 3. *Leur harmonie.* 4. *Leur conftance.* 5. *Ils ne témoignent point dans leur propre caufe.* 6. *Ils n'ont aucun interêt à mentir* 7. *Ils ne font rien moins que crédules & prévenus.* 8. *Ils font Témoins oculaires.* 9. *Ce font des hommes pleins de bon fens.* XVII. *Certitude du témoignage des Apôtres. Les Difciples de Jefus Chrift ne peuvent avoir fouffert d'illufion. Certitude invincible du témoignage des fens, tant dans les faits miraculeux, que dans les faits communs & ordinaires* XVIII, *Sincérité manifefte des Ecrivains facrez.* XIX. *Objection des Incrédules. La Réfurrection de J. Chrift n'arrive point en public, comme fa mort.* XX. *Queftions propofées aux Incrédules avant que d'y répondre.* XXI. *L'objection eft une preuve invincible de la fincérité des Evangelifles. Réponfe à une inftance des Incrédules.* XXII. *L'Objection dont il s'agit eft fondée fur le Principe de l'Athéifme.* XXIII. *Réponfe directe. Les Miracles n'ont dû s'accorder qu'à la foi prefente, ou à des Perfonnes difpofées à croire en J. Chrift.* XXIV. *Réflexion fur les variations des Incrédules.* XXV. *Qu'un Evénement miraculeux doit être crû comme un Evénement naturel, quand il a les mêmes preuves.* XXVI. *Les Incrédules ne nient les miracles du Sauveur, que parce qu'ils font Athées dans le fond.* XXVII. *Derniere reffource de l'Incrédulité. Convertir les Apôtres en autant de Fanatiques.* XXVIII. *Refutation de cette Calomnie. Que les Vifions de S.Paul n'ont rien qui fente le Fanatifme. Ce que l'on peut dire pour l'en accufer. Fauffeté de ces prétextes démontrée par l'Hiftoire.* XXIX. *S. Pierre juftifié de même de Fanatifme.* XXX. *Les dons fpirituels ne peuvent être confondus avec le Fanatifme. Réflexion fur celui des Langues.* XXXI. *Réflexion fur le don de Prophetie. Il n'eft nullement fufpect de Fanatifme. Deux Méthodes d'expliquer les Oracles du V. Teftament. La prémiére qui ne concerne que le fens litéral, n'exige point l'affiftance du S. Efprit. La feconde qui concerne le fens Myftique, l'exige.* XXXII. *J. Chrift commence d'inftruire fes Difciples des fens cachez du V. Teftament. Le S. Efprit acheve. Réflexion fur la néceffité de l'infpiration pour les découvrir avec certitude.* XXXIII. *Troifième Propofition. Que les Evangiles n'ont fouffert aucune alteration, au moins importante, & qui puiffe rendre incertaine la doctrine du Sauveur, ni les miracles qui la confirment. Démonftration invincible de ce fait.* XXXIV. *Conclufion de ce Difcours. La Foi de l'Evangile demande un cœur honnête & bon.*

DISCOURS PRELIMINAIRE

Où l'on montre l'Authenticité des Evangiles & la Certitude du témoignage des Evangelistes.

I. **A**PRES que notre Seigneur fût monté au Ciel, & qu'il eut envoyé le S. Esprit à ses Disciples, ils annoncèrent l'Evangile aux Juifs de la Palestine, conformément à l'ordre qu'il leur en avoit donné. Ils passèrent ensuite dans les autres Provinces de l'Empire, & s'arrêtèrent particulierement dans les villes, où il y avoit des Juifs, ou des Profélytes du Judaïsme. Quelques-uns d'eux pénétrèrent même jusque dans l'Empire des Parthes. Une ancienne Tradition veut que St. Thomas y ait fondé plusieurs Eglises, & la Perse est véritablement l'Inde, où les Anciens disent que cet Apôtre alla prêcher l'Evangile, comme on l'a prouvé ailleurs. [1] La I. Epitre de [2] S. Pierre contient une preuve manifeste que cet Apôtre prêcha à Babylone.

Les Disciples du Seigneur commencent par prêcher l'Evangile.

II. Quoiqu'il ne paroisse pas que J. Christ eut commandé à ses disciples d'écrire l'Histoire de sa vie, ni la Doctrine qu'il leur avoit enseignée, quelques-uns ne laissèrent pas de le faire, soit à la prière des Fidèles, comme l'Histoire Ecclésiastique le témoigne par rapport à S. Jean, ou par des motifs de zèle & de prudence. Ces saints Hommes comprirent bien qu'il étoit nécessaire pour les siécles à venir, que la mémoire des actions & de la Doctrine du Sauveur, fût conservée dans des Ecrits durables, parce qu'il s'éléveroit bien-tôt des Docteurs infidèles, qui tâcheroient de corrompre la pureté & la simplicité de la Religion, par des fables & par des Héréfies, ce qui arriva effectivement [3] peu de tems après la mort des Apôtres. Ils avoient d'ailleurs l'exemple de Moyse & des Prophètes, qui n'avoient pas confié à la simple Tradition les Loix que Dieu donna au Peuple Hebreu, les Evénemens merveilleux qui les confirmèrent, ni les divins Oracles destinés à éclaircir & à entretenir l'Esperance & la Foi. S. Luc témoigne, qu'il forma le dessein d'écrire l'Histoire de J. Christ animé par l'exemple de *Plusieurs*, qui l'avoient fait avant lui, & pour confirmer, par un nouveau témoignage, la

Ils l'écrivent ensuite. Leurs raisons.

Luc I. [4]

Certi-

Certitude des Vérités, que les Chrétiens prêchoient de tou-
Jean xx.
31. tes parts. S. Jean protefte qu'il n'a écrit qu'afin de faire connoître à tout le monde que *Jéfus eft le Fils de Dieu*, & de procurer *la Vie Eternelle* à ceux qui croiroient en lui.

Pourquoi
l'on traite
ici la
Vérité des
Evangi-
les. **III.** Comme les Difcours que l'on donne ici au Public,
roulent fur quantité des principaux Evénements de la Vie
du Seigneur, on a crû devoir commencer par établir la Vérité de l'Hiftoire Evangélique.   Car bien qu'un grand nombre d'habiles Ecrivains ayent en quelque forte épuifé cette
matiere, dans d'excellens Traités, il femble neanmoins que
cet Ouvrage-ci feroit défectueux, fi l'on n'en difoit rien.

La Reli-
gion Chré-
tienne
devoit être
prouvée
par des
miracles
& ne
pouvoit
l'être au-
trement. **IV.** La Religion Chrétienne étant une Religion Divine,
elle ne pouvoit s'établir que par des preuves furnaturelles.   La
Philofophie, qui eft l'Ouvrage de la Raifon, s'appuye fur
des preuves de raifonnement.   Les Philofophes ont cherché
dans la Raifon & dans la Confcience des Principes, qui leur
ferviffent de fondement, pour élever des fyftêmes de Religion
& de Morale, & pour former les Hommes à la Pieté & à la Vertu.   C'eft tout ce qu'ils ont pû faire.   Mais la Religion Chrétienne parlant de la part de Dieu, devoit juftifier fon autorité,
par des preuves d'une autre nature.   La Raifon n'a point de
Principes, d'où elle puiffe conclure néceffairement, que Dieu
doit manifefter fes volontés aux Hommes, par des Légiflateurs envoyés de fa part, & inftruits par des Revelations: Et
quand de tels Légiflateurs paroiffent, elle ne peut s'affûrer
de la Vérité de leur Miffion que par des Actions furnaturelles.   Pour montrer que c'eft Dieu qui parle, il faut que Dieu
même agiffe.

Un Philofophe n'eft pas en droit de commander à l'Efprit,
& ne peut exiger fon acquiefcement, qu'autant que l'exige
l'Evidence de fes raifons.   Quelque homme que ce foit, & à
quelque degré de Puiffance qu'il foit élevé, n'a d'autorité que
fur les actions exterieures: Il n'en a point fur la Foy, ni fur
la Confcience.   Ce même homme n'a pas le pouvoir d'infli-
ger des peines réelles après la mort.   Le Tombeau eft un A-
zyle contre toute les Puiffances de la Terre.   Là fe borne l'E-
levation de ces Ondes orgueilleufes, qui menacent, & qui
font trembler les vivants.   Enfin ce même homme, quelque
grand qu'il foit, ne diftribuë pas les Récompenfes de l'Eternité.   L'Immortalité n'eft point entre les mains de l'homme
mortel.   Il n'y a donc que Dieu feul qui foit en droit de
commander à la Raifon & à la Confcience, qui puiffe exercer
fon pouvoir fur des Ames immortelles, les recompenfer, ou
les punir.   Or puifque la Religion Chrétienne commande à
la Raifon & à la Confcience; puifqu'elle eft le Juge des penfées

fées de l'esprit, & des affections du cœur; qu'elle menace les Pécheurs de peines éternelles, & qu'elle promet aux Justes des recompenses infinies: puisqu'elle se revêt d'un pouvoir qui est propre à Dieu, elle devoit nécessairement être appuyée sur des preuves que Dieu seul peut donner. Il falloit qu'elle justifiât son Origine, sa Vérité, son Autorité, non par des raisonnements de la sagesse humaine, mais *par une démonstration d'Esprit & de Puissance*, & que Dieu confirmât en y apposant *son propre sceau*. Ainsi la preuve des miracles est la seule qui convint à la Religion Chrétienne, toute autre étant absolument insuffisante. 1. Cor. II. *Jean VI. 7.*

Il y a plus encore. J. Christ est venu dans le monde pour détruire l'Idolatrie, ce culte au fond si déraisonnable, mais si accrédité, si universel, défendu, non seulement par les Peuples, mais par les Philosophes les plus sages & les plus religieux. Ceux-ci se sont contentés d'en corriger les abus les plus grossiers, mais d'ailleurs ils en ont fait l'Apologie, & ont crû trouver dans la Raison des preuves pour le soutenir. De là vient qu'encore qu'il eut été tout à fait aboli par les premiers Chrétiens, leurs Successeurs, entrainez par la superstition, & séduits par de faux raisonnemens, n'ont pas laissé de le rétablir, & de l'introduire dans l'Eglise, où il se maintient encore sous les mêmes prétextes qui furent allegués par les Payens, & refutés par les anciens Péres. La Raison ne suffisant donc pas pour déraciner un Culte si invétéré & si affermi, il étoit nécessaire que J. Christ employât les miracles, & montrât, par des œuvres inimitables, que comme il n'y a qu'un seul vrai Dieu, les hommes n'en doivent honorer & servir qu'un seul.

V. La Connoissance de la Doctrine du Sauveur, & des Miracles qui l'ont confirmée, ne pouvoit se répandre dans le Monde, ni se transmettre à la Posterité, que par le témoignage des Personnes qui avoient ouï Jésus Christ, & qui avoient été témoins de ses actions. C'est pour cela que ses Disciples commencèrent par annoncer de toutes parts la Doctrine, qu'il leur avoit enseignée, & les miracles qu'il avoit faits, mais en particulier celui de sa Resurrection. Ils confièrent d'abord ce sacré dépôt à des Personnes fidèles, qui le communiquoient aussi-tôt à d'autres. Ce fut ainsi que dans l'espace de peu d'années toutes les Provinces de l'Empire résonnèrent du bruit des instructions du Sauveur. Une voix, partie de Jérusalem, se fit bien-tôt entendre jusqu'aux extrémités du Monde. C'étoit pour ainsi dire une multitude d'Echos vivants, qui placés de distance en distance, portoient *Cette Religion & les miracles qui l'ont confirmée, n'ont pû être connus de tout le monde que par le témoignage des apôtres. Ce témoignage a été rendu. 1. De visu voix.*

la même voix dans toute l'étendue de l'Empire Romain, & dans les Provinces qui en étoient voisines?

Cependant de peur que ce précieux dépôt ne s'altérât avec le tems, quelques-uns des Disciples du Seigneur, jugèrent à propos de le conserver à toute l'Eglise dans des Ecrits, qui, par la Protection de Dieu, subsistent encore en leur entier, & subsisteront jusqu'à la consommation des siecles. Ces Divins Ecrits qui ont été nommés EVANGILES, contiennent la Doctrine & les principaux Evénements de la vie du Sauveur, sa Naissance, sa Mort, sa Resurrection, son Ascension dans le Ciel. Rien n'y sent l'Artifice. La Sagesse & l'Eloquence humaine n'y ont aucune part. Les actions du Fils de Dieu n'y brillent que de leur propre lumiére, & ses Instructions que par leur incomparable sainteté.

VI. Mais comme il y a plusieurs siecles, que ces divins Livres sont écrits, & que des Esprits, qui n'aiment pas la Religion, par des motifs dont on laisse la connoissance à Dieu, tâchent d'en rendre l'Authenticité suspecte, & le témoignage au moins très incertain, nous allons montrer dans ce Discours. I. Que les Evangiles sont certainement des Disciples du Seigneur, dont ils portent les noms, & par consequent d'Auteurs qui ont vû & ouï les choses qu'ils racontent, ou qui les ont apprises de ceux qui les avoient ouïes & vues. II. Qu'on n'a aucune raison, je ne dirai pas nécessaire, mais probable, de contester leur témoignage, & qu'on en a au contraire de très fortes, pour ne pas dire invincibles, d'en reconnoitre la Vérité. III. Et enfin que leur témoignage n'a point été altéré, & que nous l'avons aujourd'hui tel qu'ils l'ont rendu à la face de toute la Terre. Si ces trois Propositions sont bien prouvées, il en résulte une Démonstration Morale, (qui est la seule qu'on puisse avoir en matiere de faits), que la Religion Chrétienne, contenuë dans les Evangiles, est une Religion Divine, & que cette Religion est celle que nous avons.

VII. La Question si S. Matthieu, S. Marc, S. Luc, & S. Jean sont les Auteurs des Evangiles qui portent leurs noms, étant une Question de fait, elle ne peut être décidée que par l'autorité & par le témoignage. Or l'Eglise Chrétienne atteste unanimement, dès les premiers tems, que l'Evangile selon S. Matthieu est de S. Matthieu; que celui de S. Marc est de S. Marc, & ainsi des autres. On ne sauroit marquer d'autre Epoque de ce sentiment que celle de la publication des Livres mêmes. Les premiers Disciples du Seigneur les ont donnés à leurs Successeurs sous les noms qu'ils portent encore aujourd'hui, sans qu'il y ait jamais eu là-dessus dans l'Eglise, ni doute, ni contestation, ni variation. Ainsi comme me il y auroit non feulement de la témérité, mais une efpece de folie & d'imprudence à nier aujourd'hui, que des Livres attribués par toute l'Antiquité à *Platon*, à *Xenophon*, à *Ciceron*, à *Tite Live*, ne font point de ces Auteurs, il y en a autant pour le moins, à nier que nos Evangiles, ne foyent des Ecrivains facrés, de qui toute l'Eglife affure les avoir reçus.

Mais ce qui donne à cette preuve une évidence & une force, à laquelle il paroit difficile de réfifter, c'eft que le témoignage de l'Eglife univerfelle, fe trouve confirmé par celui des anciennes Sectes, qui fe font féparées d'elle. Ces branches gatées, qui fe détachèrent elles mêmes de la Tige, emportèrent avec elles quelqu'un de nos Evangiles; fachant bien qu'elles ne pouvoient acquerir de créance, fi elles rejettoient entierement des Livres qui étoient l'Ouvrage des Apôtres, ou de leurs premiers Difciples. C'eft une obfervation qu'a fait S. Irenée * „ La Certitude de nos Evangiles eft fi grande, *dit* „ *ce Pere*, que les Hérétiques mêmes leur rendent témoigna- „ ge, & que chacune de leurs Sectes tâche de confirmer fa „ Doctrine par leur Autorité; car les *Ebionites* fe fervent de „ l'Evangile felon S. Matthieu: & *Marcion* de celui de S. Luc „ Ceux qui féparent Jéfus d'avec le Chrift, & qui difent que „ c'eft Jéfus qui a fouffert, mais que le Chrift eft impalfi- „ ble, prétendent s'appuyer fur l'Evangile felon S. Marc, & „ les Valentiniens fur celui de S. Jean, qu'ils confervent tout „ entier, & par lequel ils tâchent de prouver les Combinai- „ fons de leurs Ecrits. La Remarque de S. Irenée eft jufte, & quoique les Livres des anciens Sectaires foyent péris, nous avons, dans les fragments qui nous en reftent, ou dans les Ecrits des Peres, qui les ont combattus, des preuves qui la confirment.

Saturnin & Bafilide fortoient de [4] la même *Ecole*, tous deux Difciples de *Menandre*, qui, à ce qu'on dit, avoit eu pour maitre le fameux Héréfiarque *Simon*. Ces deux hommes enfeignoient dès le commencement du 11. Siecle, le premier à Antioche, le fecond en Egypte. Il eft bien probable que *Saturnin* avoit les Evangiles felon S. Matthieu & felon S. Jean, puifque S. Epiphane [5] le refute par des témoignages pris de ces Livres facrés. Mais à l'égard de *Bafilide* le fait eft certain; Non feulement il s'appuyoit [6] fur l'Evangile felon S. Mat-

margin: Et 1. par celui de toutes les anciennes Sectes.

---

* *Tanta eft autem circa Evangelia hæc firmitas, ut & ipfi Heretici Teftimonium reddent eis, & ex ipfis egrediens unufquifque eorum conetur fuam confirmare Doctrinam. Ebionei etenim, eo Evangelio, quod eft fecundum Matthæum, folo utentes, ex illo ipfo convincuntur non recte præfumentes de Domino. Marcion autem id quod eft fecundum Lucam, circumcidens, ex his quæ adhuc fervantur penes eum blafphemus in folum exiftentem Deum oftenditur. Qui autem Jefum feparant a Chrifto id, quod fecundum Marcum eft, præferentes Evangelium, cum amore veritatis legentes illud, corrigi poffunt. Hi autem qui a Valentino funt, eo quod eft fecundum Johannem pleniffime utentes, ad oftenfionem conjugationum fuarum, ex ipfo deteguntur nihil recte dicentes, quemadmodum oftendimus in primo Libro.* Iren. adv. Hær. L. III. Cap. XI. p. m. 158.

B 2

Matthieu, mais [7] il avoit composé, en vingt-quatre livres, un Commentaire fur les Evangiles, ou fur quelqu'un des Evangiles. [8] *Carpocrate & Cerinthe* [9] avoient celui de S. Matthieu, & en avoient confervé la Généalogie du Sauveur. Les *Ebionites* [10] l'avoient retranchée, leur Exemplaire commençant à la Prédication de Jean Baptifte. Celui des *Nazaréens*, que S. *Jerome* avoit traduit, & dont malheureufement la Verfion s'eft perdue, étoit [11] le même. Quoiqu'il fut interpolé en quelques endroits, il faut que ces alterations ne fuffent pas importantes, puifqu'il étoit lû & autorifé dans les Eglifes d'Afie. S. *Ignace* en a cité ces mots du Sauveur, parlant à fes Difciples après fa Refurrection [12] *Prenez moy, touchez moy, & reconnoiffez que je ne fuis pas un efprit incorporel.*

Valentin fut un des plus anciens [13] & des plus habiles Héréfiarques. Nous avons dans S. *Irenée* & dans S. *Epiphane* une partie [14] de fon fyfteme. Il y cite [14] St. Matthieu & S. Luc. S. *Irenée* témoigne, comme nous venons de le voir, qu'il recevoit l'Evangile de S. Jean *tout entier.* Il paroit d'ailleurs par [15] *l'Abregé de la Doctrine de Theodote*, célèbre Valentinien, que la Secte fe fondoit principalement fur cet Evangile. S. Epiphane nous a confervé une Lettre [16] de *Ptolomée*, autre Valentinien, dans laquelle il cite S. Matthieu & S. Jean. *Heracleon*, qui fut de la même Secte, & que Clement d'Alexandrie appelle [17] *le plus habile*, & *le plus eftimé des Difciples de Valentin*, avoit compofé un Commentaire fur S. Luc, dont ce Pere nous a confervé un fragment [18] confiderable, & un autre fur S. Jean, dont on trouve un grand nombre de fragments dans [19] le Commentaire d'Origene fur cet Evangelifte. En un mot *Valentin*, qui a fleuri fi près des Apôtres, n'a rejetté aucun des Evangiles; comme le témoigne Tertullien. [20]

L'Héréfiarque *Marc*, qui donna fon nom à la Secte des *Marcofiens*, citoit [21] S. Matthieu & S. Luc. *Marcion*, l'un des plus anciens auffi bien que des plus habiles Hérétiques, avoit l'Evangile felon S. Luc. Il eft vrai, qu'il en avoit retranché [22] les deux premiers Chapitres, & quelques endroits qui confirmoient l'Autorité du Vieux Teftament. Il en avoit auffi alteré quelques autres, parce qu'ils ne s'accordoient pas avec fon fyftême. Mais la Doctrine & les Miracles du Sauveur s'y trouvoient à peu près dans leur entier; & S. *Irenée* [23] a raifon de dire, qu'il y reftoit affez de preuves, *pour convaincre Marcion de blafphemer le feul vrai Dieu.*

La Secte fi ancienne & fi nombreufe des *Encratiftes*, nommée de la forte à caufe de leurs abftinences fuperftitieufes, reconnoiffoit l'Authenticité des Evangiles, & *Tatien*, un de leurs

leurs principaux Chefs, compofa une efpece d'harmonie [24] des quatre, & les reduifit en un feul corps.

VIII. La Tradition fut uniforme là deffus jufque vers l'an [25] deux cents foixante, qu'il s'éleva une Héréfie plus hardie & plus téméraire que toutes les précédentes, & qui fut la première qui eut ofé avancer [26] „ que nos faints Evangiles n'a-
„ voient été compofés, que longtems après la mort des A-
„ pôtres, par des gens inconnus, qui, pour trouver crean-
„ ce dans l'efprit des Peuples, mirent à la tête de leurs Li-
„ vres les noms vénérables de quelques-uns d'eux ou de leurs
„ premiers Difciples. „ On veut parler des Manichéens que trois Erreurs capitales forcèrent, à prendre un Parti fi defef-peré. La première, que le Fils de Dieu n'a été homme qu'en apparence. La feconde, que le Dieu revelé par Moyfe n'eft pas le vrai Dieu, ni le Pere de nôtre Seigneur. La troifiè-me, que la Loy n'eft qu'un mêlange de Vérités & de Men-fonges, & que les Prophètes n'ont jamais prédit l'avénement du Redempteur. Comme ces Erreurs font clairement refu-tées par les Evangiles, il ne refta d'autre reffource à cette malheureufe Secte, que celle d'en nier l'authenticité. Il faut pourtant rendre juftice à ces Hérétiques & avouer, à la gloi-re de la Religion, qu'ils reconnoiffoient la vérité [27] des Di-vins Difcours du Seigneur, & des miracles qu'il a faits; le té-moignage, que le Pere lui a rendu, foit auprès [28] du Jour-dain, foit dans fa Transfiguration fur la montagne: Et qu'en-core qu'ils n'ayent pas crû que J. Chrift fut mort & refufcité, parce qu'étant Dieu tout pur il ne pouvoit mourir, ils ont pourtant reconnu, qu'il avoit été mis en Croix, & dépofé dans le fepulchre, d'où il étoit forti vivant & glorieux. C'é-toit, felon eux, une Crucifixion, une Mort, & une Refur-rection Myftique.

Tel eft le témoignage, qui a été rendu à nos Evangiles, & à leurs Auteurs. Il eft unanime de la part de l'Eglife Ca-tholique, & auffi ancien que les Livres mêmes. Et à l'égard des Sectes, qui les premieres fe féparèrent de fa communion, fous l'Empire d'Adrien, & fous celui d'Antonin, elles confir-ment le témoignage de l'Eglife, ou en tout, ou en partie. Si on les confulte toutes enfemble, elles dépofent, que S. Mat-thieu, S. Marc, S. Luc & S. Jean, font les Auteurs des Livres facrés, qui portent leurs noms, & les fideles Hifto-riens du Sauveur. Si on les confulte féparément, elles ne rendent à la vérité ce témoignage qu'à quelqu'un, ou à quel-ques-uns de ces Evangeliftes. Mais dès qu'on reconnoit la Vérité & l'Authenticité d'un feul, il eft bien inutile de contef-ter celle des autres. Car, outre que leur autorité eft appuyée

Les Manichéens commencent vers l'an 260. ou 270. à nier l'Authenticité des Evangiles; fans nier la vérité des Difcours & des miracles du Seigneur.

Le témoignage de l'Eglife confirmé par celui des Sectes, forme une Démonftration Morale de l'Authenticité des Evangiles.

fur les mêmes preuves, n'eſt-ce pas partout la même Hiſtoire, à peu de circonſtances près? N'eſt-ce pas partout le même Fils de Dieu, prêchant la même Doctrine, & la confirmant par les mêmes miracles, & enfin par ſon Martyre & par
ſa Réſurrection?

IX. Nous conclurrons donc à préſent, que nos Evangiles
ſont véritablement des Auteurs à qui l'Egliſe les attribuë. Un
fait de cette nature, atteſté dès le commencement, & par l'E-
gliſe univerſelle, & par les plus anciennes Sectes, c'eſt-à-dire,
& par les amis, & par les ennemis; par ceux-là mêmes, dont
les Erreurs étoient évidemment condamnées dans les Evangiles; un fait de cette Nature, dis-je, ſemble ne pouvoir plus
être révoqué en doute, que par le Pyrrhoniſme même. Cependant, on ſeroit prêt à renoncer au témoignage de toute
l'Antiquité, ſi l'on pouvoit découvrir dans les Livres mêmes
le moindre caractère de ſuppoſition. On convient avec les
Incrédules, que la Foy ne peut être trop circonſpecte, &
qu'un Témoin, muni des atteſtations les plus authentiques,
doit être renvoyé comme un Impoſteur, lorſqu'il n'oſe, ou
qu'il ne peut ſoutenir l'examen.

Les Critiques modernes ont inventé des Régles judicieu-
ſes, pour diſtinguer les livres ſuppoſés des livres authentiques:
Et lorſque l'eſprit, libre de préjugés & d'intérêts, fait uſage
de ces Régles, il n'y a point de ſuppoſition, qui échappe à
ſon diſcernement, parce qu'il eſt comme impoſſible, qu'un
Menteur les obſerve toutes. Suivons cette Méthode: Ne
craignons point d'y aſſujettir les Hiſtoriens ſacrés: Qu'ils
n'ayent à cet égard aucun privilège ſur les Ecrivains profanes. Au fond, l'intérêt eſt ſi grand que perſonne ne peut
trouver mauvais, que la Raiſon examine ce que la Foy doit
recevoir.

X. Il y a ſeize à dix-ſept Siécles, que quatre Auteurs ont
écrit la vie de notre Seigneur. Il eſt né ſous *Auguſte*, mort
ſous *Tibere*; la *Judée* & la *Galilée* ont été les Theatres de ſes
grandes actions. Nous ſavons, par d'autres Ecrivains, les
Coutumes des Juifs, la ſtructure de leur Temple, les Cérémonies de leur Culte, les Fêtes qu'ils célébroient, quantité
de leurs maximes, les differentes Sectes qui s'étoient élevées
dans la Nation, & les ſentiments de ces Sectes: Nous ſavons
l'état, où ſe trouvoit la Judée du tems de J. Chriſt; ſon Gouvernement politique & ſacré, ſon pouvoir ſous les Romains,
les Noms & les Succeſſions des Pontifes, qui exercèrent alors
la ſouveraine Sacrificature: Nous ſavons de même les noms
des Princes, qui regnèrent dans ce tems-là, la durée de leurs
Régnes, leurs caractères, leurs mœurs. Enfin nous ſavons
les

les noms des Gouverneurs Romains, qui adminiſtroient en Judée les affaires de l'Empire. Il eſt parlé de tout cela dans les Evangiles. Y a-t-il un ſeul endroit qui ne s'accorde avec ce que l'on ſait certainement là-deſſus? La Critique la plus ſavante & la plus ſcrupuleuſe, s'eſt exercée à examiner ce qu'en ont dit les Evangeliſtes. Et toutes ſes découvertes à quoi ont elles abouti, qu'à en confirmer l'Authenticité? Il eſt vrai qu'il s'eſt trouvé quelques difficultés, mais un peu d'attention & un peu d'équité ont ſuffi pour les reſoudre.

Par exemple S. Luc dit que *le premier dénombrement qui fut fait en Syrie, arriva ſous le Gouvernement de Cyrenius.* Il y a des preuves que ce fut ſous celui de *Sentius Saturninus,* qui étoit Préſident de Syrie, lorſque J. Chriſt vint au Monde. Mais que peut-on conclurre de cette faute, ſi c'en eſt une, contre l'Evangile ſelon S. Luc? C'eſt tout au plus, que cet Auteur s'eſt trompé: Et les Théologiens, je ne dirai pas les plus moderés, mais les plus prudens & les plus ſincères, conviennent, qu'il peut être arrivé aux Ecrivains ſacrés, des mépriſes de cette nature, des fautes de mémoire. On en trouve de pareilles dans les Hiſtoriens les plus eſtimés & les plus dignes de foy, ſans que cela diminue en aucune ſorte leur autorité. Cependant on peut ſe contenter de dire, qu'il s'eſt gliſſé une faute dans le Texte de S. Luc, & que des Copiſtes ont écrit *Cyrenius* pour *Saturninus.* Il fut aiſé à un Copiſte de confondre des noms, qui ont tant de reſſemblance. Cette conjecture n'eſt point ſans fondement, elle paroit confirmée par Tertullien, qui, parlant du dénombrement qui ſe fit en Judée, lorſque J. Chriſt naquit, dit, qu'il arriva [29] ſous *Sentius Saturninus.* N'eſt-ce point une preuve, que Tertullien liſoit dans S. Luc non *Cyrenius,* comme on a lû depuis, mais *Saturninus,* ce qui eſt conforme à l'Hiſtoire? Cependant quand S. Luc auroit écrit *Cyrenius,* quel Critique équitable pourroit en tirer une conſéquence contre la fidélité de l'Hiſtorien, ou contre l'Authenticité & la Certitude de ſon Hiſtoire? Ces ſortes de circonſtances n'appartiennent point à la Religion, & c'eſt par rapport aux faits de la Vie du Sauveur, & aux inſtructions qu'il a données, que les Ecrivains ſacrés ont été dirigés par *l'Eſprit de Vérité.*

XI. Les Manichéens ont avancé, que nos Evangiles furent écrits par des inconnus, longtems après la mort des Apôtres. Fauſte, qui l'a dit trois à quatre cents ans après, n'en a allegué aucune preuve qui mérite la moindre attention, bien loin de pouvoir balancer le témoignage univerſel, ſoit des Orthodoxes, ou des Hérétiques, qui l'avoient précédé. Il y a plus; une Propoſition ſi téméraire eſt contredite & refu-

C 2

refutée par des preuves certaines , tirées des Evangiles
mêmes.

L'Evan-
gile selon
S. Luc a
été écrit a-
vant le
Martyre
de S.Paul.
Luc. I. I.

Il y avoit déja *plufieurs* Hiftoires de J. Chrift , lorfque S.
Luc écrivit la fienne, ce qu'il fit apparemment [30] à Rome,
pendant les deux années que S. Paul y fut prifonnier. On
ne fait, ni de qui, ni quelles étoient ces Hiftoires ; mais il
n'y a nulle raifon de préfumer [31] qu'elles fuffent fabuleufes,
puifque l'Auteur facré ne les cenfure point, & que, s'il écrit
à fon tour l'Hiftoire du Sauveur, c'eft moins pour les corriger, qu'afin de [32] confirmer, par un nouveau témoignage, des
Vérités, que d'autres avoient publiées avant lui. Quoiqu'il en
foit, on a une preuve certaine que S. Luc a écrit fon Evangile avant le Martyre de S. Paul, qui arriva l'année [33] foixan-
te-fept de nôtre Seigneur, felon les uns, & felon d'autres,
l'année foixante cinq. Voici quelle eft cette preuve. L'E-
vangelifte a écrit fon Hiftoire de J. Chrift avant que d'écrire fon Hiftoire Apoftolique, comme on le voit par le premier verfet du Chapitre premier des Actes. Or l'Hiftoire
Apoftolique fut écrite avant le dernier voyage de S. Paul en
Afie & par conféquent avant fon retour à Rome & fon Martyre. Car autrement S. Luc auroit-il manqué de raconter
ces derniers faits, & de couronner l'Hiftoire de l'Apôtre par
le glorieux témoignage qu'il rendit à J. Chrift ? On ne fauroit rendre aucune raifon fatisfaifante, pourquoi cet Evangelifte finit l'Hiftoire Apoftolique à la fin de la premiere prifon
de S. Paul, fi ce n'eft qu'il l'écrivoit & l'acheva dans ce
tems-là.

Preuves
que les E-
vangiles
de S. Mat-
thieu, S.
Marc &
S.Luc, ont
précédé la
Ruine de
Jérufa-
lem.

XII. Si les Evangiles de S. Matthieu, de S. Marc & de
S. Luc ont été écrits avant la ruïne de Jérufalem, quel prétexte a-t-on de foupçonner, que ces faints Hommes n'en foyent
pas les Auteurs? Or il y a dans les Evangiles mêmes une
preuve, qui paroit tout à fait convaincante, que ces Livres
ont été publiés avant la Ruïne de Jérufalem. En effet S.
Matthieu, Saint Marc & S. Luc rapportent la prédiction
de nôtre Seigneur, touchant la deftruction totale de cette
malheureufe Ville & de fon Temple. Mais la maniere, dont
ils la rapportent, fait fentir à un Lecteur attentif, qu'elle a
été écrite avant l'Evénement. Sans cela elle n'auroit pas été
conçuë en des termes, qui femblent prédire à la fois, & la
Deftruction du monde & celle de Jérufalem. Il eft vifible
que c'eft cette Prophetie, qui fit croire aux Chrétiens, que
le dernier avénement de J. Chrift étoit tout proche, & qui
donna lieu à l'objection, que l'on fit bien-tôt aux Apôtres;
favoir que J. Chrift ne venoit point comme il l'avoit promis.
On trouve cette objection des Incrédules dans le Chap. III.

Matth.
XXIV.
Marc.
XIII.
Luc. XXI.

Premiere
Preuve ti-
rée de la
maniere,
dont les
Evange-
liftes rap-
portent la
Prédiction
de cet E-
vénement.

de

de la feconde Epitre de S. Pierre. Or fi une Prophetie, qui étoit le fondement d'une telle objection, avoit été publiée depuis l'Evénement, il eft hors de toute vraifemblance, que des Auteurs Chrétiens, euffent fait parler J. Chrift en des termes, qui fembloient l'appuyer.

XIII. Il y a plus encore. La Deftruction de Jérufalem fut le Triomphe de la Foy Chrétienne. On vit l'Evénement juftifier la Prédiction du Seigneur: On y vit le Parricide, commis en fa Perfonne, puni d'une maniere proportionnée à la grandeur du crime, & avec des circonftances qui montroient aux plus aveugles, que Dieu redemandoit à la Nation Judaïque le Sang de fon propre Fils. Lorfqu'elle fe glorifie encore de l'avoir crucifié, elle voit les environs de fa Capitale tout couverts de croix, auxquelles fes malheureux Citoyens font attachés. „ Il n'y avoit plus de place, dit „ Jofephe, [34] pour y planter de nouvelles croix, ni de croix pour „ y attacher les féditieux. „ Qui peut envifager cet affreux fpectacle, fans y reconnoitre des marques vifibles de la Juftice de Dieu? C'eft l'épouvantable accompliffement de cette Parole, prononcée par la fureur elle-même, *Que fon Sang foit fur nous & fur nos Enfans.* Certainement fi les Evangiles avoient été écrits depuis cet Evénement, par des Auteurs qui auroient emprunté les noms des Apôtres, & des Hommes Apoftoliques, il n'eft pas concevable, qu'il ne leur fut échappé quelques mots, qui auroient laiffé entrevoir l'impofture, & qui auroient fait fentir à un Efprit critique, que ces Livres font pof- térieurs à la ruïne de Jérufalem.

Nous avons des *Conftitutions,* que l'on nomme *Apoftoliques,* & des *Canons* ou Régles, qui portent le nom des Apôtres. Quoique ces Ouvrages ayent été faits par des gens, qui n'é- toient pas malhabiles, ils n'ont pû neanmoins cacher leur fraude à la Pofterité. La Critique a bientôt apperçû le Caractère d'un fiécle, pofterieur à celui, où les Auteurs fe font pla- cés. Il n'en eft pas de même de nos facrés Auteurs. Leurs Ecrits portent le Caractère de leur tems. Pas un trait, pas le moindre indice qui faffe feulement foupçonner, qu'ils ayent été publiés depuis la mort des Apôtres.

XIV. Il n'y a donc dans nos Evangiles aucune marque de fuppofition. Ils ne démentent point le témoignage, que toute l'Antiquité leur rend: Mais les Auteurs qui les ont écrits, foutiennent-ils bien le grand Caractère d'Hiftoriens du Fils de Dieu? Tâchons d'en tracer l'idée, & voyons fi elle leur convient.

Qu'eft-ce qu'on exige d'un Ecrivain qui fe dit Apôtre de J. Chrift, ou Difciple de fes Apôtres? On veut que fa Narration foit fimple, marquée des circonftances des tems, des lieux, des noms des Perfonnes. On veut qu'il foit intégre, impartial, qu'il ne facrifie qu'à la vérité, & non à la gloire, à l'ambition, à l'intérêt, à la faveur. Qu'il foit circonfpeĉt & modéré dans fes jugements, également éloigné des deux extrêmités, du Panegyrique, ou de la Satyre: Qu'il ne diffimule point les défauts d'un Parti, & qu'il n'exagére point ceux de l'autre: Qu'il évite l'affeĉtation qui ne fied bien qu'au menfonge : Qu'il n'aille point égarer fon Leĉteur dans les voyes incertaines des Conjeĉtures: Qu'il s'en tienne à des faits certains, évidens: Que s'il raconte des prodiges, il n'en foit point le premier admirateur, & ne faffe point d'efforts pour en relever le merveilleux: Qu'il les rapporte tels qu'il les a vûs, ou qu'on lui a racontés, fans leur prêter aucun relief: Que les Aĉtions d'une Puiffance furnaturelle paroiffent difpenfées par la fageffe, qui eft toujours inféparable de cette puiffance. Qu'elle n'agiffe jamais par oftentation: Que celui qui en eft le dépofitaire, ne la faffe jamais fervir à fa propre gloire, à fa vengeance, ou à fes intérêts. Qu'étant le Miniftre de Dieu, il n'agiffe que pour fa gloire : Et qu'enfin fa Pieté envers Dieu, fa charité envers les hommes, la fainteté & la fublimité de fes mœurs, répondent à fa Doĉtrine, & ne laiffent aucun doute fur la Caufe des Miracles qui la confirment.

C'eft-là, ce me femble, une partie des traits, qui doivent compofer le caraĉtère d'un Hiftorien du Fils de Dieu, ou d'un Ecrivain Apoftolique. La droite Raifon le peindroit de la forte. Mais que feroit-elle, que former & raffembler des Idées, dont la réalité fe trouve dans nos Evangeliftes ? Ils font les Originaux du Portrait que nous venons de tracer.

Les Livres Apocryphes, bien differents, à tous égards, des Livres véritables. X V. Il ne faut point objeĉter, que l'on a fuppofé des Livres aux Apôtres, & aux Hommes Apoftoliques. Tout le monde en convient. Mais il faut convenir auffi, que ces impoftures n'ont commencé qu'au fecond fiécle; & n'ont eû de fuccès que parmi les Seĉtes intéreffées à les défendre. Ou fi elles ont quelques-fois furpris la fimplicité des Fidèles, ils font bientot revenus de leur éblouiffement. Le caraĉtère de ces Livres fuppofés n'avoit rien d'Apoftolique; l'origine en étoit obfcure, la publication nouvelle, & poftérieure au fiécle des Apôtres, la doĉtrine difcordante de la leur: Et le miraculeux y avoit un air de fable, qui n'a pas permis de s'y tromper longtems. Au refte on renvoye les Leĉteurs, qui voudront en favoir d'avantage fur cette matiere à un Difcours ³⁵ fur les Apocryphes du N. Teftament.

XVI. Après

XVI. Après avoir démontré de la forte, que nos Évangiles font véritablement l'Ouvrage des Apôtres, & des Hommes Apoftoliques, dont ils portent les noms, il faut faire voir à préfent, que leur témoignage eft très digne de foy, & qu'on n'a aucune raifon, je ne dirai pas néceflaire, mais probable de le contefter. Imaginons toutes les raifons, qui peuvent rendre un témoignage fufpect ou douteux : Voyons s'il y en a quelqu'une qui puiffe affoiblir celui des Evangeliftes. Affurons nôtre foy par l'examen. La Vérité ne le craint point. Il ne fert qu'à lui donner plus d'évidence, & à la mettre dans un plus beau jour.

1. On recufe un témoin unique, quoiqu'au fond c'eft moins le nombre que la qualité des Témoins, qui donne de la certitude aux Relations. Un homme de bien, fage, attentif, éclairé, mérite plus de creance qu'une multitude, parmi laquelle il y a toujours beaucoup de Gens légers, crédules, précipitez dans leurs jugemens. Mais ici il y a une multitude de témoins, & de témoins graves, fages, circonfpects & modeftes. Les Apôtres font au nombre de douze, fans compter ce grand nombre de Difciples, qui fuivirent J. Chrift, & dont plufieurs eurent le bonheur de le voir depuis fa Refurrection.

2. On recufe des Témoins vicieux. La Vérité n'en veut point, & quand les Démons voulurent publier la Miffion Divine du Sauveur, il leur impofa filence. Mais quels vices, ou plûtôt quels défauts, peut-on reprocher aux Evangeliftes, & en général aux Apôtres du Seigneur, depuis qu'ils eurent reçû le S. Efprit ? Il eft vrai qu'auparavant ils ne font pas exemts d'Ambition. Séduits par les idées que leur Nation avoit du Meffie, & par les inftructions de leurs Docteurs, ils afpirent à de hautes dignités, & n'y afpirent neanmoins que par des voyes honorables. Mais la Mort & la Refurrection de J. Chrift changent bientot toutes leurs idées là deffus. Ils n'afpirent plus qu'aux dignités du Royaume des Cieux, & n'y marchent que par les plus profondes humiliations & les fouffrances.

3. On recufe des Témoins qui fe contredifent, mais il n'y a point de contradiction réelle, du ³⁶ moins qui concerne les faits importans, dans le témoignage de nos Evangeliftes. On a de la peine, je l'avouë, à concilier les Généalogies du Seigneur, rapportées, l'une par S. Matthieu, & l'autre par S. Luc. Quand il feroit impoffible de les concilier, que pourroit-on en conclurre, finon que l'un d'eux a été trompé par quelque faux mémoire ? Mais ce ne font pas là des chofes, *qu'ils ont vuës, qu'ils ont ouïes, & qu'ils ont touchées de leurs propres mains.* On trouve encore quelques varietés dans les circonftances de la

Refur-

Seconde Propoſition. Que le témoignage ur du à J. Chriſt par les Apôtres, en general, & par les Evangeliſtes, en parti- culier, eſt digne de foi.

Caractè- res des Témoins de la vie & de la Doctrine du Sau- veur.
1. Leur nombre.

1. Leurs qualités; leurs ver- tus.

3. Leur Harmo- nie.

Refurrection du Seigneur: Mais y en a-t-il dans l'Eſſentiel? Ne dépoſent-ils pas tous unanimement, que J. Chriſt a été crucifié, qu'il a été enſeveli, qu'il eſt reſuſcité le troiſiême jour, qui fut le premier jour de la ſemaine? Quand les té-moins s'accordent ſur l'Eſſentiel des faits, quelques varietés dans les circonſtances, n'ont jamais rendu le fait ſuſpeꞔ de ſuppoſition, & n'ont ſervi qu'à faire voir, qu'il n'y avoit point de concert entr'eux.

4. Leur Conſtan-ce. 4. On recuſe des témoins qui chancellent, & qui mis à l'épreuve, retraꞔent ce qu'ils ont dit. Cependant leur té-moignage ne laiſſe pas ſouvent d'être vrai, parce que la Re-traꞔtation peut être un effet de foibleſſe. L'amour de la vie & du repos l'emporte ſur l'amour de la vérité. Mais au-cun des Apôtres ne chancelle: aucun ne ſe retraꞔte: Ils ſou-tiennent leur témoignage, & le confirment par une patience invincible. On ne dira pas qu'ils ont tous ſouffert le Marty-re. Il y a des Ecrivains qui l'avancent; mais les plus anciens ne le diſent pas, & *Clement d'Alexandrie* n'a point conteſté le témoignage d'*Heracleon*, [37] qui aſſûre, que *Matthieu*, *Phi-lippe*, *Thomas* & *Levi* n'ont point ſouffert le Martyre. Ce que l'on ne ſauroit nier, c'eſt que, ni l'ignominie, ni les tra-vaux, ni toutes les afflictions humaines, ſouvent plus inſup-portables que la perte de la vie, n'ont pu ébranler leur conſtance, ni leur arracher un deſaveu. *Saul*, témoin de la Synagogue, s'eſt dédit, & l'a abandonnée: mais *Paul*, té-moin du Fils de Dieu, ne s'eſt jamais dédit, & les tra-vaux immenſes, qu'il a ſoutenus, pendant plus de vingt an-nées, n'ont ſervi qu'à faire éclater la grandeur & la ſincéri-té de ſa Foi.

5. Ils ne témoi-gnent point dans leur pro-pre cauſe. 5. On recuſe des témoins, qui dépoſent, dans leur propre cauſe. Mais la cauſe, que les Apôtres défendent, n'eſt pas la leur. C'eſt celle de Jéſus, qui a été crucifié, & qui, s'il n'eſt pas reſuſcité d'entre les morts, ne peut, ni recompen-ſer leur zèle & leur fidélité, ni punir leur défection.

6. Ils n'ont au-cun inté-rêt à men-tir. 6. On recuſe des témoins, qui ont intérêt à rendre & à ſoutenir un faux témoignage. Il s'agit de ſauver leur vie, leur fortune, ou leur honneur, ils ſont ſuſpeꞔts. Mais l'honneur, la vie, la fortune des Apôtres, demandent el-les qu'ils attribuent à J. Chriſt de faux miracles, & qu'ils aſ-ſûrent, contre leur conſcience, qu'il eſt ſorti vivant du Tom-beau, & qu'il eſt monté au Ciel? N'eſt-ce pas pour l'avoir I. Cor. iv. 9. 13. prêché, pour l'avoir maintenu, qu'ils ont été traités *comme des gens devoués à la mort, comme les baliures du monde, & le re-but de toute la Terre?*

7. On

7. On recuse des témoins, qui paroiſſent crédules, ſuper-ſtitieux, & pleins de prévention. Du moins a-t-on raiſon de ſe défier de leur témoignage. Le préjugé éblouït, & dès qu'on attend un miracle, les moindres apparences ſuffiſent pour faire croire qu'il eſt arrivé, & qu'on l'a vû. La pré-vention eſt une perſuaſion anticipée, qui ne laiſſe plus à l'a-me la liberté de bien examiner. Graces à la Providence, les Apôtres ſont bien éloignés d'attendre ou d'eſperer la Re-ſurrection de leur Divin Maître. Il l'a prédite, & pourtant ils ne la croyent point: le Tombeau vuide; les linges qui en-veloppoient le corps du Sauveur, mis à part, confirment la nouvelle qu'on leur a dite, & ils ne la croyent pas. Ne re-prochons point aux Apôtres leur aveuglement & leur obſti-nation. Cette eſpéce *d'endurciſſement n'eſt arrivée pour quelque tems à ces Iſraëlites* que pour notre Salut. Leur incredu-lité ne ſert guéres moins à notre foy, que leur perſua-ſion. Je crois, parce qu'ils ont crû, parce que leur foy a été conſtante, & ne s'eſt jamais démentie. Mais je croi auſſi parce qu'ils n'ont point crû, parce qu'ils ont douté, parce qu'ils ont examiné, & qu'ils ne ſe ſont rendus qu'à des preuves, auxquelles l'incrédulité la plus obſtinée ſera toujours forcée de céder, à moins qu'elle ne ſoit ſoutenue par une malice in-vincible.

8. On recuſe des témoins éloignés des tems & des lieux, qui ne parlent, ou n'écrivent, que ſur des Rélations incer-taines, ſur la foy de la Renommée, ſur les diſcours du Vul-gaire, toujours crédule, ſuperſtitieux, & très ſouvent infidè-le. Mais on ne peut reprocher rien de pareil aux Diſciples de J. Chriſt. Ils ne racontent *que ce qu'ils ont vû de leurs propres yeux, ce qu'ils ont ouï de leurs oreilles, & ce que leurs mains ont touché*. Ils n'en parlent même, ils ne l'écrivent, que parce qu'ils y ſont obligés par le devoir de leur Miniſtère; & par-*ce qu'il leur eſt impoſſible de ne pas publier ce qu'ils ont vû & ouï*.

9. Enfin on recuſe des témoins legers, imprudents, dont les actions, les diſcours, les raiſonnemens, marquent de l'égarement dans l'Eſprit. A l'égard de cette accuſa-tion, il faut l'avoüer, elle a été avancée contre les A-pôtres de J. Chriſt, & contre J. Chriſt même. *Feſtus* ne reprochoit il pas à S. Paul *qu'il avoit perdu l'Eſprit, & que ſon grand ſavoir le mettoit hors du ſens?* Les Juifs accuſèrent les Apôtres d'être *pleins de vin doux;* Et les propres Parens du Sei-gneur, ne furent-ils pas capables de dire *qu'il étoit hors du ſens?* Il n'y a rien là d'extraordinaire. Il faut que la Sageſſe pa-roiſſe Folie aux yeux de l'inſenſé. N'eſt-ce pas ainſi que les *Abderitains,* voyant leur Citoyen *Democrite* toujours enfon-

Vol. V. E cé

7. *Ils ne ſont rien moins que crédules, & préve-nus.*

8. *Ils ſont témoins oculaires.*

1. Jean. 1. 1.

Act. IV. 20. 9. *Ce ſont des hom-mes pleins du bon ſens.*

Act. xxvi. 24.

Act. ii. 13. Marc. iii. 21.

cé dans ſes Méditations Philoſophiques, négliger le boire, le manger, le ſommeil, mépriſer les honneurs & les richeſſes, n'eſtimer que l'Etude & la connoiſſance des vérités naturelles, s'imaginèrent [3a] qu'il étoit devenu fou, & prièrent *Hippocra-te* de venir le guérir. *La folie* des Apôtres eſt de la même eſpèce, quoiqu'elle ait un autre objet. Ils *ſont devenus inſen-ſés pour l'amour de Jéſus.* Car quelle plus grande folie, au jugement du monde, que de fouler aux pieds tous les avan-tages de la terre, pour l'amour de Jéſus crucifié: *pour le con-noître, lui, & la vertu de ſa Réſurrection, & la communion de ſes ſouffrances?* Du reſte, les Ecrits des Evangeliſtes & des A-pôtres, feront une preuve immortelle, & de leur haute ſa-geſſe, & de leurs ſublimes vertus.

1. Cor. IV. 10.

Philipp. III. 10.

XVII. On a tâché de rapporter toutes les cauſes, qui peuvent rendre un témoignage ſuſpect, & l'on a fait voir, qu'il n'y en a aucune, qui puiſſe affoiblir celui de nos Evan-geliſtes, ou plutôt, qui ne le confirme. Continuons d'en établir la certitude, en démontrant ces deux Propoſitions: La première, qu'ils ont eû une connoiſſance évidente & cer-taine des faits qu'ils ont racontés: La ſeconde, qu'ils les ont racontés fidélement. S'il n'y a eû de leur part, ni menſon-ge, ni illuſion, leur témoignage eſt invincible.

Certitude du Témoi-gnage des Apôtres.

Il y a deux ſources de nos connoiſſances, les Sens, & la Raiſon. La Raiſon découvre les vérités abſtraites, & les confirme par le Raiſonnement. Les Sens apperçoivent les objets corporels: Ils ſont ſeuls juges de la vérité des faits, & la Raiſon ne fait qu'apporter les précautions néceſſaires pour les garantir d'illuſion. Lorſque les Sens ſont vifs, & bien diſpoſés, & que les objets ſont proportionnés à leur ac-tivité, ils ſont entiérement dignes de foy: L'Ame eſt forcée d'acquieſcer à leur dépoſition.

Les Diſci-ples de J. Chriſt, ne peuvent a-voir ſouf-fert d'il-luſion.

La Doctrine que le Seigneur a prêchée, ſes Miracles, & ſa Réſurrection, ſont des faits qui ne pouvoient être connus que par les Sens. La Doctrine par l'ouïe, les Miracles par la vuë & par le toucher. Si Dieu avoit révélé aux Apôtres la Doctrine & les Miracles du Sauveur, ils n'auroient pû s'aſ-ſurer de la vérité de ces Révélations que par d'autres Mira-cles, ni de la vérité de ces derniers Miracles que par les Sens. C'eſt donc par cette voye que J. Chriſt a inſtruit ſes Diſci-ples, & qu'il les a convaincus de la certitude de ſa Doctri-ne. Il ne leur étoit pas poſſible de réſiſter à ce témoignage, ſur tout lorſque le même objet faiſoit la même impreſſion ſur eux tous, qu'ils avoient tous la même perception, & qu'ils s'accordoient tous à dire, *Nous l'entendons, nous le voyons, nous le touchons, nous le reconnoiſſons.* Il eut fallu que Dieu eut fait

Certitude invincible du témoi-gnage des Sens, tant dans les faits mi-raculeux, que dans les faits communs & ordi-naires.

un

un Miracle d'illusion, pour les jetter tous dans la même erreur ; ce qui est absurde. On doit donc conclurre, que les Apôtres ont pû avoir une entiere certitude des faits, qu'ils ont rapportés, & qu'ils l'ont euë en effet, puisqu'ils les ont ouïs, qu'ils les ont vûs & touchés. La même preuve qui les a convaincus, que Jésus les avoit appellés, qu'ils l'avoient suivi, qu'ils ont demeuré avec lui, pendant un peu plus de trois ans, que la veille de sa mort il a fait la Pâque avec eux, qu'il a été pris par les Juifs, condamné & crucifié. Cette même preuve les a convaincus, qu'il a été avec eux depuis sa mort, qu'ils ont parlé & mangé avec lui, qu'il leur a donné de nouvelles instructions, & qu'il s'est separé d'eux quarante jours après sa Résurrection, en s'élevant au Ciel. Comme il leur a été impossible de douter un instant de la vérité des premiers faits, il leur a été impossible de douter de la vérité des seconds. Quand la Preuve est la même, il faut que la certitude soit égale. Le merveilleux n'y change rien, parce qu'il ne change point la nature des objets. Que les eaux d'un Fleuve suivent leur pente, ou qu'elles remontent vers leur source, c'est toujours des eaux, toujours mouvement, toujours objets, dont les sens seuls peuvent juger, & dont ils jugeront d'une maniere infaillible, quand ils seront bien disposés. La cause du Phénoméne appartient à la Raison, mais le Phénoméne même, est du ressort des Sens. La Raison ne peut le connoître que par leur operation.

Ainsi les Apôtres ont eû une connoissance distincte & certaine de la Doctrine, que le Seigneur a prêchée, des Miracles qu'il a faits, & en particulier de sa Résurrection. Il ne s'agit plus que de savoir, si leur témoignage est véritable, ou si contre leur conscience, ils ont supposé des faits, qu'ils savoient être faux, & en ont composé l'Histoire de J. Christ.

XVIII. Les Personnes, qui n'ont jamais lû les Evangiles, ou qui les lisent sans réflexion, l'esprit rempli de préjugés charnels, & le cœur de passions, & d'attachements, ou criminels, ou frivoles, peuvent s'imaginer, que les Evangelistes, sont des Ecrivains fabuleux, qui ont voulu en faire accroire au Monde. Il est non seulement naturel, il est nécessaire qu'ils en portent ce jugement. Car ne voulant pas renoncer à leurs cheres inclinations, & ne pouvant les concilier avec la Doctrine du Sauveur, ils sont forcés de prendre le parti de la rejetter. Sans cela il s'allumeroit en eux-mêmes, entre leur esprit & leur cœur, une guerre qui les déchireroit continuellement.

Mais ce qui est nécessaire dans un homme, qui se livre à ses passions, paroit comme impossible dans un homme de

bien

bien, qui lit l'Evangile, je ne dirai pas avec docilité, mais
avec un esprit libre, desintéressé; & avec *un cœur honnète &
bon*, comme le Seigneur s'exprime. Jamais une Personne de
ce caractére, ne regardera ces Livres sacrés, comme l'ouvrage de l'impofture. La raifon en eft, que ce jugement eft,
non feulement deftitué de preuves: il l'eft même de toute
probabilité. Tout y refpire la fincérité & la candeur. La Vérité elle même, pourroit elle s'exprimer autrement.

On l'a dit cent & cent fois, & on le repetera toujours,
parce qu'on n'y répondra jamais. La fincérité des Evangeliftes éclate partout. Ils font les Hiftoriens des vertus du Fils
de Dieu; mais ils le font en même tems de leurs propres défauts. Quels autres Ecrivains nous ont appris leurs contef-
tations fur la grandeur, fur la prééminence, leur fuite, leur
défertion lorfque J. Chrift fût pris par les Juifs; leur incrédulité fi opiniâtre & fi fcandaleufe, la chûte totale de leurs
Efperances & de leur Foi, lorfqu'ils virent que leur Maitre
avoit été crucifié? Ils racontent l'abnégation de S. Pierre,
comme la perfidie & la fin tragique de Judas. C'eft S. Jean,
qui nous apprend, qu'étant defcendu dans le fepulchre du
Seigneur, il y vit, comme S. Pierre, les linges, qui y étoient,
& le fuaire plié & mis à part, mais [30] qu'*il ne crût point, parce qu'il ne favoit pas encore, que, felon les Ecritures, Jéfus devoit
réfufciter d'entre les morts.* Il y a mille autres endroits de cette
nature, qui font des preuves évidentes de la fincérité des E-
vangeliftes. Mais ce qui devroit faire tomber les *Ecailles*, qui
ferment les *yeux* des Incredules, c'eft qu'ils racontent les foi-
bleffes apparentes de leur Divin Maître, avec la même fincérité que les leurs. Saurions nous fans eux, la trifteffe, la
confternation, le trouble mortel, qui faifit J. Chrift, à l'approche de fon fupplice? Saurions nous fans eux, qu'il décou-
Luc xxii.
43. 44. la de fon corps *une fuëur fanglante*, & qu'un *Ange* vint le *fortifier*? Saurions nous fans eux, qu'il prononça fur la Croix
ces terribles paroles, qui ont fait dire aux Payens qu'il s'étoit
Matt.
XXVII.48. defefperé *Mon Dieu! Mon Dieu! pourquoi m'avez vous abandonné*!

Je ne fai comment le Préjugé, l'Incrédulité, peuvent tenir
contre la Réflexion que je vai faire. L'Agonie de J. Chrift
ne fe paffe point dans le Temple, dans une place publique,
dans le Prétoire, dans la falle de *Pilate*, dans celle d'*Anne*
Matt.
xxvi. 36.
& feq.
Voyez
auffi les
Paralle-
les. ou de *Caïphe*. C'eft dans un lieu nommé *Getfemané*; c'eft
la nuit & dans la folitude. Trois Difciples du Sauveur en
font les feuls témoins: Il a éloigné tous les autres. Les Juifs
n'en ont rien vû. Il a paru devant eux avec cette fermeté,
qui fait admirer les Heros. Les Apôtres pouvoient donc en
faire

faire un Sage à la Stoïcienne, le repréfenter comme on nous repréfente *Socrate*, *Phocion*, *Regulus*. Ils ne l'ont pas fait. Ignoroient ils ce qu'on nomme Grandeur d'ame, Conftance héroïque? Mais ils ont bien eu le courage de mourir eux-mêmes, comme ces illuftres Payens font morts, & comme ils croyoient qu'un Héros devoit mourir. Cependant ils ont repréfenté J. Chrift *troublé, faifi de triftefse & d'effroi jufqu'à la mort*, manquant, pour ainfi dire, de lumiére & de confeil, & s'écriant dans l'excès de fa douleur, *Que dirai-je*! Ils n'ont point diffimulé ces endroits, qui femblent fi peu honorables au Sauveur. Ils les ont tirés de leur obfcurité, & les ont expofés à la vuë de toute la Terre. Ces endroits, qui femblent dégrader le Fils de Dieu, & faire defcendre J. Chrift du Thrône de la Vertu héroïque, où il s'eft élevé, fe trouvent dans les Ecrits des Evangeliftes, tout comme fes Miracles, & les plus grands exploits de fa puiffance. Ceux qui nous ont raconté le fecret de fa Transfiguration, nous racontent de même celui de fon Agonie. Ce font là des preuves de la fincérité des Evangeliftes, qui étourdiront au moins les Incrédules, & qui les confondront, fi elles ne les perfuadent pas.

XIX. Comme ce n'eft pas ici un Traité, mais un Difcours, qui ne peut être long, je n'ajouterai qu'une feule Réflexion fur le même fujet. Mais cette Réflexion à l'avantage, qu'elle nous découvre une preuve évidente de la fincérité de nos Evangeliftes, dans la plus fpécieufe objeétion que l'Incrédulité peut nous faire.

Pour nous rendre la Réfurreétion du Sauveur fufpeéte, on nous fait remarquer, que ce fut un Evénement fecret; que fa Mort fut publique, mais que fa Réfurreétion ne le fut point. Elle n'eût pour témoins, que fes Difciples, fes Amis, fes Confidents, au lieu, que, pour reparer le fcandale, que fa Crucifixion avoit caufé, elle devoit arriver à la face de toute Jérufalem. C'eft ainfi que l'Incrédulité raifonne, & qu'elle entreprend de préfcrire à la Providence la conduite, qu'elle doit tenir. Répondons à fon objeétion, mais qu'elle nous réponde auparavant aux Queftions que nous allons lui faire.

XX. On lui demande donc premiérement, fi les Miracles publics que J. Chrift a faits, pendant le cours de fon Miniftere, ne fuffifoient pas pour convaincre les Juifs, que fa Vocation étoit Divine? & par confequent, qu'ils n'avoient aucune raifon légitime de rejetter fa Doétrine, & de le crucifier? On lui demande en fecond lieu, fi la Réfurreétion de *Lazare*, qui n'a précedé que de peu de jours la Mort & la Ré-

Vol. V.   F

Réfurrection du Seigneur, ne fuffifoit pas pour convaincre les Juifs, qu'il étoit effectivement le Fils de Dieu, *la Réfurrection & la vie*? On lui demande, en troifième lieu, s'il y a rien de plus vrai que cette parole de nôtre Sauveur, contenue dans la Parabole du mauvais Riche: *s'ils n'ont pas écouté Moyse & les Prophètes, ils ne le croiroient pas non plus, quand quelqu'un des morts réfufciteroit*? Appliquons ce mot à la Réfurrection du Sauveur. Si J. Chrift s'étoit fait voir aux Juifs, depuis qu'il fut refufcité, pouvoient-ils manquer de dire, que c'étoit un Phantôme, un Démon, qui avoit pris la figure de J. Chrift afin de leur en impofer & de les féduire? N'avoient ils pas déja dit, qu'*il étoit pofsedé du Démon, & qu'il ne chafsoit les Démons, qu'au nom*, & par l'afsiftance, *du Prince des Démons*? On lui demande, en quatrième lieu, fi le témoignage des foldats, à qui Pilate avoit confié la garde du fépulchre de J. Chrift, & qui virent les Prodiges, qui accompagnèrent fa Réfurrection, ne fuffifoit pas pour les convaincre, qu'il étoit véritablement refufcité? D'autant plus qu'il l'avoit prédit pendant fa vie, & qu'ils n'ignoroient pas cette prédiction. On lui demande, en cinquième lieu, fi des gens, qui portent l'obftination & la malice, jufqu'à corrompre les foldats, que Pilate leur avoit donnés, & qui les engagent à dire, que les Difciples de J. Chrift étoient venus la nuit, & avoient enlevé fon corps, pendant que les Gardes dormoient; on lui demande, dis-je, fi ces gens-là étoient dignes, que le Sauveur fe montrât à eux depuis fa Réfurrection, & s'il eft croyable, qu'ils fe fufsent convertis à fa vûë? On demande enfin aux Incrédules, s'ils ne font pas frappés eux-mêmes de la Réligion & de la fincérité de nos Evangeliftes, qui nous difent, que J. Chrift ne fe montra depuis fa Réfurrection, qu'à fes Difciples & à ceux qui avoient crû en lui?

XXI. Infiftons un moment fur une preuve fi évidente de la fincérité & de la fidelité des Evangeliftes. Ils racontent, que, le Seigneur étant refufcité d'entre les morts, n'apparut qu'à fes Difciples, & aux perfonnes, qui avoient crû en lui. S. Pierre, loin de le difsimuler, le prêche à *Cefarée. Pour nous*, dit-il, *nous fommes témoins de toutes les chofes que Jéfus a faites, foit dans la Judée ou à Jérufalem même. Cependant on l'a fait mourir fur la Croix. Mais Dieu l'a refufcité le troifième jour, & A VOULU, QU'IL SE SOIT FAIT VOIR, NON A LA VERITE A TOUT LE PEUPLE, MAIS AUX TEMOINS QUE DIEU AVOIT CHOISIS AUPARAVANT.* S. Luc, qui a écrit la Prédication de S. Pierre, plufieurs années n'en a point retranché cet endroit, qui fert aujourd'hui de prétexte aux Incrédules, pour rendre douteux le Miracle de la Réfurrection du Sauveur. Eft-ce donc, que ni S. Luc, ni

les

Luc xvi. 31.

Jean vii. 20.
Matt. ix. 34.

Matt. xxviii. 11. & fuiv.

L'Objection des Incrédules, eft une preuve invincible de la fincérité des Evangeliftes?
Act. x. 39. 40.

les autres Evangeliftes, ni les autres * Apôtres, n'ont pu prévoir cette objection ? Mais elle eft d'une nature à ne pouvoir échapper aux plus fimples. Il eft inconcevable, que les Apôtres ne l'ayent pas prévue, & s'ils avoient été des impofteurs, il ne tenoit qu'à eux de la prévenir. Quel autre motif que leur fincérité, a pu les empêcher de publier & d'écrire, que le Fils de Dieu, fortant du Tombeau, fe fit voir en plein jour, & pendant le cours de la Fête de Pâques dans le Temple de Jérufalem? Qu'il y apparut vivant & glorieux, en préfence des Sacrificateurs & du Peuple, afin qu'il y eut autant de témoins de fa Réfurrection, qu'il y en avoit eu de fa Mort? Qu'il fe montra aux Juifs avec toutes les marques qui pouvoient le faire reconnoître, & leur fit voir fes playes encore toutes récentes ?

Ce n'eft point la fincérité, dira-t-on peut-être, qui les a retenus: C'eft la prudence; C'eft la timidité. Le menfonge eut été trop hardi. Ils ont bien vû qu'ils feroient convaincus de faux témoignage, & ils ont craint d'en être punis. Acceptons cette réponfe, avant que l'Incrédule foit obligé de la retracter. Car, fi elle rend la Réfurrection de J. Chrift incertaine, elle établit la certitude de celle de Lazare, & en général de tous les Miracles que J. Chrift a faits en public, à la face de toute la Judée, & de toute la Galilée. En effet, fi la crainte d'être convaincus de menfonge, a empêché les Apôtres d'avancer, que J. Chrift s'étoit montré aux Juifs depuis fa Réfurrection, cette même crainte a dû les empêcher de publier tant d'autres Miracles du Seigneur, qu'ils difent avoir été faits en public, & en préfence d'une multitude de Témoins. C'eft ainfi que les reffources même de l'Incrédulité, ne fervent qu'à la confondre, & qu'elle eft obligée de leur donner à la fois, & par rapport à des faits de même nature, les caractères incompatibles de la timidité & de la hardieffe, de la circonfpection & de l'imprudence.

Nous avons accepté la Réponfe des Incrédules, quoiqu'au fond elle ne foit pas folide. Il eft vrai que la prudence toute feule, ne permet pas d'avancer des faits notoirement faux, dans les lieux & dans les tems où ces faits font arrivés. Mais empêche-t-elle qu'on ne le faffe en des tems, en des lieux éloignés, où les témoins manquent, & où l'on ne craint point d'être convaincu de menfonge? Ainfi les Apôtres prêchant à Jérufalem peu de jours après la Réfurrection du Sauveur, ils ne pouvoient avancer, fans craindre d'être condamnés comme

Réponfe à une Inftance des Incrédules.

---

* S. Paul, dans fa 1. Ep. aux Corinthiens, rapportant les apparitions du Seigneur, témoigne de même, qu'il n'apparut qu'aux Apôtres, & *aux Freres.* 1. Cor. xv. 4. & fuiv.

me faux témoins, que J. Chrift s'étoit fait voir aux Juifs,
vivant & glorieux, depuis fa mort. Mais couroient ils le même rifque à Rome, dans les Provinces d'Afie, dans les villes
de la Grece, dans l'Empire des Parthes? Couroient ils le même rifque en écrivant ce fait dans des livres, pofterieurs de
plufieurs années à l'événement, & publiés dans des * Villes
fort éloignées de la Paleftine.   Les Impofteurs ne font pas fi
timides, ni fi refervés, qu'on voudroit le faire croire: Ils trouveront de la contradiction parmi des adverfaires, mais, dès
qu'ils fe font faits un Parti, ils peuvent avancer impunément,
foutenir, & perfuader même les plus grands menfonges. Si
donc les Apôtres ont prêché, s'ils ont écrit que J. Chrift
n'apparut depuis fa Réfurrection, qu'à ceux, qui avoient
crû en lui, c'eft par l'unique raifon que ce font des témoins
fincéres & fidèles.

L'Objec-
tian, dont
il s'agit,
eft fondée
fur le
Principe
de l'A-
theïfme.   XXII. Après ces Réflexions répondons directement à
l'Objection.   J. Chrift n'eft apparu depuis fa Réfurrection,
qu'à ceux qui avoient crû en lui.   Il ne s'eft point fait voir
aux Juifs, qui l'avoient crucifié.   Donc la Réfurrection de
J. Chrift eft fuppofée.   Ce raifonnement eft fondé fur la
plus fauffe, & la plus évidemment fauffe de toutes les maximes; favoir, que nous pouvons préfcrire à Dieu un plan
de conduite, qu'il doit fuivre, & que toutes les fois qu'il
s'écarte de ce plan, nous devons en conclurre, ou que
les actions qu'on lui attribue font fauffes, ou qu'il n'en eft
point l'auteur.   C'eft le Principe des Athées; Il réfulte de
l'arrangement, qui eft dans le monde, & de l'enchaînure des
caufes, un grand nombre d'événements, qui ne nous paroiffent pas convenir à une Sageffe & à une Puiffance infinies.
Donc un Dieu Tout-puiffant & tout Sage n'a point créé le
Monde, il ne gouverne point le monde; Une Nature aveugle, qui agit néceffairement eft l'unique caufe de tout. Ainfi
l'objection des Incrédules, étant appuyée fur une maxime,
qui conduit néceffairement à l'Athéïfme, il faut, ou qu'ils
en reconnoiffent la fauffeté, ou qu'ils fe déclarent Athées. Or
ce ne font pas les Athées, que nous voulons combattre dans
ce Difcours, où il ne s'agit que de la vérité de la Réligion
Chrêtienne, & de la Révélation, qui en eft la régle & le
principe. C'eft ce qui fait que nous concluons, que toute Propofition, qui eft le fondement de l'Athéïfme, eft une Propofition fauffe.

Réponfe
directe à
cette Ob-
jection.   XXIII. Suppofons donc, qu'il y a un Dieu & une Providence, nous répondons à l'objection des Incrédules, que
la

* Il n'y a que l'Evangile felon S. Matthieu, qui ait été écrit dans la Paleftine.

la Sageſſe & l'Equité du Sauveur ne lui ont point permis de
ſe montrer aux Juifs depuis ſa Réſurrection. J. Chriſt n'a
jamais donné de Miracle à l'oſtentation. Il n'en a point donné à la curioſité & à la défiance; Il auroit agi très imprudem-
ment, & auroit fait voir, qu'il ne connoiſſoit pas les intentions & les motifs ſecrets des Hommes. Ainſi, quand on
lui en a demandé dans la vuë de faire l'eſſai de ſa Puiſſance,
& non dans la vuë de croire en lui, & de reconnoitre la vérité de ſa Miſſion & de ſa Doctrine, il les a refuſés, & a montré par là, que ſa profonde Sageſſe dirigeoit toutes ſes actions.
Qu'auroit on penſé du Sauveur, ſi lorſque le Démon lui dit,
ſi vous êtes le Fils de Dieu, commandés que ces pierres deviennent
des pains, il avoit fait le Miracle que le Tentateur lui propoſoit? Le Démon ne vouloit il ſavoir, ſi J. Chriſt étoit le
Fils de Dieu, que pour croire en lui & pour faire ce qu'il
commandoit? Or c'étoit là l'unique but des Miracles du Sauveur. Il ne s'écarta jamais de cette Régle, & il ne dût pas
s'en écarter.

On voit dans l'ordre de la Nature des choſes, qui paroiſſent inutiles, La pluye tombe dans la mer, & dans des de-
ſerts, où elle eſt en pure perte. C'eſt que Dieu ayant établi des loix générales, ne juge pas à propos d'y faire des exceptions, pour de ſi petits inconvéniens. Mais les Miracles
ne ſont pas une ſuite des loix générales, ce ſont au contraire
des exceptions à ces loix: Ce ſont des effets d'une volonté
particuliere; La ſageſſe de Dieu ne les accorde & ne doit
même les accorder, ſi j'oſe m'exprimer de la ſorte, qu'à ceux
qui croyent en J. Chriſt, ou qui ne les déſirent qu'afin de
croire en lui. De là ces paroles du Seigneur; *Cela ſe ſera ſi*
vous pouvez croire. Si vous croyez, vous verrez la gloire de Dieu,
Croyez vous que je le puiſſe faire? De là encore cette Reflexion
de S. Marc *Jeſus ne pût faire aucun miracle dans ce lieu là, à*
cauſe de leur Incrédulité, ſi ce n'eſt, qu'il y guérit un petit nom-
bre de malades, en leur impoſant les mains

Les Miracles ſont des faveurs extraordinaires, que la Providence n'accorde qu'à la Foi, ou du moins à des ames diſ-
poſées à la Foi, qui ne demandent que d'être éclairées, &
qui ſont prêtes à acquieſcer aux vérités, dont les Miracles
ſont les Démonſtrations. Rien de plus ſage, de plus équitable, & de plus juſte que cet ordre. Le Seigneur s'y conforme après ſa Réſurrection. Il ne ſe montre qu'à ceux qui
avoient crû, mais que ſa Mort avoit conſternés, & dont la
Foy avoit été entiérement ébranlée par un Evénement qui
ſembloit ſi contraire à leurs Préjugés, & qui détruiſoit toutes leurs eſpérances. C'étoient des gens de bien, mais foi-

Vol. V.   G   bles,

[marginal notes:]
Les Mira-
cles n'ont
dû s'ac-
corder
qu'à la
foi pre-
ſente où
a des per-
ſonnes diſ-
poſées a
croire
en J.
Chriſt.

Math.
IV. 3.

Marc.
XX. 11.
40.
Jean XI.
40.
Matt. IX.
28.
Marc. VI.
5.

bles, & qui n'avoient pû refifter au fcandale que fon fupplice
leur avoit caufé.   Qu'il eft digne du Sauveur, d'avoir pitié
de leur foibleffe, de relever leur Foi, que la Tentation avoit
abattuë ! Mais étoit il digne de lui; étoit il conforme à l'ordre, qu'il a toujours fuivi dans le cours de fon Miniftere,
d'accorder la même grace à des gens, qui *après une infinité de*
fignes merveilleux, qu'ils ne pouvoient nier, l'accufent d'être
d'intelligence avec les Démons, l'outragent, le blafpêment,
le crucifient, comme un Séducteur, & un faux Prophète, &
font tout prêts à le crucifier une feconde fois, s'ils en avoient
le pouvoir.

Jean xi.
47.

XXIV. Je croi avoir fatisfait fuffifamment à l'Objection
dont il s'agit, & quoique je ne puiffe me flatter de perfuader
les Incrédules, je puis au moins me flatter, de leur avoir
ôté un prétexte d'incrédulité.   Au refte, on ne peut s'empêcher d'admirer les variations de ces Efprits, qui fe piquent
de pénétration & de force.   Dès qu'il ne s'agit, ni d'un Dieu,
ni d'une Réligion, ils font dociles, & tout prêts à croire.
Parle-t-on de quelque Phènomene extraordinaire, ils prêtent
l'oreille.   Ils en recherchent la nature & les caufes, le merveilleux ne les rebute point, il ne fert qu'à piquer leur curiofité.   Si le fait eft feulement attefté par quelque Philofophe,
ils s'élevent contre ceux qui le conteftent.   Ce font de petits
génies, qui veulent mefurer l'étendue des forces de la Nature, & donner des bornes à l'infini, qui n'en a point.   Pourquoi n'a-t-on pas la même déference, pour les Apôtres de
J. Chrift? Pourquoi des merveilles deftinées à ramener les
hommes de l'Idolatrie, à régler leurs mœurs, à établir le culte pur d'un feul Dieu, à fanctifier la Confcience, à convertir des Pécheurs, & à les élever aux plus fublimes vertus, par
la plus douce & la plus aimable des efpérances, par celle de
l'Immortalité ? Pourquoi, dis-je, ces merveilles n'ont elles
pas le même Privilége, que ces Evénements extraordinaires,
que des caufes inconnuës produifent en tems en tems fur le
Théatre de l'Univers ? A-t-on donc quelque Régle, pour juger précifément & avec certitude jufqu'où la Puiffance de Dieu
peut s'étendre? Eft-ce un Agent néceffaire, qui ne peut paffer les bornes, qui nous font connuës? Ne peut-il fortir de
la Sphère d'activité, qu'il nous plait de lui marquer? En un
mot, d'où vient tant de docilité pour les Prodiges de la
Nature, & tant d'Incrédulité pour les Miracles operés par
le Sauveur? La caufe en eft vifible; C'eft qu'on a une crédulité infinie pour cette Puiffance aveugle & néceffitée, que
l'on nomme la Nature, & qu'on eft réfolu de n'avoir point
de foi pour Dieu ni pour une Réligion.

Réflexion
fur les
varia-
tions des
Incrédu-
les. Iné-
galité
dans leurs
Juge-
ments.

XXV. Mais

XXV. Mais, que parlons nous de prodiges à des gens, qui au fond n'en reconnoissent point, parce qu'ils ne reconnoissent dans le monde aucune Cause, qui soit sage & libre, qui agisse volontairement, & avec choix? N'alléguons que des Événements communs, & convaincons les Incrédules d'une partialité inexcusable. Supposons par exemple, qu'il s'agit d'un tremblement de terre, & supposons en même tems, que dix ou douze témoins irréprochables assûrent, que ce tremblement est arrivé dans un tel lieu, & à tel jour, avec telles & telles circonstances : qu'ils le publient, l'écrivent, le confirment par serment; & qu'accusés de mensonge, ils maintiennent unanimement la vérité de leur témoignage, jusque là, qu'ils souffrent une violente persécution plutôt que de se retracter.   Supposons, dis-je, que ce fait soit attesté de la sorte, que qui que ce soit n'oseroit plus le contredire; il passe pour constant dans l'esprit de toutes les Personnes raisonnables.   Cependant d'où vient cette grande certitude? Ce n'est point parce que les tremblements de terre sont des Événements communs.   Car, bien qu'on en connoisse les causes, on n'a point de régle, point de calcul, pour savoir quand ils doivent arriver.   Il est impossible de prédire les moments, où les matieres, qui ébranlent la terre, viendront à s'enflammer.   Il n'y a nulle conséquence de la possibilité générale des faits à leur existence.   Ce qui fait donc, que personne ne doute, qu'un tremblement de terre ne soit arrivé en tel tems & en tel lieu, c'est qu'on ne peut douter raisonnablement du témoignage des personnes qui l'affirment.   Or si ce témoignage est suffisant, pour persuader tout homme équitable, que la Terre a tremblé, un tel jour, & en tel lieu ; pourquoi ne seroit-il pas suffisant, pour persuader de même un homme équitable, que J. Christ est resuscité en tel lieu, & à tel jour?

Ce raisonnement paroîtra peut-être un Parodoxe à certains esprits, à cause de la disparité qui est entre les faits. Frappé d'abord de la différence qu'il y a entre un événement miraculeux, & un événement naturel & commun, il trouvera, qu'il y a de l'absurdité à les mettre en Parellele, & à conclurre, qu'on doit croire l'un, parce qu'on croit l'autre. Mais c'est le Préjugé, qui fait cette Objection, & non la Raison pure & libre. Car deux événements, qui ont les mêmes preuves, doivent avoir la même certitude, à moins que l'existence de l'un, ne renferme des contradictions manifestes.   Or quelle contradiction y a-t-il, que Dieu rende la vie à un homme le troisième jour après qu'il a été crucifié & mis dans le Tombeau? A-t-on quelque preuve, que cette ope-

G 2   ration

ration foit contraire à quelqu'une de ces vérités évidentes, qui fervent de Principes à nos raifonnements? Eft elle contre les perfections de Dieu, ou contre fa volonté, ou hors de l'étenduë de fa puiffance?

XXVI. Mais il eft inutile de raifonner d'avantage avec des gens, qui au fond ne nient la vérité de la Révélation, que parce qu'ils nient l'exiftence d'un Dieu. C'eft la feule & la véritable caufe, qui leur fait rejetter les Miracles du Sauveur. Ces opérations font incompatibles avec leur fyftême. Car concevant, ce qu'ils veulent bien appeller Dieu, pour cacher leur Athéïfme, comme un Etre, qui ne peut faire que ce qu'il fait, & qui le fait néceffairement, fans connoiffance, fans choix, fans liberté, par la néceffité invincible de fa Nature, ils ne peuvent reconnoitre aucune opération, qui foit l'effet d'une volonté libre & particuliere de la Divinité. Ainfi, pour les ramener à la foi des Miracles de J. Chrift, il faudroit commencer par leur perfuader, qu'il y a un Dieu, & ce n'eft pas ce que l'on fe propofe dans ce Difcours, où l'on ne penfe qu'à montrer, que le témoignage des Apôtres eft digne de foi, parce qu'ils ont fû avec certitude, les faits qu'ils ont rapportés, & qu'ils les ont rapportés fidelement.

XXVII. Il refte pourtant encore une reffource à l'incrédulité. Chaffée des Forts, ou jufqu'ici elle avoit cherché un azyle, elle a tâché dans ces derniers tems, d'en élever un autre, où elle croit être à l'abri des armes & des pourfuites de la Vérité. Il eft trop abfurde de dire, que les Apôtres du Seigneur font des Impofteurs. Leurs Actions, leurs Ecrits, leur Vie, leur Mort, démontrent leur fincérité. Il faut donc au moins leur laiffer la Perfuafion. Il n'y a qu'elle, qui puiffe faire des Martyrs. On peut bien fe facrifier foi même à l'Erreur, mais c'eft lorfqu'elle a pris dans l'Efprit, l'air & le caractère de la Vérité. Il n'y a dans le fond que la Vérité, qui ait des Martyrs: fi on n'eft pas à elle qu'on s'immole, c'eft à fon Idée, c'eft à fon Image. Il faut donc convenir, que les Apôtres n'ont prêché que ce qu'ils ont crû, & tout ce que l'on peut dire contre leur témoignage, c'eft qu'ils ont crû, ce qui n'étoit point. Une Illufion commune les a frappés. Un Fanatifme général les a faifis, & alors l'imagination bleffée a créé des Fantômes, qu'ils ont pris pour des réalités. Ils fe font perfuadés, qu'ils avoient ouï, qu'ils avoient vû, qu'ils avoient touché ce qui n'exifta jamais. C'eft ainfi que raifonnent enfin les Incrédules, & contens de cette ingénieufe découverte, ils bravent, ils méprifent la Réligion. Ecoutons de fang froid un fi grand Blafphême, & quelque

indi-

indignation qu'il mérite, poſſedons nous aſſés, pour avoir
pitié de ces Eſprits téméraires, qui ſe creuſent, avec tant de
peine, des Abîmes, pour ſe dérober à la lumiere de la
Vérité.

XXVIII. Comme nous prouvons, par des raiſons, qui *Réfuta-*
nous paroiſſent ſolides, que le témoignage des Apôtres eſt *tion de cette Ca-*
véritable, il eſt juſte que les Incrédules, prouvent à leur tour *lomnie.*
le Fanatiſme des Apôtres. On ne peut le déduire que de
leurs ouvrages, car je ne penſe pas que les Juifs les en ayent
jamais accuſés. Conſultons donc les Ecrits Apoſtoliques,
& voyons cette nouvelle eſpece d'inſenſés, en qui toutes les
vertus ſe trouvent réunies avec une profonde Sageſſe. Peut-
être en réſultera-t-il, que nos ſuperbes Incrédules reſſemblent
en effet, comme on l'a dit, à ces *Abderitains*, qui prirent
leur Philoſophe *Démocrite* pour un inſenſé. La folie des A-
pôtres eſt de la même eſpece, quoiqu'elle ait un autre objet,
& une autre cauſe. Examinons donc ſous quels prétextes
on peut les en accuſer.

On ne manquera pas ſans doute de nous alléguer d'abord *Que les*
l'exemple de S. Paul. Il a des *viſions*, tantôt ſur le chemin *Viſions de S. Paul,*
de *Damas* tantôt dans le Temple. Il ſe vante d'avoir *été ra- n'ont rien qui ſente*
vi juſqu'au troiſiéme Ciel, & d'y avoir ouï des ſecrets, qu'il ne lui le Fana- tiſme.*
étoit pas permis de réveler. Mais tout ce qu'on appelle *viſions,* *Act. ix.*
apparitions, ne vient pas d'une imagination déréglée. Eſt- *13. &*
ce donc que l'Eſprit de Dieu ne peut imprimer dans une fa- *Act. xxii.*
culté naturelle, des images inſtruĉtives? Ne peut-il parler *17.*
immédiatement à l'Ame, & lui réveler des vérités qu'elle igno- *11. Cor.*
re? Que toutes les connoiſſances naturelles n'arrivent à l'A- *xii. 2.*
me, que par les ſens, ou par le raiſonnement, on en convient.
Mais il faut que les connoiſſances ſurnaturelles, lui viennent
par un autre canal. C'eſt ainſi que Dieu a ſouvent inſtruit
les Prophètes de ſes volontés, & des Evénements futurs, &
les effets ont fait voir, que ce n'étoit point Fanatiſme, mais
Révelations véritables.

Saul va à Damas, & ne reſpire que ſang & que carnage.
Il veut ravager l'Egliſe naiſſante, & s'en fait un mérite. Eſt-
ce dans ces diſpoſitions qu'un Fanatiſme ſoudain vient le ſai-
ſir, changer tout d'un coup toutes ſes idées & tous ſes deſſeins, & convertir un ardent Perſécuteur, en un zélé Serviteur du Fils de Dieu?

Voyons cependant, ce que peuvent imaginer des Gens, *Ce que*
pour qui les plus vaines conjeĉtures, ſont des démonſtrations, *l'on peut dire pour*
dès qu'il s'agit de combattre la Foi. Saul, diront ils, eſt épou- *l'en accu- ſer.*
vanté d'un grand coup de tonnerre, qui ſurvient ſubite-
ment; d'un éclair, qui l'éblouït, & qui lui fait perdre la vuë.

La frayeur le jette par terre: Dans cet état il voit ce qu'il va faire: la crainte le faisit: le remords succéde à la crainte: Il se trouble, & croit voir Jésus, la foudre à la main, lui reprocher ses cruautés, & le menacer de l'en punir: Cruel par un faux Zèle, il devient Fanatique par la crainte.

Il me semble, que je ne plaide pas mal la cause des Incrédules. Je ne sai s'ils y ont pensé; mais je me mets en leur place, & je tâche d'imaginer, ce qu'ils peuvent dire, pour colorer le prétendu Fanatisme de S. Paul. S'il me venoit dans l'esprit quelque chose de plus spécieux, je ne le dissimulerois pas. Examinons cette réponse; quoique ce ne soit, qu'un amas de suppositions arbitraires, avancées sans aucunes preuves, & contre le témoignage, de S. Paul même, qu'il faut pourtant recevoir, s'il n'est pas Imposteur, mais Fanatique.

Fausseté de ces pretextes démontrée par l'Histoire.
Act. IX.
Act. XXII.
& XXVI.

Rappellons l'Histoire de la Conversion de cet Apôtre telle que S. Luc la raconte, & comme il la raconte lui-même en deux endroits. Saul, comme on vient de le dire, va à Damas, pour y persécuter les Disciples du Seigneur. En chemin une grande lumiere, *resplendit autour de lui.* C'est un éclair, qui accompagne un coup de Tonnerre; cela peut être. Il en est aveugle; il tombe par terre, & entend une voix qui lui dit: *Saul, Saul, pourquoi me persécutes-tu?* C'est une voix intérieure qui lui parle, puisqu'elle ne fut entenduë que de lui. La voix, ou le bruit, qui fut ouï de ses compagnons de voyage, ne fût peut-être que celui du tonnere. Ne contestons point là-dessus. Je demande seulement, si dans un moment de trouble, comme celui-là, quand la frayeur a saisi Saul, & l'a terrassé, son imagination peut être assés tranquille, pour qu'il s'y forme des traces de paroles si distinctes & si précises, de sorte qu'il croye entendre une Voix, qui lui dit: *Saul, Saul pourquoi me persécutes-tu?*

Je demande ensuite, comment il peut être arrivé dans S. Paul un changement si soudain? Car toutes les Réflexions, qu'on lui prête, demandent du tems. Le Ciel menace, la crainte saisit, l'Ame épouvantée & incertaine, délibere, & cherche la cause des menaces du Ciel. Fais-jè bien de persécuter les Chrétiens? Les Pontifes me le commandent, & la Loy semble me l'ordonner. Fais-je mal de persécuter les Chrétiens? Le Tonnerre qui gronde, les éclairs qui m'aveuglent, semblent me le dire. Le Remords ne peut venir, qu'après la Conclusion? Ainsi le Fanatisme, qui s'empare tout d'un coup de S. Paul, & qui lui fait croire, qu'il entend une voix intérieure, qui lui reproche de persécuter J. Christ, ce Fanatisme, dis-je, ne sauroit le prendre dans un instant.

Sui-

Suivons cette imagination, & la comparons avec l'Hiftoire. Saul, ne connoiffant pas la perfonne, qui lui parle, mais
qui lui paroit digne de refpect, lui dit: *Qui êtes vous Seigneur?*
Le Seigneur lui répond: *Je fuis Jéfus, le Nazaréen, que tu*
perfécutes. A l'ouïe de ces mots, Saul repliqua, *Seigneur, que*
voulez vous que je faffe? Levez vous, répond le Seigneur, *entrez*
dans la ville, & l'on vous dira là, ce qu'il faut que vous faffiez. Voilà une converfation, où tout eft bien penfé, & bien expri-
mé. C'eft pourtant un homme troublé & infenfé, qui parle
dans le moment de fon trouble, dans l'accès du Fanatifme,
& dit, non feulement des chofes fenfées, mais des chofes,
que le Fanatifme ne fauroit reveler.

Saul entre dans Damas: Trois jours après, voici un autre
Fanatique, nommé *Ananias*, à qui une imagination déréglée,
révele en vifion, que le Perfécuteur Saul y eft arrivé, qu'il s'eft
converti, qu'il loge en une telle ruë & dans une telle maifon,
qu'il eft actuellement en prières, & que lui Ananias doit l'aller
voir. Dans le même tems Saul à une autre vifion; Ananias lui apparoît: Il le voit tel qu'il étoit, entrer dans fa
chambre, lui impofer les mains, & lui rendre la vuë. Ces
fonges, ces vifions font autant d'Oracles. Tout arrive auffi-
tôt, comme ces Fanatiques l'ont imaginé.

Que le Fanatifme faffe croire à des Infenfés, qu'ils voyent
des perfonnes, qu'ils entendent des voix: Tout cela eft poffible. Mais le Fanatifme donne-t-il la Divination? Pénétre-
t-il dans l'avenir? Trace-t-il des images juftes des perfonnes
inconnues. Il n'y a point de milieu. Il faut abandonner le
Fanatifme, & revenir à l'Impofture. Il faut s'infcrire en faux,
contre le témoignage de S. Luc, & de S. Paul lui même, qui
raconte fon hiftoire. Il faut dire, que l'un & l'autre font des
menteurs, & les abfoudre à préfent de Fanatifme, après les
avoir abfous de menfonge. L'Impofture & le Fanatifme,
font incompatibles dans un même fujet. Le Fanatique eft
de bonne foi, mais l'Impofteur ment contre fa Confcience.

XXIX. Voici un autre Fanatique, de même caractère *S. Pierre*
que les précedents. S. Pierre eft à *Joppé*, où il eft revenu de *justifié de*
Lydde, après s'être imaginé, qu'il avoit réfufcité *Tabitha.* *Fanatif-*
Car des Vifionnaires, peuvent ils difcerner les morts d'avec *Act.X.10.*
les vivants? Il monte fur le toit de la Maifon pour prier, (ce- *& fuiv.*
la étoit affés commun en Orient, où les toits étoient plats:) *28. &*
Et comme il avoit faim, il eut un raviffement d'efprit, & vit *fuiv.*
comme un grand linceul, qui defcendoit du Ciel, & qui é-
toit rempli de toute forte d'Animaux, purs & impurs. En
même tems une voix intérieure lui dit: *Pierre, tuez & man-*
gez. Si cette vifion eft d'un Fanatique, il faut avouer que

le Fanatiſme eſt bien ſage, & que les accès en ſont diſpenſés avec beaucoup d'ordre. Celui-ci apprend à S. Pierre une vé‑ rité de l'Evangile, qu'il ne connoiſſoit pas bien encore; C'eſt qu'il n'y avoit plus de diſtinction entre les Juifs & les Gen‑ tils, *& qu'en toute Nation, celui qui craint Dieu, lui eſt agréable.* Mais d'ailleurs cet accès de Fanatiſme le prend préciſément, dans le tems, qu'il falloit mettre cette inſtruction en pratique. Car c'eſt lorſqu'on vient lui dire, qu'un Centenier, Payen de naiſſance, mais Proſélyte du Judaïſme, le fait prier de venir *à Ceſarée*, lui annoncer l'Evangile.

Voy. Act.
XII. XVI.
& XVIII.
L'Hiſtoire Apoſtolique rapporte d'autres Viſions de cette ſorte mais la preuve évidente, qu'elles ne viennent point d'u‑ ne imagination déreglée, c'eſt que les images en ſont tracées par la ſageſſe, qu'elles inſtruiſent les Apôtres, des volontés ſecrettes de la Providence, & qu'elles ſont toujours ſuivies des effets, qu'elles annoncent.

*Les Dons
ſpirituels
ne peu‑
vent être
confondus
avec le
Fanatiſ‑
me. Réfle‑
xion ſur
celui des
Langues.*
Act. 11.
3. 4.
XXX. On cherchera, peut-être, le Fanatiſme des Apô‑ tres dans ces Dons ſpirituels, qui furent les prémieres récom‑ penſes de la Foi, & le témoignage authentique & public, que le S. Eſprit rendit à l'Evangile, & à la Prédication des Apôtres. Mais on ne le trouvera certainement, ni dans le don des langues, qui fut ſubitement communiqué aux Diſciples du Sauveur, le jour de la Pentecôte; ni dans celui de Pro‑ phétie, qui conſiſtoit proprement dans l'intelligence des O‑ racles des Prophètes.

A l'Egard du Don des Langues, on n'a pas beſoin d'en‑ trer dans les diverſes Queſtions, qu'on à faites-là deſſus, queſ‑ tions plus curieuſes qu'utiles. N'examinons point ſi ce don fût perpétuel aux Apôtres, ou, s'il leur fût donné pour un inſtant, & pour l'utilité préſente? Suppoſons ſeulement, ce qui eſt inconteſtable, ſuivant la Rélation de S. Luc, que ces prémiers Prédicateurs de l'Evangile, qui ne ſavoient que l'Hébreu qu'on parloit alors en Syrie, & la Dialecte Galiléen‑ ne, tout au plus la langue Grecque, qui étoit devenuë com‑ mune en Orient, depuis que les Succeſſeurs d'Alexandre y avoient régné: Suppoſons, dis-je, que les Apôtres, reçûrent en un inſtant le don de s'exprimer, dans les langues des dif‑ férentes Provinces, qu'habitoient cette multitude de Juifs, que les Fêtes de Paques & de Pentecôte, avoient attirés à Jéruſalem. Ces Juifs étrangers n'entendoient pas toûjours la langue Hebraïque, ou en ſavoient très peu; & pour le Grec, ceux des Provinces d'Aſie & de Lydie avoient des Dialectes différentes, & fort barbares. Les Parthes, les Medes, les Elamites, & les Meſopotamiens, ne l'entendoient point du tout. Il étoit donc néceſſaire, que les Apôtres, annonçant

pour

pour la prémiere fois l'Evangile, l'annonçaſſant dans les langues, qui étoient propres à ces differens peuples. Ainſi ce
prémier Miracle ne pouvoit être mieux placé. Il ſervoit à
confirmer l'Evangile, au même tems, qu'il ſervoit à le faire
entendre. Ce n'eſt point oſtentation; c'eſt édification toute
pure. Le but du Miracle eſt très digne de la Sageſſe de Dieu.
Et à l'égard du Miracle même, quel prétexte peut-on avoir
de l'attribuer au Fanatiſme? Cette eſpece de folie, a-t-elle jamais tracé dans la mémoire les ſignes inconnus & arbitraires,
que les Nations ont inventés, pour exprimer leurs penſées?
Conçoit on que la bizarre irrégularité de ſes mouvements, flé-
chiſſe tellement les organes de la parole, qu'elle leur faſſe
prononcer du Latin, de l'Egyptien, du Parthe, du Mede,
ſans y avoir jamais été formés? Le Fanatiſme eſt-il donc un
maitre, qui apprenne tout d'un coup à parler des langues
étrangères, & à exprimer dans ces langues, d'une maniere
juſte & meſurée, les vérités du Chriſtianiſme? L'Incrédulité oſeroit elle ſubſtituer à un prodige véritable, un prodige
imaginaire beaucoup plus incroyable que le prémier? Il eſt
auſſi abſurde d'attribuer ce Miracle au Fanatiſme qu'à l'*Y-
vreſſe.*

XXXI. Quant au Don de Prophétie, il fût néceſſaire *Reflexion*
aux Apôtres, pour convertir les Juifs, qui, attendant le *ſur le don de Prophé-*
Meſſie, ne pouvoient croire que J. Chriſt le fût, à moins *tie. Il n'eſt*
qu'on ne leur montrât, qu'il avoit eu les caractéres, par leſ- *nullement*
quels les Prophètes avoient déſigné le Meſſie. Si l'on peut *ſuſpect de Fanatiſ-*
découvrir quelqu'apparence de Fanatiſme, c'eſt dans l'inter- *me.*
prétation, que les prémiers Miniſtres de l'Evangile donnoient
aux Oracles des anciens Prophètes. Il faut examiner un peu
cette matiere, d'autant plus, que les Remarques, qu'on va
faire, pourront fournir des éclairciſſements pour les Diſcours particuliers, auxquels celui-ci doit ſervir, comme de
Préface.

Il y a deux Méthodes d'expliquer les anciens Oracles. L'u- *Deux Mé-*
ne d'en développer le ſens litéral & prochain. Celui qui ſe pré- *thodes d'expli-*
ſente le prémier à l'eſprit d'un Lecteur attentif & éclairé: L'au- *quer les oracles du*
tre d'en découvrir le ſens Myſtique, caché, que la Lettre ne *V. Teſ-*
préſente pas à l'eſprit, ou qu'elle ne préſente qu'obſcurément. *tament.*
Les Juifs dépoſitaires des Oracles, avoient ces deux Méthodes; mais ils préféroient infiniment la ſeconde. C'étoit l'objet de l'Etude de leurs Docteurs.

Pour découvrir le ſens litéral, il ne faut que bien enten- *La pré-*
dre la Langue du V. Teſtament, connoitre la force & l'uſa- *miere, qui ne concer-*
ge des expreſſions, obſerver le but de l'Auteur ſacré; la liai- *ne que le ſens lité-*
ral, n'ex-
ige point

*l'assistan-
ce du S.
Esprit.*

son & la dépendance du Texte avec ce qui précéde & ce qui suit, & posseder certaines sciences auxiliaires, celles des mœurs, des coutumes, des cérémonies des Peuples. En général, il n'y faut qu'un esprit juste, & des connoissances acquises. Une assistance particuliere du S. Esprit n'y est pas nécessaire, parce qu'il ne révéle, ni la connoissance des langues, ni celle des sciences, qui servent à expliquer les Livres sacrés.

La seconde, qui concerne le sens Mystique, l'exige.

Il n'en est pas de même des sens Mystiques, qui sont cachés dans les expressions des Prophètes, & qui, au fond, n'étoient pas moins dans l'intention du S. Esprit, que le sens prochain & litéral. A l'égard des sens Mystiques, il a fallu que le S. Esprit les révélât, qu'il donnât au Prophètes du N. Testament, la Clef de ces sacrées enigmes, sans quoi leurs explications n'auroient pas eu plus de certitude, que celles des Docteurs Juifs. C'est en cela principalement, que

*1. Cor.
XII. v. 8.*

consistoient *les Dons de Science*, & de *Prophétie* [40] dont parle St. Paul.

*J. Christ
commence
d'instrui-
re ses Dis-
ciples des
sens ca-
chés, du
V. T. Le
S. Esprit
achève.
Luc XXIV.
26. &
suiv.*

XXXII. Notre Seigneur commença d'instruire ses Disciples de cette *Science*, pendant le séjour qu'il fit avec eux depuis sa Résurrection: Mais il en laissa principalement la charge au S. Esprit, qui devoit leur conferer les dons nécessaires au grand Ministère, pour lequel il les avoit choisis, & qui leur donna en particulier la science des Ecritures. Il n'appartenoit qu'à l'Esprit de Dieu, qui avoit dicté les Oracles, d'en

*1. Cor.
III. 10.
11.*

bien développer le sens. C'est ce que S. Paul enseigne, & ce qui a été confirmé par S. Pierre, qui nous avertit, que l'interprétation des Prophéties, n'est point le fruit de l'étude & de la méditation des Particuliers, & qu'il n'y a que l'Esprit de Dieu, qui a fait parler les Prophètes, qui puisse nous enseigner le véritable sens de leurs Oracles. Il faut sur tout *bien*

*II. Pierre
I. 10. 21.*

considérer, dit S. Pierre, *qu'aucune Prophétie de l'Ecriture, ne dépend d'une explication particuliére. Car ce n'est pas par la volonté de l'homme, que la Prophétie a été autrefois apportée dans le monde, mais les saints Hommes de Dieu ont parlé, étant poussés par le S. Esprit.* S. Pierre ne parle pas de l'Ecriture en gé-

*Réflexion
sur la
nécessité de
l'inspira-
tion pour
les décou-
verte avec
certitude.*

néral, mais de la *Prophétie* en particulier, il ne parle pas non plus de l'intelligence du sens litéral, qui ne demande que les connoissances, que l'on a indiquées. Si l'on prend autrement les paroles de S. Pierre, on s'éloigne de son but, on fournit un prétexte à des Fanatiques, qui se flattent vainement d'avoir le S. Esprit, d'abuser de l'Ecriture, pour autoriser leurs visions, & l'on en fournit un autre, à ces Tyrans de la Conscience & de la Foi, qui s'arrogent le Droit exclusif de déterminer

miner le fens des Ecritures; en quoi ils font les Difciples &
les Imitateurs des Docteurs Juifs, dont S. Pierre reprend &
cenfure les vaines prétenfions.

Après ces Réflexions générales fur l'explication des Oracles
des Prophétes, il faut remarquer que le Privilège des Apôtres, & la grace que le S. Efprit leur fit, fut de leur en découvrir les fens fecrets, afin qu'ils pûffent montrer, que ces
Oracles avoient eu leur accompliffement dans la Perfonne &
dans le Miniftére du Sauveur.   Mais on ne peut, ni les accufer, ni les foupçonner de Fanatifme, fous prétexte, que
leurs explications ne paroiffent pas toujours fondées fur la
lettre des Ecritures.   Parce que le même Efprit, qui leur en
donnoit l'interprétation, la confirmoit par des operations furnaturelles, & par cette forte de Démonftration qui leur étoit
propre, & que S. Paul nomme, *une Démonftration d'efprit &*
de puiffance.

Voyez ce que S. Pierre dit l. Ep. l. 11. 18.

1. Cor. 11. 4.

XXXIII. Je croi avoir fuffifamment abfous les Apôtres,
de l'accufation de Fanatifme, qu'il femble, que l'on veuille
fubftituer à prefent à celle d'Impofture, qui eft tout à fait in-
foutenable.   Ainfi, après avoir prouvé l'Authenticité des
Evangiles, & la certitude du témoignage des Evangéliftes,
il ne me refte, pour exécuter le plan que je me fuis propo-
fé, qu'à démontrer en peu de mots, que leurs Livres ont
paffé jufqu'à nous, fans aucune alteration, ou du moins, fans
aucune alteration, qui puiffe rendre incertains, ni les Dogmes, ni les Miracles du Sauveur, & en particulier fa Réfurrection.   Or c'eft là le fait décifif, celui, qui prouve invinci-
blement la Miffion Divine, & la Doctrine du Sauveur.

Troifiéme Propofition. Que les Evangiles n'ont fouffert aucune alteration, au moins importante, & qui puiffe rendre incertains, ni la Doctrine du Sauveur, ni les Miracles qui l'ont con-firmée.

On ne dira point, que la Providence ayant voulu, que les
Evangiles fuffent écrits, pour conferver la mémoire de la
Doctrine & des Actions de J. Chrift, elle n'auroit pas atteint fon
but, fi elle avoit fouffert, que ces Livres facrés, fuffent per-
dus, ou corrompus.   Car, bien que cette preuve foit bonne
dans le fond, deux raifons nous empêchent de nous en fervir.   La prémiere, qu'elle n'a aucune force contre les Incrédules.   La feconde, que toutes les preuves de raifonnement,
qui tendent à montrer, qu'une chofe doit être, ne fauroient
tenir contre les preuves de fait, & que fi l'on peut faire voir,
que les Evangiles ont été alterés, toutes les raifons contraires, quelques fpécieufes qu'elles foyent, font fauffes. Il faut
donc en matiere de faits, s'en tenir aux preuves de fait, parce que ce font les feules décifives.   Or nous en avons d'invincibles, pour montrer que les Evangiles n'ont point été
corrompus.

Démonf-tration invincible de ce fait.

Cès Preuves confiftent. 1. Dans la Conformité de tous les

Exem-

Exemplaires Grecs des Evangiles, au moins en ce qui concerne les faits & les Dogmes. 2. Dans la conformité de toutes les anciennes verſions, avec les originaux Grecs. 3. Dans la conformité des Paſſages, cités par les anciens Peres, Grecs & Latins, ſoit avec les originaux, ou avec les verſions. Ces trois preuves unies, forment une Démonſtration évidente, que les Evangiles n'ont point été alterés. Quant à quelques varietés, qui ſe trouvent entre les Exemplaires, la Providence n'a pas jugé à propos de les prévenir, parce qu'il auroit fallu un Miracle perpétuel, pour diriger tellement les Copiſtes, qu'ils n'euſſent fait aucune faute. Mais toutes ces varietés réünies, ne donnent aucune atteinte, ni aux Dogmes, ni aux faits miraculeux du Sauveur, ni en particulier à celui de ſa Réſurrection, & aux preuves, que le Seigneur en donna à ſes Diſciples.

On a ramaſſé dans ces derniers tems, toutes les Variantes, qu'on a pu obſerver, en conferant les Exemplaires Grecs, les uns avec les autres, les differentes verſions, & les citations des Peres. On l'a fait avec une exactitude, je ne dirai pas ſcrupuleuſe, mais ſuperſtitieuſe, en mettant au rang des Variantes, ce qui n'eſt évidemment que faute de Copiſte. Parmi celles, qui méritent quelque attention, il y en a qui touchent les controverſes, qui ſont entre les Chrétiens. Mais il n'y en a aucune, qui intereſſe l'Autorité Divine de J. Chriſt ni les preuves miraculeuſes, qui l'ont confirmée. Et par conſéquent, il n'y en a aucune, qui puiſſe affoiblir la certitude de la Réligion Chrétienne réduite à ces Articles capitaux, ſavoir, que J. Chriſt eſt le Fils de Dieu, qu'il a prouvé ſa Miſſion, par des Miracles publics, & en particulier par ſa Réſurrection ; qu'il faut croire en lui, & garder ſes Commandemens : que la vie éternelle eſt la récompenſe de la Foi & de l'Obéiſſance, & que des peines éternelles ſont celle de l'Impénitence & de l'Incrédulité. Cela ſe trouve ſans équivoque dans tous les Evangiles : Cela ſe trouvoit dans celui de S. Luc, que l'ancien Héréſiarque Marcion avoit tronqué, pour l'accommoder, autant qu'il pourroit, à ſes Erreurs. Cela ſe trouvoit dans celui des *Ebionites*, & dans celui des Nazaréens, Hérétiques, dont les Hypothèſes étoient directement oppoſées à celles de Marcion & de ſes pareils. C'eſt-là ce que les Apôtres prêchèrent partout, ce que les Sectes ſéparées de l'Egliſe conſervèrent unanimement ; & c'eſt la préciſément ce que les Incrédules refuſent d'admettre, & ce qui les oblige à rejetter l'Autorité des Evangiles.

XXXIV. Voi-

XXXIV. Voilà, ce que j'ai cru devoir dire dans ce Difcours, pour préparer les Lecteurs à lire les fuivants, avec un efprit de foi, & une docilité raifonnable. Je fouhaite, qu'il contribuë à l'édification des fidèles. C'eft tout ce que l'on peut efperer. Car, pour ramener des Gens, qui ont pris le parti de l'Incrédulité, parce que la Foi combat leurs plus cheres inclinations, c'eft une entreprife, dont on n'a guere à attendre de fuccès. J. Chrift l'a dit: *La femence de l'Evangile demande un cœur honnête & bon.* Les vérités de la Religion ne feront jamais goutées, que par des Gens, qui aiment la vertu. C'eft une difpofition requife pour la Foi, fans compter, qu'encore qu'elle ait des preuves très folides, comme nous avons tâché de le montrer, il faut pourtant convenir qu'une Foi, qui triomphe des doutes, dont l'efprit humain eft fi facilement agité, & des paffions, qui régnent dans le cœur, eft un don de Dieu: mais c'eft un don, qu'on ne veut pas recevoir, & qu'il ne donne pas aux hommes malgré eux. Les Miracles préfens du Fils de Dieu, foutenus de fes incomparables vertus, n'ont fervi qu'a irriter l'orgueil des Juifs, & qu'à les porter au dernier des attentats. Ces Miracles, qui ne font plus préfens, que dans les Ecritures, pourroient ils domter l'obftination des Incrédules, qui ont au fond les mêmes intérêts à les rejetter?

Il y a des Vérités, qui portent leur lumière avec elles. Les Miracles mêmes ne fauroient leur en prêter, plus qu'elles en ont. La liaifon étroite & néceffaire, qu'elles ont avec les maximes les plus certaines de la droite Raifon, leur donne une Evidence propre, à laquelle il femble, que l'efprit ne peut réfifter. Cependant il y refifte, & fait tous les efforts imaginables, pour répandre des ténébres fur l'évidence même. Tel eft l'Empire, que les Paffions & les Intérêts, prennent fur les jugements des hommes. Tout le monde fait aujourd'hui en Occident, profeffion de croire en J. Chrift. On en a étrangement défiguré & corrompû la Doctrine & le Culte: On en a éteint l'Efprit. Mais fi ce J. Chrift venoit à préfent réformer fon Eglife, ON LE CRUCIFIEROIT ENCORE. Un Auteur du fiécle paffé l'a dit dans un petit Traité *des Reftitutions des Grands.* Un éloquent [41] Prédicateur l'avoit prêché plus d'une fois vers la fin du XV. fiécle, dans des Sermons, prononcés à Florence. Ces mots paroif- fent hardis, & fentir le Paradoxe, mais au fond ils font juftes.

Il eſt donc inutile de vouloir perſuader la plupart des Incrédules. Il faudroit commencer par purifier le cœur, & c'eſt l'ouvrage de la Grace de Dieu. Le plus court, quand on a affaire avec ces gens-là, eſt de les renvoyer par ces paroles de S. Paul, dont l'expérience confirme tous les jours la vérité; *l'homme animal ne comprend point les choſes, qui ſont de Dieu; Il ne peut même les comprendre, parce qu'elles ſe diſcernent ſpirituellement.*

1. Cor.
II. 14.

DIS.

Τέσσαρες Εὐαγγελισαὶ μετὰ τῶν σημείων αὐτῶν | QUATUOR EVANGELISTAE CUM SUIS INSIGNIBUS.
The four Evangelists with their Ensigns. | Les quatre Evangelistes, avec leurs Symboles.
Die vier Evangelisten mit ihren Sinnbildern. | De vier Euangelisten met hare Teekenen.

DISCOURS PREMIER.

Les quatre Evangélistes avec leurs Symboles.

Esus Christ prêcha sa Doctrine de vive voix, & ne laissa rien par écrit. [1] Après sa Mort & son Ascension dans le Ciel, ses Apôtres en usèrent de même pendant plusieurs années. Uniquement occupez à répandre de toutes parts la Semence sainte, qu'ils avoient reçuë de J. Christ, ils n'avoient pas le loisir d'écrire. Honorez d'ailleurs, comme ils l'étoient, des dons du St. Esprit, ils ne craignoient pas d'oublier les instructions de leur divin Maître dont cet Esprit devoit leur conserver la mémoire: Mais enfin pressez, d'un côté, par les Fidéles, de leur laisser par écrit l'Histoire & un Abregé fidéle de la Doctrine & des Actions, du Sauveur; Et voulant, de l'autre, pourvoir à la sureté & à la conservation de la Foi, quelques-uns d'eux prirent la résolution de laisser à l'Eglise l'Histoire de la Vie & des Miracles de J. Christ, & une idée simple, mais juste & complette de sa Doctrine. Deux de ces prémiers Ministres, qui sont nommez *Evangélistes* dans l'Ecriture & qui étoient les Coadjuteurs des Apôtres en usèrent de même.

Quoique l'EVANGILE soit proprement la Doctrine, qui promet le salut à tous les Pécheurs, & qui leur enseigne les moyens de l'obtenir, on n'a pas laissé de donner ce nom aux Livres sacrez, qui contiennent l'Histoire & les Actions, aussi bien que la Prédication de J. Christ, comme on a nommé EVANGELISTES les Saints Auteurs, qui les ont écrits. C'est à eux & à leurs divins Ouvrages, qu'on peut appliquer ce que dit le Psalmiste, *Qu'on écrive ces choses pour les races futures, & le peuple qui naîtra loüera le Seigneur.*

L'Eglise, au moins l'Eglise que les Anciens nomment CATHOLIQUE, pour la distinguer des Sectes, [2] n'a jamais reconnû que QUATRE EVANGILES, dont les Auteurs, ou plûtôt les Ecrivains sont de deux ordres; Les uns Apôtres de J. Christ, & par conséquent témoins oculaires de sa vie & de ses Miracles, savoir *St. Matthieu & St. Jean*; les autres Disciples des Apôtres, écrivant avec leur approbation, &, pour ainsi dire, sous leurs yeux, savoir *St. Marc & St. Luc.*

(marginal note) Jean XIV, 16.

(marginal note) Psal. LXXXII, vs. 3.

K 2   La

La Providence a fait voir, en employant ces derniers Miniftres, que l'Hiftoire & la Doctrine du Seigneur, que les A-
pôtres nous ont laiffée par écrit, eft la même que celle qu'ils
ont publiée dans leurs prédications, puifque St. Luc & St.
Marc, qui ont été leurs auditeurs, s'accordent parfaitement
avec les Apôtres, dans ce qu'il y a d'effentiel, foit dans les
Faits, ou dans la Doctrine.

Il femble que rien ne feroit plus intéreffant pour le Chrétien, qu'une hiftoire exacte & circonftanciée de la Naiffance, de la Patrie, du Caractère, des principales Actions, &
de la Mort de ces faints Hommes, à qui J. Chrift confia
le facré dépôt de fa Doctrine, & qui l'ont tranfmis à la
Pofterité dans des Ecrits immortels. Malheureufement, nous
n'avons pas de quoy fatisfaire, à ces divers égards, la pieufe
curiofité des Fidéles. Mais nous avons la confolation, que
ces faints Hommes fe font fait connoitre eux mêmes dans
leurs écrits, par les endroits les plus glorieux & les plus dignes d'un éternel fouvenir. C'eft là qu'éclattent leur fincérité, leur candeur, leur humilité, leur defintereffement, leur
zèle pour la gloire de Dieu & de J. Chrift, leur charité
tendre & univerfelle pour les hommes. C'eft-là ce qu'il nous
importe de favoir, parce que ce font les vertus de l'Hiftorien, qui rendent fon témoignage digne de foi.

Cependant comme les moindres particularitez intéreffent
dans des perfonnes de cet ordre, nous rapporterons celles
qui nous paroiffent les plus certaines, par rapport à chacun
des Evangeliftes; Après quoy nous examinerons l'ingénieufe
conjecture des prémiers Péres, qui ont crû trouver dans *les
Vifions* d'Ezechiel & de St. Jean, les *Symboles* des quatre E-
vangeliftes, & une image de leur caractère particulier, & de
celui de leurs Ouvrages.

St. Matthieu paffe avec beaucoup de raifon pour ³ le prémier qui ait écrit l'Hiftoire de J. Chrift: Il y a * d'anciens
Manufcrits, où l'on trouve; qu'il écrivit fon Evangile à Jérufalem huit ans après l'Afcenfion de nôtre Seigneur. Cela
fait voir feulement que c'étoit l'opinion des Grecs. Si nous
en croyons ⁴ S. Auguftin, S. Marc avoit lû cet Evangile, &
n'a fait proprement que l'abréger. Mais il faut ajoûter à la
Remarque de ce Pére, que S. Marc n'a pas fuivi S. Matthieu
comme un Copifte qui tranfcrit l'Ouvrage d'un autre. Car
s'il y a des endroits de St. Matthieu qu'il abrége, il y en a
d'autres qu'il étend, & où il ajoûte des circonftances nouvelles,

---

* M. Simon, qui avoit vû ces MSS. ne leur donne que 700. ans d'ancienneté. On ne trouve
rien de pareil dans celui de Cambridge, qui eft le plus ancien que l'on ait, au moins en Europe. On
le croit plus ancien que S. Jérôme. Voyez Simon: Hift. Crit. du N. Teft. p. 1. Ch. x1.

les, ce qui fait voir que, s'il a fuivi cet Evangelifte, c'eft parce qu'il a trouvé que fes rélations étoient conformes à la prédication des autres Apôtres.

St. Matthieu, étoit Juif d'origine, & apparemment [5] *Fils d'Alphée.* Il n'aquit * en Galilée, ou du moins il y faifoit [6] fa demeure ordinaire, & ce fut dans ce païs-là que J. Chrift l'appella & lui ordonna de le fuivre. Il nous raconte lui même fa Vocation, qui lui fait beaucoup d'honneur, tant par la maniere dont il l'accepta; puifque loin de refifter un moment, il ne négligea rien pour témoigner à J. Chrift fa reconnoiffance & fa joye; que par le facrifice dont cette Vocation fût fuivie; car il renonça à l'inftant à une Profeffion, odieufe à la vérité parmi les Juifs, infiniment jaloux de leur liberté, mais qui étoit fort utile & honorable parmi les Gentils. Voilà à peu près tout ce qu'il y a de certain par rapport à cet Evangelifte, parce que c'eft l'Ecriture qui nous l'apprend. Ce qui fuit n'eft pas fi affuré.

[7] Les Ecrivains Eccléfiaftiques nous racontent que S. Matthieu, après avoir prêché plufieurs années aux Juifs de la Paleftine, écrivit en leur faveur fon Evangile en Hebreu, & paffa enfuite dans des Provinces plus éloignées, les uns difent en *Ethiopie*, d'autres dans la *Perfe*. St. *Irenée*, & après lui *Eufebe*, rapportent, qu'il écrivit fon Evangile, dans le tems que [8] S. Pierre & S. Paul prêchoient à Rome. On ignore le genre de fa mort. Les uns difent qu'il fouffrit le martyre, & d'autres qu'il mourut de mort naturelle. Si l'on veut un plus grand détail fur ce que les Anciens ont dit de cet Apôtre, on peut confulter les Mémoires Eccléfiaftiques [9] de Mr. *De Tillemont*.

Après St. Matthieu vient [10] *St. Marc.* Comme le prémier il étoit Juif d'origine ; mais d'anciens Actes portent qu'il étoit natif de *Cyrene*, dans la Pentapole. Quelques uns ont crû qu'il étoit du nombre des LXX. Difciples du Seigneur; cette opinion a peu d'approbateurs; & il eft plus vraifemblable qu'il n'embraffa l'Evangile que depuis l'Afcenfion du Seigneur. Ce qui doit paffer pour conftant, c'eft qu'il fût Difciple & Compagnon de St. Pierre, la Tradition étant uniforme là deffus. Elle s'accorde d'ailleurs avec ce que dit cet Apôtre dans une de fes Epîtres, où parlant de *Marc*, il l'appelle *fon Fils*, titre qui marque non feulement l'affection qu'il avoit pour lui, mais qui infinue qu'il avoit été converti par St. Pierre.

C'eft une [11] ancienne Tradition, qu'il écrivit fon Evangile à Ro-

---

* Tous les Apôtres en général étoient de Galilée; au moins c'étoit une opinion commune parmi les Juifs Act. 11. 7.

Rome, * *après la mort* (ou *après le départ*) *de S. Pierre & de
S. Paul* à la follicitation des Fidéles de cette capitale de l'Empire, qui fouhaitoient d'avoir par écrit ce que St. Pierre leur
avoit prêché; que de là il paffa en Egypte, où il fût Evêque *d'Alexandrie*. A l'égard de ce dernier article, il paroit
prefque incontestable, parce qu'on trouve par tout S. Marc
à la tête des Evêques de cette grande Ville.

Paffons à St. Luc, qui est le troifième dans l'ordre des E-
vangélistes, & qui paroît auffi n'avoir écrit qu'après les deux
prémiers.

St. Luc étoit [12] d'*Antioche*, ville Capitale de Syrie; Gentil d'origine, & apparemment profelyte du Judaïfme. On croit
qu'il étoit Médecin de profeffion †. Il fût fans doute converti par cet Apôtre, qu'il rencontra à *Troade*, d'où il le fuivit
depuis dans fes voyages.   Ce qui ne permet pas d'en douter,
c'est que St. Luc change de Stile dans l'endroit marqué à la
marge, & qu'il fe met du nombre de ceux qui accompagnoient l'Apôtre.

On dit, que ce fût de St. Paul qu'il apprit, non feulement la Doctrine, mais l'Hiftoire du Sauveur.   Il vaut
mieux l'en croire lui même que les Anciens. St. Paul n'avoit
point vû nôtre Seigneur, & ne fût converti que quelques
années après fon Afcenfion. Or St. Luc témoigne, qu'*il
n'a rien écrit qu'il n'eût appris de ceux, qui en avoient été les témoins oculaires, & qui avoient annoncé l'Evangile dès le commencement.* Ce qui ne convient point à St. Paul, mais feulement aux autres Apôtres, & à ces Difciples du Seigneur,
qui l'avoient vû & fuivi pendant le cours de fa vie mortelle, & dont St. Pierre fait mention au chapitre prémier des
Actes. On croit avec beaucoup de vraifemblance, que St.
Luc est le même que *Lucius*, dont S. Paul parle dans l'E-
pitre aux Romains, & fi cela est vrai, il étoit fon *Parent*.

On ne fauroit marquer précifement le tems ni le lieu où
il a écrit fon Evangile, les uns difant, que ce fut à Rome,
les autres que ce fut en Achaïe. Ce qu'il y a de certain,
c'est qu'il l'a fait avant que d'écrire l'Hiftoire des Actes, &
que celle-ci a précedé la mort de St. Paul, puifque St. Luc
n'en parle pas. Ce qui, pour le dire en paffant, est une
preuve très forte de l'Authenticité des Evangiles précedens;
& confirme la rélation de S. Luc. Car prémierement, fi
les Evangiles de S. Matthieu & de S. Marc ont été écrits
avant

Marginal notes:
Act. xvi.
10. C'est
ce que
St. Irenée
a fort
bien re-
marqué.
Adv.
Haeref.
lib. III.
cap. xiv.

Luc I.
vf. 2.

Act. I.
vf. 21.
22.

Rom.
xvi. 21.

Act. I. I.

---

* Il y a dans la Verfion Latine de S. Irenée, *Poft exceffum*. Ce Pére avoit écrit, μετὰ τὴν τούτων
ἔξοδον: ce qui peut fignifier, ou *après la mort*, ou *après le départ*. On ne doute pas neanmoins, qu'il
n'ait voulu dire *après la mort*, ce qui renvoye l'Evangile felon S. Marc à un tems poftérieur à celui où
on le place d'ordinaire: mais la Chronologie de S. Irenée n'eft pas exacte.
† Et cela paroît affez bien fondé fur le témoignage de S. Paul. Col. IV. 14.

avant celui de S. Luc, comme la Tradition le veut, fans qu'il y ait aucune preuve du contraire, ils ont donc été écrits avant l'an 61. ou 62. de nôtre Seigneur, puifque l'Hiftoire des Actes finit là, & que l'Evangile felon S. Luc a été écrit avant les Actes. Secondement, cet Evangile ayant été publié avant l'an 62. de nôtre Seigneur, il l'a été lorfque tous les Apô-tres, excepté S. Jaques, furnommé *le Majeur*, qu'Agrippa fit mourir l'an 44. vivoient encore & répandoient de toutes parts la Doctrine de J. Chrift.

Il nous refte à parler de St. Jean, dont on a placé l'Evan-gile après les trois autres, parce qu'on a été perfuadé, qu'il fut écrit beaucoup plus tard.

Cet Apôtre étoit Juif d'origine, né apparemment à *Beth-faïde*, Ville de Galilée. Il étoit frére de Jaques le Majeur, & tous deux [13] fils de Zebedée & de Salome. Ils étoient Pêcheurs de profeffion, & l'un & l'autre furent appellez dans le tems qu'ils raccommodoient leurs filets, fur les bords du Lac de Genezareth. Après leur Vocation le Seigneur leur donna le furnom de Boanerges, c'eft-à-dire, *Enfans de tonnerre*, par la même raifon qu'il donna à Simon le nom de *Cephas*, c'eft-à-dire *pierre* ou *rocher*. Il voulût marquer par là le caractère de ces trois Apôtres, & les fervices fignalez qu'il fe promettoit de leur [14] miniftere. Il ne faut pas douter, qu'ils n'ayent rempli l'attente du Seigneur, avec cette diffé-rence, que St. Jaques fût la prémiere victime de la Foi, & que St. Jean furvèquit à tous les Apôtres, & ne mourût qu'a-près avoir eu la confolation, de voir l'Evangile annoncé prefque dans toute la Terre.

Math. IV. vf. 21. Marc. III. 17.

Il eft à remarquer que J. Chrift diftingua ces deux illuf-tres Fréres, Jaques & Jean, auffi bien que St. Pierre, par des faveurs particulieres. Ils fûrent les feuls qu'il admit à être les témoins de la réfurrection de la fille de Jaïrus; les feuls qu'il prît avec lui fur la montagne pour être témoins de fa Transfiguration; & les feuls qu'il voulût avoir auprès de fa perfonne, dans le tems de fon agonie, ayant ordonné aux autres de fe tenir éloignez.

Luc v. 37. Math. XVII. vf. 1. Math. XXVI. 36. 37.

Le caractère diftinctif de St. Jean, c'eft la *Douceur* & la *Charité*. Elle éclatte dans tous fes écrits; & de là fans dou-te la tendre affection dont J. Chrift l'honora, & qui lui a fait donner le plus glorieux de tous les titres, c'eft celui de *Difciple que Jefus aimoit*. Il a même eu cet honneur qu'il n'a partagé avec aucun des Difciples de J. Chrift; c'eft qu'étant le feul qui l'ait fuivi jufqu'à fa Croix, & qui l'ait vû expi-rer, il eft auffi le feul à qui le Seigneur ait confié le foin de fa fainte Mére, en leur adreffant à l'un & à l'autre ces paro-

Joan XII. vf. 25, 24, 25.

les,

Jean xix.
16, 17.
les, qui font les vives expreſſions de ſa tendreſſe, *Femme*, *voilà vôtre Fils; Fils, voilà vôtre Mére.* On diroit, qu'il veut conſoler la ſainte Vierge, en lui donnant pour Fils en ſa place celui de tous ſes Diſciples qu'il aimoit le plus.

Ce que nous avons dit juſqu'ici de l'Apôtre St. Jean eſt certain, parce que nous n'avons rien dit, qui ne ſoit tiré de l'Evangile même. Ce qu'on apprend d'ailleurs peut être vrai; mais il n'a pas la même certitude. En général les Péres s'accordent à dire, que S. Jean a ſurvécû à tous les Apôtres; qu'il a gouverné pendant ſa vie les Egliſes de l'Aſie mineure; qu'il fût perſécuté ſous Domitien, & relegué dans l'Iſle de *Pathmos*, où il écrivit ſon Apocalypſe. A l'égard de ſon Evangile, on aſſûre qu'il l'a écrit, après avoir vû & approuvé les trois autres. Il ſe propoſa prémierement, de ſuppléer à ce qui lui parût manquer de l'Hiſtoire de J. Chriſt dans les Evangiles précedens. Et en effet, il raconte des Diſcours du Seigneur & des Evénemens, que les autres Evangéliſtes, n'ont pas rapportez, comme par exemple ce que J. Chriſt avoit dit & fait avant la Priſon de Jean Baptiſte: Il eſt le ſeul auſſi qui nous ait appris la durée du miniſtère du Sauveur, en marquant les Pâques où il aſſiſta: Secondement l'Evangeliſte ſe propoſa de combattre & d'étouffer, s'il étoit poſſible, les Héréſies qui s'élevoient en Aſie, ſoit celle des *Ebionites*, qui ſoutenoient que J. Chriſt n'étoit qu'un ſimple Homme, ou celle des *Docètes*, qui le croyant Dieu, prétendoient qu'il n'avoit eu que la figure & l'apparence d'un Homme, ou enfin celle de ces autres Hérétiques, qui s'imaginoient que J. Chriſt s'étoit formé un Corps de la ſubſtance céleſte. Toutes ces Erreurs ſont confonduës par ces deux

Jean 1. 1.
mots, l'un, *Au commencement étoit la Parole, & la Parole étoit*

Jean 1.
14.
Dieu; Et l'autre, *la Parole a été faite Chair.*

Voilà tout ce qu'il nous convient de dire ſur les quatre Evangeliſtes; Ces Diſcours n'étant pas des Diſſertations ſur cette * matiere. Parlons à préſent des *Symboles*, qu'on a jugé leur convenir. En général les [15] Anciens Péres ont crû que

Ezech. 1.
1.
Apocal.
iv. 6.
les *quatre animaux*, dont il eſt parlé dans les Viſions d'*Ezéchiel* & de *St. Jean*, étoient des Emblêmes des quatre Evangeliſtes. A cet égard ils ſont tous d'accord, mais ils ne le ſont plus, quand il s'agit de faire l'application de ces Figures Symboliques à chacun des Evangeliſtes en particulier. Les uns, comme [16] St. Auguſtin par exemple, trouvent que c'eſt

la

* On a déja cité *les Mémoires* de Mr. de Tillemont; mais il eſt bon de citer auſſi *la Diſſertation*, de Mr. *Du Pin* ſur le Nouveau Teſtament. On y trouvera à peu près tout ce qu'on peut dire ſur la vie de chaque Evangeliſte. *Diſſertation Préliminaire pour ſervir de Supplement à la Bib. des Aut. Eccl. T.* 11. Ch. 11. p. 22. & ſuiv.

la figure du Lion, qui convient à St. Matthieu; les autres,
comme [17] St. Jerôme, eſtiment, qu'elle convient à St. Marc.
L'Imagination ayant beaucoup de part à ces ſortes d'applications, & les mêmes qualitez ſe trouvant dans chacun des
Evangeliſtes, peut-être un peu plus, ou un peu moins marquées, il n'eſt pas étonnant qu'il y ait eu peu d'unanimité
dans les ſentimens avant que le tems & l'autorité de quelques
Docteurs, qui ont eu la préference, ayent déterminé ce que
l'on devoit penſer là deſſus.

Il y a donc eu trois opinions principales ſur ce ſujet; celle de [18] St. Irenée, celle de St. [19] *Auguſtin*, & celle de [20] St.
Jérôme. Nous ne rapporterons que la penſée de ce dernier,
non parce qu'elle eſt la plus ſolide & la mieux établie, mais
parce qu'elle a prévalû ſur celle des autres Péres, & que les
Peintres l'ont ſuivie. Cependant il faut auparavant repréſenter au Lecteur la Viſion d'Ezechiel, qui leur a ſervi de
fondement.

Nous liſons dans Ezechiel une Viſion myſtique, qui a pa- Ezech. chap. I. & x.
rû très obſcure aux aux Juifs mêmes, auſſi bien qu'aux Interprêtes Chrétiens. Il ne nous convient point de l'examiner en détail ; cela n'appartient pas à nôtre ſujet [21]. Tout
ce que nous devons obſerver à préſent, c'eſt qu'Ezechiel
vit quatre Animaux, *qui avoient tous quatre, une face d'hom-* Ib. I. vſi 10.
me, tous quatre à droite une face de Lion, tous quatre à gauche
une face de Bœuf, & tous quatre une face d'Aigle. Etoient-ce
quatre têtes, qui ſortoient d'un même tronc, ou une ſeule
tête, dont chaque côté avoit une de ces quatre figures? C'eſt
ce qu'il ſeroit peut-être bien difficile, mais certainement fort
inutile de décider. Cependant il n'y a point de doute, [22] que
ces quatre Animaux ne ſoyent des figures Symboliques des
Principaux Anges, qui ſont comme les prémiers Miniſtres
de la Providence, & que les faces différentes, ſous leſquelles
ils apparurent au Prophète, ne repréſentent les vertus, les
qualitez, les fonctions de ces Anges, & n'ayent en particu-
du rapport aux Evénemens qu'il raconte dans la ſuite. Si
ces Figures d'Animaux compoſez reſſembloient à celles des
Chérubins, qu'Ezechiel, qui étoit Prêtre, avoit vûes dans
le Temple, comme il ſemble qu'on doit le conclure de la
Viſion du Chap. x. & des conformitez qu'elle a avec celle du Chap. I. Si dis-je, ces figures reſſembloient aux figures
myſtiques des Chérubins du Temple; c'eſt ce que nous
n'examinerons point, non plus que la Queſtion, [23] ſi la forme des Chérubins étoit une imitation des Images Symboliques, que les Iſraëlites avoient vûes en Egypte. Tout ce-

la feroit étranger à nôtre fujet, dans lequel nous tâchons de nous renfermer.

Les Péres ayant donc trouvé ces quatre Animaux myfti-ques dans Ezechiel, les regardèrent, non feulement comme des Emblêmes & des Figures de nos Evangeliftes; mais ils en concluent que la Providence avoit marqué dès lors, qu'il y auroit quatre Hiftoriens de la Vie & de la Doctrine de J. Chrift, & qu'il n'y en auroit pas d'avantage; [24] Ils en con-cluent encore, qu'on devoit rejetter tous les autres Livres qui portoient le nom d'Evangiles, l'Eglife n'en devant avoir que quatre, felon les Oracles des Prophètes. St. Jérôme, qui a fait cette réflexion, prétend que la *face humaine*, qui fe préfentoit la prémiere dans les Animaux d'Ezechiel, eft l'em-blême de St. Matthieu, qui commence fon Evangile par [25] la Généalogie & par l'Hiftoire de la naiffance de J. Chrift. S. Matthieu n'en parle d'abord que comme d'un Homme, fans rien dire encore de fa Divinité. St. Jérôme veut enfuite que la *face de Lion* figure St. Marc, parce qu'il a commencé l'Hif-toire du Sauveur par la prédication de Jean Baptifte, qui fut, dit ce Pére [26]. *Comme un Lion, qui rugit dans le Defert*, où il fit entendre cette voix menaçante, *la coignée eft dejà mife à la racine des arbres, & tout arbre, qui ne porte point de bon fruit, fera coupé & jetté au feu.* De même, felon St. Jérô-me, *la face de Bœuf* figure St. Luc, parce qu'il commence fon Hiftoire Evangelique par les [27] fonctions facerdotales de Za-charie dans le Temple de Dieu. Enfin, felon ce Pére, *la face d'Aigle* eft l'emblême de St. Jean, qui laiffant l'Hiftoi-re de la naiffance du Seigneur, s'éleve jufqu'à la Nature Di-vine, & porte fon vol jufqu'au plus haut des Cieux, pour y contempler le Fils de Dieu dans le fein de fon Pére.

De la Vifion d'Ezechiel les Anciens paffèrent à celle de St. Jean, qui eft repréfentée au Chap. iv. de l'Apocalypfe, Apoc. iv. 7. & dans laquelle on voit auffi quatre Animaux, *dont le pré-mier reffembloit à un Lion, le fecond à un Bœuf, le troifième avoit le vifage comme celui d'un Homme, & le quatrième reffembloit à un Aigle, qui vole.* Ce ne font plus ici quatre *faces* d'Animaux, qui fe réuniffent dans un même corps; ce font quatre Ani-maux différens, diftinguez par leurs formes. Ce qu'ils ont Ibid.vf.8. de commun, c'eft *qu'ils ont chacun plufieurs aîles, & qu'ils font pleins d'yeux de toutes parts*

Il n'y a point de doute que dans le fens literal de St. Jean, ces quatre Animaux ne foyent auffi des Figures myftiques de quatre Principaux Anges, qui affiftent devant le Thrône de Dieu, & qui ne ceffent jamais de l'adorer & de le glori-fier. Les formes différentes, fous lefquelles ils fe préfentent

au

au Prophéte dans fa Vifion, défignent, comme dans celle
d'Ezechiel, les vertus & les fonctions de cés Efprits. La
forme de Lion, eft l'emblême du courage & de la magnani-
mité; celle de Bœuf l'emblême de la Force, mais d'une Force bienfaifante; cet Animal, qui fert à l'Agriculture, étant
le plus laborieux & le plus utile à la vie Humaine. *Le vifage
comme celui de l'homme* annonce la Raifon & l'Humanité; Et
la reffemblance de l'Aigle, dont les yeux foutiennent la lumiére du Soleil, eft le Symbole des connoiffances fublimes, que
ces efprits poffedent, non comme nous par la Révélation &
par la Foi, mais par la vuë & par la contemplation.

C'eft ainfi qu'on peut expliquer affez vraifemblablement
les figures d'Animaux, dont St. Jean revêt les quatre Anges, qu'il voit autour du Thrône de Dieu. Ils font *pleins
d'yeux*, afin de pouvoir contempler les beautez infinies, les
Perfections immenfes du Créateur. Ils font ce que voudroit
être toute Ame raifonnable, qui feroit tranfportée dans le
Ciel, & qui pourroit approcher de Dieu. Elle voudroit, pour
ainfi dire, être toute yeux pour le voir & pour l'admirer.

Tels font en peu de mots les quatre Animaux myftiques,
qui font décrits dans les Vifions d'Ezechiel & de St. Jean,
& que les Péres ont crû repréfenter les quatre Evangeliftes.
S'ils ont voulu dire, comme on a lieu de le croire, que ces
deux Prophètes ont prédit & décrit le nombre & le caractère particulier de chaque Evangelifte, on ne peut diffimuler,
que leur penfée paroit plus fubtile que folide. St. Jean fe feroit il défigné lui-même par le fymbole de l'Aigle, qui fans
contredit eft le plus noble? D'ailleurs il écrivit fon Apocalypfe pendant fon exil dans l'Ile de *Pathmos*, & fon Evangile [28] à Ephefe, après qu'il eut été rappellé de fon exil. Il
n'y avoit donc encore que trois Evangiles, quand il eut fa
Vifion; & ce ne fût pas pour accomplir fa Prophétie, ni
pour rendre complet le nombre de quatre Evangeliftes, qu'il
prit la plume; mais [29] *parce qu'il en fût inftamment prié par les
Evêques d'Afie*. Il vaut donc mieux fe contenter de dire,
qu'on peut fort bien appliquer à nos quatre Evangeliftes,
aumoins une partie, de ce qu'Ezechiel & St. Jean ont dit des
quatre Animaux, qui leur apparurent en Vifion. C'eft à
cela qu'il faut s'en tenir; & fans nous arrêter à l'explication
de St. Jérôme, dont * St. Auguftin a bien vû le défaut, nous
nous bornons aux Réflexions fuivantes.

Quoique

---

* *De principio enim librorum, quandam conjecturam capere voluerunt, non de tota intentione Evangeliftarum,
quæ magis erat perfcrutanda. Aug. ubi fup. De Conf. Evang.* Lib. 1. c. 6. Il parle évidemment de l'explication de St. Jérôme, & dit, qu'au lieu d'appuier fa conjecture fur le caractère général & conftant de chaque Evangelifte & de fa narration, il ne l'a fait que fur le commencement de chaque Livre.

Quoyque les Animaux du Prophète Ezechiel figurent des Anges, Miniftres de la vengeance de Dieu, & que nos E-vangeliftes foyent les Miniftres du Dieu de Paix, annon-çant de fa part le falut, & la grace à tous les Peuples, il faut pourtant convenir, que dans les Defcriptions des Animaux d'Ezechiel, il y a plufieurs traits, qui peuvent être appli-quez heureufement à nos Evangeliftes. Faifons en l'effai indé-pendamment des Réflexions des Péres.

Ezech.
1. 8.
D'abord les Animaux du Prophéte ont *chacun quatre ailes*, emblême du zèle, & de la Promptitude avec laquelle les An-ges exécutent les ordres de Dieu.   En cela les Evangeliftes

Eph. vi.
1 f.
ont bien imité les Anges. *Ils avoient les rheins ceints*, & les *pieds chauffez*, étant toujours *préparez* à annoncer l'*Evangile de Paix*, comme s'exprime St. Paul.   Cette difpofition étoit

Ezech.
1. vi. 9.
leurs véritables *ailes*. *Les ailes des* Animaux d'Ezéchiel *étoient jointes l'une à l'autre*.   Ne feroit-ce pas un emblême de l'Har-monie de nos Evangeliftes, toujours parfaitement d'accord dans leurs vuës, & dans leurs rélations, au moins par rap-port à tout ce qui eft effentiel? Les Animaux du Prophète

Ib. vf. 8.
ont *des mains d'hommes* fous leurs ailes; & nos Evangeliftes ont été *puiffants en faits* auffi bien qu'*en paroles*.   Lorfque le fervice de Dieu l'a demandé, on ne leur vit jamais *des mains*

Ib. vf. 11.
9.
foibles, *ni des genoux chancelâns*. Les Animaux d'Ezéchiel *mar-chent toujours devant eux*, & ne reculent jamais; belle figure du zèle magnanime de nos facrez Ecrivains, qui fournirent courageufement la carrière, que le Seigneur leur avoit mar-quée, fans qu'aucun obftacle pût ni les arrêter, ni les faire

Ib. vf. 11.
retourner fur leurs pas. Les Animaux d'Ezéchiel *fuivent les mouvemens de l'efprit*, & ne vont que là où l'efprit les conduit; autre image de nos Evangeliftes, toujours dirigez par le Saint Efprit, foit dans leurs écrits, ou dans leurs ac-tions.   Tout cela ne font pourtant que des applications, & des *accommodations*, pour ainfi dire.   Car au fond la Vifion d'Ezechiel, & toutes les figures qui la compofent, ne ten-dent qu'à repréfenter les Jugemens de Dieu fur la Nation Ifraëlite, par le miniftere de fes Anges, & par celui des Af-fyriens.   Il faut juger de même de la Vifion de St. Jean. Pri-fe à la lettre, & dans l'intention du Prophéte, & de l'Efprit qui l'anime, elle ne convient point à nos Evangeliftes, quoy qu'on puiffe leur appliquer une partie des Figures myftiques, qui compofent cette Vifion.

Apoc. iv.
6.
Les quatre Animaux de St. Jean, figurent quatre Princi-paux Anges. Ce n'eft point abaiffer ces Efprits, que de leur comparer ces Hommes divins, qui ont été, & qui font enco-re les Miniftres de Dieu pour le falut du monde. S'ils n'é-

toient

toiént pas Efprits purs par leur nature, ils ont été parfaitement fpirituels par leurs lumières, par leurs fentimens, &
par leurs affeétions. S'ils n'étoient pas naturellement immortels, comme les Anges, c'eft parce que Dieu a voulu *mettre* ^{II. Cor.}
les Thréfors de fa grace dans des vafes de terre, qui bien loin ^{IV. 7.}
d'en diminuer le prix, n'ont fervi qu'à faire voir, que cette
fublime vertu *ne vient pas des hommes, mais de Dieu.* Des
Miniftres immortels n'auroient pû mettre le fceau du Martyre fur la Vérité, qu'ils annonçoient.

Il y a quatre Principaux Anges dans la Vifion de S. Jean,
& il y a quatre Principaux Ecrivains, qui font nos Evangeliftes. Car, bien que S. Paul S. Pierre, S. Jaques, S. Jude
& S. Jean, dans leurs Epîtres, comme S. Luc dans fon
Hiftoire Apoftolique, nous ayent laiffé des Monumens très
utiles à la Foi, c'eft pourtant fur les Evangiles, qu'elle eft
principalement appuiée. C'eft-là que nous voyons le Fils de
Dieu agir en perfonne, & que nous l'entendons parler. C'eft
là que fon divin caraétère eft peint par tout au naturel. C'eft
l'inimitable Tableau de fa Puiffance, de fa Sageffe, & de fa
Bonté; c'eft en lifant les Evangiles, que nous le fuivons pas
à pas, comme fes Difciples, & que nous fommes comme
eux, témoins de fa Vie, de fes Miracles, de fa glorieufe Mort,
de fa Réfurreétion, & de fon Triomphe. Sa divine Hiftoire eft, pour ainfi dire, le facré Vêtement, fous lequel il fe
préfente à nos yeux, & par le moyen duquel nous l'allons
toucher, pour recevoir de lui la vertu, qui guérit nos maladies inveterées. C'eft-là que notre Foi va puifer fes lumières, & notre cœur prendre vénération & cet amour,
qu'on ne fauroit refufer aux incomparables Vertus du Sauveur. C'eft enfin dans la fimplicité, dans la naïveté de la
Narration des Evangeliftes, dans cette infinité de circonftances & de particularitez, qui ne font pas fufceptibles d'invention, que nous reconnoiffons les traits naturels de la Vérité. Si elle prenoit un Corps humain, & qu'elle vint fur
la Terre nous raconter ce qui fe paffe dans le Ciel, pourroit elle paroitre avec d'autres caraétères, que ceux qui brillent dans les Rélations de nos Evangeliftes?

Les quatre Animaux de S. Jean, *font tout pleins d'yeux, &* ^{Apoc.IV.}
leurs ailes en font toutes parfemées; bel embléme des lumiè- ^{6, 8.}
res, qui fortent de toutes parts de la Prédication & des Ecrits
de nos Evangeliftes; C'eft de leurs divins Livres qu'on
peut dire ce que S. Jean a dit de Dieu, *Il eft lumiére, & il* ^{1. Jean}
n'y a point en lui tenébres: D'ailleurs, ce qu'ils nous racontent, ^{1. 5.}
c'eft ce qu'ils ont *vû de leurs yeux,* ce qu'ils *ont ouï de leurs oreil-* ^{ib. vf. 3.}
les, ce qu'ils ont touché de leurs mains, témoignage, qui convient

Vol. V.   N   à la

à la lettre à S. Matthieu, & à S. Jean. Et à l'égard de S.
Marc & de S. Luc; ils ont vû & ont ouï par ceux, qui,
comme ces deux Apôtres, *avoient vû de leurs yeux, ouï de leurs
oreilles, & touché de leurs mains la Parole de vie.* Nos Ecrivains
sacrez n'ont point été des hommes aveugles, ignorans, crédules. Ils ont été *tout yeux,* & tout oreilles, pour voir *ces
Merveilles, & pour entendre* cette Sageſſe, que *tant de Rois & de
Prophètes avoient* ardemment *déſiré d'entendre & de voir.*

Les quatre Animaux de S. Jean ſe tiennent *au milieu &
autour du Thrône de Dieu.* C'eſt là que ſont à préſent nos E-
vangeliſtes, où, avec les Anges, ils *donnent gloire à celui, qui
eſt aſſis ſur le Thrône, & à l'Agneau.* Mais ils étoient dejà
en la préſence de Dieu, lorſqu'ils écrivoient leurs Divins Ouvrages. Ils avoient ſa Majeſté devant les yeux, pour ne rien
penſer, & ne rien écrire, qui ne fût conforme à la vérité,
& qui ne tendit à la gloire éternelle de leur Rédempteur. Ne
portons pas ce paralléle plus loin, & revenons aux caractères particuliers des quatre Animaux de la Viſion de S. Jean.
*Le prémier eſt ſemblable à un Lion, le ſecond à un Veau, le troi-
ſième a le Viſage comme celui d'un Homme, & le quatrième reſ-
ſemble à une Aigle, qui vole.* On a dejà dit, ce que St. Jerôme
a penſé ſur le myſtére de ces Figures; on en laiſſe le jugement
au Lecteur. Mais, ſi on l'oſe dire, il eſt bien malaiſé de
partager ces Symboles entre les quatre Evangeliſtes, & d'aſ-
ſigner à chacun celui, qui lui eſt propre. Il eut peut-être
mieux vallu les réünir tous quatre dans chaque Evangeliſte,
comme ils ſont réünis dans chacun des quatre Animaux d'E-
zechiel. Alors on n'auroit aucune peine à leur en faire l'application: *Le Lion* ſera l'emblême du courage & de la géné-
roſité Chrétienne: *Le Veau* ou le *Bœuf* des travaux E-
vangeliques. *L'Homme* ſera l'emblême de l'Humanité, de la
Moderation, de la charité; & *l'Aigle* de la pénétration dans
les myſtères du Salut; *L'Aigle volante* en particulier ſera l'emblême de l'Evangile, paſſant d'un vol rapide d'une extremité du monde juſqu'à l'autre. Tout cela convient aux quatre Evangeliſtes, qui ont réüni les Talens, ou les vertus figurées par ces Symboles. Mais puiſque les Anciens ont jugé
à propos de les partager, & d'en approprier un à chacun des
Evangeliſtes, il faut céder à l'autorité de la Tradition & de
la Coûtume, dans une choſe, qui eſt au fond indifferente,
& finir ce Diſcours par ces vers d'un Poëte Chrétien du V.
Siécle, qui font voir, que dès ces tems-là l'explication de
St. Jerôme avoit prévalû. *Sédulius,* c'eſt le nom du Poëte,
dont on veut parler, s'adreſſe à J. Chriſt en ces termes,

Hoc

Luc. x.
24.

Apoc. IV.
6.

Apoc.
VII. 10.

Apoc. IV.
7.

Hoc Matthaeus agens hominem generaliter implet.
Marcus ut alta fremit Vox per Deferta Leonis.
Jura Sacerdotii Lucas tenet ore Juvenci.
More volans Aquilae Verbo petit Aftra Joannes.
Quatuor hic proceres, unâ te voce canentes
Tempora ceu totidem latum fparguntur in orbem.

Nous ajoûterons ici, pour la fatisfaction de quelques Lec‑
teurs, les vers fuivans fur le même fujet. Ils font dans un
très beau Manufcrit de la Bibliotheque de St. Germain des
Prez, d'où M. Simon les a tirez, pour les mettre dans fon
Hift. Crit. du N. Teft. P. II. p. 107.

Matthaeus inftituit virtutum tramite mores
Et bene vivendi jufto dedit ordine leges.
Marcus fremit ore Leo, fimilifque videnti
Intonat aeternae pandens myfteria vitae
Lucas uberius defcribit praelia Chrifti:
Jure facer Vitulus, quia vatum munia fatur.
Johannes amat terras inter coelumque volare,
Et vehemens Aquila ftrietto fecat omnia lapfu.

On auroit pu faire fans peine une longue Differtation fur
ces Symboles des Evangeliftes, en copiant celle de *Jaques
Thomafius*, Profeffeur autrefois en Philofophie à Leipzig,
De Infignibus IV. *Euangeliftarum*. On en auroit pû faire une
autre avec la même facilité fur le nombre des Evangiles, en
copiant aufli les Paffages des Péres que Mr. J. A. *Fabritius* a
recueillis fur cette matiere; mais on ne croit pas que tout ce‑
la eut fort édifié les Lecteurs:

DIS‑

DISCOURS II.

Zacharie dans le Temple. Luc I. vſ. 5·17.

Dan. 1x.
Jerem.
x x v. 1z.
xxix. 10.

ANIEL étant inſtruit par les Prophéties de Jérémie, que le terme de la Captivité étoit prêt d'expirer, ſe proſterna devant Dieu, à l'heure qu'on offroit le ſacrifice du ſoir, & après avoir fait une confeſſion générale des péchez de la Nation & des ſiens, il ſupplia le Seigneur d'accomplir ſa promeſ-ſe, & de rétablir ſon Peuple dans la Ter-re ſainte. Sa priére eſt à peine finie, que l'Ange Gabriel, vint lui annoncer non ſeulement le rétabliſſement du Peuple, mais l'avenement du Redempteur, & le Sacrifice par lequel il devoit expier les péchez du Monde.

Telle fût la grace que Dieu fit à Daniel, & telle eſt la grace que Dieu accorde à *Zacharie*, lorſqu'étant dans le Sanctuaire, il lui offroit le parfum ordonné par la Loi, & lui préſentoit & ſes priéres & celles de ſon Peuple, un An-ge lui apparoit tout d'un coup, au côté droit de l'Autel des parfums, & lui annonce de la part de Dieu la naiſſance d'un Fils, qui aura la gloire d'être le Précurſeur du Meſſie, & de préparer les eſprits & les cœurs à le recevoir. C'eſt cette grace que Dieu fait à Zacharie, que nous allons conſidérer dans ce Diſcours, après que nous aurons examiné ce qui con-cerne ſa perſonne & ſon miniſtére.

Zacharie étoit de la race d'Aaron, & par conſequent d'u-ne des plus nobles Familles de la Nation Judaïque. Les Juifs, à qui Dieu même avoit préſcrit la forme de leur Gou-vernement, ne connoiſſoient point de Race [1] plus illuſtre, après celle des Rois, que celle des Sacrificateurs, dont les Familles s'allièrent ſouvent avec la Famille Royale.

A ne conſulter [2] que les idées de la Raiſon, il eſt certain que l'honneur de ſervir Dieu dans ſon Temple, de lui pré-ſenter les hommages de ſon Peuple, & d'être, pour ainſi di-re, du nombre des principaux Officiers de ſon Palais, eſt le plus grand honneur qu'une créature puiſſe recevoir dans ce monde. Auſſi remarque-t-on que tous les Peuples de la ter-re, les plus civiliſez & les plus polis, tels que les Egyptiens & les Romains, en ont jugé de la ſorte: De là vient que
l'Em-

Ζαχαρίας ἐν τῷ ἱερῷ. Luc: I. M. ZACHARIAS IN TEMPLO.
Zacharias in the Temple. Zacharie dans le Temple.
Zacharias in dem Tempel. Zacharias in den Tempel.

Picart delin. Gravra Sculps.

l'Empire & le Sacerdoce ont été fouvent unis , & que ³ les mêmes perfonnes, qui gouvernoient la République, étoient les Miniftres du culte Divin.

Zacharie étoit donc de l'illuftre Famille d'Aaron, mais il n'étoit que fimple Sacrificateur, & non Souverain Sacrificateur, comme plufieurs des Péres l'ont crû un peu trop légérement ; erreur, qui a fervi de fondement dans la fuite, à placer la naiffance du Sauveur au vingt cinquième de Décembre, comme on aura lieu de le remarquer ailleurs. Zacharie defcendoit d'Aaron par *Eleafar*, & étoit, dit St. Luc, de *la Famille*, ou de *la Claffe d'Abia*. Pour entendre ceci, il faut favoir, que les Familles Sacerdotales, qui defcendoient toutes d'Aaron par *Eleafar* & *Ithamar*, fes deux Fils, s'étoient extrêmement multipliées, & que le trop grand nombre de Sacrificateurs, qui fe trouvoient tous à la fois à Jerufalem, caufoit de la confufion. Il étoit d'ailleurs néceffaire de leur donner quelque relâche, c'eft ce qui obligea David de les partager en vint-quatre Claffes, dont XVI. furent compofées des defcendans d'*Eléazar*, & VIII. de ceux d'*Ithamar*. Chacune de ces Claffes faifoit le fervice Divin pendant une femaine ; de forte qu'au bout de XXIV. femaines, ou de cent foixante huit jours, chaque Claffe rentroit au fervice du Temple. Le fort donna le huitième rang à celle d'Abia, qui le garda jufqu'au tems de la captivité. Mais cet ordre changea depuis le rétabliffement de la Nation Judaïque, où cette claffe a tantôt le onziéme, & tantôt le douziéme rang.

Les fonctions Sacerdotales étant differentes, & tous ne pouvant faire les mêmes, les Sacrificateurs fe les partageoient entre eux par le fort: C'eft pour cela que S. Luc a remarqué, que la fonction d'offrir le parfum fur l'Autel d'or échut à Zacharie. Il n'y en avoit point de plus honorable ; &, fi l'on en doit croire les Juifs, lorfqu'elle tomboit à quelqu'un, c'étoit un préfage de quelque infigne bonheur. Et certainement fi un exemple pouvoit confirmer cette obfervation, celui de Zacharie en feroit une bonne preuve. Mais ce n'eft point à la fonction, qu'il faut attribuer les graces de Dieu, c'eft à la Piété de celui qu'un fort divin appelle à la faire.

Notre Sacrificateur avoit époufé *Elifabeth* qui étoit parente de la fainte Vierge, & comme lui, de la Famille Sacerdotale. Cette heureufe Alliance va bientôt lui procurer celle du Fils de Dieu. Le lien facré, qui l'uniffoit avec fon Epoufe, étoit ferré par les nœuds d'une Foi & d'une Vertu, qui leur étoient communes. C'eft là *que la Grace & la Vérité s'étoient rencontrées ; que la Juftice & la Paix s'embraffoient mutuellement.* Elifabeth & Zacharie *étoient tous deux juftes de-*

Luc 1. 5.

1. Chron. XXIV. 3. 4. 5.

Nch. XII. 1. 17.

Luc 1. 9.

Luc 1. 36.

Pfeaume LXXXV. 11.

Luc. 1. 6.

Vol. V.   O   *vant*

vant Dieu, dit S. Luc, *& ils obfervoient tous les commandemens*
& toutes les ordonnances du Seigneur, d'une maniére irrépréhenfible.

La Piété & la Vertu néceffaires à tous les hommes, le font
encore d'avantage dans les Miniftres de la Réligion. Ils doivent l'exemple des Vertus qu'ils enfeignent, & l'avantage,
qu'ils ont d'approcher de plus près la Divinité dans fon Temple, exige d'eux une plus parfaite pureté. C'eft principalement aux Miniftres de la Réligion que s'adreffe cette parole,

Lev. xi.
44. *foyez faints, car je fuis faint.*

Si Zacharie étoit un digne Sacrificateur du Souverain, fon
Epoufe étoit la digne compagne d'un tel Sacrificateur, & une
Gen. 11. *Aide* véritablement *femblable à lui.* L'Edification eft complet-
20. 21. te, quand les vertus du Chef font communes à toute la Fa-
1. Tim. mille: C'eft pourquoy S. Paul ordonne, non feulement qu'on
111. 2. ne choififfe pour Evêques & pour Diacres, pour Sacrificateurs & Lévites du Nouveau Teftament, que des perfonnes
d'une probité reconnuë; mais dont les Femmes & les Enfans
foyent auffi des modéles de Sageffe & de Piété.

Il n'y avoit point d'enfans dans la famille de Zacharie. Son
Luc. 1. 7. mariage avec Elifabeth *étoit ftérile*; & ils étoient l'un & l'au-
tre, mais fur tout Elifabeth, très fenfibles à cette difgrace. Une
Exod. famille nombreufe & floriffante étoit une des bénédictions,
XXIII.
Lev. que Dieu avoit promife à fon Peuple, & l'une des récom-
XXVI. 9. penfes de la Piété. Le principal but de l'Inftitution du Ma-
Deut.VII.
34. riage, & celui que des Gens de bien fe propofent, eft de
XXVIII.
11. mettre au monde des Enfans, & de les élever en forte, qu'ils
Pfeaume foyent utiles à la République, & qu'ils fervent à perpetuer
CXXVIII.
1. 3. l'Eglife de Dieu, jufqu'à la confommation des fiécles. Les
Juifs, bien inftruits de ces véritez, ne pouvoient fe voir privez d'enfans, fans une grande affliction. Ce n'eft point, comme on l'avance quelques-fois affez légérement, quoyque de
grands hommes l'ayent dit, que chaque Ifraëlite afpirât au
bonheur d'être un des Ancêtres du Meffie. Cette efpérance limitée par les Prophétes à la Tribu de Juda, & même à
la Famille de David, ne permettoit pas à un Sacrificateur de
la Tribu de Levi, & de la Famille d'Aaron, de s'en flatter.

L'un & l'autre n'avoient donc d'autre regret, que celui d'ê-
tre privé d'une faveur, que Dieu avoit promife aux Saints,
& de ne pouvoir lui offrir quelque fruit de leur mariage, qui
les remplaçât dans la République d'Ifraël. Leur affliction,
fur tout celle d'Elizabeth, augmentoit chaque jour, à mefure que l'un & l'autre avançoient en âge; Ils étoient même
parvenus au point, où il ne leur reftoit prefque plus aucune
efpérance de pofterité, à moins qu'il ne plût à Dieu, de renouveller en eux la grace qu'il avoit faite à Abraham & à
                                                            Sara

Sara. Saints & fidéles Epoux; ils peuvent tout attendre de Dieu, & ayant la Foi & la Piété d'Abraham, il leur eft permis d'afpirer aux graces que Dieu fit au Pére des Croyans. Souvent le Seigneur differe longtems fes faveurs, pour exercer la foi des Saints, & c'eft quelquefois lorfqu'ils n'attendent plus rien de la Nature & des Caufes fecondes, *qu'il* Pfaume *donne à celle qui étoit ftérile, la joye de fe voir dans fa maifon la* CXIII. 9. *mére de plufieurs enfans.*

Telle fût effectivement la grace que Dieu fit à Zacharie & à Elifabeth, & qui fût annoncée au prémier par un Ange, comme nous l'allons voir dans la fuite de ce Difcours.

Zacharie étoit dans cette partie du Temple, qui eft appellée le *Lieu faint,* & qui étoit féparée du *Lieu très-faint* par un voile. C'eft jufques-là qu'il étoit permis aux fimples Sacrificateurs d'entrer, pour y faire le fervice ordinaire. Il y avoit-là vis-à-vis de l'Arche, qui étoit dans le Lieu très-faint, un Autel couvert d'or, fur lequel le Sacrificateur en tour offroit le Exod. matin [4] & le foir le parfum préfcrit par la Loi, pendant que XXX. 7. le peuple étoit en priere dans le Parvis. Ce parfum figuroit effectivement *les prieres des Saints,* dont il étoit le fymbole. Apoc. v. C'étoit la cérémonie, & les Prieres étoient la réalité. Les 8. vœux unis du Peuple & du Sacrificateur montoient vers le Ciel, avec la vapeur de l'Encens. Voilà le moment où Zacharie eut la vifion, dont nous allons parler. Les Juifs difent auffi, que c'étoit dans ces occafions, que les Sacrificateurs avoient quelques fois des apparitions; & Jofephe raconte, qu'*Hircan,* fouverain Pontife, offrant le parfum dans le Tem- Jofeph. ple, une voix divine lui annonça la victoire, que fes deux L. XIII. Fils, Antigone & Ariftobule, venoient de remporter, dans la 18. p. a. Province de Samarie, fur Antiochus de Cyzique.

C'eft effectivement dans le tems, que le Saints offroient à Dieu des prieres ardentes & pures, qu'ils ont eu des apparitions favorables & des révélations. Ne parlons point, du Sauveur, parce qu'il eft hors de toute comparaifon, cependant c'eft lors Luc. III. qu'il eft en priere, au bord du Jourdain que le Saint Efprit 21. defcend fur lui: *Corneille* étoit, auffi en priere, lors qu'un Act. x. 3. Ange vint lui annoncer, que Dieu l'avoit exaucé: S. *Pierre* Ib. vf. 9. y étoit, quand Dieu lui révéla, qu'il n'y avoit plus de différence entre le Juif & le Gentil. *Paul* & *Sylas* prioient dans Act. xvi. les prifons de Philippes, lors que leurs chaines fe détachèrent, 37. & que les portes des prifons leur furent ouvertes. S. Paul prioit lorfqu'il *eut un raviffement d'Efprit, & qu'il vit Jefus* qui Act. xxii. lui ordonna *de fortir de Jérufalem ;* Ce fut fans doute alors 17. *qu'il vit & ouît des chofes ineffables, qu'il n'eft pas permis de révé-* 11. Cor. *ler.* La Priere eft le tems des graces, & le moyen de les obtenir. XII, 2.

O 2　Za-

Zacharie prioit donc; mais que demandoit-il à Dieu? Inftruit des Propheties, dont l'accompliffement étoit proche,
demandoit-il comme Simeon, qu'il plût à Dieu de manifefter
bientôt fon Salut, & de lui accorder la grace de le voir de fes
yeux? Des Interpretes le croyent, & cette penfée eft très raifonnable. Demandoit-il à Dieu, de lui donner un Fils?
D'autres Interpretes le croyent auffi, & ces paroles de l'Ange,
Zacharie, ta priere eft exaucée, femblent l'infinuer; Mais la
réponfe du Sacrificateur fait voir, qu'il n'efperoit plus cette
confolation. Quoy qu'il en foit, Dieu, qui entend fes fou-
pirs, lui accorde à la fois l'un & l'autre de ces graces. Il aura un Fils, & ce Fils fera le Précurfeur du Fils de Dieu, qui
va paroitre. Ces agréables nouvelles furent apportées à Zacharie par un Ange, qui lui apparût *au côté droit de l'Autel*
des Parfums, pendant qu'il étoit debout devant l'Autel, le
vifage tourné vers l'endroit du Lieu très-faint, où l'Arche
auroit été placée, fi ce facré monument n'eut pas péri avec
le Temple de Salomon.

Luc 1. 11.

A l'afpect imprévû d'une Perfonne, qui fans doute étoit
toute brillante de lumiere, & qui fe montre tout d'un coup
dans un lieu, où le Sacrificateur étoit feul, *il fe trouble, il eft*
faifi de crainte. La meilleure confcience tremble à la préfence d'un Dieu, *qui ne s'affure point dans les Saints, & devant qui*
les Cieux mêmes ne font pas purs: Car Zacharie ne fait encore,
qui eft l'augufte Perfonne, qui s'offre à fes yeux; Et fi ce
n'eft qu'un Ambaffadeur de Dieu, il ignore le fujet de fon
apparition. Mais ce trouble ceffe bientôt, & fa crainte fe change heureufement en admiration, lorfque le Miniftre de Dieu,
prenant la parole, lui dit, *Raffurez-vous, vôtre priere eft exau-*
cée; Elizabeth vôtre femme vous donnera un Fils, que vous appel-
lerez Jean. Il fera pour vous un fujet de joye & de raviffement,
& plufieurs fe réjouiront de fa naiffance. Car il fera grand devant
le Seigneur. Il ne boira ni vin, ni aucune liqueur qui enyvre: Il
fera rempli du Saint Efprit dès le ventre de fa Mére: Il converti-
ra plufieurs des enfans d'Ifraël au Seigneur leur Dieu: Il marchera
devant lui avec l'Efprit & la Vertu d'Elie, pour réconcilier les Pé-
res avec leurs Enfans: pour ramener les défobéiffans au fentiment des
Juftes: afin de préparer au Seigneur un Peuple bien difpofé.

Luc 1. 11.

Job xv.
15.

Luc 1.
18. &
fuiv.

Que de graces accumulées! Que de bienfaits entaffez! Que
de prodiges de miféricorde! Zacharie demandoit un Fils, qui
fût la joye & la confolation d'Elizabeth, & la fienne; Et Dieu
lui accorde un Fils, qui *fera* la confolation & *la joye* de tout
le monde. *Plufieurs fe rejouiront de fa naiffance.* Dieu lui accorde un Fils, *qui fera grand,* non feulement devant les Hommes, mais *devant Dieu,* & fi grand, qu'au jugement du Seigneur

gneur même, il fut *le plus grand de tous ceux qui juſqu'alors* Matth.
étoient nez de femme: Il lui accorde un Fils, qui réünira la ⅩⅠ. ¹¹.
grandeur des vertus, avec celle des véritables honneurs; un
Fils, Temple du Saint Eſprit preſqu'auſſi-tôt qu'il eſt conçû, & qui, comme un autre Jeremie, *eſt ſanctifié dès le ven-* Jerem.
tre de ſa Mére. Il lui accorde un Fils, glorieux inſtrument ¹. ⁵.
du Salut des Hommes, qui *convertira pluſieurs des Enfans d'Iſ-*
raël au Seigneur leur Dieu: Un Fils, qui, comme un autre E-
lie, ſera le Reſtaurateur de la Réligion & de la Vertu,
tombées en décadance dans la Nation Judaïque: Un Fils,
qui marchera devant le Seigneur pour lui préparer ſes voyes, & qui,
comme l'Etoile du matin annonce la venuë du Soleil, annoncera le lever du Soleil de Juſtice: Un Fils, qui ſera l'*A-*
mi de l'Epoux, & qui l'introduira auprès de ſon Epouſe:
Un Fils enfin, dont Dieu ſe déclare le Pére, en lui donnant ſon nom, mais un nom, qui annonce à tout le monde la grace & la joye, avec la miſéricorde du Seigneur;
Vous appellerez ſon nom JEAN, nom qui veut dire, *Dieu fait*
grace, Dieu fait miſéricorde.

Tant de bienfaits imprévûs, ſignalez, ſurprennent Zacharie, & jettent pour un moment ſa foi dans le trouble & dans
la confuſion. La Puiſſance & la Bonté de Dieu nous per-
mettent d'eſpérer tout de lui; mais la connoiſſance de nôtre
indignité retient nos eſpérances. La modeſtie & l'humilité,
inſéparables des plus hautes vertus, portent le doute juſques
dans les Ames fideles, & quand les Bienfaits ſont ſi grands
elles n'oſent les eſpérer. Juſques-là le doute eſt, pour ainſi
dire, une vertu. Mais, ô foibleſſe inſéparable de l'Homme! La vieilleſſe de Zacharie, l'âge & la ſtérilité d'Elizabeth, viennent fortifier des doutes, que la modeſtie a
fait naître. *Et comment connoitrai-je cela*, répond le Sacrifi- Luc.1.18.
cateur à l'Ange qui lui parle. *Je ſuis vieux, & ma femme*
eſt fort âgée.

Ne reprochons point à un Saint Homme un léger défaut de foi, & fermons les yeux *ſur une paille, qui eſt* Matth.
dans ſon œil, pour ne voir *que les poutres*, qui ſont dans Ⅶ. ³.
les nôtres. N'étoit-il pas arrivé à Abraham même, lorſque Dieu lui prédit, qu'il auroit un Fils de Sara, d'être
un moment en ſuſpens? *Abraham ſe proſterna en terre*, dit Geneſi
l'Ecriture, *& rit au fond de ſon cœur, en diſant, un homme* ⅩⅦ. 17.
de cent ans auroit-il un Fils, & Sara enfanteroit-elle à qua-
tre-vint dix ans? Et lorſque Dieu lui promit l'Héritage de
Canaan, ne dit il pas du Païs comme Zacharie: *A quoy con-* Voyez
noitrai-je cela? les LXX.
Gen. ⅹⅴ.
Vol. V. P Dieu 8.

Dieu ne retracte pas ses promesses pour quelque faute lege-
re, que la surprise rend excusable. Il exécute ce qu'il a promis ; mais il ne laisse pas de corriger ces fautes. L'Ange confirme à Zacharie ce qu'il lui avoit dit ; Il se fait connoitre,
& déclare de la part de qui il est envoyé. *Je suis Gabriel*,
dit-il , *qui suis toujours devant Dieu. J'ai été envoyé pour vous
parler , & pour vous annoncer ces bonnes nouvelles.*

Les Anges ne sont point distinguez par des noms ; mais
ils en ont pris , lorsqu'ils ont apparû aux Hommes. Ces
noms sont dignes d'eux, & expriment leurs qualitez & leurs
ministéres. Celui de *Gabriel*, qui veut dire la *force de Dieu*,
ou selon d'autres, l'*Homme de Dieu* (*Vir Dei*) étoit connû
à nôtre Sacrificateur, & servit à lui faire comprendre, que celui qui lui parle est ce Ministre fidele du Dieu des Armées,
qui vint annoncer à Daniel la liberté prochaine de la Nation
Judaïque, & la venuë du Christ. C'est le même Ambassadeur du Ciel, qui plusieurs siécles après vient annoncer la
naissance du Précurseur du Messie.

On ne peut gueres douter qu'à l'ouïe de ces mots, Zacharie ne revint de l'incertitude, où la grandeur des promesses
de Dieu l'avoit jetté, & que son espérance & sa foi ne se
raffermissent : Mais il avoit demandé un signe, & ce signe
lui fût accordé, non tel qu'il l'avoit souhaité, peut-être, mais
tel que le méritoit un moment d'incrédulité passagére. *Vous
allez devenir muet, lui* dit l'Ange, *& vous ne pourrez parler que
ces choses ne soyent arrivées, parce que vous n'avez pas crû à mes
paroles, qui s'accompliront dans leur tems.* Il y a bien de la
vrai-semblance , dans la remarque d'un habile Interprète : C'est
que Zacharie fût également sourd & muët, jusqu'au tems
de la circoncision de son Fils ; mais alors, *Dieu ouvrit ses le-
vres, pour publier les louanges* de son Bienfaiteur. *A l'instant*,
dit S. Luc, c'est-à-dire, aussi-tôt que Zacharie eut écrit sur
des tablettes le nom, que Dieu avoit donné à son Fils, *à l'instant même sa bouche s'ouvrit, & sa langue s'étant déliée, il parla
en bénissant Dieu.* Son cœur, contraint jusqu'alors de retenir
en lui même sa reconnoissance & sa joye, donne enfin un libre cours à l'une & à l'autre , il réjaillit de cette source enflée
le divin Cantique d'actions de graces, que S. Luc rapporte
dans la suite.

Finissons ce Discours par cette réflexion. On n'entend retentir les Chaires, que de la puissance du Démon, des piéges, qu'il tend sans cesse aux Hommes, & des assauts qu'il
livre à la Vertu. . . . Pourquoy ne les pas entendre retentir
aussi du secours, que le Fidele doit espérer des bons Anges,

qui

Marginal notes:
Luc 1. 19.
Je suis Gabriel.
Dan. 1x. 2 2. & suiv.
Luc 1. 2 0.
Pseau. 17.
Luc 1. 64.
Luc 1. 68. & suiv.

qui veillent pour fa confervation, & qui *font autant de Minif-* Heb. i.
tres, que Dieu envoye, *pour avoir foin de ceux qui doivent poffe-* 14.
der l'héritage du Salut. Les Pécheurs n'ont pas befoin d'ex.
cufe, & favent profiter des moindres prétextes qu'on leur
en donne. *Le Serpent m'a féduit* eft un mot, qu'ils ont mille Gen. iii.
& mille fois répété. Mais fi le Serpent tente les Fideles, les 13.
bons Anges ne les affiftent-ils pas? Tout doit encourager
le Chrétien: Connoiffances fuperieures à celles des anciens Fideles, Grace divine, attention, vigilence des bons Anges,
qui, fans être vifibles, ne laiffent pas de contribuer à les délivrer des périls de ce monde, & à écarter les obftacles, qui
s'oppofent à leur Salut. Nous verrons dans plufieurs Difcours fuivans les offices, que les bons Anges ont rendu aux
Saints, & à J. Chrift lui-même.

DIS.

DISCOURS III.

Salutation de l'Ange à la Sainte Vierge. Luc. I. 28.

Luc 1.
26.
'Ange, qui étoit apparu à Zacharie dans le Sanctuaire, & qui lui avoit annoncé la naissance d'un Fils, fût envoyé quelques mois après à la Ste. Vierge, pour lui annoncer celle du Sauveur. Le tems de cette annonciation est marqué *au sixiéme mois de la grossesse d'Elizabeth,* de sorte que Jean vint au monde six mois avant J. Christ. L'un & l'autre devant commencer leur ministere vers l'âge de trente ans, & S. Jean devant préparer les voyes au Seigneur, la Providence voulut, qu'il vint au monde quelques mois avant lui.

Ib. vf. 26.   L'Ange *Gabriel* fut chargé de la glorieuse commission d'annoncer à la Ste. Vierge les graces que Dieu lui destinoit. Le même Ministre, qui plusieurs siécles auparavant, avoit prédit à Daniel l'avénement du *Christ*, & en avoit marqué le tems. Est celui qui vient dire à la Vierge, que ce tems est accompli, & que Dieu l'a choisie, pour être la Mére du Christ.

Ib. vf. 27.   Cette Vierge s'appelloit MARIE: elle demeuroit *à Nazareth,* & *étoit fiancée à un homme de la famille de David, nommé Joseph.* Ce sont trois particularitez, qui ne sont pas indifférentes. Une histoire si merveilleuse ne sauroit être trop bien circonstanciée.

Il ne faut point chercher de mystere dans le nom de *Marie.* Ceux qui l'ont fait n'y ont pas trop bien réussi. Une faute dans les Manuscripts de St. Jérôme a fait croire, que *Marie,* signifie l'*Etoile de la mer.* (*Stella maris*) au lieu que St. Jérôme avoit certainement écrit, *Stilla Maris,* c'est-à-dire, *une goute* de l'eau *de la Mer.* D'autres ont crû trouver dans le nom de Marie une espéce de présage de son *élevation,* en dérivant ce nom d'un mot Hébreu, qui signifie *exalter, élever.* Cela n'est nullement certain. Ce qu'il y a de constant, c'est que *Marie* étoit un nom commun chez les Hébreux, depuis que la sœur de Moyse l'avoit porté. Les Juifs disent qu'elle fut appellée de la sorte, parce qu'elle vint au monde, lorsque les Israëlites sentoient toute l'*amertume* de la servitude, que les Egyptiens leur avoient imposée, & qui étoit parvenuë à son comble, quand Moyse naquit. Depuis ce tems-là il y eut

par-

ἀσπασμὸς Ἀγγέλκ πρὸς τὴν Μαρίαν. | Luc. I. 28. | MARIA AB ANGELO SALUTATA.
The Annunciation of the Virgin Mary. | | Salutation de l'Ange à la S. Vierge.
Der Engel grüsset Maria. | | De Groetenis des Engels aen Maria.

Penat delin. | | Surugue Sculp.

parmi les Juifs beaucoup de Filles nommées *Marie*. Car, sans parler de *Marie*, mére de Jaques, de *Marie* Magdelaine, dont il est fait mention dans les Evangiles, Josephe nous parle de deux *Maries*, l'une fille d'*Hircan*, & l'autre d'*Herode*. Il les nomme *Mariammé*, parce que les Juifs disent *Mariam*, & que Josephe écrivant en Grec, a voulu donner à ce nom Hébreu une terminaison Greque ; c'est par une raison approchante, & pour adoucir le nom de *Mariammé*, qu'on l'a changé dans la suite en celui de *Marianne*.

Marie demeuroit à *Nazareth*, [1] petite Ville de Galilée, sur les limites des deux Tribus d'Issachar & de Zabulon, elle étoit bâtie sur une montagne, d'où ses Habitans voulurent en suite précipiter le Sauveur. Ville jusqu'alors obscure & méprisée, mais éternellement illustrée, pour avoir été le séjour du Sauveur & lui avoir donné le surnom de *Nazarien*.

Marie *étoit fiancée à Joseph*, Homme *juste*, issu de la famille de David ; Il demeuroit alors à Nazareth, soit qu'il s'y fût établi, ou que ses Ancêtres y eussent passé de Bethlehem. L'ancienne splendeur de la Maison de David s'étoit effacée avec le tems. Il ne restoit à Joseph que les vertus de ses Ancêtres ; c'est bien ce qui fait la véritable grandeur des hommes, mais quand la fortune les a abandonnez, la vertu seule leur donne peu de relief dans le monde.

Joseph avoit donc épousé la Sainte Vierge; mais elle n'avoit pas encore été conduite dans sa maison, selon l'ancienne coûtume de mener l'Epouse chez son Epoux, & de la remettre entre ses mains. Cependant elle ne laissoit pas d'être déja *femme de Joseph*. La foi mutuelle, qui lioit ces deux saintes personnes, [2] suffisoit pour dire avec justice, qu'elle étoit *femme de Joseph*, & que *Joseph étoit son mari*.

On ne s'étendra point ici sur [3] des Fables, qui venoient évidemment des anciens Hérétiques, quoyque divers Péres les ayent adoptées.

Ces Gens-là, s'étant déclarez contre le mariage, publioient dans je ne sai quels Apocryphes, que la Sainte Vierge fut élevée dans le Temple, parmi les Sacrificateurs; qu'elle y fit profession de demeurér Vierge toute sa vie; que lorsqu'elle commença à devenir Nubile, les Sacrificateurs ne pouvant plus la garder dans le Temple, à cause des accidens qui surviennent, aux Filles de cet âge là, résolurent de la remettre entre les mains d'un Homme sage & âgé, qui fût, sous le nom de son Mari, le fidéle Gardien de sa Virginité. Que plusieurs concurrens s'étant présentez, des signes miraculeux firent préférer Joseph à ses rivaux. Laissons toutes ces Fables, qui comme une infinité d'autres, furent inventées par

Marginal notes:
Joseph. Antiq. Lib. xv. p. 512. & xviii. p. 618.

Math. 1. 19.

Matth. 1. 20.

des Hérétiques pour flétrir le mariage qu'ils condamnoient.
Tenons nous en à l'Evangile. Hors de là il n'y a que Traditions fabuleuses, au moins très incertaines. Mais remarquons l'ordre & la sagesse de la Providence, qui voulut, que
la Ste. Vierge eut un Mari, & que ce Mari passât pour le
Pére de nôtre Seigneur, afin de mettre sa naissance à l'abri
de la calomnie, jusqu'à ce que les Miracles de sa vie, de sa
Résurrection & de son Ascension dans le Ciel, pussent justifier celui de sa Naissance.

C'est dans le tems qu'on vient de marquer, & lorsque Marie étoit fiancée à Joseph, que l'Ange Gabriel, revêtû d'une
forme Humaine, *entra chez Marie*. L'Evangeliste ne nous
dit point, que sa présence fût accompagnée de signes, qui
marquassent la Dignité de sa Personne. Peut-être préfe-
ra-t-il de paroître comme un simple Prophète, & non avec
cette splendeur, qui distingue d'ordinaire les Ministres immortels. Il ne falloit pas effrayer par une apparition brillante & soudaine une jeune personne, qui avoit toute l'innocence & la simplicité de son âge. Le discours que l'Ange lui
tint, étoit assez surprenant, sans y joindre des circonstances,
qui pouvoient l'épouvanter. *Je vous saluë*, lui dit il; & selon d'autres Versions, *Bien vous soit*; ou *soyez heureuse*. La
prémiere traduction exprime le sens; la seconde rend le terme Grec. Les Hébreux disoient, [4] en saluant les personn-
nes, *Que la paix soit avec vous*: entendant par la *paix*, la santé, la prosperité, le contentement. Les Grecs disoient, *soyez
en joye*, ce qui a au fonds la même signification; & les Latins, *soyez en santé*. S. Luc écrivant en Grec, a employé la
salutation des Grecs, bien que l'Ange, parlant à la Ste. Vierge en Hébreu, se soit vrai-semblablement servi du formulai-
re des Hébreux.

Après cette salutation, l'Ange continue à parler à la Vierge en des termes, que l'on peut regarder, ou comme une
description de son bonheur présent, & des graces que Dieu
lui a déja faites: ou comme des vœux, qu'il adresse à Dieu
pour le bonheur de Marie. Au fond de quelque maniere
que l'on envisage le discours de l'Ange, tout revient à la même chose: Les vœux d'un ministre céleste sont proprement des
Prédictions. Ils sont trop justes pour n'être pas ratifiez. Comme il fait les intentions du maître dont il est l'Ambassadeur,
ses vœux ne sont qu'une déclaration de la volonté de Dieu.
Quoiqu'il en soit nous allons considérer les paroles de l'Ange, comme l'éloge des Vertus de Marie, ou plutôt, comme
la description des graces que Dieu lui a déja faites. C'est le
sens qui paroît le plus naturel.

Je

Luc I. 28.

Ib. vf. 28.

Je vous faluë, lui dit il, *vous qui êtes pleine de graces*, ou felon d'autres verfions, *Vous qui êtes reçuë en grace.*

Le mot de l'Original pourroit bien fignifier, & les graces extérieures, qui éclatoient dans la perfonne de Marie,
& les graces intérieures, qui ornoient fa belle Ame. On
lit à préfent dans l'Eccléfiaftique, *Détournez vos yeux de def-* Ecclef.
fus une 5 *belle femme;* mais on lifoit autrefois, ou dans d'au- IX. 8.
tres Exemplaires, *d'une femme, qui* 6 *a beaucoup de graces.* Il
eft bien vraifemblable que la Sainte Vierge étoit ornée de
ces graces naturelles, qui frappent les yeux, & qui ne font
nullement à méprifer lorfqu'elles font accompagnées de la
douceur & de la modeftie. Mais ce ne font pas néanmoins
ces avantages extérieurs & fragiles, que l'Ange eftime & loüe
en elle. Ce font les vertus dont Dieu l'avoit enrichie, les
graces fpirituelles, dont il l'avoit ornée. Auffi le même terme eft il employé dans l'Eccléfiaftique, pour défigner les
vertus bienfaifantes, qui reluifent dans l'Homme de bien.
La douceur de ces paroles, dit cet Auteur, *ne paffe-t-elle pas les* Ecclef.
préfens mêmes? Cependant & l'un & l'autre fe trouvent dans l'hom- XVIII.
me jufte, dans l'homme bienfaifant 7 & GRACIEUX, qui a reçu 17.
du Ciel en partage la Charité, la Douceur, & l'Humilité, ces
vertus inféparables, qui rendent l'Homme aimable auffi bien
que jufte. C'eft là ce que l'Ange eftime, & loüe dans la
Vierge; Mais en faifant fon éloge il fait en même tems celui
de la bonté du Seigneur. Elle eft pleine de graces parce qu'elle a été reçuë en grace. Toutes les vertus dont elle eft ornée
font des dons de la Grace.

Le Seigneur eft avec vous, continuë l'Ange, ou comme d'autres traduifent: *Que le Seigneur foit avec vous.* Cette belle expreffion de l'Ecriture comprend toutes les bénédictions. *L'é-* Gen.
ternel étoit avec Jofeph, dit Moyfe, *& tout profperoit entre fes* XXXIX.
mains. Le Seigneur foit avec vous, étoit l'ancien vœu des Ifraë- & 3.
lites. C'eft ainfi que *Ruth* falua les Moiffonneurs de *Booz*, Ruth II.
à quoy ils répondirent, *le Seigneur vous béniffe.* Les exemples +
de cette belle & pieufe expreffion, font en grand nombre
dans le Vieux Teftament. Nôtre Seigneur l'adopta; Car Voy. Jof.
lorfqu'il voulut fortifier fes Difciples contre tous les affauts I. 9.
du monde, & les affûrer du fuccès de leur miniftere, *Je fuis* 12. &c.
avec vous, leur dit-il, *jufqu'à la confommation des fiécles.* Et quand Matth.
il voulut encourager S. Paul dans fa miffion à Corinthe, il XXVIII.
lui dit dans une vifion. *Ne crain point, je fuis avec toi.* 20.

Act.
XVIII. 10.

L'Ange ajouta, *vous êtes bénie entre les femmes;* c'eft-à-dire,
de toutes les femmes vous êtes la plus heureufe, celle à qui
Dieu a fait le plus de graces. *Belle entre les femmes* fignifie Cantiq.
dans l'Ecriture, la plus belle de toutes les femmes. I. 8.

Cet-

Cette *bénédiction* que l'Ange annonce & donne à Marie doit être confidérée à trois égards. Prémierement par rapport à Dieu, qui eft l'Auteur & la fource de tous les Dons; *c'eft ainfi qu'Ozias dit à Judith, vous êtes celle, que le Seigneur, le Dieu très-haut, a bénie plus que toutes les femmes, qui font fur la terre.* 2. Par rapport aux louanges & aux bénédictions, que tous les fiécles donneront à Marie. C'eft dans ce fens que l'Ange de l'Eternel dit dans le Livre des Juges, *Que benie foit entre les femmes Jahel, femme d'Heber: Que toutes les femmes viennent la bénir dans fa tente,* c'eft-à-dire, lui donner les juftes loüanges, & lui fouhaiter tous les biens, que méritoient fon courage, & le fervice qu'elle venoit de rendre à Ifraël. 3. Mais comme & le zéle, & le courage, & les fuccés, comme tout vient de Dieu, & qu'au fond c'eft à lui qu'on en doit rapporter toute la gloire, les loüanges & les bénédictions, que l'on donne à la Créature, doivent auffi fe rapporter au Créateur. Cela eft fort bien repréfenté dans l'hiftoire de Judith, qui, toute apocryphe qu'elle eft, ne laiffe pas de contenir de beaux monumens de piété. Car après qu'Ozias eut dit à Judith, *foyez bénie du Dieu très haut par-deffus toutes les femmes de la terre,* il ajoûta auffi-tot, *Béni foit le Seigneur, qui a créé le Ciel & la Terre.* Réuniffons ces trois idées. L'Ange dit à Marie, *Vous êtes de toutes les femmes celle à qui Dieu a fait les plus grandes graces: celle à qui les fiécles à venir donneront les plus grands éloges: celle enfin de toutes les femmes, en qui Dieu fera le plus glorifié.*

A la vuë de l'Ange, & à l'ouïe de fes bénédictions. *Marie fût troublée,* dit S. Luc; c'eft-à-dire, qu'elle fût fort furprife & toute emuë, *elle penfoit en elle-même, qu'elle pouvoit être cette falutation:* Elle ne fait encore, ni qu'elle eft la perfonne qui lui parle, ni de la part de qui elle vient; ni enfin où tendent toutes les louanges que cette perfonne lui donne, ou les vœux qu'elle fait pour elle.

On ne fauroit croire, quoyque de grands hommes l'ayent penfé, que Marie incertaine quel eft l'homme qui lui parle, & quelles font fes intentions, ait foupçonné qu'il pouvoit en vouloir à fa vertu, & furprendre fon innocence, par des paroles flateufes, & par une apparence de Dévotion. Le foupçon feroit bien injurieux à l'Ange, dont le maintien & le langage ne refpiroient fans doute que la modeftie & la charité. Le trouble, ou l'émotion de Marie, vient donc d'une autre caufe. Elle eft confufe des louanges, que l'Ange lui donne: Et la faveur diftinguée qu'il lui annonce de la part de Dieu, eft fi fort au-deffus de fon mérite & de fes efpérances, qu'elle ne peut y penfer fans rougir: *Je vous fa-*
luë

Judith.
XIII. 21.

Juges v.
24.

Judith
XIII. 24.

Luc I.
29.

luë, dit l'Ange, *vous que Dieu a comblée de fes dons :* Quelles paroles pour une perfonne, qui fe regarde comme la moindre des fervantes du Seigneur? *Vous êtes bénie par-deſſus toutes les femmes :* Qu'a-t-elle fait pour le mériter? Qu'y a-t-il en elle, qui puiſſe foutenir de fi hautes efpérances? Diverfes penfées confufes fe préfentent à fon Efprit; Elle eft faifie d'une efpéce de crainte; & cherche à quoy toute cette falutation peut aboutir.

L'Ange, qui voit fon trouble, & fa crainte, n'attend pas qu'elle s'explique, & reprenant la parole, après s'être tû un moment, *Marie,* lui dit-il, *ne craignez point, car vous avez trouvé grace devant Dieu.* Il la nomme par fon nom, ce qui dût, & la furprendre, puifqu'elle ne le connoiſſoit pas, & la raſſurer, puifqu'il lui annonce la plus agréable de toutes les nouvelles: *Vous avez trouvé grace devant Dieu.* Cette belle expreſſion de l'Ecriture fignifie, *Dieu vous aime.* C'eft ainfi qu'il eft dit, que *Joſeph avoit trouvé grace devant fon Maître,* c'eft-à-dire, que fon Maître avoit une grande affection pour lui. De même Laban difoit à Jacob, *fi j'ai trouvé grace devant vos yeux,* c'eft-à-dire, fi vous avez quelque amour pour moi. *Grace* fe prend fouvent pour *affection,* dans le ftile des Hébreux, & pour *les bienfaits,* qui naiſſent de l'affection. Le véritable amour n'eft jamais ftérile. Celui que Dieu porte à Marie va être confirmé par un bienfait, trop grand pour être efpéré. *Vous allez concevoir,* pourfuit l'Ange, *& vous mettrez au monde un Fils, auquel vous donnerez le nom de Jefus. Il fera grand: On l'appellera le Fils du très-haut: Le Seigneur lui donnera le Thrône de David fon Pére: Il régnera éternellement fur la maifon de Jacob, & fon Régne n'aura point de fin.*

La Sainte Vierge comprit bien de quel Fils l'Ange lui révéloit la naiſſance prochaine. Inftruite des Oracles des Prophètes, & des caractères du Meſſie, qu'elle attendoit avec toute la Nation, elle le reconnut à la défcription que lui en faifoit l'Ange. *Vous aurez un Fils, & vous lui donnerez le nom de Jefus.* Voilà le *Sauveur,* le Libérateur du Peuple de Dieu. *Il fera grand.* Toutes les Grandeurs réelles fe réüniront en fa perfonne. Les plus fublimes Vertus y feront rélévées par la Puiſſance Souveraine, mais par une Puiſſance, qu'il ne perdra jamais. *On l'appellera le Fils de Dieu.* C'eft fous ce glorieux titre que le Meſſie devoit paroître au monde, & c'eft à caufe de cela, que ce titre avoit été donné aux Rois, qui l'avoient figuré. On l'appellera de la forte, parce qu'il fera véritablement & réellement le Fils de Dieu d'une maniere, qui lui eft propre. *Le Seigneur lui donnera le Thrône de Da-*

Luc 1.
30.

Gen.
XXXIX. 4.

Gen.
XXX. 27.

Luc 1.
31. &
ſuiv.

vid fon Pére: Non ce Thrône, qui étoit alors ufurpé par des Puiſſances étrangeres, mais celui que les Oracles facrez avoient promis à la Poſtérité de David, & qui n'étoit pas encore bien connû des Juifs. *Il régnera ſur la maiſon de Jacob éter-nellement, & il n'y aura point de fin à ſon régne.* Ce n'eſt plus un de ces Rois mortels, obligés de céder à d'autres un Septre, que la mort leur ravit. Sa Vertu & ſa Dignité de Fils de Dieu lui en aſſurent l'éternelle poſſeſſion.

Tout cela ne ſurprend point Marie. Dès qu'elle à la foi d'un Meſſie, promis à ſa Nation, elle n'a point de peine à croire tout ce que l'Ange vient de lui en dire. La ſeule dif-ficulté, qui ſe préſente à ſon Eſprit, c'eſt que n'étant pas encore unie avec ſon Epoux, & l'Ange lui annonçant une conception prompte, &, pour ainſi dire, préſente, elle ne comprend pas comment elle peut toute ſeule, & ſans le ſe-cours de ſon mari, concevoir, & mettre au monde un Fils.

Luc 1.
34. *Comment cela ſe fera-t-il*, dit elle, *vû que je ne connois point d'hom-me?* Dans le trouble où elle eſt, il n'eſt pas ſurprenant que l'Oracle d'Eſaie, *une Vierge ſera enceinte,* ne s'offre pas à ſa mémoire; car du reſte ſa foi eſt parfaite; Elle n'héſitera pas un moment, dès qu'elle ſaura la volonté du Seigneur, que l'Ange lui explique à l'inſtant: Le Fils de Dieu, lui dit-il, ne doit point avoir d'autre Pére que Dieu: Vous n'avez pas beſoin Ib. 35. d'Epoux pour le concevoir. *Le Saint Eſprit deſcendra ſur vous, & la puiſſance du Tres-Haut vous couvrira de ſon ombre; c'eſt pourquoy le fruit qui naîtra de vous, ſera appellé le Fils de Dieu.* Ce même Eſprit, qui ſe repoſant ſur les eaux, donna, pour ainſi dire, la fécondité à la matiere du monde, deſcendra en vous, y formera le ſacré Corps de vôtre Fils, & lui don-nera la vie.

Pour confirmer de ſi grandes promeſſes, l'Ange apprend à la Vierge, *Qu'Eliſabeth, ſa Couſine, toute âgée qu'elle étoit, a-* Ib. 36. *voit conçû un Fils, & que celle qui étoit appellée ſtérile, ſe trouvoit déja dans le ſixième mois de ſa groſſeſſe; Car,* ajoute-t-il, *rien n'eſt impoſſible à Dieu.* Le ſecond miracle n'eſt pas tout à fait pa-reil; mais au fond l'un & l'autre ſont également au deſſus des loix de la Nature.

A ce Diſcours toutes les difficultez diſparoiſſent & s'éva-noüiſſent. Marie embraſſe avec une extrême joye, & une extrême reconnoiſſance les graces que Dieu lui promet, & ne doute point de leur accompliſſement. Ib. 38. *Voici,* répondit elle à l'Ange, *la ſervante du Seigneur: Que vôtre parole s'accompliſſe en moi.*

Que les Profanes anciens & modernes exercent ſur cette di-vine Hiſtoire leur ſacrilége témérité. Que des Gens, on ne dira pas ſans foi, mais ſans mœurs & ſans crainte de Dieu,

ſe

fe joüent des faits miraculeux de l'Evangile; Que ces faits
foyent un écueil, contre lequel leur fuperbe Incrédulité les
faffe échoüer; le fidéle n'en doit être ni fcandalifé ni furpris.
Que font ils qui ne convienne à leur caractére? Ils le démen-
tiroient, s'ils penfoient autrement, du refte ils ne méritent
pas qu'on leur réponde. Leur malignité & leurs infolentes
railleries, ou plûtôt, leurs blafphêmes font toute leur force.
Il eft vrai que s'ils prenoient le parti de raifonner, il feroit
jufte d'entendre leurs difficultez. Mais quelle abfurdité la
Raifon peut elle trouver dans l'Hiftoire, que nous venons
d'expliquer? Eft-il donc abfurde que la Providence Divine
agiffe, ou s'explique par le miniftére de ces Intelligences,
que l'Ecriture nomme des Anges? Ne peut il y avoir dans
l'Univers d'autres Etres penfans, que ceux qui font, comme
nous, revêtus d'un corps organifé, que la mort détruit? Eft-
il impoffible, que Dieu donne la fécondité à une Vierge, &
qu'une Vertu furnaturelle fupplée au défaut de la Nature?
Un Dieu, fouverainement parfait, eft-ce un Etre néceffité,
& affujetti aux Loix qu'il a établies dans le monde, pour la
confervation du Genre-Humain? Le Rédempteur doit être
Homme, afin qu'il puiffe mourir, & donner à la fois à des
hommes l'exemple des vertus qu'il leur préfcrit, & de l'immortalité qu'il leur promet. S'il n'y avoit point eu de mort, il
n'y auroit point eu de Réfurrection. Dieu le fait naître d'u-
ne Vierge, afin que fa conception foit toute pure, & qu'il
foit exempt de cette funefte convoitife, qui fe communique
à tout ce qu'elle produit. Dieu choifit pour le mettre au monde, une Fille de la Nation Judaïque, vafe véritablement digne de porter un tel Thréfor. L'Ange, qui lui parle, foutient parfaitement le caractère d'un Miniftre du Ciel: la pieté & la gravité font imprimées dans le Difcours, qu'il lui
tient; & les réponfes de la Vierge, n'ont rien que de beau,
de fimple, de naturel. L'innocence, l'humilité, la Foi, pouvoient elles parler autrement? Si les graces de Dieu fe donnoient au mérite, peut on fe former le caractére d'une femme, plus digne d'être la Mére du Sauveur?

DISCOURS IV.

Marie falue Elifabeth. Luc I. 39.55.

'Ange Gabriel ayant quitté Marie après lui avoir annoncé la conception du Sauveur, elle partit de Nazareth en Galilée, pour aller trouver Elifabeth fa Coufine, & fe féliciter avec elle des graces, que Dieu leur avoit faites à l'une & à l'autre.

Zacharie & Elifabeth demeuroient dans cette partie de la Judée, qui eft appellée *la Région montagneufe*, & dans une Ville, ou gros Bourg, qu'un ¹ favant Moderne croit être *Juta*, dont il eft fait mention, Jofué xv. 55, & qui étoit une Ville du partage des Sacrificateurs. Auffi eft-ce là, ou dans le voifinage, qu'une ancienne Tradition a placé le lieu nommé *Beth-Zacharia*, c'eft-à-dire, *la Maifon*, ou *le féjour* de Zacharie.

La Sainte Vierge, étant entrée dans la maifon de Zacharie, *falua Elifabeth*, dit S. Luc, c'eft-à-dire, qu'elle l'embraffa & fit des vœux pour elle. On a déja vû dans l'annonciation de la Vierge, qu'elles étoient les falutations ufitées parmi les Juifs. Mais fans doute Marie y ajouta des bénédictions, qui répondoient à l'état, où fe trouvoit alors Elifabeth, & dont l'Ange l'avoit inftruite. Elle lui dit dans cette occafion tout ce que pouvoient lui infpirer l'eftime, l'amitié, la piété, qui les uniffoient étroitement enfemble.

A la vue de Marie, & à l'ouïe des paroles, qu'elle dit à Elifabeth, celle-ci fentit *fon enfant treffaillir* dans fon fein, & *fut tout remplie du St. Efprit*, qui lui découvrit à l'inftant des véritez inconnues, & lui mit dans la bouche un difcours, qui fait voir les lumieres furnaturelles, que l'Efprit de Dieu repandoit dans fon ame.

On ne peut guère douter que Zacharie, étant retourné de Jerufalem dans fa maifon, n'eût inftruit Elifabeth de la vifion, qu'il avoit euë dans le Temple; de la promeffe que l'Ange du Seigneur lui avoit faite, qu'elle auroit un Fils; de la charge & des honneurs, que le Ciel deftinoit à ce glorieux Enfant; & en particulier de l'accompliffement prochain de l'ancienne promeffe du Meffie, après lequel la Nation foupiroit. Car bien que Zacharie eut perdu la parole, il pût fe fervir de la plume, comme il s'en fervit, pour faire favoir le

nom

Carlo Maratti pinx.

Luc: I, 40.

Μαρία ἀσπάζεται τὴν Ἐλισάβετ.   MARIA ET ELISABETHA.

Mary and Elizabeth.   *Marie salue Elizabet.*

Maria besucht Elisabeth.   Maria en Elisabeth.

Dresse sculp

nom que Dieu avoit donné à fon Fils. Il faut donc fuppofer Elifabeth informée, que le Meffie va paroître, puifque fon Fils en doit être le Précurfeur, & préparer fes voyes: mais tout le refte lui eft inconnû, & c'eft ce que le St. Efprit lui révéla, & ce qu'elle exprima en des termes, où l'on voit éclatter à la fois, l'humilité, la foi, la piété, la reconnoiffance envers Dieu, le refpeƐt & la vénération, pour une Femme, que Dieu avoit choifie pour mettre au monde fon Fils, ou plûtôt pour le Seigneur même, qu'elle avoit déja conçu. *Elifabeth s'écria à haute voix*, dit S. Luc, ce qui marque la joye, dont elle étoit transportée, *vous êtes, bénie entre les femmes, le fruit que vous portez eſt béni. Et d'où me vient ceci, que la Mére de mon Seigneur me vienne viſiter? Car votre voix n'a pas plûtôt frappé mon oreille, quand vous m'avez faluée, que l'Enfant a treſſailli dans mon fein. Bienheureuſe eſt celle qui a crû, que les choſes, qui lui ont été dites de la part du Seigneur auront leur accompliſſement.*

Que de lumiéres fe répandent à la fois dans cette fainte Ame! Elle prophétife, & tout ce qu'elle dit font autant d'Oracles. Elle parle à Marie, comme l'Ange lui avoit parlé. *Vous êtes bénie entre les femmes.* Elle fait déja quel eft le Divin Enfant, que Marie a conçû, & reconnoît en lui cette Pofterité d'Abraham, dans laquelle feront bénies toutes les Nations de la Terre. *Béni eſt le fruit que vous portez.* A peine il eft formé, & déja elle le reconnoit pour *fon Seigneur:* Animée d'une foi pareille à celle de la Ste. Vierge, elle voit dans l'avenir l'accompliffement de tant de promeſſes, en apparence fi peu croyables. *Les choſes, qui vous ont été dites, feront accomplies:* Et que dirai-je enfin? Elle fait déja ce que le Seigneur mettra dans tout fon jour; c'eft que la foi en Dieu eft la condition de toutes fes graces, & que le véritable bonheur en dépend, *heureuſe eſt celle qui a crû.*

Mais quel prodige nouveau arrive dans le fein d'Elifabeth! On diroit que fon fruit participe aux connoiffances & aux vertus de la Mére. *Votre voix,* dit elle à Marie, *n'a pas plûtôt frappé mon oreille, que j'ai fenti mon enfant treſſaillir dans mon fein.*

On traduit d'ordinaire, *treſſaillir de joye,* & effeƐtivement on le peut. Le mot de l'original exprimant bien les mouvemens que la joye a coûtume d'exciter. Cependant il eft plus fimple de traduire, *il a treſſailli,* fans en dire la caufe. Il n'eft pas furprenant, que la joye d'une Mére, caufe des mouvemens extraordinaires à fon fruit. Ce font deux perfonnes qui ne font alors qu'un feul tout, pour ainfi dire. Joye, trifteffe, crainte, défirs, tout fe fait fentir à l'Enfant, dont une femme eft enceinte. Il faut pourtant qu'il foit arrivé

dans cette occasion quelque chose d'extraordinaire, puisqu'E-
lisabeth l'attribue à la voix, & à la présence de la Mére du
Seigneur. Mais ce seroit peut-être porter les choses un peu
trop loin, & multiplier trop légérement les miracles, de dire, comme ont fait la plûpart des Anciens, que l'Enfant d'E-
lisabeth connût déja son Seigneur. Il faudroit des preuves
plus évidentes & plus certaines, pour donner de la raison &
des connoissances à un Enfant, conçû depuis six mois, &
qui est encore dans les entrailles de sa Mére. Ces sortes de
miracles, au lieu d'édifier, déviennent des pierres de scandale devant les Foibles. Contentons nous donc de dire, que
si le St. Esprit, qui éclaire Elisabeth, agit sur l'Enfant, qui
est dans son sein, c'est comme il agit sur la matiére du monde. Il la meut, il l'arrange, sans qu'elle connoisse son action.
Cependant cela n'empêche pas qu'Elizabeth, qui sent les mouvemens extraordinaires, dont son fruit est agité, à la présence de Marie, & du Sauveur qu'elle porte dans son sein, n'ait
raison de les attribuer à cette cause. Ces mouvemens sou-
dains, imprévus, & en quelque sorte surnaturels, sont pour
elle un indice de la présence du Seigneur, comme l'Etoile,
qui parût aux Mages en Orient, leur fut une preuve que le
Roi des Juifs étoit né.

Gen.
xxv. 11.   Comparons ce qui se passe dans Elizabeth à ce qui étoit
arrivé à *Rebecca*, lorsque les deux Enfans, dont elle étoit enceinte, s'entrechoquoient dans son sein. Ce n'est pas qu'il
y eût déja entre Esaü & Jacob, cette jalousie & ces combats,
qui les divisérent dans la suite eux & leur Posterité. Seulement la Providence annonce cette guerre future entre deux
Freres, qui s'entrepoussent déja sans se connoitre, dans les
entrailles de leur Mére. Expliquons à peu près de même ce
qui arrive à Elizabeth. Voici deux Femmes enceintes de
deux Enfans miraculeux, qui seront aussi unis que les deux
autres, furent contraires. Il leur arrivera néanmoins en quelque sorte ce qui arriva aux Enfans de Rebecca; c'est que l'*Aî-
né servira au plus jeune*. Jean Bâtiste, le prémier conçû, servira à Jesus, & le Fils de l'Homme au Fils de Dieu: mais le
Fils d'Elizabeth se soumettra, comme il le doit, au Fils de
Jean III. Marie. *Il faut qu'il croisse*, dira-t-il lui-même à ses Disciples,
30. en parlant de Jesus, *Et pour moi, il faut que je diminuë*. A
l'égard des *tressaillemens*, & si l'on veut des tressaillemens de
joye, que Jean Bâtiste éprouve dans le sein de sa Mére, ils
annoncent la joye parfaite, qu'il sentira quelque jour, lorsqu'il
verra le Seigneur exercer son Ministére. Ecoutons le parler
Ib. vf. 29. lui même, & réprimer le zéle indiscret de ses Disciples. *L'E-
poux est celui à qui est l'Epouse; mais pour l'Ami de l'Epoux,*
                                        qui

qui eft aupres de lui, & qui l'attend, il eft ravi de joye à l'ouïe de
la voix de l'Epoux, Et c'eft à cet égard que ma joye fe trouve parfaite.

Il y a encore dans le Difcours d'Elizabeth des paroles bien
dignes d'attention, parce qu'elles font voir la fageffe & l'humilité de cette fainte Femme, & qu'elles expriment digne-
ment la véritable gloire de Marie. Elizabeth eft âgée, &
femme d'un Sacrificateur; Marie eft jeune, & fille encore. Or
l'on fait la fuperiorité, que la Nature donne aux Perfonnes
avancées en âge, fur celles qui font encore dans la jeuneffe.
A cet égard Marie lui doit les refpects qu'une Fille doit à fa
Mére. Cependant c'eft Elizabeth, qui rend des refpects à
Marie, & qui admire même l'honneur qu'elle lui fait, de la
venir voir. *Et d'où me vient ceci*, s'ecrie-t-elle avec étonnement,
que la Mére de mon Seigneur me vienne vifiter? Qui fuis-je moi,
qu'ai-je fait, pour mériter une fi grande grace? Elle a raifon
dans le fonds: mais les raifons, qui nous humilient devant
les perfonnes, fur qui nous avons quelque forte de fuperiorité, fe préfentent difficilement à nôtre efprit, & la réflexion
a fouvent bien de la peine à les rappeller. Quoyqu'il en foit,
Elizabeth s'abaiffe devant Marie. Elle eft la mére d'un grand
Prophète; mais Marie eft la mére du Seigneur des Prophètes, de celui qui les envoye; de celui qu'ils annoncent, *c'eft*
la Mére de mon Seigneur, dit Elifabeth.

Voilà le titre honorable de Marie; celui qui l'éléve au-deffus de toutes les Femmes; celui que le St. Efprit lui a donné par la bouche d'Elizabeth, & que fon humilité accepte-
ra toujours, parce qu'elle en eft digne, & qu'au fond la gloire en réjaillit fur le Seigneur même. C'eft le Seigneur, qui
l'a illuftrée, en voulant naître d'elle. Les fiécles pofterieurs
auroient dû imiter Elizabet, & laiffant tant de titres faftueux
& fuperbes, qui ne conviennent point à la Créature, & par
lefquels ils femblent vouloir exciter la jaloufie de Dieu, ils
devoient fe contenter de loüer les vertus de Marie, de travailler à les imiter, & de bénir avec elle le Seigneur de ce
qu'il a bien voulu la choifir pour fa Mére. Ils auroient non
feulement fuivi l'exemple d'Elizabeth, mais celui, que la Ste.
Vierge leur a donné dans le Divin Cantique, qu'elle prononça, & par lequel elle répondit aux bénédictions de fa
Coufine. *Alors Marie dit, Mon ame magnifie le Seigneur, &* ^{Luc 1,46:}
mon Efprit fe réjouït en Dieu, mon Sauveur, parce qu'il a regar-
dé la baffeffe de fa fervante. Et deformais tous les fiécles publieront
mon bonheur. Le Tout-puiffant a fait en moi de grandes chofes,
& fon Nom eft faint. Sa miféricorde s'étend d'âge en âge fur ceux
qui le craignent. Il a déployé la force de fon bras. Il a diffipé les
deffeins, que formoient les orgueilleux dans leurs cœurs. Il a ren-

verfé

*verſé les Potentats de leurs thrônes, & il a élévé ceux qui étoient
dans la baſſeſſe. Il a rempli de biens ceux qui avoient faim, & il a
renvoyé les riches à vuide. Il a pris en ſa protection Iſraël ſon Serviteur, ſe reſſouvenant de ſa miſéricorde, ſelon qu'il l'avoit promis à
nos Péres, à Abraham & à ſa Poſterité, pour jamais.*

La naiſſance du Sauveur fait la gloire & le bonheur de Marie: mais elle fait auſſi le bonheur & le ſalut du monde en général. La Sainte Vierge l'enviſage ſous ces deux faces, &
rend graces à Dieu, & des faveurs ſignalées, qu'il lui a faites
en particulier, & de celles qu'il lui a faites en commun avec
tout ſon Peuple. Elle eſt *la Mére du Seigneur*; Voilà ce qui
lui eſt particulier; mais ce Seigneur eſt ſon Sauveur, & celui de tous les Fideles: voilà ce qui lui eſt commun avec
eux. Là brille ſa Reconnoiſſance; ici éclattent & ſa Reconnoiſſance & ſa Charité. Rien de plus beau, de plus vif, de
plus touchant que les paroles de ſon Cantique. Donnons
en l'explication en peu de mots; & tâchons d'en prendre les
ſentimens. Ne participons nous pas aux graces, qui y ſont
exprimées?

Mon ame, dit Marie *magnifie le Seigneur*, c'eſt-à-dire, le
loue, le célébre, & voudroit pouvoir exprimer toute la grandeur de ſes bienfaits. *Mon eſprit*, pourſuit elle, *ſe réjoüit en
Dieu, mon Sauveur.* Ces termes expriment au fond la même
penſée; car *ſe réjouir en Dieu*, veut dire dans le ſtile de l'E-
criture, chanter ſes loüanges, & célébrer ſa gloire & ſes faveurs: mais cette belle expreſſion nous avertit, qu'il n'y a,
pour une ame immortelle, de joye pure & véritable, que
dans la faveur de Dieu, parce que toute ſa félicité n'a point
d'autre ſource. *Les vrais plaiſirs ne ſe trouvent que dans ſa droite*, & c'eſt-là qu'il faut les chercher. Malheur à l'homme
inſenſé, qui cherche ſon ſouverain bien ailleurs qu'en Dieu.

Après ces paroles, qui expriment ſi bien la Reconnoiſſance
de Marie, elle en explique les motifs. *Dieu*, dit elle, *a regardé la baſſeſſe de ſa ſervante.* Les regards de Dieu ſignifient
ſes biens faits. C'eſt ainſi que le Prophète diſoit, que *les regards
du Seigneur ſont la délivrance même.* Mais qu'y avoit-il dans la
ſervante, qui attirât les regards de ſon Seigneur? Sont ce
ſes Vertus? Elle en avoit ſans doute; & c'eſt bien là ce qui
peut attirer la faveur de Dieu: mais ſes vertus n'étoient elles
par les effets *des regards* miſéricordieux du Seigneur? Eſt-ce
donc la gloire de ſa naiſſance, le luſtre qu'elle tiroit de ſes
Ancêtres, le rang qu'elle tenoit entre les Filles d'Iſraël? Effectivement elle deſcendoit des Rois de la Nation: quoyque
le luſtre de ſa Maiſon fut tout à fait effacé par le tems, &
par les révolutions, qui changent les Fortunes humaines. Mais
Dieu

Dieu *regarde-t-il aux qualitez exterieures* des Hommes? Marie
ne voit donc rien en elle-même que fa *propre baffeffe:* Tout le
refte difparoit en la préfence de Dieu, & devant les yeux d'une
Ame, qui connoit, & le neant de l'Homme, & celui de
fes avantages: *Le Seigneur a regardé la baffeffe de fa fervante;*
c'eft-à-dire, que dans l'état de baffeffe, où elle étoit réduite,
il l'a élevée par fa propre Grace au comble de la Gloire. Née
en apparence, pour être enfevelie dans une éternelle obfcurité, Dieu va porter fa gloire dans tout le monde, & dans
tous les âges. *Tous les fiécles,* ajoute-t-elle, *publieront mon bonheur.*

On voit bien, que c'eft l'Eprit de Dieu, qui parle par la
bouche de cette fainte Femme: *C'eft fon bonheur,* que *tous les
fiécles publieront,* & non fes mérites, & fes louanges: Les mérites & les louanges appartiennent à Dieu, & le bonheur à
Marie, parce que c'eft à Dieu qu'appartiennent l'honneur &
la gloire, & que tous les mérites de fa Créature font des effets de fa vertu. C'eft ce que Marie exprime en ces termes,
*Le Tout-puiffant a fait en moi de grandes chofes. Le Tout-puif-
fant.* Ce titre eft bien placé ici, la conception miraculeufe
du Sauveur étant l'ouvrage de la Toute puiffance de Dieu.
Elle fût opérée *par la vertu du Très-haut.* _{Luc 1.}
^{1f.}
Son nom eft Saint, pourfuit la Vierge. Cet éloge, qu'elle ^{Matth.}
donne à Dieu convient bien encore à l'événement qu'elle cé- ^{1. 18.}
lébre. Le Fils qu'elle a conçû eft le *Saint* du Seigneur, & elle l'a conçû dans une parfaite fainteté, *afin que ce Saint qui* Luc 1.
naîtra d'elle foit véritablement le Fils de Dieu. 35.

Au refte *Saint* veut bien dire, *Grand, Augufte,* comme on
l'explique; mais c'eft d'une grandeur, & d'une majefté, qui
eft unique, & qui diftingue l'Etre fuprême de tous les E-
tres de l'Univers. *Sanctifier le nom de Dieu,* c'eft proprement
le reconnoitre pour *le feul vrai Dieu,* & célébrer les perfections
infinies, qui le féparent de tout ce qu'il y a de plus grand dans
l'Univers, & l'élévent infiniment au deffus de toutes fes créatures. *Il n'y a nul faint, comme l'Eternel,* difoit la mére de Sa- 1. Sam.
muel, pleine de reconnoiffance de ce que Dieu l'avoit rendue 1. 2.
mére d'un grand Prophète. *Il n'y a point de rocher tel que nôtre Dieu.*

Voilà les graces particulieres que Dieu a faites à Marie;
Voici celles qui lui font communes avec le peuple de Dieu,
& qui fortent toutes du fond de fon éternelle miféricorde.
La miféricorde du Seigneur s'étend d'âge en âge fur ceux qui le Luc 1. 50.
craignent. Ces paroles, & le refte de ce Cantique, tout eft ^{Pf. c112.}_{9.}
emprunté des Prophètes: ce qui fait voir que la Sainte Vier-
ge en étoit bien inftruite, & que dès fon enfance elle avoit

Vol. V.   T   été

été élevée dans l'étude des Livres facrez. Mais pour entendre fa penfée, il faut remarquer, qu'à l'exemple des Prophètes, elle parle des Evénemens futurs, comme s'ils étoient déja préfens, parce que tout eft préfent à l'Efprit du Seigneur.

Elle commence donc par louer la conftance de la Miféricorde de Dieu. Rien de plus à propos. Les promeffes du
Redempteur, prefqu'auffi anciennes que le monde, & con-
firmées de tems en tems par les Prophètes, alloient s'accomplir. Tant de fiécles écoulez n'ont apporté aucun changement aux deffeins favorables de la Miféricorde Divine, *fes
Dons & fa vocation étant irrévocables.*

Luc 1.
51, 52,
53.
De la caufe elle paffe aux effets: *Le Seigneur a deployé la
force de fon bras,* c'eft-à-dire, *qu'il va la deployer, diffiper les confeils, que des hommes fuperbes avoient formé dans leurs cœurs; renverfer les Potentats de leurs thrônes, élever ceux qui étoient dans
la baffaffe; remplir de biens ceux qui avoient faim, & renvoyer les
riches à vuide.*

Il ne faut pas fe figurer la Sainte Vierge ayant une connoiffance parfaite du Régne du Meffie, dont elle parle, &
des révolutions qui alloient arriver. Ce Régne fpirituel ne
fût bien connû de fes Difciples mêmes, que depuis fon exaltation dans le Ciel, & après qu'ils eurent reçû le S. Efprit.
Il femble donc, qu'elle croyoit alors, que la République d'Ifraël alloit changer de face; que les Tyrans & les Profanes,
qui dominoient, feroient depouillez de leur pouvoir; le
Royaume remis entre les mains des Saints, & que les Richeffes alloient paffer des fuperbes, qui en abufoient, à des hommes qui en étoient dignes par leur vertu, & qui s'en ren-
droient plus dignes par l'ufage qu'ils en feroient. Ces idées
étoient invéterées dans la Nation Judaïque & ne furent tout
à fait effacées de l'efprit des Juftes, que lorfque J. Chrift
monté dans le Ciel, après avoir été crucifié fur la Terre,
fit voir à tout le monde, que les biens de fon Royaume ne
confiftoient, pendant cette vie, que dans la faintcté, & après
cette vie, dans l'Héritage célefte & incorruptible du Ciel.

Expliquons les paroles de la Vierge dans ce fens. *Dieu a
déployé,* c'eft-à-dire, il *va déployer la force de fon bras.* Il le
fit par les miracles éclatans & inimitables, par lefquels J. Chrift
juftifia fa miffion Divine. Il le fit en le reffufcitant des morts,
& en le faifant feoir à fa Droite. Il le fit en foumettant les
Nations à l'empire du Sauveur. Il le fit en arrachant aux Démons leurs Temples & leurs Autels. Il le fit en affiftant les
Fidéles dans les plus grandes tentations, & en les rendant
plus que vainqueurs par la vertu d'enhaut, dont ils furent
revê-

revêtus. Il le fera enfin quelque jour, quand, ayant vaincu le dernier des ennemis du Sauveur, il les délivrera du joug de la mort, & les mettra en poffeffion du Royaume, qui ne peut être ébranlé.

La Ste. Vierge ajoute, que *Dieu a diffipé les deffeins, que les orgueilleux formoient dans leurs cœurs; qu'il a renverfé les Potentats de leurs thrônes; qu'il a élevé ceux qui étoient dans la baffeffe; qu'il a comblé de biens ceux qui avoient faim, & renvoyé les riches à vuide.* Ce font effectivement des Evénemens très dignes de la Puiffance & de la Juftice de Dieu, de précipiter l'Orgueil dans la baffeffe, & de rendre le Pouvoir & les Richeffes à la vertu. Ces Révolutions arrivérent à la lettre dans la Judée, au moins en partie, lorfqu'il plût à Dieu de confondre les confeils, que les Rois & les Princes avoient formez contre fon Fils, & qu'avec un Septre de fer, il brifa, comme des vafes de terre, ces Puiffances fuperbes, qui s'élevoient contre lui & contre fon Chrift. Enfin Dieu accomplit dans l'Ifraël nouveau les promeffes, qu'il avoit faites à Abraham, & aux Patriarches, en remettant pour toujours le Royaume entre les mains de fon Fils, qui étoit la Pofterité myftique promife à Abraham. L'Ifrael ingrat & infidéle, l'Ifraël charnel fut rejetté; *mais l'Ifraël fidéle, l'Ifraël ferviteur de Dieu,* fût mis fous l'éternelle protection du Seigneur, & obtint par la foi & par l'obéïffance l'Héritage, qui ne peut être corrompu, ni fletri, & que Dieu veuille nous donner dans fa miféricorde. Amen.

DIS-

DISCOURS V.

La Naiſſance de J. Chriſt annoncée aux Bergers. Luc. II. 8-12.

L paroît bien digne de Dieu, de diſtinguer la naiſſance de ſon Fils par un prodige propre & ſingulier, en la faiſant publier par des Anges. On ne lit nulle part que ces Eſprits immortels, ayent jamais annoncé aux Peuples la naiſſance des plus grands hommes. S'ils ont dit à Abraham, que Sara auroit un Fils, ils ne ſont pas venûs avertir ni les Rois, ni les Bergers, que ce Fils étoit né. Ce privilége fût réſervé au Redempteur. C'eſt de lui ſeul, *que Dieu a dit, en l'introduiſant dans le monde, que tous les Anges l'adorent.* Certainement, il étoit juſte, que la Providence relevât l'humiliation du Seigneur par des merveilles, qui ne ſoyent communes à nul autre, & que lorſqu'il ſemble ſe confondre avec les plus Petits, elle le diſtingue par des honneurs, que les plus Grands ne partagent point avec lui. Jeſus & ſon Précurſeur ont cela de commun, qu'un Ange prédit leur naiſſance; mais il eſt propre à J. Chriſt, qu'un Ange publie la ſienne, & marque dès lors la difference, qu'il y a entre *le plus Grand* qui ſoit né de femme, & celui qui eſt tout enſemble, & *né de femme,* & né de Dieu. C'eſt ce que S. Luc raconte au Chap. ii. de ſon Evangile, & ce qui eſt repréſenté dans la Figure, que nous allons expliquer.

Il y avoit alors, dit l'Hiſtorien ſacré, *aux environs de Bethlehem des Bergers, qui couchoient aux champs, ſe rélévant tour à tour pendant la nuit, pour la garde de leur troupeau. Et tout à coup un Ange du Seigneur ſe préſenta à eux, & une Lumiere divine les environna; de ſorte qu'ils furent ſaiſis de frayeur. Mais l'Ange leur dit, N'ayez point de peur, car, je viens vous annoncer une nouvelle, qui ſera un grand ſujet de joye pour tout le peuple. C'eſt qu'aujourd'hui le Sauveur, qui eſt le Chriſt, le Seigneur, vous eſt né dans la Ville de David.*

On remarque dans cette Hiſtoire, 1. Les Perſonnes, à qui l'Ange s'adreſſe; 2. La nouvelle, qu'il leur annonce; 3. La joye, qu'elle doit cauſer à tout le Peuple.

Dieu fait annoncer la naiſſance de ſon Fils à des Bergers. Cela paroît ſurprenant. Eſt-ce donc à des perſonnes de cet ordre, que l'on fait porter les grandes nouvelles? N'eſt-ce pas plûtôt

Heb. 1.6.

*Luc 11.
8-11.*

αγΓελια γεννεσεως Χριστε.
The Annunciation of the birth of Jesus.
Die verkündigung der gebuet Christi.

ANNUNCIATIO NATIVITATIS CHRISTI.
L'annonciation de la naissance de Jesus Christ.
Verkondiging van Christus geboorte.

plûtôt aux Princes d'une Nation, aux Magiſtrats, aux Docteurs, aux Miniſtres de la Réligion, aux Perſonnes diſtin-
guées par leurs Dignitez, par leur Autorité, ou par leur ſavoir? C'eſt en effet de la ſorte que les hommes en auroient
uſé: mais les voyes de Dieu ſont bien différentes des nôtres.
Tout cet éclat exterieur, qui nous fait reſpecter les Grands;
ce ſavoir qu'on eſtime dans les Sages, tout cela n'eſt d'aucun
prix devant Dieu, aux yeux duquel toutes les conditions
ſont égales, & devant qui toute la ſageſſe Humaine n'eſt
qu'égarement & folie. Et à quoi ſert elle en effet le plus
ſouvent qu'à rendre les hommes ſuperbes, & à les faire égarer dans la vanité de leurs penſées? Ainſi, Jeſus étant né à
Bethlehem, l'ancienne Patrie de David, & des Bergers ſe
trouvant aux environs, où ils gardoient leurs Troupeaux,
c'eſt à eux qu'un Ange va porter la prémiere nouvelle de la
naiſſance du Meſſie:

Cet Evénement nous fait voir d'abord, à qui l'Evangile,
eſt deſtiné, & quel ordre de perſonnes ſont les plus propres
à le recevoir. Les Doctes & les Grands de la Nation Judaïque, ſéduits par leur propre orgueil, par l'amour du monde, & par de faux ſyſtêmes, plûtôt que par les expreſſions
des Prophètes, attendoient un Meſſie, qui contentât leurs
paſſions, & ne pouvoient par conſequent en reconnoître un
qui vint les mortifier. Ce fût là la principale cauſe de leur
incrédulité. Ce n'eſt donc pas à eux qu'il faut faire annoncer prémierement la venuë du Sauveur. Qu'auroient ils penſé, qu'auroient ils répondu à l'Ange, s'il leur avoit dit, *vous
le reconnoitrez à ce ſigne, vous trouverez un enfant emmaillotté, &
couché dans une crèche?*

C'eſt donc à des Ames innocentes, humbles, à des Perſonnes, qui, contentes de ce qui ſuffit à la Nature, ne ſont
aveuglées ni par l'amour des richeſſes, ni par celui des honneurs, ni par celui des voluptez; c'eſt à de telles Ames, qu'il
faut prêcher l'Evangile, & annoncer la venue d'un Meſſie,
qui montre dès ſa naiſſance, que ſon Régne n'eſt point de
ce monde.

Il eſt certain que Dieu eſt le maître de ſes graces, & qu'il
peut en diſpoſer en ſouverain. Cependant, s'il paroit préferer les Petits aux Grands, & *s'il cache ſes myſteres aux Sages &
aux Entendus, pour les révéler aux Petits,* ce n'eſt pas qu'il ait
de l'averſion pour les Grands & pour les Sages de ce monde;
mais parce que leur fauſſe Grandeur, & l'Opinion qu'ils ont
de leur ſageſſe, met des obſtacles invincibles à la Foi, & aux
ſacrifices qu'il falloit faire pour ſuivre J. Chriſt.

Nous avons des égards, des préferences pour les Grands

& pour les Sages du monde: Oferoit-on le dire? C'eſt pour
cela même que Dieu n'en doit point avoir. S'il y a quelque
choſe en nous, qui puiſſe attirer ſes ſoins & ſes regards, c'eſt
la Nature Humaine, qui eſt ſon ouvrage, & ce ſont les Vertus,
qui ornent, & qui embeliſſent cette Nature: du reſte, il ne
faut point ſe faire de fauſſes idées, ni des qualitez, ni de la
condition des Bergers. La vie Paſtorale, eſtimée dans les
anciens tems, n'eſt nullement mépriſable: L'ignorance & la
ruſticité n'y ſont point néceſſairement attachées: Et qui ſait
ſi ceux, à qui l'Ange s'adreſſa, n'étoient pas de ces Bergers,
qui, à l'exemple de David, paiſſant les Troupeaux de ſon
Pére, profitoient du ſilence de la nuit, pour adorer les œuvres de Dieu, & en particulier la grace qu'il a faite aux hommes, de leur ſoumettre les animaux, & de leur en avoir donné l'empire & l'uſage. Car il eſt bien vraiſemblable, que
David compoſa le Pſ. VIII. lorſqu'il veilloit la nuit à la garde des Troupeaux d'Iſaï. Cet incomparable Berger décrit
myſtiquement dans ce Cantique le Meſſie, que *Dieu a couronné de gloire & d'honneur, & auquel il aſſujettit toutes choſes.*
C'eſt le même dont l'Ange annonce la naiſſance aux Bergers,
peut-être dans le même lieu, où David Berger avoit autrefois
compoſé le Pſaume myſtique, dont nous venons de parler.

 Les Bergers de Bethlehem veilloient tranquillement à la
garde de leurs troupeaux, *lorſque tout à coup* un Ange du Seigneur ſe préſente à eux, *& une Lumiere divine les environne, de
ſorte qu'ils furent ſaiſis de frayeur.* Un Phénomene ſi extraordinaire & ſi ſurnaturel, qui ſe montre tout à coup dans la ſo-
litude & dans la nuit, ne pouvoit que porter l'admiration &
la crainte dans les ames de ces perſonnes. La ſimplicité &
l'innocence de leurs mœurs ne ſuffiſoient pas pour les raſſurer.
Ces apparitions divines ont toujours quelque choſe de terrible: *Zacharie* craint à la vüë de l'Ange: *Marie* elle même
eſt ſaiſie de crainte, quand il lui apparoit: Toute ſon innocence ne peut l'en garantir: Mais cette frayeur va ſe diſſiper
dans un inſtant. Comme un grand éclat de tonnerre, qui ſe
fait entendre ſubitement, excite une frayeur ſoudaine, mais
étant ſuivi d'une pluie, qui rafraichit l'air, & rejouit les plantes altérées, la crainte eſt bientôt changée en joye, & en actions de graces: Telle l'apparition de l'Ange aux Bergers:
La joye ſuccede en un inſtant à la frayeur, *Raſſurez-vous,* leur
dit l'Ange; *N'ayez point de peur:* Je ne viens point verſer ſur
vous, ni ſur vos troupeaux, les playes du Seigneur. Je viens
vous annoncer la naiſſance de ce Berger céleſte, de ce bon
Paſteur, qui mettra ſa vie pour ſes Brebis, de ce Grand *Paſteur,*
qui leur donnera la vie éternelle: *Aujourdhui, dans la Ville*

Heb. 11.
6. & ſuiv.

de

de David eft né le Sauveur, qui eft le Chrift, le Seigneur.

Que d'inftructions, de graces, & de merveilles réunies, dans les paroles de l'Ange! Il décrit la perfonne du Fils de Dieu, *c'eft le Seigneur.* Sa charge, c'eft *le Chrift*, le Meffie promis: fon deffein, & l'effet de fon Miniftere, c'eft *le Sauveur.* La maniere de fon avénement: *Il eft né.* Le lieu de fa naiffance, *c'eft dans la Ville de David.* Le tems, c'eft *aujourd'hui.* Et ce qui doit toucher & intereffer infiniment les Bergers; ce *Seigneur*, ce *Sauveur*, ce *Chrift*, eft né pour eux.

Un mot feulement fur ces Attributs, *c'eft le Seigneur*, mais le Seigneur unique, éternel, univerfel. Unique: *Il n'y a qu'un feul Seigneur.* Eternel: *fon Thrône eft d'âge en âge.* Univerfel: *Tout ce qu'il y a de créatures dans le Ciel, fur la Terre, & deffous la Terre, fléchirons les genoux devant lui.* Ce Seigneur eft le *Chrift*, le *Meffie*, c'eft-à-dire, le Roi promis à la Nation Judaïque, & après lequel elle foupiroit depuis fi long-tems: Roy mortel & immortel tout enfemble, que Dieu même a *facré d'une huile de joye par deffus tous fes compagnons*, pour dire, qu'il eft le plus puiffant & le plus heureux de tous les Rois, & que fon Régne fera la joye & le bonheur de fes Sujets. En effet, c'eft un Roi *Sauveur*: C'eft le Roi prédit, & décrit par Zacharie en ces termes, *Réjouiffez-vous, Fille de Sion, voici vôtre Roi, qui vient à vous: C'eft un Roi jufte, & qui vient fauver fon peuple.* Ce Roi, ce *Chrift* eft né, dit l'Ange: Il n'eft point defcendu du Ciel, comme un de ces Efprits immortels, qui ne font qu'emprunter la forme d'un homme. *Il eft né.* Il eft homme auffi bien que vous. Et le lieu, dans le quel il vient de naître, eft tout proche: c'eft à *Bethléhem*, dans la ville de David, felon l'ancien Oracle de Michée. Il y eft né *aujourd'hui*: Voici l'heureux jour, que le Seigneur a fait, & que le Ciel & la Terre doivent célébrer avec joye.

On ne fait point quel fut ce jour, dont on peut dire, ce que le Seigneur a dit de celui de fon dernier avénement: *Perfonne ne fait ce jour-là.* La prémiere [1] Antiquité, peu foigneufe de ces circonftances, qui font plûtôt un objet de curiofité, que de Dévotion, ne l'a point marqué. Les premiers Chrétiens n'en célébroient point la fête. Ils ne favoient encore ce que c'étoit, *que préferer un jour à un autre jour.* Ce ne fût que dans [2] le IV. fiécle, que les Occidentaux fixérent la naiffance du Redempteur au vint-cinquiéme de Décembre; Les Orientaux la célébroient alors le 6. de Janvier, mettant la naiffance du Sauveur le même jour que fon Bâtême. On allégua bien, pour juftifier cette nouveauté, les Actes du Dénombrement, fait par *Cyrenius*, ou plutôt, par *Saturninus*, comme on le verra dans un Difcours fuivant. On prétendit

les

Pf. xlv. 7.

Zach. ix. 9.

Mich. v. 2. Pfeaume xviii. 24.

Marc xiii. 32.

Rom. xiv. 5.

V 2

les avoir trouvez dans les Archives de Rome; mais cela eſt
ſuppoſé. La vérité eſt, que les Anciens ayant crû, que
Zacharie étoit ſouverain Sacrificateur, & que l'Ange lui apparût dans le Lieu très-ſaint, le grand jour de la Fête des
Expiations, qui étoit vers le milieu de Septembre, on plaça
vers ce tems-là, ou un peu plus tard la conception de St.
Jean, dont il fallut par conſéquent mettre la naiſſance au 24.
de Juin. Or St. Jean, ayant environ ſix mois plus que nôtre Seigneur, on mit ſa conception, ou l'annonciation de la
Vierge, au vint-cinquième de Mars, ce qui obligea de mettre la naiſſance de J. Chriſt au vint-cinquième de Décembre.
On tâcha d'appuyer cette invention de raiſons morales. On
trouva que le Soleil commençant alors à s'élever ſur nôtre
hémiſphére, & à ſe rapprocher de nôtre Pole, il falloit y
placer la naiſſance du Soleil de Juſtice: Il y a une autre raiſon
pour les Romains, qui pourroit bien être plus juſte, & qui
tire ſon origine de la précedente. On célébroit à Rome, à
l'occaſion du retour du Soleil, la fête des Saturnales. On
trouva à propos de ſubſtituer à cette fête pleine de rejouiſ-
ſances profanes, celle de la Naiſſance du Sauveur, afin de
conſerver au Peuple les réjouiſſances, & d'en bannir les pro-
fanations. Le motif étoit bon; L'inſtitution d'une Fête en
mémoire de la naiſſance du Sauveur, n'a rien que de juſte:
Et au fond il importe peu quel jour ce ſoit: C'eſt l'Evénement que nous célébrons, & non le jour, où il arriva.

La naiſſance du Roi Sauveur, étant l'objet des déſirs & de
l'eſpérance d'Iſraël, la nouvelle de cet Evénement ne pouvoit
que combler de joye les Bergers, à qui elle fût annoncée.
Voici, dit l'Ange, *je vous annonce un grand ſujet de joye, & qui
le ſera pour tout le Peuple.* Ce ſujet de joye a de beaux caractères. Il eſt grand & très grand par la nature des biens, que
le Seigneur apporte au monde; C'eſt *le Grand Salut*, comme
St. Paul l'appelle; mais il n'eſt pas moins grand par rapport
aux perſonnes, à qui ce Salut doit être offert; Il ne ſe borne-
ra pas au Peuple Juif; Il ſera préſenté à tous les Peuples
du monde.

Il eſt vrai que les Bergers de Bethlehem ne connoiſſoient pas
encore la nature du Salut de Dieu, & des biens de l'Evangile. Elevez dans les préjugez de leur Nation, ils attendoient
ſans doute un Liberateur temporel; mais cette eſpérance toute
ſeule ne ſuffiſoit elle pas, pour les remplir de la plus vive joye!
Quelle nouvelle pour des gens, qui ſont dans l'oppreſſion,
que d'apprendre que le Ciel vient d'envoyer au monde celui
qui doit briſer leurs fers, les tirer du mépris, de la miſére,
& de la ſervitude, pour leur rendre la liberté, & avec la liberté

Heb. ii.
2.

berté, l'honneur & l'abondance, qui en font les fruits! Mais
ce Liberateur eft d'un autre caractère que les Moïfes, les Jo-
fués, les Samfons, les Gédéons, & ces autres grands Hommes, qui délivrèrent les Ifraëlites du joug de leurs Tyrans,
& qui leur procurèrent une félicité temporelle. Le Fils de Dieu
n'eft pas defcendu du Ciel, pour nous acquerir des biens fi
fragiles, & fi bornez. Les Tyrans, dont il veut délivrer les
Hommes, ce font les paffions vicieufes, les craintes & les miferes, qui en font les effets, & en un mot c'eft le Péché & la
Mort. A l'égard des biens, qu'il vient leur apporter, c'eft
la Vertu, la Paix de l'Ame, la Grace & la Faveur de Dieu,
la Rémiffion de leurs péchez, & la Vie éternelle. Voilà
les véritables fujets de la grande joye: Ce font des biens,
qui contentent l'Ame, qui la raffafient, qui rempliffent fes
défirs, qui font immortels comme elle, & qui, bien loin de
ceffer au tombeau, acquiérent alors toute leur grandeur, &
toute leur perfection.

Mais comme ces biens font parfaits & durables, ils font
auffi univerfels: c'eft *un fujet de joye pour tout le Peuple*, dit
l'Ange, c'eft-à-dire, pour toute la Nation Judaïque, à qui le
Chrift étoit promis, & à qui il appartenoit de droit, en vertu des promeffes de Dieu. Ce qui fit dire à J. Chrift, *qu'il
n'étoit venu que pour les brebis de la maifon d'Ifraël, qui périffoient.*
L'Ange parlant à des Juifs, n'en a pas dû dire davantage. Il
n'étoit pas tems encore de manifefter le myftere de la vocation des Gentils, qui caufa tant de jaloufie au Peuple Juif, &
qui fût même un des prétextes de fon Incrédulité. Cependant il eft vrai, que la naiffance de Rédempteur étoit un grand
fujet de joye pour tous les Peuples. Ce *Salut*, qui commence
à paroître en Judée, doit bientôt être *préfenté à toutes les Nations*, & fi Jefus devoit être *la Gloire d'Ifraël*, qui l'a vû naître dans fon fein, il devoit être auffi *la Lumiere des Gentils,* fuivant cet oracle d'Efaïe, *Tous les bouts de la Terre verront le Salut
de nôtre Dieu:* Ce divin Roi devoit bien commander en Sion,
mais *les Nations devoient auffi être données pour fon Héritage, & les
extrêmitez de la Terre pour fa poffeffion.* C'eft pour cela que Moïfe avoit dit, *Nations, rejouïffez-vous avec fon Peuple;* Et que
les Anges, qui accompagnent celui qui porte la parole aux
Bergers, font retentir les airs de cet Hymne, où l'on voit l'é-
tenduë du Salut de Dieu: *Gloire foit à Dieu dans le Ciel; paix
fur la Terre, & que la faveur de Dieu fe déploye fur les Hommes!*

DISCOURS VI.

Les Bergers trouvent J. Chrift couché dans la Crêche.
Luc II. 15.

Luc II.
15.
DEs que l'Ange, qui avoit annoncé aux Bergers la naiffance du Sauveur, fe fut retiré, avec la multitude d'Efprits céleftes, qui l'accompagnoient, les Bergers, impa. tiens de voir de leurs propres yeux le Divin Enfant, qui venoit de naître, *fè difent les uns aux autres, Allons à Bethlehem, pour voir ce qui eft arrivé, & ce que le Seigneur nous a fait connoître:* Leur empreffement & leur curiofité ne viennent point d'un défaut de foi; Ils ne font qu'obéir à l'ordre, que l'Ange leur a donné; Ils reconnoiffent la grace, que Dieu leur a faite, de leur révéler la naiffance de fon Fils, qui n'étoit alors connue que de Jofeph, de Marie, de Zacharie & d'Elizabeth: *Allons voir, difent-ils, ce que le Seigneur nous a fait connoître:* Heureux Bergers, ils vont voir ce que tant de Prophètes & de Rois avoient fouhaité de voir: Peut-être vivront-ils affez pour entendre auffi, ce que tant de Rois & de Prophètes ont fouhaité d'entendre.

Ib. vf.
16.
Ils partent à l'inftant, courent *à Bethlehem, & y trouvent Jofeph & Marie avec l'Enfant, qui étoit couché dans une Crêche.* En quel endroit de Bethlehem trouvent ils le Seigneur? Où étoit cette Etable où J. Chrift naît? Dans quelle Crêche étoit-il couché? Quoy qu'on ne cherche nullement à charger ces Difcours de Difcuffions curieufes, on va s'arrêter un moment à examiner ces Queftions.

Jefus naît à Bethlehem: Perfonne n'en doute; mais eft-ce dans Bethlehem même, ou feulement dans fon Territoire? Quelques [1] Savans croyent que ce fût dans les Fauxbourgs de cette petite Ville: D'autres que ce fût dans l'enceinte de la Ville même. Juftin Martyr appuie le prémier fentiment, & comme il étoit de Paleftine, on a beaucoup de déférence pour fon témoignage. Il dit donc, que [2] L'ANTRE, ou le Fils de Dieu vint au Monde, *étoit proche de Bethlehem.* Et Eufebe femble le confirmer, quand il dit [3] „ que „ les Habitans de cette contrée, montroient encore de fon „ tems le champ, où la Vierge dépofa l'Enfant, qu'elle ve-
„ noit

Ποιμένες εὑρίσκουσι τὸν Ἰησοῦν κείμενον ἐν τῇ φάτνῃ. ^{Luc. II. 16.} PASTORES INVENIUNT JESUM INFANTEM.
The shepherds find the Child Jesus lying in a manger. Les Bergers trouvent Jesus couché dans la crèche.
Die hirten finden Jesus in der Krippe. De Herders vinden het Kindeken in de Kribbe.

„ noit de mettre au monde ". Mais le favant ⁴ *Cafaubon* a fort
bien remarqué, qu'il y a une faute dans le paffage d'Eufebe;
& qu'au lieu d'un *champ*, (*Agrou*) il faut lire un *Antre* (*An-
trou*): Car quelle abfurdité ne feroit-ce pas de dire, que la
Sainte Vierge accoucha *dans un champ*, & qu'elle y pofa l'Enfant, qu'elle venoit de mettre au monde? La Correction de
Cafaubon eft confirmée par le témoignage unanime des Anciens, qui difent tous, que J. Chrift naquît dans un Antre;
mais, fi l'on en excepte Juftin Martyr: tous difent auffi, que
cet Antre étoit dans l'enceinte de Bethlehem. Et de là vient
que le Temple, qu'Hélene, Mére de Conftantin le Grand,
bâtit à l'honneur & en mémoire de la naiffance du Sauveur,
fût placé dans Bethlehem, comme ⁵ Sozomene le rapporte.

Cependant cette Tradition, que J. Chrift naquit dans ⁶ *un
Antre*, quelque ancienne, & quelque générale qu'elle foit, paroit avec raifon un peu fufpecte aux Critiques: Et ce qui l'eft
encore davantage, c'eft que ce lieu fût connû & montré par
les Gens du païs, dans le fecond fiécle, au tems de Juftin
Martyr, & dans le troifième, au tems d'Origene. La Dévotion des tems & des lieux n'eft pas à beaucoup près fi ancienne que la Religion. Auroit on gardé la mémoire de l'endroit, où le Seigneur vint au monde, pendant qu'on avoit
perdu celle du jour & de la faifon même? Ce ne font pas là
ces circonftances, que Marie *obfervoit foigneufement*, & dont
elle eut foin d'inftruire les Apôtres & les Difciples de J. Chrift
Peut-être même qu'une fauffe interprétation d'un endroit d'E-
faïe, chap. XXXIII. 16. que les LXX. ont rendu en ces termes,
Il habitera dans un Antre d'une roche très forte, a fait croire que
J. Chrift étoit né dans une Caverne. Car il eft vrai que
Juftin Martyr a regardé ces paroles comme une Prophétie,
qui défignoit le lieu, où le Seigneur devoit voir le jour; Penfée d'autant moins folide, que la Verfion des LXX. n'eft pas
conforme à l'Hébreu dans cet endroit-là.

Il eft vrai néanmoins, que le Païs de Jérufalem & des
Environs étant rempli de rochers, on y creufoit des retraites, & rien furtout n'étoit plus naturel que d'y mettre les E-
tables. Il eft donc très poffible que celle, où J. Chrift vint
au monde, étoit creufée dans le Roc; mais falloit-il appeller
cet endroit un *Antre*, une *Caverne*, ce qui donne l'idée d'un
lieu affreux? En général ces Traditions, quelques anciennes
qu'elles foyent, font très peu certaines, & tout ce que l'on
peut affirmer, c'eft que du tems de Juftin Martyr & d'Origene, on montroit à Bethlehem un endroit creufé dans le Roc,
dans lequel on difoit que J. Chrift étoit né. Ainfi ce que
nous pouvons dire avec certitude, c'eft que Jofeph & Marie,

n'ayant

n'ayant point trouvé de place dans l'Hotellerie de Bethlehem, ils furent obligez de fe retirer dans une Etable, & que la fainte Vierge, étant alors arrivée à fon terme, elle y mit au monde fon Divin Enfant, & *le coucha dans une Crêche.*

D'habiles [7] Critiques remarquent, que les Anciens avoient accoutumé de donner à chaque Animal fa Crêche particuliere, dans laquelle on lui mettoit fa nourriture: Si cela eft, comme on a lieu de le croire, Marie en choifit une, qui fût propre & commode, pour y faire repofer fon enfant, & *ce fut là,* dit S. Luc, *que les Bergers le trouvèrent.*

Il faut l'avouer, cette circonftance fembloit plus propre à leur infpirer de la défiance, qu'à affermir leur foi. Eft-ce donc dans une Etable, que doit naître l'Héritier des promeffes faites à David, le Chrift, le Meffie, le Liberateur promis à la Nation Judaïque, le Sauveur & le Roi de tous les Peuples? Une Crêche doit elle être le Berceau, qui le recevra en venant au monde? *Ce figne auquel* l'Ange avoit dit, aux Bergers, *qu'ils le reconnoitroient,* n'étoit-il pas plus propre à le faire méconnoitre? Eclairciffons cet endroit.

Luc II.
11.

L'Ange ne dit pas aux Bergers, que le figne auquel ils reconnoitront le Sauveur, c'eft *la Crêche,* où ils le verront couché. Ce n'eft pas à cette marque, qu'on devoit connoitre le Fils de Dieu. Entre tant d'Oracles, qui avoient caractérifé le Meffie, il n'y en avoit point, où il fût défigné par-là. Michée, qui avoit dit, qu'il devoit naitre à Bethlehem, n'avoit rien dit, ni d'une Etable, ni d'une Crêche. Ainfi l'Ange veut feulement avertir les Bergers, de l'endroit, & de l'état, où ils trouveront le Sauveur, afin qu'ils n'en foyent pas furpris. Peut-être auffi, que dans ce grand concours de perfonnes, qui venoient d'arriver à Bethlehem, pour y être enrégiftrez avez leurs familles, il y avoit d'autres Enfans, qui venoient de naître, ou qui pendoient encore à la mamelle. Auffi bien loin, que cet état d'humiliation, où les Bergers trouvent Jefus, leur infpire quelque doute, il ne fert qu'à confirmer la foi, qu'ils avoient ajoûtée au témoignage de l'Ange. *Ils voyent que tout ce qu'il leur avoit dit, eft véritable.*

En effet, fi l'Etable & la Crêche, où ils trouvent le Seigneur, femble l'abaiffer à leurs yeux, & leur caufer une forte de fcandale, le Héros célefte, qui leur a porté la nouvelle de fa naiffance, *la Lumiére divine, dont il étoit environné,* lorfqu'il leur apparût; Cette multitude d'Efprits immortels, qu'ils ont ouï bénir Dieu, & féliciter la Terre de l'avénement du Sauveur tout cela éclaire & raffermit leur foi. Les obfcuritez, qui femblent envelopper & cacher le Rédempteur, fe diffipent aux yeux des Bergers, par les Clartez de la Vifion

mira-

miraculeufe qu'ils ont eue. Auffi s'*en retournérent-ils* , dit S. ^{Luc 2.} Luc, *glorifiant & loüant Dieu, de ce que tout ce qu'ils avoient entendu & vû, s'étoit trouvé conforme à ce qui leur avoit été dit.*

On en a déja averti, dans le Difcours précédent. Il ne faut point fe figurer les Bergers de Bethlehem, comme des Gens fans connoiffance des grands Evénemens, qui étoient arrivez à leur Nation, & dont la mémoire fe confervoit dans les Livres facrez. C'eft-là qu'ils apprenoient que la Providence a fait naître dans l'obfcurité ces hommes illuftres, qu'elle deftinoit à être un jour les Liberateurs de fon Peuple : Et Bethlehem même où ils font, ne leur en fournit elle pas un exemple, qui ne peut que fe préfenter à leur Efprit ?

Les plus grands Hommes, ces Hommes, qui ont donné l'exemple des plus fublimes vertus, & qui ont fait la gloire & la félicité de leur Nation, font ils nez dans la Pompe & dans la maifon des Rois ? C'eft-là qu'on fucce en voyant le jour le lait féduifant des paffions mondaines, qui croiffant avec l'âge, & foutenues enfuite par le Pouvoir, deviennent le fleau des Peuples : Quoique J. Chrift paroiffe dans la plus grande humiliation en venant au monde, les Bergers ne laiffent pas d'en attendre tout ce que l'Ange leur a promis. N'ont-ils pas vû dans leur Hiftoire, David, qui paiffoit les troupeaux de fon Pére, devenir le Roi d'Ifraël ; foumettre à fon Empire les Nations, qui avoient fi longtems tirannifé fon Peuple, & parvenir par fes hautes vertus à l'honneur d'être, non feulement le Pére, mais le Type & la Figure du Meffie ? J. Chrift naiffant eft couché dans une Crêche, & David en eft appellé, pour ainfi dire, au thrône d'Ifraël. Ne favent-ils pas encore que Moyfe, leur Liberateur, & leur Légiflateur, fût trouvé dans un berceau de jong fur les bords du Nil ? & que cet Enfant expofé fût le glorieux inftrument de la Providence, pour arracher Ifraël à la fervitude ?

Ces exemples connus de toute la Nation Judaïque, n'étoient pas ignorez des Bergers. Ainfi l'état d'abaiffement, où ils trouvent le Sauveur, n'eft point un fujet de fcandale pour eux. Perfuadez, par des marques qui ne font point équivoques, que Dieu leur a parlé par fon Ange, la Grotte, l'Etable, où ils voyent le Sauveur, fe change aux yeux de leur foi dans un fuperbe Palais : Eft-ce donc la Maifon, qui honore le Prince ? Eft-ce le Temple, qui honore la Divinité ? N'eft-ce pas la grandeur & les vertus du Prince, qui honorent le Palais où il réfide, & n'eft-ce pas la Gloire de Dieu préfente, qui eft la caufe du refpect & de la vénération, que l'on a pour les Temples ?

Les Hommes illuftres par leurs vertus & par leurs grandes actions,

actions, ne tirent point leur gloire de l'éclat exterieur qui les environne. Comme ils n'empruntent rien de la Pompe du siécle, ils ne perdent rien pour en être dépouillez. Tout ce qui est étranger à l'Homme, ne l'agrandit qu'aux yeux de la vanité, & ceux qui savent juger de son mérite, n'estiment en lui que ce qui lui est propre, & que la Fortune ne peut ni lui donner, ni lui ravir. C'est la sagesse de l'Homme, qui est digne de l'estime de toute la Terre, & non ses richesses & sa magnificence. Ainsi, dans quelque état que paroisse le Fils de Dieu, il porte avec lui cette Gloire essentielle, qui mérite les respects & la vénération du Ciel & de la Terre, & qui illustre les lieux où il se trouve, & la condition qu'il se veut embrasser.

Cependant on peut demander, d'où vient qu'en entrant dans le monde, il y paroit dans un état si obscur & si méprisable aux yeux de la chair? Les raisons n'en sont pas inconnues : Et bien loin de l'exposer au mépris des Hommes, elles ne font que redoubler l'amour, la vénération, & l'admiration qu'il mérite.

D'abord, toute cette humiliation du Seigneur est volontaire, puisque son Incarnation l'est elle même. Rien n'a pû le forcer à se dépouiller de sa Gloire & de sa Puissance. C'est un sacrifice que sa charité a fait volontairement à Dieu son Pére, & pour le Salut du Genre-humain. Maître de revêtir la forme Humaine, il prend celle d'Esclave: Il s'abaisse, il s'anéantit lui même; parce que cela convient à son ministère & au caractère de l'Evangile, qu'il vient annoncer. Comme il a été le maitre de quitter la vie & de la reprendre, il est bien le maitre de toutes les circonstances avec lesquelles il l'a prise, & avec lesquelles il l'a quittée. Si donc il est logé dans une Etable, & couché dans une Crêche, c'est parce qu'il l'a bien voulu. Or toute Humiliation volontaire, loin d'être préjudiciable à la véritable grandeur, ne sert qu'à l'élever au-dessus d'elle même. Il est le plus grand dans le Royaume des cieux par ses incomparables vertus: Il a voulu l'être encore par ses profondes Humiliations.

Mais outre cette Réflexion, qui regarde la personne du Seigneur, il y en a une autre, qui concerne son ministére. J. Christ paroit en entrant au monde dans l'état, qui convient à la Doctrine, qu'il doit prêcher. Il commande à ses Disciples des Devoirs pénibles & mortifians, & il commence par leur en donner l'exemple. Il prêche, qu'*Heureux sont les pauvres*; Il commande *de quitter tout pour le suivre*; Et il est pauvre lui même jusqu'au point, de *n'avoir pas où reposer sa tête*; Il prêche l'*Humilité intérieure*, cette Humilité si difficile à l'Homme, que ni les infirmitez de la Nature Humaine

&

& mortelle, ni les foiblefles & les péchez de l'Ame, ni les coups, qui partent de la puiffante Main de Dieu, ne fuffi-fent pas fouvent pour la former dans des Ames orgueilleu-fes: Il prêche, dis-je, cette Humilité; mais il veut qu'on l'apprenne de lui, qui eft le feul de tous les Hommes, à qui une telle vertu fembloit ne pouvoir convenir. *Apprenez de moi*, dit-il, *que je fuis débonaire & humble de cœur, & vous trou-verez le repos de vos Ames*. Il prêche l'Humilité extérieure, l'Abaiffement volontaire, fans lequel la charité ne fauroit fub-fifter longtems: Il l'a pratiquée lui même, en s'abaiffant juf-qu'à laver les pieds de fes Difciples: Il a condamné l'amour des Richeffes, des Honneurs, & des Plaifirs, & il y a renon-cé le prémier: Il a crucifié le monde, quand il en a fait voir la vanité dans fes facrez Difcours, quand il a montré combien cet amour eft incompatible avec l'amour de Dieu; mais il l'a crucifié, par fes actions & par fon exemple durant tout le cours de fa vie: Il commence cet ouvrage en naiffant: Il le continue à mefure qu'il s'avance dans fa carriere, & il l'ache-ve enfin en mourant fur la Croix: fur cette Croix, qui doit crucifier le monde pour tous ceux qui font véritablement les Difciples du Sauveur.

DISCOURS VII.

Circoncifion de J. Chrift. Luc. II. 21.

L A Circoncifion de J. Chrift a cela de commun avec fon Batême, que l'une & l'autre de ces faintes Cérémonies ne convenant qu'à des hommes pécheurs, elles femblent ne pouvoir convenir au Fils de Dieu. On diroit, qu'elles le confondent avec les pécheurs, dont il a été féparé dès le moment de fa conception. Il faut donc expliquer pourquoî J. Chrift a été circoncis? Pourquoi il l'a été le huitième jour? Comment fe faifoit cette Cérémonie? Après quoi il ne fera pas inutile, d'en rechercher l'origine & les caufes. Elle a parû fi méprifable à la fauffe fageffe de plufieurs Payens, & de quelques Hérétiques, qu'il fera bon de faire voir, que dans le fond elle n'a rien, qui ne foit digne de la fageffe du Souverain Légiflateur.

J. Chrift fut circoncis, & parce qu'il étoit Juif, & parce qu'il étoit le Meffie promis aux Juifs. En qualité de Juif il devoit être circoncis: Tous les Defcendans d'Abraham y étoient obligez, en vertu de la Loi févére & abfoluë, que Dieu donna là-deffus à ce Patriarche. *Tout enfant mâle fera circoncis*, dit Dieu à Abraham. *C'eft le figne de mon Alliance entre vous & moi. . . Tout enfant mâle, dont la chair n'aura point été circoncife, fera retranché du milieu du Peuple.* Que l'on explique ce retranchement ou d'une mort *naturelle*, ou d'une mort *civile*, Jofeph & Marie ne pouvoient fe difpenfer de faire circoncire J. Chrift, fans l'expofer à l'une où à l'autre de ces deux peines; Et ce qui paroit le plus vraifemblable à la derniere, je veux dire, à celle d'être exclus de ¹ de tous les priviléges attachez à la Nation Judaïque: l'entrée dans le Temple: le Droit d'enfeigner dans les Synagogues: de vivre dans une même focieté, foit Civile, foit Religieufe avec les Juifs: Tout cela eut été interdit à J. Chrift, en vertu de la Loi divine, s'il n'eût pas été circoncis. Et comment alors eut il pû exercer fon miniftére parmi les Juifs, lui, qui étoit venû principalement, pour fauver les brebis d'Ifraël, qui périffoient?

C'eft ce qui nous a fait dire, que J. Chrift devoit fur tout être circoncis *en qualité de Meffie*, puifque c'eft à la Nation Judaïque

(note en marge) Gen. XVII.

Περιτομὴ τȣ̂ Χριϛȣ̂. Luc. II. 21. CHRISTI CIRCUMCISIO.
The circumcision of Christ. Circoncision de Jesus-Christ.
Christi Beschneidung. Besnyding van Christus.

Picart delin. Bion sculp.

que qu'il avoit été promis, & à laquelle il devoit prêcher l'Evangile, préférablement à tous les autres Peuples. Or fans la Circoncifion, il eut été profcrit par la Nation, comme un Etranger & un Profane, bien loin de pouvoir fervir à fa Converfion & à fon Salut. Auffi S. Paul dit-il, *que Dieu,* Gal. iv: *dans l'accompliffement des tems, a envoyé fon Fils, né de femme, & fujet à la Loi.* Ainfi J. Chrift étant Fils d'Abraham, qui avoit reçû la Circoncifion pour lui & pour tous fes Defcendans; étant Membre de la République d'Ifraël, dont la Loi de Moïfe étoit le principal lieu; étant enfin le Meffie promis à la Nation, il étoit dans l'obligation d'obferver toutes les cérémonies Légales, dont la Circoncifion étoit peut-être la principale.

La même Loi, qui avoit ordonné la Circoncifion, en avoit marqué le tems *au huitième jour,* après la naiffance de l'Enfant. Les Juifs en ont recherché les raifons:[2] Des Péres Chrétiens l'ont fait: mais la plus-part n'ont pas touché celles, qui paroiffent les plus juftes & les plus folides. [3] La prémiere eft, „ donc que jufqu'à ce jour-là, on ne comptoit point les Enfans „ parmi les vivans; leur vie étant trop incertaine: la feconde, „ qu'étant tout chargez encore des impuretez, qu'ils avoient „ apportées avec eux du fein de leurs méres, il ne convenoit „ pas de les offrir à Dieu. C'eft par une femblable raifon, „ qu'il étoit ordonné par la Loi, que les animaux qu'on lui „ offriroit, euffent huit jours accomplis. *Quand un veau, ou* Lev. „ *un agneau, ou une chevre feront nez, & qu'ils auront été fept* XXII. 25; „ *jours fous leur mére, depuis le huitième jour & les fuivans, ils* „ *feront agreables pour l'offrande, qui fe fait par feu à l'Eternel.* „ Comme donc la Circoncifion étoit une efpece d'oblation „ que le Pére & la Mére faifoient à Dieu de leur En- „ fant, il falloit y obferver le tems, que la Loi avoit mar- „ qué pour l'âge des Victimes. C'eft pour cela que la céré- „ monie ne pouvoit fe faire plûtôt: mais elle ne devoit pas „ auffi fe faire plus tard, parce que s'il eût été permis de la „ differer, il étoit à craindre, qu'on ne la négligeât entie- „ rement. Au refte les Juifs fe faifoient honneur, d'avoir „ été Circoncis le huitième jour: De là vient que S. Paul n'ou- „ blie pas cette circonftance dans le dénombrement de fes a- „ vantages charnels.

Mais il y a une raifon plus forte encore de cette inftitution. C'eft afin de prévenir les attentats de la Superftition & de l'Idolatrie, qui ne fe glifférent que trop fouvent dans la République d'Ifraël: car les Payens avoient accoutu-

Vol. V.   Z   mé

mé de confacrer, leurs enfans, à quelqu'une de leurs Divinitez, peu de jours après leur naiffance, comme on le verra dans la fuite.

Jofeph & Marie, toujours religieux obfervateurs de la Loi, firent donc circoncire J. Chrift, le huitième jour. Cette cérémonie fe faifoit pour l'ordinaire dans la maifon du Pére. C'étoit une fête, à laquelle on invitoit les parens & les amis de la Famille, afin qu'ils fuffent témoins de la cérémonie; qu'ils priffent part à la joye du Pére & de la Mére, & qu'ils joigniffent leurs vœux à ceux que l'on avoit coûtume de faire en faveur de l'Enfant. C'eft ainfi que les Parens & **Luc 1.** les Amis de Zacharie, s'affemblèrent chez lui, le jour de la **59.** Circoncifion de Jean Bâtifte. Et quoi que S. Luc ne parle point des vœux, que firent les Affiftans, on fait néanmoins que c'étoit la pratique des Juifs. Après la cérémonie le Pére béniffoit Dieu, de ce qu'il avoit fait la grace à fon fils, de l'admettre dans fon Alliance, & les Affiftans fouhaitoient au Pére, de voir fon fils vivre en homme de bien, & s'attirer la bénédiction de Dieu.

Le jour de la Circoncifion étant auffi le jour, où l'on avoit coûtume de donner à l'Enfant le nom, qu'il devoit porter, Jofeph & Marie, donnérent au Seigneur le nom de JESUS, **Matt. 1.** c'eft-à-dire, SAUVEUR; parce qu'il venoit au monde, *afin de* **21.** *fauver fon peuple de fes péchez.* Des Savans croyent que cette coûtume, d'impofer des noms aux Enfans le jour de leur Circoncifion, a commencé en Ifraël dès le tems d'Abraham, parce qu'en effet ce Patriarche appella fon Fils ISAAC, lorfqu'il le fit circoncire: Mais d'autres jugent, que la même coûtume ne fût introduite chez les Juifs, que vers le tems des Machabées. Ces difcuffions font plus curieufes qu'importantes: Il eft conftant que les Payens donnoient des noms à leurs enfans, le jour, que par certaines cérémonies, qu'ils regardoient comme purifiantes, ils les confacroient à quelqu'une de leurs Divinitez.

L'Origine & les caufes de la Circoncifion méritent d'autant plus d'être recherchées, que cette cérémonie à été l'objet des railleries infultantes, que les Payens ont faites aux Juifs.

„ On traite, dit un [4] Philofophe Juif, la Circoncifion de
„ ridicule, quand on la confidére par rapport à nous : Et l'on
„ ne penfe pas qu'elle a été pratiquée par plufieurs Peuples,
„ & en particulier par les Egyptiens, cette Nation, qui n'eft
„ gueres moins féconde en grands Hommes, qu'elle l'eft en
„ Hommes : Il femble donc, qu'au lieu de fe répandre en fa-
„ des railleries, & de condamner avec précipitation une pra-
„ tique

„ tique ufitée, par tant de Nations célébres , on devroit a-
„ voir affez de modeftie, pour croire que ces Peuples ont
„ eu de bonnes raifons, pour en ufer de la forte. " Ils en
ont eu fans doute, & le fouverain Légiflateur a eu les fiennes , pour ordonner la même pratique à fon Peuple. Et
c'eft ce que nous avons à montrer.

Les ⁵ anciens Péres Grecs ont crû, que la Circoncifion
avoit été donnée à Abraham & à fa Pofterité, pour être
une marque, qui les diftinguât des Nations infidéles: mais
comme on la trouve chez plufieurs autres Peuples voifins,
& en particulier chez les Egyptiens & les Arabes, elle ne peut
avoir été établie pour cette fin-là: On ne fait pas certainement
les raifons qu'eurent ⁶ les Egyptiens , d'ordonner la Circoncifion aux Miniftres de la Religion; Mais cela fait voir, qu'ils
la regardoient comme une cérémonie fainte. Et à l'égard
de fon inftitution dans la Famille d'Abraham, il en faut apprendre les caufes dans l'Ecriture. C'eft là que l'on trouve,
qu'elle fût établie pour être le fceau des promeffes que Dieu
fit à Abraham, & le fymbole du retranchement des paffions
vicieufes.

Dieu promet deux chofes à Abraham; l'une, de multiplier
à l'infini fa pofterité; l'autre, de lui donner la poffeffion de
la terre de Canaan: Voici comment il parle au St. Patriarche,
dans le chapitre XVII. de la Genefe, *Je fuis le Seigneur. Je* ^{Gen.} ^{XVII.4⁵}
traiterai mon alliance avec toi. . . Tu ne t'appellera plus Abram; ^{5. 6.}
mais ton nom fera Abraham , parce que je t'ai deftiné à être le Pé-
re de plufieurs Nations. Je ferai croître ta Pofterité à l'infini. . . .
Et je donnerai à ta Pofterité le païs, où tu demeures à préfent com-
me étranger , tout le païs de Canaan. . . . Tu garderas donc mon
alliance, toi, & tes defcendans après toi. Tous les mâles d'entre
vous feront circoncis, afin que cette Circoncifion foit le figne de l'al-
liance entre toi & moi.

A cette prémiere vuë de l'inftitution de la Circoncifion, il
faut en ajoûter une feconde ; c'eft qu'elle étoit un figne clair
& parlant de l'obligation, où étoient les Ifraëlites, de renoncer aux paffions vicieufes de la chair, comme on le voit par
cette exhortation, que Moïfe adreffe aux Ifraëlites. *L'E-* ^{Deut. t.}
ternel a aimé vos Péres , & vous a choifis, vous qui êtes leur pof- ^{16, 17.}
terité. Circoncifez donc le prépuce de votre cœur , & ne roidiffez
plus vôtre cœur. Car l'Eternel vôtre Dieu eft le Dieu des Dieux,
le Seigneur des Seigneurs, le Grand , le Terrible, qui n'a point
d'égard à l'apparence des perfonnes. C'eft fur le même fondement, que Jeremie difoit au peuple d'Ifraël: *Hommes de Ju-* ^{Jerem.}
da , & vous habitans de Jérufalem , foyez circoncis à l'Eternel, & ^{IV. 4.}
ôtez

ôtez les prépuces de vos cœurs, de peur que ma fureur ne sorte com-
me un feu, & qu'elle n'embrase, sans qu'il y ait personne, qui l'é-
teigne, à cause de la mechanceté de vos actions.

Si l'on demandoit, pourquoi Dieu n'a pas choisi une autre cérémonie, pour être l'emblême du retranchement des
passions vicieuses? Pourquoi il en a préféré une qui a si fort
choqué des Nations savantes & polies? On répondra d'abord,
que cette question n'est pas seulement téméraire; mais qu'elle est
profane. A qui appartient il de demander à Dieu les raisons
de ses Loix? Cependant on ne laisse pas d'en entrevoir quel-
ques-unes, qui justifient suffisamment & la Sagesse & la Bonté du souverain Legislateur.

⁷ On sait que les Peuples de l'Orient, & en particulier
ceux de Syrie, d'Egypte, d'Etiopie, d'Arabie, étoient sujets à une maladie, qui ne pouvoit gueres être prévenuë, que
par le moyen de la Circoncision. C'est ce que divers Auteurs graves assûrent. Et de là vient, que les Mahometans
& des Sectes Chrétiennes, ne laissent pas de conserver la Circoncision, non comme une pratique Religieuse, mais ⁸ comme un usage, qui convient à leur constitution, & au cli-
mat, qu'ils habitent.

Dieu donc, attentif à la Conservation de son Peuple, lui
ordonne une operation nécessaire: Et pour en rendre la pratique plus indispensable, il en fait une cérémonie de Religion. La Loi absoluë de la Circoncision est une Loi Politique, si on la considére comme un préservatif contre des maladies dangereuses: L'observation en est agreable à Dieu,
en tant qu'il est le Monarque du Peuple d'Israël, & qu'il
en veut la conservation & la prosperité. Cette même Loi,
si on la considére dans ce qu'elle a de mystique & de signifi-
catif, est une Loi morale, qui est agreable à Dieu, en tant
qu'il est un Dieu saint, & qu'il veut que la vertu & la sainteté régnent dans son Peuple. A cet égard la Circoncision
ne lui est agreable, qu'autant qu'elle est accompagnée de celle du cœur: C'est ce qu'on voit dans ces paroles de Jeremie.

Jerem.
IX. *Voici les jours viennent, dit l'Eternel, où je punirai tout circoncis,*
ayant le prépuce: Egyptiens, Juifs, Iduméens, Hammonites, Moa-
bites: Ceux qui sont placez, aux extrêmitez de la terre, & qui
habitent dans les déserts: Car toutes ces Nations, aussi bien que la
Maison d'Israël, ont le prépuce du cœur. Paroles, où le Prophète nous apprend trois choses. La prémière, que plusieurs Peuples ne pratiquoient pas moins la Circoncision ex-
terieure, que les Juifs. La seconde, que cette Circoncision
ne donne aucune sainteté réelle. Et la troisième, que l'unique

que moyen, d'en faire un ufage agreable à Dieu, eft de la
regarder comme un emblème du retranchement des paffions
vicieufes, dont elle doit être fuivie, & que l'Ecriture appelle *la Circoncifion du cœur.*

Au témoignage de l'Ecriture, ajoûtous celui [9] d'Origene,
expliquant cet endroit de Jeremie, où le Prophète dit, *Circoncifez vous pour Dieu.* „ Ce n'eft pas fans raifon, dit-il, que
„ le Prophète ajoute à l'obligation de fe circoncire, celle de
„ le faire *pour Dieu*, parce que plufieurs Egyptiens la prati-
„ quent, & les Prêtres en particulier; mais c'eft à l'honneur
„ de leurs Idoles, au lieu que l'Ifraëlite doit la faire à l'hon-
„ neur de Dieu. Et comment peut il être circoncis à l'hon-
„ neur de Dieu? Le Prophète le dit, *C'eft en étant circoncis
„ de cœur.*

Le même Origene explique enfuite, en quoi confifte cette Circoncifion fpirituelle. „ Elle confifte, dit-il, à fe défaire
„ des fauffes opinions & des mauvaifes habitudes, que l'on a
„ coûtume de contracter dans l'Enfance, & auxquelles on
„ doit fubftituer, & des idées plus juftes, & des habitudes
„ plus faintes. L'Erreur & les Vices viennent de la Nature,
„ qui en porte les femences: La Vertu eft acquife. C'eft le
„ fruit du travail, & des foins affidus. Il s'agit donc de fe
„ dépouiller de ce qui eft vicieux: Voilà le Prépuce; & d'ac-
„ querir les habitudes, qui forment la fainteté: Voilà la Cir-
„ concifion du cœur. "

Non feulement Dieu commande la Circoncifion; mais il
veut qu'elle foit faite, auffitôt qu'un Enfant peut la foutenir,
& dès le huitième jour après la naiffance. On en a déja indiqué la raifon; mais il fera bon, de la repréfenter au Lecteur, dans toute fon étendue. „ Il me femble, dit là-deffus
„ [10] un Savant Moderne, que Dieu a voulu s'approprier les
„ Enfans des Juifs, auffitôt après leur naiffance, afin d'empê-
„ cher que par quelqu'une des cérémonies, ufitées dans ces
„ tems-là, parmi les Payens, on ne les confacrât au culte de
„ quelque fauffe Divinité. Car dès les prémiers tems, les
„ Gentils avoient coûtume, de dédier leurs enfans à quelque
„ Idôle, par des cérémonies fuperftitieufes. Auffi-tôt qu'un
„ enfant étoit né les Chaldéens & les Egyptiens, après l'a-
„ voir marqué avec un fer chaud, ou l'avoir fait paffer par
„ les flammes, le dédioient à Moloc, où à quelque Génie
„ Tutélaire. Cet ufage paffa de ces Nations aux Grecs,
„ qui avoient accoûtumé de célébrer une fête, le cinquiê-
„ me jour après la naiffance de l'enfant; de lui impofer un
„ nom, & de le dévoüer au fervice des Dieux. C'eft ce jour

„ là qu'ils appelloient celui de la naiſſance, & qu'ils célébroient
„ par des feſtins & par des préſens. Les Romains en uſérent
„ à peu près de même, comme on l'apprend d'un de leurs
„ Poëtes Comiques. " Cette Réflexion ſert à juſtifier la ri-
gueur de la Loi, qui ordonne de retrancher du Peuple tout
Enfant mâle, qui n'aura pas été circoncis.

On ne peut s'empêcher de remarquer ici, que [11] St. Auguſtin a bien mal expliqué la ménace, dont nous venons de
parler. Si nous l'en croyons, Dieu a déclaré, non ſeulement,
que tout Enfant mâle, qui n'aura pas été circoncis, ſera puni de mort, mais qu'il ſera damné éternellement: Et cela ſous
prétexte, que tout incirconcis n'eſt pas purifié de la tache du
péché Originel; & que la Verſion Latine, qui fût faite ſur
celle des LXX. portoit, *que tout Enfant mâle, qui n'auroit pas
été circoncis,* SON AME *ſeroit retranchée.* Mais outre que le
mot d'*Ame* n'eſt point dans l'Original Hébreu, comment S.
Auguſtin n'a-t-il pas vû, qu'il ne ſignifie ordinairement que la
Vie, & non la ſubſtance de l'Ame? L'Original porte ſimplement, *Tout Enfant, qui n'aura pas été circoncis;* Et pour
traduire d'une maniére plus litterale, *Tout Enfant qui ne ſera
pas circoncis, ſera retranché.* . . .   Ce qui fait tomber la peine
ſur celui, qui eſt l'unique cauſe de la faute, puiſque le ſens eſt,
Que tout Enfant, qui aura négligé de ſe circoncire, ſuppoſé qu'il
ne l'ait pas été dans l'Enfance, *ſera retranché de ſon Peuple.* Il
n'y a là rien que de juſte de la part du Légiſlateur.   Le coupable eſt le ſeul, qui ſouffre; Et plus la peine eſt rigoureuſe,
plus il doit avoir ſoin de l'éviter.

Oſerions nous toucher, en finiſſant, une Queſtion, ſur
laquelle les Savans ſont partagez, ſavoir, ſi les Juifs ont pris
la Circonciſion des Egyptiens, ou ſi les Egyptiens l'ont pri-
ſe des Juifs? On doit ce reſpect à l'Ecriture, de croire, que
c'eſt Dieu même, qui a donné cette cérémonie à Abraham:
Mais en même tems on doit cette déférence à des Hiſtoriens
graves, qui n'ont aucun intérêt à déguiſer la vérité, de les
en croire, quand ils diſent, que les Egyptiens en particulier,
ont eu [12] *de tout tems* la Circonciſion.   Mais comment accorder l'Ecriture avec cette ſuppoſition? Rien n'eſt plus aiſé.
Les Egyptiens ont eu la Circonciſion avant les Juifs; mais
ce n'eſt pas eux, qui l'ont donnée aux Juifs: C'eſt Dieu même, qui a jugé à propos de l'ordonner à ſon Peuple, quoiqu'elle fût uſitée par d'autres Peuples, tout comme il ordonna un Tabernacle, des Sacrifices, des Miniſtres de la
Religion, des Ablutions &c. . . . . Oſeroit-on dire, que
tout cela fût prémierement inſtitué par Moïſe, & que les
Gen-

Gentils l'ont emprunté des Juifs ? Ecoutons là-deſſus [13] S.
Chryſoſtome, parlant de l'Étoile, qui avoit ſervi de guide
aux Mages : " Dieu s'accommode, dit-il, au génie des hom-
„ mes, pour les conduire au Salut : Et l'on ne doit pas être
„ ſurpris de cette condeſcendance, puiſque preſque toutes
„ les Cérémonies des Juifs, leurs Rites, leurs Sacrifi-
„ ces, leurs Purifications, leurs Fêtes, leur Arche, &
„ leur Temple même : Tout cela a été emprunté des
„ Gentils. Mais Dieu a permis, qu'on le ſervit par des
„ choſes, que les Gentils avoient conſacrées aux Démons,
„ dans le deſſein de les corriger peu à peu, & de donner à
„ ſon Peuple des idées plus juſtes. " Ainſi ce qui diſtingue
les Juifs des autres Peuples ; c'eſt d'un côté, qu'ils ont reçû
la Circonciſion de Dieu même, & qu'ils ne l'ont empruntée de perſonne ; Et de l'autre, qu'ils l'ont pratiquée dans
des vûës, qui leur étoient propres.

DIS.

DISCOURS VIII.

J. Chriſt entre les bras de Simeon LUC II. vſ. 28.

Heb. IX.
13.

'AUTEUR ſacré de l'Epitre aux Hebreux, après avoir rapporté les plus beaux exemples de foi, qui ſe trouvent dans l'Ancien Teſtament finit par cette reflexion, qui ſemble bien triſte pour ces Grands Hommes. C'eſt qu'ils ſont tous *morts dans la foi, ſans avoir reçu les promeſſes, mais les ayant ſeulement vuës de loin, cruës & ſaluées :* Avec de ſi grandes vertus, ces Saints n'ont point vû le Salut de Dieu. Ils n'ont fait que l'eſpérer ; Leur bonheur a été de mourir dans cette eſpérance. Ils deſcendoient néanmoins en paix dans le ſépulcre, perſuadez qu'un Dieu puiſſant & fidéle, exécuteroit des promeſſes, dont la mort les empêchoit de voir l'accompliſſement.

Simeon digne ſucceſſeur de ces illuſtres Fidéles, ſe préparoit à mourir comme eux dans la foi des promeſſes, lorſque Dieu lui fit la grace de l'avertir par le ſaint Eſprit, qu'il lui deſtinoit un plus grand avantage, & qu'il ne verroit point la mort, juſqu'à ce qu'il eut vû le Chriſt du Seigneur.

Il vivoit dans cette heureuſe eſpérance, & voyoit avec joye prolonger des jours, dont la fin devoit être couronnée par l'accompliſſement de tous ſes vœux ; lorſque tout d'un coup le St. Eſprit l'avertit d'aller au Temple, où le Fils de Dieu venoit faire ſa prémiere entrée. A peine y fût il arrivé, qu'il vit apporter le divin Enfant qu'il attendoit, & que Joſeph & Marie venoient offrir à Dieu ſelon la Loi. Le ſaint Vieillard, que ſes vertus rendoient encore plus vénérable que ſon âge, prend Jeſus entre ſes bras, & bénit Dieu, en diſant, *C'eſt maintenant, Seigneur, que tu laiſſes aller ton Serviteur en paix, ſelon ta parole ; puiſque mes yeux ont vû ton Salut ; ce Salut, que tu as préparé pour être préſenté à toutes les Nations, pour être la lumiére, qui éclairera les Gentils, & la Gloire d'Iſraël ton peuple.* . . . Après ce diſcours, Simeon, dit l'Evangeliſte, *bénit Joſeph & Marie,* puis s'adreſſant à Marie ſeule, *L'Enfant* que vous voyez, lui dit-il, *eſt mis pour en faire tomber, & pour en relever pluſieurs en Iſraël, & pour être en bute à la contradiction: (vous en aurez vous même l'ame transpercée,* comme *d'une épée)*

Luc II.
29-35.

En

Luc. II. 28.

Χριϲὸϲ ἐν ταῖϲ ἀγκάλαιϲ τῦ Συμεῶνοϲ. | CHRISTUS IN ULNIS SIMEONIS.
Christ in the arms of Simeon. | Jesus-Christ entre les bras de Symeon.
Simeon nimt Jesum auf seine Arme. | Christus in de armen van Simeon.

Picart delin. | Dupin sculp.

En forte que les penfées les plus fecretes de plufieurs feront découvertes. Il faut expliquer, en auffi peu de mots qu'il fera poffible, le Cantique de Simeon; les Oracles qu'il prononce, & commencer par faire connoitre ce faint Homme.

Les Anciens en général, & plufieurs Modernes, ont crû que Simeon étoit Prêtre, & fe font fondez d'un côté, [1] fur *ce qu'il prit Jefus entre fes bras;* d'où ils ont conclû que ce fût lui qui l'offrit à Dieu; Et de l'autre, *fur ce qu'il bénit Jofeph & Marie:* des Catholiques Romains ajoûtent, *qu'il paroit par les images de Simeon, que l'Eglife a été perfuadée, qu'il étoit Prêtre.* Cette derniere raifon eft bien frivole; Et pour les deux autres elles ne font point folides: Car 1. ce ne fut point pour le préfenter à Dieu, que Simeon prit Jefus entre fes bras; S. Luc n'auroit pas omis cette circonftance, fi effentielle; ce fut par un mouvement d'affection, qu'il embraffa le divin Enfant, qu'il attendoit. Et 2. s'il bénit Jofeph & Marie, il ne fait rien qu'Elizabeth n'eût fait avant lui, au moins par rapport à Marie. Il les félicite l'un & l'autre de la grace, que Dieu leur a faite, & en bénit le Seigneur.

Il n'y a pas plus de vraifemblance dans le fentiment de quelques autres, qui veulent, que le Simeon dont parle S. Luc, ait été le Fils d'Hillel, Patriarche de la Nation Judaïque, & qu'il fuccéda à fon Pére dans cette Dignité. On peut confulter là deffus [2] le favant Auteur de l'Hiftoire des Juifs.

Simeon n'étoit vraifemblablement qu'un fimple particulier; comme on en peut juger, par la maniere dont S. Luc s'exprime: *Il y avoit,* dit-il, *à Jerufalem un homme, nommé Simeon.* Luc 1. Auroit-il parlé de la forte, fi cet homme eut été revêtu d'une des prémieres Dignitez de la Nation?

Mais fi ce vénérable Vieillard n'étoit pas diftingué par une Charge éminente, il l'étoit par des avantages infiniment plus refpectables. C'eft d'un côté par une Piété fincere & folide; & de l'autre par une Vie pure & fans tache. *Il étoit,* dit S. Ib. vf.25 Luc, *jufte & craignant Dieu.* Religieux envers Dieu: Jufte envers les hommes: Plein de refpect & de vénération pour la Majefté divine; Et ce qui en eft inféparable, pour fa volonté manifeftée dans fa Loi: mais plein en même tems de Bonté & de Charité envers les hommes: car c'eft proprement ce que fignifie d'ordinaire *la Juftice* dans l'Ecriture. Simeon réüniffoit dans fa perfonne toutes les vertus que la Religion commande, & qui font comprifes *dans la crainte de Dieu & dans la Juftice.* Si les graces du Seigneur pouvoient être méritées, qui étoit plus digne que Simeon, de voir le

Salut de Dieu puisque *Dieu révéle son secret à ceux qui le craignent*, & qui observent ses Commandemens?

Le *Salut* c'est *le Sauveur*, l'Auteur du Salut. Simeon s'exprime comme les Prophètes, qui en parlant du Sauveur, l'appellent le ³ *Salut de Dieu*. Mais en voyant le Sauveur, Simeon voyoit en même tems le *Salut* qu'il venoit apporter
au monde. Qu'il en a des idées bien justes! Que le saint
Esprit répand de lumiéres dans cette sainte ame! L'avenir se
développe à ses yeux, & déja il découvre toute la grandeur
du ministere du Fils de Dieu & tous les biens qu'il apporte
au monde.

D'abord, il voit comment J. Christ sauvera le monde;
C'est en le délivrant des Erreurs, qui regnoient de toutes
parts, & en l'éclairant de la connoissance du vrai Dieu, du
Culte, qu'on doit lui rendre, des récompenses immortelles
promises à la Piété, des peines dénoncées contre l'Incrédu-
Luc II.   lité & contre l'Impénitence. Le Salut est *une Lumiére*: J.
3¹.
Jean VIII. Christ l'a dit, *Je suis la Lumière du monde:* & S. Jean, *En
12.
Jean I. 4. lui étoit la Vie, & la Vie étoit la Lumiére des hommes.* Jesus
ne conduit les hommes à la vie, que par la manifestation
de la vérité.

Secondement, Simeon voit l'étendue du Salut de Dieu: Il
ne le borne pas dans les limites de la Judée, ni de la Paleftine: Il ne le borne pas même aux Juifs, disperfez parmi les
Luc II.   Nations Payennes. *C'est un Salut préparé pour être présenté à
3¹. 3². tous les peuples, & pour être la Lumiére, qui éclairera les Gentils.*
Si le Seigneur n'a pas prêché lui-même aux Gentils, pour
ne pas donner de scandale & de jalousie aux Juifs, il ordonna à ses Apôtres, avant que de monter au Ciel, *de prêcher
l'Evangile à toute Creature*, & les honora ensuite du don des
langues, afin qu'ils fussent en état de convertir toute la terre. Il est donc le Sauveur de tout le Genre-Humain par la
destination de Dieu, & comme le disoit J. Christ lui même
Jean III. à Nicodeme, *Dieu a tant aimé le monde, qu'il a donné son Fils
16.
unique au monde, afin que quiconque croit en lui, ne perisse point,
mais qu'il ait la vie éternelle.*

Il est vrai que tous les hommes ne profitent pas du Salut
de Dieu; mais c'est leur faute. En rejettant l'Evangile, il
ne font que manifester la malice de leurs cœurs. C'est encore ce que le Saint Esprit fait voir à Simeon, & ce qui con-
tribue à le consoler, de ce que tous les hommes ne sont pas
sauvez. Il n'ignore pas que la Doctrine du Seigneur, produira des effets différens, selon la différente disposition des
Esprits. Dans les Cœurs *honnêtes & bons*, dans les Ames
dont

dont la confcience n'eft pas endurcie par l'habitude impérieu-
fe des vices, & des paffions charnelles, la Doctrine du Seigneur produira un *relevement*, une efpéce de réfurrection. Mais
à l'égard des ames aveuglées par l'orgueil, & par l'amour du
monde, cette Doctrine ne fervira qu'à les endurcir, & les
revolter. *Cet Enfant que vous voyez*, dit Simeon à Jofeph & Luc ii.
à Marie, *eft mis pour en faire tomber, & pour en relever plufieurs* 34.
en Ifraël: en forte que les penfées les plus fecretes de plufieurs en fe-
ront découvertes. C'eft ce que le faint Vieillard avoit appris d'E-
faïe: *Sanctifiez l'Eternel des armées, & qu'il foit l'objet de vôtre* Ef. viii.
crainte. Et il fera pour vous un Sanctuaire; mais il fera une pier- 13, 14, 15.
re d'achoppement, & de trébuchement pour les deux maifons d'If-
raël; Il fera un piége & un lacs pour les Habitans de Jerufalem:
Et plufieurs d'entre eux trébucheront, & tomberont, feront froiffez,
enlacez & pris: Ainfi parle le Prophète, ou plûtôt ainfi parle
J. Chrift lui même; quand il dit aux Juifs, *Je fuis venu dans* Jean ix.
ce monde, pour faire juftice; afin que ceux qui ne voyent point, voy- 39.
ent; & que ceux qui voyoient deviennent aveugles. Il eft vrai
le Seigneur fait grace, quand il fait voir les aveugles, c'eft-
à-dire, quand il donne aux uns des yeux pour voir, & pour
reconnoitre la vérité; mais il fait juftice, quand il fait *que*
ceux qui voyent deviennent aveugles, c'eft-à-dire, que fe confiant
en leurs fauffes lumiéres, ils ferment les yeux à la lumiére de
l'Evangile: Ce n'eft pas fon deffein d'aveugler les hommes.
Il veut éclairer & *fauver* tout le monde; mais la fageffe qu'il
prêche, eft d'une nature qu'elle ne peut être goûtée par des
hommes animaux & charnels.

Les lumiéres de Simeon ne fe bornent pas là. Il voit le
Salut de Dieu. Il en voit les *moyens*. Il voit la mort fanglante du Seigneur, & en apperçoit les Auteurs. *Cet Enfant*,
dit-il à Jofeph & Marie, *cet Enfant*, qui eft le *Salut du mon-*
de, la *Gloire d'Ifraël*, & la *Lumiére des Nations*, *fera mis en bu-* Luc ii.
te à la contradiction: Ce qui veut dire, felon la penfée d'un Maldo- 34.
Interprète, qu'il fera comme *un but*, contre lequel on décoche- nat.
ra à l'envi des flêches; Des Furieux difputeront le barbare
honneur de lui porter les prémiers & les plus rudes coups.
N'eft-ce pas ce que l'Evénement n'a que trop bien juftifié?
J. Chrift, *objet de la contradiction* pendant le cours de fon miniftére, eft enfin crucifié comme malfaiteur: Simeon va plus
loin encore. Il prédit à Marie qu'elle fera témoin de ce fpectacle, d'un côté fi falutaire & fi édifiant, puifque la mort
de J. Chrift étoit néceffaire à la Rédemption du monde, &
qu'on vit alors éclater fes fublimes vertus; mais d'un autre
côté fi douloureux pour la fainte Vierge. *Vous en aurez vous* Luc ii.
même, lui dit-il, *l'ame tranfpercée* comme *d'une épée.* 35.

C'eft

C'eſt ainſi que le St. Eſprit, qui anime Simeon, lui découvre les véritez de l'Evangile, qui étoient alors ſi obſcures,
& que les Diſciples du Seigneur même ne purent ſe perſuader, que lorſqu'ils en furent convaincus par leurs propres yeux.

À la vuë du Sauveur, & des biens que ſa préſence va apporter au monde, Simeon, tranſporté de joye, demande à
Dieu de terminer des jours, dont il n'avoit ſouhaité la pro-
longation, que pour voir le Liberateur promis à Iſraël. Il
l'a vû: ſes vœux ſont ſatisfaits: Et après avoir contemplé le
Fils de Dieu, qui vient de naître, il ne ſoupire plus que
pour aller contempler le Pére dans ſa Gloire: Rien ne le re-
Luc ii.
3ʃ. tient plus au monde: *C'eſt maintenant, Seigneur*, s'écrie-t-il,
*que tu laiſſes aller ton ſerviteur en paix, ſelon ta parole; car mes
yeux ont vû ton Salut.*

On voit d'abord ici une belle idée de la mort des Juſtes:
Venus ſur la terre par l'ordre de Dieu, & pour les deſſeins
de ſa Providence, ils n'y demeurent qu'autant qu'il plaît à
Dieu de les y retenir, & attendent le moment de retourner
à lui. *Il eſt tems, Seigneur, que tu laiſſes aller ton Serviteur en
paix*; Il eſt tems que tu * détaches ſes liens, & que tu lui
rendes la liberté. La mort, dans l'idée de Simeon, n'eſt
qu'une *délivrance*. Le corps mortel n'eſt il pas effectivement
comme une eſpece de priſon, où l'ame eſt aſſujettie à tous
les béſoins, & à toutes les infirmitez du corps. Elle n'eſt libre de ſoucis, de craintes, & ce qui eſt plus triſte, elle n'eſt
à l'abri des tentations & des ſéductions de la chair, que lorſqu'affranchie des liens du corps, Dieu la rappelle à lui. La
mort des Juſtes n'eſt donc qu'un paſſage à la vie, & à la vie
véritable: Car on ne peut appeller ainſi, que celle qui eſt
exempte de miſères & de péchez.

On voit encore dans les paroles de Simeon, que comme
c'eſt Dieu ſeul, qui nous met au monde, c'eſt auſſi à lui
ſeul qu'il appartient de nous en retirer, lorſque la tâche qu'il
nous a préſcrite, eſt finie. Le Saint homme ſe regarde dans
cette vie comme un Serviteur, appellé à remplir les fonctions,
auxquelles le ſouverain Maître l'a deſtiné, & c'eſt auſſi à ſon
Maître qu'il demande de terminer ſa vie & ſes travaux. *Seigneur, laiſſe maintenant aller ton Serviteur.*

Le cours de la vie eſt une carriere, dans laquelle Dieu place les hommes, afin qu'ils s'y exercent aux vertus qu'il leur
a commandées, & qui conviennent & à leur état commun,
qui eſt celui de créatures raiſonnables; & à leur état particulier. Le genre de vie auquel Dieu les appelle fixe le caracte-
re

* L'Original ſignifie *délier* une perſonne, la mettre en liberté.

re de ces Vertus particulieres, auxquelles ils font obligez. Il y en a qui font pénibles en elles-mêmes: Telles la patience dans les maux, le courage dans les dangers, & les facrifices qu'il faut quelquefois faire à Dieu. En général toutes les vertus font difficiles à des Hommes, qui ont à la vérité la Raifon & la Révélation en partage, mais qui font fujets à des paffions violentes, *qui font la guerre à l'ame*, & auxquelles il faut réfifter. Le Fidéle peut foupirer après la fin de fes combats; mais il doit les foutenir jufqu'à ce que fon fouverain Maître lui donne le fignal de la retraite, & le rappelle. C'eft à Dieu feul *de nous laiffer aller*, autrement bien loin d'aller *en paix*, nous pafferions, d'un état de trouble & de miféres qui doivent finir bientôt, à un état de trouble & de miféres éternelles: feulement il eft permi de demander à Dieu, qu'il lui plaife de brifer nos chaines, & de nous mettre dans cet heureux état, où les vertus pénibles ne fubfifteront plus, parce qu'elles ne feront plus néceffaires: *Laiffe aller ton Serviteur.*

C'eft auffi ce que fait Simeon: Il a fini fa tâche, & vû l'accompliffement de fes promeffes: Il eft tems que Dieu le retire d'un monde, où il n'a plus à voir que des maux. Pour mourir en paix & avec joye, falloit-il voir le barbare Hérode chercher à faire mourir Jefus, & immoler tous les Enfans de Bethlehem, de peur de manquer fa victime? Falloit-il entendre les cris de *Rachel pleurant fes enfans, & ne pouvant fe confoler de ce qu'ils ne font plus?* Falloit-il voir le Fils de Dieu fugitif au berceau, aller chercher une retraite en Egypte, chez les Infidéles, pour fe mettre à l'abri de la perfécution des fiens? Falloit-il être témoin de l'incrédulité des Juifs, & de leur confpiration contre le Fils de Dieu? Falloit-il les voir confommer leurs attentats contre lui, en l'attachant à la Croix? Falloit-il voir les Romains venger fur Jerufalem & fur la Judée le parricide commis en la perfonne du Rédempteur? Il eft tems que Dieu retire Simeon, & qu'il lui faffe la grace qu'il fit à Ezechias, c'eft de lui épargner la vuë des crimes & des maux de fa Nation.

Matth. 11

Mais écartons ces triftes objets, & ne confiderons que le raviffement de joye, qui s'empare de l'ame de Simeon, à la vuë du Rédempteur du monde en général, & du fien en particulier. On le fent mieux qu'on ne peut l'exprimer. Et fi Abraham, le plus illuftre des Ayeuls de notre Saint voyant par fa foi, dans l'éloignement de plufieurs fiécles l'avénement du Sauveur, *en treffaillit de joye*, quel eft le raviffement de Simeon, qui le contemple de fes yeux? Encore une fois on le fent mieux, qu'on ne peut l'exprimer.

Qu'on se repréfente la joye qu'auroit eu un fidéle Ifraëli-te, si voyant fon peuple gémir fous la cruelle fervitude des Egyptiens, il s'étoit trouvé à la naiffance de Moïfe, & s'il avoit fû, que cet Enfant devoit être le Liberateur d'Ifraël. Si après avoir tremblé pour fa vie, après l'avoir vû expofé fur le Nil dans le berceau flottant, qu'une mére tendre & ingé-nieufe lui avoit préparé, il avoit vû la Fille de Pharaon char-mée de fa beauté, prendre cet enfant dans fes bras, l'adopter, & le confier à fa mére pour le nourir & l'élever dans fon fein. Ce font là de ces joyes inexprimables pour des ames, ani-mées d'une vive charité: Telle fût celle de Jacob, qui penfe & qui parle comme Simeon, lorfqu'il embraffa vivant, ce cher Fils, qui lui avoit coûté tant de larmes: *Que je meure maintenant*, s'écria-t-il, *puifque j'ai vû ta face, & que tu vis en-core.* Quelle heureufe révolution! La mort de Jofeph, dont le Patriarche étoit perfuadé, devoit faire defcendre avec dou-leur fes cheveux blancs dans le fepulcre. La vie de Jofeph, &, pour ainfi dire, fa réfurrection, va l'y faire defcendre avec joye.

Les fentimens de Jacob & de Simeon font pareils ; ou du moins ils les expriment l'un & l'autre dans les mêmes termes: mais les fujets, qui les caufent, font bien differens. Jofeph doit être cher à Jacob: C'eft fon Fils, un Fils or-né de grandes vertus, le Liberateur de fa famille, qui trou-voit un afyle en Egypte fous fa protection. Que Jofeph eft aimable par cet endroit, & que les fentimens de Jacob font juftes! Mais illuftre Fils de Jacob, Liberateur de la maifon d'Ifraël, Salut de vos fréres perfides, qu'êtes vous au prix du Fils de Dieu, qui vient de naitre? Que font vos vertus en comparaifon des fiennes? Vôtre Salut en compa-raifon du fien? C'eft à la vuë de ce dernier Salut, que l'A-me de Simeon fuccombe, pour ainfi dire, à la joye, dont elle eft inondée.

Laiffons la joye de Simeon, pour contempler fa Foy. Ses paroles font pleines de la parfaite & vive perfuafion d'u-ne bienheureufe immortalité. Il n'a plus rien à fouhaiter du côté du monde. Il a vû tout ce qu'il pouvoit y voir de plus grand & de plus heureux pour lui ; mais mourroit il content, s'il n'efpéroit rien après la mort? On va à la mort par néceffité. On céde & l'on fe rend avec le moins de ré-pugnance que l'on peut, quand on n'envifage aucune félicité après la vie. Mais pour y aller avec raviffement, il faut l'envifager fous une idée bien differente, il faut la voir com-me la porte du Ciel, comme l'entrée au féjour de la vraye Félicité. Cette perfuafion feule peut nous faire mourir

avec

avec joye. Oh! c'eſt dans ce moment critique que l'on ſent
tout le prix de la vertu! Quelle difference alors d'un Fidéle
homme de bien, à un Incrédule & à un méchant homme!
Je me repréſente la tranquillité de l'Apôtre, ou plûtôt ſa
joye, lorſqu'il prononçoit ces belles paroles: *Pour moi, je* ᴵᴵ.ᵀⁱᵐᵒᵗ,
vais être immolé, & le moment de mon départ eſt tout proche. J'ai ⁱᵛ.⁶,⁷⁺
ſoûtenu le bon combat ; j'ai fourni ma carriere ; j'ai gardé la foi.
Il ne me reſte plus qu'à recevoir la Couronne de Juſtice, qui m'eſt
réſervée, & que le juſte Juge me donnera dans ce jour là. Telles ſont les glorieuſes eſpérances du ſaint homme Simeon.
Il eſt ſur le bord du tombeau ; mais, ayant conſervé la foi,
il s'y regarde comme touchant à ſon triomphe, à cet heureux jour, où le Juge de l'Univers va le couronner de ſes
propres mains. Il a vû le Sauveur, il a crû en lui: & il va
joüir du Salut, & en joüir éternellement.

DIS.

DISCOURS IX.

L'offrande des Mages. MATTH. II. 1-12.

'EST avec raison, ce me femble, que [1] St. Chryfoftome, ayant à traiter l'hiftoire, que nous allons expliquer, y trouve diverfes difficultez. Effectivement il eft difficile de déterminer le *lieu*, d'où vinrent les Mages; quelle étoit l'*Etoile*, qui leur fit juger, que le Roi des Juifs étoit né; & quel fût le *tems précis* de leur venue? On ne peut a-voir là-deffus que des conjectures: Car pour les Traditions orientales, elles font évidemment fabuleufes. Nous allons di-re fur ces articles ce qui nous paroit le plus vrai.

On ne s'arrêtera point à examiner l'origine du nom de *Mage*, fur laquelle il y a diverfes opinions. Des Savans mo-dernes vont la chercher dans la Langue Hébraïque, au lieu qu'il eft plus naturel de la chercher dans celle des Perfes. Por-phyre l'a fort bien dit: [2] „ Les Perfes appellent MAGES, „ ceux qui font favans dans ce qui concerne la Divinité & „ fon Culte, & qui en font les miniftres; car c'eft là ce que „ fignifie le nom de Mage dans leur langue. “

Ceux [3] qui ont traité de la Religion des Mages, nous ap-prennent qu'elle étoit fort belle, & qu'elle avoit un grand rapport avec la Religion Judaïque. Ils n'adoroient qu'un feul Dieu fuprême, qui a créé le monde, & qui le gouverne par le miniftère de fes Anges. Ils croyoient une Réfurrection, un Jugement à venir, des Peines & des Récompenfes après la mort. [4] Ils n'eurent d'abord ni Temples, ni Autels, & ne fervirent Dieu que par des priéres & des facrifices, devant un feu, allumé ou par la Foudre, ou par les rayons du So-leil. En général ils avoient un grand refpect pour le Feu, & en particulier pour le Soleil, qu'ils regardoient comme l'I-mage vifible de la Divinité. Leur [5] Morale étoit auffi fort belle, quoy que l'on y apperçoive par-ci par-là des cérémo-nies fuperftitieufes, que l'on trouvera toujours dans toutes les Religions Humaines.

Les Mages étoient fort eftimez en Perfe. Ils étoient ap-pellez au Confeil des Rois, dont ils étoient [6] les Précepteurs, pour les inftruire dans la Religion, & les former aux vertus, qui conviennent à leur Dignité. Les Mages étoient auffi
fort

Προσφορὰ τῶν μάγων. Matth. II.   MUNERA A MAGIS ORIENTALIBUS OBLATA.
Offerings made by the wise men from the East.   L'Offrande des Mages.
Die Weisen auß Morgenland.   Offering der Oostersche Wyzen.

fort auftères dans leurs mœurs ; quelques-uns couchant pour l'ordinaire fur la dure, & ne fe nourriſſant prefque que de pain, de légumes, & de lait. Et comme ils étoient fort appliquez à l'étude de la Nature, & du cours des Aftres, ils fe piquoient de connoître l'avenir, & de le prédire ; Ainfi ils n'étoient pas moins les Devins & les Prophètes de la Nation, que les Miniftres de fon Culte.

Il faut donc bien fe garder de fe figurer les Mages, [7] comme des Magiciens, fous prétexte, que ce titre, honorable parmi les Perfes, étoit infame parmi les Grecs & les Romains, où il défignoit des Impofteurs, qui par certaines cérémonies & certaines invocations, fe vantoient d'avoir commerce avec les Démons, & d'apprendre d'eux l'avenir, ou d'operer des prodiges par leur miniftère. Ce n'étoit au fond qu'impofture, comme Pline le rapporte au fujet de Néron, [8] qui n'avoit rien négligé, pour s'inftruire des myftères de cet art.

Ce que nous venons de dire infinuë aſſez ce que nous penfons, fur l'endroit d'où vinrent les Mages; Queftion fur laquelle les Anciens & les Modernes font partagez; les uns voulant que ce foit de *Chaldée*, d'autres d'*Arabie*, & d'autres enfin de *Perfe*. Le prémier fentiment fuivi par [9] Origene & par d'autres Péres, a été défendu par un [10] Savant moderne, dans une Diſſertation fur les Mages.

La grande raifon, qui a déterminé les prémiers Péres à embraſſer cette opinion, eft, qu'ils ont crû, que la Prophé- _{Nomb.} tie de Balaham s'étoit confervée en Chaldée, & que les _{XXIV. 17.} Mages en étoient inftruits. Cette Prophétie porte: *Une E- toile s'élévera en Jacob, & un Conducteur fortira d'Ifraël.* Mais, outre qu'il eft fort incertain, que cette prophétie fe fût confervée parmi les Chaldéens, & que ces Peuples étoient plû- tôt [11] au Septentrion qu'à l'Orient de la Judée, il eft clair, qu'il ne faut pas prendre l'Etoile à la lettre. C'eft une expreffion figurée, qui défigne, dans le fens litteral, le règne triomphant de David, & dans le fens myftique, celui du Meſſie. Ils font comparez l'un & l'autre à un Aftre, qui fe léve au milieu d'Ifraël.

Une feconde opinion, qui a des partifans refpectables par-mi [12] les Anciens, & [13] parmi les Modernes, c'eft que les Mages vinrent de cette partie de l'Arabie, dont [14] *Saba* étoit la Capitale, & où fe recueilloient l'Encens & la Myrrhe: cet-te Saba étoit differente de celle, dont la Reine vint trouver Salomon, celle-ci étant fituée au midi de la Judée. _{Math. XII. 42.}

Ce qui femble favorifer cette opinion, c'eft 1. que l'Ara-bie étant proche de la Judée, & les Anciens ayant crû que

les Mages arrivèrent à Bethlehem peu de jours après la naiffance du Seigneur, il falloit les faire venir d'une Région,
qui fût à l'Orient, & qui ne fût pas éloignée: Ce qui convient à l'Arabie. 2. C'eſt enſuite que la proximité des lieux,
& le commerce que des peuples voiſins ont enſemble, pouvoit avoir inſtruit les Arabes des eſpérances des Juifs. 3. C'eſt
enfin, que ¹⁵ la Myrrhe & l'Encens ſe recueillant en Arabie,
il eſt naturel que les Mages offrent au nouveau Roi les thréſors, que fourniſſoit leur païs. Cependant outre qu'il eſt
rare, que les Philoſophes Arabes ſoyent appellez Mages, il
paroit ſurprenant, que S. Matthieu ait déſigné une Province
voiſine & connuë par le nom vague d'*Orient*.Cette déſignation
inſinuë un Païs moins voiſin & plus éloigné.

On croit donc qu'il eſt plus vraiſemblable, que les Mages
venoient de Perſe.   C'étoit le nom que les Perſes donnoient
à leurs Sages & à leurs Sacrificateurs: c'eſt dans ce païs-là que
les Mages étoient vénérez: L'Encens & la Myrrhe ſe tranf-
portoient partout: L'arrivée des Mages ne fût pas auſſi prompte que les Anciens l'ont crû.   Enfin, *Daniel* ayant vécû depuis que les Perſes eurent ſubjugué les Aſſyriens, & ayant eu
un aſſez long commerce avec leurs Mages, il n'eſt pas ſurprenant qu'il y en eut parmi eux, qui euſſent conſervé la connoiſſance de ſes Prophéties, & qui attendiſſent l'avénement du
Chriſt, ou du Roi des Juifs.

Ces Philoſophes Orientaux en ſont avertis par l'apparition
d'une nouvelle Etoile.   Arrivez à Jéruſalem, ils demandent,
Matth.
II. 2. *Où eſt le Roi des Juifs qui eſt né, car*, ajoutent-ils, *nous avons
vû ſon Etoile en Orient, & nous ſommes venus l'adorer.*   La queſtion eſt de ſavoir, de quel ordre étoit cette Etoile. Tout le
monde convient en général, que ce ne fût ni quelqu'une des
Etoiles fixes, ni quelqu'une des Planètes. A cet égard tous les
Interprêtes ſont d'accord: mais quelle étoit donc cette Etoile,
ou ce Phénomène extraordinaire, qui parût aux Mages ? Quelques Anciens ont crû que c'étoit une Comète, dont la nature
n'eſt pas encore fort connuë; les uns s'imaginent que ſont des
Planètes, qui appartiennent à un Tourbillon voiſin, & qui entrent par accident dans le nôtre; Et d'autres prétendent au contraire, que ce ſont des Planètes, qui ont un cours réglé: ¹⁶ ce qui
n'a pas été ignoré des Anciens.   Mais, quelle que ſoit la nature des Comètes; comme elles ſont fort élevées, fort éten-
duës, & fort éclatantes, elles ne ſauroient paroître, ſans être
apperçues de divers Peuples, & ſi l'Etoile, que virent les Mages, eut été de cet ordre, elle eut été vuë non ſeulement de
tout le Peuple Juif, mais des autres Nations; Or il eſt inconcevable, que les Hiſtoriens de ce tems-là n'en euſſent point
parlé.   Je

Je ne puis m'empêcher de réléver à cette occafion l'indigne impofture de je ne fai quel Fourbe, [17] qui a ofé falfifier un paffage du célébre Ecrivain de l'Hiftoire naturelle. [18] Il rapporte, „ qu'après la mort de Jule Céfar, une Comète fort „ vive & fort éclatante parût du côté du Septentrion; qu'el- „ le fût vuë pendant fept jours confécutifs, à peu près à la „ même heure du jour: ce qui fit dire aux Romains que „ cet Empereur avoit été tranfporté dans le Ciel. “ A ce récit l'Impofteur a ofé ajouter, qu'*on vit dans cette Comète, comme la figure d'un Dieu fous une forme humaine.* Il eft aifé de comprendre, pourquoi cette addition a été faite: C'eft pour faire dire à un Auteur Payen auffi célébre que Pline, ce qu'a dit en d'autres termes [19] l'Auteur Latin de certaines Home-lies, qu'on a mal à propos données à S. Chryfoftome, & qui témoigne fur la foi de je ne fai quelle Tradition, que dans l'Etoile qui parut aux Mages, *on voyoit la figure d'un Enfant, au deffus du quel étoit l'image d'une Croix.*

[20] Un Savant moderne a crû, que cette Etoile ne fût autre chofe, que la Lumiére, qui parût aux Bergers de Bethlehem, quand les Anges vinrent leur annoncer la naiffance du Sauveur. Cette Lumiére fût apperçuë des Mages, qui la prirent pour une Etoile, à caufe de l'éloignement où ils étoient. Mais cette penfée n'a aucune vraifemblance: Car outre que la Lumiére dont S. Luc, parle n'étoit pas affez élevée pour être apperçue de fi loin, c'eft qu'après l'avoir vuë en Orient, ils la virent de nouveau, lorfque fortant de Jerufalem, elle les conduifit au lieu, où étoit le Sauveur. Matth. II. 9.

Difons donc, que ce Phénomène, qui parût aux Mages, ne fût point une Etoile proprement, mais un feu allumé extraordinairement par la puiffance divine, dans la moyenne région de l'air, uniquement deftiné à éclairer les Mages, & à leur fervir de guide. Si ce feu porte le nom d'Etoile, ce n'eft que parce qu'il en eut la figure & l'éclat; Car du refte on voit par fon cours & fon ufage, que ce n'étoit qu'un feu affez bas, & qui paroiffoit & difparoiffoit, felon la volonté fouverainement fage de celui, qui l'avoit formé. Ce fût donc un Phénomène à peu près femblable à celui, qui fervit de guide aux Ifraëlites dans le Défert.

Mais comment ce météore fit-il juger aux Mages, *que le Roi des Juifs étoit né?* Car quel rapport y a-t-il entre un tel figne, & l'événement qu'il doit annoncer? Ce n'eft pas répondre d'une maniere fatisfaifante, de dire, [21] que tout l'O-rient étoit plein de l'efpérance des Juifs, qui attendoient un Roi extraordinaire, lequel devoit paroitre bientôt, & dominer fur le monde entier; que les Mages, inftruits de ces ef- Matth. II. 2.

pérances, jugèrent que cette nouvelle Etoile annonçoit fa venue, & défignoit l'éclat de fon Régne. Il faut donc joindre à cette Tradition, qui remplissoit l'Orient, & à cette espéce d'Etoile extraordinaire, que les Mages avoient vuë, une Révélation furnaturelle, qui leur apprit ce que vouloit dire ce figne célefte, qu'ils avoient obfervé, & dont apparemment ils recherchoient la caufe: Car entre les fciences auxquelles les Mages s'appliquoient, ils cultivoient beaucoup l'Aftro-

Matth. II. 12.

nomie & l'Aftrologie: Et comme une Révélation célefte les inftruifit des cruels deffeins d'Hérode, elle les inftruifit de même du deffein de la Providence, & de la merveille, dont l'Etoile étoit le figne.

Il ne me refte plus qu'une Queftion à réfoudre fur le fujet des Mages, c'eft *le tems* de leur arrivée. [22] S. Epiphane, & Eufebe, l'ont placée deux ans après la naiffance de J. Chrift.

Matth. II. 16.

fondez fur ce qui eft dit d'Herode, *Qu'il fit mourir les enfans, qui fe trouvèrent dans Bethlehem & dans tout fon territoire, depuis l'âge de deux ans & au deffous, felon le tems dont il s'étoit exactement informé des Mages.* Il s'agit du tems où l'Etoile leur étoit apparue: Mais Herode ayant fait mourir les Enfans, qui étoient au deffous de cet âge, on en doit conclure, qu'il n'y avoit pas deux ans, que les Mages avoient vû l'Etoile, & qu'Herode par un excès de cruauté, & pour ne pas manquer fa victime, étendit le terme jufqu'à deux ans accomplis. Auffi eft il certain, par le calcul des plus habiles Chronologues, qu'Herode eft mort environ quinze mois après la naiffance de J. Chrift, & par conféquent il faut placer l'arrivée des Mages, avant la fin de ces quinze mois; Et même quelque

Matth. II. 15.

tems avant, puifque S. Matthieu nous apprend, *que Jofeph fe tint en Egypte, jufqu'à la mort d'Herode.* Quoiqu'il en foit, il eft conftant, que les Mages n'arrivèrent à Jerufalem, que plufieurs mois après la naiffance du Fils de Dieu, & que l'on a [23] mal placé la Fête, que l'on a inftituée en mémoire de cet Evénement.

En effet, il eft impoffible de concilier le récit de S. Matthieu avec celui de S. Luc, à moins que de fuppofer, que les Mages ne vinrent adorer J. Chrift qu'un an, ou environ,

Luc II. 22. & fuiv.

après fa naiffance. Selon le récit de S. Luc, Jofeph & Marie vont de Bethlehem à Jerufalem, & de là à Nazareth, immédiatement après la purification de la Vierge: Et felon le

Matth. II. 11.

récit de S. Matthieu, les Mages trouvent J. Chrift à Bethlehem, d'où Jofeph & Marie s'enfuient en Egypte, fans paffer à Jerufalem, & d'Egypte ils vont demeurer à Nazareth. Comment concilier ces deux narrations, en apparence fi oppofées? Rien de plus aifé, pourvû qu'on éloigne l'arrivée

des

des Mages. S. Luc rapporte des circonftances, que S. Matthieu a omifes; mais elles ont précédé celles, que ce dernier a rapportées. Le prémier ne parle que de ce qui arriva à la naiffance de J. Chrift, jufqu'au tems de la purification de la Vierge, & de fon retour à Nazareth: Le fecond au contraire, fupprimant ces circonftances de la naiffance du Seigneur, commence par l'arrivée des Mages, qui a fuivi les événemens que S. Luc rapporte. Voici donc l'ordre naturel des faits. Jofeph & Marie furent obligez de quitter Nazareth, pour fe faire enregiftrer dans la Ville de leur origine, c'eft-à-dire, à Bethlehem, & pendant qu'ils y furent Marie mit au monde J. Chrift. Quarante jours après ils furent l'un & l'autre à Jerufalem, pour offrir à Dieu leur Fils felon l'ordonnance de la Loi, & lui préfenter le facrifice que Marie devoit offrir pour elle-même. De Jerufalem ils s'en retournérent à Nazareth, lieu de leur demeure. Voilà ce que S. Luc raconte, & dont S. Matthieu ne parle point. D'un autre côté voici ce que S. Matthieu rapporte, & que S. Luc ne dit pas. C'eft qu'après avoir demeuré quelque tems à Nazareth, Jofeph & Marie, affermis dans les hautes efpérances qu'ils avoient du Fils miraculeux qu'elle venoit de mettre au monde, & par ce qu'ils avoient appris des Bergers, & par ce que Siméon leur en avoit dit, Jofeph & Marie, dis-je, prirent alors le parti de s'établir à Bethlehem, afin que le Roi, dont David avoit été le type, fût élevé dans la Ville de David. Il eft auffi très-poffible que quelques affaires les ayent appellez à Bethlehem, & les ayent obligez d'y féjourner quelque tems. Quoiqu'il en foit ce fût là que les Mages vinrent adorer Jefus: Ceux-ci étant partis, & Dieu ayant révélé à Jofeph le cruel deffein d'Herode, il prit Marie fa femme avec fon divin enfant, & s'enfuit en Egypte, comme S. Matthieu le rapporte. Auffi le même Hiftorien, nous apprend, que les Mages trouvèrent Jofeph & Marie *dans une maifon.* Ils n'étoient donc plus dans l'Etable, comme à leur prémier voyage, mais dans une maifon particuliere.

Le refte de cette hiftoire Evangelique, nous fournit la matiere de quelques réflexions, que nous allons toucher en paffant.

On y voit d'abord le courage magnanime des Mages, qui, fans craindre la colere d'Herode, le plus jaloux & le plus barbare des Tyrans, vont publier dans fa Capitale, que le Roi des Juifs vient de naître, & que fa naiffance leur a été annoncée dans l'Orient par une Etoile. On y voit enfuite le Trouble que cette nouvelle caufe à Hérode, & répand dans toute Jerufalem: Trouble néanmoins bien different: Celui d'Herode eft caufé par les craintes & par les fureurs d'un Ufurpateur

Vol. V. E e haï,

haï, qui craint que la Providence n'arrache de ses mains sanguinaires le Septre, dont il s'est emparé, & qui entend déja
Jerusalem & la Judée proclamer le Roi, que le Ciel leur envoye. Le trouble de Jerusalem est mêlé de crainte & d'espérances: Elle apprend que son Liberateur est né; mais n'en
connoissant pas le divin caractére, elle craint que sa délivrance ne coûte beaucoup de sang à tout le peuple. Herode as-
sisté par les Romains, ne rendra que par force le Trône,
qu'il a usurpé.

On voit ensuite Herode servir, pour ainsi dire, de guide
aux Mages; & leur apprendre où est le Roi, qu'ils cherchent. Il assemble les Docteurs des Juifs; s'informe où le
Christ doit naître; en instruit les Mages en secret; & la déci-
sion du Sannedrin est aussi-tôt confirmée par l'apparition de
l'Etoile, qui conduit les Mages au lieu, où le Roi des Juifs
étoit retiré. On voit encore dans cette histoire le caractére
d'Herode, qui sait toujours unir l'artifice à la violence. Il
fait venir les Mages en secret, & s'informe exactement du
tems, où l'Etoile leur étoit apparuë, pour savoir quand le
nouveau Roi étoit né. Le dessein caché du Tyran est de faire mourir le Fils de Dieu; mais de le faire mourir sans qu'on
le sache, & avant qu'il soit connû. Par-là il prévient les sédi-
tions qu'un tel crime ne manqueroit pas d'exciter: Et ce dessein;
que la Providence permet, est ce qui sauve la vie aux Mages & à J. Christ lui-même. Il ne les conserve que pour lui servir d'instrumens à découvrir le Sauveur, qu'il craint qu'on
ne lui dérobe, s'il va s'en informer lui même.

On voit encore dans nôtre histoire la politique ordinaire
des Tyrans, qui couvrent autant qu'ils peuvent leurs attentats des prétextes de la Justice & de la Réligion. *Allez*,
dit Herode aux Mages, *Informez vous exactement de cet enfant,
& quand vous l'aurez trouvé, faites le moi savoir, afin que j'aille
aussi l'adorer.* Après ces Réfléxions que nous avons crû devoir faire remarquer au Lecteur, suivons les Mages. Ils partent de Jerusalem; & prennent le chemin de Bethlehem; con-
duits par l'avis qu'Herode leur avoit donné, après avoir con-
sulté les Docteurs de la Nation, sur l'endroit où le Christ devoit naître. Mais, qu'elle fut leur joye, quand l'Etoile,
qu'ils avoient vuë en Orient, leur apparut de nouveau, marchant devant eux à Bethlehem. Ils y arrivent, & la voyent
s'arrêter sur l'endroit où étoit Jesus. Ils entrent dans la Maison, qu'elle leur indique, & y trouvent effectivement le Fils
de Dieu, qu'ils cherchent. Alors, sans hésiter un moment,
ils l'adorent, en se prosternant devant lui, à la maniere des O-
rientaux: Puis *ouvrant leurs trésors*, c'est-à-dire, les vases où
étoient

étoient les préfens qu'il lui deftinoient, ils *lui offrirent de l'Or*,
de l'Encens, & de la Myrrhe. Sans doute parce qu'ils n'avoient
rien de plus précieux; mais ces préfens étoient accompagnez
de fentimens infiniment plus agréables au Seigneur. Une foi
plus précieufe que l'or, & des parfums de bénédictions, de
loüanges, & d'actions de graces, étoient, pour ainfi dire,
l'ame de ces oblations.

On s'eft fort exercé à chercher * des Myfteres dans la Nature de ces préfens. On a dit, que les Mages offrirent de
l'Or à J. Chrift, comme à un Roi, de l'Encens comme à
un Dieu, & de la Myrrhe, dont le principal ufage eft de fervir à embaumer les corps, comme à un homme qui devoit
mourir.

† *Thus, Aurum, Myrrham Regique, hominique, Deoque*
Dona ferunt.

On a eu d'autres penfées de cette forte, mais elles font trop
peu folides pour s'y arrêter. Il vaut mieux obferver, que
cette Vocation que Dieu adreffe auffi-tôt que J. Chrift eft né,
à des fages d'entre les Gentils: & l'obéiffance qu'ils rendent
à la Vocation Divine, fut un heureux préfage, & de la vocation des Gentils en général, & de leur converfion. Ces Philofophes d'Orient furent les glorieufes prémices des Gentils.

Après avoir vû & falué le divin Roi, qui venoit de naître,
ils fe préparoient à aller trouver Herode, comme ils l'avoient
promis. La Piété, non plus que la Charité, *n'eft point foup-*
çonneufe. Mais Dieu les ayant avertis en fonge, de n'aller point Matth.
trouver Herode, ils fe retirèrent dans leur Païs par un autre chemin. II. 12.

* Les Mages ne prefentèrent à Jefus de l'Or, de l'Encens & de la Myrrhe, que parce que c'étoient
des chofes précieufes. Ils pratiquèrent dans cette occafion ce qui fe pratiquoit dans tout l'Orient;
c'eft de n'approcher jamais les Rois, fans leur faire des préfens: non que ces Princes fuffent avares,
mais parce que c'étoit un témoignage d'eftime, de refpect, d'affection & d'obeiffance. C'eft un hommage, que les Orientaux rendoient à leur Princes. Ainfi l'oblation des Mages ne fut qu'un témoignage, qu'ils reconnoiffoient Jefus pour Roi, & même pour leur Roi.
† Juvencus.

Ee z   DIS.

DISCOURS X.

Jesus s'enfuit en Egypte. MATTH. II. 13.15.

ENDANT qu'Herode trame en secret la plus
noire conspiration contre le Fils de Dieu,
& n'attend pour l'exécuter que le retour
des Mages, Dieu, qui les avertit en songe de n'aller point trouver Herode, découvre par le même moyen à Joseph, les
desseins sanguinaires que le Tyran médi-
te, & lui commande en même tems de se
retirer promptement en Egypte, avec Marie & son divin Enfant: *Après que les Mages furent partis, voici un Ange du Sei-*
Matth.
II. 13.15. *gneur, qui apparoit en songe à Joseph, & lui dit, Levez vous,*
prenez l'Enfant & sa Mére, fuyez, en Egypte, & n'en partez
point, que je ne vous le dise; Car Herode fera chercher l'Enfant,
pour le faire mourir. Joseph donc s'étant levé prit l'Enfant & sa
Mére durant la nuit, & se retira en Egypte, où il demeura jusqu'à
la mort d'Herode, afin que ce que le Seigneur avoit dit par le Pro-
phète fût accompli, J'ai appellé mon Fils d'Egypte.

On a vû dans les Discours précédens, les Anges continuellement employez aux Evénemens, qui ont du rapport
à la naissance du Sauveur. L'Ange Gabriel prédit à Zacharie celle de Jean Bâtiste, & à Marie celle de J. Christ
Et lorsqu'il fût né à Bethlehem, un Ange l'annonça aux Bergers, & une multitude d'Armées célestes en célébra la Fête
par un Cantique de bénédictions & d'actions de graces. On
fait aussi, que Joseph, trop juste pour s'unir à une fille, qui
se trouvoit enceinte, & pour la diffamer en la repudiant avec
éclat, un Ange l'avertit en songe de l'innocence de sa Femme, & lui apprit, que le fruit qu'elle portoit dans son sein,
étoit l'ouvrage du St. Esprit. La matière des Discours précédens étant trop abondante, on a renvoyé à celui-ci une reflexion, sur ces fréquentes apparitions des Anges, lorsque le
Seigneur vint au monde.

Il est effectivement bien remarquable, que l'Avénement
du Fils de Dieu semble rappeller les Anges sur la Terre, &
rouvrir le commerce, qu'ils y avoient autrefois avec les Hommes, mais que la malice & la corruption de ces derniers avoient
interrompu. La Nation Judaïque, autrefois si favorisée du
Ciel, avoit perdu depuis longtems la faveur, dont Dieu a-
voit

Matth: II. 14.

Ἰησοῦς φεύγει εἰς Αἴγυπτον.   FUGA IN AEGYPTUM.

The escape of Jesus into Egypt.   *Jesus s'enfuit en Egypte.*

Christi Flucht in Egypten.   De Vlucht na Egypten.

voit honoré fes pieux Ancêtres *;* c'eſt de leur donner fouvent les ordres par le miniſtère de fes Anges; mais à préfent que *Dieu viſite ſon Peuple,* que le Fils promis à Abraham pour être la bénédiction des Nations, va paroitre ; qu'un
nouveau Prophète, tel que Moïſe, mais plus grand encore, va lui donner de nouvelles Loix, les Anges recommen-
cent à fe communiquer aux Hommes, & leurs apparitions
deviennent auſſi fréquentes, qu'elles étoient devenues rares. C'eſt
auſſi ce que nôtre Seigneur fait remarquer à Nathanaël en
ces mots, *vous verrez deſormais le Ciel ouvert, & les Anges mon-* Jean b
ter & deſcendre ſur le Fils de l'homme. On vit effectivement ⁵¹·
lorſque J. Chriſt vint au monde, & depuis qu'il fe fut ma-
nifeſté, la vérité figurée par l'Echelle de Jacob: Les Anges Gen.
deſcendent & montent du Ciel ſur la Terre, & de la Terre, XXVIII.
au Ciel, pour le ſervice, & des Saints en général, & du Saint ¹¹·
des Saints.

Ces fréquentes apparitions des Anges, qui font une preuve de la miſſion divine du Sauveur, deviennent une pierre
de ſcandale pour les Incrédules, qui, comme s'ils étoient les
feuls Sages du monde, & que les Philoſophes des ſiécles paſ-
fez, qui ont reconnû des Intelligences, miniſtres du Dieu
ſuprême, n'euſſent été que des ſuperſtitieux, s'élévent avec
un orgueil profane contre l'exiſtence des Anges, contre leurs
apparitions & les révélations que les Saints en ont reçues. Ils
limitent hardiment la Puiſſance divine, bornent ſes ouvrages à ceux qui nous font connus, & ne conçoivent de perception, de penſée, de choix, d'action libre, ou dirigée par
la volonté, que là où ils voyent un corps organiſé. Comme iis n'admettent dans l'Univers que la matiere & le mouvement, & qu'ils croyent que tout eſt mortel & corruptible,
hormis la ſubſtance éternelle du monde, qui prend ſucceſſi-
vement une infinité de formes differentes: Comme ils nient
l'exiſtence de Dieu, & l'immortalité des Ames, il faut bien
qu'ils nient auſſi l'exiſtence des Anges, ou des Intelligences
ſéparées des corps. On ne doit pas s'arrêter ici à examiner
un fyſteme, qui anéantit & la Réligion & la Morale, qui
ne laiſſe aucune liberté aux Etres intelligens, & qui attribue
à la Subſtance éternelle, à l'Etre infiniment parfait, tout ce
qu'il y a d'erreurs, de crimes, & de maux dans le monde.
On ſe contentera de remarquer, que l'exiſtence des Anges
paroit une ſuite naturelle de l'immortalité de l'Ame, ou du
moins que ce dernier ſentiment rend le prémier plus que probable. Car, fi l'Ame eſt immortelle, fi elle conſerve ſes
facultez & ſes operations, lorſqu'elle eſt ſéparée du corps *;*
fi elle ne peut jamais perdre la penſée, qui eſt ſa proprieté, com.

me la matiere ne peut jamais perdre l'étenduë, qui eſt la
ſienne, il y a donc des Intelligences ſéparées; ou du moins
il peut y en avoir, & l'Ecriture, qui le dit, n'avance rien
que de raiſonnable.

Après cette Réflexion, que nous avons reſervée pour ce
Diſcours, venons à nôtre hiſtoire. *Un Ange apparût en ſonge.*
à Joſeph.

Les Anges ont ſouvent apparu d'une maniere viſible & revêtus d'une forme Humaine. Nous en avons déja vû divers
exemples. Mais d'autres fois, agiſſant ſur l'imagination pendant le ſomeil, ils ont révélé aux Saints par des ſonges, des
Evénemens ſecrets, que la Providence vouloit leur faire ſavoir. Il eſt vrai qu'il eſt difficile de déterminer, à quels ſignes certains & infaillibles, les Fidéles ont pû diſcerner les
ſonges Divins, de ceux qui ne le ſont pas. Cependant les
ſages, fondez ſans doute ſur des Experiences, n'ont pas laiſſé de croire, que la Providence révéle quelques fois ſes Deſſeins par le moyen des ſonges, & c'eſt ſur ce fondement que
des Philoſophes Orientaux, ſe faiſoient une ſorte d'étude de
les expliquer. Car on voit, que Pythagore ¹ alla chez les
Egyptiens, chez les Chaldéens, chez les Arabes, & chez
les Hébreux, pour y apprendre la ſcience d'interpreter les
ſonges. Au fonds il étoit très difficile de poſer des Regles
certaines, par leſquelles on pût diſtinguer, ceux qui ſont ſi-
gnificatifs, de ceux qui ne ſont qu'un jeu de l'Imagination,
qui n'eſt plus guidée par la Raiſon. Peut-être en jugeroit-on
par l'arrangement des idées, qui ſont quelques fois ſi bien aſ-
ſorties, qu'il ſemble qu'un homme éveillé ne ſauroit les mettre dans un plus bel ordre: On pouvoit auſſi en juger par
les diſpoſitions de l'Ame, lorſqu'incertaine de ce qu'elle doit
faire, elle va chercher en Dieu les lumiéres, qui lui manquent, & le prier de lui faire connoitre le parti, qu'elle doit
choiſir. Mais tout cela ne peut neanmoins ſervir de fondement qu'à des conjectures, & ne ſauroit donner une entiere
certitude, que les ſonges, qui ſont une ſuite de ces diſpoſitions de l'Ame, viennent effectivement de Dieu. Il faut d'autres aſſurances; Cependant il eſt conſtant par l'Ecriture, prémiérement, que les Saints ont eu des avertiſſemens divins
par des ſonges; Et ſecondement, qu'ils n'ont pas douté un
moment que Dieu n'en fût l'Auteur. A l'égard du prémier fait, les exemples en ſont en grand nombre: On voit
même des Hommes, qu'on ne ſauroit mettre au nombre des
Saints, avoir eu des révélations divines par des ſonges: Tels
ſont ceux de Nebukadnozor, & de Pharaon, expliquez,
l'un par Daniel, & l'autre par Joſeph. L'Evénement montra,

tra, que les fonges de ces Princes étoient des prédictions : Et à l'égard du fecond fait, on voit les Saints éveillez, fuivre fans balancer les avertiffemens, que Dieu leur a donnez en fonge : On demande donc d'où vient cette certitude ?

On ne croit pas pouvoir répondre à cette Queftion, qu'en difant, que comme ces fonges étoient une operation divine de l'Efprit de Dieu, ou d'un Ange envoyé de fa part, la certitude, que les Saints en ont euë, ne peut-être que l'effet d'une illumination, & d'une operation divine fur l'Entendement. Comme ce n'étoit que par une pareille illumination, que Daniel explica le fonge de Nebukadnozor, & Jofeph celui de Pharaon, ce n'eft que par ce même moyen, que les Saints ont été perfuadez, que leurs fonges étoient des Révélations.

Cela nous engage à remarquer en paffant, que c'eft à la vérité une grande fuperftition, que celle d'ajoûter foi aux fonges. L'Auteur de l'Eccléfiaftique l'a fort bien dit : *L'homme infenfé fe repaît de vaines efperances, & de menfonges, & les fonges élévent les imprudens : Celui qui s'attache aux fonges, eft comme celui qui embraffe une ombre, & qui pourfuit le vent. Les vifions des fonges font comme l'image de l'homme, qui fe voit lui même dans un miroir.* Mais cela n'empêche pas, que Dieu ne fe foit fouvent expliqué par cette voye, & que cela ne puiffe arriver encore. Une Ame, qui croit en Dieu, qui le craint, qui travaille à fa propre purification, par le fecours de la grace ; qui n'ayant d'autre volonté que la fienne, veut fe gouverner par fes confeils, & le fupplie de diriger fes pas : une telle Ame, peut encore avoir des avertiffemens divins, & fe promettre que Dieu ne la livrera pas aux illufions des Démons. Ce n'eft point tenter Dieu, de fe fier à fa Bonté, & ne lui demander rien que ce qu'il voudra faire. Ce n'eft point Fanatifme de croire, que Dieu veille à la confervation des Fidéles, qu'il entend leurs prieres, & qu'il daigne y répondre.

Retournons à Jofeph. L'Evenement fit voir que fes fonges étoient des révélations, & il en fût fi perfuadé, qu'il obeit fans héfiter aux ordres, que Dieu lui donna pas fon Ange : Car dès que ce Miniftre de Dieu lui eut parlé en fonge, *il fe leva en diligence, prit la Mére & l'Enfant, & partit la nuit même, pour fe retirer en Egypte.*

Cet ordre de s'enfuir en Egypte dût étonner Jofeph, & fût peut-être une efpece d'épreuve pour lui. Le Liberateur du monde doit-il craindre la colere & le pouvoir d'Herode, & fe fauver de fes mains par la fuite ? Eft-ce ainfi que Dieu retira d'Egypte ce Peuple, qu'il appelle fon Fils ? Herode eft

Ecclefiaf. XXXIV. 1-3.

Matth. II: 14.

F f 2

eft-il donc plus redoutable que Pharaon? Et n'eft-il pas indigne du maître de toutes chofes, de pourvoir à la fureté de
fon Fils par des moyens, qui ont un air de foibleffe? Cette
objeéion a parû à S. Chyfoftome affez fpécieufe, pour y
répondre dans fa VIII. Homelie fur S. Matthieu: On peut
le confulter, ce qu'il a dit étant folide: Nous y ajouterons
quelques raifons, qui nous paroiffent juftes.

Prémiérement il n'eft point de la fageffe de Dieu, d'employer les miracles fans néceffité. Le tems de frapper Herode n'eft pas encore venu: Il faut le laiffer mettre le comble à fes fureurs. Secondement J. Chrift ne fait jamais de
miracles pour lui-même: Il n'employe point fa puiffance
pour réfifter à fes Ennemis, ou pour les dompter. Il la referve toute entiere aux bonnes œuvres, qui occupent tout le
cours de fon divin miniftère: Ainfi quand les Juifs veulent
le lapider, ou le précipiter du haut d'une montagne; quand
ils forment le deffein de le faire mourir, avant que fon *heure*
foit venue, il ne fait aucun miracle pour les confondre: Il fuit,
il échappe, en fe mettant à couvert de leur violence par la retraite: C'eft la conduite conftante du Sauveur. Enfin, il montre en
venant au monde, qu'il *eft cet homme de douleur, qui fait ce que c'eft*
que langueur: Il eft perfécuté dès le commencement de fa courfe, & deftiné à la mort comme un autre Moïfe, il échappe
au danger, par des moyens, qui fans avoir en apparence rien
de miraculeux, font néanmoins établis par la Providence,
afin de préferver fes jours: *Jefus s'enfuit donc en Egypte.*

L'Egypte avoit été de tout tems l'Afyle de la Nation Judaïque & de fes Péres. Abraham s'y retira, lorfque la famine le contraignit de fortir du païs de Canaan: Il y reçû
avec humanité: Jofeph y vint étant Efclave, mais par fa fageffe il s'eleva aux prémieres Dignitez de l'Etat, & prépara
un afile à fes Freres & à leur poftérité. L'Egypte fût, pour
ainfi dire, le berceau, qui reçût le peuple d'Ifraël, à fa naiffance, jufqu'à ce que s'étant accrû, il fût en état de faire la
conquête du Païs, que Dieu lui deftinoit, & de le remplir:
Il arriva plus d'une fois dans la fuite, que les Ifraëlites, perfécutez dans leur Patrie, allèrent chercher des retraites en E-
gypte, où ils trouvérent & leur fureté, & la liberté de leur
Réligion. Ce fut auffi-là que le Fils de Dieu, perfécuté par
Herode, va attendre la mort du Tyran, & fe mettre à l'abri
de fa violence & de fes embuches.

Comme on a foin d'écarter de ces Difcours, toutes les
Traditions fabuleufes (c'eft la raifon pourquoi l'on n'a rien
dit, ni du nombre des Mages ni de la dignité Roya-
le qu'on leur attribuë) on ne s'arrêtera pas à rapporter, diverfes

fes particularitez, ou fufpectes, ou évidemment fauffes du voyage de J. Chrift en Egypte: On ne les trouve que dans des Auteurs du IV. & du V. fiécle & ce fût dans ces deux fiécles, que l'on inventa & publia une infinité de Légendes fabuleufes, qui ont toujours été en croiffant dans la fuite. On peut les voir fi l'on veut dans un Auteur moderne, qui ne dédaigne pas de les tranfcrire, & qui bien qu'il n'ofe leur donner une entiére créance, fe fait non feulement un fcrupule de les rejetter, mais lance à cette occafion des traits méprifans, & infultans contre ceux qu'il lui plait de nommer Hérétiques. Il dit donc, [3] „ que dès le IV. fiécle la Tra- „ dition de l'Eglife étoit, que J. Chrift étant venu jufques „ dans la Thebaïde (c'eft dans la Haute Egypte) avec Ma- „ rie & Jofeph, & étant entré dans un Temple de la Ville „ d'Hermopole, toutes les Idoles de ce Temple étoient tom- „ bées par terre, & s'étoient brifées: Que Ruffin, ou celui „ au nom du quel il parle, dit, qu'il avoit vû ce Temple „. Cela eft fort poffible. Les Temples des Egyptiens ont fub- fifté long-tems après la mort de J. Chrift. Mais *Ruffin* ou le témoin qu'il cite, avoit il vû les Idôles de ce Temple tomber, & fe brifer aux pieds du Sauveur? Voir un Temple, eft-ce une preuve des Prodiges, qu'on dit y être arrivez trois ou quatre cents ans auparavant?

Pour confirmer encore un fait fi peu vraifemblable, & même fi fabuleux, l'Auteur moderne, dont nous parlons, allégue le témoignage de S. Jerôme, *qui, pourfuit-il, ne s'éloigne pas de dire, que tous les Démons avoient tremblé en Egypte, à l'Entrée de J. Chrift, & que les Idôles avoient commencé dès lors à tomber.* Cet Auteur prend pour un témoignage de S. Jerôme, ce qui n'eft qu'un mot hardi, une exageration d'Orateur. Il cite enfin un endroit de l'Hiftorien [4] Sozomene, qui a écrit, fur la foi de la Renommée, *que la creance des Egyptiens* (c'eft-à-dire, des Moines, & peut-être de quelques autres Chrêtiens d'Egypte) *étoit que J. Chrift vint à Hermopole, & que lorfqu'il y entroit, un grand Pêcher, qui étoit à la porte, fe courba jufqu'à terre, pour l'adorer.* Sozomene ajoute, „ que l'on te- „ noit que cet arbre fubfiftoit encore de fon tems, c'eft-à- „ dire dans le V. fiécle, & que fes feuilles operoient des „ guérifons miraculeufes. Voilà les beaux exploits, & les beaux témoignages, *que les Hérétiques*, dit l'Auteur, *n'ont pas droit de rejetter.* Auffi ceux qui les rejettent ne font-ils pas Hérétiques; mais ce ne font pas non plus des aveugles, ni des Efprits ridiculement crédules, ni les dupes des Fables Monacales, qui bien loin de faire honneur à la Réligion, l'expofent à la moquerie des Incrédules. Si la préfence de

Jefus

Jefus Chrift en Egypte eut operé tant de merveilles, l'Hiftorien facré les eut il ignorées? Les eut il fupprimées? Quand
ce n'auroit été que pour juftifier la fuite du Seigneur.

L'Ange ordonne à Jofeph, de demeurer en Egypte jufqu'à la mort d'Herode, qu'il favoit bien n'être pas éloignée,
puifqu'en effet il mourut d'une mort digne d'un tel Tyran,
peu de mois après. S. Matthieu finit ce morceau de l'Hiftoire de J. Chrift, par cette réflexion: *Afin que fût accompli, ce
que le Seigneur avoit dit par le Prophète,* (c'eft Ozée chap. XI.)
J'ai rappellé mon Fils de l'Egypte. S. Matthieu a abrégé le paffage d'Ozée, qui eft conçû en ces termes. *Ifraël eft mon Fils;
Je l'ai aimé dès fa jeuneffe, & je l'ai retiré de l'Egypte.* Il l'a a-
brégé, non pour le tronquer, mais parce qu'il l'applique à J.
Chrift, & qu'en même tems il l'explique dans un fens myftique, felon la méthode des Juifs.

S. Jerôme nous apprend, dans fon Commentaire fur l'on-
zième Chap. d'Ozée, que l'Empereur Julien, devenu ennemi déclaré de la Réligion Chrétienne, avoit ofé tourner en
ridicule l'Auteur facré, pour avoir, comme il le prétend,
abufé du paffage du Prophète, & appliqué à J. Chrift un
Oracle, qui appartient évidemment à la délivrance des Ifraëlites, que Dieu retira d'Egypte. Mais Julien n'entendoit pas
la Théologie des Hébreux, ni leur méthode d'expliquer les
anciennes Ecritures: méthode que S. Matthieu, qui étoit
Juif, n'a fait que fuivre, avec cet avantage, que les Docteurs Hébreux n'avoient pas, c'eft qu'il étoit dirigé dans l'explication de l'Ecriture par les lumiéres du S. Efprit: Il faut
développer ceci avant que de finir ce Difcours. *

Il y a deux manieres d'entendre la citation de S. Matthieu.
On peut la confiderer, ou comme une fimple application de
l'Oracle d'Ozée, ou comme une explication myftique du
même Oracle. Prémiérement, comme une fimple application, fondée fur la conformité des Evénemens: Dieu envoye fon Peuple en Egypte, pour l'y conferver. Il l'en fait
fortir, & il appelle ce Peuple *fon Fils*, parce qu'il lui eft cher,
& parce qu'il l'a nourri & élevé. Dieu envoye de même en
Egypte J. Chrift, qui eft véritablement fon Fils, pour le
mettre à couvert de la perfécution d'Herode, & le rappelle
enfuite dans fa Patrie. Cette conformité a donné occafion
à S. Matthieu, d'appliquer à J. Chrift, ce qu'Ozée a dit du
Peuple d'Ifraël, & l'on ne fauroit nier que l'application ne
foit très jufte. Un illuftre & judicieux Interprête de l'Ecriture fainte[5] a adopté cette explication, & s'en eft fervi pour
                                                          jufti-

_____

* On a parlé de ces explications myftiques dans le Difcours préliminaire.

justifier S. Matthieu. Mais si l'on veut prendre l'Oracle d'O-
zée, cité par l'Evangeliste, comme une Prophétie, à cause
de ces mots, *Afin que fût accompli ce que le Seigneur avoit dit
par un Prophète*, il faut supposer un principe, qui étoit établi parmi les Docteurs Juifs : C'est que quantité d'Oracles du Vieux Testament ont deux sens ; l'un prochain,
découvert, que l'on peut appeller litteral, & que le Prophète a évidemment voulu exprimer ; l'autre éloigné, mystique,
qui convient bien aux termes dont le Prophète s'est servi ; mais
qui semble n'avoir été que dans l'intention de l'Esprit, qui
l'a fait parler. Le prémier sens se présente de lui-même au Lecteur ; mais le second n'a pû être connu que de l'Esprit de Dieu,
qui a dicté les Oracles, & ne pouvoit être enseigné que par
lui : C'est ce que S. Pierre nous apprend, quand il dit, qu'il [II. Pier.]
n'appartient point aux particuliers, qui n'ont d'autres lumié- [I. 20, & 21]
res que celles de leur propre génie, d'expliquer les Prophéties
& qu'il n'y a que l'Esprit de Dieu, qui a inspiré les Prophètes, qui puisse en révéler le véritable sens. Je paraphrase les
paroles de S. Pierre, en les rapportant. On peut choisir de
ces deux manieres d'expliquer S. Matthieu, celle que l'on
trouve la plus juste, & la plus convenable. L'une & l'autre
sont suivies par des savans Interprètes.

On a dit un mot des faux miracles, que des Anciens ont
attribué à J. Christ, pour embellir à leur maniére l'histoire
de sa fuite en Egypte. Un savant Critique en a remarqué
l'origine, & a montré, qu'ils ont été imaginez, à l'occasion
de quelques passages de l'Ancien Testament, que les Péres
ont regardé comme des Prophéties de ce que J. Christ devoit
faire. L'endroit est beau : Et celui qui va parler, est le même que [6] l'Auteur moderne, qui rapporte ces miracles, a
traité d'Hérétique : „ C'est de là, [7] dit-il, des passages de
„ l'Ancien Testament, que l'on a regardé comme des Pro-
„ phéties qui concernoient J. Christ, qu'est venu la pensée,
„ qu'il est né dans une Caverne ; que les Mages étoient A-
„ rabes ; qu'il y avoit un Beuf & un Ane, dans la Caver-
„ ne ou l'Etable, dans laquelle Marie le mit au monde. De
„ là vient encore la Fable, que les Idôles d'Egypte tombé-
„ rent, quand J. Christ entra dans ce païs-là. Sozomene le
„ dit assez clairement, puisqu'après avoir rapporté ce fait, il
„ allégue comme une prophétie cet endroit d'Esaïe : *Il entre-* [Es. xix,]
„ *ra en Egypte, & les Idôles tomberont à sa présence*, quoique [1.]
„ le Prophète ait voulu dire tout autre chose. On a crû aussi
„ trouver une prophétie dans les paroles de Jérémie XLIII. 13.
„ que S. Epiphane allégue comme un Oracle : Il en est de
„ même, de ce que l'on a dit du Désert d'Egypte qu'il fut

fré-

„ fréquenté & en vénération , depuis que J. Chriſt y entra:
„ On a cru cela fondé ſur les paroles d'Eſaïe, Chap. xxxv. 1.
„ quoique le Prophéte parle du Déſert de Judée. " C'eſt
par la même raiſon, que l'on a fait des Mages, qui n'étoient
que des Philoſophes, autant de Rois.   Ayant trouvé ces paroles dans le Pſ. LXXII. 10. 11. *Les Rois de Tarſis & des Iles
lui offriront des dons , les Rois de Sheba & de Seba lui apporteront
des preſens: Tous les Rois ſe proſterneront devant lui*, on s'eſt
imaginé que les Mages étoient des Rois & des Rois de *Seba* en Arabie.

D I S.

Ἡρώδης ἀνειλεῖν τὰς παῖδας τῆς ἐν Βεθλεέμ.   Matth. II. 16.   INFANTICIDIUM HERODIS.
Herodis tempore occinunt τας Children iu Bethlehem.   Herodes fiet mourir les infans de Bethléem.
Herodes lässet die Kinder zu Bethlehem tödten.   Herodes Kindermord.

DISCOURS XI.

Herode fait mourir les Enfans de Bethlehem. Matth. II. 16-18.

E font de dangereux Confeillers que les Paffions humaines, quand on s'y abandonne fans confulter la Raifon, qui eft deftinée à leur fervir de frein: Combien de faux pas, & de démarches honteufes & funeftes, ne font elles pas faire! Quelle matiere ne préparent elles pas au repentir! Sur tout quand ce font des paffions farouches & fanguinaires, & qu'elles font foutenuës du Pouvoir. Herode en eft un exemple bien trifte, & bien mémorable: Après avoir trempé fes mains dans le fang de fes Rois & de fa propre famille, il les trempe enfin dans le fang d'une multitude d'innocens: *Herode,* dit S. Matthieu, *voyant que les Mages s'étoient* Matth. 11. 16-18. *moquez de lui, fe mit en fureur, & envoya tuer tous les enfans, qui fe trouvèrent dans Bethlehem & dans tout fon territoire, depuis l'âge de deux ans & au-deffous, felon le tems dont il s'étoit exactement informé des Mages. Ce fut alors que s'accomplit cette parole du Prophète Jérémie: On a ouï des cris dans Rama, des lamentations, des plaintes, & de grands gémiffemens; Rachel pleurant fes enfans, & ne voulant point recevoir de confolation, parce qu'ils ne font plus.*

Herode comptant fur fes artifices, s'attendoit que les Mages, après avoir trouvé & adoré le Roi des Juifs, viendroient lui dire où ils avoient laiffé cet Enfant, quel en étoit le Pére & la Mére, comment on pourroit le reconnoître; Avec ces inftructions il pouvoit fe défaire fécrettement de ces trois perfonnes avant que le bruit de la naiffance du nouveau Roi fe répandit: & fuppofé qu'on en parlât parmi le Peuple, il étoit aifé de faire paffer ce bruit pour une fable, inventée par des féditieux, qui cherchoient à troubler la paix de l'Etat. On n'informe point des crimes des Rois, ils ont mille moyens de les enfévelir dans les ténébres, &, s'ils éclattent, manquent ils de couleurs pour les juftifier? Après tout la néceffité les excufe.

Telles étoient vraifemblablement les intentions fécrettes d'Herode: mais lorfqu'il fe vit trompé par les Mages, il prit la barbare réfolution, *de faire maffacrer tous les Enfans, qui fe trouvoient à Bethlehem, & dans tout fon Territoire,* afin que le Fils de Dieu, qu'il ne pouvoit connoître, fût enveloppé dans un maſſacre général.

L'inhumanité de cette action ſe ſent mieux, qu'on ne peut l'exprimer. Ce ſont des Enfans, que les plus Barbares ont coûtume d'épargner, lors même que les Péres ſont coupables. La foibleſſe & l'innocence de leur âge, leur ont ſouvent ſervi de ſauve-garde contre la cruauté d'un Ennemi offenſé, irrité, victorieux, & l'ont deſarmé. Cependant ce ſont des Enfans, dont les Péres innocens eux-mêmes, portent ſans murmurer le joug du Tyran, & n'ont d'autre crime, que d'habiter la ville de David, & peut-être de deſcendre de ce Prince : Les Péres infortunez ſe ſont ils *moquez d'Herode* ? Ont-ils trahi ſa confiance ? Sont ils complices de ces Mages, que la Providence a dérobez à ſa pourſuite ? Le nombre des Enfans égorgez fut très grand. Car bien qu'il ne faille a-jouter aucune foi aux Légendes des Grecs, qui en comptent juſqu'à quatorze mille, ce qui eſt tout à fait abſurde, ¹ Beth-lehem n'étant qu'une petite Ville, ou un Bourg d'une médiocre étendue, & ſon Territoire ne pouvant être fort grand; Bien qu'il ne faille, dis-je, ajoûter aucune foi à ces Légen-des, on ne peut douter, qu'il n'y eut dans le Bourg, & dans les environs, un grand nombre d'Enfans *de deux ans & au deſſous.* D'ailleurs, il eſt bien vraiſemblable que les bar-bares Exécuteurs des ordres d'Herode, comprirent dans le maſſacre des Enfans au deſſus de deux ans : Car à quelles marques les diſtinguer de ceux qui n'avoient que cet âge, ou qui ne l'avoient pas atteint ? * Cette Exécution ſe fit par des ſoldats, eſclaves des volontez des Tyrans, qu'ils ſervent, & pour l'ordinaire plus capables d'outrepaſſer leurs ordres, que de les moderer.

C'eſt ainſi qu'Herode, uſurpateur du Trône de Judée, renouvelle la déteſtable politique de Pharaon, qui craignant que les Hébreux ne ſecoüent ſon joug, & ne deviennent en-fin les maîtres de ceux qui les oppriment, voulut faire périr tous les Enfans mâles de cette Nation: Mais la Providence donne auſſi un nouvel exemple de ſon attention à confondre les projets des Princes de la Terre, qui oſent faire la guerre à Dieu & à ſes Oints. Moïſe échappe à Pharaon, & J. Chriſt à Herode; mais Herode & Pharaon n'échappèrent pas à la vengeance Divine.

Il ſeroit difficile de repréſenter les larmes, que fit couler cette horrible exécution, les cris, le déſeſpoir qu'elle excita

dans

---

* Il eſt dit, qu'Herode *envoya*, c'eſt-à-dire, *des ſoldats.* Cela eſt clair, pourvû que l'on confronte ce que dit ici S. Matthieu avec Marc vi. 17. Jean vii. 32. 1. Rois xxi. 11.

dans Bethlehem & dans fon Territoire. S. Matthieu, tout infpiré qu'il eft, n'ayant point d'expreffion affez forte, pour repréfenter toute l'horreur de cette action, a eu recours à une figure, que le Prophète Jérémie avoit deja employée dans une autre occafion; Mais comme elle convenoit encore mieux à l'Evénement tragique, que décrit l'Auteur facré, il dit, que cette figure eut alors fon accompliffement: *On vit alors,* dit S. Matthieu, *dans le maffacre des Enfans de Bethlehem, s'accomplir, ce qui a été dit par le Prophète Jérémie: un grand bruit a été entendu dans* * *Rama: On y a ouï des plaintes & des cris lamentables, Rachel pleurant fes enfans, & ne voulant point recevoir de confolation parce qu'ils ne font plus.*

Le Prophète Jérémie avoit employé cette éloquente figure [2] à l'occafion de la captivité des dix Tribus. Pour donner une idée de la douleur, que caufa cette captivité, il introduit Rachel, fortant de fon tombeau, & pleurant à la vuë de ce trifte fpectacle. Les larmes des vivans ne fuffifoient pas, pour pleurer un fi grand malheur: Il faut y joindre celles des morts, & fur tout de Rachel, dont le tombeau étoit fitué fur le chemin, par où pafsèrent les dix Tribus, quand on les mena en efclavage. Leurs cris perçans la firent, pour ainfi dire, fortir de fon fépulcre, & fondre en larmes, dans la crainte que ces Tribus ne fuffent pour jamais arrachées à leur Patrie. La figure eft admirablement belle, & fort bien appliquée: Les Prophètes étant les Prédicateurs du peuple, ils ne font pas moins Orateurs que Prophètes, & comme tels ils fe propofent de toucher.

S. Matthieu a le même but, & dans cette vuë il applique au meurtre des Enfans de Bethlehem la penfée & les expreffions de Jérémie: Et certainemeut c'eft avec beaucoup de raifon. Si l'affliction fût moins générale dans le maffacre des Enfans de Bethlehem, elle eut quelque chofe de plus touchant & de plus amer, parce que l'action, qui en fût la caufe, fût bien plus injufte & plus cruelle. Quel défefpoir pour les Péres & les Méres, de voir leurs Enfans égorgez entre leurs bras, par les ordres d'un Prince, qui devoit être leur Protecteur, & non par ceux d'un Ennemi victorieux! Certainement, fi le Prophète fait verfer des larmes à Rachel à la vuë de fes Enfans menez en captivité, voici un fpectacle bien plus digne de fes larmes: Si quelque chofe pouvoit ranimer les cendres des morts, & les rendre encore fenfibles, ne feroient-ce pas des cruautez fi énormes?

Difons

Jérem.
xxxi. 15.

---

* *Rama* étoit une ville de la Tribu de Benjamin, Jof. 18. 25. Elle étoit de la dépendance du Royaume d'Ifraël, fituée au Septentrion par rapport à Jerufalem, & à fix mille pas de cette Capitale. Rel. Pal. Sac. lib. III. p. 711.

Difons pourtant quelque chofe fur les motifs, ou les raifons qui portèrent Herode à un fi horrible attentat: Car quelque méchant, qu'il fût, il eft au moins bien vraifemblable qu'il n'en vint là, que par dégrez.

Il faut donc convenir, que fon deffein ne fût pas d'abord, d'en ufer d'une maniere fi barbare. Il eft conftant qu'il regardoit le nouveau Roi, dont les Mages lui avoient parlé, comme un Roi temporel, & par confequent comme un Prince, qui le depouilleroit un jour, lui, ou les fiens. Or que ne peut point fur des Ames ambitieufes la jaloufie de l'Autorité fouveraine, lors fur tout qu'elles en font en poffeffion? Et quel Prince laiffa jamais vivre celui qu'il regarde comme fon fujet, étant né dans fon Etat, quand il afpire au Trône? D'ailleurs Herode étoit alors, plus que jamais, plein de foupçons & de défiances, parce qu'il avoit déja découvert plufieurs confpirations contre fa perfonne. Rappellons les faits dont nous avons parlé dans quelques Difcours précédens. Hérode ne pouvoit ignorer, que les Juifs croyoient que la venuë de leur Liberateur étoit proche. Il eft bien difficile, qu'il n'eut rien ouï dire de la vifion des Bergers, & des Difcours que Simeon avoit tenus dans le Temple, lorfque le Seigneur y fût préfenté à Dieu: Apparemment il méprifa d'abord toutes ces nouvelles comme des bruits populaires, mais il n'en fut pas de même, quand il vit des Philofophes venir d'Orient, & lui parler d'une Etoile, qui leur étoit apparuë, & d'un Roi des Juifs, dont elle annonçoit la naiffance: Alors il prête l'oreille, il s'informe, & penfe à s'affurer de la perfonne de cet Enfant, & à le faire mourir lui feul, tout au plus avec fon Pé- & fa Mére: C'eft pour cela qu'il tâche de tromper les Mages, & de leur perfuader, qu'il eft prêt de reconnoitre le Roi, qu'ils viennent adorer. Mais quand il vit, que les Mages s'en étoient allez fans le venir trouver, il ne douta plus qu'il n'y eût à Bethlehem, lieu qui lui étoit fufpeĉt, parce que c'étoit la Patrie de David, & à caufe de l'Oracle de Michée, quelque Enfant, que l'on difoit être le Roi des Juifs, & qu'on lui cachoit pour le furprendre & le détrôner.

Faifons encore une obfervation, qui peut diminuer l'atrocité du crime d'Herode: Cela n'eft pas inutile pour rendre probable un fait, qu'il plaît aux Incrédules de révoquer en doute. Il eft donc très vraifemblable; qu'avant que d'en venir à un maffacre général de tant d'innocens, Herode envoya fur les lieux des perfonnes de confiance, pour tâcher de découvrir l'Enfant, qui lui étoit fufpeĉt, & que ces perfonnes, après avoir fait toutes les perquifitions poffibles, lui rapportèrent qu'il ne fe trouvoit point. Sans ce préalable, on ne
com-

comprend pas l'action barbare d'Herode: Tout cruel qu'il é-
toit, il ne l'étoit pas fans raifon, ou fans prétexte, & il n'en
auroit point eu, fi l'on ne fuppofe l'examen dont on vient
de parler. Il eft donc perfuadé, que les habitans du territoire de Bethlehem ont confpiré contre lui, & qu'ils cachent
à deffein le nouveau Roi, dont les Mages lui ont parlé:
Voilà, fi je ne me trompe, la véritable caufe du maffacre de
tant d'Innocens: Trifte exemple d'une fureur auffi aveugle
qu'elle eft impie & inhumaine.

Herode étoit Juif, & s'il ne l'étoit pas d'origine il étoit
au moins d'une Famille de Profelytes. Il faifoit profeffion
de la Religion Judaïque: Il avoit voulu même fe fignaler
par une preuve éclatante de fon attachement à la Religion,
en faifant rebâtir le Temple de Jerufalem avec une magnificence, qui fembloit furpaffer les forces d'un petit Roi de Judée. On devroit donc fuppofer qu'il croyoit aux Prophètes.
Et fi cela eft, comment veut-il faire mourir au berceau le Roi,
que tant de Prophètes ont promis; renverfer les deffeins éternels de la Providence, faire mentir les Oracles, & enlever à
Ifraël fes plus chéres efpérances? Que ce projet eft impie &
infenfé tout enfemble! Ignore-t-il ce qu'a dit le Prophète,
dans le Pf. 11. *des vaines confpirations des Rois & des Peuples
contre le Seigneur & contre fon Oint?* Il ne l'ignore pas fans doute; mais il ne le croit point. Combien Herode a t-il eu de
de pareils? Souvent les Maîtres des Nations veulent de la
Religion dans les Peuples, pour en être obéïs, & ils n'en veulent point pour eux mêmes, afin d'ufer de leur pouvoir fans
moderation, & fans bornes, & fans craindre d'en rendre compte au Roi des Rois.

Telle eft l'hiftoire que S. Matthieu rapporte, & que certaines gens voudroient rendre douteufe, fous prétexte que
Jofephe n'en parle point; lui qui nous a rapporté tant d'actions
cruelles de ce Prince, comment auroit-il omis celle-ci, qui
dût faire beaucoup de bruit, & exciter l'indignation de toute la Judée contre leur Roi?

Voici ce que nous avons à dire, pour réfoudre cette difficulté. Prémiérement, il eft certain que S. Matthieu, confideré comme fimple Hiftorien, doit être crû fur un fait,
qui s'eft paffé de fon tems, & qu'il n'eut jamais avancé, s'il
n'eut pas été conftant: Il n'a pas deffein de noircir, ce prémier Herode, lui qui parle avec tant de moderation, de celui qui fit mourir Jean Bâtifte. En 2. lieu, quoique S. Matthieu foit le feul, qui rapporte cette action du Tyran, ce
n'eft pas une raifon de revoquer en doute fon témoignage:
Nous avons plufieurs Hiftoriens d'un même tems, & des mê-

mes Règnes, un Tacite, un Suetone, &c. &c. Ne fuffit-il pas qu'un de ces Hiftoriens rapporte un fait, bien qu'il foit omis par les autres? En 3. lieu, Jofephe, tout exaĉt qu'on le croit, a-t-il donc rapporté toutes les aĉtions d'Herode, fans en omettre aucune? Il n'a pû favoir les faits que par des Mémoires, & ces Mémoires n'ont-ils rien omis? Enfin, il eft très poffible, que le Meurtre des Enfans de Bethlehem ait paffé pour la fuite de quelque fédition excitée, foit à deffein par les Emiffaires du Tyran, qui avoit un grand intérêt de cacher fes motifs; ou par la réfiftance des Pères & des Mères, qui vouloient défendre leurs Enfans. Ainfi tout ce carnage fut regardé comme la vengeance de quelque mutinerie; ou comme l'effet d'une querelle entre des Soldats & des Citoyens. Le fait étant déguifé de la forte, n'a pas été rapporté par Jofephe, dont le filence après tout ne peut balancer le témoignage formel & précis d'un Hiftorien, qui n'eft fufpeĉt, ni de menfonge ni de paffion.

On n'allégue point celui de Macrobe, Auteur Payen, très eftimable par fon favoir, & refpeĉtable par fa Dignité. * Voici ce qu'il dit, en rapportant les bons mots d'Augufte. [3] „ Ce „ Prince ayant ouï dire, que, parmi les Enfans de deux ans, „ & au deffous, qu'Herode avoir fait mourir en Syrie, il y „ avoit un de fes propres Fils, dit, qu'il valloit mieux être „ le Pourceau d'Herode que fon Fils. " Ce paffage a paru fufpeĉt de falfification à quelques Savans. Ils n'ont pas douté qu'Augufte n'ait dit ce mot; ils ont crû feulement qu'il l'avoit dit à l'occafion de la mort tragique d'*Alexandre*, d'*Ariftobule* & d'*Antipater*, trois Fils d'Herode, que ce barbare Père fit mourir; mais non à l'occafion du meurtre des Enfans de Bethlehem, dans lequel il n'y a nulle apparence qu'aucun Fils d'Herode ait été compris. Nous ne prétendons nullement appuyer la falfification du Paffage de Macrobe. Il nous paroit plus vraifemblable, que cet Auteur, inftruit de l'hiftoire tragique des Enfans de Bethlehem, puifqu'elle étoit dans les Livres des Chrétiens, qui étoient communs à Rome, en a fait mention en rapportant le mot d'Augufte, & qu'il a crû qu'un Fils d'Herode fe trouva enveloppé dans le maffacre. En ce cas là, c'eft une Erreur de Macrobe, & non une falfification de fon Livre.

* Il a fleuri vers la fin du iv. fiécle.

Luc. II. 40.

Ἰησοῦς ἐν μέσῳ γραμματέων. JESUS IN MEDIO MAGISTRORUM.
Jesus sitting in the midst of the Doctors. Jesus au milieu des Docteurs.
Jesus sitzend mitten unter den leerern. Jesus in't midden der Leeraren.

A. Houbraken del.   de Bleer sculp.

DISCOURS XII.

Jesus au milieu des Docteurs. Luc II. 41-50.

L n'eſt pas ſans exemple que des Hommes extraordinaires, ayent donné dès leur enfance, des marques de leur grandeur future. C'eſt ainſi qu'Alexandre, n'ayant encore que ſept ans, fit à des Satrapes des queſtions, qui ſembloient ne convenir qu'à un homme conſommé dans les affaires, & que les Ambaſſadeurs d'Ochus, Roi de Perſe, après avoir entendu ce jeune Prince, ne purent s'empêcher de dire: [1] *Cet Enfant eſt un grand Roi.* L'Hiſtoire fournit d'autres exemples d'une Sageſſe & d'une Prudence, qui paroiſſent prématurées, mais ils ne ſauroient être mis en parallele avec celui du Sauveur, dont la Sageſſe & la Prudence auſſi bien que la Perſonne ſont hors de toute comparaiſon. Nous l'allons voir, à l'âge de douze ans, donner dans une aſſemblée de Docteurs, les prémiers eſſais de ce qu'il devoit être un jour: & répandre les prémiers rayons de la Lumiere divine, dont il devoit éclairer le monde. *Son Père & ſa Mère* dit S. Luc, *alloient tous les ans à Jeruſalem, à la Fête de Pâques, Quand donc Jeſus eut atteint l'âge de douze ans, ils allèrent à Jeruſalem, comme c'étoit la coûtume au tems de cette Fête. Lorſqu'elle fût finie, ils s'en retournèrent, mais l'Enfant Jeſus demeura à Jeruſalem, ſans que Joſeph ni ſa Mère s'en apperçuſſent.* Luc ii. 41-43.

La Loi avoit ordonné aux Iſraëlites de ſe préſenter trois fois l'année devant Dieu, réſidant dans ſon Tabernacle, & depuis dans ſon Temple, & cela au tems des Fêtes ſolemnelles de la Pâque, de la Pentecôte, & des Tabernacles. Une des principales vuës du Légiſlateur, en raſſemblant ainſi tout le Peuple dans un même lieu, étoit de cimenter l'union des membres, qui le compoſoient, parce que mangeant enſemble, fréquentant le même Temple, & adorant le même Dieu, ils apprenoient à ſe connoître, & à s'entre-aimer. Cet ordre ne regardoit néanmoins que les hommes; mais les femmes pieuſes étoient bien aiſes de participer à la Dévotion publique, & accompagnoient leurs maris, ſur tout à la Fête de Pâque, lorſque cela étoit poſſible. 1. Sam. i. 21.

La même Loi qui obligeoit les Pères, obligeoit les Enfans mâles, dès qu'ils étoient en état, de faire le voyage de Jeru-

ſalem

falem, & de prendre part au Culte. Delà vient que Joseph
& Marie, ménerent l'enfant Jesus, lorsqu'il eut atteint l'âge
de douze ans: ² c'étoit en effet l'âge préscrit par les Docteurs Juifs.

Joseph & Marie, ayant demeuré à Jerusalem, pendant les
huit jours que duroit la Fête, s'en retournoient à Nazareth:
Et comme les Parens, les Amis, les Citoyens d'une même
Ville, faisoient le voyage ensemble, ils ne s'apperçurent que
le soir du jour de leur départ, que Jesus n'étoit point avec
eux. Il est vraisemblable, qu'en sortant de Jerusalem, il s'é-
toit joint à quelque Troupe de personnes connuës, & que
Joseph & Marie croyant qu'il les suivoit dans cette compagnie, marchèrent tout le jour sans le chercher, ne doutant
pas qu'il ne les rejoignit le soir, à l'endroit, où ils devoient
passer la nuit: Mais quelle fût leur surprise! quand ne le voyant pas arriver, ils le cherchent parmi leurs Proches & leurs
Amis, & ne le trouvent point. Cependant, comme il é-
toit tard, ils sont contraints de passer la nuit au lieu, où ils
s'étoient arrêtez: Le lendemain ils retournent à Jerusalem,
où ils ne peuvent arriver que le soir: Et ce n'est que le sur-
lendemain, qu'ils trouvent Jesus dans le Temple, assis parmi les Docteurs. C'est ainsi qu'il faut expliquer ce que dit
S. Luc: *Trois jours après leur départ, ils trouvèrent Jesus dans
le Temple.*

Luc II.
46.

Il est naturel de demander ici, dans quel endroit du Temple Joseph & Marie trouvèrent Jesus, & comment il pouvoit
être assis, parmi les Docteurs ; puisque les Docteurs étoient placez en des espèces de chaires, ou de bancs élevez, & que les
Disciples se tenoient à leurs pieds. Il faut répondre à ces
deux objections.

Pour répondre à la prémiére, il faut donner une idée générale de la construction du Temple. Ce superbe Edifice
étoit divisé en trois parties principales, qui étoient proprement le Temple. La prémiére étoit le *Lieu très-saint*, ou *le
saint des saints*, dans le lequel Souverain Sacrificateur, avoit
seul le privilége d'entrer une fois l'année, le grand jour de la
Fête des Expiations, qui se célébroit au mois de Septembre.
La seconde étoit appellée le *Lieu saint*. Les Sacrificateurs en tour
entroient tous les jours, le matin & le soir, pour y offrir le
parfum à l'heure de la priére, & allumer les Lampes. La
troisième étoit *le Parvis*, ou la Cour partagée en deux parties;
l'une étoit occupée par les Sacrificateurs, qui offroient les
victimes, & l'autre par le Peuple. Mais cette grande Cour,
ou Parvis étoit environné de Portiques, dans lesquelles il y
avoit

avoit divers appartemens, deſtinez aux Miniſtres du Tem- Neh. A 39. E-zech.
ple, aux vaſes ſacrez, aux habits ſacerdotaux, aux offrandes xxxv. 21. xxxvi.10.
des Fidéles, aux Doƈeurs, qui s'y aſſembloient, & don- xl. 17. Jerem.
noient des leçons à leurs Diſciples. J. Chriſt lui-même s'y trou- xxxvi. 20. II. Sam. xvi.
va plus d'une fois avec les ſiens, & y enſeigna depuis qu'il eut 18.
atteint l'âge, où il étoit permis de le faire, & qu'il eut com- Marc vii. 41. Luc
mencé ſon miniſtére. xxi. 2. 20.

Ce fût dans une de ces chambres, où les Maîtres enſeignoient, que Joſeph & Marie trouvèrent Jeſus *aſſis* parmi les
Doƈeurs, & faiſant leur admiration. ³ Philon nous apprend,
dans la déſcription des mœurs des Eſſeniens, comment les
Doƈeurs & leurs Diſciples étoient aſſis dans les Synagogues; les prémiers en des chaires élevées, comme on l'a déja dit, & les ſeconds à leurs pieds, ou ſur des bancs, ou à
terre ſur des nattes. S. Paul fait alluſion à cette coûtume,
quand il dit, qu'il avoit *été inſtruit aux pieds de Gamaliel*, & Aƈ. xxii. 3.
l'on en voit un exemple dans Marie, qui écoutoit J. Chriſt
étant aſſiſe à ſes pieds. On prétend même, que ce n'eſt que Luc x.39.
depuis le tems de Gamaliel, que les Diſciples ont eu la liberté de s'aſſeoir devant leurs Maîtres; car auparavant ils ſe
tenoient debout. Auſſi voit on que J. Chriſt ſeul étoit aſſis, Matth.
quand il enſeignoit le peuple, & que le peuple écoutoit de- xiii. 15. Marc iv.
bout ſes divines inſtruƈions. 1.

On, demande en ſecond lieu, comment Jeſus, qui n'étoit
qu'un Enfant de douze ans, & dont on ne connoiſſoit pas
encore la perſonne & le divin mérite, pouvoit être *aſſis* parmi
les Doƈeurs; & même *au milieu des Doƈeurs*, car il y a ainſi
dans l'Original, ce qui ſemble lui donner un air de Préſident,
& de Chef de l'Aſſemblée. Pour réſoudre cette Queſtion,
il faut remarquer d'abord, que l'expreſſion, *au milieu* ne ſi- Luc ii. 46.
gnifie ordinairement que *parmi*, & que le mot Grec, qui
veut dire *être aſſis*, eſt ſouvent employé pour dire ſimplement
être préſent, être dans un lieu. Ainſi tout ce que S. Luc veut
dire, c'eſt que Jeſus étoit dans l'aſſemblée des Doƈeurs; car
quelle apparence y a-t-il qu'un Enfant de cet âge, fût allé ſe mettre lui-même dans la prémiére place d'honneur parmi des Vieil-
lards & des Maîtres? Et quelle apparence d'autre côté, que
ces Maîtres euſſent mis cet enfant au milieu d'eux, &
l'euſſent inſtallé, pour ainſi dire, dans la charge de Préſident
de leur Collége. Jeſus auſſi humble qu'il eſt grand, n'affec-
te pas ce qu'il a condamné dans les Doƈeurs, c'eſt de rechercher *les prémiéres Chaires dans les Synagogues*, & il n'y
a nulle vraiſemblance, que les Doƈeurs lui ayent déféré
cette place, quelque admiration qu'ils euſſent pour ſa ſageſſe.

geſſe. * C'eſt certainement de la ſorte qu'il faut entendre le récit de S. Luc. Jeſus fût trouvé dans le Temple, au lieu où les Docteurs enſeignoient; mais dans une place qui convenoit à un Enfant de ſon âge. Là *il écoute*, dit l'Hiſtorien ſacré, comme Diſciple: Il *interroge* comme Diſciple: Il n'enſeigne pas encore comme Maitre : Mais on reconnoit bien par ſes Queſtions, & par les *réponſes* qu'il faiſoit lui-même, lorſque celles des Docteurs n'étoient pas ſatisfaiſantes, qu'il avoit déja la ſageſſe des plus grands Maîtres.

Jeſus *écoute*, dit S. Luc: Ce n'eſt pas qu'il eût beſoin d'inſtructions, ni qu'il en pût recevoir des Docteurs Juifs; mais il donne l'exemple de ce beau précepte, *ſoyez promts à écouter*. L'attention & la docilité ſont les conditions & les moyens de parvenir à la connoiſſance: *Jeſus interroge*, pourſuit l'Evangeliſte: Il fait des Queſtions, comme une Perſonne qui veut s'inſtruire, mais ce n'eſt au fond qu'afin d'avoir occaſion d'inſtruire lui même.

L'Evangeliſte ne dit pas ſur quoi roulèrent ces Queſtions. Cependant on ne peut douter, ce me ſemble, qu'il ne ſe ſoit agi en général de l'intelligence de la Loi & des Prophètes. C'étoit là l'objet de l'étude des Docteurs Juifs, & la ſeule ſcience qui fût eſtimée dans la Nation, comme Joſephe le dit quelque part. C'étoit auſſi la ſcience, que le Seigneur venoit apprendre au monde, & dont il inſtruiſit ſes Diſciples tant de vive voix, que par le miniſtère du S. Eſprit, qu'il leur envoya. La maniere dont il expliquoit les Ecritures, ne pouvoit que cauſer de l'étonnement & de l'admiration aux Docteurs. Elle étoit non ſeulement juſte & ſublime, mais nouvelle & inconnuë. En effet le Seigneur ne tenoit pas ſa ſcience des hommes: Fils unique *du Pére des lumiéres*, il eſt cette Sageſſe Eternelle, qui fut toujours avec lui, comme ſon *Nourriſſon*, qui eſt entrée dans tous ſes conſeils, & qui a préſidé en particulier ſur la Loi, & ſur les Oracles des Prophètes. Il n'a eu pour maître que ſon Pére, & n'a dit, *que ce qu'il avoit vû chez ſon Pére*, & ce qu'il avoit appris de lui. Ce fut donc ſur l'interpretation de la Loi & des Prophètes, que roulèrent en général les converſations, que J. Chriſt eut avec les Docteurs.

Mais entre les Queſtions, qui s'agitoient alors dans leurs Ecoles, il n'y en avoit point de plus importante, que celle qui concernoit le Meſſie: Après Dieu, c'étoit le principal objet de leur foi & de leur eſpérance: Et comme c'étoient là les Queſtions, qui touchoient le Fils de Dieu, ſa vocation

* Comme les Peintres ont ſuivi l'opinion générale, que J. Chriſt étoit aſſis au milieu des Docteurs, l'explication que nous donnons n'eſt pas conforme à la Figure.

tion & fon miniftère, & que d'ailleurs les Docteurs Juifs a-
voient de très fauffes idées là-deffus, il eft plus que vraifemblable, que ce fut auffi là-deffus qu'ils l'interrogèrent, & qu'il
les interrogea à fon tour. Nous croyons donc, que l'on
traita dans ces conférences, du tems où le Meffie devoit paroître, des fignes & des caractères, par lefquels il devoit être
connu, de la nature de fon Régne, des avantages qu'il devoit apporter à la Nation. C'eft à ces Queftions, que J. Chrift
répondit avec tant de fageffe, *que tous ceux qui l'entendoient,* Luc II.
étoient ravis en admiration. Voilà difoient-ils peut-être, en lui
appliquant une parole du Prophète, voilà un Enfant, *qui* Pfaume
furpaffe en intelligence tous ceux qui l'ont enfeigné. C'eft ainfi
qu'ils jugèrent alors du Seigneur, & qu'ils en auroient toujours jugé, s'il ne s'étoit pas élevé contre l'orgueil & l'hypocrifie des Pharifiens, & contre la fauffeté de leurs principes,
& la vanité de leurs Traditions : Libres encore de la haine &
de l'envie, qui leur fafcinèrent les yeux dans la fuite, ils rendent juftice au divin mérite du Sauveur, & admirent en lui
des connoiffances & des vertus, qui feront depuis les vrayes
caufes des confpirations, qu'ils formeront contre fa perfonne.

Ce fut un fpectacle bien agreable pour Marie, de voir fon
Fils parmi les Docteurs, & de le voir l'objet de leur admiration; mais elle fentit moins d'abord la joye de l'avoir re-
trouvé, que l'inquiétude où il l'avoit mife : Elle ne peut s'empêcher de lui en faire des reproches. *Mon Fils,* lui dit elle,
pourquoi en avez vous ainfi ufé avec moi? Vous voyez comme nous
vous cherchions tout affligez, votre Pére & moi. On reconnoit
dans ce reproche une Mére tendre, mais piquée du chagrin
qu'un Fils lui a caufé : Et en effet, quel ne fut pas le trouble
& l'inquiétude de Marie, lorfqu'arrivée à la prémiére ftation,
elle ne trouva pas fon Fils parmi fes Parens & fes Proches?
Que fera-t-il devenu? Il eft trop fage & trop obéiffant, pour
nous avoir quittez fans permiffion : Quelqu'un l'aura retenu,
& peut-être, enlévé. Parmi cette grande multitude de Juifs
qui venoient à la Fête de Pâque, ne fe fera-t-il point trouvé quel.
qu'un de ces fcélérats, qui volent des Enfans pour les vendre, & en faire des Efclaves? N'aura-t-il point eu le fort d'un
Jofeph? Et la Providence veut-elle en faire le Liberateur
d'Ifraël, après l'avoir fait paffer par les mêmes épreuves? Peut-
être ces réflexions, ou des reflexions femblables rouloient encore dans l'efprit de Jofeph & de Marie, lorfqu'entrez dans
le Temple, ils virent avec un extrême étonnement, que le
Fils qu'ils cherchoient, y étoit parmi les Docteurs : Et Marie ne pouvant retenir fa douleur, *Pourquoi, mon Fils,* lui dit-
elle, *en avez vous ufé de la forte avec nous?*

K k 2

Effec-

Effectivement si Jesus n'eut été que le Fils de Marie, son procédé étoit irrégulier; & ne répond pas à cette dépendance, où la Nature & la Loi ont mis les Enfans par rapport à leurs Péres: Aussi le Seigneur le fait il bien sentir dans sa réponse, qu'il a un autre Pére, que celui qui le cherchoit, & dont le service & les intérêts lui devoient être plus chers: *Pourquoi me cherchiez vous?* répond-il, *Ne saviez vous pas, que je devois être occupé aux choses, qui regardent le service de mon Pére?* C'est ainsi que nos versions ont exprimé l'Original; mais on croit devoir préférer un autre sens, qui a été suivi par d'excellens Interprêtes, & qui répond fort bien à la signification de l'expression Grecque: On croit donc qu'il faut traduire, *Pourquoi me cherchiez, vous? Ne saviez vous pas que je devois être* [a] *dans la maison de mon Pére?* Le sens est clair, & la réponse de J. Christ convient parfaitement au reproche que Marie lui fait. Elle se plaint d'avoir été obligée de le chercher avec beaucoup de peine & d'inquiétude, & elle donne en même tems à Joseph le titre de Pére de Jesus Christ. Le Seigneur lui répond, prémiérement, qu'elle a eu tort de le chercher, parce qu'elle ne pouvoit ignorer que le Temple, étant la maison de son Pére, c'étoit le lieu où il devoit être. Effectivement, on ne cherche que ce qui n'est pas dans sa place, & J. Christ étoit dans la sienne; Mais comme Marie lui a dit, *nous vous cherchions votre Pére & moi*, le Seigneur lui fait aussi comprendre par sa réponse, qu'il n'ignore pas, non plus qu'elle, que Joseph n'est son Pére que de nom; que Dieu seul est son Pére.

Comme la réponse de notre Seigneur étoit un peu énigmatique: Caractère qu'il a gardé quelques fois dans ses réponses, aussi bien que dans ses instructions, Joseph & Marie *ne comprirent pas* d'abord, *ce qu'il leur avoit dit*, comme S. Luc le remarque: L'étonnement où ils furent, en trouvant Jesus parmi les Docteurs, & l'inquiétude, où ils avoient été, & qui n'étoit pas encore tout à fait calmée, les empêche d'entendre sur le champ, tout ce que sa réponse avoit de mystérieux. On ajoute ces mots, *sur le champ*: car bien qu'ils ne soyent pas dans S. Luc, il faut certainement les sous-entendre.

Au reste on doit bien remarquer, que J. Christ n'a fait de pareilles réponses à sa sainte Mére, que lorsqu'elle a voulu se mêler de ce qui concernoit son divin ministère. A cet égard il n'est soumis qu'à Dieu, & ne reçoit des ordres que de lui. On peut voir à cette occasion ce que Jesus répond à Marie dans S. Jean, & ce qu'il lui fait dire aussi bien qu'à ses Parens. Matth. XII. 48.

Luc II. 50.

Jean II. 4.

D I S.

Matth. III. 1.

Κήρυξις Ἰωάννυ τῶ βαπτιςῶ ἐν τῆ ἐρήμω.
John preaching in the Wildernesse.
Johannes predigt in der Wüsten.

JOANNES PRAEDICANS IN DESERTO.
La prédication de Jean Baptiste dans le Desert.
Prediking van Joannes in de Woestyne.

C. Compte pinx.   Jacobus sculp.

DISCOURS XIII.

La Prédication de Jean Bâtifte dans le Défert. MATTH. III. 1-12.
MARC III. 3-8. LUC III. 1-6.

'AVENEMENT du Fils de Dieu, n'avoit pas
feulement été prédit en général par les Pro-
phètes. Ils en avoient marqué les principales circonftances, & l'avoient défigné
lui-même par des caractères fi propres &
fi finguliers, qu'il eut été facile aux Juifs
de le reconnoître ; mais les préjugez &
l'amour du monde avoient mis fur leurs
yeux un bandeau, que ni les Vertus ni les Miracles du Seigneur ne purent percer. Cependant comme la Prophétie a-
voit ceffé parmi les Juifs depuis plufieurs fiècles, & que les
Docteurs donnoient aux Oracles des Prophètes des explications, qui n'étoient propres qu'à les jetter dans l'erreur, la
Providence jugea à propos de fufciter un homme illuftre par
fes éminentes vertus, qui marchât devant le Seigneur, qui
préparât la Nation à le recevoir, & qui fût comme l'Etoile
du matin, qui précéde & qui annonce le lever du Soleil.

Cet homme incomparable, c'eft JEAN furnommé LE
BATISTE, ou le BATISEUR, qu'il
adminiftroit à tous ceux qui fe repentoient de leurs péchez,
& qui faifoient profeffion de vouloir vivre dans la Juftice
& dans la fainteté. Sa Retraite dans un Défert pendant plufieurs années: Son genre de vie fingulier mais propre à fon
miniftére: Le caractère, le lieu, le deffein de fa Prédication,
font les endroits les plus remarquables de fon Hiftoire, & fur
lefquels il faut répandre quelques lumiéres dans ce Difcours.

Jean ayant été élevé auprès de Zacharie fon Pére, jufqu'à
l'âge où il pouvoit difpofer de lui même, & ne pouvant ignorer le Miniftére, qui lui étoit deftiné, puifque l'Ange en avoit
inftruit Zacharie, fe retira dans des lieux folitaires, *où il de-* Luc i.80.
meura jufqu'au jour, où il devoit être manifefté à Ifraël, c'eft-à-dire, jufques vers l'âge de trente ans, ou environ.

Les Savans ne font pas d'accord fur la Queftion, *'fi le Dé-*
fert où Jean Bâtifte fe retira, étoit une entiére folitude, ou
fi c'étoit feulement quelque endroit des montagnes de Judée,
dans lequel il étoit né, & qui fut moins fréquenté que les aü-

tres ; mais non entierement deftitué d'habitans. Si l'on doit
fe déterminer, c'eft pour le prémier fentiment. Le récit des
Evangeliftes, & la maniére de vivre de Jean Bâtifte, femblent le favorifer. Il y avoit dans la Judée, en deçà du Jourdain, & du même côté que Jerufalém, plufieurs endroits fauvages & incultes, qui ne fervoient tout au plus qu'aux patu-
rages. Mais on ne fauroit dire précifément où étoit fitué,
celui que S. Jean choifit pour fa retraite, les Evangeliftes
ne l'ayant indiqué nulle part. On fait feulement que c'étoit
quelque endroit écarté, où loin du commerce des autres hommes, le Précurfeur alla fe former fous la Difcipline du S. Efprit, au grand Miniftère, qui lui étoit deftiné avant fa naiffance.

Cette retraite dans les Déferts, a fourni un prétexte de
faire paffer Jean Bâtifte, pour l'Inftituteur de la Vie Erémitique, qui commença de s'introduire en Egypte dans le troifiéme fiécle, [a] par le fameux *Paul*, & qui y fut établie enfuite par le célébre *Antoine*, d'où elle fe répandit bientôt dans
la Syrie, & de là dans tout l'Orient. Il ne faut pas s'étonner que des gens, qui ont embraffé ce genre de vie, ou
qui l'ont extrêmement approuvé, ayent tâché d'en trouver
l'origine dans le Saint Précurfeur de J. Chrift. Cependant
la vérité eft, qu'il ne faut la chercher que dans les *Therapeu-
tes* d'Egypte, dont [3] Philon a fait la défcription, & que
quelques Savans ont voulu faire paffer pour Chrétiens. L'E-
gypte, qui fut l'ancienne & la féconde fource de l'Idolatrie
& des fuperftitions, fut auffi celle de la Profeffion Monaftique. Le Célibat des Moines, leurs Abftinences, leurs
Auftéritez: Tout cela, quelque air de perfection & de fublimité qu'on y trouve, fut emprunté des Prêtres Egyptiens,
ou de quelques Juifs fuperftitieux, qui l'avoient pris des E-
gyptiens, comme ceux-ci peut-être l'avoient pris des Indiens.
On peut confulter là-deffus [4] un Savant moderne, & les Auteurs qu'il cite. Quoiqu'il en foit, ce ne fut certainement,
ni l'exemple de Jean Bâtifte, ni celui d'Elie, qui donnérent
la naiffance à la Vie Erémitique. Ce n'eft point non plus
un plan de perfection, choifi & formé fur de grands modèles. Les prémiers Chrétiens n'y avoient point penfé, quoi
qu'ils euffent de fort hautes idées de la Perfection Evangélique; mais la Perfécution de *Décius*, ayant obligé *Paul* à chercher un Afile dans les Déferts, il y fut fuivi de quelques autres fugitifs, & ne voulut plus rentrer dans le monde, qui n'é-
toit pas calme. *Antoine* fuivit cet exemple, & fût proprement
Pére des Solitaires.

On ne s'arrêtera ici, ni à blâmer, ni à louër un genre de
vie

vie, qui fut inftitué dans de bonnes intentions ; mais qui, quoiqu'on en puiffe dire, n'a pas eu de fort heureufes fuites. Si les prémiers Moines furent des exemples de vertus, leurs Succeffeurs donnèrent bientôt des exemples contraires, & S. *Jerôme*, qui étoit Moine, & qui fit tous fes efforts, pour accréditer une Profeffion , qu'il avoit embraffée, n'a pû diffimuler ʳ la fcandaleufe Hypocrifie , qui s'y étoit introduite.

Mais il faut revenir à Jean Bâtifte. Il y a trois chofes à remarquer dans le genre de vie, qu'il choifit: 1. La folitude, où il vêcût ; 2. Le Vêtement, dont il étoit couvert ; 3. Les Alimens, dont il fe nourriffoit.

1. Sa retraite dans le Défert, femble avoir été une imitation de celle d'Elie, dont il devoit avoir en partie le caractère, & fous le nom duquel il avoit été défigné par le Prophète Malachie. Elie paffa prefque toute fa vie caché dans les Déferts, afin de fe dérober à la perfécution d'Acab. Ce ne fut point un pareil motif, qui obligea S. Jean, à fe retirer dans un Défert. Peut-être qu'étant Fils de Sacrificateur, & appellé par fa naiffance au même miniftère, il voulut éviter de s'en charger, parce qu'il ne lui convenoit pas. Peut-être auffi voulut-il fe donner tout entier & fans diftraction à la méditation des Ecritures, & à la recherche des Véritez, qui y étoient contenuës, & des Oracles, dont il alloit voir l'accompliffement: Le Grand Moïfe s'étoit formé dans la folitude , au miniftère de Liberateur d'Ifraël, & ce fut là que le Ciel l'éclaira des véritez, qu'il ignoroit. Peut-être encore que Jean Bâtifte voulut éviter de fe familiarifer avec les autres hommes, peu difpofez à refpecter un Miniftre de la Providence, qu'ils ont connu dès fes jeunes ans, & qu'ils fe font fait une habitude de voir. S'il veut fe diftinguer des perfonnes de fon âge, il s'attire leur haine, & s'il fe familiarife avec eux, il perd fon autorité. Enfin cette retraite étoit propre à le faire regarder avec plus de refpect, & écouter avec plus d'attention, lorfqu'inconnu prefque à tout le monde, il commença de paroître, & de faire éclater les lumiéres & les vertus, que le Saint Efprit avoit repanduës & formées dans fon Ame. On vit tout d'un coup fortir de fon obfcurité, un Docteur éclairé, un Prédicateur févére, un Exemple des plus fublimes Vertus, qui n'avoit point été formé dans les Ecôles Judaïques: qui n'avoit eu pour Maître que Dieu, & que fon Efprit pour Guide. Alors tous les yeux font fur lui. Il s'attire l'attention & l'admiration de tout le monde. Ce font-là les vuës raifonnables que peut avoir euës Jean Bâtifte pour vivre dans la retraite. Cependant il ne faut pas s'imaginer, qu'il ne fortit jamais de fon Défert. Il étoit obligé de le faire

re

re de tems en tems, dans les Fêtes folemnelles, aucun Ifraë‑
lite ne pouvant s'en difpenfer, fans violer la Loi.

2. Le Vêtement de Jean Bâtifte étoit une Robe *de poil de chameau*, avec *une ceinture de cuir*. Ici encore ⁶ les Savans font partagez. Les uns prétendent que le faint Précurfeur étoit vêtû d'*une peau de chameau*, & les autres d'une Etoffe tiffuë du poil de cet Animal. Le fentiment des prémiers, eft appuié par l'exemple des anciens Héros du Paganifme, qui étoient vêtus de peaux de Bêtes fauvages, fuivant la fimplicité des prémiers tems, où les hommes, n'ayant pas encore inventé l'art de travailler la Laine & le Lin, fe couvroient de peaux d'Animaux. Il eft auffi appuié fur l'exemple des Prophètes, tels qu'Elie & Elifée, qui étoient *vêtus de peaux de brebis & de chevres*. Ce qui fut imité par les faux Prophètes: C'eft à cela que J. Chrift fait allufion, quand il donne cet avis à fes Difciples: *Défiez vous des faux Prophètes, qui viennent à vous en habit de brebis*, c'eft-à-dire vêtus de peaux de brebis; *mais qui dans le cœur font autant de Loups raviffans*. Ainfi Jean Bâ‑ tifte auroit été vêtû d'une Robe, compofée de divers mor‑ ceaux de peaux de Chameau, coufues enfemble.

Quoique cette opinion foit fuivie par des Savans refpeéta‑ bles, on ne fauroit l'approuver. Prémiérement S. Matthieu & S. Marc difent en propres termes, que *le vêtement de Jean étoit de poil*, & non *de peau de chameau*. Or il n'y a point d'e‑ xemple que l'on fache, ou le *poil* foit mis pour *la peau*. Se‑ condement, l'ufage de fe vêtir de peaux de Bêtes, ayant cef‑ fé depuis bien des fiécles, c'eût été dans le Précurfeur une fingularité bien choquante, d'affeéter de le faire revivre. Il eft vrai que les Etoffes, que l'on nomme *Camelot*, & qui font faites de poil de chameau, ou de chevres, mêlé avec une Laine fine, font des étoffes précieufes, & que l'habit de Jean Bâtifte n'étoit pas certainement de cette forte. ⁷ C'é‑ toit un tiffu du poil le plus groffier du Chameau, & qui ne fentoit rien moins que le luxe.

Quelques-uns ont crû, que Jean étoit vêtu de ce que les Hébreux appellent *un Sac*: forte de vêtement noir, vil, for‑ dide, pour ainfi parler, que les Juifs ne mettoient, que dans les tems d'affliétion. Mais les Evangeliftes ne l'ayant pas dit, cette conjeéture ne paroit pas fondée. Les Auteurs facrez ajoutent, que Jean *portoit une ceinture de cuir autour de fes reins*. La ceinture étoit néceffaire aux Orientaux, qui, portant des Robes longues & larges, avoient befoin de ceintures, pour les tenir ferrées contre le corps, & pour les relever, afin de pouvoir marcher & agir avec quelque forte de liberté. Il eft remarqué que celle de Jean Bâtifte étoit *de cuir*, & répon‑ doit à la fimplicité de fon vêtement. 3. A

3. A l'égard des alimens, dont il fe nourriſſoit, il faut re- Luc ħ
marquer avant toutes chofes, qu'il s'abſtint toute fa vie *de* 1ſ1
vin, & de tout brûvage capable d'enyvrer: l'Ange, qui annonça fa naiſſance à Zacharie, l'ayant expreſſément ordonné. A
cet égard il imita l'abſtinance de ceux, qui font nommez
Nazaréens, tels que l'avoient été Samuel & Samſon. Du
reſte, comme Jean Bâtiſte vivoit dans un Défert, qui n'é-
toit point cultivé, & qui ne lui fourniſſoit ni bled ni fruits,
il vivoit de ce que la Providence lui fourniſſoit fans culture,
& ne mangeoit que [8] *des fauterelles & du miel fauvage.* Matħ.
III. 4.
Marc ɯ
6.

Des perfonnes, qui n'ont pas bien obſervé la nature des
fauterelles, qui font en abondance dans l'Orient & en divers
endroits de l'Afrique, ni l'uſage que l'on en faiſoit, ont crû
que Jean Bâtiſte fe nourriſſoit, non de fauterelles, mais les
uns de certains fruits, les autres des plus tendres feuilles des
Arbres, & que le mot de l'Original avoit cette ſignification.
On ne doute pas qu'ils ne ſe foyent trompez. Il y a en O-
rient une grande quantité de fauterelles, groſſes & charnues,
qui font d'un goût affez délicat, quand elles font fraiches,
& que l'on garde falées, ou féchées au Soleil, pour en manger; quand les fraiches manquent. A l'égard *du miel fauvage,*
C'eſt celui que l'on trouve dans les creux des arbres, ou des
rochers, & qui eſt en abondance en divers endroits. Il y
en avoit de même dans le Défert de Judée, le Païs de Canaan étant très abondant *en lait & en miel,* qui faiſoient les
délices des Anciens. Cependant le *miel,* dont Jean Bâtiſte
fe nourriſſoit, n'étoit pas celui que les Abeilles dépoſent dans
les creux des Arbres ou des Rochers: C'étoit *un miel, qui
découloit naturellement de certains Arbres,* comme on l'apprend
d'un [9] Savant moderne, qui a fait une déſcription des plus
exactes de la Terre Sainte, & rélevé les bévues de ceux
qui l'ont précédé.

Quoique Jean Bâtiſte ne fe nourrit dans le Défert, que
de fauterelles & de miel fauvage, il ne faut pas croire, qu'il
fe fut impoſé la Loi, ni qu'il fe fit un fcrupule, de n'uſer
jamais d'autres alimens. Dès qu'il fort de la folitude, il mange de tout ce qu'on lui préſente, & ne s'abſtient que de tout
brûvage, capable d'enyvrer. Car je ne penſe pas que lorſqu'il
étoit à la Cour d'Herode Antipas, qui le faiſoit fouvent appeller pour le confulter, ou lorſque ce malheureux Prince
l'eut fait mettre dans la Priſon, où il le retint affez long-
tems, avant que de fe réfoudre à le faire mourir: Je ne penſe pas, dis-je, qu'il envoyât au Défert, pour s'en faire apporter, ni fauterelles, ni miel fauvage. S'il s'eſt borné pendant pluſieurs années à une nourriture fi fimple, c'eſt parce

que le Défert, où il s'étoit retiré, ne lui en fournissoit point d'autre. Aussi son exemple ne fut il suivi, ni par J. Christ, ni par ses Apôtres, qui n'ont jamais fait consister la Perfection Evangelique, ni à porter un vêtement vil & grossier, ni une ceinture de cuir, ni à s'abstenir des viandes, que Dieu a créées pour la nourriture de l'homme.

Cependant puisque le Saint Précurseur a choisi un genre de vie si singulier, il faut qu'il en ait eu des raisons. Mais il ne faut pas les chercher dans l'excellence de ce genre de vie, J. Christ en ayant choisi un tout opposé, comme il le dit lui même dans ces paroles. [10] *Jean est venu ne mangeant, ni ne buvant, & ils disent, il est possedé du Démon. Le fils de l'homme est venu mangeant & buvant, & ils disent, c'est un mangeur, & un buveur, un ami des Péagers & des Pécheurs.*

Ces paroles du Seigneur font voir, que la Providence employa pour la conversion des Juifs, des moyens opposez. L'austérité de Jean Bâtiste, devoit lui concilier la vénération & la confiance du peuple, & les mœurs simples & douces du Fils de Dieu devoient lui concilier leur amour. D'ailleurs Jean Bâtiste n'ayant fait aucun miracle, afin qu'on n'eut aucun prétexte de le prendre pour le Messie, il se recommande par des mœurs austères, qui répondent à la Pénitence qu'il prêche, & à la sévérité de ses prédications: au lieu que J. Christ revêtû de la puissance de faire des miracles, n'a pas besoin de cette austérité, qui attire aux hommes l'admiration des Peuples, & qui donne une haute opinion de leur sainteté. Aussi c'est plûtôt par condescendance pour les préjugez & la foiblesse des Peuples, que par le mérite & l'excellence des mortifications extérieures, que Jean Bâtiste choisit ce genre de vie. Le Célibat, les Abstinances, les Jeunes; Tout cet extérieur de Dévotion, frappera toûjours l'Esprit des peuples, & c'est, comme le remarque [11] un habile Commentateur Catholique Romain, ce qui a introduit les Observances Monacales. [12] Mais tout cet Extérieur n'est qu'apparence, & qu'illusion, s'il n'est soutenu des vertus intérieures, & si la mortification des Passions vicieuses, ne réalise, pour ainsi dire, ce que la mortification extérieure ne fait que représenter. C'est ce que l'on vit dans Jean Bâtiste, *Grand,* non seulement devant les Hommes, qui ne voyent que l'Extérieur; mais *Grand devant Dieu,* qui connoit les cœurs.

On remarque donc dans le saint Précurseur; 1. un Zèle, toûjours dirigé par la Prudence, & par la Raison. Il ne condamne point les Professions les plus dangereuses pour les mœurs, parce qu'elles sont nécessaires: Il n'en condamne que les défauts. C'est ainsi que des Soldats, lui ayant deman-

mandé ce qu'ils devoient faire pour être fauvez, il ne leur
dit pas, de renoncer à la Milice, mais *de n'ufer ni d'extorfion,* Luc III.
ni de fraude, & de fe contenter de leurs gages. 2. Secondement, 14.
on voit dans ce faint homme, une noble & généreufe Liberté, fans crainte, fans complaifance, fans de laches égards pour
la Puiffance & les Dignitez. Il reprend les vices des Grands
comme ceux des Petits, & n'épargne pas plus le redoutable Matth.
Herode, que les fimples particuliers. 3. En troifieme lieu, la XIV. 4.
grandeur d'Ame & la fermeté, qui éclate dans Jean Bâtifte, ne tient point de l'Orgueil. Il eft l'objet de l'admiration
des peuples, charmez de fes hautes vertus. Ils courent en
foule à fon Bâtême, & incertains s'il n'eft point le Meffie, Jean 1.
ou Elie, ou quelqu'un des anciens Prophètes, ils ne croyent 19. &
pas pouvoir s'en inftruire mieux que par lui même. Il leur fuiv.
répond, qu'il n'eft aucun de ces grands Perfonnages. Et comme on lui demande, *pourquoi donc il bâtife, Pour moi, leur dit-*
il, je ne bâtife que d'eau; mais il y a parmi vous, une perfonne que
vous ne connoiffez pas, & dont je ne fuis pas digne de délier les fou-
liers, c'eft lui qui vous bâtifera du S. Efprit & de feu. 4. On re- Matth.
marque enfin dans Jean Bâtifte une foi, que rien ne peut III. 11.
ébranler. Il eft en prifon, pour avoir ofé cenfurer Herode
d'un commerce criminel, & voyant fes Difciples trop atta- Jean 1116
chez à lui, il les envoye à J. Chrift, pour leur donner oc- 28. &
cafion de le reconnoître, & de fe ranger fous fa Difcipline, VII. 18.
quand il ne fera plus. & fuiv.

Tel eft le faint Précurfeur dans nos Evangeliftes. Ces
facrez Hiftoriens ne l'ont point flatté: Le témoignage de Jofephe confirme le leur; fi ce n'eft qu'il ne rapporte pas tout
à fait jufte la Prédication de S. Jean, ni la caufe de fa mort,
qu'il attribuë à des vuës politiques. [13] *Jean, furnommé le Bâ-*
tifte, dit l'Hiftorien des Juifs, *fut un homme de bien. Il ex-*
hortoit les Juifs, qui, s'exerçant à la vertu, pratiquoient la Juftice
les uns envers les autres, & la Pieté envers Dieu, à venir à fon
Bâtême, parce que ce Bâtême étoit agréable à Dieu, quand ceux
qui le recevoient, n'avoient pas feulement renoncé à certains péchez,
mais lorfqu'ils joignoient à la chafteté du corps, une Ame purifiée
par la Juftice.

On vient de tracer le caractère de Jean Bâtifte, & de parler
en paffant de fon Bâtême. Il avoit environ trente ans lorfqu'il fortit de fa retraite, qui étoit une véritable folitude pour
paffer dans des lieux plus fréquentez; mais toujours dans le
même [14] *Défert de Judée:* païs fort peuplé, puifque c'étoit un
des endroits, que l'on traverfoit, pour aller dans *la Pérée,*
Province, appellée de la forte, parce qu'elle étoit fituée au
delà du Jourdain. Il y avoit dans ce Défert plufieurs Villes,

& quelques Savans ont remarqué, que Jean prêcha d'abord au même endroit, où les Ifraëlites traverfèrent le Jourdain, pour entrer dans la Terre promife. Car il eſt dit dans Joſué, qu'ils paſſèrent ce Fleuve, vis-à-vis de *Jerico*, & c'eſt-là que S. Jean commença de prêcher & de bâtiſer. Les deux principaux endroits, où il s'arrêta, font [15] *Bethabara* & [16] *Ennon*, fituez, le prémier dans la Pérée, au-delà, mais fur le bord du Jourdain, & le ſecond en Galilée, ou fur les confins de cette Province. Ce furent là les deux principaux Theatres, où cet illuſtre Prédicateur de la Repentance, prépara les voyes au Seigneur, & initiot, pour ainfi dire les hommes, à la connoiſſance & à la foi de J. Chriſt & de l'Evangile.

Sa Prédication, dont les Evangeliſtes ne nous ont confervé que le fommaire, (car *il annonçoit bien d'autres chofes*, comme S. Luc l'a remarqué,) fa Prédication rouloit principalement fur le grand devoir de la *Converfion*, ou de la *Repentance*, & fur la néceſſité de le pratiquer ſans délai, *parce que le Royaume des Cieux étant proche*, il n'y avoit plus de tems à perdre. On dit *la Converfion*, qui confiſte dans le changement de l'Efprit & du Cœur, & dans celui des actions, qui en eſt une ſuite. On ne ſe ſert pas du mot de *Pénitence*, qui donne une idée fort incomplette du Devoir, que S. Jean prêchoit, & qu'il a repréſenté lui-même, auſſi bien que les Evangeliſtes, par les expreſſions figurées du Prophète Eſaïe: [17] *Je fuis la voix de celui, qui crie dans le Défert: Préparez le chemin du Seigneur, rendez droits & unis fes fentiers: Toute valée fera comblée, toute montagne & toute coline fera applanie: Les chemins tortus feront redreffez, & les raboteux unis.* C'eſt par-là, par le renoncement aux vices & par l'obſervation de la Loi morale, que S. Jean préparoit les peuples à recevoir la Difcipline du Sauveur. Il falloit *des cœurs honnêtes & bons* pour croire en lui. S. Jean commence donc par déraciner les vices, & par rétablir les vertus communes: Préparation néceſſaire pour croire en un Meſſie, dont le Régne eſt tout ſpirituel, & pour s'élever aux vertus ſublimes, qu'il enfeignera. S. Jean défriche, pour ainfi dire, le champ où J. Chriſt doit femer la précieufe femence de fa Doctrine, c'eſt-à-dire, ces préceptes, qui contiennent la Perfection Evangélique, & qui font à peu près contenus dans les Chapitres, V, VI, & VII. de S. Matthieu.

Il eſt aiſé de reconnoitre la Sageſſe Divine dans ces Difpenſations. La réformation des mœurs, que le faint Précurfeur recommande, eſt un degré pour parvenir aux devoirs difficiles & ſublimes, auxquels J. Chriſt appellera ſes Difciples. Il faut commencer par-là. On ne peut gueres

faire

faire paffer tout d'un coup les hommes, d'une grande corruption de Mœurs & d'un extrême attachement à la terre,
au détachement & à la perfection que J. Chrift exigea. Il
faut fe rendre familiers les Devoirs, que la Confcience & la
Raifon préfcrivent à tous les hommes, pour pouvoir s'élever à la pratique des Devoirs difficiles, qui demandent une
Ame accoûtumée à obéïr à Dieu, & difpofée à lui faire les
plus grands Sacrifices.

S. Jean ajoutoit à la Repentance *la Confeffion*, qui en eft
le témoignage extérieur. Tous ceux qui venoient à lui pour
être bâtifez, ne l'étoient, *qu'après avoir confeffé leurs péchez*,
comme nous l'apprennent S. Matthieu & S. Marc. Cette
Confeffion avoit été ordonnée par la Loi. Le pécheur é-
toit obligé de fe préfenter devant le Sacrificateur, avec la victime qu'il devoit offrir à Dieu pour fon péché, & mettant
fes mains fur la tête de cette victime, il faifoit l'aveu de fa
faute, & demandoit à Dieu, d'en faire paffer la peine fur la
tête de la victime. La Confeffion fe faifoit en préfence du
Sacrificateur; mais elle * fe faifoit à Dieu, qui feul avoit le
pouvoir de remettre le péché. Elle n'étoit pas fimplement
générale, [18] mais particuliére parce que les Sacrifices étoient
differens, felon la difference des fautes commifes, & que
c'étoit au Sacrificateur à inftruire le pécheur là-deffus. Le
faint Précurfeur exigeoit une Confeffion femblable, de ceux
qui venoient à fon Bâtème, & les pécheurs étoient d'autant
plus difpofez à la faire, qu'ils le regardoient, non comme
un fimple Sacrificateur, mais comme un Prophète envoyé
immédiatement de la part de Dieu, & revêtû d'un pouvoir
extraordinaire. Cet exemple ne tire point à conféquence
pour la Confeffion auriculaire, dont on n'auroit pas dû faire une partie effentielle, de ce que l'on nomme aujourd'hui
le *Sacrement de Pénitence.*

Le Bâtème que S. Jean adminiftroit, étoit bien un figne
extérieur de la rémiffion des péchez; mais il étoit principalement le témoignage public de la converfion de ceux qui
le recevoient. C'eft pourquoi il eft appellé *le Bâtème de repentance*, & c'eft à la converfion, & non au Bâtème, qu'il
faut attribuer la rémiffion des péchez. C'en eft la condition éternelle & effentielle, & le Bâtème n'en eft que le Sacrement, le figne, & le témoignage.

Pour porter efficacement les Juifs à fe convertir, S. Jean
leur difoit que *le Royaume*, ou plûtôt, que *le Régne des Cieux*,
ou, ce qui eft la même chofe dans le ftile des Ecrivains
facrez,

Matth.
III. 6.
Marc I.
6.

Lev. IV.
24.
Lev. V. 5.

* De là ces Confeffions que l'on trouve Dan. IX. 20. 1 Chron. VI. 24. Efd. X. 7. Neh. I. 6.

facrez, que *le Régne de Dieu étoit proche*; c'eft-à-dire, que *le Meffie*, le Roi promis par tous les Prophètes alloit paroître. Son Régne eft appellé le Régne de Dieu: expreffion prife de Daniel: 1., parce que c'eft Dieu, qui a facré immédiatement J. Chrift dans fon Bâtème, & l'a oint du Saint Efprit: 2. parce que la Puiffance Royale, que le Fils de Dieu a exercée & qu'il exerce encore, lui a été donnée par le Pére: 3. parce qu'il ne s'eft fervi de cette Puiffance, que pour la Gloire de Dieu, & pour le faire régner dans les cœurs. Il n'a jamais cherché fa propre Gloire, mais uniquement celle de fon Pére: 4, parce que le but de ce Régne, eft de foumettre les hommes à Dieu, & de les mettre en poffeffion des Biens céleftes & éternels, du Royaume des Cieux. Enfin il y a une oppofition tacite entre le Régne de Dieu établi par le Meffie, & entre le Régne de Dieu établi par Moïfe fur la Nation Judaïque. Ce dernier Régne étoit terreftre. Les Biens que Dieu promettoit au Peuple fidéle & obéïffant, étoient des profpéritez temporelles. Rien de pareil fous l'Evangile: C'eft *le Royaume des Cieux*. Le Fils de Dieu n'eft pas defcendu du Ciel, & ne s'eft pas livré à la mort, pour obtenir aux fidéles des Biens corruptibles. Une Vie immortelle, une éternelle Félicité, font les fruits de fon Régne.

Mais pour faire refpecter ce Roi, & pour foumettre les rebelles à fon obéïffance, Jean Bâtifte ne leur propofe pas feulement, en termes figurez, les avantages qu'ils recevront: Il leur propofe fur tout les peines, dont il chatiera leur défobéïffance: *Il tient fon van à la main*, dit le Saint Précurfeur, en parlant du Roi qu'il annonce: *Il nétoyera entiérement fon aire: Il mettra fon grain dans fon grenier, & jettera la paille au feu qui ne s'éteint point*.

L'Evénement ne confirma que trop la menace de Jean Bâtifte. Les Juifs incrédules qui rejettèrent & crucifièrent le Seigneur, fans vouloir reconnoître leur crime, & s'en repentir, éprouvèrent la jufte févérité de Dieu. *La coignée*, qui jufqu'alors n'avoit été qu'aux branches de l'Abre, la Nation Judaïque ayant fouffert divers chatimens, mais Dieu lui ayant toujours pardonné, la coignée, dis-je, *fut mife à la racine de l'Arbre*, le Temple détruit, la République ruinée, & la Nation difperfée par toute la terre, pour y être un monument perpétuel de la vengeance de Dieu contre les meurtriers de fon Fils.

D I S.

Marc. I. 9.

Χριςὸς ὑπὸ τᴕ Ἰωάννᴕ βαπτίζεται. | **CHRISTUS A JOANNE BAPTIZATUS.**
Christ baptized of John. | *Jesus-Christ est baptizé par Jean.*
Chriſtus wird von Johannes getaufft. | Christus van Joannes gedoopt.

Picart delin. | Gunst sculp.

DISCOURS XIV.

Jesus Bâtizé par Jean. MATTH. III. 13-17. MARC I. 9-11.
LUC. III. 21, 22.

'HISTOIRE du Batême de J. Chrift, qu'il
faut éclaircir dans ce Difcours, eft pro-
prement celle de fon Ordination. Ce fut
alors que le Pére, qui l'avoit envoyé dans
le monde, en le revêtant d'une chair mortelle, le facra Roi, Prophète, & Sacrificateur de la Nouvelle Alliance, & le créa,
pour ainfi dire, le Chrift & le Rédemp-
teur du monde. *Dans ce tems-là,* dit S. Marc, lorfque Jean ^{Marc h}
bâtizoit, *Jefus vint de Nazareth,* Ville de Galilée, *& fut bâ-* ^{9-11.}
tizé par Jean dans le Jourdain: Dès qu'il fut fòrti de l'eau, il
vit le Ciel fe fendre, & le Saint Efprit defcendre fur lui, comme
une Colombe. En même tems on entendit cette voix du Ciel: C'eft
toi, qui es mon Fils bien aimé, en qui je me fuis plû.

Jean étoit à *Bethabara,* fituée au-delà du Jourdain, mais ^{Jean 1.}
tout proche de ce Fleuve, comme on l'a remarqué dans le Dif- ^{28.}
cours précédent. *Bethabara* étant un grand paffage pour ceux
qui alloient de la Pérée dans la Judée, Jean avoit apparemment choifi cet endroit, pour y prêcher & y bâtizer, parce
qu'il étoit fort fréquenté, fur tout dans les Fêtes folennelles,
où les Juifs alloient de toutes parts à Jerufalem. Il eft d'ailleurs bien vraifemblable, que ce fut dans la Fête de Pâque,
& dans le tems que l'on conduifoit à Jerufalem une infinité
d'agneaux, pour y être immolez, que Jean Bâtifte dit aux
Troupes en montrant Jefus, *Voici l'Agneau de Dieu, qui*
ôte les péchez du monde: Ce ne font pas ces Agneaux, que l'on ^{Jean i.}
va facrifier dans le Temple, qui effaceront les péchez; C'eft ^{29.}
celui, que vous voyez.

Jufqu'alors Jefus avoit demeuré à Nazareth, fans y donner aucune marque de ce qu'il étoit: Car on ne doit ajouter aucune foi à certains Ecrits Apocryphes, qui témoignent
le contraire. Mais lorfqu'il fut parvenu à l'âge de trente ^{v. 10}
ans, ou environ, (c'étoit l'âge préfcrit par la Loi, pour les
fonctions des Miniftres facrez) Jefus fortit de cette Ville,
& alla trouver Jean à Bethabara.

S. Jean ne connoiffoit point Jefus: Il avoit été élevé dans

N n 2   les

les montagnes de Judée, & n'en étoit forti, que pour fe retirer dans le Défert, où il avoit paffé plufieurs années, pendant que le Seigneur faifoit fon féjour en Galilée. Ils ne s'é-
toient donc jamais vûs, & la Providence l'avoit ordonné ainfi,
afin d'ôter tout foupçon de collufion entre eux, & pour donner plus de poids au témoignage de Jean Bâtifte. *Pour moi,*
dit-il, je ne le connoiffois point : mais celui, qui m'a envoyé bâtizer
d'eau, m'avoit dit, celui fur qui vous verrez le St. Efprit defcendre
& s'arrêter, c'eft lui qui bâtize du St. Efprit. Il femble néanmoins que Jean Bâtifte fe contredit, car le Seigneur lui demandant de le bâtizer, il le refufa en difant, *j'ai befoin d'ê-*
tre batizé par vous, & vous venez à moi. Il eft aifé de concilier S. Jean avec lui même. Il favoit que le Sauveur étoit
en Judée, mais il ne le connoiffoit point perfonnellement,
ne l'ayant jamais vû : Et lorfque Jefus fe préfenta devant lui,
le S. Efprit l'avertit, que c'étoit là celui, dont il avoit annoncé la venuë, fans le connoitre : Il lui arriva quelque chofe de femblable à ce qui étoit arrivé à Samuel, lorfqu'il alla
chez Ifaï, pour facrer un de fes Fils, Roi d'Ifraël. Le Prophète favoit bien, que l'un d'eux devoit être Roi, mais il ne
reconnut celui que Dieu avoit choifi, que lorfque l'Efprit
de Dieu lui eut révélé que c'étoit David.

Après cette inftruction fecrete Jean Bâtifte fut fort furpris, que Jefus lui demandât fon Bâtème : Car outre que
c'étoit un Bâtème de Repentance, qui ne convenoit qu'aux
pécheurs, celui qui l'adminiftre a une forte de fuperiorité, fur
ceux qui le reçoivent. Il eft le Miniftre de Dieu, il agit en
fon nom, & reçoit de fa part le ferment de fidélité, que les
hommes lui prêtent. Auffi le faint Précurfeur, qui connoiffoit l'innocence & la dignité du Fils de Dieu, refufe de le
bâtizer : *C'eft moi,* dit-il, *qui ai befoin d'être bâtizé par vous, &*
vous venez vers moi. Je ne fuis qu'un homme pécheur, & vous
êtes le Sauveur des pécheurs. Vous êtes le Fils de Dieu,
& pour moi, je ne fuis tout au plus dans fa maifon, qu'un
ferviteur fidéle : *Je ne bâtize que d'eau, & vous,* qui êtes bien
plus puiffant que moi, *vous bâtizerez du S. Efprit.*

La réfiftance de S. Jean eft refpectueufe, raifonnable, &
nous rappelle celle de S. Pierre, lorfqu'il vit fon divin Maitre
fe lever de table, ceindre un linge, & fe baiffer pour lui laver les pieds. *Vous, Seigneur,* s'écria-t-il, *vous me laveriez les*
pieds? Et encore, *Je ne fouffrirai jamais, que vous me laviez les*
pieds. S. Pierre n'a-t-il pas raifon, fi l'on peut en avoir, lorfqu'on réfifte aux volontez du Seigneur, dont on ne connoit
pas les fecretes intentions ? Il en eft de même de S. Jean :
Ne pouvant pénétrer les intentions de Jefus, & n'envifageant
que

Jean 1.
31, 32.

Matth.
III. 12.

1. Sam.
XVI. 11,
12.

Matth.
III. 14.

Jean 1.
26.

Jean XIII.
6, 8.

que la Dignité du Sauveur, & fa propre indignité, il refufe un honneur, que les Anges même auroient refufé: Mais s'il réfifte pour un moment au Fils de Dieu par une jufte humilité, il lui obéit auffi-tôt par le motif que le Seigneur employe; Et dès que Jefus lui eut dit, *laiffez, moi faire pour le préfent, car c'eft ainfi qu'il faut que nous accompliffions toute juftice*, il le laiffa faire. *Juftice* dans cet endroit, c'eft ce qui convient, ce qui eft à propos, & conforme aux deffeins de la Providence. Ce mot à la même fignification ailleurs. Il faut feulement expliquer, quelle eft cette efpece de *Juftice*, cet ordre fecret de la Providence, qui engage le Fils de Dieu à recevoir le Bâtème de Jean.

Matth III. 15.

Luc XIII. 57. Phil. I. 7.

1. Prémiérement le Seigneur fe propofe d'autorifer le miniftére de fon Précurfeur, & de montrer, qu'il étoit véritablement du Ciel. 2. En fecond lieu inftruit des confeils fecrets de la Providence, il fait que c'eft dans cette occafion, que Dieu veut le faire connoitre à Jean Bâtifte, par le figne éclattant de voir le St. Efprit defcendre & s'arrêter fur lui. C'eft à cette marque certaine, que Jean devoit reconnoitre le Seigneur, pour le montrer enfuite à tout Ifraël. En 3. lieu le Bâtème, tel qu'il étoit adminiftré alors, étoit un figne fenfible de mort & de fepulture d'un côté, & de l'autre de réfurrection. On enféveliffoit le pécheur fous les eaux: C'étoit, pour ainfi dire, un tombeau liquide, dans lequel il étoit mis pour un inftant: On le retiroit enfuite comme un nouvel homme, qui revient à la vie, c'eft ainfi que S. Paul explique les figures du Bâtème dans le Chap. V. de l'Epit. aux Romains. Ainfi la cérémonie du Bâtème étant une image vifible de mort & de refurrection, J. Chrift veut être inftallé dans fon miniftère par cette fainte cérémonie: Elle annonce & fon humiliation & fa gloire, & fa mort ignominieufe, & fa refurrection triomphante: C'eft ainfi que le Seigneur, en recevant le bâtème au moment qu'il va entrer dans fon miniftère, préfigure les événemens qui doivent le confommer, & fait voir à S. Jean une image de fa mort & de fa Refurrection. 4. Enfin le Bâtème a deux vûës: C'eft de la part de Dieu un témoignage de la grace qu'il accorde au pécheur: Et de la part du pécheur un témoignage de fa repentance. A cet égard il ne convient pas à J. Chrift: mais il eft de plus de la part de l'homme un fceau de l'obéiffance & de la fidélité qu'il promet à Dieu. A cet égard il convient à J. Chrift. Le Fils de Dieu s'y oblige envers fon Pére à tous les devoirs de l'Homme, car il eft Homme, & à tous les dévoirs du grand Miniftère, que le Pére lui confie: C'eft-là qu'il fait en la préfence du Pére cette profeffion,

Jean t. 33.

Pf. xl.
78. felon
les lxx. exprimée par le Prophète en ces termes, *Tu n'as point voulu de facrifices, d'oblations, de victimes pour le péché, mais tu m'as approprié un corps: C'eft pourquoi me voici, je viens pour faire, ô mon Dieu, ta volonté.*

Luc iii.
21. Des que Jefus fut forti de l'eau, il fe mit à *prier*, dit, S. Luc. L'Evangélifte ne nous dit point, quelle fut la priere du Seigneur: mais fans doute elle fe rapportoit au Miniftère, qu'il alloit recevoir. Il fait que le moment de fa vocation eft venu: Il veut la recevoir à genoux: Il demande à Dieu cet Efprit, dont il doit être *facré par deffus fes compagnons*, afin de fournir glorieufement la pénible carriére, qui s'ouvre Marc i.
10. à fes yeux: Et c'eft lorfqu'il prie, *qu'il vit le Ciel fe fendre.* [1] S. Jerôme a crû, que ce phénoméne ne parut qu'à l'imagination du Fils de Dieu, fans qu'il fe paffat rien au dehors. La penfée eft téméraire dans cette occafion, & a donné lieu à des Efprits hardis de dire, que tout ce qui eft rapporté dans notre Hiftoire, excepté le Bâtème de J. Chrift, ne fe paffa qu'en vifion. Il eft vrai que c'eft ainfi qu'il faut entendre, Act. vii.
56.
Act. x.
11.
Ezech. i.
1. ce que dit S. Etienne, *je voi les Cieux ouverts*: ce que S. Luc raconte de la vifion de S. Pierre, & ce qu'Ezechiel nous apprend de la fienne, au commencement de fes Révélations. Mais il n'y a nulle néceffité d'expliquer de la forte notre Hiftoire Evangélique. Ce fut un fpectacle réel, & tel qu'il étoit néceffaire, pour faire connoitre à Jean, Bâtifte, que Jefus étoit le Chrift.

J'avoue que le Ciel n'eft pas un corps folide, comme divers Anciens l'ont crû. Ce n'eft qu'un vafte efpace plein d'une matiére fluïde, dans lequel les corps céleftes font fufpendus: Ainfi l'ouverture du Ciel ne fut qu'une ouverture apparente, caufée par les differences de l'ombre & de la lumiere, à peu près comme les Eclairs paroiffent fendre les nuës:[3] On a remarqué que dans l'Evangile des Nazaréens, (c'étoient des Chrétiens fortis du Judaïfme) on lifoit dans l'hiftoire du Bâtème de J. Chrift, que *le Ciel s'ouvrit, & qu'une grande Lumiére brilla dans tout ce lieu là*: Juftin Martyr l'a dit auffi, apparemment fur le témoignage de cet Evangile, & l'on ajoute, que la Liturgie des Syriens en parle. Quoiqu'il en foit, *le Ciel ouvert*, ne fut qu'un efpace lumineux, qui parut dans le Ciel entre deux ombres.

Cet événement merveilleux femble avoir deux vuës principales: *Le Ciel s'ouvre*, lorfque J. Chrift doit être facré. Ce n'eft pas feulement pour fignaler fa glorieufe inauguration: C'eft auffi pour montrer par un figne fi clair & fi parlant, que ce Jefus, que Dieu confacre, eft *le Miniftre du vrai Sanctuaire*: Que c'eft à lui, que Dieu remet les clefs du Royaume

me des Cieux, & que c'eft à lui d'en ouvrir l'entrée aux faints.
2. Une feconde vuë de cette ouverture du Ciel, femble regarder J. Chrift lui-même. Le miniftère, qu'il va recevoir,
l'appelle à des travaux glorieux, mais infiniment difficiles.
Pour le foutenir dans une carriere fi pénible, Dieu lui fait
voir à l'entrée le Ciel ouvert : La rémuneration fe manifefte :
Le voile du Temple de l'Eternité fe déchire en quelque forte, & laiffe appercevoir à Jefus quelques rayons de la Gloire, *qui lui a été préparée avant la fondation du monde :* Que le
Tentateur vienne après cela, étaler à fes yeux la pompe &
les honneurs du fiécle, *tous les Royaumes du monde & leur gloire*, & tâcher de le furprendre par un fpectacle fi éblouïffant :
Quand le Seigneur eût pû être féduit, ce n'eft plus le tems
d'attaquer fa vertu : Quel méprifable fpectacle, pour des yeux
qui viennent de voir le Ciel ouvert !

Cette ouverture du Ciel fut accompagnée, d'un Phénoméne, bien plus furprenant encore : *Il vit*, favoir Jefus, *le S.
Efprit defcendre fur lui, comme une Colombe.* S. Luc ajoute, expliquant en quoi confiftoit cette reffemblance, *le Saint Efprit*, Luc 11 la
dit cet Evangelifte, *defcendit fur lui en forme corporelle, comme* ¹¹·
une Colombe.

Le Saint Efprit, étant une Perfonne Divine, ne peut ni
monter, ni defcendre. Il faut rapporter cela à l'Emblème ou
au Signe, qui le repréfente. On dit l'Emblème, ou le Signe
car le S. Efprit n'eft point un corps, & n'en prend point la
figure. Mais pour rendre vifible l'onction, ou le facre du
Sauveur, & afin que S. Jean pût en être témoin, & être
affuré que Jefus étoit effectivement le Meffie, il parut un
Signe vifible du S. Efprit, & ce Signe étoit corporel, & a-
voit la figure d'une Colombe.

Quelques Anciens ont crû que c'étoit une véritable Colombe, que Dieu créa, & qu'il anéantit enfuite. Ce fut le
fentiment de ⁴ Tertullien, qui a été fuivi par un grand nombre de Scolaftiques, mais qui n'eft fondé, ni dans l'Ecriture, ni dans la Raifon. L'Efprit de Dieu ne fe transforme
point dans une fubftance corporelle, & ne s'incarne point
dans le corps d'un Animal, quoi qu'on le fuppofe d'une efpéce & d'une création nouvelle. Eloignons réligieufement
de nos Evangeliftes, tout ce qui fent les Fables Payennes,
touchant les apparitions, ou les métamorphofes de leurs
Dieux. Expliquons l'Ecriture fans lui faire violence ; mais
que la Raifon d'un côté, & de l'autre l'inviolable Majefté
de Dieu nous dirige dans nos explications.

Le faint Efprit, qui eft une Perfonne Divine, eft la fource & l'Auteur de tous les dons. Il eft unique, mais il a

une infinie fécondité de graces, qu'il diftribue aux Etres intelli-
gens. *Il y a diverfité de dons, mais il n'y a qu'un feul Efprit qui les diftribue à chacun, comme il lui plait.*

Cet Efprit divin répandit fes dons furnaturels dans la Perfonne du Sauveur; mais dans une telle abondance, qu'il en
poffeda la *plénitude.* Cette opération de l'Efprit, fut tout
à fait invifible. Les dons du S. Efprit ne fe voyent point,
non plus que l'Ame, qui les reçoit. Mais afin que la
confécration du Seigneur fût vuë de Jean Bâtifte, & que
le témoignage, qu'il rendit au Sauveur, fût fondé fur une
pleine certitude, cette forme vifible, & produite d'une
maniere furnaturelle, accompagna l'effufion des dons du
S. Efprit, dans l'Ame du Redempteur. Cette forme vifible ne fut point un corps charnel, tel que celui d'une Colombe. Elle en eut feulement la figure extérieure, comme
S. Luc le témoigne: Il parût *une forme corporelle, femblable à
celle d'une Colombe.* Il y a des Interprêtes qui croyent, que la
Figure vifible, ne reffembla à une Colombe, que par fon
vol, ou par la maniere dont elle defcendit, & fe pofa fur
Jefus. Mais cette explication ne paroit pas tout à fait conforme aux expreffions des Evangeliftes.

Cependant, fi cette figure vifible ne fût ni une Colombe
véritable, ni un corps charnel, de quelle nature étoit elle? Il
eft affez vraifemblable, comme quelques Savans l'ont penfé,
que ce fut un corps lumineux, figuré comme une Colombe,
qui defcendit de l'ouverture du Ciel, & vint fe pofer fur Jefus. Ainfi, comme le S. Efprit, qui fut communiqué aux
Apôtres, prit pour Symbole des Langues, qui paroiffoient
être de feu, il prit un Symbole pareil pour la nature, quand
il defcendit fur Jefus; mais avec cette difference qu'à l'é-
gard de Jefus ce fut un corps entier, parce qu'il recevoit
la plenitude entiere des Dons du S. Efprit, au lieu qu'à
l'égard des Apôtres, c'étoient *des langues divifées comme de
feu,* parce qu'ils ne réçurent qu'une partie des Dons du
S. Efprit qui s'étoient tous réunis dans la Perfonne du
Sauveur.

La forme de Colombe défigne le caractère de Jefus. Sa
Bonté, fa Douceur, fa Débonnaireté, fa Charité, vertus,
qui font *les fruits de l'Efprit,* & dont la Colombe eft l'Emblême. Ces vertus brillent partout dans les mœurs du Seigneur, dans l'Evangile qu'il prêche, dans les miracles qui le
confirment, dans le facrifice de lui même, par lequel il a
confommé fon miniftère. 1 dans fes mœurs: *Apprenez de moi,*
dit-il, *que je fuis débonnaire & humble de cœur, & vous trouverez
le repos de vos ames.* Il parut dans fes mœurs, tel qu'il avoit
été

1. Cor.
XIII. 4.
11.

Jean. 1.
16.

Act. II.
3.

Gal. v.
22.

Matth.
XI. 29.

été prédit par Efaïe dans cet Oracle. *Voici mon ferviteur, que* Ef. xliii
j'ai élu, mon Bien aimé, dans lequel je trouve tout mon bon plaifir : Matth.
Je mettrai mon Efprit en lui, & il annoncera la Juftice aux Na- xii. 18.
tions : Il ne conteftera point : Il ne criera point, & l'on n'entendra
point fa voix dans les ruës : Il ne brifera point le rofeau caffé, &
n'éteindra point le lumignon, qui fume encore, jufqu'à ce qu'il ait
rendu la Juftice victorieufe. 2. Le même Caractère éclatte dans
fa Prédication, fuivant cet Oracle d'Efaïe, *l'Efprit du Sei-* Ef. lxi.
gneur eft fur moi, cet Efprit, dont il m'a oint, pour annoncer l'E- Luc iv.
vangile aux pauvres : Il m'a envoyé pour guerir les cœurs brifez, 18.
pour publier la liberté aux captifs, & aux aveugles le recouvrement
de la vuë. 3. Ce Caractère régne encore dans fes miracles. Il
n'y en a point fur lequel on ne puiffe graver pour emblême
une Colombe : Les Prodiges d'une jufte févérité, operez par les
Moïfes, par les Elies &c., ne fe renouvellent point par le
Fils de Dieu : Sodome & Gomorrhe, depuis fi longtems
confumées par le feu du Ciel, fubfiftent encore au milieu
de la Judée. Leurs murs, leurs édifices, font en cendres :
Le lieu, où elles étoient, ne fe reconnoit plus ; mais leurs
vices font immortels, ou, fi ce ne font pas tout à fait les
mêmes, ils font néanmoins fi grands, qu'au jour du Juge-
ment, *Sodome & Gomorrhe feront traitées avec moins de févérité,* Matth.
que Capernaum, Bethfaïde, & Jerufalem même : Cependant le 24.
Seigneur retient fa jufte indignation, & répond à fes Difci-
ples, qui veulent exciter fa vengeance : *Vous ne favez de quel* Luc ix.
Efprit vous êtes animez : Le Fils de Dieu n'eft point venu pour ju- Jean iii.
ger le monde, mais pour fauver le monde. Tous fes Miracles 17.
font des bienfaits. 4. Enfin fa Douceur, fa Clémence, fa
Charité éclattent dans fa mort ; Et fi la Terre tremble, ce
n'eft pas pour engloutir fes meurtriers ; Si les Tombeaux
s'ouvrent, ce n'eft pas pour y faire defcendre ceux qui le
crucifient ; Il y defcend feul, & il expire en demandant la
grace de ceux, qui l'outragent & le font mourir.

Non feulement le Saint Efprit defcend fur Jefus, mais il
s'y arrête. C'eft pour diftinguer le Fils de Dieu de tous Jean i.
les anciens Prophètes. L'Efprit de Dieu les faififfoit, & a- 32, 33.
lors ils prononçoient les Oracles, que cet Efprit leur dictoit ;
mais ils n'étoient pas toujours animez de cet Efprit divin,
qui les laiffoit bientôt à eux mêmes. Ils ne l'avoient que
par intervales, au lieu qu'il réfide conftamment dans l'A- Colof. ii.
me du Seigneur : *En lui habite fans aucune interruption toute* 9.
la plénitude de la Divinité.

Telle fut l'Onction, ou le Sacre du Fils de Dieu : C'eft le
Pére lui même, qui l'a oint immédiatement, fans employer
le miniftère, ni des Anges, ni des Hommes : C'eft ce qui

Hebr. 1.
9.
a été bien remarqué par l'Auteur divin de l'Epitre aux Hebreux, alleguant à ce fujet les paroles du Pf. cx. *O Dieu,
c'eſt ton Dieu, qui t'a oint d'une huile de joye par deſſus tous tes
compagnons*, c'eſt-à-dire, par deſſus tous les Rois, par deſſus
tous les Prophètes, par deſſus tous les Sacrificateurs: lui feul
Jean III.
34.
il n'a point reçû l'Eſprit par meſure: Lui feul il a été facré par
le Pére, qui auſſi le proclame lui-même, par cette voix du
Marc 1.
11.
Ciel, *C'eſt toi, qui es mon Fils bien aimé, en qui je me ſuis plû*,
c'eſt-à-dire, dans lequel ſe réüniſſent toutes les perfections,
toutes les vertus, qui ſont agréables à Dieu.

On peut demander ici, comment le Sauveur, qui avoit
été conçû par le Saint Eſprit, & qui en fut rempli dès le ventre de ſa Mére, avoit beſoin d'une nouvelle effuſion des Dons
du faint Eſprit? Il n'eſt pas difficile de répondre à cette Queftion. Les graces divines ſe diſtribuent par degrez, & à pro-
portion des beſoins. J. Chriſt en qualité d'Homme, car c'eſt
en cette qualité qu'il reçût le S. Eſprit, J. Chriſt, dis-je, fut
toujours animé de l'eſprit de fainteté, dont il fut rempli dès
le ventre de ſa Mére; mais à l'égard de l'Eſprit de ſcience, de
Luc II.
52.
force, il le reçut par degrez: *Jeſus*, dit S. Luc, *croiſſoit en ſageſſe, en ſtature, & en grace devant Dieu & devant les hommes*,
& ces accroiſſemens étoient proportionnez, non feulement
à ſon âge, mais à ſes beſoins, & aux fonctions auxquelles
il étoit appellé.   Tant qu'il ne fut qu'Homme privé, il eut
l'eſprit, qui convenoit à ſon état; mais quand il fut chargé
du miniſtére de Médiateur de la Nouvelle Alliance, alors
s'accomplit l'Oracle d'Eſaïe, *un Rameau ſortira de la tige d'Iſaï*,
Ef. XI. 1,
2.
*& un rejetton naîtra de ſa Racine,& l'Eſprit du Seigneur ſe repoſe-
ra ſur lui, l'Eſprit de ſcience, & d'intelligence, l'Eſprit de conſeil & de force, l'Eſprit de ſageſſe & de crainte de Dieu*. Ce
Coloſ. 11.
3.
fut alors que Dieu verſa dans ſon Ame tous *les tréſors de ſageſſe & d'intelligence*, dont il devoit enrichir le monde : Ce
fut alors qu'il reçut l'Eſprit de conſeil & de force, qu'il fut
Lucxxiv.
49.
revétu de la *vertu d'enhaut*, dont-il avoit beſoin, pour foutenir les combats, auxquels il étoit appellé ; Ce fut alors qu'il
reçut la puiſſance des miracles, par leſquels il devoit confirmer ſa Miſſion & ſa Doctrine, & qui ne lui étoit pas néceſſaire, avant qu'il prêchât l'Evangile. Souvenons nous
toujours que J. Chriſt eſt Dieu; mais ſouvenons nous, qu'il
eſt Homme, & qu'en cette qualité l'Eſprit de Dieu l'éclaire
& le fortifie, à meſure que ſon miniſtére le demande. De là
vient que lorſqu'il approche du plus grand & du dernier de ſes
Combats, il eſt tranfiguré en préſence de Moïfe, d'Elie, & de
trois de ſes Diſciples, afin que cet eſſai de ſa Gloire prochaine,
fortifie ſon courage, & anime ſa vertu. On peut conſulter là
deſſus ᵣ l'Harmonie Evangelique de Calvin, où l'on trouvera
les mêmes penſées.   D I S-

Ἰησοῦς πειραθεὶς ὑπὸ τῷ διαβόλε. Matth: IV. CHRISTUS A DIABOLO TENTATUS.
Christ being tempted of the Devil. Jesus tenté par le Diable ℓ ℓ
Christus wird von dem Teufel versucht. Christus verzocht van den duivel.

DISCOURS XV.

Jefus tenté par le Diable. MATTH. IV. 1-11.

VANT que d'entreprendre de grands deffeins, il eft néceffaire de bien connoitre
fes forces. L'ignorance à cet égard produit
ou la Timidité, ou la Préfomption, défauts prefque également funeftes. La Timidité retient, & rend les Dons inutiles;
Et la Préfomption fait les témeraires, &
leur caufe des chûtes honteufes. Il faut
donc, avant que d'entreprendre un deffein important, fe confulter foi-même, & mefurer bien fes forces avec la charge que
l'on veut prendre. C'eft à cela que la Providence deftine les
Tentations; par lefquelles elle éprouve fes Miniftres, avant
que de les envoyer. Heureux! s'ils les foutiennent, comme
le Seigneur foutint celle, à laquelle le Pére voulut qu'il fut
expofé à l'entrée de la glorieufe & pénible carriere, qu'il devoit fournir. Nous allons en confiderer l'hiftoire: réfoudre
prémiérement quelques Queftions, qui fe préfentent, & examiner enfuite la Tentation en elle même; c'eft-à-dire, d'un
côté, les piéges que le Démon tendit au Fils de Dieu, & de
l'autre, la manière dont il triompha du Tentateur & de fes
artifices.

La prémiére Queftion qui fe préfente, roule fur l'ordre
des Tentations: Celle, qui eft la feconde dans S. Matthieu,
eft la troifième dans S. Luc, & celle, qui eft la feconde dans
S. Luc, eft la troifième dans S. Matthieu. Dans tout le refte
il y a une parfaite harmonie entre ces deux Evangeliftes. S'il
faut choifir & fe déterminer, il femble que l'on doit préférer
l'ordre de S. Matthieu à celui de S. Luc, tant parce que le
prémier a apris cette hiftoire de la propre bouche du Sauveur, qui l'appella bientôt après, qu'à caufe de ces paroles, que le Seigneur dit au Démon, après la troifième
Tentation, felon S. Matthieu, *Va loin de moi, Satan...* Du
refte, cette légére difference ne fert qu'à faire voir, qu'un de
ces deux Evangeliftes n'a point copié l'autre.

La feconde queftion ne mérite guéres plus d'attention. Il
s'agit de favoir, fi la Tentation du Seigneur, fut un Evénement réel, ou fi elle fe paffa dans fon imagination, & dans

Pp 2 une

une Extafe, femblable à celles qu'ont eu divers Prophètes. On n'ignore pas, que quelques Anciens, & quelques Modernes, ont cru que la Tentation du feigneur, ne fut qu'une vifion : mais quand on examinera leurs raifons, on les trouvera peu folides ; du moins ne font elles pas affez fortes, pour foutenir une explication, qui n'a aucun fondement dans le recit des Evangeliftes. Ils ne difent rien, qui puiffe faire foupçonner que Jefus eut un raviffement d'Efprit, ce qu'ils ne pouvoient, ni ne devoient manquer de dire dans cette occafion : D'ailleurs quelle victoire remporte Jefus fur le Démon, & de quelle utilité pouvoit être la Tentation du Sauveur, foit par rapport à lui, ou par rapport à fes Fidéles Miniftres, fi tout cela ne fut, pour ainfi dire, qu'un fonge. On n'en dira pas davantage dans un Difcours comme celui-ci, & l'on renvoyera le Lecteur à un [1] excellent Theologien, qui a traité cette matiére.

Jefus ayant été inftallé dans fon miniftère, le S. Efprit, dont il étoit rempli, lui infpira le deffein, de fe retirer dans un lieu folitaire. Les Evangeliftes remarquent, que *ce fut pour y être tenté* par le Démon. Mais il eft bien vraifemblable, que ce ne fut pas la feule raifon de fa retraite. Ce fut là fans doute, que Dieu lui donna fes ordres, & fes inftructions, comme à l'Ambaffadeur, qu'il envoyoit au monde. La Divinité, qui réfidoit en lui depuis fa conception, ne lui revéla toutes chofes, que par degrez, *puifqu'il croiffoit en fageffe auffi bien qu'en ftature*, comme le dit S. Luc. Ainfi, quelque difference, qu'il y ait entre J. Chrift & Moïfe, cependant la Providence divine femble fe conduire d'une manière à peu près femblable envers l'un & l'autre : Et comme Moïfe fut quarente jours avec Dieu fur la montagne, il femble que le Seigneur fut de même quarante jours avec fon Pére, où il eut des Vifions & des Révélations, qui ne font pas rapportées.

Le défert ne [2] lui fourniffant aucuns alimens, il paffa ces quarante jours dans un Jeune continuel, une vertu Divine & furnaturelle le foutenant, comme elle avoit foutenu Moïfe & Elie, dans un Jeune pareil. Mais cette vertu fufpendant enfin fon operation, & laiffant, pour ainfi dire, la Nature aller fon cours, Jefus *eut faim*, dit l'Evangelifte : Cette conjoncture parut favorable au Tentateur, pour furprendre, s'il étoit poffible, la vertu du Fils de Dieu.

Les momens propres pour tenter les hommes, font ceux où ils fentent quelques néceffitez, où ils font preffez par quelques défirs, qu'ils voudroient fatisfaire : Alors le befoin, qui produit le défir, a déja préparé les voyes au Tentateur, & difpofé l'Ame à l'écouter. C'eft donc la conjoncture,

que

Math. iv. 1.

Luc ii. 52.

Exod. xxiv. 18.

Exod. xxiv. 18. 3. Rois xix. 8.

Math. iv. 2.

que le Tentateur *faifit : Il s'approcha de Jefus, & lui dit, Si vous* ^{Matth.} *êtes le Fils de Dieu, commandez, que ces pierres deviennent des pains.* ^{iv. 3.}

Le Démon n'a point connu toute la force, & toute l'étenduë de cette expreffion, *Fils de Dieu,* c'eft-à-dire, qu'il n'a
point connu la Divinité du Sauveur, comme l'a remarqué
Beze dans cet endroit. S'il avoit connû ce qu'étoit Jefus, jamais il n'auroit ofé entreprendre de le tenter & de le féduire : Il n'entend donc par *Fils de Dieu,* qu'un Prophète diftingué entre tous les Prophètes, fupérieur aux autres, d'un mérite & d'une vertu éminente, choifi, envoyé par la Providence pour la converfion & le falut du monde, & par confequent infiniment cher à Dieu. Dans cette penfée, il veut
tâcher de rompre, pour ainfi dire, les mefures de la Providence ; Et comme il avoit féduit le Chef du Genre-Humain,
en féduire le Réparateur & le Rédempteur.

La maniere dont il s'y prend, ne peut être plus artificieufe. La propofition qu'il fait à Jefus, femble ne contenir
rien d'offenfant. Il ne cherche qu'à s'affurer, fi Jefus eft véritablement le Fils de Dieu : C'eft un nouvel Herode, qui
ne veut le connoître, que pour l'adorer : En lui demandant
un miracle, il femble reconnoître, qu'il a le pouvoir d'en
faire : Et le miracle qu'il demande, ne tend qu'à la confervation du Seigneur, & à foulager le befoin extrême où il fe
trouve. *Si vous êtes le Fils de Dieu, commandez que ces pierres
deviennent des pains ?* Ufez de votre pouvoir pour votre propre foulagement ? Ou du moins ufez, de la faveur, que vous
avez aupres de Dieu ? Peut-il vous refufer un miracle, dans
l'extrême néceffité, où vous êtes, lui, qui dans des cas pareils
en a fait, pour nourir fon peuple dans le Défert ?

Voilà ce que le Tentateur dit à Jefus ; mais quel eft fon
but ? Comme il ne l'explique pas, il faut tâcher de le pénétrer. Ne veut il point favoir, fi J. Chrift eft véritablement
le Fils de Dieu, afin d'employer enfuite toutes fes forces, &
tous fes artifices, pour le faire périr ? Un miracle étoit propre à l'éclaircir ; il le demande. N'eft-ce point auffi, que
la converfion des pierres en pain, lui paroiffant impoffible,
fi J. Chrift refufe de l'opérer, il aura un prétexte de l'accufer
d'impuiffance ; Et s'il l'entreprend, & n'en vient pas à bout,
il en aura un autre, de lui contefter fa vocation ? Peut-il être
le Fils bien aimé de Dieu, fi Dieu lui refufe le concours de
fa puiffance, quand il s'agit de juftifier qu'il l'eft en effet ? Il
y a plus encore : Car fi J. Chrift fait la moindre attention
aux propofitions du Démon, il ne fauroit être le Fils de Dieu,
puifqu'il ne connoit pas celui, qui lui parle, & qu'il n'en pe-
nétre pas les intentions.

Vol. V.   Qq   Tout

Tout ce qu'on vient de dire paroit raifonnable; mais cela ne développe pas encore les pernicieux deffeins du Tentateur. Comme on fait, que rien ne pique davantage les
hommes, qui font dans des poftes éminens, que de mettre
en doute leur pouvoir & leur autorité, il veut tâcher d'engager J. Chrift, par le motif de fa propre gloire, à faire
une action téméraire, imprudente, & qui ne convienne nullement à fa fageffe. Les miracles font deftinez à la converfion des Incrédules, ou du moins à leur conviction, & pour
les rendre inexcufables: Hors delà la Puiffance n'eft plus conduite par la fageffe: De là vient, que lorfque des Incrédules
fuperbes & malicieux, ont demandé des miracles à J. Chrift,
le Seigneur les a conftamment refufez. Eft-ce que le Pére
lui a confié fon Autorité, pour fatisfaire une curiofité mali-
gne: Et doit il prodiguer à des méchans incorrigibles, une
Puiffance deftinée à l'édification de ceux, qui aiment, & qui
cherchent la vérité? Or pourquoi le Démon demande-t-il
un miracle à J. Chrift? Eft-ce pour croire en lui? Le Seigneur eft-il venu prêcher la Foi aux Démons? A-t-il été envoyé pour les convertir & pour les fauver? Si donc J. Chrift
en avoit fait à la réquifition du Démon, il n'auroit pû avoir
d'autre but, que celui d'étaler fa Puiffance, & c'eft ce que
le Tentateur demandoit. Il veut le piquer d'honneur, pour
ainfi dire, en lui conteftant le glorieux titre de Fils de Dieu,
à moins qu'il ne lui en donne fur le champ une preuve furnaturelle, laquelle étant très inutile par rapport au Démon,
parce qu'il n'en fauroit profiter, n'auroit été qu'une vaine
oftentation de pouvoir.

Il y a d'ailleurs une obfervation générale à faire fur la fageffe & la modération, avec laquelle le Seigneur ufe de la
puiffance que le Pére lui a donnée: C'eft que comme il n'en
ufe jamais pour fa propre gloire, parce qu'il ne cherche que
celle de fon Pére, il n'en ufe point auffi pour fon propre a-
vantage: C'eft la charité & non l'amour propre, qui difpenfe les miracles qu'il fait. Il s'écarte, il fe retire, lorfqu'il
veut pourvoir à fa fureté, & demeure fur la Croix, quand
on le défie d'en defcendre: Beau caractère du Fils de Dieu:
Sa Puiffance paroit affife au milieu de fa Sageffe & de fa
Charité: Elle n'agit que par leurs Confeils.

Comment eft-ce qu'il évite le piége, que le Démon lui
tend avec tant d'artifice? C'eft par une admirable réponfe,
qui ne peut être, ni plus jufte, ni plus à propos. Les Ifraëlites preffez par la faim, & manquant de pain dans un Defert,
qui ne pouvoit en fournir, Dieu les nourrit de la manne,
qui tomboit du Ciel, & fubftitua au pain, qui eft l'aliment

com-

commun des hommes, un pain célefte, qui eft appellé dans l'Ecriture le pain des Anges, non parce qu'ils s'en nourrif-fent, mais plûtôt parce qu'ils le préparoient & le difpenfoient aux Ifraëlites. Cela fait dire à Moïfe à viii. du Deutero-nome : *Le Seigneur vôtre Dieu vous a éprouvez par la faim ; mais il vous a donné enfuite la manne, que vous ne connoiffiez ni vous ni vos Péres, afin de vous apprendre, que l'homme ne vit pas de pain feulement, mais de toutes les chofes, qu'il plait a Dieu d'ordon-ner pour fa nourriture.* Jefus fe trouve dans une fituation tou-te pareille à celle, où fe trouvoient les Ifraëlites. Il eft dans un Defert fterile : Il y a été conduit par l'Efprit de Dieu, qui l'a porté à s'y retirer : Il a fuivi la vocation divine : La faim le preffe : Le Démon lui dit, *de convertir des pierres en pains,* afin d'avoir dequoi fe nourrir. Cela n'eft pas nécef-faire, lui répond le Sauveur : La Puiffance infinie de mon Pére, n'eft point affujettie à nourrir les hommes qu'avec du pain : Elle a une infinité d'autres moyens de pourvoir à leur fubfiftance : Ne favez vous pas ce qu'elle a fait en faveur des Ifraëlites, lorfqu'ils étoient dans un Defert, comme j'y fuis, & ces paroles de Moïfe, *l'homme ne vivra pas de pain feu-lement, mais de tout ce qu'il plaira à Dieu d'ordonner pour fa nour-riture.* C'eft ainfi que Jefus confond le Tentateur, & que fans lui dire, qu'il eft le Fils de Dieu, & fans le prouver par un miracle, il fe contente de le lui faire fentir, par la fa-geffe de fa réponfe, par fa confiance en Dieu, & par une pro-fonde foumiffion à fa volonté.

Cete prémiére Tentation lui ayant mal reüffi, le Démon a recours à une autre ; mais dans laquelle il manifefte davan-tage fon caractère : *Il mena Jefus dans la ville fainte,* dit l'E-vangelifte, c'eft-à-dire à Jerufalem, *& le plaça fur le haut du Temple.* Il eft vraifemblable, que ce fut fur le haut d'un des Portiques, dont les Toits étoient en plates formes, * en-vironnées d'un appui ; car pour le haut du Temple, propre-ment dit, il étoit impoffible de s'y tenir, puifqu'il étoit con-ftruit en Dome, & tout couvert de lames dorées, pour empêcher les oifeaux de s'y percher. C'eft donc vraifembla-blement fur le haut de l'un des Portiques, & apparemment fur celui, qui étoit au midi, & que ³ Jofephe repréfente d'une hauteur prodigieufe, à caufe de la profonde vallée, qui étoit au pied, en forte que l'on ne pouvóit regarder en bas, fans que la tête tournât. Jefus étant dans un endroit fi dangereux, le Démon lui dit, „ que s'il étoit le Fils de Dieu, il n'avoit „ qu'à

Matth. iv. 5.

Matth. iv. 6.

_____
* Comme les Toits des Orientaux étoient plats, Dieu avoit ordonné qu'on y mit des Baluftrades, Deut. xxii. 8.

„ qu'à fe précipiter en bas, parce qu'en ce cas-là, Dieu com-
„ manderoit à fes Anges, d'avoir foin de lui, & de le por-
„ ter dans leurs mains, en forte qu'il ne reçut aucune blef-
„ fure. " Cette promeffe étoit confirmée par les paroles du
Pf. xci. que le Démon cita,

Pf. xci.
11. 12.

La propofition paroit bien infenfée, & elle l'eft effectivement ; mais elle n'eft pas moins artificieufe qu'infenfée. Si
J. Chrift eft le Fils de Dieu, ne doit il pas croire aux promeffes de fon Pére, & s'affurer de fa protection? Que peut
il craindre en fe précipitant? Si donc il ne le fait pas, il faut
qu'il fe défie des promeffes de Dieu, & qu'il craigne de périr; & par confequent qu'il ne foit pas le Fils de Dieu.

Ici le deffein du Tentateur n'eft point obfcur. Il veut
faire périr le Seigneur. Perfuadé, que J. Chrift ne fauroit
tomber dans un fi affreux précipice fans fe brifer, & n'ofant l'y
jetter lui même, ou n'en ayant pas le pouvoir, il veut l'engager à s'y précipiter, par les fpécieux motifs de témoigner
fa confiance en Dieu, & de faire voir à tout le monde, qu'il
eft ce Fils bien aimé, dont le Prophète dit, que *les Anges le
porteront dans leurs mains, de peur que fon pié ne heurte contre
quelque pierre.* Si J. Chrift eft le Fils de Dieu, peut-il refufer cette épreuve ? Se défie-t-il donc des promeffes de fon
Pére? Craint-il le danger, quand Dieu l'affure qu'il n'a rien
à craindre? Quel miracle plus capable de convertir tout Jérufalem, que de voir le Seigneur fe jetter du fommet du Temple, dans un fi affreux précipice, fans fe faire aucun mal?
C'eft alors qu'on s'écriera de toutes parts, voilà celui, de
qui Dieu a dit par fon Prophète, *Qu'il dira à fes Anges, de
le porter fur leurs mains.* . .

C'eft ainfi, que l'artificieux Tentateur abufe de l'Ecriture, & que pour engager notre Seigneur, à faire une démarche téméraire & infenfée, il fe fert d'une promeffe, que Dieu
n'a faite qu'aux Fidéles, qui fuivent leur vocation & leur devoir, & qui fe conduifent par la prudence, auffi bien que
par la piété.

Certainement on ne fauroit affez admirer la fageffe & la
moderation, avec laquelle J. Chrift repouffe le trait enflam-
mé, que l'Efprit malin lance contre lui. Il eft vrai, répond
il: Ce que vous dites, eft dans l'Ecriture: mais il *y eft auffi
écrit, vous ne tenterez point le Seigneur votre Dieu:* Et ce feroit le tenter, de faire ce que vous me demandez.

Tenter Dieu eft une belle expreffion de l'Ecriture, qui veut
dire, demander des preuves de fa Providence, par des motifs de doute & d'incrédulité: C'eft vouloir éprouver, s'il
peut faire ce que nous fouhaitons, comme on le voit, en
con-

conferant les divers paſſages, * marquez à la marge. Les Iſraëlites tentent Dieu, lorſque manquant d'eau dans le Deſert, ils
commencent à douter de la protection de Dieu, & diſent
hautement, *le Seignéur eſt-il au milieu de nous, ou n'y eſt-il pas?* Exod. xvii. 7.
S'il y eſt, qu'il nous fourniſſe de l'eau : Et s'il n'y eſt pas,
Moïſe nous trompe, & veut nous faire périr. De là vient que
tenter Dieu eſt oppoſé à *ſe confier à Dieu,* comme on le voit
dans ces paroles du Livre de la Sageſſe : *Ceux qui ne le tentent* Sap. 1.
point, le trouvent, & il ſe fait connoître *à ceux qui ſe confient à* x. 3.
lui. Ainſi notre Seigneur répond au Démon, qu'il ne dou-
te point de la protection de Dieu ſon Pére, qu'il n'a pas beſoin d'en faire l'expérience, & qu'il ne veut, ni ne doit, lui
en demander de nouvelles preuves, ſur tout en ſe précipitant
témérairement & ſans néceſſité, parce que ce ſeroit *tenter Dieu,*
ce qui lui eſt défendu.

On voit dans ces réponſes du Seigneur, comme il réünit
la prudence du Serpent avec la ſimplicité des Colombes. Il évite Matth.
les pièges du Démon : Il ne les briſe pas. Il veut le laiſſer x. 16.
faire, juſqu'à ce qu'il ôte enfin tout-à-fait le maſque, & qu'il
montre à decouvert toute ſa malice & toute ſon ambition.
C'eſt ce qu'il va faire dans la troiſième & dernière Tentation.

Incertain encore, ſi Jeſus Chriſt eſt le Fils de Dieu, le
Seigneur lui ayant refuſé toutes les preuves qu'il demandoit,
il ne déſeſpere pas de le ſéduire : *Il le conduiſit donc ſur une* Matth.
haute montagne, & *lui montrant tous les Royaumes du monde* & iv. 8. 9.
leur gloire: Je vous donnerai, lui dit-il, toutes ces choſes, ſi vous
proſternant en terre, vous m'adorez.

Quel fut donc ce ſpectacle que le Démon fit voir à Jeſus?
Car comme la vuë humaine ne peut s'étendre ſur la terre qu'à
une diſtance aſſez bornée, il n'eſt pas poſſible, que du ſommet de la montagne, où le Seigneur étoit placé, il pût découvrir tous les Royaumes du monde, & leur magnificence.
N'eſt-ce donc point, que le Tentateur traça dans les airs, de
vains Phantomes, des images brillantes de Palais, de magnifiques Décorations? L'art humain en impoſe quelques
fois de la ſorte dans les ſpectacles, & il n'eſt pas impoſſible,
que d'autres Démons, miniſtres du Tentateur, ne l'ayent ai-
dé à former ce ſpectacle trompeur & éblouïſſant. D'habiles
Interprêtes ſont dans cette penſée: Mais n'eſt-ce point auſſi,
que le Démon montra à Jeſus, les plus beaux endroits de la
Syrie, en lui déſignant à l'Orient, la Monarchie des Parthes,
à l'Occident, dans l'Aſie & dans l'Egypte, les Etats poſſedez par les Romains, il lui propoſa de le rendre maitre de
ces

* Hebr. iii. 9. où l'Apotre fait alluſion au xvii. 2. 7. de l'Exode, Deut. vi. 16. Nomb. xiv. 22.
Pſ. lxxviii. 41. xcv. 8. 9. Judith viii. 12. Eſ. vii. 12. &c.

ces vaftes & riches Provinces, qui compofoient l'Empire:
On ne décide rien là-deffus: Tout ce qu'on peut dire, c'eft
que l'Ambition, le défir infatiable des Honneurs & de l'Autorité, étant la paffion des grandes Ames, & celle à laquel.
le elles ont tant de fois facrifié l'Humanité, la Juftice, la Réligion, le Tentateur effaya de féduire le Sauveur par des promeffes fi éblouiffantes, mais fi trompeufes: C'eft par l'efpérance d'être comme Dieu, qu'il avoit féduit le prémier Adam:
C'eft par celle d'être le Monarque univerfel du monde, Empire, qui ne convient qu'à Dieu, qu'il veut tâcher de féduire le nouvel Adam. *Je vous donnerai*, lui dit-il, *toutes ces cho-*
fes, tous les Royaumes du monde & leur gloire: Vil Efclave des
juftes jugemens de Dieu, fous le poids defquels il gémit,
n'ayant pour tout empire que celui de la mort, il s'érige en
maître du monde, en arbitre des Royaumes & des Couron-
nes, & s'arroge le pouvoir de Dieu, qui feul en difpofe, afin
d'obtenir les honneurs divins: *Je vous donnerai toutes ces chofes,*
fi vous proflernant devant moi, vous m'adorez. Mais c'eft en vain,
qu'il veut en impofer à la fageffe du Seigneut, & corrompre la Vertu même: Quand ces offres feroient auffi réelles, qu'elles font trompeufes, quelle impreffion pourroient-
elles faire fur l'Efprit de Jefus? Lui, qui eft venû fur la terre, *pour crucifier le monde & fa gloire*, pour détromper les hommes de l'amour du monde, en mettant en lumiere les biens
éternels, la vie & l'immortalité du Royaume des Cieux. Il
ofa propofer la plus criminelle de toutes les Idolatries à celui
qui n'eft venu dans le monde, que pour détruire l'Idolatrie,
& faire connoitre & fervir le vrai Dieu. Auffi à l'ouïe des
blafphèmes du Tentateur, Jefus, qui jufqu'alors avoit diffimulé les attentats de Satan, & qui s'étoit contenté de repouf-
fer avec la plus grande modération les traits, qu'il lançoit
contre fa vertu, ne retient plus l'indignation, dont il eft faifi, & chaffe le Tentateur par ces paroles foudroyantes: *Va*
arriere de moi, Satan, lui dit-il, en le nommant par fon nom,
afin qu'il n'ignorât plus, que le Seigneur le connoiffoit; *Car*
il eft écrit vous n'adorerez que le Seigneur votre Dieu, & ne fervi-
rez que lui feul. Alors le Démon confus, & fe voyant découvert avec tous fes artifices, fe retire: Les Anges viennent féliciter J. Chrift de fa victoire, lui rendre leurs hommages
comme au Fils de Dieu, & le fervir en cette qualité.

Matth.
III. 9.

Gal. vi.
14.

Math. iv.
10. 11.

D I S-

Ιησους εν τω ορει.   Matth.V.1.   JESUS IN MONTE.
Jesus in the Mount.   *Jesus sur la Montagne.*
Jesus auf dem Berg.   Jesus op den Bergh.

A. Houbraken del.   J. Mulder sculp.

DISCOURS XVI.

Jefus fur la Montagne. MATTH. V. VI. & VII.
LUC VI. 12. & fuiv.

USQU'ICI J. Chrift femble n'avoir fait, que préparer les hommes aux vertus E- vangeliques, par des exhortations généra- les à la repentance, & établir l'autorité di- vine de fa miffion par des guérifons mi- raculeufes: mais après en avoir ufé de la forte [1] un tems affez confiderable, il com- mença d'expofer à fes Difciples cette mo- rale fublime, qui eft contenuë dans le Sermon, qu'il fit fur la montagne: Ce fut là qu'il enfeigna une Doctrine toute nou- velle, & qu'il découvrit cette voye fi étroite & fi épineufe, qui mène à la vie éternelle, & dans laquelle il marcha le prémier.

Nous avons le Sermon du Seigneur, plus ou moins am- ple, dans les trois Evangeliftes, S. Matthieu, S. Marc, & S. Luc: Car il y a trop de conformitez entre le Sermon de J. Chrift, rapporté par S. Luc, & celui qui eft rapporté par S. Matthieu, pour douter que ce ne foit pas le même. Tou- te la difference confifte en ce que S. Luc ajoute quelques cir- conftances mémorables, que S. Matthieu a omiles, & qu'il a abrégé beaucoup le Difcours de nôtre Seigneur, que S. Matthieu nous a confervé plus entier & plus étendu. No- tre deffein n'eft pas d'expliquer un Difcours, qui contient toute la morale Evangelique, mais d'en confiderer les carac- tères, après avoir fait quelques reflexions fur les circonftan- ces marquées par S. Luc.

Cet Evangelifte nous apprend donc prémiérement, que J. Chrift *paffa en priére toute la nuit*, qui précéda cet admi- Luc vi; rable Sermon. C'étoit affez la coutume du Seigneur, de paffer la nuit à prier, & le jour à faire de bonnes œuvres: Qu'une Vie partagée de la forte eft une belle vie! La Pié- té & la Charité la rempliffent toute entiére. Le Seigneur paffe les jours à faire du bien aux hommes, à les guérir de l'ignorance & des vices par de faintes & touchantes inftruc- tions, & de leurs maladies par des operations miraculeufes: Après quoi il va fe délaffer de fes travaux dans le fein de

fon

fon Pére, & chercher fon repos & fa joye dans la contemplation de fes perfections.

Ceux qui négligent la priére, n'en connoiffent ni la nature, ni la vertu, ni la néceffité. Ils devroient l'apprendre du Seigneur, qui eft le modèle de tous les devoirs du Chrétien: D'autres femblent prier beaucoup, & tout bien confidéré, ils parlent, mais ils ne prient pas: Prier Dieu, c'eft fe rendre Dieu préfent par la penfée, le voir fouverainement adorable, & fouverainement redoutable, digne du plus profond refpect, & de la plus réligieufe crainte, & à la vuë de fes perfections & de fes bontez, fe remplir d'admiration & d'amour pour lui, & dans cet état lui expofer fes fentimens, fes befoins, lui promettre un dévouement entier, efperer tout de fa puiffance & de fa bonté, & lui foumettre tous fes defirs.

Luc vi. 12.
S. Luc nous apprend en fecond lieu, que J. Chrift ayant paffé la nuit à prier fur une montagne de Galilée, (les Anciens ont crû que c'étoit celle du Thabor) il en defcendit au point du jour, & qu'ayant trouvé au pié de la montagne *fes Difciples,* c'eft-à-dire, en général ceux qui s'étoient attachez à lui dès le commencement de fon miniftère, & qui faifoient profeffion de croire en lui, il en appella douze d'entre-eux par leur nom, & les fépara de la Troupe: Ce fut

Marc iii. 14.
alors qu'il déclara, qu'il les choififfoit, *pour être toûjours avec lui,* & pour les envoyer prêcher fa Doctrine de toutes parts:

Luc ubi fup.
C'eft auffi à caufe de cela, qu'il *les nomma* fes APOTRES, dit S. Luc, c'eft-à-dire, fes *Envoyez.* Il ne leur donna point encore le pouvoir de faire des miracles, pour confirmer fa Doctrine: Cela n'étoit pas néceffaire: Il ne pouvoit ignorer qu'il feroit encore avec eux: mais au bout de quelques mois,

Matth.x. 5.
Marc vi. 7.
les jugeant affez inftruits, *il les envoya deux à deux* prêcher fon Evangile, avec le pouvoir de guérir les maladies & de chaffer les Démons.

Cette remarque eft importante: On voit dans cette conduite la fageffe du Fils de Dieu, & les divers dégrez de la vocation des Apôtres. D'abord ils font confondus dans la foule des Difciples de J. Chrift, c'eft-à-dire, de ceux qui le fuivoient, & qui faifoient profeffion de le reconnoître pour un Miniftre envoyé de la part de Dieu: Enfuite J. Chrift les choifit & les fépare de la foule, pour être fes Apôtres, & les Prédicateurs de fa Doctrine Enfin il les revêt du pouvoir miraculeux des guérifons, au moment qu'il les envoye prêcher en fon nom: Ce font les lettres de créance qu'il leur donne, & qui leur étoient néceffaires, pour les faire écouter.

Autre remarque bien digne d'attention. J. Chrift ayant réfolu de choifir fes Apôtres, paffe en priére la nuit, qui
pré-

précéda cette élection: Cela fait penfer naturellement, qu'il
confulta Dieu fon Pére fur ce choix, & qu'il les recommanda à Dieu: N'eft-ce point ce qu'il dit lui-même, dans cette
admirable priére, qu'il prononça immédiatement avant que
de les quitter, & où il les recommanda d'une maniere fi forte & fi tendre à Dieu fon Pére, répétant plufieurs fois, que
c'eft *Dieu fon Pére qui les lui a donnez?* Jean XVII.
6-12.
S. Luc nous apprend en troifiéme lieu, qu'après ce choix Luc VI.
des douze Difciples, que le Seigneur avoit fait approcher de 17.
lui fur la pente de la montagne, il defcendit avec eux dans
la plaine, où un grand peuple étoit affemblé, & qu'il guérit
quantité de malades; mais comme il étoit accablé de la foule,
& qu'il fe propofoit d'ailleurs quelque chofe de plus important dans ce jour, *il remonta fur la même montagne*, & s'arrê- Matth.
tant fur la pente, *il s'y affit*, ayant auprès de lui ceux de fes v. 1.
Difciples, qu'il venoit d'honorer de la charge de fes Apôtres.
Quand il fut affis, il *jetta les yeux fur fes Difciples*, dit S. Luc VI.
Luc. On peut l'entendre des Difciples en général; mais il 20.
femble que S. Luc a voulu défigner ceux qui font nommez
Apôtres, parce qu'encore que les faintes maximes, que le Seigneur alloit enfeigner, regardaffent tous ceux qui croyoient
en J. Chrift, elles regardoient néanmoins plus particuliére-
ment fes Apôtres: Il y en a même, qui conviennent proprement à ces prémiers Miniftres de l'Evangile, comme nous le
verrons dans la fuite: Ainfi le Seigneur agit comme un Maitre ou un Roi, qui, après avoir choifi fes Ambaffadeurs, leur
donne fes Inftructions: tant pour eux, que pour ceux à qui
il les envoye: Elles font contenues ces inftructions dans le
fermon qu'il prononça, & fur lequel il faut faire quelques obfervations générales.
La prémiére roule fur la Queftion, favoir, fi nôtre Seigneur y corrige la Loi de Moïfe, & la *perfectionne*, ou s'il
ne fait que l'expofer, en corrigeant les fauffes glofes des Docteurs Juifs: On eft obligé indifpenfablement de toucher
cette Queftion, à caufe de ces mots répétez plufieurs fois,
Il a été dit aux Anciens, c'eft-à-dire à *vos Ancêtres*. La fe- Matth. v.
conde remarque générale regarde le deffein du Sauveur, qui 21. &
prononce des Maximes, qui font autant de Paradoxes: Quel- fuiv.
le vuë s'eft il propofée? On examinera dans la troifième, fi
plufieurs des Preceptes du Sauveur ne font que des Confeils
de perfection, ou des Loix abfolues & indifpenfables: On
verra en quatrième lieu, fi ces Commandemens, car s'en font
effectivement, & non des Confeils, regardent particuliére-
ment les Apôtres: On fera voir enfin, que s'ils conviennent
à tous les Chrétiens en général, ce ne peut être qu'avec cer-

Vol. V.   Sf   taines

taines limitations, relatives au tems, & avec certaines diftinctions, fans lefquelles ces Commandemens ne feroient pas pra-
ticables: Ce font là les confiderations, qu'il faut abfolument
faire fur le Difcours du Seigneur.

1. La prémiére Queftion, favoir, fi J. Chrift n'a fait qu'expofer la Loi de Moïfe, & mettre dans tout leur jour les Devoirs moraux qu'elle contient, ou s'il a étendu ces Devoirs,
& a donné à la Loi une perfection, qui lui manquoit, cette
Queftion, dis-je, tire fon origine des Difputes, que S. Auguftin eut avec les Manichéens. Ces Hérétiques, féduits par
les contrarietez, qu'ils croyoient remarquer entre la Loi de
Moïfe & la Loi du Sauveur, s'imaginèrent que celui qui a-
voit donné la Loi, & qu'ils nommoient par mépris *Adoneus*
à caufe du mot Hebreu, *Adonaï*, qui eft expliqué par Moïfe, & qui veut dire, *Seigneur*, n'étoit point le Pére de notre
Seigneur J. Chrift. Ils portèrent même leur audacieufe impiété, jufqu'à dire que c'étoit un mauvais Ange. S. Auguftin prit la défenfe de Dieu & de la Loi, & y réuffit bien;
mais, au jugement de plufieurs habiles Theologiens, il alla
trop loin, & en évitant une extrêmité, il fe jetta dans une
autre. Il prétendit donc, que J. Chrift n'avoit fait que rendre à la Loi de Moïfe tout fon luftre & toute fa beauté, en
la purifiant des explications relachées des Pharifiens & des
autres Docteurs Juifs: * Du moins eft il conftant, que ce
Pére

* *Du moins eft il conftant, que ce Pére s'éloigna de* (a) *la Doctrine de fes prédéceffeurs.* On peut même ajouter, qu'il s'éloigna de ce qu'il avoit lui-même enfeigné, lorfqu'il entreprit d'expliquer le Sermon
de J. Chrift, fur la montagne; puifque dans le Commentaire qu'il nous en a donné, il reconnoît avec
tous les Péres Grecs & Latins, que J. Chrift a perfectionné la Loi de Moïfe. Il eft bon de rapporter fes
paroles. (b) *Si quaeritur quid fignificat minus, bene intelligitur fignificare majora praecepta Juftitia, quia minora erant, quae Judaeis data funt. Unus tamen Deus per fanctos Prophetas & famulos fuos, fecundum ordinatiffi-
mam diftributionem temporum, dedit minora praecepta populo, quem adhuc timore alligari oportebat, & per filium fuum majora populo, quem caritate jam liberari conveniebat. Cum autem minora minoribus, majora majoribus dantur, ab eo dantur, qui folus novit congruentem fuis temporibus Generi Humano exhibere medicinam. Nec
mirum eft, quod dantur praecepta majora propter Regnum coelorum, & minora data funt propter Regnum terre-
num, ab eodem Deo, qui fecit coelum & terram.*
Il ne faut pas dire, que ce que l'on vient de rapporter eft échappé à ce Pére: Tout eft du même ftile: Sur ces mots, par exemple, *Ne croyez pas que je fois venu abolir la Loi* : *Je fuis venu l'accomplir*, voici comment il parle: *In hac fententia fenfus duplex eft, fecundum utrumque tractandum. Nam qui dicit,
Non veni solvere legem, sed implere, aut addendo dicit, quod minus habet, aut faciendo quod
habet. Illud ergo prius confideremus, quod primo pofui. Nam qui addit, quod minus habet, non utique folvit
quod invenit, fed magis perficiendo confirmat, & ideo fequitur & dicit: Amen dico vobis, donec tran-
seat coelum et terra, iota unum, aut unus apex non transiet a lege, donec
omnia fiant. Dum enim fiunt etiam illa, quae adduntur ad perfectionem, multo magis fiunt illa, quae praemif-
fa funt ad inchoationem. . . . Dico enim vobis, quia nisi abundaverit Justitia vestra
plusquan Pharisaeorum, id eft, nifi non folum illa minima Legis praecepta impleveritis, quae inchoant
hominem, fed etiam illa quae à me adduntur, qui non veni folvere Legem, fed adimplere, non intrabitis in Regnum
Coelorum.* . . . . .
Voilà ce que S. Auguftin enfeignoit, quand il fut exempt de paffion; mais lorfqu'il fut obligé de répondre à *Faufte* Manichéen, il changea entièrement de méthode: Et j'ofe dire, que tout Lecteur impartial, qui comparera fon Commentaire fur le Sermon de J. Chrift, avec fa réponfe au Manichéen,
le trouvera fi different de lui même, qu'il aura de la peine à fe perfuader, que c'eft le même Auteur,
qui a écrit ces deux Ouvrages.
(c) *Faufte* fait parler un Manichéen, qui rend raifon de fa foi, & qui dit, que ces mots de J. Chrift,
Je

(a) Voyez Origene contre Celfe lib. v. p. m. 272. Edit. Cantab. S. Chry. Hom. xvi. in Matth. v. in S. Bafil. in Pf. x.
Theophyl. in Evang. p. 28. Tertull. lib. iii. Cont. Marc. cap. xvi. S. Hieron. in Matth. v.
(b) Aug. T. iv. lib. 1. p. 119. *De Serm. Domini in monte.*
(c) Aug. Opet. T. vi. Contra Fauftum, lib. xix. p. m. 341. & feq.

Pére s'éloigna de la Doctrine de fes Prédéceffeurs, qui tous ont reconnu, que J. Chrift avoit donné des préceptes plus parfaits & plus fublimes, que ceux qui font contenus dans la

Je ne fuis pas venu abolir la Loi, mais l'accomplir, doivent être expliquez, & qu'on peut juger par ce qui " fuit, de quelle Loi & de quels Prophétes le Seigneur a voulu parler, ... „ Il faut donc diftinguer, " ajoute cet Hérétique, entre les préceptes, que les Anges ont autrefois donnez aux hommes par le " miniftère de Noé & de Seth, & ceux qui ont été donnez depuis aux Juifs par le miniftère de Moï-" fe. A l'égard des prémiers il eft certain, que le Seigneur ne les a point abolis, mais perfectionnez. " Car puifqu'il ne fe contente pas de défendre le Meurtre, l'Adultére, les faux Sermens, & qu'il défend " même la Colere, la Convoitife, & toutes fortes de Sermens: Il confirme ce qui avoit été défendu, & " y ajoute ce qu'il y avoit de défectueux: *In his enim & priora roborat, & quod defuit, adjecit.* Mais à " l'égard des préceptes donnez aux Juifs, loin de les confirmer & de les étendre, le Seigneur les a cer-" tainement abolis par des préceptes oppofez: Car voici comment il s'exprime: *Vous avez entendu qu'il* " *a été dit, œil pour œil, dent pour dent, mais moi je vous dis, fi quelqu'un vous frappe à la joue droite, pré-*" *fentez lui auffi l'autre.*

„ N'eft-ce pas abolir ce qui a été commandé par Moïfe ? *Hoc jam deftructio eft.* De même Moïfe " ordonne, *d'aimer fon prochain, ou fon ami, & de haïr fon ennemi*, & Jefus ordonne *d'aimer fes ennemis,* " *& de prier pour ceux qui nous perfécutent.* N'eft-ce pas abolir ce que le prémier a préfcrit? Enfin Moï-" fe permet à celui qui veut fe feparer de fa femme, *de lui donner la lettre de divorce*, & Jefus déclare que qui-" conque fe féparera d'avec fa femme, *fi ce n'eft pour caufe d'adultére, la rend adultére, & s'il fe remarie avec* " *une autre, il fe rend lui-même coupable d'adultére.* Cela n'eft-il pas directement contraire à ce que Moï-" fe a permis?

„ Voilà le fentiment du Manichéen, & voici la réponfe de S. Auguftin. Comme elle eft fort ample, je ne puis me réfoudre à la traduire; mais je vais en rapporter les principaux chefs. Il eft d'autant plus néceffaire de le faire, qu'il femble que c'eft de ce Chapitre xix. de S. Auguftin contre Faufte, qu'on a pris dans les Eglifes Proteftantes le fens que l'on donne aux maximes du Fils de Dieu. Ce Pére ré-pond donc 1. Que l'Ancienne Loi a été donnée pour humilier l'Homme, & le conduire à J. Chrift & à fa Grace. Il ajoute qu'il étoit impoffible que l'Homme d'accomplir la Loi; mais deux ou trois pa-ges enfuite, il déclare que les Fidéles du tems de Noé & de Seth, ont fort bien connu les préceptes de l'Evangile, & qu'ils les ont pratiquez avant la venue de J. Chrift: *Que fi les anciens Juftes,* dit-il, *ont* *enfeigné les mêmes chofes, je demande comment J. Chrift a pu rien ajouter à leur Juftice, ou à leur Doctrine? Quod fi illi antiqui Jufti, & talia docuerunt, quaero quemadmodum, vel eorum* JUSTITIAM DOCTRI-NAMQUE *Chriftus adimpleverit ?*

Il répond en 2. lieu, que J. Chrift a accompli les Cérémonies de l'Ancien Teftament, qui étoient def-tinées à figurer les principaux Evénemens de fa vie, & qu'il a fubftitué à ces Cérémonies celles du Bâ-teme & de la Ste. Céne. *Si Chriftus Legem & Prophetas non folviffet, adhuc promitteretur nafciturus; paf-furus, & refurrecturus, . . . quemadmodum illa Sacramenta perfonabant.   Sed annunciatur, quod natus fit, paffus fit, refurrexerit, quod haec Sacramenta, quae à Chriftianis aguntur, jam perfonant.*

3. Après cela il fait un reproche aux Manichéens, d'attribuer à la Loi de Moïfe, comme une maxi-me, qui lui eft propre, celle qui ordonne, *d'aimer fon prochain, & de haïr fon ennemi*, pendant que S. Paul dit, au prémier des Romains, *qu'il y a des hommes haïs de Dieu*, & que J. Chrift nous ordon-ne, *d'imiter le Pére célefte, qui fait lever fon Soleil fur les Juftes & fur les Injuftes. . . .* Que c'eft une er-reur de croire, que ces deux Preceptes, l'un de Moïfe, *vous haïrez votre ennemi*, l'autre de J. Chrift, *vous aimerez vos ennemis*, foyent oppofez: parce que tout homme méchant doit être haï, en qualité de vicieux, & aimé en qualité d'homme. *Quod unus quifque homo, in quantum eft, odio habendus eft; in quantum autem homo eft, diligendus eft.* Il en eft de même du précepte fuivant, *œil pour œil, dent pour* *dent*, il n'eft point oppofé à celui, que le Seigneur donne, *de ne pas réfifter à celui qui vous nous frapper*, puifque le prémier précepte n'a été donné, que pour réprimer la Colere, & pour lui fervir de frein: *Proinde oculum pro oculo non fomes, fed limes furoris eft.* On doit dire la même chofe du précepte de J. Chrift, qui défend à un mari de quitter fa femme, *fi ce n'eft pour caufe d'adultére*, il n'ajoute rien à ce que Moïfe avoit préfcrit, en permettant *au mari de répudier fa femme, pourvû qu'il lui donnât la lettre de Di-vorce*: Car comme il étoit obligé pour cela, de s'adreffer aux Scribes, qui devoient travailler à réunir les parties, & n'accorder cette lettre, qu'en cas de haine invincible; N'étoit ce pas mettre un obftacle au Divorce, & non le favorifer? *Expofuit Dominus quid Lex voluerit, cum paffim dimittenti uxorem jufferit li-bellum repudii dare.   Neque enim ait, Qui voluerit, dimittat uxorem fuam. . . . Sed utique nolebat dimitti uxo-rem à viro, qui hanc interpofuit moram. . . .*

Enfin ne trouvant pas apparemment, que tout ce qu'il venoit de dire fuffit, pour prouver, que J. Chrift n'avoit rien ajouté à fa Loi, ce Pére a recours à un expedient, c'eft d'extraire de tous les en-droits de l'Ancien Teftament, & en particulier du Livre des Proverbes, de celui de la Sageffe, & de l'Ecclefiaftique, des maximes conformes à celles que J. Chrift a préchées. C'eft affurement la meilleu-re réponfe, parce qu'on trouve effectivement dans les Livres Apocryphes des devoirs, qui approchent beaucoup de ceux, que J. Chrift a préfcrits. J. Chrift a préferis de ce qu'a dit S. Auguftin. Voilà un précis exact de ce que S. Auguftin a répondu a Faufte: Ceux qui ne voudront pas m'en croire, peuvent confulter l'Original. (Aug. Op. T. VI. Contra Fauftum lib. XIX.)

Je ne fai quel fera le jugement du Lecteur fur cette réponfe; mais fi j'avois à la combattre, j'irois chercher mes preuves dans S. Auguftin lui même, qui expliquant le Sermon du Fils de Dieu, fur la mon-tagne, expofe d'un côté les Devoirs de l'Ancienne Loi, & de l'autre ceux de la Nouvelle, en ajoutant perpétuellement que les derniers exigent de l'Homme infiniment plus que les prémiers; & que cela eft dans l'ordre, parce que la prémiere Loy ne promettoit à l'Homme que des biens temporels; au lieu que la feconde lui promet des biens éternels.

Je n'ai plus que deux réflexions à ajouter: La prémiére eft, que comme ce Pére, ayant à difputer contre les Manichéens, fut obligé de changer de fyftéme par rapport à la Grace, & de maintenir la li-berté de l'Homme, il fut obligé de changer de méthode dans l'explication des maximes du Fils de Dieu.

Ma

la Loi de Moïfe. Ils ne prétendoient pas diminuer par-là
l'excellence de la Loi, & moins encore la fainteté de Dieu,
qui l'a donnée: Ils ne prétendoient pas non plus relever la
gloire de l'Evangile, & du Sauveur, au préjudice de Moïfe &
de la Loi: Ils croyoient feulement, que la Perfection n'avoit
pas dû être manifeftée tout d'un coup: Que le Souverain
Légiflateur avoit eu quelque condefcendance pour les mœurs
d'un Peuple groffier & charnel, que l'Ecriture repréfente
comme un Peuple *rebelle & de colroide*, toûjours prêt à murmurer & à fe foulever contre fon Légiflateur: Que Dieu en
ufa alors, comme J. Chrift en ufa au commencement avec fes
Matth.
IX. 17. Difciples, par la raifon myftérieufe, *qu'il ne faut pas mettre
de vin nouveau dans de vieux vaiffeaux:* Que ce fut par cette raifon, que Dieu fe fit dreffer un Tabernacle, qu'il établit des
Sacrificateurs, qu'il ordonna tant de divers Sacrifices, & de
Cérémonies, qui ont un rapport manifefte avec celles des Gentils: quoique tout cela ne pût être nullement agréable à un
Dieu, qui *eft Efprit*, & dont l'Univers eft le Temple: Que
la Loi eft bien parfaite; mais qu'il y a *une perfection rélative*,
& *une perfection abfoluë*: Que la prémiére convient à la Loi,
& la feconde à l'Evangile: Que la fageffe & la bonté du Légiflateur ont voulû, qu'il relâchât quelque chofe de la Perfection abfolue, par complaifance, & par condefcendance pour
les Ifraëlites: bien entendu néanmoins, que cette condefcendance ne déroge en aucune maniere aux Perfections divines,
& qu'elle ne permette rien, qui foit contraire à la Juftice,
& à l'ordre invariable, qui réfulte des perfections de Dieu.
En un mot, la Loi étoit parfaite; mais d'une perfection ac-
commodée au génie & au caractére du Peuple, qui devoit
la recevoir, & l'obferver: Ce que l'on peut remarquer, en ce
qu'elle

Ma feconde réflexion eft, que quoique ce Pére ait en général bien expliqué les maximes du Fils de
Dieu, dans fon commentaire fur le Sermon du Seigneur, il lui eft échappé cependant des chofes, qui
fentent le Manichéifme, d'autres dont on pourroit abufer, & il y en a qui femblent excufer la repugnan-
ce, que les Manichéens avoient à recevoir les Loix de l'Ancien Teftament.
　(a) Ce qui font le Manichéifme, c'eft ce que dit ce Pére fur les Mariages fpirituels, où l'on ne s'u-
nit, que pour ne pas habiter enfemble, & fur lefquels il fait lui même des reproches à Faufte, dans le
Livre XIX. que nous avons déja cité. Les endroits dont on pourroit abufer, font ceux où S. Auguftin
dit, que J. Chrift ayant mis les mauvais défirs dans le rang de l'Adultére, & les Prophétes ayant appellé
l'Idolatrie une Infidélité, on peut fe feparer de fa femme, au cas que l'on puiffe la convaincre de mauvais défirs, ou d'Idolatrie. Il foutient même, qu'il eft permis à un mari d'habiter avec une perfonne
libre, pourvû que la femme y confente, & s'autorife de ce que dit S. Paul 1. Cor. VII. 4. qui affurément ne prouve rien de femblable. Et ce qui excufe les Manichéens, c'eft ce que dit (b) ce Pére à l'occafion de cette parole de J. Chrift à fes Apôtres, *Vous ne favez de quel Efprit vous êtes animez?* Comme les
Manichéens ne vouloient pas, que dans le Chriftianifme, on fit revivre le droit de faire mourir les Hérétiques & les Idolatres, ils rejettoient l'autorité de l'Ancien Teftament, d'où les Catholiques Perfé-
cuteurs tiroient leurs exemples & leurs preuves, & S. Auguftin, pour prouver qu'il eft permis de per-
fécuter, dit, que J. Chrift ne condamne pas ce que fit Elie, quand il fit defcendre le feu du Ciel fur
fes ennemis; mais qu'il condamne l'ignorance de fes Difciples, qui ne favoient pas, que le tems n'é-
toit pas encore venu d'en ufer de même . . . *Qui* (Manichaei) *adverfus corporales vindictas, quae funt in
veteri Teftamento, nefcio qua cœcitate acerrimè faeviunt, quo animo & qua diftributione temporum facta funt,
omnino nefcientes.*
　　(n) Aug. ubi fup. De Serm. Dni. libr 1. x 11. p. m. 134.
　　(b) Pag. 136.

qu'elle eft remplie de promeffes temporelles, & que l'on y voit
très peu & très obfcurément les promeffes de l'Immortalité,
beaucoup moins propres à toucher un Peuple charnel, que
les promeffes temporelles. L'Evangile au contraire a une
perfection abfolue: Il a été annoncé & pratiqué par le propre Fils de Dieu, qui *ayant mis en lumiére la Vie & l'Immortalité,* que la Loi ne promettoit qu'obfcurément ; a pû &
dû exiger des Hommes une plus grande fainteté: Les Devoirs doivent être plus fublimes, l'obéïffance plus parfaite ,
quand les motifs qui l'exigent, font plus grands & mis dans
un plus grand jour.

C'eft par ces raifons, que les Péres, qui précédérent S. Auguftin, & qui foutinrent que la Loi étoit l'ouvrage du Dieu
fuprême, Pére de nôtre Seigneur, ne firent pas difficulté de
reconnoître, qu'il avoit ajoûté à la Loi, & l'avoit perfection-
née: On ne prend point de parti fur cette matiere , fur laquelle on croit, que chacun doit avoir la liberté de choifir
ce qu'il trouve le mieux établi dans l'Ecriture: Car au fond,
quelque opinion que l'on prenne, l'important, le néceffaire,
eft de nous bien fouvenir, *que nous ne fommes pas fous la Loi,
mais fous la Grace;* que la Régle de nos obligations n'eft pas
proprement la Loi Mofaïque, mais celle de nôtre Sauveur;
& qu'ayant de fi grandes promeffes, rien ne doit être difficile, ou du moins impoffible , à celui qui eft perfuadé, &
qui croit fincérement en J. Chrift.

A ces confiderations, on peut en ajouter une autre, fur les
differens caractères de Moïfe & de J. Chrift. Moïfe donne
des Loix Civiles & Réligieufes tout enfemble. Elles font
accommodées à la République, qu'il forma, & deftinées à
en bannir, prémiérement l'Idolatrie, & fecondement l'Injuftice & les crimes: Il n'y a point de doute, qu'il n'exige la
pureté des intentions du cœur, fans lefquelles le culte & les
actions ne fauroient être agréables à Dieu; mais fon principal objet, ce font les actions, qui troublent la Société, & qui
affujettiffent aux peines: Il n'y en a point pour les fimples
intentions, pour les fimples défirs: Il a bien défendu la convoitife dans le Xme. Commandement; mais d'habiles Interprêtes, qui ont examiné la jufte fignification du terme de l'Original dans l'Ecriture, prétendent qu'il exprime les moyens in-
directs, que l'artificieux pécheur employe pour obtenir ce
qu'il veut arracher à fon prochain, fans être fujet à la peine
impofée par la Loi: A l'égard de nôtre Seigneur, fes Loix
font uniquement Réligieufes, parce qu'il n'a point fondé une
République féparée, mais une Eglife, qui devoit être compofée de toutes les Nations, & foumife aux differentes Loix

des Magiftrats, auxquels les divers membres de cette Eglife feroient fujets. Son but a donc moins été de régler les actions extérieures, déja réglées par la Loi, que les penfées & les défirs du cœur, & de purifier parfaitement l'Ame de fes Difciples: En un mot, d'établir la véritable vertu; Car il n'y en a point fans cela. Mais d'ailleurs, comme fon Eglife devoit être difperfée dans tous les Etats du monde, de là ces Loix de patience dans les plus grandes injures, Loix, qui ne conviennent qu'aux particuliers, & non aux Républiques, & aux Magiftrats, qui les gouvernent.

11. On s'étend un peu fur cette obfervation générale; mais on ne le fait que dans un efprit d'édification & de charité, & dans des vuës pacifiques. La feconde obfervation générale, qu'il faut faire fur le Sermon de nôtre Seigneur, éclaircit fon intention, & rend raifon pourquoi il commence par ces propofitions, qui fentent fi fort le paradoxe, & qui femblent plus propres à rebuter fes Difciples, qu'à fe les attacher: * *Heureux les Pauvres*: dit-il, *Heureux ceux qui font dans les pleurs ; Heureux ceux qui ont faim: Heureux ceux qui font perfécutez:* Pourquoi nôtre Seigneur commence-t-il fon Sermon par des véritez, fi capables de fcandalifer, non feulement les Difciples, qu'il vient de choifir, mais en général tous ceux qui les entendent? C'eft qu'il eft tems de défabufer les Juifs, fur les fauffes opinions, qu'ils avoient du Meffie: Il y a près de deux ans, que J. Chrift enfeigne: Il a confirmé fa Miffion par une infinité de guérifons miraculeufes: Il ne faut plus différer à défabufer fes Difciples des efpérances flatteufes, mais trompeufes, dont la Nation Judaïque étoit enchantée. Perfonne n'ignore, qu'elle attendoit un Meffie, qui comme un autre Moïfe, la délivreroit de l'oppreffion des Nations étrangères, & qui en les foumettant à la Réligion Judaïque, les foumettroit à fon Empire. C'eft ainfi que les Juifs, concevoient la vocation des Gentils: Ils deviendront les fujets du vrai Dieu, mais ce fera en devenant les fujets du Roi des Juifs, qui les fubjuguera par fes Armes victorieufes. Telles étoient les idées, qu'ils avoient du Régne de leur Meffie: Victoires, Profpéritez, Abondance, Paix délicieufe, affermie par la Puiffance temporelle: En un mot, les avantages des Régnes de David & de Salomon, tous deux figures du Chrift, les victoires du prémier, les richeffes & les plaifirs du fecond, devoient fe renouveller fous fon Régne: Quelques Oracles des Prophètes fembloient favorifer ces efpérances: d'autant plus difficiles à arracher des efprits, qu'elles

les

* Conferez Matth. v. 3, 4, 6, 10, 11. avec Luc vi. 20. & fuiv.

les y étoient affermies par les paffions du cœur, & qu'on les croyoit autorifées par la Réligion.

J. Chrift, comme on vient de le dire, ne les combattit pas d'abord: La Prudence, qui régle toutes les actions du Seigneur, ne le permettoit pas. Il falloit auparavant juftifier & établir fon Autorité: mais comme fon miniftére devoit être court, & qu'il eft déja au milieu de fa courfe, qu'il vient d'ailleurs de choifir les Difciples, qui doivent lui fucceder, il eft tems de leur révéler des fecrets, jufqu'alors inconnus, & de les défabufer: Il faut leur dire, *Heureux*, non les Riches, comme les Juifs le croyoient; mais *les Pauvres: Heureux* non ceux qui font dans la joye & dans les plaifirs ; mais ceux *qui font dans les pleurs: Heureux*, non ceux qui font dans l'abondance, mais ceux qui font dans la difette, & qui ont faim: *Heureux*, non ceux qui jouïffent d'une profonde paix , que perfonne n'oferoit troubler, mais ceux *qui font perfécutez.*

Tout cela dût paroître, on ne dira pas, extrêmement nouveau, mais extrêmement étrange à des Juifs, élevez dans des préjugez, & même dans une foi toute contraire: Cependant, fi les Difciples de J. Chrift en furent frappez, comme on n'en peut douter, ils n'en furent pas néanmoins fcandalifez: Leur Divin Maître les avoit déja éprouvez, & s'étoit affuré de leur fidélité: Et leur perféverance eft une preuve bien fenfible de la vérité des miracles du Sauveur: Par quels liens pouvoit-il les retenir, que par ceux de la Perfuafion? Et qui pouvoit leur perfuader que J. Chrift étoit le Fils de Dieu, fi ce n'eft les Miracles fans nombre, qu'il faifoit à leurs yeux?

III. Confideration: Il y a dans le Sermon du Sauveur des Préceptes, dont l'obfervation n'a paru convenir qu'aux Parfaits, & dont on a crû qu'on pouvoit fe difpenfer , fans courir rifque du falut: Tels ceux qui recommandent *la pauvreté*, & qui défendent *d'amaffer des tréfors fur la terre*: Ceux qui ordonnent, quand on a reçu *un foufflet fur une joüe*, *de préfenter l'autre*, & *de donner à tous ceux, qui nous demandent*, & *fi quelqu'un veut nous faire un procès*, *pour avoir notre robe, de lui laiffer auffi le manteau.* Comme ces Préceptes paroiffent contraires au Droit naturel, & livrer des Innocens fans défenfe, à la violence & à l'injuftice des Méchans, quelques-uns ont crû que ce font plûtôt des *Confeils*, qu'il eft libre de fuivre, ou de ne pas fuivre, que des Commandemens abfolus: Amaffer du bien fans injuftice, pourfuivre la réparation d'une injure, n'ont rien de mauvais: mais ne faire, ni l'un, ni l'autre, c'eft le mieux: c'eft *la Perfection*: c'eft obferver les Confeils.

Cette diftinction de Préceptes & de Confeils, peut avoir été introduite à bonne intention, mais on ofe affurer, qu'elle

Matth. v. 1.
Ib. vi. 19.
Ib. v. 39. 40.

le

le eft fauffe, & qu'elle a eu de très mauvaifes fuites dans la pratique. J. Chrift commande, il ne confeille pas. C'eft par tout le même ftile : Quand le Seigneur dit au jeune homme, qui vient lui demander, ce qu'il devoit faire, pour avoir la vie, *fi vous voulez être parfait, vendez ce que vous avez, & le donnez aux Pauvres:* C'étoit un véritable Commandement, dont l'obfervation devint néceffaire, dès que J. Chrift l'eut donné: On peut bien être fauvé fans vendre tout ce qu'on poffede, & fans le donner aux pauvres: Mais quand J. Chrift le commande, alors c'eft un Devoir néceffaire, & fi on ne le fait pas, c'eft parce qu'on eft avare, & qu'on aime plus fon bien que J. Chrift; ce qui exclud certainement du Royaume des Cieux.

Matth. XIX. 21.

Cette diftinction de Confeils & de Préceptes a eu des fuites très-pernicieufes. On a fait confifter la Perfection Chrétienne dans des obfervances, qui n'étoient tout au plus que des moyens d'y arriver: On a ouvert la porte à l'Orgueil, à l'Hypocrifie, au Phanatifme: On a mafqué les vices des apparences d'une fublime fainteté: Mais ce n'eft pas ce qu'il faut examiner ici: Il faut feulement juftifier les Préceptes du Seigneur, qui paroiffent contraires à l'ordre de la Société, à la Prudence, à la Juftice, à la fureté des Innocens: C'eft ce que nous allons faire dans la quatrième confideration générale fur le Sermon de J. Chrift.

IV. Il y a deux manieres de concilier quelques-uns des Préceptes de J. Chrift, avec la Prudence, la Juftice, & le Droit naturel. La prémiére eft d'expliquer ces Préceptes, & de les limiter de forte, qu'il ne bleffent point des véritez, que le bon fens & la Raifon ne fauroient abjurer. Comme il faudroit defcendre dans un détail, qui ne nous convient pas, nous renverrons les Lecteurs aux Remarques, que de favans Theologiens ont mifes dans des Editions du N. Teftament, qui font entre les mains de tout le monde. Nous indiquerons donc une autre maniére de réfoudre la difficulté: C'eft qu'encore que le Sermon de nôtre Seigneur s'adreffe à tous fes Difciples en général, il s'adreffe néanmoins en particulier à ceux qu'il venoit de choifir, qu'il avoit nommez fes Apôtres, & qu'il deftinoit à prêcher fon Evangile. S. Luc nous fait affez fentir cette vérité, lorfqu'après avoir rapporté l'Election des douze Apôtres, il dit, avant que rapporter le Sermon du Seigneur, *qu'il jetta les yeux fur fes Difciples,* ce qui doit s'entendre de ceux qu'il venoit de choifir: Car s'il s'agiffoit de toute la Troupe, pourquoi ces paroles? On regarde naturellement les perfonnes, à qui l'on parle.

Luc VI. 20.

Quoiqu'il en foit il eft conftant, qu'il y a des Préceptes du
Sau-

Sauveur, aufli bien que des Promefles, qui regardent, ou uniquement, ou principalement les Apôtres de J. Chrift, & que pour s'y être mépris, on eft tombé quelques fois dans des explications, qui ne font nullement naturelles. Par exemple, J. Chrift dit à fes Difciples, *Tout ce que vous demanderez* Jean xiv.
13. *au Pére en mon nom, je le ferai:* C'eft une promefle abfoluë, & fans limitation: Elle ne convient certainement qu'aux A: pôtres, qui étant dirigez par un Efprit infaillible, ne demanderoient jamais rien à Dieu, qui ne fût conforme à fa volonté. . . . . J. Chrift dit de même à fes Difciples, *Tout ce que* Matth.
xxi. 22. *vous demanderez dans vos prieres, fi vous les faites avec foi, vous l'obtiendrez:* Cette promefle, & la perfuafion, qu'elle exige, tout cela ne convient qu'aux Apôtres: Pour s'en convaincre, on n'a qu'à lire l'hiftoire qui précède, & qui fut l'occafion de cette promefle.

Jefus allant à Jérufalem, il eut faim, & voyant un Figuier, il s'en approcha; mais n'y trouvant que des feuilles, il le maudit: *Que jamais,* dit-il, *il ne naiffe aucun fruit de* Ib. vf.
18-22. *toi,* & au même inftant le Figuier fécha. Cet Evénement étonna les Difciples, qui s'entredemandoient les uns aux autres, *Comment eft-ce que ce Figuier eft devenu fec en un inftant?* Jefus leur répondit, *Je vous dis en verité, que fi vous avez la foi, & que vous ne doutiez point, non feulement vous pourrez faire ce qui a été fait à ce Figuier; mais même fi vous difiez à cette montagne:* Ote toi de ta place, & te jette dans la mer, *cela fe feroit:* A quoi il ajoute, *Et tout ce que vous demanderez dans vos prieres, fi vous le faites avec foi, vous l'obtiendrez.* Il eft évident, que cette promefle n'appartient qu'aux Apôtres: Cette foi d'obtenir tout ce qu'ils demanderoient à Dieu, ne convenoit qu'à eux.

Nous croyons qu'on doit juger de même, de plufieurs Préceptes, qui font dans le Sermon du Sauveur. Ils regardent les Apôtres: Ils font rélatifs à leur miniftére, au tems, & aux circonftances, dans lefquelles ils l'exerçoient: Ce font eux proprement, qui font *le fel de la Terre* par leur prédica- Matth. v.
13. tion: Ce font eux qui font *la lumière du monde.* Ils font *la Lam-* Ib. vf. 14. *pe, qui doit éclairer toute la maifon* de Dieu: *La ville affife fur* Ib. vf. 15. *une montagne,* expofée à la vuë de toute la Terre: Ce font Ib. vf. 14. eux, qui doivent *chercher prémiérement le Royaume de Dieu, &* Matth.
vi. 33. *fa Juftice,* c'eft-à-dire, chercher avant toutes chofes à établir partout *le Régne & la Juftice de Dieu:* Ce font eux qui étant les Prophètes du Nouveau Teftament, *feront perfécutez,* com- Matth. v.
12. me *on a perfécuté les Prophètes, qui les ont précedez.*

Ce principe étant fuppofé, qu'il y a dans le Sermon du Seigneur divers Préceptes, qui ne regardent proprement que

V v les

les Apôtres, les difficultez difparoiffent.   Il ne faut point recourir, pour les entendre, à certaines limitations * ou à certaines paroles fousentendues par J. Chrift, peut-être expri-
primées, mais omifes par les Evangeliftes: Ainfi quand notre Seigneur dit, *Ne vous amaffez point des tréfors fur la terre....*
Il n'a pas certainement défendu aux Chrétiens, d'amaffer du
bien par une prudente oeconomie, & par un travail honnête:
Mais il l'a défendu aux Apôtres, en qui on ne devoit appercevoir pas même une ombre de cet attachement pour le Bien,
qui eut pû fervir de prétexte à les accufer d'avarice: Quand
il leur défend, *de réfifter à ceux qui leur font du mal*, & qu'il
ajoute, *que fi quelqu'un les frappe à la joue droite, ils ayent à préfenter auffi l'autre ; Et que fi quelqu'un veut leur faire le procès pour
avoir leur robe, ils lui laiffent auffi le manteau:* Tout cela ne regarde que les Apôtres: Ce font des Préceptes rélatifs aux circonftances, dans lefquelles ils fe trouvoient.

J. Chrift leur dit encore, *de ne fe mettre point en peine, ni
pour ce qui regarde la vie, ni pour ce qui regarde le vêtement,* &
leur allegue les exemples *des oifeaux du Ciel ; qui ne fément, ni
ne moiffonnent, & des Lys des champs, qui ne travaillent, ni ne
filent:* Tout cela ne regarde que les Apôtres, qui ne devoient
s'occuper que des foins de leur miniftère, perfuadez que le
Seigneur, qui nourrit les oifeaux du Ciel, & revêt les Lys
des campagnes, auroit foin de nourrir & de vêtir fes Serviteurs.   Ce fut auffi pour cela que J. Chrift, les envoyant
prêcher, leur *défendit de prendre ni or , ni argent, ni monnoye
dans leurs ceintures, ni fac pour le voyage, ni deux habits,* ni d'autres *fouliers*, que ceux qu'ils portoient, ni d'autre *bâton*, que
celui qu'ils avoient à la main: Ils voulut que pendant fa vie,
ils fiffent l'expérience du foin, que la Providence prendroit
de leur fournir tout ce qui leur étoit néceffaire: Car étant
les Miniftres & les Serviteurs de Dieu, *ils étoient dignes, qu'il
leur donnât leur nourriture.*

C'eft ainfi que nous croyons, qu'on doit entendre plufieurs des Préceptes du Sauveur. Il les donne tous à fes A-
pôtres: Il y en a qui ne conviennent qu'à eux, à caufe de leur
miniftère, & des circonftances, dans lefquelles ils fe trouvoient: Il y en a d'autres, qui conviennent & aux Apôtres,
& à tous les Fidéles en général, & à tous les tems.

v. Si pourtant on aime mieux , en fuivant le grand nombre des Interprêtes, regarder tous ces Préceptes, comme des
Préceptes généraux , & perpétuels , qui obligent par conféquent tous les Chrétiens, & dans tous les tems, il faudra y
ap-

Margin notes: Matth. vi. 19. — Matth. v. 38. — Matth. vi. 25. & fuiv. — Matth. x. 9. — Ib. vf. 9.

* Voyez les notes de Mr. le Clerc, fur divers paffages de ce Sermon.

apporter des reftrictions, & des diftinctions, qu'on aura de
la peine à accommoder avec les paroles du Sauveur, & l'on
fe verra forcé de les expliquer d'une maniére, qui ne fera pas
fort naturelle: Cependant on laiffe à la liberté du Lecteur, de
choifir ce qui lui paroitra le plus jufte: Car on ne fe propofe
que fon édification.

J'ai feulement une réflexion à ajouter. Il me femble, que
ce qui a contribué à accréditer la vie Monaftique, & à juftifier ceux qui l'embraffoient, c'eft l'idée où l'on a été que
les Maximes que le Fils de Dieu prêche dans ce Sermon, font
des Maximes, qui conviennent aux Chrétiens dans tous les
tems. Je ne fai ce qu'auroient à dire ceux, qui les regardent
de la forte: Au moins feroit il à fouhaiter, qu'ils puffent fe
rendre le témoignage, que fe rend le Manichéen, que *Faufte* introduit: témoignage d'autant plus honorable, que S. Auguftin n'ofe le démentir dans fa réponfe. Le voici. „ ²Vous
„ me demandez, *Faufte*, fi je reçois l'Evangile; Il paroit bien
„ que je le reçois, puifque j'en obferve les préceptes. C'eft
„ à ceux en qui l'on ne voit rien d'Evangelique, que vous
„ devez demander, s'ils reçoivent l'Evangile. J'ai abandon-
„ né mon Pére, & ma Mére, ma Femme & mes Enfans,
„ & tout ce que l'Evangile m'ordonne d'abandonner, & vous
„ me demandez fi je reçois l'Evangile? Il femble que vous igno-
„ riez ce que c'eft que l'Evangile, qui n'eft autre chofe que
„ ce que J. Chrift a prêché & ordonné. Je me fuis dépouil-
„ lé de mon or & de mon argent: Je n'ai point de mon-
„ noye dans ma ceinture, & je me contente de ce que j'ai à
„ manger chaque jour. Je n'ai aucun fouci du lendemain, de
„ la nature des alimens dont je me nourris, ou de la qualité
„ des vêtemens dont je me vêts, & vous me demandez fi je re-
„ çois l'Evangile? Vous voyez en moi les béatitudes du Sei-
„ gneur, celles qui font l'Evangile, & vous me demandez
„ fi je reçois l'Evangile? Vous me voyez pauvre, doux, pa-
„ cifique; vous voyez que j'ai le cœur pur, que je gémis, que
„ je fouffre la faim, la foif, les perfécutions & les haines à
„ caufe de la Juftice, & vous doutez encore fi je reçois l'E-
„ vangile? On ne doit donc plus s'étonner que Jean Bâtif-
„ te, après avoir vû J. Chrift, & avoir ouï, les miracles qu'il
„ faifoit, ait pû lui faire demander s'il étoit véritablement le
„ Chrift: à quoi le Seigneur avec raifon ne daigna pas répon-
„ dre, qu'il l'étoit affurément: Il fe contenta de lui faire di-
„ re, qu'il faifoit actuellement les œuvres qui devoient faire
„ reconnoitre le Meffie: Allez & dites à Jean: *Les Aveugles
„ voyent, les fourds entendent, les morts reffufcitent....* Il me femble
„ que je fuis en droit de vous faire une réponfe femblable,

„ fi

„ fi vous perfiftez à me faire la même Queftion: *J'ai tout*
„ *quitté pour l'Evangile:* Cette réponfe doit vous fuffire, *&*
„ *heureux celui, pour qui je ne ferai point un fujet de fcandale.*
Ainfi parle un Hérétique, & je doute qu'il y ait eu de Chrétien Orthodoxe qui ofât parler comme lui, fans crainte d'être
contredit par un Adverfaire. Il ne le fut pas à cet égard,
comme on le voit par la réponfe de S. Auguftin, qui ne reproche point de vices à fon Ennemi ; mais des Erreurs, &
qui eft réduit à juftifier du mieux qu'il peut, les perfécutions,
qu'on lui fait fouffrir, & à ceux de fa Secte.

D I S.

NUPTIAE FACTAE IN GALILEA.

DISCOURS XVII.

Les Nôces de Cana en Galilée. JEAN II. 1-11.

N auroit dû mettre ce Difcours fur le mi-
racle fait aux Nôces de Cana, avant celui
qui précéde; Car comme on l'a remarqué,
J. Chrift prononça le Sermon fur la montagne, après qu'il eut opéré un grand nombre de guérifons miraculeufes, & qu'il eut
célébré la feconde Pâque depuis fon miniftère: Au lieu que le miracle de Cana
arriva peu de tems après fon Bâtême, & avant la prémiére
Pâque; outre que ce fut le *prémier miracle, que le Seigneur opera,* Jean II. 13.
comme S. Jean le dit. Jean II. 11.

Jefus venoit de quitter Jean, qui fe tenoit à Bethabara au
delà du Jourdain, & étoit retourné en Galilée, fituée en deça de ce Fleuve, lorfqu'il fut invité avec fa Mére & fes Difciples, à des Nôces, qui fe faifoient à ¹ Cana, Ville de Galilée. Apparemment l'Epoux, ou l'Epoufe, étoient parens
du Seigneur. Auffi y a-t-il eu ² des Interprêtes, qui ont crû
que ces Nôces, étoient celle de S. Jean l'Evangelifte, ce qui
feroit contraire à la Tradition, qui veut que S. Jean n'ait jamais été marié; mais auffi cette Tradition n'a-t-elle rien de
certain.

J. Chrift ne fait aucune difficulté d'y aller, ce qui a donné lieu à S. ³ Chryfoftome, de faire des réflexions fort judi-
cieufes fur le Mariage, qui fût condamné par quantité d'Anciens Hérétiques, dont les Hypothéfes étoient differentes:
Les uns croyant que le Mariage eft mauvais, parce qu'il fert
à unir des Ames innocentes & immortelles à des corps charnels, qui font l'origine & le fiege des Paffions vicieufes: Les
autres, que c'eft un état d'imperfection, qui ne convient plus
à des Perfonnes, qui, à l'exemple du Sauveur, doivent afpirer à
la perfection. Si J. Chrift n'avoit pas approuvé le Mariage, il
ne fe feroit pas trouvé à des Nôces, & n'auroit pas fait un Miracle en faveur de l'Epoux, & pour réjouir les conviez: Il voulut même que fes Difciples participaffent à la joye de cette
Fête, afin qu'ils fuffent témoins de ce qui devoit y arriver.

Jefus n'avoit encore que quatre ou cinq Difciples, c'eft-
à-dire, quatre ou cinq Perfonnes, qui le reconnoiffoient pour

Jean 1.
31.
le Meſſie. *André*, & un autre que l'Evangeliſte ne nomme
pas, ayant ouï le témoignage que lui rendoit Jean Bâtiſte
ſe détachèrent de leur Maître avec ſon conſentement, pour
Ib. vſ.
41, 43. ſuivre Jeſus: André fit connoitre Jeſus à *Simon* ſon Frere;
Ib. vſ. 44.
& ſuiv. Et *Philippe*, que Jeſus avoit appellé, le fit connoître à *Nathanaël.*

Ce fut avec ces prémiers Diſciples, & avec la Ste. Vierge
ſa mére, que Jeſus alla à Cana. Les Nôces ſont des Fêtes,
où les Conviez ſe réjouïſſent, & quand ce n'eſt pas une joye
profane & licentieuſe, il n'y a que des eſprits chagrins, &
malins (caractéres, qui ſont d'ordinaire unis) qui puiſſent
s'en ſcandalizer. Notre Seigneur n'avoit point cette vertu
farouche, qui met au rang des crimes, les divertiſſemens innocens: Il ſe trouve dans les Feſtins, où l'on uſe avec actions de graces, des biens, que Dieu a donnez aux hommes,
pour en jouïr

Soit que l'Aſſemblée ſe trouvât plus nombreuſe, que l'E-
poux ne l'avoit crû, ou que l'on y eut bû au delà de ce qu'il
avoit prévû, le Vin manqua vers la fin du repas: Marie,
qui en fut inſtruite, voyant la confuſion que cela pourroit
cauſer à l'Epoux, dit, apparemment tout bas au Seigneur,
Jean II.
3. *Ils n'ont point de vin.* On voit bien ſa penſée: Elle voudroit
que Jeſus en fournît par un miracle: Mais comment ſait elle, que le Seigneur a le pouvoir d'en opérer? Il n'en a point
fait encore: Car pour les prétendus miracles de ſon Enfance,
on ne les trouve que dans de miſerables Ecrits, qui quoiqu'anciens pour le fonds, & méritent aucune créance, & n'en ont
point trouvé chez les anciens Péres les plus judicieux: Surquoi donc Marie eſt elle fondée, à demander indirectement
à J. Chriſt, qu'il ſupplée par ſa puiſſance au manque impre-
vû du Vin néceſſaire pour la Fête.

La Sainte Vierge n'ignoroit pas, quel étoit le divin Fils,
qu'elle avoit mis au monde; Comment elle l'avoit conçû,
ce que l'Ange lui avoit dit, ce qu'avoit dit Simeon, lorſqu'a-
nimé par le S. Eſprit, il le tenoit entre ſes bras: Elle n'ignoroit pas non plus ce qui s'étoit paſſé à ſon Bârême, lorſque
Dieu le proclama ſon Fils, & l'oignit du S. Eſprit: Enfin
elle n'ignoroit pas le témoignage, que Jean Bâtiſte lui avoit
rendu: Elle ſait qu'il va commencer ſon miniſtère: Elle voit
déja quelques Diſciples à ſa ſuite: Et elle s'attend bien qu'à
l'exemple de Moïſe & des Prophétes, il ſe fera connoitre pour
le Fils de Dieu, & pour le Liberateur d'Iſraël, par des oeu-
vres miraculeuſes: Elle ſe ſouvient, que le Peuple d'Iſraël,
manquant tantôt de pain, & tantot d'eau dans le Déſert,
Moïſe leur fournit l'un & l'autre: La néceſſité n'eſt pas à la
vérité

vérité pareille; mais pourtant il y a une forte de néceffité: D'ailleurs elle afpire à voir fon Fils manifefter fa puiffance, & faire connoître enfin ce qu'il eft: Elle en trouve l'occafion: Elle la faifit, & demande à J. Chrift indirectement d'en donner une preuve: *Ils n'ont point de Vin,* dit elle au Seigneur.

A n'en juger que par les apparences, la demande que Marie fait à Jefus, n'a rien qui ne doive plaire au Seigneur: N'y a-t-il pas de la charité, à épargner à l'Epoux la confufion, de n'avoir pas fait la provifion de Vin néceffaire, pour fournir à l'honnête récréation des Conviez? Son peu de précaution à cet égard, peut le rendre fufpect d'avarice: Cette demande ne fait elle pas voir la perfuafion où eft Marie, que Jefus peut produire du vin, quand il lui plaira, & par conféquent que Dieu l'a revêtû d'un pouvoir furnaturel? Cette demande n'eft elle pas tournée de la maniere du monde la plus refpectueufe? Marie ne fait qu'infinuer à Jefus ce qu'elle défire: C'eft ainfi que Marthe & Marie, fœurs de Lazare, ayant envoyé des Meffagers à Jefus, qui étoit alors en Galilée, à deux ou trois journées de Bethanie, fe contentent de lui notifier la maladie de leur Frere: *Seigneur, celui que vous aimez, eft malade:* Jean 11. Elles ne lui préfcrivent rien: Elles laiffent agir fa fageffe & fa bonté: Marie en ufe de même: Elle fe contente de faire connoître à Jefus l'embarras où l'on fe trouve, comme à celui qui peut feul y remédier. Ce n'eft donc qu'un avis de charité, donné par une perfonne très chére & très eftimable, qui reconnoit le pouvoir & la bonté de celui, à qui elle s'adreffe, & qui prend le tour le plus refpectueux & le plus modefte, pour lui découvrir ce qu'elle fouhaite; Et cela eft d'autant plus remarquable, que c'eft une Mére qui parle à fon Fils, & la plus digne Mére qui fut jamais.

Ces réflexions paroiffent juftes, & le feroient effectivement, s'il ne s'agiffoit pas du Fils de Dieu; mais il s'agit de lui, & des fonctions de fa charge, ce qui rend la demande de Marie fort indifcréte, & ce qui fut caufe de la févére réprimende, qu'il lui fit en ces termes: *Qu'y a-t-il entre vous & moi, Femme?* Jean 11. *Mon heure n'eft pas encore venue.* Cette cenfure eft bien forte: Et le mot de *Femme,* en parlant à une Mére, la rend encore plus forte: On diroit que le Seigneur ne la reconnoit plus, & qu'elle a perdu fon autorité, quoi qu'elle femble n'en pas ufer, ou qu'elle en ufe avec la plus grande moderation. *Qu'y a-t-il entre vous & moi?* C'eft ce qu'on diroit à des perfonnes qu'on ne connoit point: Et quelle liaifon n'y a-t-il point entre elle & le Seigneur? N'eft-ce pas elle qui l'a conçû? Qui l'a porté dans fes chaftes entrailles? Qui l'a nourri du lait de fes

mam-

mammelles? Qui l'a élevé avec toute la tendreſſe d'une Mére
pour un Fils unique, pour un Fils que le Ciel lui a donné,
& qu'il a donné par elle au monde? Ne pouvoit elle pas répondre, *Et que n'y a-t-il pas entre vous & moi?* Avez vous oublié ce que je vous ai fait, & ce que vous m'êtes? Une Mére
oublieroit elle ſon Fils unique, & un Fils unique comme vous
oublieroit-il ſa Mére?

Cette reprimande paroit effectivement fort dure ; mais comme il n'échappe rien à notre Seigneur : que ſes paroles & ſes
démarches ſont meſurées par ſa ſageſſe, il faut tâcher de découvrir, ce qui l'obligea de faire ce reproche à la ſainte Vierge.

Cette expreſſion, *Qu'y a-t-il entre vous & moi?* qui ſe trouve * en pluſieurs endroits de l'Ecriture, ſignifie quelquefois -
Quels démélez avons nous enſemble? Pourquoi me faites vous tort?
Que vous ai-je fait? C'eſt en ce ſens que des Démoniaques
voyant Jeſus, ſe mettent à crier, *Qu'y a-t-il entre vous & nous,*
Jeſus, Fils de Dieu? C'eſt-à-dire, *Que vous avons nous fait, pour*
venir nous tourmenter avant le tems? Quelquefois elle veut dire,
Dequoi vous mêlez vous de ce qui nous regarde : Nos affaires ſont el-
les les vôtres? C'eſt ainſi que David dit à Abiſſaï, qui ne pouvant ſouffrir les outrages que Semeï diſoit à David, demande à ce Prince de lui permettre d'aller couper la tête à cet in-
ſolent Blaſphemateur : *Qu'y a-t-il entre vous & moi?* lui répondit David, c'eſt-à-dire, *Pourquoi vous mêlez vous de ce qui ne vous*
regarde pas? C'eſt mon affaire & non pas la vôtre. Il faut pourtant remarquer que ce tour emporte une ſorte d'indignation :
Ce n'eſt pas refuſer ce qu'on nous demande, c'eſt en déſap-
prouver & en condamner la propoſition : En un mot, c'eſt
une plainte, une cenſure, un reproche, que S. Chryſoſtome
a exprimé par ces mots, [4] *Femme, éloignez vous de moi.* Jeſus
repouſſe Marie, comme une perſonne qui vient tenter ſa puiſſance, parce qu'en effet, après ce qu'elle lui avoit dit, il étoit
réduit, ou à faire le miracle qu'elle demandoit, ou à laiſſer
croire à toute l'aſſemblée, qu'il manquoit de pouvoir, ou de
bonne volonté.

C'eſt ainſi que par un zèle imprudent on peut commettre
les grands Hommes, & que Marie elle même, toute pleine
de vertus, oublie dans cette occaſion la déférence qu'elle doit
au Fils de Dieu, juſqu'à vouloir s'ingérer dans les fonctions
de ſon miniſtère : Ce qui l'oblige à lui faire ſentir qu'à cet é-
gard elle n'a aucune autorité ſur lui : Elle n'eſt plus Mére : Elle eſt une ſimple Femme : *Femme*, lui dit-il, *qu'y a-t-il entre vous*
& moi? Ecoutons là-deſſus [5] S. Chryſoſtome, dont les réflexions

Marginal notes:
Matth.
VIII. 29.

1. Rois
XVII. 18.

* Jug. XI. 12. 2. Chron. XXXV. 21. Eſd. IV. 3. &c.

xions font fort fenfées, & fort inftructives, quoi qu'il en ait
mêlé quelques unes, qui ne touchent pas proprement notre
fujet, mais qui ne laiffent pas d'y avoir du rapport.

Il explique la réponfe que Jefus fait à Marie; Et comme
elle ne paroit pas convenir à un Fils, „ Ce n'eft pas, pourfuit
„ il, que Jefus n'eut beaucoup de refpect pour fa SainteMé-
„ re: Car S. Luc nous apprend *qu'il lui étoit foumis*, auffi- Luc ii.
„ bien qu'à *Jofeph*, qui lui tenoit lieu de Pére fur la terre, ⁵¹·
„ & l'on voit avec quelle tendreffe il la recommanda à S. Jean,
„ lorfqu'il fut fur le point d'expirer; *Femme*, dit-il à Marie, Jean xix.
„ *voilà votre Fils; Fils*, dit-il à S. Jean, *voilà votre Mére*. Tant ¹⁶·
„ que nos Parens, continuë ce Pére, ne s'oppofent pas à ce
„ que nous devons à Dieu, il eft jufte, il eft néceffaire de
„ leur obéïr, & l'on ne peut s'en difpenfer fans crime; mais
„ lorfqu'il leur arrive de demander des chofes à contre-tems,
„ & de s'oppofer à des deffeins pieux, il ne convient plus
„ de leur obéïr: C'eft pour cela que le Seigneur répond com-
„ me il fait dans cette occafion, & qu'il dit dans une autre,
„ *Qui eft ma Mére, & qui font mes Fréres?* Sa Mére & fes Fréres
„ n'avoient pas encore l'idée qu'ils devoient avoir de lui, &
„ felon la coûtume des Méres, Marie prétendoit être en droit
„ d'ordonner tout à fon Fils, pendant qu'elle devoit l'hono-
„ rér & le refpecter comme fon Maître. Confiderez, pour-
„ fuit S. Chryfoftome, combien il étoit peu convenable, que
„ pendant que tout le peuple étoit attentif à écouter J. Chrift,
„ Marie veut mettre des obftacles à l'utilité publique, en in-
„ terrompant le Seigneur pour des affaires particulieres: C'eft
„ ce qui lui fit dire alors, *Qui eft ma Mére, & qui font mes Fré-* Marc iii.
„ *res?* Comme s'il les eut méconnus: Non qu'il eut du mé- ³³·
„ pris pour fa Mére, à Dieu ne plaife! mais parce qu'il avoit
„ pour objet l'utilité générale, & qu'il ne vouloit pas donner
„ lieu aux autres de fe former des idées peu dignes de lui, il
„ répond comme il fait aux meffagers qu'elle envoye. Il étoit
„ occupé à inftruire, & travailloit à infpirer à fes auditeurs la
„ vénération qui lui étoit dûe, & Marie n'en devoit elle pas
„ donner la prémiére l'exemple? Certainement jamais il n'eut
„ élévé Marie à ce haut degré de gloire, où elle fe trouve
„ placée, fi elle eut toujours crû devoir être honorée par fon
„ Fils, & qu'elle ne l'eut pas confideré comme fon Maître:
„ C'eft donc pour inftruire Marie, qu'il en ufe comme il fait:
„ Ainfi lorfque vous entendez le Seigneur répondre à cette
„ femme, qui s'écria, *Heureux le ventre qui vous a porté!* Heu- Luc xi.
„ *reufes les mammelles qui vous ont allaité!* Lorfque vous l'enten- ⁴⁷; ²⁸·
„ dez répondre: *Dites plûtot, Heureux ceux qui écoutent la pa-*

„ *role de Dieu, & qui la mettent en pratique ;* fouvenez vous que
„ le deſſein du Seigneur , n'eſt pas de témoigner aucun mé-
„ pris pour ſa Mére, mais de montrer que le titre de Mére
„ ne ſerviroit de rien à Marie, ſi elle ne l'emportoit ſur les
„ autres femmes du côté de la foi & des vertus : Comme il
„ n'auroit donc ſervi de rien à Marie, d'avoir mis au monde
„ le Fils de Dieu, ſi elle n'avoit point eu les vertus qu'il com-
„ mande : à plus forte raiſon les vertus d'un Pére, d'un Fré-
„ re, d'une Mére, d'un Fils, ne pourront nous être d'aucune
Pſ. xlix. „ utilité, ſi nous n'y joignons nos propres vertus : *Le Frére,*
8. „ dit David, *ne ſauroit rachetter ſon Frére* : Car, après la gra-
„ ce de Dieu, ce n'eſt que de nos propres vertus que nous
„ pouvons eſpérer le ſalut, & non des vertus d'un autre hom-
„ me , puiſque ſi ces vertus empruntées avoient pû ſervir à
„ Marie, elles auroient ſervi de même aux Juifs, le Seigneur
„ Jeſus étant leur Frére du coté de la chair : Elles auroient
„ ſervi à ſes Parens ; mais ſes Parens auroient ſubi la même
„ condamnation que le reſte du monde, *s'ils n'euſſent bril-
„ lé par leurs propres vertus. La Ville qui l'a vû naître, a été
„ réduite en cendre : Ses Concitoyens ont péri miſérablement :
„ Ses Proches même nous ſont preſque inconnus : Leurs noms
„ ſont à peine parvenus juſqu'à nous : Mais ſes Apôtres ont
„ été ſes vrais Parens, & ils nous ont fait voir que pour être
„ allié à J. Chriſt, il faut lui obéïr. . . . . Leurs Noms &
„ leurs Actions ſont célèbres partout : Et pour tout dire en
„ un mot, ſachez que la vertu des autres , & de J. Chriſt
„ même, ne peut ſervir qu'à nous condamner, ſi nous ne l'i-
„ mitons pas. "

Jean ii. Jeſus ayant réprimé de la ſorte l'impatience de la Sainte Vier-
9. ge, & ſi on l'oſe dire, ſa témérité , ajoute, *Mon heure n'eſt
pas encore venuë.* On entend d'ordinaire pas ces mots , que
le tems de faire des miracles , & de manifeſter ſa puiſſance
n'étoit pas encore venu : Et il eſt vrai que cette expreſſion ,
Rom. 13. *mon heure,* peut fort bien ſignifier *le tems convenable ;* mais
11. Apoc. cette explication ſouffre une grande difficulté , & met de la
xiv. 15. contradiction entre les paroles & les actions du Sauveur : Car
Jean xiii.
2. Luc. il dit à Marie, que le tems de déployer ſa puiſſance n'eſt pas
xxii. 53. encore venu, & dans le moment même il la déploye, & fait
préciſément ce qu'elle demande : Cela eſt contradictoire : Il
eſt vrai , que l'on peut alléguer l'exemple de la Cananéene,
Matth. à qui J. Chriſt réſiſta longtems, en lui diſant, *qu'il n'étoit ve-
xv. 24. *nu que pour les brebis de la maiſon d'Iſraël, qui périſſoient ;* ajou-
& ſuiv. tant même cette parole, qui ſemble un peu dure dans ſa bouche, *Il n'eſt pas juſte d'oter le pain des enfans, pour le donner aux*
                                                        petits

petits chiens. Cependant, après ces refus réïterez, il lui accorde la grace qu'elle lui demandoit ; mais la réfiftance du Seigneur n'a pour but, que d'exciter la foi de cette femme, & d'éprouver fa perféverance : Ce n'eft pas la même chofe ici : Le Seigneur ne veut point éprouver la foi, & la perféverance de fa Sainte Mére.

C'eft ce qui nous oblige à donner une autre explication à fes paroles : *L'heure* du Fils de Dieu, dans le ftile de S. Jean, c'eft *le tems* de fa mort : *Les Juifs cherchoient donc à le prendre,* dit notre Evangelifte, *mais perfonne ne mit fa main fur lui, parce que* SON HEURE, *n'étoit pas encore venue.* Et ailleurs, *Jefus fachant que* SON HEURE, *étoit venue :* Et encore, *Pére, délivre moi de* CETTE HEURE, dit J. Chrift lui-même : Ce fens eft naturel : Il eft vrai, il eft beau : Et en nous découvrant ce que J. Chrift blâme en Marie, il nous découvre la complaifance du Seigneur pour fa Mére, à laquelle il daigne accorder un miracle, pour ne lui pas donner la confufion, de l'avoir demandé inutilement, bien qu'il s'apperçoive qu'une ^r vanité fecrete l'a portée à le demander dans cette occafion.

Cela étant, il y a deux manières d'expliquer les paroles myftiques du Sauveur : Selon la prémiere Jefus a voulu dire ; Il n'eft pas encore tems d'exciter la haine & l'envie des Juifs par des miracles publics & éclattans, parce que *l'heure de ma mort n'eft pas encore venue.* En effet on peut remarquer, que J. Chrift défendit plus d'une fois de publier fes miracles, par des motifs de prudence & de charité. On préfere néanmoins la feconde explication : C'eft que J. Chrift dit à Marie, qu'elle devoit moderer fon impatience, que *l'heure de fa mort n'étoit pas encore venue* & qu'il auroit affez de tems pour faire connoître, par des merveilles de la puiffance divine, le miniftère, dont Dieu l'avoit chargé. S. Chryfoftome femble être fort bien entré dans la penfée du Sauveur, & dans celle de la Vierge : Elle brule d'impatience, que fon divin Fils fe faffe connoître pour ce qu'il eft, & par amour pour lui, & parce qu'elle fent bien la gloire, qui doit lui en revenir : Ce Pére paraphrafe ainfi les paroles du Sauveur. ⁸ „ J'apper-
„ çois en vous, Marie, le foible d'une Mére, qui veut bril-
„ ler par le miniftère du Fils, auquel elle a eu le bonheur de
„ donner la naiffance : Vous êtes impatiente, de me voir fi-
„ gnaler le pouvoir, dont Dieu m'a revêtu : Vous favez
„ que la gloire que j'en retirerai, rejaillira fur vous : Et
„ c'eft pour cela que vous vous hâtez de m'avertir, qu'il
„ n'y a plus de vin : mais après vous avoir avertie de ne
„ pas vous ingérer dans les fonctions de mon miniftère,

Jean vii. 30.

Jean xii. 1.

Ib. xii. 27.

Matth. viii. 4. xii. 16. & ailleurs.

Y y 2   „ je

„ je veux bien vous dire, que je ne mourrai pas encore,
„ & que vous aurez le tems de voir opérer les merveilles,
„ qui vous flattent.

Il eſt aiſé d'accorder cette réponſe avec l'aĉtion du Fils de
Dieu, qui ſemble d'abord refuſer le miracle, que Marie lui
demande, & qui l'accorde ſur le champ: mais c'eſt plûtôt par
complaiſance pour ſa Mére, que par choix. La Puiſſance
du Fils de Dieu n'étoit pas deſtinée, à contenter la joye ſen-
ſuelle d'une troupe de perſonnes, en leur fourniſſant du vin
miraculeuſement. Et c'eſt auſſi un défaut, qu'il faut bien
remarquer dans la propoſition de la Sainte Vierge. Elle a
tort de ſe mêler du miniſtére du Seigneur, & de lui demander des miracles, & elle a tort de lui en demander un, qui par
l'événement ne fut pas inutile, puiſqu'il ſervit à fortifier la
foi que ſes Diſciples commençoient d'avoir en lui; mais qui
dans le fond convenoit moins à ſa Sageſſe, & qu'il n'accor-
da que par une eſpéce de néceſſité; parce que le refus auroit
pû ſcandalizer ſes nouveaux Diſciples, qui l'auroient pû attribuer à un défaut de puiſſance. C'eſt ce que º *Juſtin Martyr* a fort bien remarqué.

Jean 11.
11.

Quoique la réponſe du Seigneur ſemble être un refus,
il faut que Marie ait compris par quelque ſigne, que ce n'en
étoit pas un: Car elle ordonna auſſi-tôt aux Domeſtiques,
qui ſervoient, *de faire tout ce que* J. Chriſt *leur ordonneroit.* Il
leur ordonna *de remplir d'eau ſix cuvettes*, qui étoient, dans
un lieu proche, & *qui contenoient chacune deux ou trois meſures*,
ce qui faiſoit une fort grande quantité. On ne ſauroit dire
préciſément ce que pouvoient contenir ces vaſes: [10] Un ſavant
Interprête prétend que les uns contenoient quatre-vingt quatre, les autres cent vingt-ſix pintes de Paris toute cette eau fut
auſſi-tot convertie en un Vin excellent, comme on le voit
dans la ſuite. Et cette abondance pouvoit être fort nuiſible
dans un repas de Nôces, où l'on ne s'abandonne que trop à
l'excès du vin, & à des perſonnes qui en avoient déja bû mé-
diocrement. Cela pourroit donner lieu à des gens, qui portent leur audace juſques ſur les aĉtions de J. Chriſt, de criti-
quer le miracle qu'il fit dans cette occaſion: Il eſt donc à propos de dire un mot là-deſſus.

Jean 11.
5.

Prémiérement, il n'eſt nullement probable, que les conviez ayent abuſé de la grace, que le Seigneur venoit de leur
faire: Car, outre que ſa préſence ne pouvoit qu'inſpirer la
temperance & la modération, c'eſt qu'après le miracle qu'il
venoit de faire, le reſpeĉt & l'admiration qui s'emparè-
rent de tous ceux qui en furent les témoins, ne leur per-
met-

mettoient pas de fe livrer à aucun excès. Qui oferoit s'enyvrer fous les yeux d'un Miniftre extraordinaire de la Divinité, à qui elle a confié l'ufage de fa toute-puiffance?
Celui qui difpenfe de la forte les bienfaits, ne peut-il pas
difpenfer les chatimens contre ceux qui en abufent en fa
préfence?

Secondement, on doit fuppofer, & l'on ne peut même en
juger autrement, que les perfonnes qui avoient été in-
vitées avec J. Chrift, & avec fa Sainte Mére, & fes Difciples, étoient incapables de ces excès brutaux, qui non
feulement bleffent la Piété, mais qui deshonnorent & avi-
liffent l'homme.

En troifieme lieu, quand il y auroit eu parmi les Conviez,
quelqu'un affez hardi, pour oublier ce qu'il devoit à J. Chrift
préfent, & ce qu'il fe devoit à lui-même, le Seigneur pouvoit-il
il manquer de réprimer une telle licence? Et qui eft ce qui
auroit ofé méprifer fes remontrances & fes cenfures? Ainfi
l'abondance de vin que J. Chrift créa dans un inftant, ne
pouvoit être nuifible, & la maniére même dont il fut produit, étoit une défenfe d'en abufer.

En effet, ce n'eft point trop donner aux conjectures de
dire, que les Conviez ne pûrent regarder le Vin miraculeux, que le Seigneur venoit de leur donner, que comme
une chofe facrée, ni en ufer qu'avec un profond refpect pour
J. Chrift, & en béniffant Dieu de la grace qu'il leur avoit faite, de leur envoyer le Meffie promis, & de la grace que leur
faifoit ce Meffie de fe trouver avec eux à la même table: Ainfi
l'on peut affurer, que ce repas fut un repas facré, où tout fe
paffa felon les régles, non feulement de l'Honnêteté, mais
de la Piété, & que la Coupe, qui fut remplie du vin du Seigneur, fut une Coupe de bénédictions & d'actions de graces:
Et fi les Juifs avoient accoûtumé de dire, avant que de boire, *Béni foit Dieu, le Seigneur du monde, qui a créé le fruit de
la vigne*, les Conviez n'ajoutèrent ils point, Béni foit Dieu,
qui nous a envoyé un Prophéte, qui ne change pas comme
Moïfe les eaux en fang, mais en un vin excellent, pour re-
jouïr & fortifier le cœur de l'Homme; & qui, comme un au-   1. Rois
tre Elie, ne permettra pas que *la farine manque ni l'huile*, com-   XVII. 14,
me il vient de fuppléer au vin, qui manquoit.

J. Chrift ayant ordonné à ceux qui fervoient, de porter
du vin, qu'il venoit de produire, à celui qui avoit le foin du
repas, il en goûta, & ne fachant pas ce que le Seigneur avoit
fait, il dit à l'Epoux, *Tout le monde donne d'abord le meilleur*   Jean 11,
vin, & enfuite le moindre, après qu'on a bien bû, mais vous avez   10,

reservé le meilleur jusqu'à cette heure. Cela ne veut pas dire, que les Conviez euſſent déja trop bû: Car ſi cela eut été, peut-on ſeulement ſoupçonner, ou que Marie eut dit au Seigneur, *Ils n'ont point de vin*, ou que le Seigneur en eut produit miraculeuſement, pour achever d'enyvrer ceux qui l'étoient déja en partie; mais il eſt ſurpris, que contre la coûtume, l'Epoux ait gardé le meilleur vin pour le dernier.

Après avoir rapporté le miracle, l'Evangeliſte ajoute cette réflexion; *Ce fut à Cana de Galilée, que Jeſus fit ce prémier miracle, & qu'il manifeſta ſa gloire,* c'eſt-à-dire, *ſa puiſſance, & ſes Diſciples crurent en lui:* Ce ſont ceux que l'on a nommez ci-deſſus: Il n'étoient qu'au nombre de cinq: Effectivement, ce n'eſt pas une operation qui puiſſe ſe faire naturellement, de convertir en un inſtant trois ou quatre cent pintes d'eau, en autant d'excellent vin.

Il y avoit, non dans la ſale du Feſtin, car le Maître d'autel auroit vû qu'on les avoit remplis d'eau, mais dans quelque chambre voiſine, *ſix grands vaſes de pierre, deſtinez à mettre l'eau, qui ſervoit aux purifications des Juifs:* Ce n'étoit pas pour s'y baigner: Ces Vaſes n'auroient pas été aſſez grands pour cela, mais pour les purifications inſtituées par les Docteurs, & dont l'Evangile fait mention en d'autres endroits: L'art peut bien faire du vin avec de l'eau; mais eſt-ce dans un inſtant, & ſans y rien mêler? Pour nier le miracle, il faut s'inſcrire en faux contre la narration de l'Evangeliſte, dont la ſincérité & la fidélité éclatte partout. Les Anciens Peres de l'Egliſe s'accordent à dire, qu'en écrivant ſon Evangile, il ſe propoſa de ſuppléer à ce qui lui parut manquer, de l'Hiſtoire de Jeſus Chriſt, dans les Evangiles précedens. C'eſt pourquoi le Miracle, dont nous venons de parler, ne ſe trouve que dans cet Evangile, où il rapporte auſſi des Diſcours du Seigneur, & des Evénemens, dont les autres Evangeliſtes n'ont pas fait mention, comme, par exemple, de ce que Jeſus Chriſt avoit dit & fait avant l'Empriſonnement de Jean Batiſte: Il eſt auſſi le ſeul qui nous ait appris la Durée du Miniſtère du Sauveur, en marquant les Pâques où il aſſiſta. On y voit de plus, qu'il eût pour But d'y combattre & d'étouffer, les Héréſies qui s'élevoient en Aſie, où *les Ebionites* ſoutenoient que Jeſus Chriſt n'étoit qu'un ſimple Homme, pendant que *les Docètes* qui le croioent Dieu, prétendoient qu'il n'avoit eu que la Figure & l'Apparence d'un Homme.

Mettons ici en faveur de ceux qui entendent le Latin,
la

Jean II. vſ. 11.

Ib. vſ. 6.

Matth. VII. 9.
Luc XI.
39.
Matth.
XXIII. 15.

la défcription que le célébre *Prudence* a faite de ce Mi-racle.

Ecce, quem vates vetuftis concinebat faeculis,
Quem Prophetarum fideles paginae fpoponderant,
Emicat promiffus olim: cuncta collaudent eum.

Cantharis infufa lympha fit Falernum nobile:
Nuntiat vinum minifter effe promptum ex hydria.
Ipfe * Rex fapore tinctis obftupefcit poculis.

Aurel. Prudent. Cathemerinon vf. 26-30. p. m. 108.

* *Rex,* 1. e. Convivii princeps. Saepe legitur in hac fignificatione apud Mart. & Juv. Propriè *Archi-triclinus* dicebatur, 1. e. princeps lectorum. Antiqui enim tres lectos habebant, unum Domino, fecun-dam Dominae, tertium hofpiti: aut Regem vocat dominum domus.

D I S-

184

DISCOURS XVIII.

Pêche d'un grand nombre de Poissons. MATTH. IV. 18-22.
MARC I. 16-20. LUC V. 1-12.

Luc. IV.
14.31.

Matth.
IV. 3.

Eſaïe IX.
2.
1. Rois
IX. 11.

Luc. V. 1.

LE Seigneur avoit prêché à *Nazareth ;* mais avec très peu de ſuccès, juſque-là que ces ingrats & furieux Concitoyens voulurent le précipiter du ſommet de la montagne, où leur Ville étoit aſſiſe. J. Chriſt voyant leur Incrédulité & leur obſtination, ne fit parmi eux qu'un petit nombre de miracles, & quitta leur Ville, pour paſſer à *Capernaum:* Cette Ville, qui étoit une des principales de la Galilée, étoit ſituée ſur le rivage occidental du ¹ *Lac de Genezareth,* qui eſt appellé *la Mer de Galilée,* & *la Mer de Tiberiade:* Elle étoit aux confins des *Tribus de Zabulon & de Nephtali,* & voiſine de cette partie de Galilée, qui eſt nommée *la Galilée des Gentils,* à cauſe des Villes, que Salomon donna à *Hiram,* Roi de Tyr. Il eſt vrai néanmoins que d'habiles Interprêtes croyent, qu'il faut traduire *la Galilée des Peuples,* Phraſe Hébraïque, pour dire, *la Galilée très peuplée,* cette Province l'étant extrêmement, comme on le voit par la déſcription qu'en a faite ² Joſephe.

J. Chriſt parcourut les ³ villes de cette Province, annonçant par tout le Regne de Dieu, & s'arrêta pour quelque tems à Capernaum, enſeignant tous les Sabbats dans les Synagogues. Le Peuple, charmé de ſa Doctrine & de ſa maniere d'enſeigner, auſſi bien que des miracles qu'il faiſoit, en guériſſant les malades, en chaſſant les Démons &c. . . ., le ſuivoit en foule, & ne lui laiſſoit aucun relâche. *Un jour donc,* qu'il étoit ſorti de grand matin, pour ſe délaſſer de ſes travaux, & pour ſe dérober au Peuple, qui l'accabloit, *il alla ſe promener le long du Lac Gennezareth,* méditant ſans doute le miracle, qu'il exécuta ce jour-là.

Le Peuple ne le trouvant pas dans la Ville, le chercha, le dé.

---

* Si nous n'étions pas obligez de ſuivre l'ordre des Figures, nous placerions ce Diſcours après quelques autres, qui ſuivent, parce que l'hiſtoire, que nous allons expliquer, n'eſt pas dans ſon rang. Elle eſt certainement poſtérieure, 1. à l'action de J. Chriſt. chaſſant pour la première fois les Achetteurs & les Vendeurs: 2. à la Converſation de J. Chriſt. avec Nicodeme: 3. à l'entretien du Sauveur avec la Samaritaine: 4. à l'empriſonnement de Jean Batiſte: 5. & enfin au retour de J. Chriſt en Galilée, où il guérit le Fils d'un Officier d'Herode Antipas: Tout cela s'eſt paſſé avant la Pêche d'un grand nombre de poiſſons dont on traite dans ce Diſcours.

Ἀλιεία μεγάλη πολλῶ ἰχθύες ληφθ...

The miraculous draught of Fishes.

Dan apud Iohannes Petri.

Cap. V. 2.

MAGNA MULTITUDO PISCIVM CAPTA.

Nihi l'des quam noster de piscoves.

De grando Voxacogit.

découvrit marchant le long du Lac, & s'affembla en fi grand
nombre, qu'il *étoit accablé par la foule*, *qui fe jettoit fur lui*, Luc v. 1;
pour entendre la parole de Dieu. Alors, *ayant apperçû deux bar-*
ques, qui étoient proches du rivage, *& d'où les Pêcheurs étoient*
defcendus, & lavoient leurs filets, il entra dans une. Ces Pê- Marc I.
cheurs étoient *Simon & André, fon Frére, Jâques & Jean*, 16-19.
Fils de Zébédée. S. Matthieu, qui raconte la vocation de ces Matth.
quatre Apôtres, le fait avec quelques diverfitez dans les cir- IV. 18.
conftances; mais ces diverfitez ne font pas effentielles: Les
uns lavoient leurs filets, & les expofoient au Soleil pour les
fécher, les autres les raccommodoient.

La Barque, où J. Chrift entra, étoit celle de *Simon*, & Luc v. 3;
après l'avoir *prié*, de *s'éloigner un peu de terre*, de peur que le
Peuple ne vint à s'y jetter en foule, *il s'affit & fe mit à enfeigner.*
Les Evangeliftes ne nous difent point furquoi roula le Difcours du Seigneur. Ils nous rapportent feulement la fubftance d'un autre Difcours, que Jefus prononça auffi de deffus
une barque, & que l'on peut voir Matth. XIII. 3. & Luc VIII. 4.

Après que Jefus eut ceffé de parler, *il dit à Simon, d'avan-* Ib. vf. 4:
cer en pleine eau, *& de jetter fes filets*, *pour pêcher.* Simon lui
repréfenta, qu'ayant travaillé toute la nuit, & n'ayant rien
pris, il feroit inutile de jetter les filets au grand jour: *Cepen-* Luc v. 5;
dant, ajouta-t-il, *puifque vous l'ordonnez, je le ferai.* Ayant donc 6, 7.
jetté les filets, *ils envelopperent une fi grande quantité de poiffons,*
qu'ils rompoient, de forte que Simon & André furent obligez d'ap-
peller à leur fecours Jâques & Jean: Ceux-ci vinrent, & les deux
Barques furent tellement remplies de poiffons, qu'elles s'enfonçoient.

Avant que d'aller plus loin, il faut faire quelques réflexions
fur la Profeffion de ces Difciples de J. Chrift: c'étoient *des*
Pêcheurs: Il en faut faire fur *la Nature* du Miracle, que J.
Chrift opera, & fur *le deffein fecret* de ce Miracle.

I. Les Pêcheurs font regardez comme des hommes grof-
fiers, ruftiques, ignorans, & qui ont l'efprit & les inclinations auffi baffes, que leur Profeffion femble l'être: On ne
fait dans le monde aucun cas des Gens de cet ordre, parce
que l'on fuppofe qu'il n'ont aucune des qualitez, qui doivent
faire eftimer les Hommes. Cela arrive effectivement pour
l'ordinaire; mais outre que cela n'eft pas général, il faut pour
juger des Apôtres du Seigneur, fe tranfporter dans la Nation Judaïque, & au tems de J. Chrift. Les anciens Juifs,
qui habitoient la Paleftine, ne s'occupoient qu'à la culture de
la Terre, à la nourriture des Troupeaux, & aux Arts mécaniques, mais néceffaires: La fimplicité de ces occupations a
de grands avantages: Elle bannit naturellement l'Avarice,
l'Ambition, le Luxe, fi pernicieufes aux Républiques & aux

Vol. V. A a a bonnes

bonnes mœurs: Le Commerce, quelqu'utile qu'il foit d'ailleurs, entretient l'Avarice & la Fraude: Les Arts, que l'on
eftime le plus, & que l'on regarde comme les plus ingénieux
& les plus nobles, ont bien leur beauté; mais ils nourriffent
le Luxe & l'Avarice, fources de tant de maux, & n'ont
point en partage les Sciences les plus utiles, non plus que la
Prudence & la Vertu: Ces qualitez fi nobles & fi effentielles, fe trouvent auffi bien, & fouvent mieux, dans des Perfonnes, qui exercent des Profeffions mécaniques: Ce font
des Dons du Ciel, qui les diftribuë, fans aucune acception
de perfonnes: Auffi ne font elles nullement attachées, ni aux
conditions les plus éminentes, ni aux Profeffions les plus
honorables. Les Docteurs n'ont fouvent d'autre avantage
fur le Peuple, que celui d'avoir plus de préjugez & plus d'orgueil, d'être plus décififs, de poffeder des fciences inutiles,
qui ne font tout au plus que des ornemens à l'Efprit; mais
qui ne les rendent, ni plus prudens, ni plus juftes, ni plus
moderez, ni en général plus vertueux. Des Pêcheurs de
Paleftine lifoient les Livres facrez du Vieux Teftament, ou
du moins ils pouvoient les lire, & puifer dans cette fource la véritable fageffe: Tels étoient certainement ceux à qui J. Chrift
s'adreffe: Il ne leur manque, pour ne pas s'égarer après les
Docteurs dans l'explication de ces Divins Oracles, qu'un Maître comme J. Chrift; Ils le trouvent, ils l'écoutent, & déja
Jean VI. *enfeignez de Dieu*, qui leur a donné l'amour de la vertu, ils
45. le fuivent, & deviennent dans la main du Seigneur, des inftrumens propres à la converfion du monde.

11. La feconde réflexion qu'il faut faire, roule fur la nature du Miracle, que J. Chrift opére. La Pêche, que firent
les Difciples, en vertu de l'ordre que J. Chrift leur donna,
ne peut être qu'un Evénement miraculeux: Ils avoient travaillé toute la nuit fans rien prendre, & parcouru vainement
toute l'étendue du Lac de Gennezareth: J. Chrift leur ordonne
de jetter le filet: Et non feulement ils prennent des poiffons;
mais ils en prennent en fi grande quantité, que le filet commençoit à fe rompre, & qu'ils en remplirent deux barques
au point, qu'elles s'enfonçoient: Qui peut avoir affemblé cette multitude prodigieufe de poiffons dans un feul endroit?
Qui peut connoitre cet endroit? Qui peut marquer le moment où il faut jetter le filet, pour envelopper cette multitude? Tout cela marque un pouvoir & des connoiffances, qui
n'ont rien de naturel, & fi l'on vouloit l'attribuer à une caufe ordinaire, quel avantage en tireroit on, puifque les Miracles fans nombre, qu'opéra le Sauveur, font voir que celui-
ci part de la même Puiffance.

III. La

III. La troifiême réflexion, qu'il faut faire, concerne le deffein du Miracle : Il eft figuratif, & annonce d'une maniere myftérieufe la converfion du monde par le miniftère de ces Pêcheurs, que J. Chrift appella. J. Chrift nous fournit cette idée ; prémiérement, quand il compare l'Evangile à *un fi-* *let*, que l'on jette dans la mer, & qui ramaffe une infinité de poiffons de differentes fortes, les uns bons, les autres mauvais & de rebut : Ce fut effectivement ce que produifit la Prédication de l'Evangile, qui attira dans l'Eglife un grand nombre de véritables Fidéles, mais qui y attira auffi plufieurs Hypocrites, qui ne fuivoient J. Chrift, que *pour manger des* *pains*, les prémiers Chretiens étant extrêmement charitables : On voit d'ailleurs dans la peine inutile, que les Pêcheurs s'étoient donnée toute la nuit, fans rien prendre, un emblême des efforts qu'avoient fait les Philofophes pendant le tems de l'ignorance, pour découvrir & trouver le fouverain Bien, pour attirer les Hommes à la vertu, par l'efperance de l'obtenir. J. Chrift eft venu : Il a choifi & envoyé des Philofophes d'une autre forte : Il les a inftruits d'une Philofophie célefte : Il leur a manifefté le fouverain Bien de l'Homme, & leur a enfeigné les moyens d'y parvenir : Ils ont jetté le filet par fon ordre ; Et contre toute apparence ils ont fait une Pêche prodigieufe : Ils ont affemblé fous les enfeignes de J. Chrift une infinité d'Hommes, qui, brifant les piéges du Diable, dans lefquels ils étoient retenus, font venus fe foumettre à J. Chrift.

A la vuë du prodige, qui venoit d'arriver, Pierre, faifi d'étonnement & de frayeur, *fe jetta aux pieds* de Jefus, & lui dit, *Maître, éloignez vous de moi, car je fuis un homme pé-* *cheur.* Il *fe jette à fes pieds*, non feulement pour l'honnorer, mais pour lui demander grace & le fléchir.

Quels font les fentimens de S. Pierre dans cette occafion ? Craint-il d'avoir offenfé le Seigneur, en l'approchant ? N'eft-il point prévenu des opinions & des maximes des Pharifiens, qui s'imaginoient d'être foüillez, quand quelqu'Homme du vulguaire les avoit touchez ? C'étoit en effet l'opinion de ces Hypocrites, que fi quelqu'un du Peuple qu'ils regardoient comme des Profanes au prix d'eux, avoit ofé les toucher, ils fe croyoient foüillez, comme les vivans l'étoient par l'attouchement d'un mort :

On lit encore dans les Livres des Juifs, ⁴ que *les Pharifiens* *ne fouffrent pas que le peuple de la Terre les touche :* Ils appellent le Vulgaire, *peuple de la Terre*, des animaux, qui rempent fur la Terre : Le Prophète Efaïe décrit ces faux juftes & leur orgueil dans ces paroles ; *Ils difent, Eloignez vous de moi :*

Ne

Ne m'approchez pas , car vous êtes impur , ou comme il y a
dans l'Hebreu , *je fuis plus faint que vous* : Delà vient que les
Pharifiens, quand ils revenoient des Lieux publics, ne manquoient pas de fe laver, en cas que quelque Profane les eût
approchez : On voit cet orgueil Pharifaïque dans le jugement
que fit de Jefus le Pharifien, qui l'avoit invité : Car une femme, qui avoit été de mauvaife vie, étant entrée , & s'étant
jettée aux pieds de Jefus, qu'elle arrofoit de fes larmes , &
qu'elle effuioit de fes cheveux, le Pharifien en conclut, que
Jefus n'étoit point un Prophète, puifqu'il permettoit à une
femme de mauvaife vie de le toucher. S. Pierre, qui ne pouvoit ignorer ces maximes, reconnoiffant Jefus pour un grand
Prophète, craint de l'approcher , & avertit fon divin Maître, *de s'éloigner de lui, parce qu'il eft un homme pécheur* , s'imaginant que le Seigneur pourroit être fouïllé par là. Si c'é-
toit-là la penfée de S. Pierre, il témoigneroit d'un côté une
humilité fort eftimable, & de l'autre un profond refpect pour
le Fils de Dieu, & une haute opinion de fa fainteté. Il le
prie de ne le pas approcher, de peur de contracter quelque
fouïllure en le touchant.

    On propofe cette explication, parce qu'elle ne laiffe pas
d'avoir quelque vraifemblance : Cependant on ne la croit
pas jufte : S. Pierre eft bien rempli d'eftime, de vénération,
& d'admiration pour J. Chrift ; mais c'eft moins le refpect
qu'il a pour lui, qui l'oblige à le prier de s'éloigner, que la
frayeur que lui infpire fa préfence. Il craint, qu'étant
pécheur, comme il l'étoit, le Fils de Dieu ne déploye
fon pouvoir pour le punir : La préfence des Anges , &
même celle des Prophètes a toujours paru redoutable aux
Hommes : S'ils font les protecteurs de l'Innocence , ils
font les juftes vengeurs des péchez, & font trembler les
pécheurs, quand ils les approchent. C'eft-ce fentiment, qui
fit croire à la Veuve de Sarepta, qu'Elie avoit voulu la punir dans la perfonne de fon fils, qui mourut pendant le féjour
que le Prophète fit chez elle : *Etes vous donc venu chez moi*, lui
dit elle, *pour me renouveller la mémoire de mes péchez, en faifant
mourir mon Fils.* Ainfi la fainteté du Seigneur, & le pouvoir dont il eft revêtû, & qu'il vient de manifefter, font trembler S. Pierre, qui dans ce moment fe rappelle fes péchez :
Il craint que le Seigneur ne l'en puniffe : C'eft véritablement
là fa penfée, comme on le voit par l'obfervation que fait S.
Luc dans le verfet fuivant : *Car la frayeur l'avoit faifi, lui , &
ceux qui étoient avec lui, à caufe de la multitude des poiffons qu'ils
venoient de prendre.* Il faut feulement remarquer que ces mots,
Eloignez vous de moi, font figurez, & répondent à ceux-ci *E-*

par-

Marginal notes: Marc VII. 4. — Luc VII. 39. — 1. Rois XVII. 18. — Luc V. 9.

pargez moi; comme on le voit dans ces paroles de Job, *éloignez vous de moi, car mes jours ne font que vanité.* La Vul- ^{Job. vij.} gate a fort bien exprimé le fens, en traduifant, *Epargnez-moi:* Job confidére Dieu comme un puiſſant Adverſaire, qui le pourfuit, & il le prie de s'éloigner de lui, & de ne le pas pourfuivre d'avantage; c'eſt-à-dire, de *l'épargner:* Ce fens eſt très juſte & très beau. S. Pierre, qui ne fait pas encore, que J. Chriſt eſt venu pour fauver les pécheurs, craint fa préſence, & le prie de lui faire grace: *Maître épargnez moi, car je fuis un homme pécheur.*

Cette confeſſion de S. Pierre eſt d'autant plus belle, qu'il n'y a aucun lieu de foupçonner, que ce fut un homme coupable de quelques grands crimes: J. Chriſt a bien converti des perſonnes de ce caractère; mais il ne paroit pas qu'il les ait choiſis pour fes Diſciples; La prudence même ne le vouloit pas: Mais c'eſt la coûtume des Saints, de reconnoitre devant Dieu la grandeur de leurs péchez. Ils ne craignent point de s'humilier trop en fa préſence, & ils favent bien que les plus juſtes ne fauroient foutenir l'épreuve de fon jugement: C'eſt au Phariſien fuperbe de vanter à Dieu fes mérites, & fes bonnes œuvres, & de fe glorifier de fa juſtice: Les Saints font humbles, & éxagèrent plûtôt leurs péchez que leur juſtice.

Jefus répondit à Simon, *Ne craignez point, vous ferez défor-* ^{Luc v. 10.} *mais pécheur d'hommes.* Le Seigneur lui annonce par cette belle expreſſion figurée, le miniſtère, qu'il lui conféra depuis, & que Simon exerça avec autant de gloire & de fidélité, que de fuccès: C'eſt ainſi que Dieu, qui avoit appellé au gouvernement de fon peuple, un *Saül,* qui paiſſoit les aneſſes de fon Pére, un *David,* qui paiſſoit les troupeaux du fien, appelle des pêcheurs à convertir les hommes, & à les retirer de la mer infidéle & orageuſe de ce monde, pour les faire entrer dans l'Arche de fon Egliſe.

Ceux qui veulent élever le miniſtère de S. Pierre, au deſſus de celui des autres Apotres, & lui donner la fupériorité & la prééminence fur fes Collégues, croyent en trouver des marques dans cette hiſtoire. Ils obſervent donc prémiérement, que J. Chriſt entra dans la barque de S. Pierre; & fecondement, que ce fut à lui qu'il adreſſa cette parole, *vous ferez déformais pécheur d'hommes*: mais fans entrer dans cette Controverſe, nous dirons feulement, que dès que le Seigneur eût parlé de la forte à *Simon Pierre,* il quitta fa Barque, fes Filets, & le fuivit, avec *André* fon Frére. Surquoi il faut rémarquer trois Vocations de *Si-*

Jean 1.
37. &
fuiv.

Luc vi.
13. &
fuiv.

Matth.
IV. 18.
Marc 1.
16.

Luc v.
1-3.

mon & d'*André*. La prémiére eft racontée par S. Jean: A-
lors Simon & André commencèrent à connoître J. Chrift,
& à croire qu'il étoit le Meffie; mais ils ne s'attachèrent pas
à le * fuivre. Il ne le firent que dans la feconde vocation,
qui eft celle que nous venons de rapporter. Dans la troifiême, ils furent du nombre des douze, que le Seigneur
choifit, & qu'il créa fes Apôtres.

Finiffons ce Difcours en indiquant aux Lecteurs comment
on peut concilier les récits de S. Matthieu, de S. Marc & de
S. Luc: Cela n'eft pas difficile, pourvû qu'on apporte, en les
lifant, cet efprit d'équité, que l'on doit à tous les Ecrivains,
& fur tout à des Ecrivains de la probité defquels on ne peut
avoir aucun doute: Il faut feulement fe fouvenir, que les uns
ont rapporté des faits & des circonftances omifes par les autres: C'eft par-là que les diverfes rélations des Evangeliftes
font également utiles; parce-qu'on trouve dans les uns des
chofes, non oppofées, mais omifes par les autres, & qu'en
raffemblant, dans un ordre naturel, ce qu'ils ont dit, on fe forme une idée plus complette des faits.

Voici donc dans quel ordre on croit, qu'on doit les mettre. J. Chrift étant arrivé prés du Lac ne Gennezareth, vit
Pierre & André, qui pêchoient encore, & continuant fon
chemin, il vit Jaques & Jean, qui raccommodoient leurs filets: C'eft ce que difent S. Matthieu & S. Marc, & ce qui a
été omis par S. Luc.

Pendant ce tems-là, comme le peuple s'affembloit, &
que J. Chrift fe difpofoit à les inftruire, Pierre & André, ayant ceffé de pêher, abordèrent avec leur barque, &
tous enfemble, c'eft-a-dire, Pierre, André, Jaques &
Jean, avec les hommes qu'ils avoient loüez, lavoient
leurs filets: C'eft ce que rapporte S. Luc, & ce qui a été
omis par S. Marc & S. Matthieu: Delà vient que le Seigneur, quand il voulut parler, trouva deux barques vuides, & qu'il profita de celle de *Simon Pierre*, pour y entrer,
afin de n'être pas accablé par le peuple: Son Difcours
fini, il fit le miracle rapporté par S. Luc; mais qui a été
omis par S. Marc & S. Matthieu: Comme il étoit dans
la barque de S. *Pierre*, il lui ordonna jetter le filet: Celui-ci frappé d'une pêche fi abondante, & fi inefpérée,
fut faifi de frayeur, & le pria d'avoir pitié de lui, qui
étoit un homme pécheur: C'eft ce qui engagea Jefus
Chrift,

* S. Jean remarque qu'André & un autre Difciple de Jean fuivirent Jefus, & demeurérent avec lui
ce jour-là, (Jean I. 40.) aprés quoi ils retournérent chez eux.

Chrift, à lui dire d'abord, qu'il le deftinoit à être *pécheur d'hommes*.

Le Miracle, que S. Luc rapporte, eft le dénoüement de la promtitude, avec laquelle ces Difciples quittent tout, fans balencer, & fuivent Jefus: Ils ne lui demandent pas, comment il fuppléeroit à leurs befoins: Ils étoient affûrez, que rien ne pouvoit leur manquer au fervice d'un fi puiffant Maître.

DIS.

DISCOURS XIX.

Jesus chasse les Vendeurs & les Acheteurs. JEAN II. 14-17.

Esus Chrift ayant fait à Cana le premier de
ses miracles, [1] il passa à Capernaum, qui
n'étoit qu'à une journée de Cana. Il ne s'y
arrêta pas, parce qu'il se proposoit d'aller à
Jerusalem, pour y célébrer la fête de Pâque, qui étoit proche. Le Seigneur partit donc de Capernaum, avec les Disciples qu'il avoit faits ; & quand il fut arrivé
à Jerusalem, il alla dans le Temple.

[2] Le Temple, comme on l'a remarqué, signifie non seulement ce magnifique Edifice, qui contenoit le Lieu très-saint,
& le Lieu saint, avec une sorte de Vestibule ouvert ; mais
en général ce qui est nommé *la montagne du Temple*, ou *de
la Maison*, les Cours, ou les Parvis, & les superbes Portiques, qui les environnoient : Ces Cours, ou ces Parvis, é-
toient séparez par des Balustrades : Le plus proche du Temple proprement dit, étoit celui des Sacrificateurs, qui étoit
plus élevé de plusieurs dégrez : Après cela venoit celui des
Hommes ; ensuite celui des Femmes. Ces Parvis étoient
séparez par une Balustrade, apuiée d'espace en espace par des
Colomnes, sur lesquelles il y avoit des Inscriptions, non seulement en Hebreu, mais en Grec & en Latin, qui avertis-
soient les Etrangers, lesquels n'avoient pas reçû la Circoncision, de n'aller pas plus avant. Cette Balustrade est appellée
l'*Entremur*, ou l'*Avant-mur* : Au delà, mais dans l'enceinte, des
Portiques, ou des Galleries, qui environnoient le Temple & les
Parvis, étoit un lieu découvert, nommé le *Parvis des Gentils :*
Jean II.
14-22. C'est dans cet espace, où J. Christ entra d'abord, & *où il trouva
des gens, qui vendoient des taureaux, des agneaux, & des pigeons, aussi
bien que des Changeurs, qui étoient là assis ; il fit un fouet de petites cordes, & les chassa tous du Temple, avec les agneaux & les
taureaux, il jetta aussi par terre l'argent des Changeurs, & ren-
versa leurs tables. Puis s'adressant à ceux qui vendoient des pigeons
il leur dit ; Otez tout cela d'ici, & ne faites point de la Maison de mon
Pére une maison de trafic. Alors les Disciples se ressouvinrent de ce qui est
écrit ; le Zèle pour ta Maison m'a rongé. Là-dessus les Juifs lui dirent ;
Quel miracle nous faites vous voir, pour entreprendre de telles choses?
Abbatez ce Temple, leur répondit Jesus, & dans trois jours je le reléve-
rai.*

Joann. II, 14.

Ιησους πωλουντας και αγοραζοντας εν τω ιερω εκβαλλει.

EMTORES ET VENDITORES E TEMPLO DEPULSI.

Jesus drives the buyers and sellers out of the temple.

Jesus met hors du Temple les vendeurs et les acheteurs.

Jesus treibet die Käuffer und Verkäuffer auss dem Tempel.

Koopers en verkoopers uit den Tempel gedreven.

rai. Surquoi les Juifs lui dirent; On a été quarante fix ans à bâtir ce Temple, & vous le reléveriez en trois jours? *Mais c'étoit du Temple de fon corps qu'il parloit.*

Il faut remarquer avant toutes chofes, que J. Chrift n'a point defapprouvé, qu'on menât à Jerufalem, une multitude de taureaux, d'agneaux, & de pigeons, puifque tous ces animaux étoient néceffaires, pour offrir à Dieu les victimes, que la Loi exige. Il n'a point defapprouvé non plus, qu'il y eut des Banquiers, qui changeaffent les monnoyes étrangéres en monnoye courante, afin que les Etrangers puffent acheter ce qu'ils devoient offrir à Dieu. On avoit fur tout befoin de ces gens-là dans le tems des Fêtes folemnelles, où les Juifs fe rendoient de toutes parts à Jerufalem: Comme ils ne pouvoient y mener les victimes, qu'ils vouloient offrir à Dieu, ils y portoient de l'argent. Il y a même une Loi formelle là-deffus dans le Deuteronome. Ce que J. Chrift defapprouve, c'eft que ces animaux fuffent affemblez dans l'enceinte du Temple, & que les Marchands & les Changeurs y fiffent leur commerce. C'eft-là ce que J. Chrift blâme, & ce qui l'oblige à chaffer les bêtes avec un foüet de plufieurs petites cordes affemblées, à renverfer les tables des Changeurs, & à dire à ceux qui vendoient des pigeons, d'emporter tout cela hors du Temple ^{Deut. XIV. 24.}

Il y avoit deux chofes fort vicieufes dans ce commerce: La prémiére, qu'il fe faifoit dans un Lieu facré, deftiné uniquement au fervice de Dieu; La feconde, qu'il s'y mêloit beaucoup de fraude & d'injuftice: A l'égard de la prémiére, elle eft vifible: Le Temple étoit converti en un Marché public: Cette circonftance étoit très fcandaleufe, & ne pouvoit tourner qu'au mépris, & de Dieu, & de la Réligion: A l'égard de la feconde, J. Chrift l'a bien marquée, lorfque peu de tems avant fa mort, il fut obligé d'ufer une feconde fois d'une pareille févérité, comme les Evangeliftes S. Matthieu, S. Marc & S. Luc le racontent: *Il eft dit*, c'eft nôtre Seigneur qui parle, *cette maifon fera appellée une maifon de priere, & vous en avez fait une caverne de brigands:* Ce qui fait voir ^{Matth. XXI. 15. Marc xi. 17. Luc xix. 45.} que ce commerce n'étoit pas une fimple profanation du Temple, mais un commerce plein d'ufures & d'injuftices: Et en effet, comme il ne fe pouvoit faire dans ce lieu là, fans la permiffion du Souverain Pontife & des Sacrificateurs, il eft plus que vrai-femblable qu'ils ne le permettoient, ou ne le toleroient, que parce qu'ils avoient part au profit: Jaloux de la gloire de leur Temple, eft il concevable, qu'ils euffent confenti, qu'on en fit une place de marché, s'ils n'y avoient trouvé leurs avantages? D'ailleurs l'Ufure eft prefqu'inféparable du commerce de l'argent, & la Fraude, fille & compagne de l'Avarice, fe gliffe fi facilement dans le commerce, qu'il n'y a que des Ames bien généreufes & bien équitables, qui puiffent l'en féparer.

On voit dans cet endroit, combien l'Avarice fut toujours fatale à l'Eglife, & comme elle fait s'introduire jufque dans le Sanctuaire, tantôt fous un prétexte, & tantôt fous un autre. Les Sacrificateurs permettoient aux Marchands & aux Changeurs de trafiquer dans le Temple, pour la commodité publique, & afin que les victimes ne manquaffent jamais, & que le Service Divin fut plus magnifique. N'étoit il pas avantageux d'y trouver toutes prêtes les victimes, qu'on vouloit offrir? De les trouver toutes examinées, par ceux qui avoient la charge de les vifiter, pour s'affurer fi elles étoient pures? N'étoit-il pas commode, d'y trouver tout prêt l'argent, qui avoit cours en Judée, fans être obligé de le chercher ailleurs?

1. Pier.
11. 5.
Les tems ont changé: Le Temple a été détruit: Dieu s'eft élévé un Temple fpirituel, dont J. Chrift eft le fondement, & la pierre angulaire, & dont les Fidéles font les pierres vives, qui le compofent: Le Seigneur & fes Apôtres n'ont rien oublié, pour en bannir l'Avarice, la Fraude & l'Impofture, qui la fuivent, & J. Chrift a expreffément ordonné à
Matth.
x. 8.
fes Difciples, *de donner gratuitement, ce qu'ils ont reçu gratuitement* : Cependant qui peut ignorer l'effroyable corruption du culte, & les fraudes infinies, que [3] la foif infatiable des richeffes a introduites: Tout eft devenu venal dans l'Egife Chrétienne, & le Temple de Dieu a été converti *en une Caverne de Brigands.*

Il y a deux caractères remarquables dans l'action de nôtre Seigneur, chaffant les Marchans & les Changeurs; le premier, c'eft *l'Autorité*, & le fecond, c'eft la *févérité*; Commençons par le dernier.

Le Seigneur fait un foüet de petites cordes; non pour en frapper les Hommes: l'Evangelifte ne le dit pas, & il n'y a nulle raifon de croire, qu'il l'ait fait. Il ne frappa jamais perfonne: Une pareille violence ne convient point au Fils de Dieu.
Matth.
xxvi. 51.
& Jean
xviii. 10.
On fait comme il condamna celle de S. Pierre, frappant le ferviteur du fouverain Sacrificateur, lorfqu'il s'agiffoit de défendre fa perfonne: Et fi ceux qui vinrent le prendre, tombèrent à la renverfe, c'eft à l'ouïe de cette parole, qui fort
Jean
xviii. 6.
de fa bouche: *C'eft moi.* Il leur fait fentir, qu'il ne tiendroit qu'à lui de les diffiper, & que s'ils font maîtres de fa perfonne, c'eft parce qu'il fe livre volontairement à eux: J. Chrift donc n'ufa du foüet, que pour chaffer les taureaux & les agneaux: A l'égard des pigeons, il commanda qu'on les emportât,

portât, parce que s'il les avoit chaffez, & mis en liberté, c'eût été une perte pour ceux à qui ils appartenoient: Il eft vrai qu'il renverfa les tables des changeurs, & jetta leur argent par terre; mais ils purent le ramaffer. Quoi qu'il en foit, ce fut une action de févérité, caufée par l'indignation, dont le Seigneur fut faifi, à la vuë de la profanation du Temple, par un commerce public.

C'eft le beau caractère du Fils de Dieu, qu'il ne s'irrita jamais des outrages qu'on lui fit. Il les fouffre, ou les repouffe avec une douceur & une patience, qui font connoître, qu'il eft véritablement l'*Agneau de Dieu;* mais ce n'eft plus la mê- Jean ti me chofe, quand on outrage Dieu fon Pére: Alors fon zè- ¹⁹· le s'enflamme; mais remarquons bien que cette ardeur, ne lui arracha jamais des peines, des fupplices: Il fait feulement briller quelques éclairs, par la févérité de fes paroles; mais il ne lance point la foudre, qu'il tient dans fes mains, parce qu'il eft venu pour fauver les hommes, & non pour les faire mourir. Tous fes miracles font des bienfaits: Et c'eft là ce qui devoit le rendre l'amour & les délices du Genre-Humain. Il fe contente donc de chaffer du Temple les animaux, & de renverfer les tables & l'argent des Changeurs.

La feconde chofe qu'il faut remarquer dans cette action, c'eft l'*Autorité.* Tout ce commerce, qui fe faifoit dans le Temple, étoit illicite dans le fond, puifqu'il étoit contraire au refpect, qui eft dû à Dieu, & à la Maifon dans laquelle il avoit voulu mettre fon nom. Mais il étoit autorifé par ceux, qui avoient l'intendance du Temple & du Culte; du moins ils le toleroient par des motifs intéreffez. Cependant, non-feulement le Seigneur condamne ce commerce profane, mais il l'interdit, & le fait ceffer, en chaffant les animaux, & renverfant les tables où étoit l'argent. Cette entreprife femble bleffer le pouvoir des Magiftrats: Et certainement fi J. Chrift n'eut été qu'un fimple Particulier, il y auroit quelque chofe à redire à fa conduite; Mais fans parler de la Nature Divine, qui réfidoit en lui; parce que c'étoit encore un myftere, les Prophètes ou les Miniftres envoyez immédiatement de Dieu, avoient auffi un pouvoir extraordinaire, qui les difpenfoit des regles, auxquelles les Particuliers font affujettis; mais dont ils n'abufoient jamais, parce que l'Efprit de Dieu, dont ils étoient animez, conduifoit leurs actions. Ainfi J. Chrift agit dans cette occafion en Prophète, qui tient fa miffion de Dieu, & qui a l'autorité de réformer les abus, qui fe commettent contre la fainteté de la Réligion & du Temple. Il ne fe mê-le point, (& c'eft ce qu'il faut bien remarquer) du Gouvernement Civil, & des abus, qui s'y étoient gliffez. Cela ne

regar-

regarde pas fon miniſtére: Il ſe renferme dans les bornes de
la charge de Prophète, envoyé du Ciel, pour corriger les a-
bus, qui corrompoient la Religion & le Culte: Cela lui appartient.   Auſſi les Juifs, qui étoient préſens à cette action,
lui dirent ils, *Quel miracle faites vous, pour entreprendre de tel-*
les choſes? Par où ils reconnoiſſent, qu'il n'y auroit rien à redire, ſi ſa miſſion divine étoit bien prouvée: Il exerce le pouvoir d'un Prophète; Il ne lui demandent que de prouver par
un miracle, qu'il l'eſt effectivement.

Il faut que les Juifs, qui parlent de la ſorte, ſentiſſent bien,
qu'au fond l'action du Seigneur étoit juſte, & que le commerce public, qui ſe faiſoit dans le Temple, bleſſoit le reſpect
qui eſt dû à la Divinité: Car ſans cela ils ne ſe ſeroient pas
contentez de demander à J. Chriſt, quelle autorité il avoit
pour entreprendre de pareilles choſes: Ils ne conteſtent que
l'autorité de celui, qui la fait: *Quel miracle faites vous?*

Au fond il ne falloit point que J. Chriſt appuiât par des miracles une action, à laquelle on ne pouvoit tout au plus trouver à redire qu'à l'égard de la formalité, & de certaines bien-
ſeances établies, qu'il faut reſpecter à la vérité tant qu'on peut,
mais qui ne doivent pas arrêter un zèle juſte, & une réformation néceſſaire: C'eſt ce qui fait que S. Chryſoſtome s'é-
crie avec raiſon, [4] *Quelle extrême folie!* *De quel miracle le Seigneur*
avoit il beſoin, pour corriger des choſes évidemment mauvaiſes, &
pour purger la Maiſon de Dieu d'une ſi grande ignominie? Cela
eſt parfaitement bien dit.   Il faut des miracles, pour faire recevoir des Révélations nouvelles, mais il n'en faut point,
pour réformer des abus manifeſtes, ſur tout lorſque ceux qui
les ont introduits, & qui les autoriſent, ou les tolérent, reconnoiſſent l'Autorité divine qui les a défendus. Le Temple avoit il été bâti pour être un lieu de trafic? Pour y vendre & y achetter des animaux? Pour y tenir une Banque publique? Tout cela étoit il digne d'un Lieu conſacré au Service Divin? Etoit-ce à des Sacrificateurs, chargez de célébrer
ce Culte avec toute la dévotion & la vénération, que méritoit
la Majeſté Divine, je ne dirai pas de conniver à un tel commerce, d'en partager le profit; mais de le permettre? J. Chriſt
ne fait donc que réformer un abus manifeſte: Et pour
une pareille réformation avoit-il beſoin de miracles? Il n'a-
voit beſoin que de ce *Zèle ardent* pour la gloire de Dieu, *dont*
il étoit rongé. Auſſi J. Chriſt renvoye-t-il ceux qui lui demandent un miracle, par une réponſe, qui en contient un très
grand, mais qui ne fut entenduë, ni d'eux, ni de ſes propres
Diſciples.

On ne ſauroit ſe diſpenſer de faire ici une réflexion, qui
ne

Jean 11.
18.

ne peut être ni plus naturelle, ni plus juſte. On ſait que les Catholiques Romains ne ceſſent point de demander des miracles, pour autoriſer la Réformation : Ils diſent aux Réformateurs, *Quel miracle faites vous, pour entreprendre de telles choſes?* La queſtion ſeroit à propos, elle ſeroit juſte, ſi ces Docteurs avoient introduit une Réligion nouvelle ; s'ils s'étoient appuyez ſur des Révélations, s'ils avoient prêché une autre Jeſus, que celui qui a été prêché par les Apôtres, préſcrit un Culte different de celui qu'ils ont établi, allégué des Ecritures inconnues : Mais pour réformer des abus manifeſtes, une alteration viſible, palpable de la Réligion du Sauveur, il eſt auſſi abſurde de leur demander des miracles, qu'il l'étoit d'en demander à J. Chriſt. Répétons les paroles de S. Chryſoſtome, *Quelle folie ! De quels miracles* les Réformateurs *avoient ils beſoin, pour corriger des choſes évidemment mauvaiſes, & pour purger la Maiſon de Dieu d'une ſi grande ignominie?*

Les Diſciples de J. Chriſt, qui le ſuivirent à Jeruſalem, & qui y alloient auſſi bien que lui, pour y célébrer la Pâque, n'étoient vraiſemblablement qu'André, Simon ſon frére, Philippe, un Diſciple de Jean, qui n'eſt pas nommé. Peut-être Voyéz Jean 1. 3ſi & ſuiv. Nathanael. En un mot, ceux qui s'étoient trouvez avec lui aux Nôces de Cana : C'eſt avec une ſi petite Troupe, qu'il va à Jeruſalem, & qu'il oſe braver la colere des Marchans d'animaux, & des Changeurs, qui n'oſèrent néanmoins ſe révolter contre lui. L'Orgueil & l'Intérêt, deux paſſions ſi violentes, étoient également offenſées par l'action du Sauveur. Cependant ces gens-là ſouffrent, qu'il chaſſe leurs taureaux & leurs agneaux, & qu'il jette leur argent par terre, ſans oſer s'en venger ſur lui, ou ſur les ſiens. Cela fait voir d'un côté, qu'ils ſentoient bien que le Seigneur avoit raiſon, & de l'autre qu'ils avoient déja quelque vénération pour lui. Comme il n'avoit fait encore que le miracle de Cana en Galilée, il faut qu'il y eut dans ſa perſonne un air de Majeſté & de Sainteté, qui imprimoit du reſpect, & qui le rendoit redoutable, lorſqu'une ſainte colère l'avoit ſaiſi. Quoi qu'il en ſoit, il n'avoit pour défenſe que ſa Vertu, & la juſtice de ſa Cauſe, & cette défenſe lui ſuffit.

La réflexion que firent les Diſciples du Seigneur, en lui voyant faire une action ſi hardie, & imprévuë, montre non ſeulement leur piété, mais elle fait voir, qu'ils n'étoient ni auſſi groſſiers, ni auſſi ignorans, qu'on ſe l'imagine d'ordinaire. Il faut bien qu'ils fuſſent verſez dans la lecture du Vieux Teſtament, puiſqu'ils ſe rappellent auſſi-tôt ces paroles du Pſ. LXIX. 10. *Le Zèle de ta Maiſon m'a rongé,* & qu'ils en font une application ſi juſte à leur Divin Maître. Cela juſtifie ce que l'on a dit dans le Diſcours précédent, ſur le Choix que J. Chriſt fit de quelques Pêcheurs pour ſes Diſci. ples. Que pouvoient-ils penſer de plus juſte, & de plus rai. ſonnable? Ils voyent bien le motif qui fait agir le Seigneur: Et en effet quel autre motif, que le Zèle pour la Gloire & le Service de Dieu, pouvoit l'obliger à une action ſi extraor-dinaire?

Revenons au miracle, que les Juifs demandent à J. Chriſt. Il n'en fait point pour les ſatisfaire: mais il leur annonce un miracle, qui n'arriva que trois ans après, & qu'il exprime en des termes figurez, parce qu'il n'étoit pas tems de dévelop-per ce myſtère. Comme Jeſus étoit dans le Temple, & qu'il venoit de réformer un abus, qui ſe commettoit dans le Tem-ple, il leur dit, en parlant de ſon Corps, *Abbattez ce Temple, & dans trois jours je le réléverai.* La figure étoit tout à fait na-turelle & à propos. Il eſt d'ailleurs bien vrai-ſemblable, que J. Chriſt ſe déſigna lui-même par quelque ſigne, qui pouvoit faire connoître, qu'il ne parloit pas du Temple de Jeruſa-lem. Cependant, ni les Juifs, ni ſes Diſciples ne compri-rent point alors, ce qu'il vouloit dire. C'eſt pourquoi les Juifs lui répondirent, *On a été quarante ſix ans à bâtir ce Tem-ple, & vous le réleverez en trois jours.* L'objection étoit raiſon-nable, ſuppoſé que J. Chriſt ne fut qu'un ſimple Homme, comme les Juifs le croyoient: mais elle n'auroit été nulle-ment raiſonnable, s'ils avoient bien connu J. Chriſt. Celui, qui dans un inſtant tira du néant la matiére de l'Univers, & qui dans ſix jours lui donna l'admirable forme qu'il conſerve encore, ne pouvoit il pas réléver dans trois trois jours le Tem-ple de Jeruſalem? Mais il s'agiſſoit d'un Temple vivant, que les Juifs abbattirent en effet, & que le Seigneur réléva le troi-ſieme jour par ſa Réſurrection.

Ne paſſons pas cet endroit ſans faire une réflexion, qui ſert à confirmer le récit de l'Evangeliſte. Les Juifs diſent, que *l'on avoit été quarante ſix ans à bâtir ce Temple.* Celui de Salomon avoit été achevé dans l'eſpace *de ſept ans.* A l'é-gard du ſecond Temple, l'Edit de Cyrus, qui en permit la conſtruction, fut donné *la prémiere année de* ſon Régne: Mais les Ennemis des Juifs en empêchèrent l'exécution pendant plus de cent ans, juſqu'à *la ſeconde année de Darius Nothus.* Ce Prince ayant permis de nouveau à la Nation, de rebâtir ſon Temple, elle y travailla avec tant de diligence, qu'il fut a-chevé dans quatre ans, *l'an ſix de Darius.* Herode, qui mal-gré tous ſes défauts, avoit néanmoins de grandes qualitez, ſoit qu'il voulut gagner l'affection des Juifs, ou immortaliſer ſon nom, forma le deſſein [5] *l'an dixhuit* de ſon Régne, non ſeu-lement

Jean. 11.
19.

Ib. vs.20.

1. Rois
VI. 38.

Eſd. 1. 1.

Eſd. IV.
24.

Eſd. vi.
15.

lement de reparer & d'embellir le Temple de Jerusalem ; mais
de le rebâtir beaucoup plus magnifique qu'il n'étoit. Cependant, comme les Juifs craignoient, que si l'on commençoit
par démolir leur Temple, quelque obstacle ne survînt, qui
empêchât la construction du nouveau, Herode assembla tous
les matériaux nécessaires, & ne mit la main à l'œuvre, que
lorsque tout fût prêt. Il y employa dix mille ouvriers, sans
compter mille Sacrificateurs, qui entendoient la maçonnerie
& la charpenterie. Le Temple & les principaux Bâtimens
furent achevez dans l'espace de neuf ans & demi. ⁶ Mais on
travailla depuis pendant plusieurs années à perfectionner l'ouvrage, de sorte qu'il ne fut fini que sous Agrippa. Ainsi en
comptant depuis l'an 19. du régne d'Herode, jusqu'à l'an 15.
de Tibere, lorsque J. Christ commença de prêcher, on trouve effectivement quarante six ans: Particularité bien remarquable, & qui confirme bien le témoignage de l'Evangeliste.

Il y a quelques remarques à faire sur le mot de nôtre Seigneur, *Abbattez ce Temple.* Prémiérement, ce n'est pas un
ordre qu'il donne aux Juifs, de le faire mourir : mais c'est
d'un côté, une Prédiction de ce qu'ils feroient, & une prédiction, qui renferme une sorte de permission ; c'est-à-dire, qu'ils
le feront, & qu'il ne les en empêchera pas. C'est dans le mê-
me sens qu'il dit à Judas, *Faites bientôt ce que vous faites.* Il {Jean XIII.
27.}
lui fait sentir, qu'il sait bien la trahison qu'il trame, & qu'il
ne veut pas en empêcher le succès. La seconde observation qu'il
faut faire, c'est que ce mot de J. Christ ne fut pas oublié des
Juifs ; car lorsqu'ils voulurent le condamner, *il se présenta deux* {Matth.
XXVI. 61.}
faux témoins, qui déclarèrent, qu'il avoit dit, *Je puis détrui-*
re le Temple de Dieu, & le rebâtir dans trois jours: Ils étoient
faux témoins, parce que J. Christ n'avoit pas dit, qu'*il pou-*
voit détruire le Temple de Dieu ; mais il avoit dit, *Abbattez ce*
Temple, sans ajouter le mot de *Dieu:* Ce sont les Juifs, qui
abbatront le Temple, & c'est J. Christ qui le rélévera. La
troisième observation, c'est que dès le commencement de son
ministère, dès la prémiere Pâque, qu'il célébra depuis, notre Seigneur prédit la mort violente, que les Juifs lui feroient
souffrir, & en même tems sa Résurrection le troisième jour.
Car outre que c'est ce qu'il voulut dire, comme ses Disciples
le comprirent, quand ces deux Evénemens furent arrivez, y avoit il rien de plus absurde que de s'imaginer, que
le Sauveur parlât du Temple de Jerusalem, lui, qui
s'expose au ressentiment, & des Marchands & des Banquiers, en chassant les animaux des uns, en renversant les
tables des autres, & en jettant leur argent par terre, parce qu'ils profanent le Temple de Dieu ; lui donc leur ordon-

nera-

nera-t-il de démolir ce Temple, à la conſervation & à la ſain-
teté duquel il prend tant d'intérêt? N'étoit ce pas d'ailleurs
une choſe impoſſibleà tous égards? Les paroles du Seigneur ne
pouvoient admettre qu'un ſens myſtérieux, mais qui ne pouvoit être entendu que de lui.   Enfin on voit dans la réponſe du Seigneur, qu'il obſerva toujours la même maxime a-
vec les Juifs incrédules, qui lui demandèrent des miracles:
Il les renvoya à ſa Réſurrection.   C'eſt ainſi que les Phariſiens & les Scribes, voulant faire l'eſſai de ſa puiſſance &
lui diſant, qu'*ils voudroient bien lui voir faire quelque miracle*,
il leur répondit, *la Nation méchante & adultére demande un mi-*
racle, mais il ne lui ſera point donné d'autre que celui du Prophè-
te Jonas: Car comme Jonas fut trois jours & trois nuits dans le
ventre de la Baleine, de même le Fils de l'Homme ſera trois jours &
trois nuits dans le ſein de la terre.   S'il n'y doit demeurer que
trois jours & trois nuits, il en ſortira donc le troiſième jour.

Joan. III.

Νικοδήμε ὁμιλία μετὰ Χριςᾶ.

NICODEMUS APUD CHRISTUM.

Nicodemus with Christ.

Conversation de Nicodeme avec Jesus-Christ:

Nicodemus kommt zu Christo.

Nikodemus by Christus.

DISCOURS XX.

Converſation de Nicodeme avec J. Chriſt. JEAN III. 1.21.

A Converſation de Jeſus Chriſt avec Nicodeme, roule ſur trois ſujets principaux ; ſur la néceſſité de la Régénération pour avoir part au Royaume de Dieu : Sur la néceſſité de la mort du Meſſie, envoyé de la part de Dieu par l'unique motif de ſon amour pour le monde: Sur la cauſe de l'incrédulité des Juifs, qui le rejettèrent: Ce ſont là les trois grandes Véritez, que J. Chriſt enſeigne à Nicodeme, dans l'entretien, qu'il eut avec lui à Jeruſalem, pendant la Fête de Pâque.

Nicodeme étoit Juif de naiſſance, bien que ſon nom ſoit Grec; les Juifs portoient auſſi des noms Grecs, & peut-être les joignoient ils à des noms Hébreux, ſur tout lorſqu'ils é-toient nez dans les Provinces Grecques, ou qu'ils deſcen-doient d'Ancêtres, qui y étoient nez. A cet avantage d'ê-tre de race Juïve, Nicodeme en joignoit trois autres ; le Jean III. prémier, d'être *Phariſien*, c'eſt-à-dire, d'être de la Secte la plus eſtimée parmi les Juifs; le ſecond, d'être *membre du Sanhedrin*, ou du Grand Conſeil de la Nation ; Et le troiſième enfin, d'être *Docteur de la Loi*. Ainſi il réuniſſoit dans ſa perſonne tout ce qui pouvoit diſtinguer honorablement un homme de ſa Nation; La Naiſſance; Il étoit Juif d'origine: L'Autorité; Il étoit Magiſtrat: La reputation d'homme Réligieux; Il étoit Phariſien: Les Lumiéres & le Savoir; Il étoit Docteur de la Loi.

Tel eſt le Perſonnage qui vint trouver Jeſus, comme il étoit encore à Jeruſalem: Il avoit certainement de la Droiture, de l'Equité, & de la Réligion, puiſqu'il oſa reprendre Jean VII. 50-52. ſes Collégues, quand ils voulurent condamner Jeſus ſans l'avoir ouï, ce qui lui attira cette parole de mépris, *N'étes vous point auſſi de Galilée?* D'ailleurs n'ayant pû garantir J. Chriſt du dernier ſupplice, il voulut au moins reparer en quelque ſorte l'injuſtice, qu'on lui avoit faite, en lui rendant les honneurs de la ſépulture. Joſeph d'Arimathée, qui comme lui, étoit Diſciple ſecret du Sauveur, ayant demandé ſon corps à Pilate, Nicodeme eut ſoin d'apporter les Aromates néceſſai- Jean XIX. 39. res pour l'embaumer.

Jean II.
2J.

Le Seigneur ayant fait un grand nombre de miracles à Jerufalem, pendant le féjour qu'il y fit, il commença de s'acqué-
rir une grande réputation: Plufieurs crurent en lui, & plufieurs en faifoient profeffion: Jefus, qui connoiffoit les
cœurs, en faifoit la difference. Nicodeme étoit du nombre
des prémiers: Frappé des miracles que J. Chrift avoit opé-
rez en public, il voulut connoître fa Doctrine; mais craignant la jaloufie & l'envie de ceux de fa Secte, & de fes
Collégues dans le Confeil, il n'ofa l'aller trouver que la nuit,

Jean III.
2.

& lui parla en ces termes: MAITRE, *nous favons que vous
êtes un Docteur venu de la part de Dieu, car nul ne peut faire les
miracles que vous faites., fi Dieu n'eft avec lui.*

Cela eft bien raifonné: Les actions miraculeufes du Seigneur étoient vifibles: Il ne pouvoit y avoir, ni impofture,
ni illufion: Elles fe faifoient en public: Elles étoient en grand
nombre: Elles s'opéroient dans un inftant, fans autre
inftrument, ou moyen, que fa parole, & fon commandement. Il les faifoit au nom, & à la Gloire du vrai Dieu,
que les Ifraëlites adoroient: Il en obfervoit les ordonnances: Il venoit de vanger par une démarche éclatante la profanation de fon Temple. Quelles autres marques devoit on
demander, pour croire, *que Jefus étoit un Docteur venu de la
part de Dieu*? Quel Homme auroit pû opérer les merveilles
qu'il faifoit à la Gloire de Dieu, fi Dieu ne l'avoit affifté?
Jufque là Nicodeme foutient bien le caractère d'un Docteur
de la Loi, & d'un Homme de bien, qui craint Dieu, qui
aime & cherche à connoître la vérité; mais quand il choifit
la nuit, pour aller trouver Jefus, pour le reconnoître pour
un Grand Prophète, & pour s'inftruire de ce qu'il faut faire pour entrer dans le Royaume de Dieu, il montre une foibleffe, qui deshonore fa Confeffion. C'eft ce qui fait dire à
S. Chryfoftome, [1] „ S'il eft vrai, ô Nicodeme, que vous re-
„ gardiez J. Chrift comme un Prophète, venu de la part de
„ Dieu, pourquoi vous cachez vous, pour faire une fembla-
„ ble Confeffion? Le plus beau jour peut il avoir trop de
„ lumiére, pour éclairer une action fi loüable? Et fi vous
„ craignez d'être vû, n'eft-ce pas une marque, que vôtre
„ Confeffion n'eft pas fincere, & que vous prétendez en im-
„ pofer à J. Chrift? " Au fond il y a lieu de croire, que
Nicodeme eft déja Fidéle; mais c'eft un Fidéle foible encore, dont la Foi n'eft pas affez forte, pour l'emporter fur les
intérêts du monde: Auffi la réponfe que lui fit le Seigneur,
eft tout enfemble, & une inftruction, & une cenfure; Car
en lui apprenant ce qu'il faut faire pour entrer dans le Royaume de Dieu, il fit bien fentir à ce Pharifien, qu'il en étoit
encore

encore fort éloigné. *En vérité, en vérité*, lui répondit le Sei- _{Jean III.} gneur, je vous dis *que nul ne peut avoir part au Royaume de Dieu,* ^{1.} *s'il naît de nouveau.*

On demande comment cette réponfe du Fils de Dieu, eft liée avec ce que Nicodeme lui avoit dit; Car il ne paroit pas que ce dernier lui ait fait aucune Queftion. Il lui a feule-ment déclaré la haute opinion, qu'il avoit conçuë de lui, à la vuë & à l'ouïe de fes miracles.

Rien n'eft plus vraifemblable que la conjecture d'un favant Interprête là-deffus; [2] „ Il n'étoit pas néceffaire, dit-il, que „ S. Jean nous apprît la demande de Nicodeme, qui paroît „ affez par la réponfe du Fils de Dieu. Sans doute ce Ma-„ giftrat avoit ouï les inftructions du Sauveur, qui, dans fes „ Difcours parloit fouvent du Royaume des Cieux, & com-„ me il avoit de la Piété, il voulut favoir quel étoit le moyen „ fûr d'entrer dans ce Royaume. C'eft à cette Queftion que Jefus répond, *Je vous déclare, que perfonne ne peut avoir part au Royaume de Dieu, s'il ne naît de nouveau.*

Quoique cette réponfe s'adreffe à Nicodeme, cependant le Seigneur ufa d'une efpéce de ménagement, en lui expofant fimplement la condition du Salut, fans lui dire que cette con-dition lui manquoit encore. Il ne lui dit pas, *Nicodeme, vous avez befoin d'une nouvelle naiffance.* Cela auroit eu quelque cho-fe de rude & de choquant; mais il répond en général, que cette nouvelle naiffance eft néceffaire à tous ceux qui veulent avoir part à fon Royaume. Par là le Seigneur adoucit la ré-ponfe qu'il fait à un homme vénérable par fes charges & par fon âge. On n'a pas fujet de fe plaindre, quand on n'exige de nous, que ce que l'on exige de tous ceux qui afpirent au même but.

Le Royaume de Dieu, ou le *Royaume des Cieux*; Ce font tous les biens que procurent la Foi en J. Chrift, & l'obéiffance à fes Commandemens. Le Meffie, eft un Roi: Les Fidéles & les Juftes font fes Sujets, & les Biens qu'il leur donne, c'eft la connoiffance des véritez falutaires, c'eft la rémiffion de leurs péchez, ce font les promeffes de la vie éternelle: La condition, pour obtenir tous ces avantages, c'eft la Régéné-ration, ou la nouvelle Naiffance.

Cette nouvelle Naiffance eft une Réformation, ou plû-tôt une transformation totale de l'Homme: Changement d'i-dées dans l'efprit, de fentimens & d'affections dans le cœur; Et ce qui en doit être une fuite néceffaire, changement d'ac-tions & de conduite dans la vie: Cette transformation étoit abfolument néceffaire, foit aux Payens, ou aux Juifs, pour devenir Difciples de J. Chrift, & Sujets fidéles de ce Roi célefte.

Trans-

Transportons nous au tems de la Prédication du Sauveur, & considerons le caractère général de ces deux Peuples. Les Gentils étoient Idolatres, & servoient des Démons, sous le nom de Dieux. On peut juger du caractère de ces Peuples, par la nature & les objets de leur culte. Quoique les Philosophes se formassent des systemes de Morale, où il y a beaucoup de grandeur & de beauté, ils avoient conservé une indulgence excessive pour certains vices, qu'ils regardoient plûtôt comme des suites de l'ordre de la Nature, que comme un désordre. D'ailleurs, on laissoit penser, raisonner, & disputer les Philosophes, pendant que les Peuples suivoient toûjours leur train, & les mœurs ne valoient guères mieux que le Culte. D'autre coté, bien que les Juifs eussent un Culte plus pur, & une Morale plus parfaite que les Payens, il s'en falloit beaucoup qu'ils n'eussent dépouillé, l'Avarice, l'Orgueil, & l'Ambition. Si les Pharisiens se gardoient des vices, qui flétrissent & qui deshonorent, ils se dédommageoient de ces Sacrifices par des passions, au fond plus criminelles, parce qu'elles sont plus malfaisantes. C'étoient des Hypocrites, dont la Religion avoit plus de faste & d'apparence que de réalité, comme nôtre Seigneur l'a bien fait connoitre: Et le gros de la Nation avoit des mœurs si corrompues, que S. Paul n'a pas fait difficulté, de mettre les Juifs & les Payens en parallèle de ce côté-là, dans les prémiers chapitres de son Epitre aux Romains. Il régnoit d'ailleurs, & parmi les Docteurs, & parmi le Peuple, l'opinion fausse, mais aussi pernicieuse, qu'elle étoit fausse, que le Messie rendroit la Nation Judaïque la Reine des Nations, & lui assujettiroit tous les autres Peuples, en les assujettissant au Culte du vrai Dieu. Cette fausse opinion leur sembloit consacrée par la Réligion: Comme la Loi étoit pleine de promesses temporelles, les Juifs croyoient qu'elles auroient un entier accomplissement sous le Régne du Messie. On peut voir jusqu'où alloient leurs illusions dans la fabuleuse Histoire de Tobith: Jerusalem devoit être *bâtie de Saphirs & d'Emeraudes: ses murs de pierres précieuses: Ses Tours & ses boulevards de pur Or: Ses rues pavées de Bérylles, d'Escarboucles, & de pierres d'Ophir.* On ne doute pas que ce ne soit une exageration, & qu'on feroit tort aux Juifs, de prendre tout cela à la lettre. On est bien persuadé que l'Auteur du livre de Tobith, n'a voulu que représenter la magnificence & les richesses, qui devoient rendre Jerusalem, la merveille du monde; mais on se tromperoit aussi, si l'on croyoit que cette description, soit tout à fait figurée, comme celle que nous avons dans l'Apocalypse.

Telle étant donc la Foi des Juifs, ils n'avoient pas moins
besoin

Tob.
XIII. 16,
17.

Apoc.
XXI.

befoin que les Payens d'une nouvelle naiffance: Ils ne pouvoient embraffer l'Evangile, ni avoir part aux biens de l'E-
vangile, fans changer d'idées, de fentimens, d'affections, &
de mœurs. Il falloit qu'ils devinffent à tous ces égards de
nouveaux Hommes; qu'ils fe défiffent des idées qu'ils avoient
de leur Meffie & de fon régne, pour en prendre de tout à
fait contraires, & qu'ils renonçaffent à l'amour du monde &
de fa gloire, qui rendoit ces idées fi aimables & fi chéres: Comment, fans cela, reconnoître pour le Meffie, un Homme,
qui, n'ayant pas où repofer la tête, devoit finir fa vie par le
fupplice de la Croix, & qui ne promettoit la béatitude, qu'à
ceux qui feroient les imitateurs de fon défintéreffement, &
& de fa patience?

Ce que l'on vient de dire pourroit faire croire, que cette obligation de renaître, ne regarde proprement que des Juifs,
entêtez des préjugez & des erreurs de leur Nation, ou des
Payens nez dans l'Idolatrie, & prévenus en faveur de leurs
faux Cultes: En général des Gens plongez dans l'Incrédulité, dans l'Idolatrie, & dans les vices, & non des perfonnes,
qui font nées dans l'Eglife, élevées dans fon fein, qui ont
reçû en naiffant le Sacrement de la Foi, & qui en ont embraffé les Véritez, dès qu'elles ont été en état de les connoître.
Il faut avouer effectivement, que la *nouvelle naiffance*, c'eft-à-
dire, comme on l'a expliqué, *la transformation totale* de l'Homme, ne convenoit proprement qu'à des Payens, ou à des
Juifs: C'eft d'eux que J. Chrift & fes Apôtres ont exigé,
de naître une feconde fois; mais il n'eft auffi que trop vrai,
qu'en général tous les Hommes ont befoin de régéneration,
& que dans le fein de l'Eglife Chrétienne, on trouve une
infinité de gens, qui en ont incomparablement plus de befoin
que Nicodeme. L'ignorance & le préjugé, quelques maximes du Pharifaïfme, étoient peut-être tout ce qu'il y avoit
à corriger dans cet homme, dont les mœurs étoient d'ailleurs honnêtes & pures; mais l'ignorance & les préjugez
font ils tout à fait diffipez parmi le plus grand nombre des
Chrétiens; Et pour les mœurs, on ne fauroit voir qu'avec
autant de confufion que de douleur, qu'ils ont tous les défauts des Pharifiens, fans en avoir les vertus & la régularité.
C'eft la condition générale de tous les Hommes: Les Vertus Evangeliques ne naiffent point avec eux: Elles fe forment par la Grace, & par la Parole de Dieu: Elles s'acquie-
rent par la connoiffance, par les réflexions, & par l'exercice.
D'où il s'enfuit que, pour avoir part au Royaume de Dieu,
tous les Chrétiens ont befoin de régéneration; les uns plus
à la vérité, les autres moins; parce qu'il y a plus ou moins

d'ignorance, ou de lumiéres, plus ou moins de défauts &
de corruption.

La réponfe que J. Chrift fit à Nicodeme, ne furprit pas
feulement ce vénérable Doéteur: Il eft bien vraifemblable
qu'elle l'offenfa. Prévenû de l'opinion, qu'il n'y avoit que
les Payens, qui euffent befoin d'une *nouvelle naiffance*, parce
qu'ils fortoient du fond de l'Idôlatrie & de la corruption,
il ne pouvoit comprendre que J. Chrift exigeât ce devoir
d'un Juif: Il comprenoit encore moins, que le Seigneur dût
& pût l'exiger d'un Pharifien & d'un Doéteur de la Loi. Des
gens, qui font profeffion de ne reconnoître & de ne fervir
qu'un feul Dieu: Des gens éclairez, & rigides obfervateurs
des moindres cérémonies de la Loi, dont toute la Nation
vénére la fainteté: Ces gens-là doivent ils renaître comme
les Payens & les pécheurs, pour entrer dans le Royaume de
Dieu? Ce fut là ce qui obligea Nicodeme à répondre à J.
Chrift, *Comment un homme, qui eft déja vieux, pourroit il entrer
dans le fein de fa Mére, & naître une feconde fois.*

Jean III.
4.

Il ne faut pas en effet, attribuer cette réponfe à ignorance, ni à ftupidité de la part du Doéteur Juif. Il entendoit
fort bien ce que fignifioit l'expreffion figurée, dont J. Chrift
s'étoit fervi. Elle étoit très connuë, & très ufitée parmi les
Juifs. On appelloit les Profelytes des *Hommes nouvellement
nez*, *des Hommes nouveaux.* Et c'eft à cet ufage que S. Paul
fait fouvent allufion dans fes Epitres. Ainfi Nicodeme comprit fort bien ce que J. Chrift lui vouloit dire; mais ne pouvant fe perfuader, qu'un homme comme lui, eut befoin d'u-
ne nouvelle naiffance morale, & piqué peut-être que J. Chrift
voulût l'y affujettir, il fit femblant de ne pas l'entendre, & de
croire que le Seigneur lui parloit d'une naiffance naturelle.
„ Qu'eft ce que vous me propofez, lui dit-il? Un homme peut-
„ il rentrer dans le fein de fa mére, pour en fortir une fe-
„ conde fois? Et peut-il le faire à l'âge où je fuis? „

Voy. en
particu-
lier Eph.
IV, 21.
22, 23,
24.

Quoique Nicodeme prit mal la penfée du Seigneur, & qu'il
le fit à deffein, Jefus ne laiffe pas de s'expliquer davantage,
& confirmant ce qu'il avoit dit, *En vérité, en vérité, je vous
dis*, lui repliqua-t-il, *que fi l'on n'eft né d'eau & d'Efprit, on ne
peut entrer dans le Royaume de Dieu: Ce qui eft né de la chair
eft chair, ce qui eft né de l'Efprit eft Efprit.*

Jean III.
5, 6.

Outre les purifications ordonnées par la Loi, les Pharifiens en pratiquoient d'autres, qui leur étoient particulieres:
Ils fe lavoient très fouvent, & à toute occafion, & faifoient
confifter en cela une partie de leur fainteté: D'ailleurs les
Juifs en général initioient leurs Profelytes par le Bâtême
auffi bien que par la Circoncifion. C'eft à cette inftitution
&

& à ces purifications que J. Chriſt fait alluſion, quand il dit à Nicodeme, *ſi l'on n'eſt né d'eau & d'Eſprit, on ne peut en-trer dans le Royaume de Dieu.* Les Proſelytes naiſſoient de l'eau, pour ainſi dire : En les plongeant dans l'eau, on les faiſoit mourir au Paganiſme, qu'ils avoient abjuré : En ſor-tant de l'eau, ils naiſſoient pour la Loi de Moïſe, qu'ils a-voient embraſſée, & devenoient ainſi des Hommes nouveaux par le Bâtême. Ce n'eſt pas aſſez, dit J. Chriſt pour un Proſelyte du Royaume des Cieux : *Il faut naitre de l'Eſprit.* *La naiſſance de l'eau* n'eſt que la figure : *La naiſſance de l'Eſprit* eſt la réalité. Ainſi le ſens des paroles du Seigneur eſt, *Si quelqu'un n'eſt né, non ſeulement d'eau, mais auſſi d'Eſprit, il ne ſauroit entrer dans le Royaume de Dieu.*

Jeſus ajoute, pour juſtifier ce qu'il vient de dire, *Ce qui eſt né de la chair eſt chair : Ce qui eſt né de l'Eſprit eſt Eſprit.* Il répond à l'objeſtion de Nicodeme, qui lui avoit dit, qu'*un homme ne peut rentrer dans le ſein de ſa mére, & naître un ſeconde fois.* Quand cela ſeroit poſſible, dit le Sauveur, cela ſeroit très inutile. Ce qui naît de la chair eſt toujours charnel, & n'a que des penſées, des déſirs, & des affeſtions charnelles. Une nouvelle naiſſance, telle que vous la concevez, ne chan-geroit point l'Homme. Il faut qu'il naiſſe de l'Eſprit, & par la vertu de l'Eſprit de Dieu, pour être Spirituel. *Etre Eſprit* veut dire, *être Spirituel,* avoir des idées, des penſées, des déſirs, des affeſtions ſpirituelles.

Après cela le Seigneur ſe ſert de la Comparaiſon du Vent, non ſeulement pour éclaircir l'opération du S. Eſprit ; mais pour répondre à une objeſtion ſecréte du Phariſien, & de ceux de ſa ſeſte, qui s'imaginant, qu'étant les Saints de la Nation, ils ſeroient auſſi les Elus du Meſſie, & auroient les prémiéres Dignitez dans ſon Royaume. *Le vent ſouffle où il* Jean ſíⁿ ᵘ. *veut,* dit J. Chriſt, *& vous en entendez le bruit, mais vous ne ſavez, ni d'où il vient, ni où il va. Il en eſt de même de tout hom-me, qui eſt né de l'Eſprit.* C'eſt-à-dire, il ſe paſſe quelque cho-ſe de ſemblable dans la régéneration de l'Homme. Une ver-tu ſecréte & libre ſe déploye en lui : On en voit bien les ef-fets, mais on n'en voit ni l'origine, ni la fin : L'origine, c'eſt la volonté libre, mais très ſage de Dieu, qui répand & diſtri-buë ſes dons comme il lui plait : La fin, c'eſt le ſalut de l'Hom-me & la vie éternelle. Il faut bien remarquer le but de notre Seigneur dans cette Comparaiſon. Il veut faire entendre au Phariſien Nicodeme, que tous les avantages, dont lui & ſa ſeſte ſe glorifioient, n'étoient point un acheminement au Royaume de Dieu ; Que le cours de la Grace & du S. Eſ-prit eſt libre ; & que Dieu ne l'accorde ni aux qualitez exté- Luc ᶻ, ᵃ¹ᵃ

rieures,

rieures, ni à la fainteté cérémonielle & apparente, ni à la fauſſe ſcience, qui fait *les Sages & les Prudens du Siécle.* Il en diſpoſe *ſelon ſa volonté. L'Eſprit ſouffle où il veut.*

Jean III.
9.

Le Phariſien ſurpris dit alors à Jeſus, *Comment cela ſe peut il faire?* Cet étonnement, & cette eſpece d'objection, peut avoir deux objets: C'eſt ou la régénération en elle-même, ou la diſtribution libre de la Grace. Si on l'entend dans ce dernier ſens, cette objection de Nicodeme, a beaucoup de conformité avec cette parole des Diſciples du Seigneur, qui lui entendant dire, qu'il étoit auſſi impoſſible, qu'un Riche entrât dans le Royaume de Dieu, qu'il étoit impoſſible, qu'un

Luc X. 26.

Chameau paſſât par le trou d'une éguille, s'écrièrent, *Qui peut donc être ſauvé?* Ils croyoient que les Richeſſes étoient une bénédiction divine, une récompenſe de la Vertu. Nicodeme penſe de même: Croyant que les Phariſiens étant les plus juſtes des Hommes, ils devoient être les plus favoriſez de la Grace. Mais ſi on prend ſes paroles dans le prémier ſens, il demande à J. Chriſt, comment s'opére la régénération par la vertu de l'Eſprit de Dieu.

Jean III.
10.

Le Seigneur lui répond, *Vous êtes Docteur en Iſraël, & vous ignorez ces choſes?* Ce qui veut dire, vous êtes appellé à enſeigner l'Ecriture aux autres, & vous ignorez les effets que le S. Eſprit doit produire ſur les cœurs, dans les heureux tems du Meſſie. N'avez vous donc pas lû ce qu'Ezechiel & Jérémie ont dit là-deſſus? N'ont ils pas prédit, l'un & l'autre,

Ezech.
XXXVI.
26, 27.
Jerem.
XXXI. 31,
33.

que Dieu par la vertu de ſon Eſprit, *formeroit alors de nouveaux Cœurs & de nouveaux Eſprits?*

Jean III.
11.

Après ce reproche Jeſus proteſte, *qu'il ne dit rien, qu'il ne ſache avec certitude, bien que* la plûpart des hommes, & en particulier les Docteurs, les Scribes, & les Phariſiens n'ajoutent pas foi à ſon témoignage; *Mais,* pourſuit-il, *ſi vous ne croyez*

Ib. vſ. 12.

pas, quand je vous parle des choſes, qui ſe paſſent ſur la terre; comment croiriez vous, ſi je vous parlois de celles, qui ſont encore cachées dans le Ciel. Il indique obſcurément le myſtere de la Rédemption par ſa mort, dont il va parler dans le moment. Car, ajoute-t-il, *perſonne n'eſt monté au Ciel, que celui qui eſt deſcendu du Ciel, ſavoir le Fils de l'Homme, qui eſt dans le Ciel. Monter dans le Ciel,* ³ veut dire, être inſtruit des deſſeins ſecrets de Dieu: *Deſcendre du Ciel,* veut dire, être donné de Dieu aux Hommes, par un effet de ſa Grace & de ſa Bonté infinie. C'eſt une expreſſion familiaire à J. Chriſt, qui l'employe pluſieurs fois ⁴ dans le Chapitre VI. de S. Jean: Mais bien que Jeſus ſoit *deſcendu du Ciel,* de la maniére que l'on vient de dire, il ne laiſſe pas d'être toujours dans le Ciel, & d'avoir toujours avec ſon Pére une intime communication,

&

& qui ne ceffe point quoi qu'il foit fur la terre. *Il eft tou-* ^{Jean 1.}
jours *dans le fein du Pére.* ^{18.}

Après ces déclarations, nôtre Seigneur commence à révéler à Nicodeme, le myftére fi incroyable de fa mort, & même du genre de fa mort, & à lui en expliquer la caufe & la
fin. Ceft là cette vérité célefte & inconnuë, qui a été *le fcan-*
dale du Juif, auffi bien que *la folie du Grec*, & qu'un Pharifien
ne pouvoit jamais recevoir, à moins qu'il *ne fût né de l'Efprit*,
& qu'il n'eût dépoüillé les opinions charnelles, que les Juifs
avoient conçües du Meffie, & des profpéritez de fon Régne.
C'eft pour faire goûter à Nicodeme cette vérité, fi contraire à toutes fes idées, & à toutes fes efpérances, que J. Chrift
lui rappelle l'action myftérieufe de Moïfe, qui éleva dans le
Défert ⁵ un Serpent d'airain, afin que les Ifraëlites, qui le
contempleroient, fuffent guéris des morfures des ferpens bru-
lans, dont le Défert étoit infefté: *Comme Moïfe, pour-* ^{Jean III.}
fuit J. Chrift, *éleva le Serpent d'airain dans le Defert, il faut* ^{14.}
tout de même que le Fils de l'Homme foit élevé, afin que quicon-
que croit en lui, ne périffe point, mais qu'il ait la vie éternelle.

Ce fut dans cet endroit, que Nicodeme dût être étonné
de la Sageffe du Fils de Dieu, qui lui découvre dans l'Hiftoire
du Peuple d'Ifraël, pendant qu'il étoit dans le Défert, une image
fi jufte & fi vive de ce qui devoit arriver au Sauveur, du genre
de fon fupplice, & de la néceffité de ce fupplice pour le falut du
monde. Le Défert, que les Ifraëlites traverfent, eft l'image
du monde, & leur voyage, celle de la vie Humaine. Comme les prémiers alloient chercher le repos dans la Terre de
Canaan, qui eft appellée *le repos de Dieu*, ainfi l'Homme fage & fidéle parcourt l'efpace que la Providence lui a marqué,
pour arriver à fon éternel repos. Le Défert eft infefté de
ferpens, dont le venin brûlant dévore les Ifraëlites, qui en
font mordus: Tel ce Monde, plein d'objets féduifans, dont
la Providence a permis à l'Ancien Serpent d'abufer, pour
faire la guerre à l'Ame, & pour lui porter des coups mortels.
Le reméde, que Dieu donna aux Ifraëlites, fut d'expofer à leurs
yeux la figure d'un Serpent, élevé au haut d'une perche, afin que
tous ceux qui le regarderoient, fuffent guéris: Dieu a voulu
de même, que fon Fils fut élévé fur la Croix, & qu'il fouffrit la
mort, afin que tous ceux qui le regarderoient des yeux de
la Foi, qui croiroient au Sauveur crucifié, fuffent non feulement délivrez de la mort, mais qu'ils euffent la vie éternelle. Voilà le myftére que Jefus révéle à Nicodeme, &
que perfonne ne favoit encore, que celui qui *étoit monté dans*
le Ciel, & qui *en étoit defcendu*, pour donner la vie au monde.

de. Au reste il faut bien remarquer , que le paralléle n'est pas entre le Serpent & J. Chrift n'y ayant nulle reffemblance entre eux : Ce paralléle confifte tout entier, entre l'élévation du Serpent & la guérifon de ceux qui le contemplèrent, & entre l'élévation de J. Chrift fur la Croix & le falut de ceux, qui le regarderont, & qui croiront en lui.

Jefus explique enfuite un autre myftére, prefqu'auffi oppofé que le prémier à la Foi, & aux préjugez des Juifs. Ils fe figuroient un Meffie, qui, par des victoires fanglantes, leur affujettiroit les Nations, qui ne voudroient pas recevoir leur joug & le fien, qui domineroit par la force, fur ceux qui ne voudroient pas fe foumettre par la douceur. C'eft pour ce- la que Jefus ajoute, que Dieu *n'a pas envoyé fon Fils dans le monde, pour condamner le monde, mais afin que le monde foit fauvé par lui. Le Monde* , dans cet endroit , c'eft proprement les Gentils, pour lefquels les Juifs avoient un extrême mé. pris, à caufe de leur Idôlatrie ; Et une extrême haine, parce qu'ils avoient toujours opprimé leur Nation, & qu'ils l'opprimoient encore. Jefus dit donc au Pharifien , que bien loin d'être venû pour venger les Juifs des outrages qu'ils avoient reçus des Gentils, le Pére l'a envoyé, *non pour les condamner* , mais *pour les fauver auffi* bien que les Juifs, *pourvû qu'ils croyent en lui.* Le Jugement de Dieu ne menace, que ceux qui refuferont *de croire au Fils unique de Dieu,* & d'obferver fes Commandemens.

Après cela le Seigneur juftifie la condamnation du monde : *La caufe de cette condamnation,* dit-il, c'eft *que la Lumiére eft venuë dans le monde, & que les Hommes ont mieux aimé les ténébres que la Lumière, parce que leurs œuvres étoient mauvaifes.* Rien de plus jufte, foit par rapport aux Gentils, ou par rapport aux Juifs. A l'égard des Gentils, Dieu a eu *du fupport* pour eux, à caufe de leur ignorance. Il en a eu de même pour les Juifs, quoi qu'ayant plus de connoiffances, ils n'en fuffent que plus *inexcufables.* Mais à préfent que *la Lumiére eft venuë dans le monde,* quelle excufe peut-il refter, foit aux Juifs, ou aux Gentils ? Car ils ne ferment les yeux à la Lumiére, que parce qu'ils *aiment mieux les ténébres* : Et ils ne préférent les ténébres à la Lumiére, que parce que leurs œuvres font mauvaifes, & qu'ils ne veulent pas y renoncer. Or c'eft là, dit nôtre Seigneur, la jufte *caufe de leur condamnation.*

La Converfation de J. Chrift finit par une comparaifon, qui touche indirectement Nicodeme, & qui dût lui faire fentir, combien fa fauffe prudence, ou plûtôt fa baffe timidité, étoit honteufe pour lui. *Quiconque fait mal* , dit J. Chrift,

hait

Jean III. 17.

Jean III. 19.

Rom. III. 25, 16. Act. XIII. 38, 39. XVII. 30.

Rom. II. 1.

Jean III. 20.

hait la Lumiére, & s'éloigne de la Lumiére, de peur que fes œuvres ne foyent découvertes: Au lieu que celui qui fait bien, recherche la Lumiére, afin que fes œuvres paroiffent, parce qu'elles font faites felon Dieu. Voilà la cenfure de l'action de Nicodeme, qui avoit choifi la nuit, pour venir trouver Jefus: C'eft à lui que cela s'adreffe. „ Si vous aviez fait une mauvaife action, lui „ dit le Sauveur, vous auriez eu raifon de me venir trouver „ la nuit. Ceux qui font du mal fuïent la Lumiére; mais „ fi vous avez crû bien faire, il falloit me venir trouver en „ plein jour: Un homme de bien doit il rougir d'une action, „ qui ne peut que lui faire honneur, puifque, *étant faite felon* „ *Dieu*, elle ne peut que lui être agréable.

D I S.

DISCOURS XXI.

Jefus à la Samaritaine. JEAN IV. 1-26.

N a expliqué dans le Difcours précédent, la converfation que J. Chrift eut avec un Pharifien, Docteur de la Loi. On va expliquer dans celui ci l'entretien qu'il eut avec une Femme Samaritaine. Les Caractéres font bien oppofez. Là c'eft un Juif, un Sénateur, un Docteur, un homme très-régulier dans fes mœurs; Car ce n'eft pas à cela que manquoient les Pharifiens. Ici c'eft une Femme; une Femme, qui alloit puifer de l'eau, dont elle avoit befoin, une Femme Samaritaine, & une Femme enfin dont les mœurs étoient très irréguliéres. Cependant celle-ci ne manquoit ni d'efprit, ni de connoiffances; & elle étoit pour le moins auffi bien préparée pour le Royaume des Cieux que le Pharifien.

Jefus ayant fait divers miracles à Jérufalem, où il étoit allé à l'occafion de la Fête de Pâques, paffa enfuite en d'autres endroits de Judée, où il prêcha l'Evangile avec beaucoup de fuccès. Le nombre de fes Difciples croiffant tous les jours, les Pharifiens commencent d'en prendre de l'ombrage, & de craindre les progrès, que faifoit un Docteur, qui n'enfeignoit pas comme eux, & qui reprenoit hautement leur Hypocrifie, & leurs Superftitions. *Les Pharifiens ayant* appris, dit l'Evangelifte, *que Jefus faifoit plus de Difciples, & bâtifoit plus de perfonnes que Jean (quoi qu'il ne bâtifât pas lui-même, mais fes Difciples) il quitta la Judée, & s'en retourna en Galilée.*

Ce qui choque les Pharifiens, ce n'eft pas que Jefus *faffe plus de Difciples que Jean.* Ils ne s'intéreffent point à la Gloire du faint Précurfeur, qu'ils ne haïffent pas moins que J. Chrift, & qui ne ceffoit de reprendre leurs vices avec une extrême liberté, jufqu'à les appeller *des Races de vipéres.* Il y a même d'habiles Interprêtes qui croyent, que ce fut à leur follicitation, qu'Herode Antipas fit mettre en prifon Jean Bâtifte. Ce coupable Prince étoit bien aife d'autorifer du fuffrage des Pharifiens un attentat, dont il falloit céler la véritable caufe. Qu'eft-ce donc qui irrite ces Docteurs Juifs?
C'eft

Ιησοῦς καὶ Σαμαρῖτις.   Joann. IV: 7. JESUS ET SAMARITANA.
Jesus and the woman of Samaria.   *Jesus & la Samaritaine.*
Jesus und die Samaritische frau.   Jesus en de Samaritaensche Vrou.

C'eft que fi la réputation, la fainteté de Jean Bâtifte, le crédit qu'il s'acquéroit tous les jours dans la Nation, menacent leur régne, la réputation, la fainteté, &, ce qui manquoit à Jean Bâtifte, les miracles éclatans, que faifoit le Seigneur, leur donnoient encore plus d'inquiétude. C'eft le fens de ces paroles de l'Evangelifte: *Jefus ayant fû, que les Pharifiens avoient appris, qu'il faifoit & bâtifoit plus de Difciples que Jean, il quitta la Judée.* L'Auteur facré ajoute, que *Jefus ne bâtifoit pas lui même, mais que c'étoient fes Difciples.* Le Miniftére important, n'eft pas celui d'adminiftrer les faintes cérémonies de la Réligion; c'eft d'en prêcher, d'en perfuader les Véritez. C'eft à cela que le Sauveur s'attache, & c'eft ce qui ne pouvoit être fait que par lui; au lieu que le Bâtème pouvoit être adminiftré par fes Difciples. Les Apôtres eux mêmes fe déchargeoient ordinairement de ce miniftére fur leurs Coadjuteurs, comme on le voit dans la prémière Epitre aux Corinthiens. Le Bâtème qui convenoit au Fils de Dieu, c'eft celui du St. Efprit. _{1. Cor. 1. 17.}

Ce prémier Bâtème, qui fut adminiftré par les Difciples du Seigneur, ne differoit point effentiellement de celui de Jean Bâtifte. C'étoit de la part de ceux qui le recevoient, un facré témoignage de leur Repentance; Et de la part de J. Chrift, qui le faifoit adminiftrer, un témoignage facré de la remiffion des péchez, qui leur étoit accordée. Seulement ils reconnoiffoient que Jefus étoit un Miniftre, envoyé de la part de Dieu, & faifoient profeffion de croire en lui. Le Bâtème du Seigneur n'acquit toute fa perfection, que depuis qu'il fut reffufcité d'entre les morts. C'eft ¹ alors que Jefus ordonna à fes Difciples de bâtifer, non feulement *au nom de Dieu le Pére*, mais *au nom du Fils, & du St. Efprit.* Ce fut auffi alors feulement, que les Dons fpirituels furent conférez, à ceux qui étoient bâtifez au nom du Seigneur. Les Juifs n'avoient pas befoin d'être bâtifez *au nom du Pére:* Ils le reconnoiffoient pour le feul vrai Dieu: Cela ne convenoit proprement qu'aux Gentils; Mais il falloit les bâtifer *au nom du Fils*, qu'ils devoient reconnoître pour le Meffie, & *au nom du Saint Efprit*, que le Meffie glorifié avoit répandu dans fon Eglife.

Jefus *quitta la Judée*, pour fe dérober à la perfécution des Pharifiens, qui avoient beaucoup de crédit dans cette Province, & qui n'en avoient pas tant en Galilée, où régnoit *Herode.* Outre que c'étoit là que Jean avoit fait beaucoup de Difciples. Il falloit raffembler ces brebis, qui fe difperfoient à caufe de la prifon de leur Maitre, ne les pas abandonner fans Pafteur, achever de les inftruire, & de leur fai-

re connoître le Meſſie, que Jean n'avoit fait que leur in-
diquer.

Comme [a] la Judée étoit ſéparée de la Galilée par la Province de Samarie, Jeſus fut obligé de traverſer cette dernière Province. *Il falloit*, dit l'Evangeliſte, *qu'il paſſât par la*
Samarie. La prémiére Ville, où il s'arrête, eſt celle de *Si-*
char: C'eſt la même que *Sichem*, qui avoit été Métropole de
la Tribu d'Ephraïm. Elle étoit ſi proche de la montagne
de *Garizim*, qu'on y entendoit les paroles, qui ſe prononçoient ſur la montagne. *Abimelech* la détruiſit, & ſema du
ſel ſur ſes ruines; mais *Jeroboam* la rebâtit, & y établit le ſié-
ge du Royaume d'Iſraël. Elle fut enſuite appellée *Neapolis*
ou *Ville-neuve;* & Veſpaſien, ou Domitien y ayant établi une
Colonie, elle fut nommée [3] *Flavia Ceſarea.* Juſtin Martyr,
ce célébre Philoſophe Chrétien, qui étoit de *Sichem*, deſcendoit de ces nouveaux Habitans.

Du tems de J. Chriſt le nom de *Sichem* avoit été changé
en celui de *Sichar;* ſoit que cela [4] vint d'un uſage, qui s'étoit
établi inſenſiblement, & dont on ne ſauroit rendre la raiſon;
ſoit que ce fut par un effet de la haine & du mépris que
les Juifs avòient pour les Samaritains. En effet *Sichar* eſt
dérivé d'un mot, qui ſignifie *yvrogne*, & l'on conjecture avec
quelque vraiſemblance, que les Juifs changèrent le nom de
Sichem, en celui de *Sichar*, pour inſulter les Samaritains, &
à l'occaſion de ce paſſage d'Eſaïe, *Malheur aux Yvrognes d'E-*
phraïm.

L'Evangeliſte remarque, que *Sichar étoit proche de l'Héri-*
tage, que Jacob donna à ſon fils Joſeph. On trouve ce fait au
Chap. XLVIII. de la Geneſe vſ. 21. Mais comme il eſt dit
dans cet endroit là, que Jacob avoit acquis ce champ par ſon
épée, & qu'au Chap. XXVI. 19. du même Livre, il eſt rapporté que Jacob l'achetta des Enfans d'Hemmor, il faut qu'il
en eût été dépouillé, & qu'il l'eût reconquis dans la ſuite. Le
ſépulcre de Joſeph étoit tout proche.

Il y avoit là *un puits*, appellé le *puits de Jacob;* apparemment parce que le Patriarche l'avoit fait creuſer. On ne trouve pas, à la vérité, cette circonſtance dans la Geneſe; mais
on n'a aucun lieu d'en douter; d'autant plus que c'étoit la
coûtume des Patriarches de creuſer des puits, dans les endroits
où ils ſéjournoient. Le Seigneur, *fatigué du chemin*, qu'il a-
voit fait ce jour là, *s'aſſit au bord de ce puits.* C'étoit, dit l'E-
vangeliſte, *environ la ſixieme heure du jour*, c'eſt-à-dire, *environ*
midi, les Juifs commençant le jour avec le lever du ſoleil, &
le partageant en douze-heures.

Comme il étoit ſeul, (*Car il avoit envoyé ſes Diſciples dans la*
Ville,

Ville, pour y achetter des vivres) *une Femme Samaritaine vint puifer de l'eau.* Elle étoit *Samaritaine*, non parce qu'elle demeuroit dans la Province de Samarie; mais parce qu'elle étoit de la Secte, ou de la Réligion des *Samaritains.*

L'averfion des Juifs pour les Samaritains étoit bien ancienne; Mais le tems n'avoit fait que l'aigrir, bien loin de la moderer. *Salmanaſſar* ayant emmené en captivité les dix Tribus, afin de prévenir par là de nouvelles revoltes, & ne voulant pas laiſſer défertes les Provinces, que ces Tribus habitoient y envoya des Peuples, qu'il fit venir d'au delà de l'Euphrate & du Tigre, & qui y portèrent leur Idolatrie; mais le Païs n'étant pas aſſez peuplé, les Lions s'y multiplièrent, & y faifoient de grands ravages. Cela obligea les Habitans, non à renoncer à leurs Idoles, mais à unir le culte du vrai Dieu, qu'ils regardoient comme le Dieu particulier du Païs, au culte de leurs faux Dieux. Dans la fuite *Alexandre*, ayant conquis la Syrie & la Paleftine, *Samballat*, qui gouvernoit la Province de Samarie pour Darius, fe foumit à Alexandre; Et ayant marié fa fille avec *Manaſſé*, frére de *Jaddus* Souverain Sacrificateur des Juifs, il obtint du Conquérant en faveur de fon Gendre, la permiſſion de bâtir fur le mont de Garizim * un Temple à l'imitation de celui de Jerufalem, dans lequel on faifoit le fervice divin felon les Rites des Juifs. L'Idolatrie ceſſa infenfiblement: Les Samaritains n'adoroient plus que le vrai Dieu, quoique felon la coûtume ordinaire des Nations, ou des Sectes, qui ont des differens fur la Réligion, les Juifs les ayent accufez d'erreurs & de pratiques, dont ils étoient innocens Plufieurs Savans foutiennent encore, qu'ils ne recevoient que les Livres de Moïfe, & ne faifoient aucun cas, ou très peu, de ceux des Prophètes. Mais il femble qu'on en doit croire Juftin Martyr, qui étant de Sichem, connoiſſoit bien la créance des Samaritains, & qui témoigne pofitivement, ' *qu'ils avoient la Parole de Dieu, annoncée par les Prophètes, auſſi bien que les Juifs; Et que comme eux, ils attendoient fans ceſſe le Meſſie.*

Telle étoit en général la Réligion des Samaritains du tems de J. Chrift. Le Seigneur, qui avoit marché tout le jour jufqu'à midi, fe trouvant donc *fatigué*, s'aſſit au bord du Puits de Jacob. On voit ici une preuve d'une vérité, qui fut tant difputée par plufieurs anciennes Sectes; C'eft que *le Verbe* a véritablement *été fait Chair*, & qu'il a pris la Nature Humaine avec toutes fes infirmitez, & tous fes befoins. Il

a

---

* Le Temple ne fubfiftoit plus. Hircam l'avoit détruit 126. ans avant la naiſſance de nôtre Seigneur; & après avoir fubfifté 200 ans. Jofeph. Antiq. lib. XIII. c. 18. p. m. 50.

a fenti la faim, la foif, la laffitude; Et bien qu'il pût fuppléer
à fes befoins par des miracles, il ne les employa jamais que
pour foulager les miféres des autres, pendant qu'il fe refer-
voit à lui même le glorieux, mais pénible privilége, de donner au monde un parfait modéle de Patience.

Il eft vrai que le Seigneur étoit fatigué, & qu'il avoit befoin de repos. Mais il n'eft pas moins vrai, qu'il ne prend
du repos dans cet endroit que pour avoir occafion d'inftrui-
& de convertir une partie des Habitans de Sichem. Il n'i-
gnore pas ce qui doit arriver: Il le prévoit, & dirige toutes
fes actions au but qu'il fe propofe. Ainfi quand la Samaritaine fut venuë puifer de l'eau, Jefus lui dit, *Donnez moi à
boire.* Le Seigneur avoit véritablement foif: Toutes fes actions, tous fes difcours font marquez au coin de la vérité;
mais il eft vrai que la faim, que la foif, qui le preffe, c'eft
celle du falut des Hommes.

Cette femme, qui reconnut Jefus pour être Juif, foit à fon
Langage, foit à la manière dont il étoit vêtû, & qui n'ignoroit pas combien les Juifs avoient d'averfion pour les Samaritains, lui répondit, *Comment vous, qui êtes Juif, me demandez vous à boire, à moi, qui fuis une femme Samaritaine?* A quoi
l'Evangelifte ajoûte cette réflexion, qui fert d'éclairciffement
à la réponfe de cette femme; c'eft que *les Juifs n'ont rien de
commun avec les Samaritains.*

Cela n'étoit que trop vrai. Les Juifs & les Samaritains
fe haïffoient mortellement; mais furtout les Juifs haïffoient
les Samaritains de telle forte, qu'ils ne pouvoient dire à perfonne une injure plus atroce, que de l'appeller *un Samaritain:*
De là vient qu'ils difent du Sauveur, *C'eft un Samaritain, Il
eft poffédé du Diable.* On ne doit pas être furpris de la violence de cette haine: C'étoit une haine de Réligion. ⁶ On en indique les caufes dans les Preuves.

La Samaritaine ne refufe pas *un verre d'eau fraiche;* mais
elle eft furprife, qu'un Juif le demande à une perfonne, de
qui il ne peut le recevoir, fans violer les ordonnances des
Pharifiens, qui regardant les Samaritains comme des Profanes, croyoient qu'on ne pouvoit manger ni boire avec eux,
ni les toucher fans être fouillez. On pouvoit bien achetter
des vivres dans leurs Villes, quand on étoit obligé d'y paffer:
La néceffité le vouloit; mais il n'étoit pas permis d'en rien
recevoir; C'eût été avoir avec eux une efpéce de communion fraternelle.

Jefus, qui ne cherche que l'occafion d'inftruire cette femme, lui répondit, *Si vous faviez quel eft le don de Dieu, & qui
eft celui qui vous dit, Donnez moi à boire, vous lui en auriez de-*
mandé

Jean iv. 7.

Ib. vf. 34.

Ib. vf. 9.

Jean viii. 48.

Jean iv. 10.

mandé vous même , & *il vous auroit donné de l'Eau vive. Le don de Dieu,* c'eft J. Chrift avec toutes les graces, qu'il venoit apporter au monde : Et *l'Eau vive,* c'eft la vérité falutaire, dont il étoit le Prédicateur; la Doctrine de la vie éternelle, les moyens furs & infaillibles d'y parvenir. Jefus repréfente fes graces fous divers emblêmes, & employe ceux que l'occafion lui fournit : C'eft ainfi que voyant une multitude de peuple , qui l'avoit fuivi, parce qu'il les avoit nourris miraculeufement dans un lieu défert, en multipliant les pains , en prend occafion de fe repréfenter lui-même avec toutes fes graces fous l'emblême *d'un pain,* mais d'un pain, qui donne la vie éternelle : De même fe trouvant à Jerufalem, dans le tems de la Fête des Tabernacles, où le Peuple alloit en foule puifer de l'eau à la Fontaine de Siloë , le Seigneur fe mit à crier à haute voix dans le Temple, *Si quelqu'un a foif, qu'il vienne à moi,* & *qu'il boive : Et il fortira de celui qui croit en moi des fleuves d'eau vive , comme dit l'Ecriture.* Jean vi. 25. & fuiv. Jean vii. 37.

La figure * eft élegante & naturelle. L'Eau à deux proprietez : Celle de purifier, & celle d'étancher la foif. C'eft ce que doivent produire par rapport à l'Homme les maximes de fageffe & de vertu. Elles purifient les mœurs, & en réglant les défirs de l'Homme , elles lui apprennent les moyens de les fatisfaire. Mais fi les maximes de fageffe, peuvent être appellées une *Eau pure,* celles du Fils de Dieu doivent porter le nom *d'Eau vive;* Car outre qu'elles purifient le cœur, elle conduifent feules au falut, qui eft le feul Bien, qui puiffe fatisfaire les défirs infinis d'une Ame immortelle.

Au refte il faut remarquer ici, pourquoi J. Chrift s'exprime d'ordinaire d'une maniere figurée, quand il veut inftruire, & fe fert de Paraboles : C'eft d'un côté pour rendre fon Auditeur plus attentif, & de l'autre pour fonder par là fes difpofitions , & pour ne s'expliquer clairement, qu'à ceux qui font difpofez à écouter, & à recevoir fa Doctrine : C'eft ainfi qu'il fait ufage lui-même de cette maxime de Prudence, qu'il préfcrivoit à fes Difciples; *c'eft de ne pas jetter les perles devant les pourceaux.*

On ne peut fe réfoudre à fupprimer une réflexion , que le commencement de la converfation du Seigneur avec la Samari-

---

* Bien que les Dons du S. Efprit foyent repréfentez quelques fois fous l'emblême de l'*Eau,* il faut convenir, que ce fymbole eft fur tout appliqué aux *Inftructions falutaires.* On ne peut douter que ce ne foient elles , que les Prophêtes ont voulu défigner par les *Eaux vives,* qui découlent du Sanctuaire. Ezech. XLVII. 1-10. Joël , 1 v. 10. Apoc. XXII. 1. Les Juifs difent, que c'eft aux Inftructions falutaires, que l'on doit appliquer ce qui eft dit Efaïe XII. 3. *Vous puiferez avec joye des eaux des Fontaines du Salut.* De là l'endroit que Grotius allegue de Philon (in Alleg. de Mofe in Madian) *fedit ad puteum expectans, quem potum Deus effufurus effet animæ fitienti,* & *cupienti quod bonum eft.* Les Egyptiens n'ignoroient pas ce fymbole, comme on le voit par cet endroit de Clem. Alex. Strom. lib. vi. p. 634. *Poft omnes exit Propheta, qui propatulam geftat hydriam, quem fequuntur, qui emiffos panes portant.* Is . *ut qui fit Sacrorum Praefectus, edifcis libros decem, qui vocantur Sacerdotales : Continent autem de Legibus,* & *Diis,* & *univerfa Sacerdotum Difciplina.*

maritaine, préfente naturellement à l'Efprit. Jefus a foif,
& demande à cette Femme un verre d'eau, pour fe rafraichir. Il en a befoin: Et la Samaritaine a un befoin extrême de la grace du Sauveur; mais ne fentant pas ce befoin,
& ne connoiffant pas le prix de cette grace, elle ne la demande pas à J. Chrift. Cela nous rappelle l'excellent mot
qu'un Philofophe dit à un Homme riche, qui, pour l'inful-
ter lui demanda, *D'où vient qu'on voit tous les jours les Philofo-*
phes à la porte des Riches, & qu'on ne voit jamais les Riches à la
porte des Philofophes: „ La raifon, repliqua le Philofophe,
„ en eft facile à deviner: C'eft que les Philofophes fentent
„ le befoin qu'ils ont d'argent, & que les Riches ne fentent
„ pas le befoin qu'ils ont de Sageffe. „ S'ils favoient le prix
de la Sageffe, ils feroient les prémiers à demander des graces, à ceux qui font obligez de leur en demander, preffez,
comme ils le font, par les néceffitez de la vie. Si la Samaritaine eût connû le Sauveur, & le prix des graces qu'il pouvoit lui accorder, elle fe fut jetté à fes pieds, & l'auroit prié
de lui en faire part: *Si vous faviez,* lui dit J. Chrift, *quel eft*
le don de Dieu, & qui eft celui qui vous dit, donnez moi à boire,
vous lui en auriez demandé vous même, & il vous auroit donné
de l'Eau vive.

Jean IV.   La Samaritaine, qui fe perfuade que J. Chrift lui parle d'u-
11. 12. ne Eau commune, lui fait d'abord cette objection. *Seigneur,*
lui dit elle, vous n'avez rien avec quoi puifer, & le puits eft pro-
fond; D'où auriez vous donc cette Eau vive? Etes vous plus puiffant
que Jacob nôtre Pére, qui nous a donné ce puits, & qui en a bû
lui même, auffi bien que fes enfans, & fes troupeaux?

Cette Femme eft perfuadée, qu'il n'y avoit que deux
voyes, pour lui procurer de l'Eau vive; l'une, de la tirer du
puits de Jacob: Mais pour cela il auroit fallu avoir un Vafe
& une corde, & J. Chrift n'avoit ni vafe ni corde: L'autre, de creufer un nouveau puits; Mais pour cela il auroit
fallu être plus grand & plus éclairé que Jacob, qui n'avoit
point trouvé de meilleure Eau, dans tout le territoire de
Sichem.

Comme il n'y avoit que de l'ignorance & de la fimplicité
dans cette réponfe, le Seigneur commence à la tirer d'erreur,
& à lui faire connoître, que l'Eau dont il lui parle, n'eft
pas une Eau commune; mais fpirituelle, & furnaturelle, &
qui a des vertus infiniment plus excellentes, que celles du
Jean IV. puits de Jacob. *Ceux qui boivent de cette Eau là,* lui dit Je-
13. 14. fus, *auront encore foif; mais celui qui boira de l'Eau, que je lui*
donnerai, n'aura jamais foif: Car l'Eau, que je lui donnerai, de-
viendra en lui une fource d'Eau vive, laquelle coulera jufque dans

la

la vie éternelle. Voilà les proprietez de la Doctrine du Sau‑
veur.

Il faut *boire de cette Eau*, c'eft-à-dire, fe remplir de fa Doc‑
trine, la croire, la recevoir, & en faire la régle de fa con‑
duite. Cette Eau fpirituelle reçuë de la forte, non feule‑
ment étanche la foif de l'Ame pour un tems; mais elle de‑
vient dans le cœur du Fidele *une fource, qui j'aillira jufques dans*
la vie éternelle, jufqu'à ce qu'il y foit arrivé. Un Homme,
qui auroit dans fes entrailles une fource d'Eau vive, pour‑
roit-il jamais avoir foif? De même celui, qui croit au Fils
de Dieu, & qui eft bien perfuadé de la Doctrine célefte,
qu'il a enfeignée, a en lui-même une fource d'inftructions &
de confolations. Que refte-t-il à défirer à celui, qui croit en
J. Chrift? Quelle foif peut encore le tourmenter? La Doc‑
trine du Sauveur doit éteindre toutes les paffions vicieufes,
& elle feule préfente à l'efprit les Biens folides & durables,
qui peuvent confommer fa félicité.

La Samaritaine, toûjours perfuadée que le Seigneur par‑
le d'une Eau naturelle & commune, & ne penfant qu'à la
peine qu'elle étoit obligée de prendre, chaque jour, pour fe pro‑
curer l'Eau, qui lui étoit néceffaire, s'écrie, *Seigneur, donnez* [Jean IV.
moi de cette Eau, afin que je n'aye plus foif, & que je ne vienne 15.]
plus en puifer ici. On reconnoit ici le caractére trop ordinaire
des Hommes: Uniquement occupez de leurs befoins tempo‑
rels, ils ne penfent qu'aux moyens d'y fatisfaire, & font fourds
à tout ce qu'on peut leur dire fur les befoins de leur Ame.
Cependant, comme c'eft toûjours erreur, & non malice, le
Seigneur ne fe rebute pas, & avant de lui expliquer la natu‑
re de l'Eau, dont il lui parle, il veut lui faire connoître la
perfonne, avec laquelle elle s'entretient. *Allez*, lui dit-il, *& fai‑* [Ib. vf. 16.]
tes venir vôtre Mari: Je veux qu'il partage avec vous la grace,
que je veux vous faire.

Qu'il y a de Sageffe, de Prudence, & de Charité, dans
le tour que nôtre Seigneur prend, pour amener cette femme
à confeffer fes péchez, à les reconnoitre, & à fe corriger:
Je n'ai point de mari, répondit elle. Cela étoit vrai; car el‑ [Ib. 17.]
le n'étoit liée avec perfonne par un mariage légitime: mais
en avoüant une partie de la vérité, elle cache adroitement
l'autre: Pouvoit elle avouer à un Etranger, qu'elle ne con‑
noît pas, les défordres de fa vie? Mais pouvoit elle les ca‑
cher à cet Efprit, pour qui les ténèbres même font lumière?
Auffi le Seigneur, profitant de fa réponfe, lui fait voir, qu'il
n'ignore pas les circonftances les plus fecretes de fa vie, non
pour lui en faire des reproches, & pour la couvrir de con‑
fufion, mais pour l'amener à la repentance. *Vous avez rai‑* [Jean IV.
fon 17, 18,]

fon de dire que vous n'avez point de mari, repliqua le Sauveur; *Car vous avez eu cinq maris, & celui que vous avez à préfent n'eft pas légitime. En cela vous dites bien.*

J. Chrift ne trouve point à redire, que cette Femme ait époufé fucceffivement plufieurs Maris, dont la Mort, ou le Divorce autorifé par la Loi, l'avoient féparée: Il reconnoît, du moins il infinue, que ces cinq Maris étoient légitimes, lorfqu'il ajoute, qu'à l'égard de celui avec lequel elle vivoit alors, il *n'étoit pas fon mari:* Ce qui veut dire, qu'elle avoit avec lui un commerce illégitime.

Ce reproche fait en face par un Etranger, par un Inconnu, par un Juif, par un Ennemi en apparence, auroit irrité bien des pécherefles: Les unes s'en feroient vengées par des injures; D'autres auroient au moins pris le parti de nier, d'autant plus qu'il ne fembloit pas être au pouvoir du Seigneur, de convaincre la Samaritaine. Mais elle a bien d'autres fentimens; Et l'on voit ici un exemple de ce que J. Chrift

Matth. XXI. 31. a dit en d'autres occafions, c'eft *que les Péagers, & les pécheurs* précéderoient les Pharifiens, ces Dévots, fi réguliers en apparence, dans le Royaume de Dieu. En effet les perfonnes

Matth. XI. 11. de cet ordre *l'emportoient de force*, l'arrachoient, pour ainfi dire, des mains du Seigneur, pendant que les autres, refufoient non feulement d'y entrer, mais faifoient tous leurs efforts pour empêcher qu'on y entrât. Il y a des vices fpécieux, qui tiennent contre les Remontrances, pendant que ceux que la honte accompagne, cédent, s'humilient, & plient fous le joug de la Vertu. Les Reproches les plus juftes, les cenfures les plus méritées, ne font que révolter les Pharifiens. Pour ne pas s'avouer coupables & ne fe pas corriger, le Menfonge n'a point de détours, la Malignité point d'artifices, qu'ils ne mettent en ufage. Il faut que l'Innocence foit criminelle, que la Vérité même foit impofture, & que J. Chrift, qui les reprend, foit un faux Prophète, un Miniftre du Démon: C'eft le caractére du Pharifien. Au lieu que la Samaritaine, toute couverte qu'elle eft de confufion, à la vuë des défordres de fa vie, que le Seigneur lui reproche, s'humilie devant lui, & conçoit non feulement de l'eftime, & de la vé-

Jean iv. 19. nération, mais de la foi pour Jefus: *Seigneur*, dit elle, *je vois que vous êtes Prophète.*

Ce n'eft pas tout: Elle eft prête de renoncer à fes mauvaifes mœurs; mais elle cherche auffi à fortir de fon erreur, fi elle y eft; & ravie de trouver un Prophète, qui puiffe l'inftruire, elle lui propofe la Queftion, qui étoit en difpute entre les Juifs & les Samaritains, & qui fembloit être la

Jean iv. 20. caufe du Schifme. *Nos Péres*, dit elle à Jefus, *ont adoré fur*

cette

cette Montagne (sur celle de Garizim, qui étoit tout proche)
*Et vous dites, vous autres Juifs, que c'est à Jerusalem, qu'il faut
adorer.*

C'est là la Question, que la Samaritaine propose à J. Christ,
comme à un Prophète, qui peut la décider. C'étoit effectivement sur cette Question, que rouloit alors la principale
dispute, qui étoit entre les Juifs & les Samaritains ; Car pour
les accusations d'Idolatrie, que les prémiers intentoient aux
derniers, elles étoient fausses & calomnieuses. La Samaritaine allégue la raison de sa Secte : *Nos Péres*, dit elle, *ont a-
doré sur cette montagne.* Effectivement Abraham avoit construit un Autel à l'honneur du vrai Dieu dans le voisinage de
Sichem, & Jacob en avoit fait autant dans la suite : Or comme c'étoit la coûtume dans ces tems-là, de bâtir les Autels
au sommet des montagnes, il est au moins très probable,
quoique l'Ecriture ne le dise pas, que ces Autels avoient
été érigez sur la montagne de Garizim : D'ailleurs lorsque
le Peuple eut passé le Jourdain, sous la conduite de Josué,
Dieu voulut que les Bénédictions promises à ceux qui observeroient ses Loix, fussent prononcées de dessus la montagne de Garizim, & que les Malédictions dénoncées contre
les violateurs de ces mêmes Loix, fussent prononcées dessus la montagne d'Ebal : Or ces deux montagnes voisines &
oposées étoient auprès de Sichem. Il y a plus : On trouve
au Chap. XXVII. du Deuteronome, vſ. 4-8, une ordonnance de Moïse, par laquelle il enjoint aux Israëlites, lorsqu'ils
auroient passé le Jourdain, de bâtir un Autel de pierre sur
une montagne, & d'y offrir des sacrifices à Dieu, d'y manger, de s'y réjouïr, & de graver sur la pierre de cet Autel les
Commandemens de la Loi. Or on lit dans l'exemplaire
Hebreu, *sur la montagne d'Ebal ;* mais on lit dans celui des
Samaritains, *sur la montagne de Garizim :* Et la Question est
de savoir d'où vient ce changement : Les Juifs prétendent
que les Samaritains ont corrompu le texte, & les Samaritains au contraire que ce sont les Juifs. Il faut avoüer pourtant que l'on ne peut soupçonner les Juifs, d'avoir corrompu l'Ecriture dans cet endroit. D'ailleurs il est certain
que Dieu, ayant approuvé le dessein de David, qui voulut
que la montagne de Sion fut le séjour fixe du Tabernacle,
& celui de Salomon, qui construisit au même endroit le
Temple, qui succeda au Tabernacle, Jerusalem devint le
centre de la Réligion, aussi bien que la résidence des Rois :
Et c'est là qu'il falloit *adorer*, c'est-à-dire, offrir à Dieu le
Culte public ordonné par la Loi. Mais les Samaritains ne
reconnoissoient pas l'autorité des Livres Historiques, par

les-

Gen. xii. 6, 7.
Gen. xxxiii. 18.

Deut. xi. 29. & xxvij. 12ʳ

lefquels les Juifs pouvoient juſtifier leur droit, parce que ces Livres étant poſterieurs à l'ancienne diviſion du Royaume d'Iſraël, ils les regardoient comme des Livres écrits par les Juifs leurs ennemis.

Tel étoit donc le différent, qui régnoit entre les deux Nations: La Samaritaine en demande la déciſion à J. Chriſt, en alléguant les raiſons de ſa Secte, *nos Péres ont adoré ſur cette montagne.* Elle dit *nos Péres*, parce que les Samaritains prétendoient, auſſi bien que les Juifs, deſcendre 7 des Patriarches, & non des Nations Payennes, que Salmanaſſar avoit tranſportées dans les Provinces du Royaume d'Iſraël, & qui ſont nommées au Chap. xvii. du ii. Livre des Rois. Au reſte il pouvoit bien être, & il eſt même bien vraiſemblable, qu'il reſta quelques Iſraëlites dans le Païs, & qu'il en revint pluſieurs des lieux de leur Captivité, avec les Sacrificateurs, que Salmanaſſar jugea à propos d'y renvoyer, pour y faire le Service Divin ſelon les ordonnances de la Loi.

Jeſus décide la Queſtion en faveur des Juifs; mais il montre en même tems que ces diſputes ſur le Lieu du Culte Divin, devoient ceſſer bien-tôt, lorſque Dieu ayant appellé les Gentils, aboli la diſtinction des Peuples, & la Loi cérémonielle, qui les tenoit ſéparez, n'exigeroit des uns & des autres, qu'un Culte ſpirituel, & tout-à-fait conforme à ſes Perfections:

Jean iv.
21, 22,
23, 24. *Femme croyez moi*, lui dit Jeſus, *il va venir un tems que vous n'adorerez le Pére, ni ſur cette montagne, ni à Jeruſalem: Vous autres, vous adorez ce que vous ne connoiſſez point; Pour nous, nous adorons ce que nous connoiſſons, parce que le Salut vient des Juifs. Mais il va venir un tems, & le voici, que les vrais Adorateurs adoreront le Pére en Eſprit & en vérité. Car c'eſt de tels Adorateurs que le Pére demande, Dieu eſt Eſprit, & il faut que ceux qui l'adorent, l'adorent en Eſprit & en vérité.*

Femme, croyez moi, dit le Seigneur. Il étoit bien digne d'être crû. Il ne demande rien que ce qu'il a mérité par ſes Vertus, & par ſes Miracles. Auſſi obtient il de cette Femme ce qu'il lui demandoit: Elle crût en lui, & donna un bel exemple de foi à pluſieurs de ſes Concitoyens.

Il va venir un tems, pourſuit Jeſus, *où vous n'adorerez plus, ni ſur cette montagne, ni à Jeruſalem.* Les Samaritains ont bien continué de faire le Service Divin ſur la montagne de Garizim, & le peu qui reſte de cette Secte, le fait encore. Mais ce Culte irrégulier, auſſi bien que celui que les Juifs rendoient à Dieu dans Jeruſalem, ceſſa de Droit, depuis que les Cérémonies Judaïques eurent été abolies, & que l'Evangile eut ſuccédé à la Loi.

Vous

Vous autres Samaritains, ajoûta Jefus, *vous adorez ce que vous ne connoiſſez point.* Ils adoroient néanmoins le feul vrai Dieu, & non les Idôles des Cuthéens, quoi qu'en difent les Juifs. Mais ils en avoient tranfporté le Culte public dans un Lieu, où il ne devoit pas être, & ils étoient coupables d'un Schifme très pernicieux, & de la violation de la Loi de Dieu, [8] qui n'avoit établi qu'un feul Temple pour tous les Ifraëlites, & qui avoit fanctifié celui de Jerufalem.

Pour nous, (c'eft-à-dire, nous autres Juifs,) *nous adorons ce que nous connoiſſons.* Cela veut dire; Non feulement le vrai Dieu s'eft révélé à nous, mais nous lui rendons le Culte qu'il exige, dans le Lieu, où il veut être adoré: *Car,* ajoute le Seigneur, *le Salut vient des Juifs:* c'eft d'eux que devoit venir le Sauveur du monde, qui publiera la Doctrine du Salut. C'eft d'eux que font les *Alliances,* la *Loi,* les *Promeſſes,* le *Service Divin;* Et pour tout dire en un mot, c'eft d'*eux qu'eft iſſû le Chriſt.* Rom. 1ʃ, 4, 5.

Jefus reprenant enfuite ce qu'il avoit commencé de dire touchant le Culte Divin, qui ne feroit plus attaché à aucun Lieu, en rend la raifon dans ces paroles, *Le tems viendra, & il eft même déja venû, que les véritables Adorateurs adoreront le Pére en Efprit & en vérité.*

Adorer Dieu en Efprit, c'eft avoir de juftes idées de fes perfections, & lui rendre le refpect & la vénération, qu'elles exigent de fes Créatures. *Adorer Dieu en vérité,* c'eft lui obéïr, l'honorer par la pratique des bonnes œuvres qu'il demande, & non par des facrifices, & par des cérémonies; qui ne font que les ombres du Culte fpirituel. *Ce font là,* dit J. Chriſt, *les Adorateurs* [9] *que Dieu demande, parce qu'étant Efprit, il faut que ceux qui l'adorent, l'adorent en Efprit & en vérité.* Rien de plus jufte, rien de plus digne de Dieu, que cette maxime. Une Intelligence infiniment parfaite, infiniment heureufe, n'ayant aucuns befoins corporels, ne peut être fervie, que par les hommages de l'Efprit, par la fainteté, & par l'obéïffance, ou la pratique de fes Commandemens. C'eft auffi là le Culte que J. Chriſt venoit établir, non en aboliffant de force le fervice Mofaïque, mais en lui fubftituant la réalité de fes ombres & de fes figures; en le laiffant tomber & enfevelir, pour ainfi dire, dans les ruïnes du Temple des Juifs.

A l'ouïe de ces Inftructions, la Samaritaine, fans contefter avec Jefus, mais auffi fans acquiefcer tout-à-fait à ce qu'il venoit de lui dire, renvoye à la venue du Meffie l'entiére décifion de la Queftion, qu'elle avoit propofée à Jefus, comme à un Prophète. *Je ſai,* dit elle, *que le Meſſie doit venir,* Jean 1ʷ, 1ſ. *&*

& quand il fera venû, *il nous apprendra toutes chofes.* On voit
dans cette réponfe, 1, la vérité de ce que dit Juftin Martyr,
que les Samaritains attendoient le Meffie, auffi bien que les
Juifs : On y voit en 2. lieu, que cette Secte avoit des idées
affez juftes du Meffie, & qu'elle n'attendoit pas feulement
un Roi, qui la protegeât & qui la mit en liberté, mais auffi
un Prophète, qui l'inftruifit de toutes les volontez de Dieu.
Jefus ayant ouï cette réponfe, & voyant cette femme, tou-
Jean iv. te difpofée à croire en lui, ne lui cacha plus rien : *C'eft moi*,
16. lui dit-il, *qui fuis le Meffie*, que vous attendez, moi *qui vous
parle*, & qui vous explique les chofes, qui vous intéreffent
le plus, & que vous voulez favoir.

    Les Difciples de J. Chrift, étant revenus de la Ville, in-
terrompirent cette converfation. Nous ne favons pas ce que
Ib. vf. 28. la Samaritaine répondit à la déclaration du Seigneur ; mais
& fuiv. étant rentrée dans *Sichem* ou *Sichar*, elle dit aux habitans,
qu'elle venoit de voir un Homme, qui lui avoit dit tout
ce qu'elle avoit fait ; ajoûtant, *qu'il pourroit bien être le Meffie.*
Elle s'exprima vraifemblablement de la forte, non parce
qu'elle doutoit qu'il le fût véritablement, mais pour ne pas
s'attirer la contradiction de fes Concitoyens, fi elle leur a-
voit dit pofitivement, *Il eft le Meffie.* Qui en auroit voulu
croire une Femme, & une Femme, qui ne pouvoit être fort
eftimée, fur tout puifque cet Homme étoit Juif? Mais en
leur difant fimplement, *Ne feroit-ce point le Chrift*, ou le *Meffie?* elle leur donne la curiofité de le voir & de l'entendre :
Ce fût auffi ce qui arriva : Des Habitans de *Sichar* fortirent, vinrent trouver Jefus, le priérent d'entrer dans leur
Ville, & il eut la complaifance d'y demeurer *deux* jours. Ce
ne fût pas fans fuccès, comme on en peut juger par ces pa-
Ib. vf. 35. roles figurées, que le Seigneur dit à fes Difciples, *Levez les
yeux & voyez les campagnes*, *qui font déja blanches*, *& prêtes pour
la Moiffon.* Cela paroit dit à l'occafion de la difpofition, où
les Samaritains fe trouvoient par rapport à l'Evangile.

DIS.

Marc. I. 23.

Ιησοῦς ἐκβάλλει πνεῦμα ἀκάθαρτον.
Jesus casteth out the unclean Spirit.
Jesus treibet den Teuffel auß.

EJECTIO DAEMONIS IMPURI.
Jesus chasse un Esprit immonde.
Het uitdryven eens onreinen Geests.

Picart delin.   Elwenge Sculps.

DISCOURS XXII.

Jefus chaffe un Efprit impur. MARC I. 21-23.

 Efus ayant quitté la Judée, pour * les rai-
fons que l'on a dites dans le Difcours pré-
cédent, il s'arrêta à Capernaum, Ville riche, peuplée, & d'un grand abord.
Là il alloit à la Synagogue, tous les jours
du Sabbath, & y enfeignoit. Les Juifs
s'affembloient dans leurs Synagogues ces
jours-là. Les Docteurs y lifoient quelques
Sections de la Loi, ou des Prophètes, & les expliquoient
enfuite au Peuple. S'il venoit quelque Etranger, homme
grave, il avoit auffi la permiffion de lire & d'enfeigner, &
même on le prioit de le faire. De là vient, que Paul &
Barnabé, étant entrez dans la Synagogue d'Antioche de
Pifidie, les Chefs de la Synagogue leur firent dire, *Hommes* Act. xiii,
Freres, fi vous avez, quelque exhortation à faire au Peuple, fai- ¹⁵.
tes la. Les Apôtres, profitant de cet avantage établi parmi
les Juifs, alloient dans leurs Synagogues, & leur annonçoient,
que Jefus étoit le Chrift. Sans doute ils lifoient auffi quelque endroit des Prophètes, qui convenoit à leur deffein,
l'expliquoient enfuite, & faifoient voir que Jefus étoit le Meffie promis & prédit par les anciens Oracles. C'eft à peu près
ainfi, que notre Seigneur en avoit ufé dans la Synagogue de
Nazareth. *Il fe leva,* dit S. Luc: On lui préfenta le Livre Luc. iv.
du Prophète Efaïe: Il l'ouvrit, & tomba fur ces mots du ¹⁷. &
Chap. LXI. *L'Efprit du Seigneur eft fur moi, parce qu'il m'a* fuiv.
oint: Après avoir fermé le Livre, il fe contenta de dire,
c'eft aujourd'hui que ces paroles, que vous venez d'entendre, font
accomplies, indiquant par là qu'Efaïe avoit parlé du Meffie
dans cet endroit, & qu'il l'étoit. Cette coûtume des Synagogues paffa dans les Eglifes Chrétiennes. Les Fidéles lifoient les Livres facrez dans leurs Affemblées, & ceux d'entre-eux qui avoient les Dons néceffaires pour enfeigner, fe
levoient, & adreffoient au Peuple des inftructions & des exhortations. C'étoit l'office des Prophètes du Nouveau Teftament, comme on le voit dans la 1. Epitre aux Corinthiens. 1. Cor.
Com- xiv. 30.
& fuiv,

* Ces raifons fe trouvent Matth. iv. 12. Marc. 1. 14. Jean iv. 1, 2.

Comme J. Chrift étoit un Miniftre d'un ordre infiniment
fupérieur, non feulement aux Docteurs des Juifs, mais même aux Anciens Prophètes, il enfeignoit auffi d'une maniére fort differente. *Tout le Peuple*, dit S. Marc, *étoit étonné
de fa Doctrine, parce qu'il enfeignoit comme ayant autorité, & non
comme les Scribes*, c'eft-à-dire, les Docteurs ordinaires de la
Nation.

Marc. 1.
21.

Tout étoit nouveau dans le Seigneur, & la Doctrine même, & la maniére de la propofer. Les Juifs attendoient a-
vec impatience un Meffie, mais ils en ignoroient les véritables caractéres. J. Chrift les trouvoit ces caractéres dans les
Prophètes, & enfeignoit un Meffie tout different de celui,
que les Paffions mondaines avoient imaginé, à la faveur de
quelques expreffions figurées, dont les Prophètes s'étoient
fervis. Et à l'égard de fa Morale, fi on la compare avec celle des Docteurs Juifs, c'étoit un tiffu de Paradoxes. Ses
facrées Maximes étoient non feulement inconnues aux Docteurs, mais tout à fait contraires à leurs maximes. J. Chrift
enfeignoit, & pratiquoit lui-même une Morale fublime, trop
belle & trop noble, pour n'exciter pas l'admiration de tout
le monde; mais trop contraire aux préjugez & aux inclinations des Hommes, pour n'être pas contredite. Honorer,
eftimer, admirer la haute Vertu, c'eft un hommage que
la Raifon ne fauroit lui refufer. La fuivre, la pratiquer,
c'eft-là la difficulté. D'ailleurs ce qui diftinguoit encore la
Morale du Sauveur de celle des Scribes, c'eft qu'elle rouloit
toute fur des Devoirs utiles, & non fur de vaines Queftions,
que la curiofité & l'oifiveté avoient inventées, & auxquelles la Loi cérémonielle donnoit lieu, ou plûtôt dont elle
fourniffoit la preuve. Les Livres des Juifs font encore pleins
de Queftions de cette nature.

A l'égard de la maniere dont J. Chrift enfeignoit, elle n'é-
toit pas moins nouvelle que fa Doctrine. Ayant une vocation & un miniftére infiniment fupérieur à la vocation &
au miniftére, non feulement des Docteurs Juifs, mais des
anciens Prophètes, il enfeignoit *avec autorité*, dit l'Evangelifte. Les Docteurs Juifs avoient leurs Traditions, les opinions, les Décifions de leurs Prédeceffeurs, des Maîtres de
leurs Ecôles. Quand ils expliquoient l'Ecriture, ils s'ap-
puioient fur leur autorité: méthode, qui eft encore en ufage parmi les Rabbins: Ils alléguent perpétuellement leurs
Ancêtres, comme autant d'Oracles: mais méthode, qui a
paffé auffi dans l'Eglife Chrétienne, où elle eft certainement
plus préjudiciable, qu'utile à la Vérité. Combien d'Erreurs
s'autorifent & fe confacrent par là? Pour les faire refpecter &
recevoir

recevoir fans examen, on les marque du nom vénérable de quelques Péres, qui, bien qu'ils ayent du mérite & de la vertu, manquoient néanmoins des connoiſſances néceſſaires, pour bien entendre l'Ecriture ſainte. Non ſeulement J. Chriſt bannit cette méthode, mais il la contredit. Loin de s'auto-riſer du témoignage des Docteurs & des Anciens, il ne les allégua que pour les corriger, comme on le voit par cette formule, qu'il employe ſouvent dans le Sermon ſur la mon-tagne : *Cela a été dit* [1] *aux Anciens, mais moi, je vous dis, &c.* Il condamne hautement les Traditions, par leſquelles les Pha-riſiens anéantiſſoient la Loi de Dieu.

Non ſeulement J. Chriſt enſeignoit *avec une autorité* ſupé-rieure à celle des Docteurs, mais même à celle des Anciens Prophètes : Ceux-ci n'étoient inſtruits des volontez de Dieu, que par des Révélations, des Viſions, par des Songes, par des Voix qui leur étoient adreſſées, par des ſymboles, figu-res de certaines véritez que Dieu vouloit leur faire connoî-tre : C'étoit là le privilége des ſimples *Serviteurs.* Mais J. Chriſt étant le propre Fils de Dieu, connoiſſoit le Père par lui même & ſes volontez par l'intime communion qu'il avoit avec le Père. *Lui ſeul étoit monté au Ciel: Lui ſeul avoit vû le Père:* Lui ſeul parloit de ce *qu'il avoit vû auprès du Père.* Ainſi il n'enſeignoit, ni comme les Docteurs, en alléguant les témoignages des Péres, ni comme les Prophètes en di-ſant, *L'Éternel a parlé*; mais il enſeignoit avec une autori-té qui lui étoit propre: *Moi je vous dis,* Moi, qui ſuis *la Lu-miere du monde:* Moi qui ſuis *la Parole, qui étoit avec Dieu dès le commencement:* Moi, qui ſuis cette *Sageſſe,* qui ai aſſiſté à tous ſes Conſeils, & qui ai tracé avec lui le plan de l'U-nivers.

J. Chriſt enſeignoit donc *avec autorité:* Il le pouvoit; Il le devoit: Il eſt l'unique Docteur, l'unique Maître, qui ait été donné aux Hommes, & tout ce qui peut fonder l'Auto-rité la plus légitime & la plus abſoluë, ſe réünit dans ſa Per-ſonne. Les Phariſiens, qui la conteſtoient, lui reprochoient ſa Naiſſance & ſa Patrie. *N'eſt il pas Fils d'un Charpentier,* diſoient ils ? *Peut il venir quelque choſe de bon de Nazareth? Quelqu'un a-t-il jamais oüi dire, qu'un Prophète ſoit ſorti de la Galilée?* Tout cela n'étoit qu'apparence & que préjugez char-nels. Jeſus étoit *né d'une Vierge,* & *conçu par le Saint Eſprit:* Il deſcendoit des anciens Rois d'Iſraël : Il étoit Fils de Da-vid, le plus grand des Rois, & le ſeul qui ait uni la Pro-phètie à la Dignité Royale. Qu'on enviſage toutes les ſour-ces de l'Autorité: Elles concourent à former & à élever cel-le de notre Sauveur. Si c'eſt la Charge, qui donne de l'Au-tori-

Matth. v. 21. & ſuiv.

Jean III. 13. Ib. VI. 46.

Ib. VIII. 12. Ib. I. 1.

Matth. XIV. 55. Jean VII, 51.

LIl 2

torité? Il eſt le *Chriſt*, le *Meſſie*, & réunit en ſa Perſonne toutes les Dignitez de la terre, puiſqu'il eſt, & Roi, & ſouverain Sacrificateur, & Prophète. Si c'eſt la maniére dont on eſt inſtallé dans une Charge? J. Chriſt a reçû la ſienne de Dieu immédiatement: Ce n'eſt pas un Docteur, un Prophète, qui lui a impoſé les mains: C'eſt le Saint Eſprit, qui eſt venû repoſer ſur lui. Si c'eſt l'approbation des Sages qui donne de l'Autorité? Celle de J. Chriſt eſt appuiée ſur le témoignage de Dieu même, qui l'a proclamé ſon Fils, & qui a commandé à toute la terre de l'écouter. Si l'Autorité eſt fondée ſur les grandes Actions? J. Chriſt s'eſt ſignalé par une infinité de miracles, où l'on admire également, & ſa Puiſſance dans les actions mêmes, & ſa Sageſſe dans le choix des occaſions, & ſa Bonté dans les effets de ſes Miracles. Si l'Autorité eſt appuiée ſur les vertus de celui qui enſeigne, ſur l'obſervation des préceptes les plus difficiles qu'il ait donnez? Celle du Seigneur mérite un reſpect infini: Toutes les plus ſublimes vertus ſe rencontrent en lui, ſans ombre, ſans tache, & dans toute leur perfection. En lui ſeul ſe réaliſent ces idées de perfection, que la Raiſon a pû concevoir. On ne parle point de ſon Sacrifice volontaire, par lequel il a conſommé ſon Miniſtére: On ne parle point de ſa Réſurrection, ni de ſon Aſcenſion dans le Ciel. Tout cela n'étoit pas encore arrivé, & ne pouvoit par conſéquent ſervir de fondement à l'Autorité avec laquelle il enſeignoit: Mais tout cela donne à préſent aux véritez, qu'il nous a enſeignées une évidence, & revêt les préceptes qu'il nous a laiſſez d'une force, à laquelle on ne peut réſiſter, que par une Incrédulité & une impénitence entiérement inexcuſables.

Il ſe trouva dans la Synagogue de Capernaum, un jour que J. Chriſt y enſeignoit, *un homme, qui étoit poſſédé d'un Eſprit impur*. Il faut que ce fût un homme, qui eût des intervalles de bon ſens, & à qui le Démon laiſſoit quelque relâche, puiſqu'il alloit dans les Synagogues, & aſſiſtoit aux Prieres qui s'y faiſoient, à la lecture des Livres ſacrez & aux Sermons, ou aux explications des Docteurs. Ce Démon eſt appellé *Eſprit impur* non qu'il plongeât ce malheureux dans les vices de l'Impiété; mais parce que tout mauvais Eſprit eſt appellé de la ſorte, par oppoſition au *S. Eſprit*.

Il ſe trouva dans la Judée, au tems de nôtre Seigneur un grand nombre de perſonnes poſſedées par des Démons. Comme les voyes de la Providence nous ſont inconnues, nous n'irons pas rechercher témérairement les raiſons de ce fleau: Il faut nous borner au fait, qui eſt atteſté par des Ecrivains Fidéles. A l'égard des raiſons de la Providence, on lui doit ce
reſpect,

Marc 1.
23.

refpeⓒ, de ne prétendre pas les pénétrer. Les Juifs conviennent que longtems avant la venuë du Seigneur, leur Nation étoit infeftée par les Démons: Auffi avoient ils leurs Exorciftes: On ne met pas dans ce nombre ceux qui prétendoient chaffer les Démons par des cérémonies, qui femblent tenir de la Magie: Mais ceux qui le faifoient réellement ᵃ *en invoquant le nom du Dieu d'Abraham, d'Ifaac, & de Jacob,* comme Juftin Martyr le rapporte.

Matth. xII. 27, & ailll.

Des Philofophes modernes, appliquez à bannir le furnaturel de tout ce qui arrive dans ce monde, & à réduire les Phénoménes les plus furprenans à un pur Méchanifme, veulent que les Démons n'euffent aucune part aux maladies que J. Chrift guériffoit. Ce n'étoit, felon eux, que Mélancholie, Frénéfie, Fureur, Humeurs noires, qui troubloient la Raifon, & qui caufoient des convulfions violentes: Obftructions dans le Cerveau, Epilepfie, & autres maladies de cette nature, que les Juifs, peu inftruits des caufes naturelles qui les produifoient, & des remédes propres pour les guérir, attribuoient au Démon. Ceux qui penfent de la forte, fe fondent fur les fymptomes de quelques unes de ces maladies: Une Femme eft courbée: Un Homme tombe tantôt dans le feu: Un autre brife des chaînes: Tout cela n'a rien d'extraordinaire: Et comme dans les fiécles paffez on a crû, qu'il y avoit des Sorciers, que des Femmes avoient des commerces impurs avec les Démons; les Juifs croyoient auffi par une erreur pareille, que les Démons entroient dans les corps de quelques miférables & les tourmentoient, quoi qu'au fond il n'y eut dans ces perfonnes là, que du défordre dans l'Imagination, & du dérangement dans les Humeurs.

Si ces Philofophes fe bornoient là, il femble que leur Erreur ne feroit ni fort grande, ni fort dangereufe. Prémiérement, la Puiffance du Sauveur n'en feroit pas moins Divine, ni les Guérifons qu'il operoit, moins miraculeufes. Car il n'eft pas moins au deffus des forces des Loix de la Nature, de corriger dans un inftant des Humeurs, qui dérangent la fanté, & de le faire par un fimple commandement, que de chaffer les Efprits malins. On ne pourroit point non plus accufer le Sauveur, d'avoir été dans l'Erreur populaire des Juifs, ni d'avoir voulu l'autorifer Il n'étoit point obligé de réformer les fauffes idées de la Nation, fur les caufes de toutes ces maladies, qu'elle attribuoit aux mauvais Efprits: Ce n'eft pas là le but de fon Miniftére: Jefus n'eft point un Philofophe, appellé à corriger des Erreurs de Phifique: C'eft un Doⓒeur, qui n'a pour but que la réforma-

tion du Culte & des mœurs. Il y a plus: La Prudence ne
lui permettoit pas de le faire dans cette occasion ; car outre
que rien ne souléve davantage les Peuples & leurs Docteurs,
que d'attaquer des Erreurs dominantes & invéterées: (Les
Docteurs peuvent ils souffrir, qu'on leur reproche de s'être
trompez ?) C'est que le Seigneur auroit fourni un prétexte
de le calomnier. Les Pharisiens l'auroient accusé de nier l'e-
xistence des Esprits : Ils l'auroient confondu avec les Saddu-
céens: S'il n'y a point de Démons, pourquoi y auroit-il des
Anges? Ainsi J. Christ pouvoit laisser subsister une Erreur,
qu'il n'auroit pû combattre, sans préjudicier à son Ministére. C'est ce que l'on peut dire, pour excuser l'opinion des
Philosophes dont on parle ; pourvû, comme on l'a dit, qu'ils
se bornent là, & qu'ils n'aillent pas, jusqu'à nier les Esprits,
ce qui tendroit à nier l'Immortalité de l'Ame ; & de degré
en degré, à bannir même de l'Univers une Intelligence souveraine, & à n'y reconnoître que la matiére & le mouvement,
ce qui est le pur Athéïsme.

　　Ce que l'on vient de dire, n'est que l'effet de ce support
charitable, que les Chrétiens doivent avoir pour les opinions des autres: Car au reste on est très persuadé, que les
maladies dont il s'agit, étoient véritablement causées par des
Démons, que J. Christ a chassez; qu'on ne peut attribuer
ces maladies à des causes naturelles, sans faire violence aux
Rélations des Evangelistes; & qu'au fond ce sentiment est
appuié sur des principes, auxquels on ne sauroit opposer
aucune raison, qui tienne de la Démonstration. Ces principes sont, 1. Qu'il y a des Esprits, ou des Etres pensans,
qui sans être revêtus de corps visibles & palpables, ont la fa-
culté d'agir sur les corps ; 2. Que ces Esprits étant libres,
comme tous les Etres intelligens doivent l'être, ils peuvent
varier à l'infini dans l'usage de leur Liberté; s'approcher du
Bien, jusqu'à l'aimer souverainement ; & s'attacher de même
au Mal, s'en faire une habitude, qui devienne invincible, par
les attraits qu'ils y trouvent, & encore plus, s'ils croyent que le
souverain Etre ne veut pas leur faire grace: 3. Que ces Esprits, qui sont les Démons, sont de differens ordres, & qu'il
y a entre-eux une subordination : 4. Qu'il y en a qui s'insi-
nuent dans les corps, qui agissent sur l'Imagination, causent
des désordres dans les Humeurs, & par consequent diverses
maladies.

　　On ne s'arrêtera point à confirmer ce sentiment par le témoignage des Philosophes Payens, qui ont non seulement
reconnu de bons & de mauvais Génies ; mais aussi que les
　　　　　　　　　　　　　　　　　　　　　　　　　　　　mau-

mauvais Démons s'emparent des Hommes, les tourmentent, & leur caufent des maladies incurables.

Après ces réflexions fur la Queftion même, il faut venir au fait, que l'Evangelifte raconte. On y trouvera des preuves, que les Démoniaques n'étoient point des foux ou des furieux, mais des miferables véritablement poffedez par les Démons.

Jefus enfeignant dans la Synagogue de Capernaum , *il s'y trouva*, dit S. Marc, *un homme, qui étoit poffedé par un Efprit impur, & qui s'écria, laiffez moi: Qu'y a-t-il entre vous & nous, Jefus de Nazareth? Etes vous venu pour nous détruire? Je fai qui vous êtes; vous êtes le Saint de Dieu.* Ce difcours juftifie ce que l'on vient d'avancer : La manie de cet homme avoit une caufe furnaturelle. Suppofons que ce fût un Mélancholique, un Furieux, un *Energumene*, comme les Anciens les appelloient, peut-on concevoir , qu'il eut reconnu J. Chrift pour le Fils de Dieu? La Folie & la Fureur conduifent elles à la Foy? Mais ce langage convient très bien au Démon, qui agiffant fur l'Imagination de cet homme, lui fait proferer toutes ces paroles. *Laiffez moi joüir du repos*, dit-il à Jefus. *Qu'y a-t-il entre vous & nous?* c'eft-à-dire, que vous avons nous fait? Pourquoi voulez vous nous tourmenter?

La Queftion eft au fond infenfée; mais elle n'eft que trop naturelle. Ne voit on pas tous les jours des fcélérats, qui après avoir commis de grands crimes, s'ils font chatiez par des Puiffances qu'ils n'ont pas offenfées, fe regardent comme innocens à l'égard de ces Puiffances-là , & fe plaignent qu'elles leur font tort, fi elles les châtient. Qu'un homme venge les injures qu'on lui a faites, on ne le trouve pas étrange; mais eft-il appellé à venger celles qui font faites aux autres; c'eft la raifon du Démon.

Il nomme JESUS, & le diftingue par la Ville, dans laquelle il a été élévé; parce que le nom de Jefus, quoi qu'il fut propre à J. Chrift, qui feul en a rempli toute la fignification, ne laiffoit pas d'être affez commun parmi les Juifs. C'eft pourquoi il l'appelle *Jefus de Nazareth*; Car on croit, qu'il y a trop de fubtilité dans la penfée de ces Interprètes, qui foupçonnent de l'artifice dans ces mots, comme s'il avoit voulu faire croire, que Jefus étant de Nazareth, il ne pouvoit être le Meffie, qui devoit naitre à Bethlehem. La fuite détruit cette penfée.

Le Démon ajoute; *Etes vous venu pour nous détruire?* La demande eft encore bien infenfée. Le Fils de Dieu étoit-il

donc

donc venû, pour favorifer & pour étendre la tyrannie des
Démons? N'étoit-il pas envoyé de la part de Dieu, *pour dé-*
truire les œuvres du Diable, pour réformer les faux cultes &
les mauvaifes mœurs, pour délivrer les Hommes de leurs erreurs, de leurs vices, & de leurs miféres? Mais il femble que
le Démon penfe, comme celui qui difoit à Jefus, *Etes vous*
venu nous tourmenter avant le tems, parce qu'il craignoit que le
Seigneur ne l'envoyât dans l'Abyme.

Dans cette frayeur le Démon, voulant appaifer J. Chrift
& le fléchir, s'écrie, *Je fai qui vous êtes; vous êtes le Saint de Dieu:*
C'eft-à-dire, vous êtes le Meffie promis à Ifraël; Car Daniel
l'avoit défigné par *le Saint des Saints*, & David par *le Saint du*
Seigneur, c'eft-à-dire, celui que Dieu a confacré & *fanctifié*,
en l'oignant du S. Efprit, & dans lequel il s'eft plû, à caufe
de fes incomparables vertus.

On demandera fans doute, comment ce Démon connoiffoit le Seigneur? Car on ne dira pas de lui, ce que J. Chrift
a dit à S. Pierre, lorfqu'il lui rendit ce beau témoignage,
Vous êtes le Chrift, le Fils du Dieu vivant: Ce n'eft pas la chair
& le fang, repliqua le Seigneur, *qui vous l'ont révélé, mais mon*
Pére, qui eft au Ciel. Dieu ne révéle point aux Démons les
véritez Evangeliques. A quelle fin le feroit-il? J. Chrift
n'eft pas venu pour les fauver. La connoiffance du Démon
vient donc, de ce qu'il a ouï parler Jefus, & des miracles
qu'il lui a vû faire; auffi ne dit il pas, *Je croi*, mais *je fai*
que vous êtes le Saint de Dieu. Le Tentateur n'ignoroit pas
cette vérité, quoi qu'il affectât de l'ignorer, quand il tenta
J. Chrift, immédiatement aprés fon Bâtème. Son intention
n'étoit pas de s'éclaircir fur une vérité, qu'il n'ignoroit pas;
mais le regardant comme un fimple homme, il fe flatta qu'il
ne feroit pas impoffible de le féduire, comme il avoit féduit
le Chef du Genre Humain.

Comme ce témoignage du Démon, quelque vrai qu'il
fût, ne pouvoit être que défavantageux à J. Chrift, & confirmer la calomnie des Pharifiens, qui l'accufoient d'être
d'intelligence avec le Prince des Démons, le Seigneur impofa filence à celui-ci, & lui ordonna de fortir du malheureux, qu'il tourmentoit, *Tai toi*, lui dit Jefus, *& fors*
de cet homme.

Le Démon irrité, furieux, mais ne pouvant réfifter, fortit à l'inftant de cet homme, *en l'agitant avec violence, & en*
jettant un grand cri. Le mot de l'Original, qu'on traduit,
agiter avec violence, fignifie proprement *déchirer*, *mettre en*
pieces; mais S. Luc, qui rapporte la même hiftoire, fe con-
                                                            tente

Dan. ix.
24.
Pf xvi.
6.

Math.
xvi. 16,
17.

tente de dire, que *le Démon jetta cet homme par terre, fans lui* Luc 1v, *faire* d'ailleurs *aucun mal.* Il faut donc prendre le terme de S. Marc dans une fignification moins propre, pour dire fim- plement, *agiter avec violence, donner de grandes fecouffes, cau- fer de fortes convulfions*; Et c'eft auffi dans ce fens là, que les Auteurs Juifs, qui écrivent en Grec, l'ont employé. La délivrance, que le Seigneur donne au Démoniaque, eut été bien imparfaite, fi le Démon l'eut mis en pieces, en fortant de lui

Ce miracle du Sauveur a deux caractéres remarquables. Le prémier, qu'il fe fit dans une des plus grandes villes de Galilée: Le fecond, qu'il fe fit dans la Synagogue, où les Docteurs étoient affemblez avec le Peuple.

L'étonnnement de tout le monde fut très-grand : Non parce que Jefus avoit délivré un Démoniaque, mais par la maniére dont il l'avoit fait, en le délivrant par la feule force de fon commandement. C'eft ce que l'Evangelifte remar- que. *Tous furent dans un fi grand étonnement*, dit l'Hiftorien Marc 1, facré, *qu'ils fe demandoient les uns aux autres, Qu'eft-ce que ceci,* 26, 27, *& quelle eft cette nouvelle Doctrine? Il commande avec autorité, même aux Efprits impurs, & ils lui obéïffent.* Voilà ce qui les furprend. Ils croyoient qu'on pouvoit chaffer les Démons, mais le faire avec *autorité*: C'étoit-là la merveille, & ce qui faifoit voir que Jefus avoit un pouvoir Divin. J'ai deux réflexions à faire avant que de finir.

La 1. eft, que l'action des Démons fur les Corps ou les Efprits des Hommes, ne doit faire aucune peine aux Ames vertueufes, parce qu'il me paroit certain par l'E- criture, que le Démon n'agit jamais fur le cœur, que le cœur ne fe foit abandonné à fon action, 3 en fe livrant volontairement à quelque vice : Certainement il faut que le Vice entre dans le cœur, avant que le Démon ofe y entrer. S'il eft dit de Judas, par exemple, 4 que le Démon *entra dans fon cœur*, il eft dit auffi que *l'avarice* s'en étoit emparé. S'il eft dit, que *Satan féduifit David,* 1. Chron, *pour dénombrer Ifraël*, David, lui-même reconnoit, qu'il eft 17. le feul coupable, s'étant laiffe féduire par l'Orgueil. S'il eft dit d'Ananias, que le Démon le porta *à mentir au S. Efprit*, Il eft dit d'Ananias & de Saphira fa femme, qu'ils prirent enfemble la criminelle *réfolution, de détourner une partie du prix,* Act. v. *& de tenter le S. Efprit.* Il n'y a donc que les Vicieux, qui 2. & 9. ayent fujet de craindre les attaques du Démon; Et fans donner atteinte à fa Juftice, ou même à fa Bonté, n'eft il pas permis à Dieu, d'abandonner ceux qui refufent vo-

Vol. V.   N n n   lon-

lontairement de lui obéïr, aux suggestions des mauvais Esprits ?

Ma seconde réflexion, c'est que les Démons n'ont plus le même pouvoir, qu'ils eurent pendant la vie du Fils de Dieu. *Je voyois Satan tomber du Ciel, comme un éclair*, disoit J. Chrift. Il étoit sur le throne, pour ainsi dire, parce que l'Idôlatrie d'une part, & la superstition de l'autre, avec les vices qui en sont les suites & les compagnes, régnoient partout ; mais l'empire du Démon tombe avec la chute de l'Idôlatrie, de la superstition, & des vices, & où regne l'Evangile de J. Chrift, là régne J. Chrift seul. Ainsi, au lieu d'exorciser les personnes, de purifier les Temples, les Villes, les Campagnes, par des eaux consacrées, le devoir des vrais Pasteurs de J. Chrift, & des Princes Chrétiens, seroit de travailler en commun à purifier de leurs erreurs & de leurs vices, les uns leurs Troupeaux, les autres leurs Sujets. Les prémiers par de bonnes instructions & de bons exemples : Les autres par des Loix sages, uniquement destinées à maintenir la vertu, & à rendre les sujets heureux. Certainement, quand on considére la plûpart des Etats Chrétiens, & qu'on fait attention au but de ceux qui gouvernent & aux instructions de ceux qui sont chargez du ministére Evangelique, doit on être surpris des Vices qui y régnent ; Et en faut il chercher d'autres causes, que les causes naturelles & visibles, qui sautent aux yeux de tout le monde ? Je ne crains pas de le dire ? Le Démon peut demeurer en repos, dans le siécle où nous sommes ; Et j'ose bien assurer, que nous n'en verrons pas moins d'Hypocrisie, de Malignité, d'Injustice, de Fraudes, de Cruautez, & de Débauches. . . . . Comment veut on que les Vices cessent, si les causes subsistent, l'Ignorance, la Superstion & les mauvais Exemples ? Donnez au monde des idées justes, inspirez leur la vertu, soutenez la par des recompenses, & vous verrez la face de l'Univers changer ; Mais tant que la Réligion ne consistera que dans des opinions differentes, & dans un Esprit de parti, il faut bien que le monde aille, comme il va.

Quoi qu'il en soit, quelque pouvoir que l'on donne au Démon, comme il ne sauroit forcer la liberté, il faut convenir que l'Homme est toujours coupable, & la seule cause de sa perte. *Il tente*, & c'est tout ce qu'il peut faire ; mais la grande source des tentations, c'est le cœur de l'Homme & ses mauvais désirs, qu'il n'a pas soin de réprimer. S'il profitoit de l'avis de S. Jaques & qu'il fut en garde contre lui
même,

même, il feroit en fureté. C'eft *par fa propre convoitife,* dit ^{Jaq. 1.} cet Apôtre, *que chacun eft tenté:* C'eft elle *qui l'entraine, & qui l'amorce, Puis quand la convoitife a conçû, elle enfante le péché, & quand le péché eft confommé, il enfante la mort.* Voilà les divers dégrez de la convoitife bien marquez. Elle s'élé-ve dans le cœur, & par l'impreffion des objets ; mais d'a-bord ce n'eft que comme une femence facile à étouffer; El-le croît enfuite à mefure qu'on l'y laiffe féjourner, & acquiert de nouvelles forces. Enfin, fi l'on ne prend pas foin de l'étouffer, elle devient victorieufe : Elle éclatte par des ac-tions criminelles, & ces actions entrainent après elles la mort éternelle, qui eft la jufte peine, qu'un Dieu ven-geur du crime, a dénoncée contre le coupable.

D. P. L. Dubois inv.   *P. S. Matt. Ch. VIII. v. 28. 29.*   *F. M. Lacave fecit 1728.*

DISCOURS XXIII.

La Foi du Centenier Matth. VIII. 5.13. Luc. VII. 1.10.

Matth.
viii. 5.
Esus ayant achevé l'admirable Sermon qu'il fit sur la montagne, retourna à Capernaum, & guérit un Lepreux, qu'il rencontra en chemin, & qui le pria de le purifier de sa Lèpre. Lorsqu'il fut rentré dans la Ville, *un Centenier vint le trouver*, & le pria de guérir un de ses Serviteurs, qui étoit dangereusement malade.

Les Legions Romaines étoient commandées par des *Tribuns*, (c'étoient des Colonels) & partagées en Compagnies de cent hommes : C'est pour cela que les Officiers, que nous nommons Capitaines, s'appelloient *Centeniers*. Quoique la Galilée appartint à *Hérode Antipas*, qui en étoit *Tetrarque*, les Romains ne laissoient pas d'y entretenir des Troupes, parce qu'ils en étoient les véritables Souverains. Les Rois d'Orient, dont les Etats se trouvoient dans l'étenduë de l'Empire, n'avoient qu'une autorité précaire, & leurs Etats n'étoient que des Fiefs, qu'ils tenoient des Empereurs, qui les en investissoient, ou les en dépoüilloient à leur gré. D'ailleurs les Juifs étant fort portez au soulevement, il étoit nécessaire de les tenir en bride par des Troupes Romaines.

Le Centenier, dont nous parlons, commandoit une Compagnie à Capernaum. Il étoit Payen de naissance ; Car s'il eut été Juif, Jesus n'auroit pas dit en parlant de lui, *qu'il n'avoit point trouvé de si grande foi en Israël* : Mais vraisemblablement, il n'étoit pas Payen de Religion. Un Infidèle auroit il bâti *une Synagogue*, un Temple à l'honneur & pour le service du vrai Dieu. C'étoit un autre *Corneille*, qui étoit à Césarée ce que celui-ci étoit à Capernaum, *un homme religieux & craignant Dieu*, qui avoit renoncé au Culte des Idôles ; un de ces Proselytes, dont il y avoit grand nombre, qui, sans se soumettre aux Cérémonies du Judaïsme, n'adoroit qu'un seul Dieu, Créateur du monde, & observoit la Loi morale. C'est là la Réligion universelle, la Religion éternelle : Et telle étoit celle du Centenier, *qui vint trouver Jesus.*

Matth.
viii. 10.

Luc vii.
5.

Aĉ. x.
1, 2.

Il semble que S. Luc & S. Matthieu ne soyent pas d'accord

Πίϛις ἑκατοντάρχȣ   Matt: VIII.ᵉ   FIDES CENTURIONIS.
The Centurion's faith   La Foi du Centurion.
Der gläubige Hauptmann.   Het geloof des Hooftmans over hondert.

A. Houbraken del.   Mede. sculp.

cord dans cet endroit: Car felon S. Luc le Centenier ne
parla pas lui même à Jefus: *Il lui envoya des Anciens des Juifs.* Sans Luc vii.
doute, qu'étant étranger & Gentil, il ne fe crût pas digne ͵·
de demander lui-même des graces au Sauveur. Que dirons
nous de cette diverfité? Sur la foi du Centenier, fur le témoignage que Jefus lui rend, fur la réflexion que le Seigneur
fit à cette occafion, fur la guérifon foudaine & miraculeufe
du Serviteur malade: Sur tout cela, il y a une parfaite harmonie entre nos Evangeliftes. Or c'eft-là l'effentiel de l'Hiftoire. Car ce qui importe à la Foi, ce qui prouve la miffion divine de J. Chrift, eft-ce que le Centenier lui ait parlé lui même, ou qu'il lui ait fait parler par des Ambaffadeurs? Mais au fond il n'y a point de contradiction entre nos
deux Ecrivains facrez; & cette petite difference, bien loin de
nuire à leur autorité, ne fert qu'à la confirmer.

Déja, il y a * cent exemples, où celui qui fait faire une
chofe, eft dit la faire lui-même. Par exemple, *Jefus prêche* 1 Piet.
aux Efprits, qui font en prifon. Il ne leur a pas prêché en per- iii. 19.
fonne, mais il leur a fait prêcher. Veut-on un autre exemple, tiré de S. Matthieu même. On le trouve au Chapitre XI. *Jean ayant appris en prifon les faits de Jefus, & lui*
ayant envoyé deux de fes Difciples, lui dit, Etes vous celui, qui
devoit venir? Ce que S. Jean fait dire par fes Difciples, c'eft
lui qui *le dit* à Jefus: C'eft lui, qui va trouver Jefus dans la
perfonne de fes Difciples. N'ajoutons qu'un mot fur cette
difficulté. Ou l'oppofition, qui eft entre les deux Evangeliftes, eft réelle: Et alors elle eft une preuve invincible,
qu'ils ne fe font pas copiez; qu'ils n'ont point écrit de concert, ce qui importe beaucoup à la Foi: Ou l'oppofition,
qui eft entre-eux, n'eft qu'apparente: Elle n'a rien de réel;
Et par confequent la difficulté eft vaine. La rélation de S.
Luc ne fait qu'éclaircir celle de S. Matthieu, & fuppléer à
ce que ce dernier avoit omis.

Arrêtons nous un moment fur le caractére du Centenier
Romain. Ce caractére eft beau. Les plus belles vertus,
qui font les vertus bienfaifantes, fe réüniffent pour le compofer. C'eft un Officier jufte & bon: *Il eftime la Nation Ju-* Luc vii.
daïque, cette Nation haïe, & méprifée de toute la terre. Il ͵·
eft religieux & liberal: *Il bâtit une Synagogue.* Il éléve un Ib. vf. ;·
Edifice facré, & y offre à Dieu même une partie de fes richeffes. Il eft miféricordieux, charitable: Il a un Domeftique malade: Il en prend foin, & au défaut des remédes
humains, il va implorer la puiffance de Jefus. Ces qualitez,

* Voi. Luc vii. 19. Matth. xxvi. 18. Marc xiv. 14. Luc xxii. 11. Matth. xxvii. 19. Act. xxv.
26. &c.

tez, qui font très eftimables dans tous les hommes, le font furtout dans un homme de Guerre. Ainfi, ce n'eft point un Officier fuperbe, qui n'aime qu'une dépenfe faftueufe, & qui compte pour perdu, tout ce qu'il ne donne pas à fa vanité. Ce n'eft point un Officier voluptueux, qui facrifie tout à fes plaifirs, & qui va diffiper au jeu, dans la bonne chere, dans la débauche, ce qu'il a extorqué des miférables. Ce n'eft point un Officier avare, qui ne fonge qu'à amaffer des Tréfors; qui regarde fa Garnifon, comme un Seigneur regarde fa Terre, avec cette différence, qu'il croit que fa Profeffion l'autorife à moiffonner où il n'a point femé. Ce n'eft point un Officier fier, qui croit que tout doit céder à l'Epée; qui regarde avec mépris des Emplois, dont la Juftice & la Douceur font le caractére: qui penfe, qu'il eft indigne de la Force, de prier, de s'humilier, qu'elle doit arracher les graces, & non les obtenir. Ce n'eft point un Officier impérieux & cruël, qui n'a que des menaces & des rigueurs pour fes Inférieurs & pour fes Domeftiques, qui les traite en Efclaves, qui ne s'intéreffe point à leurs priéres & à leurs maux. Notre Centenier n'a aucun de ces défauts: Il a même toutes les vertus oppofées; Et fi l'on y ajoûte la Foi, dont nous parlerons dans la fuite, voilà certainement un des plus beaux caractéres du monde.

Matth.
VIII. 6.
Le Domeftique, ou l'Efclave du Centenier *étoit malade d'une paralyfie, dont il étoit fort tourmenté:* C'eft ce que dit S. Matthieu. S. Luc, fans fpécifier la maladie, fe contente de Luc. VII.
2. dire, *qu'il étoit fort mal, & près de mourir.* Il y a de l'apparence, que cette maladie étoit une *Apoplexie;* car *Paralyfie* fignifie auffi cela, comme le remarquent d'Anciens Auteurs; mais comme les termes, dont S. Matthieu fe fert, femblent fignifier, que le malade fouffroit beaucoup, & que ceux qui font frappez d'Apoplexie, ou de Paralyfie, ne fouffrent pas, on remarque, avec raifon, que les expreffions de S. Matthieu, ne défignent qu'une maladie très dangereufe & défefpérée. Le Maître aimoit beaucoup cet Efclave; fans doute parce qu'il en étoit digne. Combien y a-t-il eu d'illuftres Efclaves, plus dignes de commander à leurs Maîtres, que de leur obéïr? Comme le devoir de ceux-ci eft d'être fidéles, le devoir des Maîtres eft de les chérir, de les proteger, & d'en avoir foin. Il n'y a que des Maîtres inhumains, qui les maltraitent, qui les négligent, & qui les laiffent fans fecours. Mais Dieu, qui eft le protecteur des miférables, ne laiffe pas d'ordinaire cette inhumanité impunie. Il y en a un exem- 1. Sam.
XXX. 13. ple remarquable dans le premier livre de Samuel. Un Payen, un Barbare, un Amalekite abandonne fans fecours un Efclave

clave Egyptien, qui le fervoit. Encore ne le fait il que dans une Expédition militaire, où l'on eft fouvent obligé de négliger le falut des autres, pour fe fauver foi même. Mais qu'en arrive-t-il? David trouve cet Efclave expirant: en prend foin; le fait revenir. L'Efclave apprend à fon Bienfaiteur, où font les Ennemis: David les furprend, & les taille en piéces: La Providence punit bientôt l'inhumanité d'un Maître injufte, & dur envers fes propres ferviteurs: C'eft-ce que Job a bien exprimé dans ces paroles. *Je n'ai point refufé de faire droit à mon ferviteur, & à ma fervante, quand ils ont débattu avec moi: Car qu'euffai-je fait, quand le Dieu fort fe feroit levé? Quand il m'en auroit demandé compte, que lui euffai-je répondu? Celui, qui m'a créé, ne l'a-t-il pas créé auffi? N'eft-ce pas le même Dieu, qui nous a formez tous deux dans le fein de nos méres.* Job. xxxi. 13.

Dès que le Centenier eut fait prier Jefus de guérir fon Efclave, le Seigneur répondit fans héfiter, *j'irai, & je le guérirai.* On ne s'arrête point à faire remarquer la Puiffance Divine du Sauveur, parce qu'elle éclatte dans toute l'Hiftoire de fa vie; mais on ne peut fe difpenfer de faire attention à cette noble & généreufe facilité, avec laquelle il accordoit fes graces, dès que ceux qui les demandoient en étoient dignes par leur foi. Il ne faut point le folliciter, le preffer, l'importuner. Il fuit fa pente, fon inclination, lorfqu'il s'agit de faire du bien: Une Mére affligée vient le trouver, & lui dit, *Ma fille vient d'expirer: Je vous prie de venir lui impofer les mains, & elle vivra.* Que fait le Seigneur? Il fe léve à l'inftant, *& fuit cette femme avec fes Difciples.* Il n'y a qu'une perfonne, pour qui le Seigneur parût difficile: C'eft pour la Cananéenne; Mais fes refus ne tendent qu'à faire éclatter la foi de cette femme, qu'à exercer fa perféverance: Il ne combat avec elle, que comme l'Ange avec Jacob: Il ne la laiffe point aller, fans la bénir. Quand il faut punir, chatier, il fied bien de le faire avec répugnance; mais quand il s'agit de faire du bien, les Ames généreufes, bienfaifantes, s'y portent avec facilité, avec joye. C'eft ce que S. Paul difoit fi bien à Timothée: *Dénoncez à ceux qui font riches dans ce monde, qu'ils faffent du bien, qu'ils foyent riches en bonnes œuvres; qu'ils foyent faciles à diftribuer, communicatifs;* Et dans fa 11. Ep. aux Corinthiens, il exhorte les fidéles à donner, *non à regret, & comme par force, parce que Dieu aime celui, qui donne avec joye.*

Comme Jefus *approchoit de la maifon du Centenier,* celui-ci *envoya quelques uns de fes amis lui dire, Seigneur ne prenez, pas la peine de venir vous même; Je ne mérite pas que vous veniez chez moi.* Cette Humilité, cette Modeftie, très édifiante

O o o 2   dans

dans tous les Hommes, l'eſt encore davantage dans un Officier des Troupes Romaines. Au fond il a raiſon. Quel
endroit ſur la Terre étoit digne de recevoir le Fils de Dieu?
Mais y avoit il dans la Judée une maiſon plus digne d'un ſi
grand honneur, plus digne que le *Salut y entrât*, que la maiſon du Centenier? Le marbre, l'yvoire, & l'or, qui embel-
liſſent les plus ſuperbes Edifices, les ornent ils en comparaiſon de la Foi & de l'Humilité, vertus infiniment *plus pré-*
cieuſes que l'or, qui périt? Il eſt vrai: Ces Palais, ouvrages
de l'Ambition & de l'Orgueil: Ces Temples, où l'on idôla-
tre la Fortune, & où la baſſe Adulation excuſe juſqu'aux
vices: Ces *Tabernacles des mechans* n'étoient pas dignes de recevoir le Fils de Dieu: Un Toit ruſtique, une maiſon d'argile, un Antre dans un rocher: Ces endroits, où la Pieté
perſécutée, a été ſouvent contrainte de chercher des aſyles:
Une Etable, comme celle, où le Sauveur vint au monde;
Tout cela eſt digne de loger le Fils de Dieu, lorſque l'Innocence & la Foi y habitent.

　　Mais il ne s'agit pas de la Maiſon du Centenier: Il s'agit
de lui même. Il ne dit pas, ma maiſon n'eſt pas aſſez belle,
pour vous recevoir: mais il dit, *Je ne ſuis pas digne de vous*
recevoir chez moi. Humilité, d'autant plus eſtimable, que plus
on la conſidére, & moins on la trouve indigne de cet honneur: Car d'où peut venir cette indignité? Eſt-ce à cauſe de
la Profeſſion des Armes? J. Chriſt ne l'a point condamnée;
Elle eſt & très néceſſaire, & très honnorable. Que deviendroit la Juſtice, ſi elle n'étoit pas appuiée par la Force? Eſt-
ce parce que le Centenier étoit Payen de naiſſance? Mais J.
Chriſt eſt *ce Salut qui doit être mis devant la face des Gentils*?
Eſt-ce parce qu'il a ſervi des Idôles? Mais il s'eſt converti au
Dieu vivant? N'eſt il pas plus beau, plus louable, de devenir Fidéle par choix, que de naître Fidéle? Eſt-ce parce qu'il
n'eſt pas né Juif? Mais il a mérité leur affection par ſes bienfaits; Et après tout, la Raiſon & la Réligion ne nous ap-
prennent elles pas, *qu'il n'y a point de partialité en Dieu, &*
qu'en toute Nation, celui qui le craint, & s'adonne à la Juſtice, lui
eſt agréable? Eſt-ce enfin parce qu'il eſt Pécheur? Mais J. Chriſt
eſt venu, pour ſauver les pécheurs, & pour les appeller à la Repen-
tance? Il n'y auroit qu'une ſeule choſe, qui pût le rendre indigne
de la viſite, & des faveurs de J. Chriſt: Ce ſeroit une Incrédulité obſtinée: Mais, par la grace de Dieu, la Foi du Centenier ſurpaſſe toute celle, que le Seigneur trouva en Iſraël,
comme il le dit lui même dans la ſuite ; & comme on le
voit par ces paroles, *Ne vous donnez pas la peine de venir chez*
moi, vous n'avez qu'à dire un mot, & mon ſerviteur ſera guéri,

La

Luc XIX.
9.

1. Pier.
1. 7.

Pſaume
LXXXIV.
4.

Luc II.
31, 32.

Act. x.
34.

Matth.
IX. 13.

La Foi du Centenier n'eft qu'une haute opinion, qu'il a de la Perfonne & du pouvoir de J. Chrift. La Foi, qu'on peut appeller naturelle, parce qu'elle n'eft pas appuïée fur la Révélation, n'eft autre chofe qu'une perfuafion de la Bonté & de la Puiffance de Dieu: Attributs, ¹ que la Raifon toute feule découvre en lui. La Foi, qu'on peut nommer furna-turelle, parce qu'elle eft fondée fur la Révélation, ajoûte à cette perfuafion de la Bonté & de la Puiffance de Dieu, cel-le de la certitude de fes Promeffes. Or le Centenier n'ayant point de Promeffes, la Foi, qu'il a en Jefus Chrift, ne peut être qu'une haute opinion de fon Pouvoir & de fa Bonté. A l'égard de la Bonté du Sauveur, il n'en doute pas, ou s'il en doute, c'eft parce qu'il ne fe trouve pas digne, que le Sei-gneur la déploye en fa faveur: de là vient qu'il a recours à l'interceffion des Anciens des Juifs. Mais à l'égard du Pou-voir, celui qu'il lui attribue, eft véritablement Divin. Il en a tous les caractéres: C'eft un Pouvoir furnaturel: C'eft un Pouvoir indépendant de toutes les Créatures: C'eft un Pouvoir, qui s'exerce fur des caufes, qui ne font foumifes qu'à Dieu, & qu'il fait agir de la même forte que Dieu, par la feule force de fon commandement. On voit tout cela dans la réponfe du Centenier. Il reconnoit en Jefus une Puiffan-ce furnaturelle, & tout à fait Divine: *Dites feulement une pa-* Luc vij, *role, & mon Serviteur fera guéri.* Cette maniére d'opérer eft ⁷ʳ propre à Dieu. La parole ne peut agir naturellement que fur les caufes intelligentes, qui comprenant ce qu'on leur or-donne, obéïffent avec connoiffance: Les caufes brutes; ina-nimées, ne cedent qu'à l'action, & à un degré de force, au-quel elles ne peuvent réfifter. Cette maniére d'agir eft pro-pre à Dieu, parce qu'il eft le Créateur du monde: Comme il lui a donné l'être par fa volonté, & par fon commande-ment, il le conferve, il le fait mouvoir de même par fon commandement. Si Dieu n'avoit pas tiré la Matiére du Néant: Si elle étoit un Etre éternel, elle feroit indépendante auffi bien que lui; Et quand on fuppoferoit qu'il peut la mouvoir, ce ne feroit jamais par un fimple acte de fa volonté: Il ne pour-roit agir fur elle que comme les corps les plus forts, agiffent fur les plus foibles. Ainfi quand le Centenier dit à Jefus, *Vous n'avez qu'à dire un mot, & mon ferviteur fera guéri*, il re-connoit en Jefus un Pouvoir Divin. Il n'y a que Dieu, qui agiffe de la forte fur les caufes brutes. *Il a parlé, & ce qu'il* Pfaume *a dit a eu fon Etre: Il a commandé, & ce qu'il a commandé, a* xxxiij, *été fait:* C'eft ainfi que Dieu agit, & puifque J. Chrift agit 9. de la même maniére, il faut qu'il foit le Fils de Dieu.

2. Le Centenier reconnoît en J. Chrift une Puiffance, qui eft

eſt indépendante ſur la Terre, ſupérieure à toute Puiſſance Humaine, à toute Puiſſance créée. C'eſt ce qu'il inſinue d'une maniére bien délicate, & bien ingénieuſe, lors qu'op-poſant le pouvoir de J. Chriſt au ſien, il lui dit, *Car bien que je ſois ſoumis à d'autres, ayant néanmoins des ſoldats ſous moi, je dis à l'un, allez, & il va ; à l'autre, venez, & il vient ; & à mon ſerviteur, faites cela, & il le fait.* Le Centenier, ou le Capitaine, étoit ſoumis au *Tribun,* ou au Colonel. *Les Tribuns* étoient ſoumis aux Généraux, ou aux *Empereurs* qui commandoient les Armées. C'étoient là ſes Supérieurs & ſes Maîtres. Il ne s'explique pas davantage : Il ſe contente de ſe faire entendre, & on l'entend bien. Il oppoſe ſa condition à celle de Jeſus, & reconnoît en lui une autorité au deſſus de toutes les Puiſſances du monde. J'ai des Maîtres, dit-il, ce-pendant mes Inférieurs ne laiſſent pas d'obéir à mes ordres : Vous n'avez point de Maître ſur la Terre ; & comment vos ordres ne ſeroient ils pas exécutez ?

3. Le Centenier reconnoit en J. Chriſt une Puiſſance, qui s'étend ſur des cauſes, qui ne dépendent que de Dieu. Il croit que Jeſus a ſur les maladies les plus mortelles, le mê-me pouvoir qu'il a ſur ſes Soldats, & ſur ſes Eſclaves : Com-me il dit *à l'un, Allez, & il va ; à l'autre, Venez, & il vient ; De même Jeſus peut dire aux Maladies, Allez, & elles vont ; Venez, & elles viennent.* Voilà un Pouvoir tout à fait Divin. En effet les Maladies ne relévent que de Dieu, non plus que la Mort, où elles conduiſent. Et c'eſt peut-être ce que les Payens ont voulû dire, quand ils ont fait de la *Fiévre* une Divinité : Ils reconnoiſſoient au moins par là ſon empire ſur toutes les Puiſſances Humaines.

Il faut reconnoitre ici, que le Centenier de Capernaum, penſe & parle d'une maniére bien juſte. Les Maladies & la Mort, qui les ſuit, ne ſont-ce pas les Soldats de l'Eternel des Armées, qu'il envoye, ou qu'il rappelle, comme il lui plait, & à qui il a lui ſeul le pouvoir de commander ? C'eſt moi, dit-il par la bouche d'un de ſes Prophètes, *qui frappe, & qui guéris, qui fais la playe, & qui la penſe, qui fais deſcendre dans le ſépulcre, & qui en fais remonter.* Si la famine, ſi l'épée, ſi la mortalité déſolent la Terre, c'eſt Dieu, qui les envoye ; Et ſi ces fleaux ceſſent, c'eſt Dieu, qui les retire, & qui les rappelle. Ce ſont là les Troupes immortelles, qu'il tient à ſa ſolde, & qui ne dépendent que de lui : Quand donc le Centenier dit à Jeſus, qu'il a ſur les maladies le pouvoir qu'il a lui même ſur ſes Soldats, il reconnoit que le Seigneur eſt revêtû d'un pouvoir divin, & par conſequent qu'il eſt le Miniſtre du vrai Dieu, & qu'il lui a confié l'exercice de ſa Puiſſance.

Eſ. xlv. 7. 1. Sam. 11. 6. Déut. xxxii. 39.

Jeſus

Jefus ayant entendu ces paroles, pourfuit l'Evangelifte, *il ad-* Matth.
mira cet homme, & fe tournant vers ceux qui le fuivoient, Je vous VIII. 10.
affure, dit-il, *que même en Ifraël je n'ai point trouvé une fi grande* Luc VII.
foi. Il y a trois beaux caractéres dans l'éloge, que le Seigneur
fait du Centenier. Cet éloge eft véritable: Le Seigneur eft
également incapable d'erreur & de flatterie: *En vérité,* dit Jefus: Cet Eloge eft donné à une Vertu folide & véritablement grande: C'eft *la Foi,* que le Seigneur louë: Cette Vertu fi belle, fi néceffaire, & qu'on peut nommer la mére des
plus grandes Vertus, comme l'Auteur de l'Epitre aux Hebreux le montre dans le Chap. x 1. Cet Eloge eft donné par
un Juge éclairé, par un Juge *infaillible,* à qui feul il appartient
de donner à chacun la loüange, qui lui eft duë, parce qu'il
connoît les fecrets des cœurs; par un Juge, dont l'approbation eft fuivie des biens réels, de la fouveraine Félicité; Mais
on ne peut pas développer tout cela dans ce Difcours

A l'égard de la Foi du Centenier, elle eft véritablement
grande, de quelque côté qu'on l'envifage. On vient de
voir qu'elle eft grande en elle même, puifqu'il reconnoit en
Jefus une Puiffance toute divine: mais elle eft encore grande
à plufieurs égards: *Grande par rapport à fa Perfonne,* à fa naiffance: Ce n'eft pas un Fils d'Abraham, né, pour ainfi dire, dans la foi des promeffes: C'eft un Homme *étranger
des Alliances,* né & élevé dans le Paganifme: *Grande par rapport à la Profeffion,* que cet Homme exerçoit: C'eft un Officier Romain, qui a paffé fa vie dans les Ârmes: Or ce n'eft
pas là l'Ecôle de la Foi, non plus que de la Moderation, de
la Patience, & de l'Humilité: *Elle eft Grande par rapport au
tems que J. Chrift a prêché:* Il ne fait que commencer fon miniftére: On n'a point vû encore les morts reffufciter, & Jefus lui-même victorieux de la mort, monter au Ciel, répan- Rom. 1.
dre le S. Efprit, & *déclaré Fils de Dieu en puiffance.* Grande
en un mot, & en elle même par l'opinion que le Centenier
a conçue du Divin Pouvoir de J. Chrift, & grande par comparaifon, puifque le Seigneur protefte, *qu'il n'a point encore
trouvé en Ifraël une fi grande Foi.*

Cette Foi fi grande & fi admirable, dans un Officier Payen,
donne lieu à J. Chrift, de faire une réflexion prophétique,
que S. Luc rapporte dans une autre occafion, & que S. Mat- Luc XIII.
thieu a placée dans nôtre hiftoire. *Il en viendra plufieurs d'O-* 29.
rient & d'Occident dit le Sauveur, *qui feront affis à table avec* Matth.
Abraham, Ifaac, & Jacob, dans le Royaume de Dieu, pendant VIII. 11,
que les enfans du Royaume feront jettez dans les ténèbres de dehors; 12.
là il y aura des pleurs, & des grincemens de dents.

Cette prédiction a deux parties: La vocation & la foi des

Gen-

Gentils, & les prodigieux progrez que l'Evangile fera parmi les Infidéles: L'Incrédulité des Juifs, & leur réjection à
caufe de leur Incrédulité: J. Chrift exprime cela en termes
figurez, mais très intelligibles. Les Juifs ne doutoient pas
de la prémiére de ces véritez: Ils croyoient la vocation des
Gentils, qu'ils trouvoient prédite partout dans les Prophètes, témoin cet Oracle d'Efaïe, *Il arrivera aux derniers jours,
que la montagne de l'Eternel fera affermie au fommet des montagnes, & fera élévée par deffus tous les Coteaux. Alors les Nations y aborderont, & plufieurs Peuples y viendront, & diront,
Venez, montons à la montagne de l'Eternel, à la Maifon du Dieu
de Jacob: Il nous enfeignera fes voyes, & nous marcherons dans fes
fentiers: Car la Loi fortira de Sion, & la parole de l'Eternel de
Jerufalem.* Le même Prophète nous apprend, que cela devoit arriver au tems du Meffie, & fous fon régne: C'eft ce
que l'on voit dans cet autre Oracle: *C'eft peu de chofe, que tu
fois mon ferviteur, pour rétablir les Tribus de Jacob, & remédier
aux Défolations d'Ifraël: C'eft pourquoi je t'ai établi, pour être la
Lumiére des Nations, & pour être mon falut jufqu'aux extrémitez
de la terre.* Les Juifs ne doutoient donc pas, que les Nations infidéles, ne fuffent appellées à la connoiffance du vrai
Dieu, & que cela n'arrivât au tems du Meffie. Mais ils s'i-
maginoient, que ces mêmes Nations, recevroient la Loi de
Moïfe, comme eux, fe conformeroient à leur Culte & à
leurs Cérémonies, & ne deviendroient le peuple de Dieu,
qu'en s'uniffant aux Juifs, pour ne compofer qu'une feule
République, gouvernée par le même Roi, & par les mêmes
Loix: C'eft là l'erreur, que S. Paul a tant combattuë dans
fes Epîtres.

A l'égard de la feconde vérité, favoir l'Incrédulité des Juifs,
& leur réjection à caufe de leur Incrédulité: ils ne purent jamais fe la perfuader. Il leur paroiffoit très abfurde, & très
contraire aux Oracles des Prophètes, que la Nation, dont
le Meffie étoit forti, & pour laquelle il fembloit être principalement envoyé, rejettât ce Meffie, & fût privé des avantages de fon régne, pendant que les Nations infidéles en pro-
fiteroient, & croiroient en lui: C'eft-ce préjugé, que S. Paul
tâche de diffiper, dans les Chapitres ix. x. & xi. de l'Epître aux Romains, où il montre bien, par le témoignage des
Prophètes, que les Gentils recevroient l'Evangile, & feroient
fauvez; au lieu que les Juifs rejetteroient l'Evangile, & feroient rejettez eux-mêmes, & retranchez de l'*Olivier franc*,
c'eft-à-dire, privez des bénédictions promifes à Abraham, que
l'Apôtre repréfente comme un Olivier, dont les fidéles font
les branches.

Ce

Ef. II. 2.

XLIX. 6.

Ce font là les deux véritez, que nôtre Seigneur prédit plufieurs années avant l'événement, mais qu'il exprime en des
termes figurez, qu'il faut expliquer. *Il en viendra plufieurs d'O-*
rient & d'Occident, qui feront à table avec Abraham, Ifaac, &
Jacob, dans le Royaume des Cieux, pendant que les enfans du Royau-
me feront jettez dans les ténèbres de dehors, où il y a des pleurs,
& des grincemens de dents, S. Luc ajoute *du Septentrion, & du* Luc XIII,
midi : en quoi il a vraifemblablement égard à la promeffe que
Dieu fit à Abraham : *Ta Poftérité fera comme le fable de la ter-* Gen.
re ; Tu t'étendras en Occident & en Orient, au Septentrion, au XXVIII.
Midi, & toutes les Nations de la terre feront bénies en toi. 14.

Comme le Royaume de Dieu ne confifte *ni en viande, ni* Rom.
en breuvage, comment eft ce que J. Chrift dit, que les Gentils XIV, 17,
feront à table avec Abraham, Ifaac & Jacob? Comment eft ce
qu'il dit ailleurs à fes Difciples, *Comme mon Pere m'avoit remis* Luc XXII.
le Royaume, je vous le remets auffi, afin que vous mangiez & que 19, 30.
vous buviez à ma table dans mon Royaume? Il faut donc remarquer là deffus, non feulement que les Délices du Paradis, font
repréfentées par des Feftins ; mais que les Juifs, qui croyoient
la refurrection des morts, croyoient auffi, que les Bienheureux, après être reffufcitez, jouïroient fur la terre de tous les
plaifirs innocens de la Vie Humaine. Ils croyoient encore,
qu'*Abraham, Ifaac, & Jacob,* les Patriarches viendroient habiter Jerufalem, & que c'eft ainfi que Dieu dégageroit la promeffe, qu'il leur avoit faite, de leur donner la terre de Canaan en héritage, puifqu'ils ne l'avoient point pendant leur
vie, & qu'ils n'y avoient demeuré que comme des Etrangers.
Le privilege des plus grands Saints, étoit d'avoir alors place
à la table d'Abraham, & de manger avec lui, comme c'eft
le plus grand honneur de manger à la table des Rois. Nôtre Seigneur veut bien s'accommoder aux idées des Juifs. De
là vient que dans la Parabole du mauvais Riche, il repréfen-
te *Lazare affis dans le fein d'Abraham,* c'eft-à-dire, à table avec Luc XVI,
Abraham, & affis tout proche de lui, & en quelque forte 23.
dans fon fein, comme S. Jean étoit à table avec J. Chrift, &
dans le fein du Seigneur. D'anciens Interprêtes, qui n'ont pas Jean XIII,
bien entendu le ftile de l'Ecriture, fe font imaginez, que *le* 23.
fein d'Abraham, étoit le lieu des Ames bienheureufes, & la même chofe que le Paradis, lequel ils plaçoient dans un endroit
inconnû entre le Ciel & la Terre. C'eft une Erreur : Jefus
repréfente Lazare à table avec Abraham, affis dans la place
d'honneur, & le plus près du Patriarche : Ce Lazare, qui,
bien loin d'être à table avec le mauvais Riche, languiffoit
à fa porte, défirant de fe raffafier des miétes, qui tomboient
de cette table profane : Ce pauvre Lazare, le cruël, l'inexo-

rable Riche, le voit à la table délicieuse d'Abraham, où il a
le prémier rang, où il est dans son sein.

Notre Seigneur dit donc, à l'occasion du Centenier, qui
étoit Payen de naissance, mais qui fut un des plus illustres
enfans d'Abraham par sa Foi, il dit, qu'un très grand nombre d'Infidéles se convertiront, jouïront des Délices pures de
la Vie éternelle, & auront dans ces Festins spirituels les prémiéres places après les Patriarches: Ce qui fut bientôt vérifié
par l'événement, les Gentils ayant crû en J. Christ, & ayant
été admis à toutes les graces de l'Evangile.

Le Sauveur ajoûte, *Que les Enfans du Royaume seront jettez
dans les ténèbres de dehors, où il y a des pleurs & des grincemens
de dents.* Les *Enfans du Royaume,* c'est-à-dire, les Héritiers
naturels, ceux qui descendant d'Abraham, sembloient avoir
un droit incontestable aux biens, qui avoient été promis à
leur Pére, & à sa Postérité: A l'égard de ceux-ci, dit J.
Christ, ils *seront jettez dans les ténèbres de dehors,* c'est-à-dire,
hors de la Sale du Festin, & dans les ténèbres. Pour entendre ceci, il faut savoir, que chez les Anciens les Festins se
faisoient le soir, & se prolongeoient bien avant dans la nuit:
t. Thess.
v. 7. De là ce mot de S. Paul, *Ceux qui s'enyvrent, s'enyvrent la
nuit.* Le Festin de la Pâque se faisoit de même. Il y avoit
donc alors de la Lumiére dans la Sale du Festin, pendant
que les ténèbres régnoient au dehors. C'est pourquoi, si
l'on veut rendre clairement les paroles de J. Christ, il faut
traduire, *les Enfans du Royaume seront jettez dehors dans les ténèbres.* Cela est confirmé * par d'autres endroits du Nouveau Testament.

J. Christ ajoûte, *que là il y aura des pleurs & des grincemens
de dents;* c'est-à-dire, les plus grands tourmens, & le plus grand
desespoir.

Cette Prédiction du Seigneur fut fidélement accompli:
mais elle a eu ses degrez d'accomplissement. Le prémier
fût la désolation épouvantable de la Judée, & de Jerusalem:
c'est ce terrible Evénement, que Sophonie a représenté en
Soph 1.
15. ces termes: *Ce jour là est un jour de fureur, un jour de détresse
& d'angoisse, un jour de cris éclattans & effrayans: un jour de ténèbres & d'obscurité, un jour de nuages & de brouïllards.* Ce que
l'on vient de dire, est confirmé par la Parabole de la Vigne
& des Vignerons, rapportée au Chap. XXI. de S. Matthieu. J. Christ la finit, & l'explique par ces paroles qu'il
adresse aux Juifs, *Le Royaume de Dieu vous sera ôté, & sera
donné*

* Voyez la Parabole du Festin, fait par un Pére de famille. Luc XIII. 24. Et la Parabole des Vier-
ges, qui arrivant trop tard quand la porte est fermée, n'entrent point avec l'Epoux dans la sale des
Nôces, & sont obligées de demeurer dehors dans l'obscurité. Matth. XXV. 1. & suiv.

donné à une Nation, qui en portera les fruits. On voit là, que *la Vigne* figure *le Royaume de Dieu*, & que les Vignerons ingrats & meurtriers, *font les Enfans du Royaume,* ceux qui en étoient en possession, & que *les ténèbres de dehors,* où ils feront jettez, font expliquées par ces mots, *Le Maître de la Vigne fera périr malheureusement ces Vignerons là comme des méchans.* A l'égard des pleurs & des grincemens de dents, on peut en voir l'explication dans ces paroles du xxi. de S. Luc. *Les Peuples feront dans la consternation, & dans la perplexité:* **Luc xxi.** *Les flots de la mer feront un grand bruit, de forte que les Hom-* **25, 26.** *mes rendront l'ame de frayeur: Ce fera,* dit encore le Seigneur, **Matth.** *une affliction, telle, qu'il n'y en a point euë de femblable depuis le* **xxiv. 21.** *commencement du monde,* Ce qui plongera les Hommes dans un tel défefpoir, *qu'ils s'adresseront aux montagnes, & leur di-* **Luc** *ront; montagnes, tombez fur nous, & vous, coteaux, couvrez* **xxiii.** *nous.* **30.**

Mais ce n'étoient là que *des commencemens de douleurs:* Ce **Matth.** n'étoit là que la prémiére mort, que la prémiére peine de **xxiv. 8.** l'Incrédulité. Il y a une mort feconde, dont l'autre n'eft que l'entrée & le veftibule: Car puifque l'Ame eft immor-telle, & que les méchans doivent ressufciter auffibien que les Juftes, il y a des afflictions plus terribles, que celles des ténèbres les plus profondes; qu'on pourroit appeller *Ténè-bres de dehors,* parce qu'elles font hors de ce monde vifible, & qu'elles échappent à nos yeux: Ce font là les ténèbres *ré-* **Matth.** *fervées au Diable & à fes Anges:* C'eft là qu'il y a des pleurs, **xxv. 41.** qui ne tariffent point, parce qu'il n'y a point de main qui les effuye; & *des grincemens de dents* éternels, parce qu'il n'y a ni efpérance, ni confolation.

Après cette réflexion Prophétique, Jefus dit au Cente-nier, ou lui fit dire, *Allez, & qu'il vous foit fait felon que vous* **Matth.** *avez crû: Et dès cette heure là fon Serviteur fut guéri.* Telle fut **viii. 13.** la prémiére récompenfe de la foi de cet homme. Jefus ne fit que dire la parole, & la fanté fut renduë à l'inftant à fon ferviteur. Cette derniere parole du Sauveur, préfente deux véritez de la Religion, qui méritent toute l'attention du Fi-déle: La prémiére eft, que la guérifon du ferviteur du *Cen-tenier,* fut un Miracle, qui ne peut avoir été opéré que par la Puiffance Divine: La feconde, que les faveurs miraculeu-fes & furnaturelles, ne font accordées qu'à la Foi. J. Chrift peut tout, & accorde tout, quand il n'y a point d'obftacle de la part du Fidéle: Et le Fidéle peut tout obtenir de J. Chrift par la foi en J. Chrift, mais par une foi, qui purifie le cœur, & qui eft une fource vive & féconde de bonnes œuvres.

D I S.

248

DISCOURS XXIV.

Les Difciples de Jefus l'éveillent, dormant dans une barque, pendant la tempête. MATTH. VIII. 23-27. MARC. IV. 35-40. LUC. VIII. 22-25.

'Hiftoire que l'on va expliquer dans ce Dif-
cours à deux parties. On voit dans la
prémiere une double tempête : celle qui
s'éléva fur la Mer par la violence des vents,
& celle qu'excita dans l'ame des Difciples
de Jefus la crainte du danger, où ils fe
trouvoient. On voit dans la feconde partie un double calme: Les vents & la mer
font appaifez tout d'un coup par le commandement du Seigneur, & l'Ame des Difciples eft raffurée, tranquille, par
le miracle qu'il opére en leur faveur; ou s'il leur refte encore quelque émotion, c'eft l'admiration que leur caufe un miracle fi prompt, fi grand, & fi inefpéré.

Jefus voulant fe dérober à la foule qui l'accabloit, & prendre quelque repos, entra dans une barque,& commanda que
l'on paffât vers *Gadara*, de l'autre côté du Lac de Gennezareth: Ses Difciples entrerent avec lui dans la même barque,
& le peuple fe jetta en d'autres pour le fuivre. Accablé de
Marc IV.
38. laffitude, Jefus fe retira *à la poupe*, *& s'y endormit fur un oreil-
ler*. Mais pendant qu'il dormoit, il s'éléva une fi furieufe
tempête, que les Difciples du Seigneur, dont quelques-uns
étoient pêcheurs, & par confequent accoûtumez aux Orages
de cette mer, crurent qu'ils alloient périr.

L'Hiftorien facré ne dit point, que ce fut par un ordre
fecret de la Providence, que cette tempête s'éléva tout d'un
coup, & affaillit le vaiffeau, où Jefus dormoit; mais peut-
on en douter? Arrive-t-il dans le monde quelque chofe, qu'elle n'ordonne, ou qu'elle ne permette: Les vents ne foufflent,
les vagues ne s'élévent, que par les ordres de Dieu: Leur
inconftance, leurs changemens foudains & imprévus, font
les effets d'un deffein fage & réglé. Il n'y a de hazard, de
fortune nulle part, non pas même dans ce qui femble être de
Pf. CVII.
25. l'empire de la Fortune, & de l'Inconftance même. *Dieu
commande*, dit le Prophète, *& fait comparoitre le vent de tempête.*

II

Matth. VIII, 25.

Ἰησοῦς ἐν πλοίῳ καθεύδων ἐγείρεται.

CHRISTUS A DISCIPULIS IN NAVIGIO EXCITATUS

Christ Sleeping in the Ship was awaked by his Disciples.

On reveille Jesus-Christ dormant sur la barque

Christus in dem Schiff aus dem schlaf aufgewekt.

Christus in het Schip slapende opgewekt.

Il faut dire la même chofe du fomeil de J. Chrift: Il eft difpenfé par la Providence: C'eft bien un effet de la laffitu-de du Seigneur ; mais ce n'en eft pas moins un effet de la direction de Dieu: Ce fomeil femble auffi myfterieux que celui d'Adam: Dieu ne l'a fait tomber fur Jefus, que pour mettre la foi des Difciples à une plus grande épreuve, & pour prolonger la tentation: Car fi le Seigneur eût été éveillé, dès qu'ils auroient vû le moindre danger, ils l'auroient prié de les en délivrer: Un refus les auroit fcandalifez, & leur auroit donné d'injuftes foupçons de la puiffance ou de la bonté de leur Divin Maître: Et s'il les avoit exaucez, l'épreuve eût fini trop tôt. Le deffein du Seigneur eft d'éprouver leur foi, en les expofant à un danger éminent, & de l'affermir en les délivrant de ce danger par un acte de fa Toute-puiffance. Il veut leur apprendre, & apprendre à toute l'Eglife, qu'à quel-ques perils que la Providence les livre, ils fervent un Dieu, dont toutes les Puiffances du monde, les plus fières mêmes & les plus redoutables, font les efclaves. Il veut les former à une confiance parfaite, non feulement par des inftructions & par des promeffes, mais par l'expérience du fecours de Dieu dans les conjonctures les plus défefperées.

C'eft le deffein de cette Tentation, qui a trois caractéres confiderables. 1. Elle eft terrible: Quel fpectacle plus épou-vantable, que celui d'un foible vaiffeau: A cette vuë les hom-mes les plus courageux frémiffent, & comme s'exprime le Prophète, *leurs Ames fe fondent d'angoiffe.* Secondement, Elle eft pouffée jufqu'à l'extrêmité : Les vagues entrent dans la nacelle ; elle commence à fe remplir, & à s'enfoncer. En troifieme lieu, le fecours eft fufpendu: *Jefus dort*, & l'on di-roit que fon fomeil eft volontaire, puifque ni le bruit des vagues, ni celui des matelots, qui travaillent & courent dans le vaiffeau, ni le tumulte inevitable dans une pareille conjonc-ture, que tout cela n'eft pas capable de l'éveiller. Comme toute cette Hiftoire eft myfterieufe, & que c'eft une efpéce de Tableau, de ce qui devoit arriver à J. Chrift & à fon Eglife, arrêtons nous un moment à confidérer ces trois ca-ractéres. Ils fe réüniffent fouvent dans les dangers, aux-quels J. Chrift expofe fon Eglife.

Prémier caractére: La Tentation eft infiniment redouta-ble. Qui peut réfifter aux vents & à la mer en courroux? Et quelle efpérance de falut refte-t-il aux Difciples, fi la Bar-que vient à s'enfoncer? C'eft ainfi que Dieu permet quelques fois aux Ennemis de fon Eglife, de foulever contre elle les Puiffances de la Nature & les Puiffances du monde. *Nous avons paffé*, difoient les Ifraëlites, *par le feu & par l'eau*: „ Nous

Pf. cvii, 16.

Eph. vi.
11. „ n'avons pas feulement à combattre, dit S. Paul, contre „ la chair & le fang, c'eft-à-dire, contre des hommes mor- „ tels, mais contre les Principautez & les Puiffances, contre „ les Malices fpirituelles, qui font dans les Lieux céleftes." Dans un autre endroit l'Apôtre fait le dénombrement des Ennemis des Fidéles: Il les range en bataille, & les défie à la vérité, parce qu'il étoit alors parvenu au plus haut degré de foi. „ Rom.
VIII. 38. Je fuis affuré, difoit-il, que ni la mort, ni la vie, „ ni les Anges, ni les Principautez & les Puiffances, ni les „ chofes préfentes, ni les chofes futures, ni la Hauteur, ni „ la Profondeur, ni aucune autre Creature, ne pourront „ nous féparer de l'amour, que Dieu nous a témoigné en „ J. Chrift.

Un Prédicateur du XV. Siécle, qui étoit fort éloquent & fort pathétique, mais qui fuccomba fous les efforts qu'il fit, pour procurer une réformation dans le Gouvernement & dans les mœurs de l'Eglife: Ce Prédicateur difoit fouvent dans fes fermons, „ *qu'il falloit réfifter à une double Puiffance,* „ *à une double fageffe, & à une double malice: La double Puiffan-* „ *ce,* étoit la Puiffance temporelle & la Puiffance fpirituel- „ le, c'eft-à-dire, celle des Ecclefiaftiques. *La double fageffe,* „ étoit la fageffe du fiécle, la Prudence Humaine, & la fcien- „ ce des Docteurs, la Théologie de ce tems-là: fcience plei- „ ne d'artifice, de Sophifmes, de raifonnemens fubtils & fpé- „ cieux. *La double malice,* étoit celle qui agiffoit à décou- „ vert, & avec violence, & celle qui fe cachoit fous le voile „ de l'Hypocrifie, fous les prétextes de la Gloire de Dieu „ & de celle de l'Eglife. " Voilà quels étoient alors, & quels feront toujours les Ennemis de J. Chrift & de fes vrais Difciples: Voilà les vents & les mers, qui s'éléveront tou- jours contre la Nacelle du Sauveur.

2. Second caractére de la Tentation des Difciples, Elle eft portée à l'extrêmité: Et telles font encore quelques fois les Tentations, par lefquelles Dieu éprouve fon Eglife: C'eft ainfi qu'Ifraël, pourfuivi par les Egyptiens, fe trouve enfer- mé d'un côté par une Armée formidable, & par des mon- tagnes inacceffibles, & d'un autre côté par une mer profon- de: Ce qui mit dans la bouche du peuple confterné ces pa- Nomb.
xx. 1. 4. roles, qu'il dit à Moïfe, „ N'y avoit il donc point de fepul- „ cres en Egypte, pour que vous nous amenaffiez dans ce „ Défert, pour y mourir? Que nous avez vous fait, en nous „ tirant d'Egypte? Ne valloit-il pas mieux pour nous, de „ fervir aux Egyptiens, que de mourir dans ce Défert? La Tentation d'Abraham fût de même portée à la derniere ex- trêmité: Ifaac eft lié fur l'autel: Abraham a déja le bras levé

pour

pour l'immoler: La victime n'attend plus que le coup mortel: Telle fût encore la Tentation, à laquelle S. Paul fût
exposé à Ephèse, & qu'il a si bien décrite dans sa II. aux **II. Cor,**
Corinthiens: „ Nous ne voulons pas, M. F. que vous igno- **I. 8.**
„ riez l'affliction, que nous avons euë en Asie: Elle a été
„ si excessive, que nous ne pouvions plus en supporter le
„ poids: Nous avions déja prononcé en nous mêmes la sen-
„ tence de notre mort: Et Dieu l'a permis afin de nous ap-
„ prendre, à n'avoir point de confiance en nous mêmes, mais
„ en Dieu, qui ressuscite les morts. ” C'est là l'ordre de la
Providence: La Tentation est portée quelques fois jusqu'à
la derniere extrêmité.

3. Troisiéme caractére. Dans cette extrêmité le secours du
Ciel paroit suspendu. *Jesus dort,* & dort d'un someil, qu'on
croiroit volontaire, pendant que ses Disciples sont sur le point
de périr: Les yeux du Sauveur, ces deux Astres, qui auroient pû les rassurer, sont cachez. C'est encore ce qui arrive quelques fois à l'Eglise: Le danger ne peut être plus
grand: Elle adresse ses plaintes & ses cris au Seigneur: mais
il ne répond point: Il semble qu'il dorme d'un profond someil, tant il est sourd aux priéres de ses enfans. De là ces
plaintes, qui semblent tenir de la défiance & du murmure. „
„ Nous sommes tous les jours mis à mort pour l'amour de **Pseaume**
„ toi: On nous traite comme des brebis destinées à la bou- **XLIV. 23,**
„ cherie. Pourquoi dors tu, Seigneur? Pourquoi caches **& suiv.**
„ tu ta face? Pourquoi oublies tu notre affliction & notre
„ oppression? ” Ces plaintes sont fréquentes dans les Pseau-
mes. Mais, comme lors que le Pécheur se flatte que la Jus-
tice Divine est endormie, *l'Eternel s'éveille comme un puissant* **Pseaume**
Homme, comme un vaillant Homme, qui jette de grands cris, ayant **LXXVIII.**
encore le vin dans la tête: comme il frappe alors ses Adversaires, **65.**
& les met dans un opprobre éternel: De même la Bonté & la
Puissance Divine, qui sembloient assoupies, se reveillent, ac-
courent au secours des Fidéles, changent en un instant ses
plaintes en actions de graces, & ses cris douloureux en cris
d'allégresse: Car enfin tôt ou tard *le secours vient de l'Eternel,* **Pseaume**
qui a fait le Ciel & la Terre: C'est lui qui garde Israël, & qui **CXXI. 2. 4.**
au fond ne someille jamais.

On n'a pû s'empêcher de donner ici ces réflexions, à la
consolation & à l'encouragement des Fidéles, qui se trouvent dans une longue oppression, & qui ne voyent pas encore venir le secours du Seigneur.

Les Disciples de J. Christ, épouvantez par la grandeur du
péril, voyant la Nacelle prête à s'enfoncer, vont éveiller Jesus,
& lui disent, selon S. Matthieu, *Seigneur, sauvez nous, nous* **Matth.**
R r r 2   *périssons!* **VIII. 25,**

Luc viii. *périffons!* Dans S. Luc, ils lui difent, MAITRE, MAITRE,
24. *nous périffons.* Et dans S. Marc, *Maître ne vous fouciez vous*
Marc iv. *point de nous laiffer périr.*
31.

On voit dans la rélation de S. Luc, toute l'impatience &
la frayeur des Difciples, qui eſt ſi bien marquée par ce cri re-
doublé, MAITRE, MAITRE. Ils craignent que la barque
ne s'enfonce, avant que J. Chriſt ſoit éveillé, & qu'il n'ait
pas le tems de les fauver. Cette circonſtance rappelle l'action
Nomb. de Moïſe, qui ayant frappé le rocher, & n'en voyant point
XX. 10- ſortir d'eau, le frappe une ſeconde fois, ſans penſer que c'eſt
11. le doute, dont il a été agité, qui a rendu le prémier coup
infructueux. Dieu les punit févérement, lui, & ſon frére
Aaron, de ces accès paſſagers d'Incrédulité : *Parce que vous*
ne m'avez pas crû, leur dit-il, *& que vous ne m'avez pas fanctifié*
devant les Enfans d'Iſraël, vous n'introduirez point ce peuple dans
la terre, que je lui donnerai. Les Difciples du Sauveur ſont
agitez d'une défiance pareille. Ils frappent deux fois l'oreille du Seigneur : MAITRE, MAITRE, s'écrient-ils : Mais
Jeſus ne leur impoſa pas une peine femblable, à celle dont
Dieu châtia Moïſe & Aaron. Il leur pardonna la foibleſſe
de leur foi, & ne laiſſa pas de ſe ſervir de leur miniſtère,
pour introduire les Nations dans le Royaume des Cieux.

Il y a quelque choſe de plus fort encore dans la rélation de
S. Marc. La défiance & la crainte ſe ſont tellement emparées
des Difciples du Seigneur, qu'ils oublient le reſpect, qu'ils
lui doivent, & s'emportent juſqu'à l'outrager. Quoi, lui
diſent-ils? Vous dormez, vous goûtez tranquillement le repos, pendant que nous allons être engloutis par les ondes?
Eſt-ce là l'affection que vous devez avoir pour nous, qui a-
vons tout quitté pour vous ſuivre? *Ne vous fouciez vous point*
de nous laiffer périr? Jeſus ſupporte cette injure & la pardonne : Ce ſont des Enfans dans la foi, qu'il faut épargner, &
qui repareront bien dans la ſuite des fautes, qu'ils n'ont com-
miſes que par ignorance & par foibleſſe.

Quoique les Evangeliſtes rapportent diverſement le langage, que les Apôtres tiennent à Jeſus dans cette occaſion,
il n'y pas néanmoins de contradiction entre-eux. Il faut ſe
repréſenter la troupe des Difciples, courant à Jeſus, & dans
la frayeur qui les a faiſis, lui parler les uns d'une façon, les
autres d'une autre : les plus ſages & les plus moderez lui
tenir le langage, que S. Matthieu rapporte : Et les autres moins
circonſpects, moins maîtres de leur frayeur, lui dire ce que
S. Marc & S. Luc racontent. Rien de plus ſimple & de plus
naturel que cette réponfe ; quoique l'on puiſſe fort bien dire,
que l'exactitude des Hiſtoriens facrez, ne va pas toujours
juſqu'à

jufqu'à rapporter les propres paroles. Il fuffit qu'ils en rapportent le fens.

Dans quelque trouble que foyent les Difciples de Jefus, & quoique la crainte ait fort affoibli leur foi, elle ne l'a pourtant pas éteinte. Ils craignent de périr avec lui: *Nous périffons,* difent-ils; mais ils ne laiffent pas d'efpérer en lui; *Seigneur, fauvez nous!* La queftion eft de favoir, comment ils croyoient que Jefus pût les fauver: Car ils ne s'attendent pas à le voir impofer filence aux vents & à la mer: Ce miracle les furprit trop, pour l'avoir prévû. Ils crurent donc feulement que le Seigneur pouvoit obtenir de Dieu leur falut, par la vertu de fes priéres: Un Prophète, un ami de Dieu (car ils n'avoient pas même une jufte idée de la perfonne du Seigneur) peut tout obtenir de lui. Dieu lui refuferoit-il, ce qu'il accorde fouvent aux matelots: *Quand ils crient à l'Eternel dans leur détreffe, alors il les délivre de leur frayeur: Il appaife la tempête: Il la change dans un doux Calme, & les ondes fe tiennent tranquilles.* Ce qui n'arrive pas toujours quand c'eft un homme ordinaire, arrive infailliblement quand c'eft un Jufte, & un Prophète qui le demande. C'eft à cela, fi je ne me trompe, que fe borne l'efpérance des Difciples dans cette occafion Pfaume cvii. 28, 29.

Il eft naturel de rappeller ici l'hiftoire de Jonas, qui a diverfes conformitez avec la nôtre. Jonas veut fuïr la préfence de l'Eternel, pour ne pas exécuter l'ordre, qu'il en avoit reçû, d'aller dénoncer les Jugemens de Dieu aux habitans de Ninive, s'ils ne fe convertiffent pas dans quarante jours. Ce Prophète entre dans un vaiffeau, qui alloit à Tharfe: d'abord il va fe mettre dans le fond, & s'y endort d'un profond fomeil. Une violente Tempête furvient: elle effraye les matelots, qui l'eveillent en lui difant de fe lever, & d'invoquer fon Dieu, afin qu'il les délivre. Jefus dort de même dans la Tempête: mais Jefus fuit fa vocation, & Jonas fuït la fienne; C'eft à Jefus d'être tranquille: L'Innocence peut l'être dans le plus grand péril: C'eft à Jonas de veiller, d'être inquiet, de trembler, lors même qu'il eft loin du danger, puis qu'il eft coupable. Mais la fecurité des pécheurs n'imite que trop fouvent la tranquillité des Juftes: Jonas étant éveillé, un fort divin fait connoître aux matelots, qu'il eft la caufe de la Tempête: Ils le jettent dans la mer, & l'Orage ceffe à l'inftant. Jefus éveillé appaife la Tempête; mais il le fait non comme un fimple Jufte par fes priéres, mais comme le Fils de Dieu par fon commandement: Cependant on le verra bientôt comme un autre Jonas, appaifer la redoutable Tempête de la colere de Dieu contre les pécheurs, en fe jettant lui même dans l'abyme du fépulcre, en fe précipitant dans Jonas 1. 3. & fuiv.

les entrailles de la terre, qui le rendra vivant le troifiéme jour. La mort de nôtre Seigneur, auffibien que fa Réfurrection a été à cet égard *le figne de Jonas.*

^{Matth.} Jefus éveillé commence, felon S. Matthieu, par reprendre ^{vIII. 26.} la timidité de fes Difciples & leur peu de foi, après quoi il ^{Luc vIII.} appaife la Tempête. Mais felon S. Luc & S. Marc, il com- ^{25.} ^{Marc IV.} mença par calmer les vents & la mer, & cenfura enfuite fes ^{40.} Difciples. Au fond ces légéres diverfitez, qui ne font que changer l'ordre des paroles & des actions, ne font d'aucune confequence, & ne donnent aucune atteinte à la fidelité des Hiftoriens facrez. Mais il eft d'ailleurs plus que vrai-femblable, que J. Chrift reprocha d'abord à fes Difciples leur peu de foi, & qu'après avoir calmé l'Orage, il revint une feconde fois à une leçon fi importante & fi néceffaire. Cependant profitons de cette diverfité, pour remarquer une double méthode de la Providence. Quelques fois elle commence par délivrer le Fidéle, & lui reproche enfuite fes foibleffes & fes péchez: Quand le danger eft preffant, il eft de la Clémence de Dieu de commencer par là: Ainfi, quand S. Pier- ^{Matth.} re enfonce dans la mer, & qu'il s'écrie, *Seigneur, fauvez moi.* ^{XIV. 30,} Jefus commence par lui tendre la main, & lui dit enfuite, ^{31.} *Homme de peu de foi, pourquoi avez vous douté?* Mais d'autres fois la Providence commence par reprocher aux Fidéles leurs fautes, & par corriger leur impatience, & leur infirmité: après quoi elle les délivre de leur affliction, & de leurs craintes. Mais fuivons l'ordre de S. Matthieu.

^{Matth.} Jefus étant éveillé, dit à fes Difciples, *Pourquoi craignez* ^{vIII. 26.} *vous, hommes de peu de foi?* Il ne blâme leur crainte, que parce qu'elle a fa fource dans la peritelle de leur foi. Il eft bien vrai que la crainte eft au fond une foibleffe de l'Homme, quand le danger eft préfent. Si Dieu l'a donnée à l'Homme, c'eft pour le prévoir & le prévenir: Elle eft alors un fecours à la Prudence. Mais quand le danger eft arrivé, & que l'on s'y trouve, fans avoir pû le prévenir, alors c'eft pure foibleffe, parce que la crainte ne détourne pas le mal. Cependant cette foibleffe, eft non feulement excufable, mais elle fert à relever la vertu, lorfqu'elle n'abbat pas le courage, & qu'elle ne dégenère pas en lâcheté. Ce qui rend donc la crainte des Difciples moins excufable, c'eft qu'elle vient d'un défaut de foi, dans un tems, où la leur devoit être plus forte & plus vive. Ne viennent ils pas de voir J. Chrift, guérir par fon feul commandement le ferviteur du Centenier, lorfqu'il étoit fur le point de mourir? Combien a-t-il déja fait de merveilles à leurs yeux, en faveur de perfonnes, qui ne devoient pas lui être fi chéres que fes Difciples? Ainfi leur
crain-

crainte peut être comparée à celle des Ifraëlites, qui, après tant de miracles, que Dieu avoit faits en leur faveur, craignent de périr dans les Déferts, dès qu'ils fe trouvent fans pain & fans eau; Ils doutent ou du Pouvoir, ou de la Bonté de Dieu, doutes très-injurieux à fa Providence, & d'autant plus criminels, qu'ils ont eu une infinité de preuves éclatantes de l'un & de l'autre. *Pourquoi craignez vous, Hommes de peu de foi?* ou comme s'exprime S. Marc, *N'avez vous* Marc 15, *point encore de foi?* Après tant de preuves de mon pouvoir & 4°. de mon affection, pouvez vous encore en douter?

Faifons remarquer ici au Fidéle, que la véritable, l'unique fource de la tranquillité, du courage, & de la force, eft la confiance en Dieu. Celles qui ne font appuiées que fur la prudence ou fur la puiffance Humaine, ne font qu'orgueil, témérité, & la fragilité même; Auffi ne fe foutiennent elles pas dans les grandes adverfitez, ou, fi elles femblent fe foutenir, ce n'eft que dans l'extérieur. Le chagrin, la honte, & le défefpoir rongent le cœur, pendant que la fierté fe montre encore fur le vifage & dans les paroles. La force raifonnable, & feule digne d'être eftimée, celle qui n'eft ni férocité brutale, ni vaine gloire, ne peut être fondée que fur l'affiftance & la protection de Dieu; c'eft à dire, fur la Foi, parce que toutes les caufes fecondes, n'ayant de pouvoir & d'activité, que celle qu'il leur prête, elles ne peuvent ni fervir, ni nuire, qu'autant qu'il le veut.

Ici un Lecteur, un peu verfé dans l'ancienne Hiftoire, ne manquera pas de fe fouvenir du fameux mot de Jules Céfar, lors qu'obligé de paffer la mer de Brindes, ou de Calabre, il entre, fe jette inconnû dans une Barque; mais la Tempête ayant contraint le Pilote, de reculer & de regagner le bord; ² *Avance.* lui dit-il en lui montrant les marques de fa Dignité, *Ne crain point, Tu mènes Céfar & fa Fortune,* „tant „ il étoit perfuadé, pourfuit l'Hiftorien, que la Fortune na- „ viguoit avec lui; qu'elle l'accompagnoit dans fes courfes; „ qu'elle étoit à fes côtez dans les combats, & qu'en fa fa- „ veur elle calmeroit les Tempêtes, & changeroit les Hy- „ vers en Etez. " Cette Confiance étoit au fond la Témérité même. Céfar avoit-il lû dans le Livre des Deftinées, qu'il étoit appellé à changer la forme de la République Romaine, à la convertir en Monarchie, & à forcer tous les obftacles, qui s'oppofoient à fes ambitieux projets? Mais que cette confiance eut été raifonnnable, magnanime; qu'elle eut été bien placée dans les Difciples du Sauveur? C'étoit à eux de dire au Pilote, qui gouvernoit la barque, où ils étoient, *Ne crain*

point,

point, Tu mènes le Fils de Dieu, & avec lui la Fortune (fervons nous de ce terme) du Genre-Humain : C'eſt lui qui eſt deſtiné à changer la face du monde, à bannir cette tumul- tueuſe multitude de Maîtres & de Dieux, qui tyranniſoient les Hommes, pour les ſoumettre au ſeul vrai Dieu, qui ayant créé l'Univers, eſt le ſeul qui en ait l'Empire, & le ſeul, qui doit être adoré & obéï : Pourquoi craignez vous, foibles Diſciples du Sauveur ? Pouvez-vous pé- rir, vous qu'il a choiſis, pour être les Miniſtres du ſalut du monde ? Pouvez vous périr avec lui, qui ſeul a le pouvoir de ſauver ? Mais ils ſont encore imparfaits : Le tems vien- dra, où leur foi affermie ſur les promeſſes de Dieu, & ſur la Réſurrection de leur Divin Maître, ils verront ſans s'émou- voir les vents & les mers irritez, je veux dire, les Puiſſan- ces de l'Air, & les Peuples de la Terre.

Après que J. Chriſt eut cenſuré la timidité & le peu de foi de ſes Diſciples, *il menaça les vents & la mer*, diſent les Evangeliſtes ; c'eſt à dire, que d'un ton impérieux & mena- çant, il dit aux vents de s'appaiſer, & à la mer de ceſſer le bruit & l'émotion de ſes vagues, & comme on lit dans S.

Marc IV. 39. Marc, *Tai toi, ſois muette*, c'eſt-à-dire, ſois tranquille. A

Ibid. vf. 39. peine J. Chriſt eut il achevé de prononcer ces mots, que *le vent ceſſa de ſouffler, & qu'il ſe fit un grand calme.*

Si jamais J. Chriſt fit voir ſon autorité ſouveraine, [3] c'eſt dans cette occaſion. Quand les Prophètes veulent caractéri- ſer la Puiſſance abſolue, la Puiſſance infinie du Createur, ils

Pſaume LXV. 8. diſent, qu'*il appaiſe le bruit de la mer, le bruit de ſes ondes.* Ils diſent à Dieu, *c'eſt toi, qui domines ſur les flots de la mer, quand*

Pſaume LXXIX. 10. *ils ſont émus : C'eſt toi, qui abaiſſes ſes vagues lorſqu'elles ſont en-*

Pſaume CVII. 19. *flées.* Et encore, *Il appaiſe les Tempêtes, & les change en cal- me, & les ondes ſe tiennent tranquilles.* Jeſus Chriſt exerce le même Pouvoir ſur les mêmes Elémens, & montre par là d'une maniére ſenſible & invincible, que le Pére lui a confié ſa Toute-Puiſſance, & par conſequent qu'il tient ſa miſſion du Pére.

Un ſi grand miracle ne pouvoit qu'exciter l'admiration de tous ceux, qui en furent les témoins. Auſſi l'Evangeliſte dit-

Luc VIII. 25. il, *qu'ils furent remplis d'étonnement, & qu'ils ſe diſoient les uns aux autres, qui eſt celui-ci, qui commande aux vents & à la mer, & ils lui obéiſſent ?* Il falloit le demander à J. Chriſt lui même : Lui ſeul le pouvoit dire, & tout le monde devoit l'en croi- re, puiſque les œuvres qu'il faiſoit, étoient les preuves évi- dentes & inconteſtables de la vérité de ſon témoignage. Qui eſt celui-ci ? Eſt-ce un Prophète, comme Moïſe ? Il lui reſ-

Heb. III. 3. & ſuiv. ſemble ; mais il agit avec plus d'autorité. Il agit en *Maître*

de

de la maifon, & non en *fimple Serviteur*, comme Moïfe. Eft-
ce un Prophète, comme Jofûé? Il lui reffemble. Jofûé commande au Soleil de s'arrêter, & le Soleil s'arrête: Mais il y
a cette difference, que Jofûé demanda cette grace à Dieu: *Il* ^{Jof. x.}
parla à l'Eternel, dit l'Ecriture; au lieu qu'on ne voit point
ici, que Jefus ait parlé à Dieu, & l'ait prié d'impofer filence aux vents & à la mer. Il s'éveille, & à l'inftant il les appaife, & par fa parole. Eft-ce un Prophète comme Elie? ^{1. Rois}
Il lui reffemble encore. Elie ouvre & ferme le Ciel: Il fait
venir la féchereffe & la pluye; mais cet Elie *étoit un Homme*, ^{Jaq. v.}
fujet aux mêmes affeétions que nous: Tout ce qu'il opére de merveilles fe fait en vertu de fes prieres, au lieu que l'on ne voit
point, que J. Chrift ait prié. Il y a ici plus que Moïfe,
plus que Jofûé, plus qu'Elie: C'eft un Prophète, il eft vrai:
mais ce Prophète eft *le Fils unique de Dieu*, titre, qui n'a été
donné ni aux Prophètes, ni aux Anges: C'eft là cet auguf-
te Nom, devant lequel il faut que tout plie, que *tout fléchiffe* ^{Phil. 11.}
les genoux, tant dans le Ciel, que fur la Terre. Il y a cette difference entre les Prophètes & le Fils de Dieu, que les Miracles operez par les prémiers, étoient bien les effets de la Puiffance Divine; mais cette Puiffance ne fe prêtoit à leurs vœux,
que lorfque Dieu le jugeoit à propos. Il n'en eft pas de même de J. Chrift. Dieu lui a confié fa Puiffance, pour en
ufer felon fa volonté, parce qu'elle eft toujours conforme à
celle de fon Pére. On en peut juger par ces mots: *Comme le* ^{Jean v.}
Pére a la vie en lui-même, il a auffi donné au Fils d'avoir la vie en
foi même, afin de vivifier ceux qu'il veut.

 C'eft ainfi, c'eft par des Miracles fi inimitables, fi propres
à Dieu, que J. Chrift a juftifié fa Miffion Divine, & par confequent fa Doétrine. Nulle autre forte de Preuves ne convenoient, ni à la Dignité de fa Perfonne & de fon Miniftére, ni à la Religion qu'il enfeignoit, ni aux Hommes, qui
devoient la recevoir, ni à la pleine certitude de foi, avec laquelle elle doit être reçuë, ni enfin aux Promeffes & aux Menaces, qui appuient l'obfervation de fes Commandemens. C'eft
par cette réflexion, qu'on va finir ce Difcours.

 Nous difons donc 1, que nulle autre forte de preuves, ne
convenoit à la Dignité de la Perfonne & du Miniftère du
Fils de Dieu. Les preuves de raifonnement font bonnes entre des égaux; mais elles ne font pas dignes du fouverain
Maître du monde; qui ne peut, ni ne doit compromettre
fon autorité avec fes créatures, ni s'expofer à la contradiction. Nous difons en 2. lieu, que nulle autre forte de preuves, ne convenoient à la Réligion Chrétienne. C'eft une
Réligion émanée de Dieu: Elle fe donne pour telle: Il faut

qu'elle foit confirmée par des preuves divines. C'eſt Dieu, qui commande; Il faut pour en convaincre, qu'il agiſſe, & que ſes volontez ſoyent marquées du Sçeau de ſa Puiſſance. Nous diſons en 3. lieu, que nulle autre ſorte de preuves, ne convenoient aux Hommes, qui devoient recevoir cette Réligion. Quand il feroit digne de Dieu, de ſe ſervir de preuves de raiſonnement, elles ne ſont pas à la portée de tous les Eſprits. Il faut poſer des Principes, en déduire des Conſequences. Or pour juger de la certitude des Principes, & de la juſteſſe des Conſequences, il faut un certain degré de lumiére, que la plûpart des Hommes n'ont pas, & une attention, dont très peu ſont capables. Nous diſons en 4. lieu, que nulle autre ſorte de preuves ne conviennent à la pleine certitude de foi, avec laquelle la Réligion Chrétienne doit être reçuë. Les raiſonnemens Humains n'ont qu'un certain degré d'évidence, qui ne peut forcer à l'acquieſceinent, lorſqu'il s'agit de véritez, qui ne ſont pas ſuſceptibles de Démonſtrations. L'Expérience n'apprend que trop, combien les Hommes ſont ingénieux à inventer des difficultez, quand ce qu'on leur propoſe de croire & de faire, eſt combattu par les inclinations du cœur. L'Eſprit eſt eſclave du cœur, où réſide le ſentiment; Et dans la plûpart des Hommes, c'eſt le ſentiment qui décide. Nous diſons enfin, que nulle autre ſorte de preuves, ne convenoient aux Promeſſes & aux Menaces, qui appuient les Commandemens de J. Chriſt. Ces promeſſes & ces menaces ſont dans l'avenir, mais dans un avenir, qui eſt au delà de la mort & du tombeau, qui ſemblent être pour l'Homme les bornes de toutes choſes. Malgré tous les raiſonnemens, que les Philoſophes ont inventez, pour prouver l'immortalité de l'Ame, & par conſéquent une vie à venir, ces véritez ne ſont elles pas encore un Problême pour une infinité d'Eſprits, qui paroiſſent aſſez libres de paſſions, & ne ſont elles pas de pures illuſions pour des Eſprits plus hardis, & eſclaves de leurs affections charnelles ? En un mot, la Réligion du Sauveur étant une Réligion Divine, elle demandoit des preuves Divines, & il n'y en a point d'autres que les Miracles.

On a crû devoir faire ici cette réflexion, à l'occaſion du grand Miracle, que J. Chriſt opéra ſur la mer de Galilée, & de l'admiration, qu'il cauſa à tous les ſpectateurs. On n'y reviendra pas dans la ſuite.

D I S.

Matth. VIII. 28.

Δαιμονιζόμενοι ἐκ τῶν μνημείων ἐξερχόμενοι. DAEMONIACI E MONUMENTIS PRODEUNTES.

The possessed with Devils coming out of the tombs. Les Démoniaques sortans des Tombeaux.

Die besessenen Kommen aus den gräbern. De Bezetenen uit de Graven.

A. Alebrecht del.

C. de Bron sculp.

DISCOURS XXV.

Deux Démoniaques sortant des sépulcres, vont au devant de Jesus, & sont délivrez des Démons. MATTH. VIII. 28-34. MARC. V. 1-20. LUC. VIII. 26-39.

N a donné dans les anciens tems le glorieux titre de SAUVEURS à ces Ames généreuses, qui 'exposoient leur vie pour purger la Terre de Brigans, délivrer les Peuples de leurs Tyrans, & détruire des Animaux feroces, qui défoloient des Contrées entiéres. Mais, si jamais quelqu'un mérita un si beau titre, c'est le Fils de Dieu, qui, sans parler du sacrifice de lui-même, par lequel il a expié les péchez du monde, employa toute sa vie à guérir les hommes des maladies du Corps & de l'Ame, & à purger la Terre des Démons, qui infestoient le Genre-Humain. Nous en avons déja vû un exemple, dans l'Esprit impur que J. Christ chas. sa, & nous en allons voir un autre dans ce Discours, où nous avons à considerer deux malheureux, que le Seigneur délivra des Démons furieux, qui les tourmentoient.

Disc. XXII.

Après avoir calmé la Tempéte, Jesus aborda avec ses Disciples, *dans le païs des Gergeseniens.* S. Marc & S. Luc, disent *des Gadareniens.* C'est la même contrée, dans laquelle étoient ¹ les deux Villes de *Gerasa,* ou *Gergesa,* & de *Gadara,* & qui fait que les Habitans étoient nommez, tantôt *Gergeseniens,* & tantôt *Gadareniens;* mais plus souvent *Gadareniens,* parce que *Gadara* étoit la principale. Ces deux Villes avoient été autrefois du partage de la *demie-Tribu de Manassé.* Les Juifs les avoient possedées; mais ² Pompée les leur enleva, & les déclara Villes Grecques. Il ne laissoit pas d'y avoir des Juifs, mêlez avec les Payens.

Matth. VIII. 28.
Marc v. 1.
Luc VIII. 26.

A peine Jesus eut il mis piéd à terre, *qu'il vint à lui deux Possedez, sortant des sépulcres, où ils faisoient leur demeure.* C'est ce que dit S. Matthieu. Mais S. Marc & S. Luc ne font mention que d'un seul, & S. Luc en particulier ajoute, *qu'il étoit de Gadara.* Cette diversité ne doit faire aucune peine. Ces deux derniers Evangelistes n'ont parlé que de celui, qui étoit le plus furieux, qui déclara qu'il étoit possedé d'une Légion de Démons, & qui dans la suite voulut suivre Jesus.

Matth. VIII. 26.
Marc v. 2. Luc VIII. 31.
Luc ibid,

Ttt 2   II

Il arrive souvent que le principal Personnage d'une scéne, attire toute l'attention de l'Historien, & fait disparoître les autres. Cet homme se rendit remarquable, parce que n'ayant pû obtenir la grace d'accompagner Jesus, il alla de tous côtez publier le miracle que le Seigneur avoit opéré en sa faveur. Ces observations lévent tous les scrupules. Combien de semblables differences dans les meilleurs Historiens?

Nos trois Evangelistes témoignent, que ce Démoniaque, ou ces Démoniaques, faisoient leur demeure dans des Sépulcres: Ces Sépulcres, qui étoient situez hors des Villes parmi les Juifs & parmi les Romains, étoient dans la Syrie des Grottes creusées dans le roc, comme on le voit par les sépulcres de Lazare & de Jesus. Peut-être que ceux, qui servoient de retraite à ces miserables, étoient vuides & abandonnez. Comme ils ne pouvoient demeurer exposez aux injures de l'air, & que personne ne vouloit donner retraite à des Furieux, ils alloient se réfugier dans ces cavernes solitaires.

S. Marc & S. Luc, qui, comme on l'a dit, ne parlent que d'un seul Démoniaque, ajoutent quelques particularitez touchant cet homme, qui ne sont pas dans S. Matthieu. S. Luc dit, *qu'il étoit possedé du Démon depuis longtems, qu'il ne portoit point d'habit, qu'ayant été souvent lié de chaines, & ayant des fers aux piés, il avoit brisé tous ses liens, & que le Démon l'entrainoit dans les Deserts.* S. Marc dit aussi, *qu'on ne pouvoit le domter, qu'il couroit jour & nuit par les montagnes & se meurtrissoit avec des cailloux.* Ce sont là les symptomes d'une violente manie: Nous verrons dans la suite, si on peut la regarder comme une maladie naturelle.

Comme ce miserable & son compagnon se dechiroient eux-mêmes, ils se jettoient aussi sur les passans, *de sorte que personne n'osoit passer par ce chemin-là.* Cela n'empécha pas Jesus d'y venir, quoiqu'il ne fût accompagné que d'un petit nombre de ses Disciples: Mais il porte avec lui des chaines, que tous les Démons ne sauroient rompre, se présente seul, les humilie & les fait trembler. Aussi dès que ces Démoniaques eurent apperçû Jesus, *ils sortirent de leurs sépulcres, coururent à lui, & l'adorèrent,* c'est-à-dire, *se jettèrent à ses piés,* comme s'exprime S. Luc. On voit ici un exemple de ce qui arrive à des Tyrans cruels & superbes, quand ils sont obligez de paroitre devant leur légitime Souverain. Leur fierté les abandonne: Ils sont humbles, rampans, timides: Effet naturel de la mauvaise Conscience, quand elle est désarmée. C'est ce qui sert à réléver l'humiliation extérieure du Seigneur. Lors qu'il semble le plus abaissé, il laisse échapper, pour ainsi dire, des marques de sa Grandeur & de son Pouvoir. Ce
fut

Luc viii.
27. Marc
v. 3.
Matth.
viii. 28.

Marc v.
4, 5.
Luc viii.
27, 28,
29.

Matth.
viii. 28.

Marc v.
6.
Luc viii.
28.

fut ainſi que lorſqu'il ſe livra aux ſoldats, qui le cherchoient, pour le conduire devant le Tribunal des Juifs, il leur fit ſentir qu'il étoit leur Maître, & non leur Captif, & qu'ils n'avoient de pouvoir ſur ſa perſonne, qu'autant qu'il vouloit bien leur en donner. Dès qu'il leur eut dit, C'EST MOI, *Jean* *ils reculent & tombent par terre.* Ce n'eſt pas l'horreur d'attenter à la perſonne du Juſte, qui les effraye: C'eſt une frayeur divine, qui tombe ſur eux: La même choſe arrive aux Démoniaques de Gadara: Des chaînes inviſibles les traînent aux piéds de Jeſus. Il ſemble qu'à ſon aſpect leur fureur devoit les porter à ſe jetter ſur lui, ou s'ils ſont ſaiſis de crainte, à s'enfoncer dans leurs ſépulcres, ou à fuir ſur les montagnes, & à ſe cacher dans les antres des rochers. L'un ou l'autre fut arrivé, ſi une Puiſſance ſecréte ne les eût retenus. Mais les Démons ſavent bien, qu'il n'y a point d'endroit, où ils ſoyent à l'abri du Pouvoir du Seigneur, & que celui qui peut les envoyer dans l'Abyme, pourroit les en tirer, pour aggraver leurs ſupplices. Il ne leur reſte donc de reſſource, que celle de tâcher de le fléchir. C'eſt pourquoi ils vont au devant de Jeſus, & *s'écrient* proſternez à ſes piéds, *Qu'y a-t-il entre vous & nous, Jeſus Fils de Dieu,* & comme *Matth.* il y a dans S. Marc, *Fils du Dieu Très Haut.* Le titre de *Marc v,* *Très Haut,* que les Juifs donnoient au vrai Dieu, étoit bien connu des Payens, qui le qualifioient auſſi de la ſorte.

On a déja expliqué ailleurs cette expreſſion Hebraïque, *Qu'y* *Dans la* *a-t-il entre vous & nous?* C'eſt-à-dire, *Que vous avons nous* *Diſc.* fait? En quoi vous avons nous offenſé? Ils font leur apologie, & leurs excuſes au Sauveur. Le païs, où nous ſommes n'appartient point aux Juifs: Les Hommes que vous tourmentons ne ſont point de vôtre race: Ce ſont des Payens, des Idôlatres: Quel intérêt prenez-vous à eux? Ce ſont d'ailleurs des Hommes vicieux, qui ne ſont pas dignes de vôtre miſéricorde. Et pour gagner Jeſus, les Démons ajoutent, *Vous êtes le Fils du Dieu Très Haut.* Nous reconnoiſſons vôtre Dignité ſouveraine: Allez porter vôtre indignation ſur ceux qui la nient, ou qui la rejettent: Mais épargnez ceux qui vous confeſſent, & qui vous adorent. Enfin, ajoutent ils, *êtes vous venu ici,* c'eſt-à-dire, dans cette contrée, qui eſt hors de la Judée, *pour nous tourmenter avant le tems:* Vous *Matth.* ſiéroit il bien, à vous qui êtes le Miniſtre de la Grace de Dieu, *VIII. 29.* de hâter les tourmens des miſérables?

Il y a dans S. Luc, *Je vous prie de ne me pas tourmenter:* Et *Luc VIII.* dans S. Marc, *Je vous conjure de la part de Dieu, de ne me pas* *Marc v.* *tourmenter,* c'eſt-à-dire, de ne me point précipiter dans les tourmens avant le dernier Jugement.

Vol. V.   V v v   On

On voit là que les Démons n'ignoroient pas, que leur condamnation est résoluë, & qu'ils ne sauroient l'éviter. *Dieu,* dit St. Pierre, *n'a point épargné les Anges, qui avoient péché: Il les a précipitez dans les Enfers, & les a liez de chaînes d'obscurité, afin d'y être gardez en attendant le Jugement.* Ces Enfers, ou ce *Tartare*, comme il y a dans le Grec, n'est autre chose, que les airs, qui environnent nôtre monde, dans lesquels Dieu a précipité les mauvais Anges, & d'où ils ne peuvent sortir. Ceux-ci ne demandent point à Jesus de leur faire grace: Ils savent qu'il n'y en a point pour eux; Et c'est ce qui rend leur conversion impossible. Ces Esprits, tournez du côté du mal par une habitude invéterée, & par le plaisir qu'ils y trouvent, pourroient néanmoins, comme tous les Etres intelligens & libres, se corriger insensiblement, & se rapprocher du côté du Bien, d'où ils se sont éloignez, si Dieu leur laissoit quelque espérance de grace. Mais lorsqu'il n'en reste point à la Créature, il est naturel que le desespoir irrite sa méchanceté, qu'elle haïsse un Maître, qui est inexorable, & que ne pouvant s'en venger sur lui, elle s'en venge sur ses Créatures.

Ces Démons étant bien persuadez, que J. Christ ne les laisseroit pas en possession des malheureux, qu'ils obsedoient ils tâchèrent au moins d'obtenir, qu'il ne les envoyât pas dans l'Abyme. C'est une particularité, que S. Luc seul a rapportée. *Abyme* est proprement un lieu très profond, & qu'on ne peut sonder. La matiére du monde, lorsqu'elle n'étoit qu'un Cahos informe & immense, est appellée *Abyme*: Les mers sont souvent nommées les *Abymes* dans l'Ecriture à cause de leur profondeur. Ici *l'Abyme* n'est autre chose qu'un lieu de supplices & d'obscurité, comme on le voit dans l'Apocalypse. A l'égard de la situation de ce lieu, elle est tout à fait inconnuë, & l'on ne peut en parler sans témérité. Nous laissons sans regret les conjectures incertaines de ces Esprits, qui *s'ingèrent dans les choses, qu'ils n'ont point vuës,* aussi bien que les Décisions hardies de ces Esprits ambitieux, qui croyent, que leur Autorité doit suppléer à l'évidence.

J. Christ n'étant pas venû pour juger le monde, il ne devoit pas avancer les supplices des Démons. La Providence, qui les tient renfermez dans notre monde, les y laissera jusqu'au dernier jour, pour être les instrumens de ses justes Jugemens. Ils y demeurent comme la Mort & les Maladies, & ils y sont tolerez tant qu'il y aura des Pécheurs à corriger & à punir. Quand Dieu aura fait la séparation de l'Yvroye & du bon grain: Quand les vices & les vertus, les biens & les maux ne seront plus mêlez, alors les Démons seront

éter-

II. Pier.
II. 4. &
Jud. vI.6.

Luc VIII.
31.

Gen. I.
2.

Apoc. xx.
3.

Col. II.
II.

éternellement féparez des bons Anges, comme les Juftes
le feront des Méchans: Auffi les Démons n'eurent pas de
peine à obtenir de Jefus, la grace qu'ils lui demandoient,
de ne les pas envoyer dans l'Abyme.

Avant que de leur ordonner abfolument, de fortir des
miférables, qu'ils tourmentoient, Jefus demanda au plus fu-
rieux, *quel étoit fon nom?* A qui s'adreffe cette Queftion? ^{Luc viii.}
Eft-ce à l'Homme, ou au Démon? Il pouvoit demander à
cet homme, quel étoit fon nom? Mais l'ignore-t-il? Et de
quelle utilité cela peut il être? Si c'eft au Démon, qu'il le
demande, les Démons font ils diftinguez par des noms? Il
eft vrai que depuis la Captivité, les Juifs commencèrent à donner des noms propres aux Anges & aux Démons. Ils avoient
appris cette fcience des Chaldéens, ou des Perfans. J. Chrift
auroit pû fe prêter à cet ufage, fans l'autorifer. Mais le deffein du Sauveur eft évidemment de faire voir, jufqu'où le
Démon, qu'il interroge, portoit fon arrogance & fon info-
lence: Car il répondit à J. Chrift, *Je m'appelle Légion, par-* ^{Luc viii.}
ce que nous fommes plufieurs. ³ Les Légions Romaines étoient
compofées de fix mille hommes. Eft-ce donc que cet orgueilleux Démon fe vantoit d'être dans ce miférable à la tête de
fix mille autres Démons, dont il étoit le Chef? ⁴ Il y a effectivement *des Légions de Démons,* auffi bien que *des Légions* ^{Matth.}
d'Anges: mais qui croiroit qu'une Légion de ces malins Ef-
prits réfide dans un feul homme? En faut il tant pour le tourmenter? Cependant il paroit par l'hiftoire de Marie Madelai-
ne, rapportée en paffant par S. Luc, que J. Chrift avoit chaf- ^{Luc viii.}
fé de cette femme fept Démons, ce qui marque qu'il peut y
en avoir plufieurs dans une feule perfonne, foit que le nombre de *fept* foit mis pour plufieurs en général: Car on ne
peut avancer avec certitude, comme quelques Interprêtes le
font, que l'Evangelifte ait mis *fept Démons* pour dire, *fept*
vices capitaux, ou *fept maladies extraordinaires.*

Mais fi l'on prend à la lettre les paroles de l'Evangelifte,
il en refulte une abfurdité apparente: Car un Démon ne fuffit il pas, pour tourmenter un feul Homme? Et comment
eft-ce que des Efprits, naturellement méchans, & entre lefquels la Difcorde doit être, parce qu'elle eft inféparable des
Paffions mal faifantes, pouvoient s'être accordez à s'emparer
d'un feul Homme, & à y réfider enfemble? On pourroit
dire que le Démon étant fuperbe & menteur, fe glorifie d'a-
voir avec lui un grand nombre de Satellites. L'Orgueil n'eft
gueres moins fertile en menfonges, que l'Interêt & la Malice.
Il étoit feul, & il veut faire croire, qu'ils étoient plufieurs.
Ce qui confirmeroit cette penfée, c'eft que S. Luc fuppofe

qu'il

qu'il eſt ſeul, quand on lui parle, *Il commandoit*, dit S. Luc, *à l'Eſprit impur:* Il ne dit pas *aux Eſprits impurs*: Et dans la ſuite, Jeſus ne dit pas, *Quel eſt vôtre nom*, au pluriel, mais *Quel eſt ton nom*, au ſingulier. Or il n'ignoroit pas, qu'ils étoient pluſieurs, s'ils l'étoient effectivement. Mais la ſuite de la rélation de S. Luc confirme, que le Démon diſoit la vérité, & qu'en effet ils étoient pluſieurs, comme on le voit dans les vſ. 31, 32, & 33. Auſſi S. Luc a-t-il dit, en parlant du Démoniaque, non *qu'il avoit un Démon*, mais ⁵ *qu'il avoit des Démons*. Si J. Chriſt adreſſe la parole à un ſeul, c'eſt qu'il parle au Chef: Car il y a de la ſubordination entre les Démons.

Tout cela ne feroit aucune peine, ſi l'on ne vouloit pas juger, de ce que l'on ne ſait que par la Révélation. Les Démons étant inviſibles, nous ne pouvons rien ſavoir de ce qui les concerne, de leur nombre, de leur nature, de leurs qualitez, de leurs opérations, que par la Révélation. Il n'appartient de nous en inſtruire qu'à un Eſprit ſupérieur, qui les peut connoitre. Les Anciens Philoſophes en ont parlé, & il eſt vraiſemblable, que les prémiéres connoiſſances qu'ils en ont eües, venoient de la Révélation. Ils n'ont point eu de peine à les admettre, parce qu'il n'eſt nullement vraiſemblable, que les Hommes ſoyent la ſeule Eſpéce d'Etres Intelligens, qu'il y ait dans le monde, & qu'il y auroit une témérité infinie à décider, que pour penſer & pour agir, il ſoit néceſſaire d'avoir un corps organiſé, comme le ſont les nôtres. ⁶ Quant à l'origine des Démons, ils ont crû, au moins pluſieurs, que ce n'étoient autre choſe, que les Ames Humaines ſéparées des Corps: Que celles des Gens de bien, deviennent de bons Génies, & * celles des Méchans, de mauvais Génies, ou des Démons, comme l'Ecriture les nomme: Et comme cette opinion eſt ſi ancienne, qu'on ne ſauroit en marquer l'origine, elle eſt une preuve, que l'opinion de l'immortalité de l'Ame, eſt auſſi très ancienne. Quoi qu'il en ſoit, nous nous en tenons à la Révélation du Sauveur, qui porte des caractéres ſi lumineux de vérité, & nous ne pouvons regarder qu'avec autant de mépris que d'horreur, ces Hommes téméraires & profanes, qui oſent s'élever contre les Miracles de J. Chriſt, & traiter inſolemment des véritez, qu'ils doivent adorer: Malheureux, ils ſont poſſedez de pluſieurs Démons, & fuient Jeſus, qui pourroit les en délivrer.

Les

---

* L'Hiſtorien Joſeph l'a cru ainſi, comme on le voit par ce qu'il dit, dans le livre VII. de la Guerre des Juifs: τὰ γὰρ καλούμενα Δαιμόνια ταῦτα δὲ πονηρῶν ἐστιν ἀνθρώπων πνεύματα. De Bell. Jud. lib. VII. c. VI. §. 3. Edit. Hav. Ce n'eſt pas la ſeule opinion Payenne, adoptée par cet Hiſtorien.

Les Démons ne pouvant reſiſter au Fils de Dieu, qui leur commanda de ſortir des poſſedez, *le priérent de leur permet-* Luc viii, *tre, d'entrer dans un grand troupeau de pourceaux, qui paſſoient* 31. *ſur la montagne.* S. Marc a remarqué, qu'il y en avoit bien Marc v, *deux mille.* Jeſus ayant accordé aux Démons leur demande, 13. ils entrèrent dans ces pourceaux, qui devenus furieux, ſe précipitèrent tous de la montagne dans la mer, & périrent dans les eaux.

Il faut faire ici une obſervation, qui ſert à faire entendre les Auteurs ſacrez. Dans S. Marc les Démons diſent à Jeſus, *Envoyez nous dans ces pourceaux.* J. Chriſt ne les y envoya Ib. vſ.11, point; mais il leur *permit* d'y entrer, comme S. Matthieu, S. Matth. Luc, & S. Marc lui-même, le diſent expreſſément. Dieu Marc v. *permet* le mal: Il ne le commande pas: Il n'en eſt la cauſe, ou Luc viii, l'Auteur, qu'autant qu'il ne veut pas l'empêcher; Et quoi que l'Ecriture employe quelques fois des termes, qui ſemblent marquer une action de la part de Dieu, ils n'expriment dans le fonds qu'une ſuſpenſion d'action, ou une ſimple permiſſion.

Cette permiſſion du Sauveur, n'a pas laiſſé de fournir aux Adverſaires de la Réligion Chrétienne, un prétexte de le calomnier: Il fait une œuvre de charité, en délivrant les Poſſedez; mais il fait une injuſtice en cauſant une perte conſidé-rable à des gens, qui ne l'avoient point offenſé, & ce qu'il y a de plus étrange, il la fait à la requête des Démons. Irri-tez de ce qu'il les chaſſe, il leur permet de s'en vanger ſur des animaux, & ſur ceux à qui ils appartiennent.

On répond prémiérement, que l'on doit ce reſpect aux Grands Hommes, de ne pas juger légérement de leurs ac-tions, ſurtout lorſqu'ils n'en expliquent pas les motifs. Cette maxime eſt non ſeulement de la Prudence: Elle eſt de l'E-quité. La Bonté, la Charité, éclattent partout dans la con-duite du Sauveur, & s'il a parû quelques fois s'en écarter, il faut qu'il en ait eu des raiſons ſecrettes: Peut-être même, que ce qui ſemble Sévérité, Injuſtice, n'a ſa ſource que dans ſa Bon-té. Secondement, ſi ceux à qui ces pourceaux appartenoient, étoient des Juifs, ils furent [7] très coupables, en violant une Loi de leurs Maîtres, & en donnant un extrême ſcandale à leurs Fréres: Or il eſt très probable, qu'il y eut aumoins des Juifs intéreſſez à un commerce, très odieux à la Na-tion. L'Avarice eſt une des plus contagieuſes maladies du Genre-Humain, & elle eſt fort invétérée dans la Nation Ju-daïque. En troiſiéme lieu, ſi les Maîtres de ces animaux étoient des Payens, J. Chriſt les punit juſtement des inſul-tes, qu'ils faiſoient aux Juifs, ces Infidéles ne ceſſant de leur faire de profanes railleries ſur leur ſcrupule, juſqu'à dire,

qu'ils regardoient les pourceaux [8] comme des Dieux, puisqu'ils n'ofoient, ni les immoler, ni en manger.

On n'alleguera point l'ingratitude de ces Gens-là, qui, au
lieu de recevoir Jefus dans leur Ville, & de le prier, comme
les Samaritains de Sichem, d'y demeurer quelques jours, le
prièrent au contraire *de fe retirer de leur païs*. La Providence
leur envoye un Prophète, qui commande aux Démons, &
qui en délivre leur Concitoyens, qui guérira leurs maladies,
qui leur enfeignera le Culte du vrai Dieu, & les voyes du Salut, & ils le renvoyent & le rejettent, parce qu'il permet aux
Démons, de faire périr leurs pourceaux. On n'infiftera que
fur cette feule confidération: C'eft que Jefus, étant un miniftre de la Puiffance divine, il exerce l'autorité de Dieu fon
Pére: Et Dieu n'eft-il pas le Maître abfolu des biens de la
terre, pour les ôter & les donner à qui il lui plait, fans qu'aucune créature puiffe lui en demander les raifons? Les Troupeaux, qui paiffent *fur les montagnes*, ne font ils pas à lui,
comme à l'unique fouverain de l'Univers? Il eft l'unique
Proprietaire du monde: Les Hommes en ont l'ufufruit par
fa grace, & il n'appartient qu'à lui d'en difpofer.

Ceux qui paiffoient les pourceaux, ayant vû le Prodige,
qui venoit d'arriver, s'enfuirent, & l'allèrent raconter à *Gadara*. Les Habitans fortirent en foule, & virent avec étonnement le plus furieux des deux Démoniaques, *vêtû, tranquille, & affis aux piéds de Jefus*. Ce miracle, qui devoit attirer non feulement leur admiration, & leur refpect, mais leur
amour, n'excite en eux que la crainte. Des Hommes vicieux
& criminels tremblent à la vûë de la Vertu, quand elle eft accompagnée du Pouvoir. Ils l'outrageroient, fi elle étoit feule; mais lorfqu'elle eft revêtuë de la Puiffance, ils la redoutent
& la fuient. Jefus fe retira en effet du païs des Gadareniens.
Ils n'étoient pas dignes qu'il s'y arrêtât; mais le Démoniaque
délivré, ne pût fe réfoudre à s'éloigner de fon Liberateur. Peut-
être craint-il que le Démon, que Jefus a chaffé, ne revienne
le tourmenter? Peut-être touché, pénétré de la grace, que
Jefus lui a faite, fouhaite-t-il de vivre & de mourir avec lui?
Le Seigneur ne jugea pas à propos, de lui accorder cette grace. *Retirez vous chez vous*, lui dit-il, *auprès de vos parens, &
leur annoncez la grace que vous avez reçue du Seigneur, & la miféricorde qu'il vous a faite.* Il s'en alla, & publia dans la Décapole, les chofes que Jefus avoit faites en fa faveur, & tout le monde en étoit dans l'admiration. La Décapole étoit un païs appellé de la forte, parce qu'il contenoit dix Villes.

Après avoir expliqué cette hiftoire, on doit à l'édification
publique quelques réflexions fur le Miracle, qu'elle contient.

On

On ne rapportera pas, ce que certains Efprits profanes ont ofé dire & publier là-deſſus de notre tems : C'eſt leur faire grace, de les traiter comme des Inſenſez. Quel projet, je ne dirai pas, plus impie, mais plus fou, que celui de convertir en allégories les Miracles du Sauveur, & de les expliquer comme autant de Fictions myſtiques ? Prétendre enſuite appuier de l'autorité des Péres, un ſyſtême ſi faux & ſi abſurde, c'eſt l'entrepriſe d'un inſigne Menteur, ou d'un Homme, qui mérite la prémiére place aux petites maiſons. Les Péres, qui ont allégoriſé les hiſtoires de l'Ecriture, n'ont pas voulu en détruire le ſens litteral. Ils l'ont ſuppoſé, & conſiderant enſuite les faits ſous une autre face, ils leur ont donné des ſens moraux & myſtiques : Ce ſont des Miracles très réels, mais ils ſont auſſi quelques fois figuratifs, & ſymboliques : C'eſt tout ce qu'ont dit les Péres: Et il y a une extrême impudence, & une extrême infidélité à abuſer de leurs explications, pour anéantir la réalité des Miracles de J. Chriſt. On laiſſe donc un ſyſtême ſi profane, qu'il ne ſauroit être approuvé que par des Gens, ſans foi, ſans réligion, & ſans candeur.

Mais il y a des perſonnes, qui ont du Savoir & de la Réligion, à qui cette Hiſtoire a fait de la peine, & qui ont crû que les Démoniaques guéris par J. Chriſt, n'étoient au fond que des foux & des furieux. On a déja dit ailleurs ce que l'on penſe de leur opinion ; mais on eſt obligé d'y revenir ici, parce que nôtre hiſtoire eſt une de celles, qui paroiſſent les plus incroyables, ſi on l'entend à la lettre. Ecoutons ces Savans: Ils le méritent, puiſque leur deſſein eſt plûtôt de juſtifier la Réligion, que de la détruire.

Voy. le Diſcours XXII.

Ils diſent donc, que [9] ces prétendus Démoniaques, n'étoient au fond que cette eſpéce de Foux, que l'on appelle *Lycanthropes* qui croyent être Chiens, Chats, Loups-garoux ou même avoir des commerces charnels avec les Démons : Que J. Chriſt, qui n'a pas eu deſſein, de guérir les hommes des Erreurs populaires, s'eſt prêté à des préjugez, reçus parmi les Payens, & parmi les Juifs. Les Payens avoient leurs Démoniaques : Croyant que les Démons ne ſont que des Ames Humaines, ſéparées des corps, [10] ils croyoient auſſi que les Ames des Méchans, devenoient de mauvais Démons, & que c'étoient ces Ames, qui s'emparant des Corps des Vivans, les rendoient furieux. [11] Les Juifs étoient dans la même Erreur : Ils croyoient que certains vices & certaines maladies, étoient les effets de la préſence du Démon, dans ceux qui s'abandonnoient à ces vices, ou qui étoient affligez de ces maladies: Cela ſuppoſé, on dit, que ces deux Hommes, élevez dans ces idées, ont crû qu'ils étoient poſſedez de pluſieurs

Dé,

Démons: Qu'étant robuftes, & la fureur redoublant leurs
forces, ils ont pû brifer leurs chaînes: Quaiant ouï dire, que
Jefus chaffoit les Démons, ils craignent qu'il ne veuille les
précipiter dans l'Abyme, avant le jour du Jugement: Ce qui
les oblige à aller à lui, & à tâcher de le fléchir: Que le Seigneur,
qui n'ignoroit pas que ces malheureux, étoient des malades
d'Imagination, fe prête à leurs idées, afin de les guérir: Il
les traite comme des cerveaux foibles, que l'on ne peut effectivement guérir, que par la condefcendance: Que c'eft pour
cela que Jefus les interroge, & qu'il leur accorde leur demande, d'entrer dans des pourceaux, afin que voyant leur fureur
paffer dans ces animaux; qui fe précipitent dans la mer, ils
foyent perfuadez de leur guérifon: Qu'au fond le Miracle
n'en eft pas moins grand, il eft feulement d'un autre ordre.
Il ne confifte plus à chaffer des Efprits malins, mais à guérir par une feule parole, une fureur qui fembloit incurable,
& à la faire paffer tout d'un coup dans d'autres Corps.

Voilà ce que difent des perfonnes, dont on ne peut qu'eftimer le favoir & les intentions, puifqu'ils ne fe propofent
pas d'exténuer les Miracles de J. Chrift, mais de les rendre
plus probables, & d'ôter à des Incrédules des prétextes d'incrédulité. Il faut auffi convenir que ce fyftême, a quelque
chofe de fort fpécieux: Mais s'il lève des fcrupules, il en fait
naître d'autres, & au fond il eft bâti fur des fuppofitions,
qui n'ont rien de certain, & qui ne s'accordent pas bien avec
les rélations des Evangeliftes.

1. On fuppofe que J. Chrift fe prête à une Erreur, reçue
parmi les Payens, & parmi les Juifs, qui attribuoient à des
Démons des maladies naturelles: Cette fuppofition eft affez
délicate; mais à celle-là, il faut en ajouter une autre, c'eft
que les Evangeliftes, qui ont écrit l'Hiftoire de J. Chrift,
ont été prévenus de la même Erreur, & l'ont inférée dans
les Ecrits facrez comme une Vérité. Ils ne font pas Philofophes. Ils n'enfeignent pas la Philofophie; mais il ne paroit pas digne d'eux, de confacrer des Erreurs populaires,
& d'en remplir toute la Terre.

2. On veut que J. Chrift ne fe propofe pas, de défabufer
le monde d'Erreurs Phyfiques, qui ne font rien, ni au Culte, ni aux mœurs. Mais peut-on fouffrir qu'il paroiffe les
approuver, & les confirmer par fes Difcours & par fes Actions? Sied il bien au Sauveur, de dire, *Efprit impur, fors
de cet homme*, quand il ne s'agit que d'une maladie, qui a fa
caufe naturelle? Lui fied il bien de dire, *que lorfqu'un Efprit
impur eft forti d'un homme, il va dans les Deferts, & ne trouvant point d'habitation commode, il revient avec fept Efprits pires*

Matth.
XII. 43.
45.

que

que lui? Parle-t-il là de maladies? Vont elles dans les Déferts,
& ennuiées d'un fi ingrat féjour, s'en affocient elles d'autres,
pour revenir dans leur prémiére maifon? On dira, que ce
que J. Chrift dit, eft figuré. Cela l'eft en effet: mais eft
ce une figure en l'air, une parabole fans aucune réalité, fondée fur la folle opinion du Peuple?

3. Dans nôtre Hiftoire, Jefus parle au Démon, l'interroge: Le Démon répond: Il demande, J. Chrift lui accorde
fa demande: Tout cela n'eft que Comédie: C'eft un Fou,
qui parle, & à qui J. Chrift parle felon fa folie. Il eft vrai
qu'on porte la condefcendance loin, quand on a affaire avec des
Foux: mais ce n'eft pas, quand on a le pouvoir de les guérir, fans recourir à ces expédiens. Eft-ce par la complaifance, que le Seigneur eût pour une Imagination bleffée, qu'il
y rétablit l'ordre? On feroit bien d'autres réflexions fur ce
fyftème; mais il faut abreger.

Les Poffedez, dont il s'agit, ont des fymptomes de Manie, cela eft conftant: mais parmi ces fymptomes, il y en
a qui fuppofent une caufe furnaturelle, & nôtre Hiftoire contient d'ailleurs des faits & des circonftances, qui montrent
que cette caufe eft telle en effet. 1. Les Evangeliftes témoignent, *qu'encore que l'on gardât un de ces Démoniaques enchaîné,* Luc viij,
& les fers aux piéds, il brifoit fes liens, & le Démon l'emportoit 29.
dans les Déferts. A moins qu'il n'y ait beaucoup d'exageration dans ce récit, cela n'eft pas naturel. Quelque robufte
que foit un homme, & quoique la Manie augmente fes forces, il ne fauroit brifer fes chaînes, furtout lorfque fon action eft contrainte par les fers, dont il eft lié. On ne veut
pas mettre la force de Samfon en parallele avec celle d'un Furieux. Mais comme l'une étoit l'effet d'une vertu furnaturelle, que Dieu avoit donnée à Samfon, pour être le Liberateur des Ifraëlites, l'autre paroit bien être l'effet d'une puiffance furnaturelle, ou d'un Démon: Ce n'eft pas l'Homme,
qui brifoit les fers: C'étoit le Démon dont il étoit animé.

2. Lorfque ces Furieux apperçoivent Jefus, ils courent à
lui, & l'adorent: Cela fait voir, que leur Manie n'eft pas
naturelle: La Fureur eft elle accoûtumée à refpecter, & à
honorer la Vertu dans un Inconnu, qui fe préfente, fans
aucune marque extérieure de fa Dignité & de fon Pouvoir?
Qu'y a-t-il dans l'extérieur de Jefus, qui charme la Frenéfie
de ces gens-là, qui domte en un inftant leur férocité, qui les
amène à fes piéds, tremblans, & implorans fa grace?

3. Le Difcours, qu'ils tiennent à Jefus, montre encore, que
leur Manie n'eft point naturelle. Ils s'écrient en l'adorant,
Qu'y a-t-il entre vous & nous, Jefus, Fils de Dieu? Comment

Vol V. Y yy eft

Luc VIII.
27.

est ce que des Furieux, que leur Manie posséde *depuis long-tems*, qui courent les Déserts dans un païs, où J. Christ n'a point encore été, & que personne n'ose approcher : Comment est ce qu'ils savent qui est Jesus? Ils ont ouï parler, dit-on, des miracles qu'il a faits : Sa Réputation est allée jus-que dans leurs solitudes? Comment le fait-on? Mais d'ailleurs, comment le connoissent ils? L'ont-ils vû? Quelqu'un leur a-t-il fait son portrait? Les Aveugles, dit-on encore le con-noissoient bien, & crioient à lui, quand il passoit. Cela est vrai : Mais ces Aveugles étoient en Judée, où sa Reputation s'étoit répandue; mais ce n'est pas à Gadara : Cependant il arrive : Il ne fait que mettre pié à terre : Ils le voyent, & vont se jetter à ses piéds. Cela fait voir que la Manie de ces gens-là n'est pas naturelle, & que ce sont des Démons instruits des miracles de Jesus, qui les font parler: Autre-ment des Furieux se seroient jettez sur Jesus & sur ses Dis-ciples: ou si la frayeur les avoit saisis, ils se seroient cachez dans leurs Tombeaux, ou s'en seroient fuis dans leurs mon-tagnes.

4. On peut ajouter à ces réflexions, que si la Manie des Démoniaques, n'eut été qu'une maladie naturelle, elle n'eut pû être transportée dans des pourceaux : Les accidens ne pas-sent point d'un corps dans un autre. Il faudroit que J. Christ, par un effet de sa Toute-Puissance, eût tout d'un coup ré-pandu la frenésie dans ce nombreux Troupeau; au lieu qu'il ne fit, que permettre aux Démons de s'en emparer. En un mot, la narration de nos Evangelistes, seroit un tissu de fictions & d'erreurs. On ne veut pas imputer ces conséquen-ces aux Auteurs du nouveau Système; mais on a cru devoir les représenter au Lecteur, afin qu'il ne se laisse pas séduire par une explication, qui a quelque chose de spécieux, & de probable.

Au reste on voit dans cette histoire des Véritez, bien di-gnes d'attention. 1. On y voit prémiérement, que les Dé-mons ne peuvent nuire, qu'autant que Dieu le permet. 2. On y voit en second lieu, un exemple qui ne se renouvelle que trop souvent, de la préférence que les Hommes donnent à leurs intérêts temporels, sur leurs intérêts spirituels. Les Ga-dareniens, touchez de la perte qu'ils ont faite, prient J. Christ de se retirer de leur païs. Il chasse leurs Démons: Cela est vrai : mais il fait périr leurs pourceaux. 3. On y voit enfin, que Jesus, quoiqu'il cède à leur prière & à leur ingratitude, leur laisse un monument de sa Puissance & de sa Bonté qui les invite à la Repentance. Il leur laissoit dans le Démonia-que, qu'il a délivré, un témoin & un prédicateur de ses Ver-

tus,

tus, qui peut fervir à leur converfion, s'ils l'écoutent, &
qui fervira à juftifier leur condamnation, s'ils ne l'écoutent
pas.

Ajoutons à ces réflexions la défcription de *Prudence.* Cathemerinon vf. 50.56.

Suetus antro buftiali fub catenis frendere,
Mentis impos, efferatis percitus furoribus
Profilit , ruitque fupplex Chriftum adeffe ut fenferat.
Pulfa peftis lubricorum milleformis Daemonum
Corripit gregis fuilli fordida fpurcamina:
Seque nigris mergit undis , & pecus lymphaticum.

D I S.

DISCOURS XXVI.

On descend un Paralytique par le toit, & J. Christ le guérit.
Matth. IX. 1-8. Marc II. 1-3.
Luc. V. 17-26.

E Seigneur, aiant quitté le païs des Gadareniens, repassa le Lac, & retourna en
Galilée. Comme il faisoit son principal
séjour à Capernaum, S. Matthieu l'appelle *sa Ville.* Jesus l'avoit choisie, parce que
c'étoit une des principales de Galilée: Heureuse, si elle avoit sû profiter des graces,
que Dieu lui faisoit: Mais tel est l'ordre
de la Sagesse & de la Justice de Dieu, que les plus grands
bienfaits méprisez, attirent les plus rigoureuses condamna-
tions.

Matth.
IX. 1.

Jesus ne demeuroit pas toujours à Capernaum: Il en sor-
toit, *pour aller prêcher l'Evangile, dans les Villes & dans les
Bourgs de la Galilée:* Mais il venoit s'y reposer de ses courses,
& logeoit vraisemblablement *dans la maison de Pierre*; ou plûtôt dans la maison de sa Belle-Mere; Car pour lui, il étoit
de *Bethsaïde,* ville assez voisine de Capernaum.

Marc 1.
3ᵇ.

Matth.
VIII. 14.

Le Seigneur, qui y étoit revenû, dans le dessein de prendre quelque repos, ne publia pas son retour; mais le Peuple, qui en fût bien tôt informé, s'assembla autour de sa
maison en très-grand nombre. Le moyen de se dérober long-
tems aux empressemens d'un Peuple, moins alteré peut-être
de la Doctrine du Sauveur, que des guérisons miraculeuses,
qu'il accordoit aux malades. Un jour, qu'il étoit assis &
qu'il enseignoit, *des Pharisiens & des Scribes, venus des Villes, &
des Villages de Galilée & de Jerusalem même,* l'écoutoient, *étant
assis* comme lui, parce qu'ils étoient des Docteurs: Ce jour
là la foule fût si grande, que non seulement la chambre, où
étoit le Seigneur, mais *le Vestibule,* & tout l'espace auprès de
la porte, étoient si pleins de monde, qu'on ne pouvoit entrer: C'est ce qui obligea quatre hommes, qui portoient un
Paralytique sur un petit lit, pour le présenter à Jesus, de
monter sur le toit de la maison, d'y faire une ouverture, de descendre le malade, & de le mettre aux piéds de
Jesus.

Luc v.
17.

Les

Luc. V. 19.

Καθίεσι τὸν παραλυτικὸν διὰ τῶν κεράμων.
The Sick of the palsie let down through the Tiling.
Der Gichtbrüchige durch das Dach niedergelassen.

PARALYTICUS DEMISSUS PER TECTUM.
On descend le Paralytique par le toit.
De Geraakte nedergelaten door het Dak.

Picart delin.

Brien sculps.

* Les maifons des Orientaux n'étoient, & ne font encore pour la plûpart, que des maifons baffes & fans étages: Les toits en font plats: On y monte par un efcalier, & l'on s'y tient le foir en Eté, pour s'y rafraichir: C'eft ce qui facilita à ces gens-là le moyen d'introduire leur malade, par le toit, dans la chambre, où étoit Jefus. Alors *voyant leur* Matth. IX. 1. *foi*, le Seigneur dit au *Paralytique*: *Ayez, bon courage mon Fils,* *vos pechez, vous font pardonnez.* Il y a de même dans S. Marc, Marc II. 5. *mon Fils*, & dans S. Luc, *ô homme.* On ne fait cette remar- Luc V. 20. que, que pour faire obferver au Lecteur, que les Evange-liftes ne s'affujettiffent pas à rapporter toûjours les propres paroles du Seigneur: Ils en donnent le fens, & c'eft tout ce que doit faire un Hiftorien fidéle.

Comme l'action de ces gens-là fembloit indifcrete, & trop hardie, il parut fans doute quelque crainte fur leur vifage. Peut-être en voulurent ils faire des excufes à Jefus, ce qui l'engagea à les raffurer, en difant au Paralytique, *Ayez bon courage, mon Fils.* Il y avoit effectivement de l'indifcretion, à découvrir le toit d'une maifon étrangére, & à venir com-me par force interrompre Jefus, qui enfeignoit: Mais la gran-deur de la foi, rectifie ce qu'il y a là d'irrégulier, & J. Chrift ne fait pas d'attention qu'à leur foi. *La charité excufe tout*, & la 1. Cor. rinth. XIII. 7. foi rend excufable tout ce qui peut l'être. Or elle fe trouve ici & dans le malade, & dans ceux qui le préfentent. Il fal-loit qu'ils fuffent bien perfuadez, que J. Chrift avoit le pou-voir de le guérir, & qu'il étoit trop bon pour le refufer, puif-qu'ils forcent tous les obftacles, qui les empêchent de l'ap-procher. Mais il falloit auffi que le malade n'en fut pas moins perfuadé, puifqu'il fe laiffa porter fur le toit, & defcendre dans la chambre, ce qui ne fe pouvoit faire fans quelque rifque.

Jefus vit leur foi: c'eft-à-dire, la ferme perfuafion où ils é-toient, que le Seigneur, étant un Miniftre extraordinaire de Dieu, un grand Prophéte, peut-être le Meffie promis, (car il eft malaifé de définir les idées, qu'ils avoient de fa Perfon-ne) il avoit le pouvoir de guérir le Paralytique, qu'on lui préfentoit, & affez de bonté pour le vouloir. C'eft la foi, que J. Chrift exigeoit alors de ceux, qui lui demandoient des graces: Condition néceffaire; car comment des malheu-reux auroient ils pû demander au Sauveur, de les guérir de leurs maladies, fans croire qu'il en eut le pouvoir? Condi-tion très jufte; car fans cela les prieres feroient autant d'inful-tes.

---

* Voy. Dom Calmet fur Marc 11. 4. Le même Auteur remarque qu'au milieu de la plate forme, il y avoit une ouverture fermée par une trappe, autour de laquelle étoit une baluftrade. Pour donner du jour & de l'air à l'Apartement, qui étoit au deffous, on ouvroit cette trappe, & on la fermoit, lorfque le Soleil étoit trop fort, ou qu'il tomboit de la pluie ou de la neige.

tes. Je demande une grace à une perſonne, & je lui refuſe les vertus, ſans lequelles elle ne ſauroit me l'accorder? Condition gracieuſe; Peut-on mettre les plus grandes faveurs à un plus bas prix? Que cela eſt digne de la Grandeur de Dieu! Condition très ſage; N'eſt-ce pas de cette perſuaſion que dépend l'obéïſſance, que J. Chriſt exige? Comment obſerver ſes ſacrez Commandemens, & eſpérer le Salut qu'il promet, ſi l'on ne croit qu'il eſt un Miniſtre de Dieu, qui parle en ſon nom, & qui eſt revêtû de ſon autorité; Condition enfin, qui ne pouvoit être refuſée, que par la plus aveugle & la plus opiniâtre injuſtice, puiſque J. Chriſt avoit déja juſtifié ſa miſſion, par une infinité de merveilles.

Jeſus vit donc cette Foi dans le Paralytique, & dans ceux qui le portoient. Il la vit dans leurs cœurs: Car les penſées ſecretes des Hommes ne lui ſont pas inconnues; mais il la voit auſſi dans leurs actions: *leur Foi ſe montroit par ſes œuvres:* Il vit plus encore: Il vit la charité de ces hommes, qui ne pouvant aborder Jeſus, ni percer la foule, qui occupoit tout l'eſpace de la porte, juſqu'à la chambre, où il étoit, s'aviſèrent de monter ſur le toit, de l'ouvrir, & de ſe faire par là un paſſage juſqu'au Seigneur. La Foi eſt grande: La Charité eſt active & ingénieuſe. Quand on approche le Seigneur avec ces deux vertus, on n'en peut attendre que des réponſes favorables: *Ayez bon courage, mon Fils vos pechez vous ſont pardonnez.*

C'eſt ce que J. Chriſt dit au Paralytique, *Mon Fils*, dit le Sauveur: Expreſſion pleine de tendreſſe, qui montre toute la douceur, & toute la bonté du Fils de Dieu, & qui dût répandre la confiance & la joye dans l'Ame de cet Homme. *Ayez bon courage*, pourſuit le Seigneur: Ne vous affligez pas, & ne craignez rien: Vous n'êtes point devant vôtre Juge, mais devant vôtre Liberateur. *Vos péchez vous ſont pardonnez:* C'eſt une preuve que la maladie de cet Homme, avoit ſa cauſe dans quelque péché, qu'il avoit commis: Sans doute il ne l'ignoroit pas, & ſe le reprochant ſecretement, c'eſt ce qui fit qu'en approchant de Jeſus, il ſentit en lui-même un mélange d'eſpérance & de crainte, qu'une conſcience délicate doit toûjours ſentir, quand elle demande des graces à Dieu. Il eſt perſuadé que J. Chriſt peut le guérir; mais il n'eſt pas moins perſuadé, qu'il a mérité le chatiment qu'il ſouffre, & que J. Chriſt ne l'ignore pas. Il eſt vrai, dit-il, en lui même, il peut me guérir; mais en ſuis-je digne? Jeſus, qui voit ſon trouble, commence par tranquiliſer ſa conſcience. C'eſt peu que je vous guériſſe, lui dit le Sauveur: Vous avez un autre mal, plus douloureux que la paralyſie:

Je

Je vois la playe profonde de vôtre Ame: Je vous aime comme mon Fils, & je veux guérir vôtre Ame auſſi bien que vôtre corps: Je vous annonce que *vos péchez vous ſont pardonnez.* Ici il faut des ſentimens & de la conſcience, pour ſe repréſenter la joye de cet Homme: On ne peut la faire ſentir, qu'à ceux qui ſavent ce que c'eſt que d'aimer Dieu, de l'offenſer, & d'en obtenir enſuite le pardon par la repentance.

Un habile Critique a crû, que J. Chriſt s'accommode ici à l'opinion des Juifs, qui croyoient que toutes les maladies, ſont des ſuites & des effets des péchez particuliers, que les hommes ont commis. Mais on ne craint pas de dire, que ce n'eſt point par condeſcendance, que le Seigneur parle de la ſorte. On en a une preuve dans le Paralytique de trente huit ans, que Jeſus guérit, & à qui il dit enſuite, lorſqu'il le trouva dans le Temple: *Vous avez été guéri, ne péchez plus, de peur qu'il ne vous arrive pis.* Non ſeulement la Providence chatie les hommes par des maladies, comme S. Paul le témoigne; mais la plus grande partie des maladies, qui affligent les hommes, ſont les effets naturels des déſordres de leur vie. On ne ſauroit trop admirer la bonté du Créateur, qui en preſcrivant aux hommes la Temperance, la Juſtice, & la Charité, leur a enſeigné les moyens les plus ſûrs, de prolonger leurs jours, de prévenir les maladies, & de conſerver la paix; ſans quoi une longue vie, ne ſeroit qu'une longue ſuite de tourmens. J. Chriſt n'a point combattu la Vérité, que nous établiſſons, quand il a dit à ſes Diſciples, en parlant de l'Aveugle né, *cet homme n'a point péché, non plus que ſon Pére & ſa Mére; Ce n'eſt point pour cela qu'il eſt né aveugle; mais afin que Dieu faſſe connoître en lui ſon œuvre.* Le Seigneur ne ſe propoſe, en parlant de la ſorte, que de corriger les jugemens téméraires; mais il ne veut nullement donner atteinte à la vérité, qu'il a confirmée luimême; c'eſt que nos maladies ſont très ſouvent le juſte chatiment de nos péchez.

A l'ouïe de ces mots, *Vos péchez vous ſont pardonnez,* des Phariſiens & des Scribes *firent ce raiſonnement en eux mêmes, Qui eſt celui-ci, qui profére ainſi des blasphèmes? Qui peut pardonner les péchez, que Dieu ſeul?* Le principe eſt juſte, mais la conſéquence eſt fauſſe: C'eſt ainſi que la Haine & l'Envie aveuglent les méchans, & leur font trouver du crime dans les paroles les plus innocentes. *Dieu ſeul,* diſent-ils, *peut pardonner les péchez:* Cela eſt juſte: *Celui-ci pardonne les péchez, donc il blasphème:* Il outrage Dieu, en s'arrogeant un pouvoir Divin: Cela eſt faux. Dieu ſeul peut pardonner les péchez

Zzz 2

chez *par lui même*, avec une autorité, qui lui eſt propre:
mais il peut communiquer ce pouvoir, comme il l'a fait à
diverſes perſonnes. *Dieu ſeul peut faire des prodiges*, dit le
Pſalmiſte; c'eſt-à-dire, *par lui même*: mais il n'a pas laiſſé de
communiquer ce pouvoir, en divers tems, à ſes ſerviteurs.

On voit ici le caractére ordinaire de la Malignité. Elle
ferme les yeux ſur les plus grandes vertus, & ne les ouvre
que pour trouver des défauts, dans des actions, ou dans des
paroles, qui ne méritent que de l'Admiration. Au fond il
eſt vrai, que Jeſus Chriſt a le pouvoir de pardonner les péchez par lui même, comme il va le montrer; mais la maniére modeſte, dont il s'exprime, ne le prouve pas. Il dit
ſimplement, *Vos péchez vous ſont pardonnez*, ce qui doit s'entendre naturellement *de la part de Dieu*, dont J. Chriſt eſt le
Miniſtre: Et c'eſt ainſi que les Scribes & les Phariſiens l'auroient entendu, s'ils n'avoient pas été aveuglez par l'Envie.

On doit remarquer, que Jeſus ne dit jamais, *Je vous pardonne vos péchez*, mais *Vos péchez vous ſont pardonnez*. Ce fut
ainſi qu'il parla à cette femme, qui l'étant venu trouver à
table chez un Phariſien, *ſe jetta à ſes piéds, les arroſa de ſes
larmes, les eſſuia de ſes cheveux, & les parfuma d'une liqueur
odoriferante*: *Vos péchez vous ſont pardonnez*, lui dit-il. Cette
parole fit faire à ceux qui l'entendirent, une réflexion ſemblable à celle des Phariſiens, mais moins injurieuſe & moins
impie. Ils ſe contentèrent de dire, *Qui eſt celui-ci, qui pardonne même les péchez?* Ils ont raiſon d'admirer ce pouvoir;
mais ce n'eſt pas Jeſus, qui blaſphème; Ce ſont les Scribes
& les Phariſiens, qui l'accuſent de blaſphêmer.

Leur téméraire & criminelle réflexion ne lui échappe point.
Ils n'oſent la faire en public: Le trait malin, qu'ils auroient
lancé contre le Seigneur, auroit rejailli contre eux-mêmes:
Leur malice auroit échoüé contre la Vertu toute puiſſante du
Fils de Dieu, & contre l'eſtime & l'admiration, que tout
le monde avoit pour lui. Ils renferment donc en eux-mêmes un jugement ſi faux & ſi injuſte, mais le Seigneur, qui
l'apperçoit, leur dit avec une extrême bonté, *Pourquoi avez
vous de ſi mauvaiſes penſées dans l'Eſprit?* Et pour les convaincre, que ces penſées étoient en effet très mauvaiſes & très in-
juſtes, il ajouta, *lequel eſt le plus aiſé de dire à ce Paralytique,
Vos péchez vous ſont pardonnez, ou de lui dire, Levez vous & mar-
chez*. La preuve eſt évidente. Si la maladie eſt la peine du
péché, en pardonnant le péché, on fait ceſſer la peine. Le
pardon des péchez n'eſt autre choſe, que l'abolition & la ceſ-
ſation de la peine, qu'ils ont méritée: C'eſt ainſi que Nathan annonça à David la rémiſſion de ſon péché, *Dieu*, lui
dit-

Pſeaume
LXXII.
18.

Luc vII.
36.

Ibid. vſ.
48.

Ib. vſ. 49.

Matth.
ix. 4.

dit-il, *a fait paſſer votre péché loin de vous, vous ne mourrez point.* Cela fait voir, que guérir le Paralytique & lui par- donner ſes péchez, c'eſt au fond la même choſe.

Voilà une excellente leçon pour un grand nombre de ma- lades. Ils languiſſent, ils ſoupirent après leur guériſon, & ils ne peuvent y arriver, parce qu'ils ne font occupez qu'à faire ceſſer l'effet, & non à ôter la cauſe. Ils ont recours aux Médecins du corps, & Dieu ne donne point d'efficace aux remèdes : Commencez, Pécheurs, par obtenir vôtre pardon par la repentance, & après cela Dieu bénira les remèdes . *Y a-t-il quelqu'un de malade parmi vous,* dit S. Jaques, *qu'il appel- le les Prêtres de l'Egliſe, qu'ils prient pour lui, & qu'ils l'oignent d'huile,* en ſigne de la guériſon qu'ils demandent à Dieu, *Alors la priére faite avec foi, guérira le malade, le Seigneur le relévera, & s'il a commis des péchez, ils lui ſeront pardonnez.*

Le Seigneur ne ſe contente pas de ſe juſtifier de la ſorte, du blaſphème que les Phariſiens lui imputent : Il ajouta, en s'adreſſant à eux, *Afin que vous ſachiez que le Fils de l'Homme a le pouvoir de pardonner les péchez ſur la terre, Levez vous,* dit- il en parlant au Paralytique, *Je vous le commande, emportez votre lit, & vous en allez dans vôtre maiſon.* A peine J. Chriſt a-t-il parlé, que le malade ſe léve & s'en va : *Le Paralytique ſe léve,* ajoute S. Luc, *emporte ſon lit, & s'en retourne dans ſa maiſon, loüant la puiſſance de Dieu.* Quelle confuſion dût ſai- ſir les Scribes & les Phariſiens à la vuë de ce ſpectacle ? Quels remords d'avoir accuſé de blaſphème un Homme, qui gué- rit dans un inſtant les maladies les plus opiniatres, & les plus invétérées ? La Paralyſie ſe guérit quelques fois : Les ob- ſtructions, qui la cauſent, ſe débouchent : Le ſentiment, le mouvement, reviennent aux parties, qui l'avoient perdu ; Mais cette operation ſe fait elle dans un inſtant ? Eſt ce ainſi que la Nature opére ? Se fait elle par la ſeule force du com- mandement ? Il faut reconnoitre ici ce Dieu tout puiſſant, qui, pour punir les Hommes de leurs péchez, *les frappe de fiévres ardentes,* & de diverſes autres maladies : Il n'y a que celui, qui les envoye, qui puiſſe les rappeller, & ſa parole les faire ceſſer dans un inſtant.

On ne fait ce qu'un ſi grand miracle, opéra ſur l'Eſprit des Docteurs Juifs : L'évidence de la vérité ne fait d'ordinaire, dans les mauvais cœurs, qu'exciter la Colere, l'Envie, & le Déſeſpoir. Rien n'endurcit plus le cœur que l'Orgueil : On l'a vû dans toute l'Hiſtoire de J. Chriſt : Quand les Phariſiens n'ont pû nier les Miracles du Sauveur, ils les ont attribuez à la puiſſance des Démons, à des ſecrets de Magie. On ne peut guéres préſumer que ceux-ci ayent été plus hum-

Vol. V.   A a aa   bles

bles, plus religieux, & plus dociles. Mais à l'égard du Peuple, qui n'eſt pas aveuglé par la vaine Gloire, par l'Envie,
par la paſſion de conſerver un Empire, que les Docteurs a-
voient uſurpé, à l'égard du Peuple ; le Miracle, qu'il venoit de voir, le remplit d'abord d'une juſte admiration : Puis
s'élevant juſqu'à Dieu, de qui émanent tous les Bienfaits, *il
lui rendit graces, de ce qu'il avoit donné un tel pouvoir aux Hommes.* Les uns diſent, *Nous n'avons jamais rien vû de ſemblable* : D'autres, *Nous avons vû aujourd'hui des choſes merveilleu-
ſes* : Mais tous en général *béniſſoient la Puiſſance de Dieu.* S.
Luc ajoute, qu'ils étoient auſſi *ſaiſis de crainte.* La guériſon
merveilleuſe du Paralytique, eſt un exemple de la bonté Divine : Elle inſpire de la Confiance en Dieu, & des actions
de graces : Mais la maladie du Paralytique, eſt un exemple
du juſte jugement de Dieu ſur les Pécheurs. Il eſt juſte de
loüer un Dieu, qui pardonne le péché, & qui en fait ceſſer
la peine ; Mais il eſt juſte, il eſt néceſſaire de craindre un
Dieu, qui le punit, & de prévenir ſes châtimens, par une
vie innocente, ou du moins par une repentance promte &
ſincére.

Matth.
ix. 8.

Marc ii.
12.

Luc v.
26.
Ibid.
Ibid.

D I S.

Matt: IX.9.

Μαθαῖος ἐκ τῦ τελωνείϖ κληθεις. | MATTHAEUS E TELONIO VOCATUS.

Jesus calleth Mathew from the receipt of custom. | *S. Matthieu appellé de son bureau.*

Matthaus wird aus dem Zoll-haus von Jesu beruffen. | Roeping van Mattheus.

A. Houbraken del. | A. Deel sculp.

DISCOURS XXVII.

S. Matthieu appellé de son Bureau. MATTH. IX. 9-13.
MARC II. 13-17. LUC V. 27-32.

E Seigneur Jesus après avoir guéri le Pa-
ralytique, dont on a parlé dans le Dis-
cours précédent, sortit * de la Ville, &
marchant le long du Lac de Gennezareth,
il vit un homme, appellé Matthieu, assis au Matth.
IX. 9 13.
bureau des Impots, & lui dit, suivez moi: Cet
homme *se leva & le suivit. Et comme Jesus étoit à table dans la maison de Matthieu,
il y vint beaucoup de Péagers, & de Pécheurs, qui se mirent à table avec Jesus & avec ses Disciples. Des Pharisiens voyant cela,
dirent à ses Disciples, D'où vient que vôtre Maître mange avec des
Péagers & des Pécheurs. Mais Jesus entendant cela, leur dit,
Ce ne sont pas ceux qui sont en santé, qui ont besoin de Médecin,
ce sont ceux qui se portent mal: Allez donc apprendre ce que signifie cette parole, Je veux miséricorde & non point sacrifice; Car je
ne ne suis point venu appeller les Justes à la Repentance, mais les
Pécheurs.* C'est cette histoire de la Vocation de S. Matthieu,
avec toutes ses circonstances, que nous avons à considerer
dans ce Discours.

Nous avons déja remarqué ailleurs que S. Matthieu étoit Voy. Dis.
''
Juif d'origine & de Religion, & que ¹ c'est le même, qui
est appellé *Levi*, par S. Marc & S. Luc. Ainsi il portoit Marc 11.
13.
Luc v.
47.
deux noms: On en allégue diverses raisons: Peut-être quit-
ta-t-il le nom de Levi, quand il embrassa la Profession de
Péager, pour prendre celui de Matthieu; Car s'il avoit changé de nom, depuis qu'il fût Apôtre de J. Christ, S. Marc
& S. Luc l'auroient sans doute appellé Matthieu. Si cette conjecture est véritable, nôtre Evangeliste voulut garder
ce nom, & se le donner lui-même dans ses Ecrits, pour montrer qu'il se souvenoit toujours, que le Seigneur l'avoit tiré
du Péage, & d'une Profession odieuse, pour en faire un de
ses Disciples, & même un de ses Apôtres.

Qu'il sied bien aux Saints, de conserver la mémoire des
miséres & des défauts de leur condition passée, afin de
se tenir dans l'humilité, d'entretenir & d'enflammer l'amour,
qu'ils

* De Capernaum.

qu'ils doivent à leur Liberateur. C'est ainsi que S. Paul n'oublia jamais, qu'il avoit été le Persécuteur de l'Eglise : Tous les services qu'il lui rend, n'effacent point de sa mémoire, le souvenir des maux qu'il lui a faits : Il ne sera point content, jusqu'à ce que son sang ait servi d'aspersion sur le sacrifice de la foi des Saints. Il ne perd point de vuë non plus, les obligations infinies qu'il a à J. Christ, & c'est ce qui entretient dans son Ame ce zèle & ce dévoüement entier, avec lequel il annonce l'Evangile du Sauveur.

S. Matthieu avoit donc embrassé la profession de *Péager*, ou de *Publicain*, mot, que des Versions nouvelles conservent, mais que d'autres rejettent, parce qu'il est moins clair que le prémier. Il étoit Commis dans un de ces Bureaux, que les Romains avoient établis en Judée, pour recevoir les Tributs, qu'ils avoient imposez aux Juifs. Pompée, les ayant subjuguez, soixante ans, ou environ avant la naissance de J. Christ, ² *mit des impots sur tout le païs & sur Jerusalem.* Ces impots se levoient par des Gens établis pour cela, dans les Villes & dans les principaux Passages ³. Des Chevaliers Romains & d'autres personnes considerables prenoient à ferme les revenus des Provinces, & donnoient la commission de les recevoir, & de leur en rendre compte à des Gens du Païs, dont les uns avoient l'intendance sur les autres. ⁴ *Zachée* étoit un de ces Péagers supérieurs, qui avoient des Commis sous eux, & il semble que S. Matthieu étoit de ce dernier ordre.

Ciceron a fait l'éloge de ces Citoyens Romains, qui affermoient les revenus des Provinces, & a dit quelque part, ⁵ *que la fleur de la Noblesse étoit dans l'ordre des Publicains.* Il faut l'en croire: On peut être fort honnête homme, dans toutes les Professions, qui ne sont pas vicieuses par elles mêmes; & celle de Publicain ne l'est pas. On peut conserver de l'Equité & de l'Humanité par tout; mais il faut qu'en général les Publicains abusassent de leur pouvoir, pour contenter leur Avarice, & l'on en a une bonne preuve, dans l'honneur que l'on fit au Pére de Vespasien, en lui dressant une Statue, avec cette Inscription, ⁶ *Au Publicain honnête homme* : De là tant de plaintes de divers Auteurs graves & sincéres, qui reprochent à ces Gens-là, qu'ils étoient en général, ⁷ *des voleurs publics, mais avec l'avantage d'être autorisez par les Loix.*

On comprend bien, & l'expérience de tous les tems le fait assez voir, que des Gens appellez à être les Instrumens de l'Avarice, ne peuvent guéres être exempts de cette pernicieuse passion. Il faut l'avoir soi même, pour la bien servir dans les autres. D'ailleurs il faut plaire à des Maitres, qui le font de nôtre Fortune : Et il étoit bien difficile à des Commis,

mis, de faire celle de leurs Maîtres & la leur, fans ufer d'extorfions & de vexations : C'eft ce qui rendoit la Profeffion
de Péager très odieufe, fur tout parmi un Peuple, qui fe
croyoit libre, qui fe glorifioit de ne relever que de Dieu,
ou qui vouloit du moins n'être commandé que par des Rois
de fa Nation, & non par des Princes & des Magiftrats infidéles : Joug qu'il fupportoit avec une extrême impatience.

Quoique Matthieu fut Juif, il n'avoit pas laiffé d'embraffer la Profeffion de Péager ; foit qu'il fe fut laiffé gagner
aux attraits fi féduifans d'acquerir du Bien, & d'avoir une
certaine autorité, qui eft infeparable des Emplois, où l'on
fert le Prince & la République : foit qu'il ne fit aucun fcrupule d'exiger des Impots, que les fujets doivent au Prince qui
les défend, pourvû qu'il n'ufât d'aucune extorfion. Il fut donc
établi dans le Bureau de Capernaum, & avoit fa maifon au
bord du Lac, pour y recevoir les Droits que devoient payer
les marchandifes, que l'on tranfportoit de Galilée dans la Pérée, ou de la Pérée en Galilée. Jefus paffant auprès de fon
Bureau, le vit, l'appella, & lui dit, *fuivez moi.* S. Matthieu _{Matth.} ne balança pas un inftant. *il fe leva auffitôt, & fuivit Jefus.* S. Luc ajoute, *qu'il quitta tout,* pour le fuivre.

On peut être furpris de cette vocation, que J. Chrift adreffe à S. Matthieu, & de la maniére dont celui-ci l'accepte. Jefus lui dit de le fuivre : Et S. Matthieu quitte tout à l'inftant, & le fuit. Cela a donné lieu [8] au Philofophe Por-
phyre & à l'Empereur Julien, de dire, " ou que l'Hiftorien,
„ qui raconte ce fait, eft un menteur ; ou que ceux qui fui-
„ voient Jefus, étoient des Infenfez : Car quel homme rai-
„ fonnable s'avifera d'en fuivre un autre, qui l'appelle, & de
„ quitter tout ce qu'il a pour fe livrer à lui ? C'eft l'Impru-
„ dence même. „ Mais ces deux Ennemis de J. Chrift & du
Chriftianifme, ne font que montrer leur paffion & leur aveuglement, en reprenant ce qui auroit dû attirer leur eftime
& même leur admiration. Ils devoient s'appercevoir que le
récit de S. Matthieu eft fort abregé, & qu'il ne nous raconte qu'une partie de ce que J. Chrift lui a dit, & de ce qu'il
a fait lui même : Ils devoient enfuite faire attention à ce qui
détermina S. Matthieu à fuivre la vocation de Jefus, avec
tant de promptitude, & à lui faire un facrifice fi beau & fi
entier.

Prémiérement, S. Matthieu demeure à Capernaum, où
Jefus s'eft fignalé par tant de merveilles, où tout retentit du
bruit de fes miracles : Pouvoit-il les ignorer ? Secondement,
il a fa maifon fur le bord du Lac, à l'endroit où fe rendent
une infinité de perfonnes, qui veulent paffer de l'autre cô-

té. Il demeure au bord de ce Lac, où peu de jours auparavant Jesus a calmé la Tempête, à la prière de ses Disciples,
& à la vuë d'un grand nombre de barques, qui le suivoient:
Peut-il ignorer ce qui s'est passé sur cette mer, lui, dont la
maison étoit, pour ainsi dire, l'abord de tous ceux, qui s'y
embarquoient ? En troisiéme lieu, Jesus vient de guérir d'un
seul mot le Paralytique, qu'on avoit descendu à ses piéds par
^{Matt 11.} le toit de la maison: Il paroit suivi d'un Peuple, qui publie
^{'1.} le miracle que le Seigneur vient d'opérer, & qui *rend encore
graces à Dieu, de ce qu'il a donné un tel pouvoir aux hommes:* Il
estime infiniment, il honore le Seigneur, & croit déja en lui:
Il n'ose pas, & il a raison, entreprendre de le suivre: son Emploi même ne le permettroit pas ; mais au moindre signal
il est prêt à voler à lui. ⁹ S. Chrysostome l'a fort bien remarqué. " Pourquoi J. Christ n'appella-t-il pas S. Matthieu,
,, lorsqu'il appella Pierre, Jean, & ses autres Disciples? Cer-
,, tainement comme il ne s'adressa à eux, & ne les appella,
,, que lorsqu'il sût qu'ils étoient prêts à obéïr, il appella de
,, de même S. Matthieu, lorsque vaincû par le bruit de ses
,, miracles, il le vit tout prêt à acquiescer à ses ordres. ,,

Disons quelque chose de plus: Ce seroit se tromper beaucoup, que de croire que S. Matthieu, eût de justes idées de
J. Christ. Il le regardoit sans doute comme le Messie, mais
sans doute aussi il le regardoit comme un Messie, ou un Roi
temporel, qui alloit bientôt changer la face du Gouvernement, & à la suite duquel il y avoit à espérer des honneurs
& des richesses.   Ainsi le sacrifice qu'il fait à Jesus, en quit-
tant sa Profession, n'est pas si grand qu'on le pourroit croire: Il en est bien dédommagé par les hautes espérances, qu'il
conçoit, & dont sa Nation étoit enchantée.

^{Luc v.} *Il quitta tout,* dit S. Luc, pour suivre Jesus.   Ce renon-
^{27.} cement à *tout,* doit pourtant être limité: Il abandonna son
Emploi; mais il n'abandonna pas son Bien, pour se réduire
à une pauvreté volontaire : son Emploi étoit incompatible
avec les Devoirs de son nouvel Etat. Auroit-il pû en le gar-
dant suivre Jesus, être perpétuellement avec lui, pour apprendre sa Doctrine, pour être le témoin oculaire de ses miracles, & pour se former au grand Ministére, auquel J.Christ
le destinoit? Mais pour son Bien, il le conserva, & en fit
^{Matt 11.} usage dans les occasions, puisque *peu de jours après sa Voca-*
^{15.} *tion, il invita J. Christ dans sa maison, où il fit un grand repas,*
^{Luc v.} *où se trouvèrent un grand nombre de personnes de son ordre.*
^{29.}

Il ne faut pas croire que les Disciples du Sauveur, qui pos-
sedoient quelque bien, s'en dépouillassent entiérement pour
se mettre à la mendicité, qui ne fût jamais honnête. Si le
Sei-

Seigneur ordonna à un jeune homme préfomptueux, de vendre tout fon bien, & de le donner aux pauvres, s'il vouloit arriver à la perfection, ce fut pour le mettre à l'épreuve, & non pour le réduire à vivre d'aumones. Quelle conduite plus infenfée, quelle Philofophie moins raifonnable, que celle de fe défaire d'un Bien légitime, pour être à charge à tout le monde? Il eft vrai, les Difciples du Seigneur renoncèrent volontairement à tout ce qu'ils pouvoient poffeder; mais ce ne fut proprement qu'après l'Afcenfion du Seigneur, & la defcente du S. Efprit. Ils apprirent alors diftinctement la nature du Règne du Fils de Dieu, & de leur Miniftère, qui les appellant *à prêcher l'Evangile à toute la terre*, ne leur permettoit pas de poffeder rien en propre, & les obligeoit de s'abandonner entiérement aux foins de la Providence. Du refte ce feroit leur faire une extrême injure, de les regarder comme des Mendians. Ce font de dignes Ouvriers du Seigneur, à qui toutes les Eglifes devoient *leur jufte falaire*. ^{Marc XIV. 15.} ^{Matth. x. 10.}

On peut être furpris que J. Chrift ait choifi pour Difciple, & enfuite pour Apôtre, un homme, qui a exercé la profeffion de Péager, profeffion, comme on l'a dit, très odieufe aux Juifs, & décriée partout, à caufe des malverfations trop ordinaires à ceux qui l'exercent. On a déja prévenu une partie de cette objection. Cependant on ne laiffera pas de dire encore ici, qu'au fonds cette Profeffion eft néceffaire & légitime. Auffi Jean Bâtifte n'ordonna pas aux Péagers, qui fe préfentèrent pour recevoir fon Batême, de la quitter, mais feulement *de ne rien exiger au delà de leurs ordres*. Secondement, on doit croire que S. Matthieu, avoit bien pratiqué ce précepte de S. Jean. La Vertu & la Probité font de tous les tems, & de toutes les conditions: On les voit briller fouvent dans des Profeffions, pleines de tentations, & difparoître en d'autres, avec lefquelles elles devroient être naturellement afforties: On voit des hommes profaner les Emplois les plus faints, comme on en voit d'autres fanctifier les plus profanes. 3. Mais quand il feroit vrai que S. Matthieu eut commis quelques ufures & quelques extorfions, il ne faut pas douter que depuis fa vocation, il n'ait, à l'exemple de Zachée, reftitué au quadruple, ce qu'il pouvoit avoir pris injuftement. De forte que bien loin qu'une femblable vocation faffe tort à l'Evangile, elle lui fait au contraire beaucoup d'honneur. Le Seigneur purifie ces vafes d'argile, avant que d'y mettre fes tréfors: Il change des Pécheurs en des modèles de Vertus: fa Grace abonde où le péché avoit abondé: Et, fi on l'ofe dire, cela convenoit à la Sageffe du Fils de Dieu: il falloit des Prédica- ^{Luc III. 13.} ^{Luc XIX. 8.}

Bb bb 2

dicateurs humbles & pénitens, pour enseigner la repentance & l'humilité.

Marc 11.
15, 16. *Quelques jours après sa Vocation S. Matthieu fit un grand Festin dans sa maison, où il se trouva un grand nombre de Péagers, & d'autres gens, qui étoient à table avec J. Christ, & ses Disciples.* Cette démarche du Seigneur offensa les Pharisiens, qui en *murmurèrent*, & qui n'osant s'adresser à lui, dirent à ses Disciples; *D'où vient que votre Maitre mange avec des Péagers & des Pécheurs?*

Il y a dans des Versions fort estimables, *des gens de mauvaise vie.* Le mot Grec signifie seulement [10] *des pécheurs,* & la prémiére traduction dit certainement quelque chose de trop. Les Pharisiens parlent plûtôt selon l'opinion, que selon la vérité. Les Péagers étoient regardez des Juifs comme *des Pécheurs,* & sur le même pié que les Payens, plûtôt à cause de leur Profession, qu'à cause de leurs mœurs, quoiqu'il pût y en avoir, dont les mœurs étoient effectivement fort irrégulieres. S. Matthieu avoit invité de ces gens-là, & parce que les personnes d'une même profession ont des liaisons ensemble, & parce qu'il n'auroit pû inviter d'autres Juifs, qui n'auroient pas voulu manger avec lui, & dans sa maison.

Il faut convenir que les apparences étoient contre J. Christ, & qu'il dût paroître surprenant aux Pharisiens, qu'un Prophète envoyé du Ciel, se familiarisât avec des gens de cet ordre, jusqu'au point de manger avec eux. En général les Honnêtes Gens évitent la société des personnes d'une mauvaise réputation, bien loin de la chercher : Et quand l'Ecriture ne l'auroit pas ordonné, ils le feroient par prudence, par bienséance, par goût, & pour l'édification publique. Aussi J. Christ n'a garde de condamner cette sage précaution: au contraire il l'approuve plûtôt par sa réponse, & déclare qu'il n'a la condescendance de manger avec des hommes, qui passoient pour profanes, que pour les convertir. *Ceux qui sont* Math.
Ix. 12.
Marc 11.
17. *en santé,* dit-il, *n'ont pas besoin de Médecin, mais ceux qui se portent mal.* Vous ne trouvez pas mauvais, [11] dit-il aux Pharisiens, qu'un Médecin ne visite pas ceux qui se portent bien, & qui n'ont pas besoin de son secours, pourvû qu'il visite les malades, qui en ont besoin: Or je suis le Médecin des Ames, appellé à les guérir de leurs erreurs & de leurs vices, & par consequent je dois être dans la maison de ces malades spirituels: C'est ma fonction, & mon ministère. On a remarqué que [12] les Philosophes ont parlé comme le Fils de Dieu. Ils ont consideré les vices comme des maladies, & c'en sont à deux égards: Toutes les Passions vicieuses en général, ne sauroient que nuire à la santé du corps, & produire

duire une infinité de maux dans la focieté, quand même la
Providence ne s'en mêleroit pas : Et à l'égard de l'Ame, les
Paſſions font les maladies, qui la tourmentent, & qui la font
mourir, puiſqu'elle ne vit dans l'Homme, qu'autant que la
Raiſon vit & agit en lui.

Mais au fond les ſcrupules des Phariſiens, quoi qu'autori-
ſez par les Traditions des Docteurs, n'étoient qu'Hypocri-
ſie. Religieux obſervateurs des Cérémonies, ils donnoient
toute leur attention à paroître, ce qu'ils n'étoient pas en effet, & qui obligea J. Chriſt à les comparer à *des ſepulcres blan-* Math.
chis, qui ont une belle apparence de propreté, pendant, *qu'au* XXIII. 27:
dedans ils ſont pleins d'oſſemens de morts, & *de toute ſorte d'immon-*
dices. Ces gens-là s'imaginoient que l'attouchement d'un Péager, d'un Profane, les ſouilloit, & de retour dans leurs maiſons ils ſe lavoient ſoigneuſement, pour effacer cette impureté imaginaire. On ne doit fuir les vicieux, que pour ſe
garantir de la contagion de leurs vices, & ne paroître pas les
approuver : C'eſt une ſentence des Payens, approuvée par
S. Paul, *que les mauvaiſes compagnies corrompent les bonnes mœurs.*
Et quand le même Apôtre défend aux Fidèles, *de manger a-*
vec un Chrétien, qui vit d'une manière irréguliére, ce n'eſt que
pour lui faire de la confuſion, & le ramener par-là à ſon
devoir : Ce dernier but eſt celui que J. Chriſt ſe propoſe.
Il mange avec des Péagers pour les inſtruire & les convertir : La bonne odeur de ſes Converſations & de ſes Vertus les
ſanctifie, ſans qu'il puiſſe craindre qu'ils le ſéduiſent & le
corrompent, comme la Lumiére, qui tombe ſur des corps
impurs, n'en contracte aucune impureté.

Pour fermer la bouche à ces orgueilleux Cenſeurs, Jeſus
leur allégue un paſſage du Prophéte Ofée, *Allez,* leur dit- Ofée, vi.
il, *& apprenez ce que veut dire cette parole, Je veux miſéricorde,* 6.
& non pas ſacrifice : C'eſt-à-dire, je préfére l'exercice de la miſéricorde à tout le culte cérémoniel, & aux ſacrifices mêmes,
qui en étoient la principale partie. Dieu vouloit bien les
ſacrifices, puiſqu'il les avoit ordonnez ; mais il les reprend les
Juifs, qui, pendant qu'ils obſervoient exactement la Loi
touchant les ſacrifices, violoient les Commandemens plus
eſſentiels de la Juſtice & de la Charité. *Je veux,* c'eſt-à-dire,
J'aime mieux, je préfére : Comme on le voit par ces mots,
qui ſuivent dans Ofée, *& la connoiſſance de Dieu plus que tou-*
tes les Holocauſtes. Il y a divers exemples de cette façon de Voy. en
s'exprimer. particu-
lier Jean
vi. 16.

On voit ici la Sageſſe du Sauveur. Jamais application ne
fut plus juſte. Car, prémiérement, s'il eſt ordonné d'éviter
le commerce des pécheurs, ce n'eſt pas lorſqu'on ne les viſi-

te, que pour les convertir : Cette Loi ne peut être qu'un précepte de Prudence. Et ſecondement, quand ce ſeroit une Loi abſoluë, il faudroit en négliger l'obſervation, lorſ-qu'elle eſt un obſtacle à la converſion des pécheurs : Car puiſque Dieu préfére les œuvres de miſéricorde aux ſacrifices, & que la plus excellente de ces œuvres, eſt celle de conver-tir & de ſauver les pécheurs, il doit préférer leur conver-ſion à l'obſervation de la Loi, qui défend de manger avec eux. Or J. Chriſt ne le fait, que pour les inſtruire, les convertir, & les ſauver.

Il y a non ſeulement de la ſageſſe dans cette réponſe du Seigneur : Il y a une ſorte de condeſcendance : Il veut bien s'accommoder à leurs idées, & regarder les Péagers comme des pécheurs, quoi qu'au fonds ils le fuſſent moins que les Phariſiens ; mais après avoir porté la condeſcendance ſi loin, Jeſus lance un trait fort délicat, & comme imperceptible, contre la préſomption de ces Hypocrites. *Je ne ſuis pas venû* leur dit-il, *appeller les Juſtes, mais les Pécheurs à la repentance.*

Tous les Hommes étant pécheurs, ils avoient tous beſoin de repentance, & par conſéquent de la miſéricorde de Dieu. Mais les Phariſiens, fiers de leur fauſſe juſtice & de leur fauſſe perfection, croyoient que le Ciel étoit dû à leurs mé-rites. Ils oſoient étaler leurs vertus juſqu'au pié du Tribu-nal du ſouverain Juge, & lui *demander la récompenſe, comme une*

Luc xviii. 9.

choſe duë. C'eſt ce que le Seigneur a ſi bien repréſenté dans la Parabole du Phariſien & du Péager, où le prémier vante ſes bonnes œuvres, & le ſecond déplore ſes péchez, les con-feſſe, & en demande grace. Jeſus donc, qui connoît l'eſ-prit des Phariſiens, leur dit indirectement, „ De quoi vous plai-
„ gnez vous : Ce n'eſt point pour vous que je ſuis venu:
„ Vous êtes *des Juſtes*, des Saints, des Parfaits : Vous n'avez
„ pas beſoin de repentance, vous n'avez point commis de
„ péché. Ce n'eſt point chez vous que le Médecin doit al-
„ ler. . . Vous n'avez point de maladies à guérir. . . C'eſt
„ des Péagers, c'eſt des femmes de mauvaiſe vie, c'eſt de
„ ces malades ſpirituels, que je dois prendre ſoin. Comme
„ ils ſentent le poids de leurs péchez & de leurs miſéres, ils
„ ſoupirent après la grace ; mais elle vous eſt inutile à vous,
„ qui n'en avez pas beſoin.

Il y a de l'apparence que les Phariſiens ſentirent bien le coup, que J. Chriſt leur portoit. Mais dans des Ames de cette trempe, il n'étoit propre qu'à les irriter, & non à les toucher d'une componction ſalutaire. L'Expérience l'a fait voir : Les Péagers & les Femmes de mauvaiſe vie ſe con-vertiſſent ; Et les Phariſiens deviennent plus méchans, au
lieu

lieu de fe corriger. C'eſt ce que J. Chriſt diſoit d'une maniére un peu énigmatique dans ces paroles: *Maintenant le Ro-* Matth.
yaume des Cieux eſt forcé, & ce ſont les violens, qui le raviſſent. Xi. 12.
Le Seigneur fait alluſion à la profeſſion des Péagers, qui
exerçoient des violences: Ils arrachent, pour ainſi dire, le
Royaume des Cieux des mains du Sauveur. Il s'explique
plus diſtinctement ailleurs, quand il dit aux Phariſiens, *Les* Matth.
Péagers & les Femmes de mauvaiſe vie, vous dévanceront dans le Xi. 31.
Royaume de Dieu. Triſte, mais trop juſte reflexion: Voilà
le malheureux effet des vices de l'Eſprit: On ne les connoît
pas, on ne les ſent point, quelques grands qu'ils ſoyent! Les
Phariſiens, tout pleins d'Orgueil, d'Ambition, d'Envie, de
Malignité, de Cruauté, ſe croyent des Saints, parce qu'ils
ne ſont pas coupables de ces vices honteux & groſſiers, que
l'on ne peut ni déguiſer en vertus, ni cacher aux yeux du
monde, & qui en attirent le mépris. Or l'Orgueil, le plus
odieux de tous les Vices, a encore le pernicieux défaut de
rendre les Hommes incorrigibles. Les cenſures, les remontrances, ne font que les irriter; mais les vices, auxquels la
honte eſt attachée, ont aumoins cet avantage, d'humilier les
pécheurs, & de les préparer à la repentance. Ainſi les Phariſiens, qui avoient les vices des Démons, en eurent auſſi
l'impénitence, pendant que les Péagers & les Femmes de
mauvaiſe vie, qui ont les vices de l'Humanité, ſe repenti-
rent & ſe corrigèrent.

DIS-

DISCOURS XXVIII.

Un jeune homme reſſuſcité par J. Chriſt Luc. VII. 11-17.

Uſqu'ici nous avons vû Jeſus guérir des ma-
lades, chaſſer des Démons, commander
aux Vents & à la Mer. On va le voir,
dans ce Diſcours, rendre la vie à un mort,
que l'on portoit en terre, & donner cette
preuve de ſon pouvoir & de ſa bonté, en
faveur d'une pauvre Veuve éplorée, qui
venoit de perdre ſon fils unique.

Luc VII.
11-17.

Le jour ſuivant, dit S. Luc, *Jeſus alloit à une Ville, appellée Naïn, accompagné d'un bon nombre de Diſciples, & d'une
grande foule de peuple: & comme il approchoit de la porte de la
ville, il ſe trouva qu'on portoit en terre un mort, fils unique de ſa
Mére, qui étoit Veuve, & il y avoit beaucoup de perſonnes de la
Ville avec elle. Quand le Seigneur la vit, il fut touché de compaſſion pour elle, & lui dit, Ne pleurez point. S'approchant enſuite
du cercueil, il le toucha, & ceux qui le portoient, s'étant arrêtez,
il dit, Levez vous, jeune Homme, je vous. le commande. En même tems le mort s'étant mis en ſon ſéant, commença à parler, &
Jeſus le rendit à ſa Mére. Ce qui ayant rempli de frayeur tous ceux
qui étoient là, ils glorifioient Dieu, en diſant, un grand Prophète
s'eſt élevé parmi nous, & Dieu a viſité ſon peuple: Et le bruit de
ce miracle, qu'il venoit de faire, ſe repandit dans toute la Judée, &
dans tout le païs d'alentour.*

Il faut l'avouër, c'eſt ici une de ces Hiſtoires, où le touchant & le merveilleux s'uniſſent. La vue d'une Mére, affligée de la perte de ſon Fils unique, eſt un ſpectacle bien touchant; mais l'Action de J. Chriſt, qui le rend à ſa Mére par
un motif de compaſſion pour ſon triſte ſort, eſt un de ces
miracles de Charité, où l'on voit éclatter à la fois deux qualitez ſi rarement unies, mais dont l'union fait la perfection
de Dieu même, je veux dire, la Puiſſance & la Bonté.

Le jour ſuivant, dit l'Evangeliſte; c'eſt-à-dire, le lendemain
après que J. Chriſt eut guéri le ſerviteur d'un Capitaine Romain, *il alloit à une Ville, appellée Naïn,* ou *Naïm.* C'étoit
une petite Ville, ou ¹ un Bourg de Galilée, ſitué à deux milles
les du mont Thabor. Il y a de l'apparence, que le Seigneur
ſe propoſoit de parcourir la Galilée, pour y prêcher l'Evangile,

Luc VII.
1-10.

Luc. VII. 14.

Νεανίας ἀποθανὼν ὑπὸ τῦ Χριςῦ ἐγερθείς.

A dead Youngman, restor'd to life by Christ.

Ein Jüngling durch Christus von den todten erweckt.

MORTUUS ADOLESCENS A CHRISTO VITAE REDDITUS.

Un jeune homme ressuscité par Jesus-Christ.

Een gestorven Jongeling door Christus opgewekt.

Picart delin.

Blesnet sculp.

gile, & qu'il voulut commencer par cette petite Ville, qui n'étoit pas éloignée de Capernaum, qu'il avoit choisie, pour y faire ordinairement son séjour.

S. Luc ajoute, *qu'il étoit accompagné d'un bon nombre de Disciples, & d'une grande foule de peuple.* Il ne s'agit pas seulement de ces Disciples, que le Seigneur créa ses Apôtres, mais en général de tous ceux, qui s'attachoient à lui, pour entendre sa Doctrine, voir ses miracles, & participer aux avantages de son Régne. Outre ces personnes, il y eut dans cette occasion une foule de monde de tout ordre, qui, attirez par la réputation du Sauveur, voulurent aussi le suivre. Sans doute il ne pût l'empêcher; Car il paroit par l'Evangile, qu'autant qu'il le pouvoit, il se déroboit à la foule, pour ne pas donner aux Pharisiens un prétexte de l'accuser, comme ils firent dans la suite, d'aspirer à la Royauté. Mais la Providence voulut, que le Seigneur allant faire un des plus surprenans miracles, fût accompagné d'une grande foule, & par conséquent d'un grand nombre de témoins.

Comme il approchoit de la ville, continue S. Luc, *il se trouva* Luc vii. *qu'on portoit un mort en terre.* Il semble que le hazard ait produit cette rencontre; mais on ne peut douter, que ce ne fût l'effet d'une direction secréte de la Providence. Elle voulut donner occasion au Seigneur, de faire l'essai de cette Puissance, qu'il déployera un jour sur la mort, avec plus d'éclat & plus d'étenduë. La conjoncture fût bien heureuse On ne rencontre pas vainement le Fils de Dieu, quand on a besoin de son secours.

On a déja remarqué ailleurs, [a] que les Juifs non plus que Discours les Romains, n'enterroient point les morts dans les villes, XXV. de peur d'infecter l'air de la mauvaise odeur des cadavres. Les Chrétiens ne le firent pas non plus dans les commencemens. Ils enterroient leurs martyrs dans leurs cimetiéres, qui étoient hors des villes; mais comme ils solemnisèrent dans la suite la mémoire de leurs martyrs le jour de leur mort, qu'ils nommoient celui de leur Nativité, ils s'assembloient ces jours-là auprès de leurs sépulcres, & appelloient cela *communiquer à leurs saintes Reliques:* Ce qui vouloit dire, qu'étant persuadez de l'immortalité de ces fidéles Témoins de J. Christ, ils vouloient mourir dans la Foi, pour laquelle ces derniers étoient morts. Dans la suite on bâtit des Oratoires sur les sépulcres des Martyrs, & la superstition succedant à une Dévotion raisonnable, on ne bâtit point d'Eglises qu'on n'eut des Reliques à y mettre: Ces Eglises nommées depuis des Temples, servirent & au Culte public & à l'ensevelissement des morts: La Terre où ils furent placez, fut regardée comme

une Terre fainte. Ainfi les Temples furent remplis de fé-
pultures, & les Villes devinrent , pour ainfi dire , le féjour
des morts auffi bien que des vivans.

Mais pour en revenir aux Juifs , comme ils enterroient les
morts hors des Villes & des Bourgs , dans des lieux écar-

Luc vii. *12.* tez , Jefus *approchant de la porte de Naïn , rencontra* un Convoi funèbre: *C'étoit un jeune* homme, qui venoit de *mourir,*
& que *l'on portoit en terre,* fur un petit lit, felon la coûtume
de ces tems là. Jefus, voyant ce Convoi funèbre s'arrêta,

Ibid. s'informa fans doute qui étoit ce mort, & apprit *qu'il étoit fils*
unique d'une Mére, qui étoit veuve, & qu'il vit fondant en larmes, & accompagnant le corps de fon Fils.

Ce font là de ces Afflictions, auxquelles des hommes mortels font expofez: On le fait: On en voit tous les jours des
exemples; mais il faut convenir que ce font des Afflictions
bien douloureufes. C'eft un beau mot de Marc Antonin,
& il eft encore plus beau dans la bouche d'un Empereur:
Vous êtes homme, & vous n'avez pas appris la patience. La Raifon parle ainfi, & la Réligion doit fortifier la Raifon, en nous
faifant envifager ces fortes d'adverfitez, non comme des fuites néceffaires de la Deftinée; mais comme des effets de la
volonté fage & toute puiffante de Dieu. Cependant tout
ce que la Raifon & la Piété peuvent faire dans ces triftes occafions, c'eft de nous foumettre à la volonté de Dieu, fans
murmurer: Mais du refte l'Affliction n'en eft pas moins vive, ni moins douloureufe. Auffi la veuve de Naïn en étoit
elles pénétrée. La mort, qui lui avoit enlevé fon mari,
vient de lui enlever fon fils unique, l'unique objet de toute
fa tendreffe, l'unique fruit de leur chafte affection. Car c'é-

Ch.vL 13. toit fans doute une femme pieufe, puifqu'elle excita *la com-*
paffion du Sauveur.

Ce Philofophe Célefte, élevé dans le fein du Pére des
miféricordes, fût le plus fage & le plus ferme de tous les
hommes, mais en même tems il en fût auffi le plus tendre
& le plus compatiffant. On en vit un exemple, lorfqu'il

Jean xi. *35.* ne dédaigna pas de mêler fes larmes avec celles de Marthe &
de Marie, pleurant la mort de Lazare leur Frere. Mais ce
qui diftingue la compaffion du Seigneur, de celle des foibles
mortels, c'eft qu'elle ne fe borne point à des vœux, à des
confolations ftériles: Elles font réelles, actives: Il fait ceffer
l'affliction, en faifant ceffer ce qui la caufe. *Jefus fut touché*

Luc vii. *13.* *de compaffion pour elle.*

Il y a des Gens dans le monde, qui ne trouveront pas,
que la compaffion foit un motif honorable de faire du bien.
Ils la regardent comme une foibleffe, dont le fage doit fe
dé-

dépouiller. Selon eux il doit accorder des graces aux malheureux, mais fans partager leurs maux, & fans en fouffrir
lui même. ³ Ce font de vaines fubtilitez de Gens, qui ne
connoiffent pas l'ordre de la Nature, & qui veulent être plus
fages que la Sageffe même.

Rien n'eft plus digne de la Bonté Divine, que d'avoir rendu les Hommes fufceptibles de compaffion. Que deviendroit
le Genre Humain, expofé, comme il eft, à une infinité de
maux inévitables, fans cette fenfibilité naturelle, qui prévient
les réflexions froides, lentes, & fouvent ftériles de la Raifon,
& force les Ames, qui n'ont pas dépouillé les fentimens de
la Nature, à foulager les miferes d'autrui.

Il eft vrai néanmoins que Jefus n'avoit pas befoin de ce
motif, pour faire des graces aux miférables: Mais qu'il eft
beau, qu'il eft confolant de le trouver dans une Ame fi grande & fi parfaite! Et certainement il y devoit être; Car au
fond la Compaffion eft inféparable de la Bonté. Cependant
il femble que l'Evangelifte ait attribué à la Compaffion feule
du Sauveur, les graces qu'il fit à la Veuve de Naïn, parce
qu'elle ne la demanda point à Jefus, qu'elle ne connoiffoit
point, & dans lequel par conféquent elle ne croyoit point.
J. Chrift exige la foi de ceux qui lui demandent des graces;
mais il ne l'exige que de ceux qui peuvent l'avoir. C'eft
ainfi qu'il ne l'exigea point de l'Aveugle né, quand il lui ou- *Jean ix.*
vrit les yeux: Cela eft digne de fa Bonté & de fa Sageffe. *1. & fuiv.*

Le Seigneur commença par confoler la Mére, & par arrê-
ter le cours de fes larmes: *Ne pleurez point*, lui dit-il; *Puis* *Luc vii.*
ayant fait arrêter ceux qui portoient le corps, il toucha le cercueil, *13. 14.*
& ceux qui le portoient, s'étant arrêtez, il dit, levez-vous, jeu-
ne Homme, je vous le commande. En même tems le mort s'étant
mis en fon féant, commença à parler. Voilà un de ces Miracles
du Sauveur, qui prouve d'une manière invincible fa Miffion
Divine: Mais qui montre en même tems la fuperiorité de
tous les Prophètes. C'eft ce qu'il faut faire bien remarquer
au Lecteur: Car c'eft là le but de ces Difcours, deftinez non
feulement à inftruire, mais à édifier & à fortifier la Foi.

On ne s'arrêtera point à montrer, que comme il n'y a que
Dieu qui puiffe donner la vie aux hommes, il n'y a auffi que
Dieu qui puiffe la leur rendre après la mort. Les Incrédules conviennent, qu'il n'y a point de Puiffance connue dans
la Nature, qui puiffe reffufciter les morts. Il faut donc tourner toute nôtre attention fur les circonftances d'un Evénement, fi décifif en faveur de la Divinité de la Réligion Chrétienne. Rejetter le témoignage des Evangeliftes comme une
impofture, eft une extrêmité, où les Incrédules ne fauroient

fe

fe maintenir. On a donné dans le Difcours préliminaire, tant de preuves de la fincérité & de la fidélité de ces facrez Ecrivains, qu'il ne refte aucun prétexte de les revoquer en doute. Or cela fuppofé, comme on a droit de le faire, a-près l'avoir montré avec tant d'évidence, il ne faut que con-fiderer les circonftances, qui établiffent la certitude du fait.

1. On n'a aucun prétexte de douter, que le jeune homme de Naïn, ne fut véritablement mort. On le porte en terre: Sa Mere le fuit en pleurs, accompagnée d'une grande trou-pe de Gens de la Ville, qui prennent part à fon Affliction, & qui vont rendre avec elle les derniers Devoirs à fon Fils.

2. Jefus lui rend la vie: mais ce prodige arrive en plein jour, en pleine campagne, proche de la porte de la Ville, en préfence d'une foule de Spectateurs, dont les uns font for-tis de Naïn, & les autres ont fuivi Jefus de Capernaüm.

3. L'Incrédulité la plus hardie & la plus foupçonneufe, peut elle avoir quelque indice de collufion & d'intelligence entre Jefus & la Veuve de Naïn. C'eft le fils d'une Femme, qui eft inconnuë à Jefus. Il la rencontre elle & le Convoi funébre, en approchant de la porte de la Ville. On fait bien que tout cela eft arrangé par la Providence. Mais la Pro-vidence travaille-t-elle à en impofer aux hommes?

4. Jefus informé qu'on porte en terre le fils unique d'une Veuve, & la voyant en pleurs, en a compaffion. Il dit aux porteurs de s'arrêter, & *touche le Cercueil.* On traduit *Cer-cueil*, mot, qui donne l'idée d'une *Biére* de bois, ou de mé-tal, dans laquelle le corps eft enfermé; mais ce n'eft pas ce-la ici. Les Juifs ce contentoient de lier ce corps du mort avec des bandes, & de l'envelopper dans un linceuil, & le couchoient enfuite fur un petit lit, fur lequel ils le portoient dans le tombeau.

5. Jefus *toucha* ce petit lit, & non pas le mort, peut être par condefcendance pour les Juifs, qui auroient regardé cet-te action, comme un mépris de la Loi, lorfqu'on n'y étoit pas appellé par le devoir & la néceffité. Cependant les Pro-phètes n'étoient pas fouïllez, pour avoir touché des morts. La raifon en eft, qu'étant revêtus d'un miniftére & d'un pou-voir Divin, ils n'étoient pas affujettis à des Loix purement cérémonielles, lorfque les fonctions de leur miniftére deman-doient, qu'ils n'y euffent pas d'égard.

6. Jefus parle à un mort, comme il auroit parlé à un vi-vant. *Levez-vous,* lui dit il, *je vous le commande.* Cela fut dit à haute voix, & entendu de tous ceux qui étoient à por-tée de l'entendre. Ce commandement fuivi à l'inftant de l'o-béiffance & de l'exécution, eft une preuve éclattante, une
preu-

preuve invincible du Pouvoir Divin, dont J. Chriſt étoit revêtû. Il faut reconnoître ici la vérité de ce qu'il a dit, *je ſuis la Reſurrection & la vie: Comme le Pére a la vie en ſoi-même, il a auſſi donné au Fils d'avoir la vie en lui même.* Le pouvoir qu'il exerce, eſt un pouvoir, qui lui appartient, & qu'il exerce en maître: *Levez vous, je vous le commande.*

7. Enfin l'on voit dans cet Evénement & dans ſes circonſtances, la ſupériorité du Fils de Dieu au deſſus des plus grands Prophètes. Elie reſſuſcite comme lui le Fils d'une Veuve, mais il n'agit pas comme le Fils de Dieu. Dans le trouble où l'a jetté ſon extrême affliction, elle ſe plaint au Prophète, qu'il ſemble n'être venu dans ſa maiſon, que pour y faire mourir ſon fils. Elie, touché de ſa plainte & de ſa douleur, prend l'enfant, le porte dans ſa chambre, s'étend trois fois ſur lui, prie Dieu de le reſſuſciter, & l'obtient. Eliſée reſſuſcite auſſi le fils de la Sçunamite, & s'y prend à peu près de même qu'Elie. Nul de ces Prophètes n'entreprend de parler au mort, & de lui commander de ſe lever. Cela eſt propre au Seigneur, & montre évidemment, qu'il a une autorité infiniment ſupérieure à celle des plus grands Prophètes. Il eſt le Fils unique de Dieu, & les Prophètes n'en ſont que les Serviteurs.

A la parole du Seigneur le mort ſe *léve dans ſon ſéant, & commence à parler.* Ce ſont là les preuves qu'il eſt véritablement reſſuſcité. On n'en a point de plus certaines de la vie d'un homme, qu'un mouvement qui paroit libre, puiſqu'il ſe fait enſuite d'un commandement, & l'uſage de la parole. L'Evangeliſte ne nous raconte pas ce que dit ce jeune homme, en revenant à la vie. Mais il eſt bien vraiſemblable, qu'il bénit Dieu, qui venoit de lui ouvrir les lévres, que la mort avoit fermées, & qu'il rendit graces à ſon Liberateur: Heureux de revoir le jour, non parce qu'il alloit recommencer une carriére, qui ſembloit être finie pour jamais; mais parce qu'il eût l'avantage de voir & de reconnoitre le Sauveur du monde, dont il venoit d'éprouver le ſecours & le pouvoir. On revient aſſez ſouvent de maladies déſeſpérées: Ce ſont des eſpéces de réſurrections; mais elles ne ſont utiles qu'autant qu'elles ſont ſuivies de la converſion des pécheurs.

Comme Jeſus fit ce miracle, parce qu'il fut touché de l'extrême affliction de cette Veuve, *il lui rendit ſon Fils,* * dit l'Evangeliſte. C'eſt un captif qu'il arrache des chaînes de

la

Jean xi,
25.
Jean v.
26.

1. Rois
xvii, 23.
& ſuiv.

11. Rois
iv, 32. &
ſuiv.

* *Orba quem mater ſupremis funerabat fletibus:*
Surge, dixit: Ille ſurgit, matri & adſtans redditur.
Aur. Prud. Cathem. vſ. 43, 44.

la mort, & des liens du sépulcre, que lui seul il pouvoit rompre. Peut-être le Seigneur lui tint-il alors le langage, qu'E-
lisée tint à la Sçunamite : *Femme prenez votre Fils* ; mais on ne peut guéres douter, qu'elle n'ait fait dans cette occasion, ce que fit la Sçunamite : *Elle se jetta aux piéds* du Prophète, & lui rendit graces. La reconnoissance de la Veuve de Naïn dût être bien vive & bien durable, si elle fut proportionnée à la grandeur du Bienfait: J. Christ le lui rend, non comme
Dieu rendit Isaac à Abraham , *par une espéce de résurrection*, mais par une résurrection très réelle.

A la vue d'une si grande merveille, tous furent saisis de crain-te, dit l'Evangeliste; c'est-à-dire, d'un profond respect pour Dieu, *& loüant Dieu, ils disoient, Un grand Prophète s'est éle-vé parmi nous, & Dieu a visité son peuple.* Ils ne disent pas encore, *le Christ, le Messie est venu.* Leur foi ne s'élevoit pas jusques-là, parce que le Seigneur ne se déclaroit pas ouverte-ment pour le Messie, attendant que ses œuvres le fissent con-noître. C'est assez qu'ils le reconnoissent pour *un grand Pro-phète.* Il sera aisé de passer de ce degré de foi, à un autre plus parfait. Ils ajoutent, *que Dieu a visité son peuple*, c'est-à-dire, qu'il lui a fait une grande grace, en lui envoyant un Ministre, qui les enseigne de sa part, & déploye sa puissance en leur faveur. Mais on entrevoit dans ces paroles de hau-tes espérances. Comme les Juifs lisoient avec soin les Ecri-tures, ceux-ci s'expriment comme leurs Ancêtres s'étoient ex-primez, lorsque Moïse leur fit espérer de la part de Dieu, de les délivrer de la servitude des Egyptiens; *le Peuple crût ce qu'Aaron lui disoit, & ils comprirent que le Seigneur devoit vi-siter les Enfans d'Israël,* c'est-à-dire, qu'il alloit les délivrer. Ainsi les Juifs commencent à concevoir, que le nouveau Prophè-te, qu'ils ne connoissent pas encore distinctement, venoit leur procurer leur Délivrance, sans savoir bien de quelle na-ture elle étoit. Ce mystere ne fut bien connu des Apôtres mê-mes, qu'après la mort, la Resurrection, & l'Ascension du Seigneur, ou plûtôt après la descente du S. Esprit.

D I S-

CAPUT JOANNIS BAPTISTAE DATUM FILIAE HERODIADIS.

DISCOURS XXIX.

 'Histoire, que nous allons confidérer dans ce Difcours, eft un exemple bien mémorable des funeftes effets, que produifent une joye profane, une haine injufte, & d'autant plus cruelle qu'elle eft injufte, lorfqu'une haute Vertu & un Zèle divin, ofent fe déclarer contre les Vices des Grands. Herode fe livre fans referve à tous les emportemens d'une joye licentieufe, & n'eft plus le maître ni de fes paroles, ni de fes actions: Heriodiade, poffedée d'une haine mortelle contre Jean Bâtifte, dont la vertu & l'autorité la tiennent dans une perpétuelle inquiétude, profite de cette conjonćture pour exécuter fon parricide deffein: Jean Bâtifte, animé du Zèle & de l'Efprit d'Elie, ne peut fouffrir le vice fur le Throne, l'attaque au péril de fa vie, & devient la glorieufe victime de fon courage, & de la fidélité qu'il doit à Dieu. C'eft en général ce que nous allons voir dans ce Difcours.

Les Evangeliftes racontent, „ qu'*Herode Antipas*, Tétrarque de Galilée, avoit fait mettre en prifon Jean Bâtifte, „ à caufe d'Herodiade, femme de Philippe fon frere, parce que „ Jean difoit à Herode, *Il ne vous eft pas permis d'avoir cette* „ *femme.* _{Matth. XIV. 3. Marc VI. 17.}

Il faut commencer par réfoudre une difficulté. Nos Ecrivains facrez témoignent, qu'Herodiade étoit femme de Philippe, & ¹ Jofephe, qu'elle étoit femme † d'Herode. Cela paroit contraire, & ne l'eft pourtant pas. Il faut donc obferver prémiérement, que *Philippe*, mari d'Herodiade, s'appelloit *Philippe Herode*, & que nos Evangeliftes l'ont défigné par ce prémier nom, & Jofeph par le fecond. Il n'y a rien de forcé dans cette obfervation. *Herode*, Tetrarque de Galilée, ne s'appelloit-il pas *Herode Antipas*, ou *Antipater*, car c'eft

* *Impar duabus occidit trifti nece.* Phaed. Fab. L. 11. fab. vi.
† Cet Herode étoit apparemment fils de Mariamne, fille de Simon, Grand Sacrificateur. Son Pere l'avoit déclaré fon fucceffeur, fuppofé qu'Antipater mourut avant lui; mais enfuite il le raya de fon Teftament. Jofeph. De Bell. Jud. lib. 1. cap. xxviii. p. m. 127. & cap. xxx. ad fin.
E e ee 2

c'eſt la même choſe. Il faut obſerver enſuite, qu'Herode
ayant eu un grand nombre de Fils de neuf femmes, il y en
eut deux qui portèrent le nom de *Philippe*, & qui étoient
diſtinguez, le prémier s'appellant *Philippe* ſimplement, & le
ſecond *Philippe Herode*. C'eſt de ce dernier Philippe qu'Herodiade étoit femme.

Joſephe [a] nous apprend, à quelle occaſion Herode Antipas débaucha cette femme. Comme il alloit à Rome pour
ſes affaires, il paſſa chez ſon Frere, & fût ſi charmé d'Herodiade, qu'il lui promit de l'épouſer à ſon retour, & de
renvoyer ſa prémiére femme, fille du Roi *Aretas*. Herodiade y conſentit, bien que ſon mari fut actuellement vivant, &
qu'elle en eut une fille, nommée *Salomé*. Peut-être cette Infidéle conçût elle de ſon côté de l'amour pour Antipas : Peut-
être auſſi y eut il de ſa part plus d'ambition que d'amour.
Philippe Herode ſon mari étoit Prince de naiſſance ; mais *Herode* ſon Pére, ſurnommé le *Grand*, ayant partagé ſes Etats
[3] entre trois de ſes Fils, n'avoit laiſſé aux autres que de l'argent, & peut-être des Terres, mais non des Provinces. *Philippe Herode* fut du nombre de ces derniers : De ſorte que l'am-
bitieuſe Herodiade ne s'accommodant pas de la condition
privée, où la réduiſoit la Fortune de ſon mari, le quitta facilement, pour épouſer *Antipas*, qui étoit Tetrarque de Galilée. Mais l'ambition d'Herodiade, qui fut la cauſe de ſon
crime, le fut auſſi de ſa ruïne & de celle de l'Adultere Antipas. [4] Jalouſe de ce qu'Agrippa, ſon frere, avoit obtenu le
titre de Roi, elle ſollicita ſon mari d'aller à Rome, & de le
demander à *Caius Caligula*, qui tenoit alors l'Empire. Mais
Caligula ne ſe contenta pas de le refuſer : Il relegua Antipas
à Lion dans les Gaules, où Herodiade, plus fidéle à ſon ſecond mari qu'au prémier, le ſuivit dans ſon Exil. On en voit
tous les jours des Exemples : N'y fera-t-on jamais attention.
Les mêmes Paſſions, qui font commettre les crimes, ſervent
d'inſtrumens à la Providence, pour les punir.

Jean Bâtiſte voyant ce Prince de la Nation & de la Réligion Judaïque, violer publiquement la Loi Divine, & donner au Peuple un ſi pernicieux exemple, alla trouver Herode, & lui dit, *Il ne vous eſt pas permis d'avoir la femme de votre
Frere*. Cette Démarche de Jean Bâtiſte n'étoit point téméraire : Il étoit autoriſé : La remontrance étoit juſte : Herode
étoit coupable. Elle fut faite avec la prudence & la circon-
ſpection requiſe dans un pareil cas   Ce ſont trois circonſtances qu'il faut bien remarquer.

I. Jean Bâtiſte étoit autoriſé : Nathan reprit David, quoi
qu'il fut ſon Roi, & Elie en uſa de même avec Achab &
Jeſabel.

Matth.
XIV. 4.

Jefabel. Jean Bâtifte étoit Prophète, auffi bien que Nathan & Elie; mais quand il n'auroit été revêtû que de l'autorité d'un Miniftre ordinaire de la Religion, il étoit non feulement en droit, mais obligé par fa charge à reprendre Herode du crime fcandaleux, dont il étoit coupable. Les Princes font ils difpenfez d'obéïr à la Loi de Dieu, de qui ils tiennent leur pouvoir? Et les Miniftres de l'Evangile ne font ils pas obligez de cenfurer les Pécheurs de quelque ordre qu'ils foyent? S. Paul y eft formel. *Reprenez devant tout le* 1. Tim. *monde*, dit-il à Timothée, *ceux qui ont commis quelque péché,* V. 10. *afin que cela donne de la crainte aux autres. Je vous conjure de la part de Dieu,* pourfuit-il, *de la part de notre Seigneur J. Chrift, & devant les Anges Elus, que vous obferviez cette ordonnance fans prévention, ne faifant rien par aucune affection particulière.* Nous pouvons ajouter, en fuivant le même Efprit, *fans aucun refpect humain.* Les Vices des Grands font d'autant plus pernicieux, qu'ils donnent l'exemple aux Petits, qui ne fe font aucun fcrupule de les imiter. Il eft vrai néanmoins qu'un Miniftre de l'Evangile n'ira pas excommunier publiquement fon Prince & fon Roi; mais il eft obligé de lui déclarer, que s'il ne fe repent & ne fe corrige, il ne peut prendre le Sacrement de nôtre réconciliation fans le profaner, & fans aggraver fa propre condamnation. Il fera toûjours dangereux à la tranquillité des Etats, d'expofer à la haine & au mépris des fujets les Princes, que la Providence a établis pour les gouverner.

2. On a dit en fecond lieu, que la remontrance de Jean Bâtifte étoit jufte. Herode étant Juif de Religion, & faifant profeffion de reconnoître l'autorité Divine de la Loi Mofaïque, il ne pouvoit fans crime & fans un horrible fcandale, époufer la femme d'un autre, beaucoup moins celle de fon propre Frére. *Vous n'habiterez point avec la femme de vôtre* Levit. *Frére*, dit Dieu, *car c'eft la femme de vôtre Frére.* Le crime XVIII. 16. d'Herode n'étoit pas fimplement un Adultére, c'étoit un Incefte. Il avoit époufé la femme de fon Frére, quoi qu'il fut vivant, & qu'il en eut une fille, comme on l'a déja remarqué. Il eft vrai que Philippe avoit apparemment confenti au Divorce, & par conféquent au mariage d'Herodiade avec Herode: Mais un tel confentement peut il légitimer une action défendue par la Loi de Dieu? Il eft vrai encore, qu'il y a bien de l'apparence, que Philippe ne vivoit plus, lorfque Jean Bâtifte fit cette déclaration à Herode: Mais l'Incefte fubfifte toujours. Herodiade a été femme de Philippe: Elle en a eu une fille, & par conféquent elle ne peut époufer le Frére de fon mari.

3. On a remarqué en troisieme lieu, que Jean Bâtiste censura Herode avec toute la prudence & la circonspection requise dans un pareil cas. Il ne va point déclamer contre son Prince, ni le décrier en public, ce qui blesse & la prudence & la charité. Le devoir d'un Ministre de l'Evangile, est plûtôt de cacher les défauts du Prince, que de les publier. Comme il ne doit se proposer que la correction des pécheurs, & l'édification de l'Eglise, c'est agir directement contre ces deux vuës, que d'exposer en public les défauts des Grands. Mais c'est le devoir d'un zéle éclairé & d'une charité magnanime de les leur représenter en face, pendant qu'on les dissimule en public. C'est aussi ce que fit Jean Bâtiste. Il va trouver Herode, & lui dit, *Il ne vous est pas permis d'avoir cette femme.*

Il faut avouer pourtant que Jean Bâtiste avoit un grand avantage. C'étoit un Ministre irrépréhensible: Tout le peuple admiroit sa vertu, & le coupable Herode lui-même étoit contraint de rendre justice à son mérite. *Herode,* dit S. Marc, *savoit que Jean étoit un homme juste & saint: Il faisoit même beaucoup de choses par son Conseil, & l'écoutoit volontiers.* Il semble que le saint Homme voulut d'abord gagner la confiance d'Herode, avant que de lui proposer de renoncer à un mariage très scandaleux. Si cela est, on voit la prudence de Jean Bâtiste. Il veut apprivoiser une Bête farouche, avant que de lui proposer un sacrifice, dont il prévoit bien les difficultez. Mais quand on ose attaquer les vices favoris des Grands, ils ne consultent plus que leur Orgueil & leur Pouvoir: Aussi dès que Jean Bâtiste eût dit à Herode, qu'il falloit renvoyer Herodiade, il s'irrite, se souleve, ordonne qu'on l'arrête, & qu'on le mette en prison.

Sa férocité eut été plus loin, si elle n'eut été retenue par deux obstacles: Le prémier est, la vertu de Jean Bâtiste; Cette vertu, à laquelle les plus scélérats ne peuvent refuser leur estime, & qu'ils sont forcez d'honorer: Le second, qui a toûjours le plus de pouvoir sur les Grands, c'est la vénération que tout le Peuple avoit pour saint Prophète. *Herode,* disent les Evangelistes, *auroit bien voulu le faire mourir; mais il craignoit Jean, sachant que c'étoit un homme juste & saint:* & de plus, *il craignoit le Peuple, parce que Jean étoit regardé comme un Prophète.*

Joseph attribue la prison de Jean Bâtiste à une autre cause: [5] Il dit, " qu'Herode voyant l'attachement que le Peuple avoit pour ce saint Homme, il craignoit quelque soulévement, & que pour le prévenir, il le fit mettre en prison, " & le fit mourir. „ Il craint Jean Bâtiste, parce que la vertu

Marc vi. 20.

Ibid.

Matth. xiv. 5.

tu eft toujours fufpecte & formidable aux Tyrans; car du refte ce faint Homme étoit bien éloigné d'exciter les Peuples à la revolte. Les maximes qu'il prêchoit, n'étoient propres qu'à former les hommes à la crainte de Dieu, à l'obferva- tion de fes commandemens, à la Paix, à la Juftice, & à la Charité. Mais il fe peut qu'Herode, accoûtumé à n'enten- dre que des Flatteurs, fût effrayé de la hardieffe de Jean Bâ- tifte, qui ofa lui reprocher fon crime en face, & craignit qu'il n'en profitât, pour foulever contre lui le Peuple, qui ne pouvoit que le haïr. Quoi qu'il en foit, on ne doute point, que la crainte d'un foulevement populaire, n'ait été le prétex- te, dont Herode voulut colorer fon injuftice. C'eft par là qu'il crût fe difculper aux yeux de la Nation & de la Pof- térité, qui excufent aifément les violences, qu'un Prince com- met par des raifons d'Etat. C'eft ce qui en a impofé à Jo- fephe: qui n'a écrit, que ce qu'Herode & les Courtifans af- fectèrent de publier, au lieu que les Evangeliftes rapportent, ce qu'ils avoient appris de Jean Bâtifte lui même & de fes Difciples.

La réflexion que l'on fait ici, pour concilier Jofephe avec nos Ecrivains facrez, eft confirmée par l'expérience, & a été faite il y a long-tems par un des plus fenfez Ecrivains de l'Hiftoire: Parlant de l'origine de la Guerre des Romains a- vec les Carthaginois, „ Il y a, dit-il, une différence infinie „ entre les prétextes des hommes, & leurs véritables motifs. „ Les ignorans confondent ces chofes, mais ceux qui réflé- chiffent favent les diftinguer „ De là vient qu'on ne peut gué- res compter fur le récit des Hiftoriens. Ils ne favent que les dehors des Evénemens, & les motifs, que l'on a bien vou- lu en publier. Or c'eft la maxime conftante de la Politique, de couvrir les plus noires actions fous des prétextes honora- bles, ou du moins fpécieux. On pardonneroit cette infidé- lité, fi elle ne fervoit qu'à dérober à la connoiffance de la Poftérité les crimes des Grands; mais ne pouvant paroître innocens, qu'en rendant l'Innocence même criminelle, ils ne fe contentent pas de la faire périr, ils lui fuppofent des cri- mes. Combien a-t-on d'exemples de cet abominable artifice, dans l'Hiftoire ancienne, & dans l'Hiftoire moderne?

Il paroit en conférant les Evangeliftes, que Jean Bâtifte demeura affez long-tems en prifon; foit qu'Herode, qui au- roit bien voulu le faire mourir, fut combattu par les remords de fa Confcience; foit qu'il craignit les fuites d'un tel atten- tat. Il fuffifoit pour fa fureté que le Saint fût dans les fers; mais cela ne fuffifoit pas à Herodiade, qui trembloit toûjours d'être renvoyée, tant qu'il feroit vivant. Elle cherchoit donc

l'ocl'occafion de s'en défaire; & la trouva enfin dans un jour de

Fête: *Il arriva*, dit S. Marc, *une occafion favorable: Car He-rode fit un Feftin, le jour de fa naiffance, aux Grands de fa Cour, aux Chefs de fes Troupes, & aux Prémiers de Galilée.*

Il femble qu'une telle conjonêture n'étoit pas propre à l'é-xécution du deffein, qu'Herodiade méditoit. Les jours de la naiffance des Princes, ou ceux de leur avénement à la Cou-ronne (car on les appelle auffi les jours de leur naiffance) font ils propres à en obtenir de fanglantes Exécutions? Sont ce des facrifices d'aêtions de graces & de profpéritez? S'il s'a-giffoit de Liberalitez, d'Immunitez, de diminuer les Charges publiques, d'ouvrir les Prifons, & d'en faire fortir les mal-heureux, ou même des coupables: On ne feroit pas furpris, qu'Herodiade eut choifi ce jour pour faire fa demande à He-rode. Un Prince, qui a quelque fentiment de Piété ou d'Hu-manité, fe rappelle alors le fouvenir des graces, qu'il a re-çues du Ciel, & ne cherche qu'à fignaler fa Clémence. Ce-pendant, il faut l'avouer: la cruelle Herodiade a bien pris fon tems: Ces jours font pour l'ordinaire des jours de Fête pour les Paffions, & de dueil pour la Vertu. Les Grands, peu capables de fentir les joyes fpirituelles, qu'une Raifon tranquille & réfléchiffante fur les graces de Dieu, & fur la reconnoiffance qui lui eft duë, peuvent répandre dans une Ame jufte, fe livrent aux plaifirs fenfuels de l'excès du vin, de la débauche, des vains fpeêtacles, & même des fpeêtacles immodeftes: Non contens de bannir les foucis, que leur miniftére traine après lui, ils banniffent jufqu'à la Raifon. Alors, ayant éloigné ce Cenfeur importun de leurs excès, & environnez de leurs Adulateurs, ils s'abandonnent à toutes leurs Paffions; Et felon, que ces vents impétueux foufflent, ils font les jouëts, tantôt de la Colere, & tantôt de la Vo-lupté. C'eft donc là la Conjonêture qu'Herodiade choifit, pour porter Herode, à commettre un crime, pour lequel il avoit eu jufqu'alors de la répugnance.

Pour en venir à bout, elle fe fert d'une jeune fille, peut-ê-tre encore innocente; mais dont les attraits & les Graces na-turelles étoient propres à enflammer les défirs d'Herode, dont elle connoiffoit le cœur. On lui reproche un Incefte, & plû-tôt que d'y renoncer, elle eft prête à expofer fa propre fille à en commettre un autre: Banniffant toutes les bienféances de l'Honneur & de fa propre Dignité, elle la donne en fpec-tacle à une troupe de Débauchez; *Elle y danfa*, difent les E-vangeliftes, & le fit avec tant de grace, que le malheureux Herode en fût charmé, & oublia dans ce moment tout ce qu'il devoit à Dieu, & à la Vertu, & tout ce qu'il fe devoit à lui même.   La

La Danfe tire fon origine de la joye. Quand elle eft grande, on l'exprime naturellement par quelques mouvemens du
corps. Dans la fuite on a réglé ces mouvemens par l'Art,
& l'Impudicité en a fait un des Arts le plus dangereux: [1] Les
Payens fe font plaints il y a long-tems, que certaines Danfes
n'étoient propres qu'à gâter le cœur, & à corrompre les mœurs.
La Danfe eft permife, quand elle eft modefte, & qu'elle ne
fert qu'à une récréation honnête. Mais il n'y a nulle apparence que celle de *Salomé* fût de cet ordre. Cependant ne lui
imputons rien, & contentons nous de remarquer, *qu'elle plut* Matth.
tellement à Herode, & à tous ceux qui étoient avec lui, qu'il dit à XIV. 6,
cette jeune Fille; Demandez moi tout ce que vous voudrez, & je 7.
vous le donnerai.

On voit ici le caractére des Grands. Ingrats envers des
Serviteurs utiles, ils font prodigues à ceux qui ne leur four-
niffent que des amufemens & des plaifirs. Ils combleront
de bienfaits une habile Danfeufe, un Joueur d'inftrumens,
un vil miniftre de leurs voluptez, & laifferont fans recom-
penfe ceux qui les affiftent de leur prudence, de leurs confeils, ou qui les défendent eux & leurs Etats au péril de
leur vie.

Herode ne fe contente pas de ces offres: Et pour enhardir
Salomé à lui demander tout ce qu'elle voudra, *il lui dit avec* Marc 11,
ferment, Je vous donnerai tout ce que vous me demanderez, fût ce 13.
la moitié de mon Royaume: Ce Royaume, qui avoit coûté tant
de travaux à Herode fon Pére, qui lui avoit fait répandre
tant de fang, ou pour l'acquerir, ou pour le conferver, il eft
prêt de le partager avec une perfonne, dont tout le mérite eft
de lui avoir plû par la Danfe. A quel prix font fouvent les faveurs des Princes! On peut en profiter; mais elles ne font
eftimables, que lorfque le mérite les a acquifes, & que la
Juftice & la Prudence les diftribuent.

Après une offre fi infenfée, Salomé, qui n'agiffoit que par
les confeils de fa Mére, fortit de la fale, & alla dire à Herodiade: *Que demanderai-je? La Tête de Jean Bâtifte,* répondit Marc 11.
la Mére. 24.

Salomé auroit dû frémir à l'ouïe de ces paroles. La Douceur, la Bonté, la Compaffion, doivent être auffi bien que
la Pudeur, les vertus de fon Sexe. Mais, fi ces vertus s'al-
térent dans les Femmes par les Paffions, que l'âge & les affaires ameinent ou développent, elles doivent être vives dans
la jeuneffe, quand le Monde & les intérêts du Monde n'ont
pas encore corrompû le Naturel. Mais la jeune Salomé ne
dément point fon origine. Le fang du Barbare Herode fon
Ayeul coule dans fes veines, auffi bien que celui de la cruel-

Marc vi. le Herodiade. *Elle revient auffi-tôt avec empreffement trouver le*
25. *Roi, & lui fait cette demande: je voudrois que vous me donnaffiez
tout à l'heure dans un baffin la tête de Jean Bâtifte.* Tous ces
termes méritent d'être pefez, *Je voudrois,* dit elle. Mais il
y a dans S. Marc, [8] *je veux:* Expreffion, qui peut à la vérité être mife pour *je voudrois;* mais qu'on peut auffi prendre
à la lettre. Elle fent tout l'empire que fes charmes féduifans
lui ont donné fur fon Beaupére & fon Roi: *Je veux que vous
me donniez tout à l'heure:* Point de délai: de peur que le repentir ne faffe revoquer une promeffe téméraire, & un ferment
injufte. *Je veux que vous me donniez la tête de Jean Bâtifte
dans un baffin.* C'eft le plat, que je veux fervir à ma Mére,
pour le feftin de vôtre Naiffance.

Ce fut alors qu'Herode commença d'ouvrir les yeux, &
de revenir de fon enchantement. Il vit le piége qu'on lui a-
Ib.vf.16. voit tendu, & l'ufage qu'Herodiade avoit fû faire de fa légé-
reté. *Il en fût très fâché,* dit S. Marc.

Il y a des Interprêtes qui croyent, que cette affliction ne
fût qu'une feinte, & qu'au fond Herode étoit bien aife d'a-
voir un prétexte plaufible de fe défaire de S. Jean. Mais bien
que la Diffimulation & le Menfonge ayent été depuis long-
tems érigez à la Cour en vertus, il faut pourtant convenir,
que la douleur d'Herode fut fincére dans ce moment, & que
les Evangeliftes l'ont crû. Il eft vrai que dans les prémiers
momens de fa colére, ce méchant Prince auroit bien voulu
faire mourir Jean Bâtifte: Nos Ecrivains facrez le difent:
mais la reflexion modera ces prémiers fentimens. Il y a même dans S. Marc un mot, qu'un Interprête moderne a tra-
duit, [9] *Il le refpectoit,* mais qui fignifie véritablement, *Il le gardoit.* Herode *gardoit* Jean Bâtifte en prifon, foit pour s'affurer de la perfonne d'un homme, qui avoit un fort grand crédit fur l'Efprit du Peuple, foit pour le garantir des attentats
d'Herodiade, dont il n'ignoroit pas la haine contre S. Jean.
Il faut s'en tenir à la relation des Evangeliftes, qui témoignent qu'Herode *fut très fâché,* que Salomé lui eut fait cette
Ibid. demande; *mais qu'à caufe de fes fermens, & des perfonnes qui étoient
à table, il ne voulut pas la refufer.*

Il faudroit peut-être confondre ces deux raifons. Ce n'eft
pas la Réligion des fermens, qui oblige Herode à facrifier
Jean Bâtifte. Il y a long-tems que la Politique des Princes,
brife fans fcrupule ces facrez liens: Et d'ailleurs, c'eft un ferment leger, & qui n'a été fait que dans la fuppofition que
Salomé ne demanderoit rien d'injufte. Mais ce qui fait de
la peine à Herode, c'eft que le ferment a été fait en préfence d'un grand nombre de Témoins, & que s'il le viole, ils
le

le mépriferont comme un Parjure, comme un homme foible, leger, peut-être comme un homme timide, & qui craint le reffentiment du Peuple, charmé des vertus de Jean Bâtifte. Cependant, fi l'on veut féparer ces deux motifs, on y verra & la Réligion & l'Honneur de ce méchant Prince, & de fes femblables. Leur Religion eft une véritable Impiété, & leur Honneur, dont ils font fi jaloux, une véritable Infamie.

Le ferment eft une invocation du nom de Dieu, par laquelle nous le prenons à témoin de la fincérité de nos paroles & de nos intentions, & nous nous foumettons à fa vengeance, fi nous violons nos engagemens. Cela étant, il eft clair que le ferment ne doit s'employer qu'avec une grande circonfpeétion, après avoir bien confidéré, fi ce que nous promettons, eft dans nôtre pouvoir, s'il eft jufte, s'il ne bleffe aucune Loi Divine, s'il n'eft préjudiciable, ni aux autres, ni à nous mêmes. Quand il arrive à des hommes foibles, de proferer des fermens inconfiderez, leur devoir eft d'en demander pardon à Dieu. Autrement ils ne font qu'entaffer crimes fur crimes, & fe livrer à la vengeance Divine, qu'ils pourroient détourner par la Repentance. Il eft vrai que fi les fermens ne font préjudiciables qu'à leurs intérêts temporels, ils doivent les garder: Ils ne font que porter la peine de leur témérité.

Celui d'Herode eft des plus vicieux. Il le fait dans l'emportement où le jette une paffion foudaine, & il fe fut bien donné de garde de le tenir, fi la Fille d'Herodiade, lui avoit demandé la moitié de fon Royaume. C'eft alors que l'Intérêt l'auroit emporté fur la Religion, & que la difgrace, ou peut-être quelque chofe de plus, auroit été la peine de la témérité de Salomé. Mais il ne s'agit que de la tête de Jean Bâtifte: Et cette tête, que fon innocence & le miniftère dont il eft revêtû, doivent rendre facrée à toute la Terre, eft facrifiée fous un prétexte de piété envers Dieu. C'eft ainfi que les Paffions humaines fe jouënt de la Religion même, & qu'on viole la Loi Divine, en faifant femblant de l'obferver. Combien de fois a-t-on vû depuis l'établiffement du Chriftianifme la Perfidie & l'Inhumanité immoler des Ecatombes d'Innocens, fous de pareils prétextes: La Tyrannie religieufe, & l'Hypocrifie fe fervir du nom de Dieu, pour couvrir leurs trahifons & leurs meurtres?

Au prétexte de la Réligion Herode joint le motif de l'*Honneur*. *Il ne voulut pas refufer* la fille d'Herodiade, *à caufe de ceux qui étoient à table avec lui.* Voilà l'Idole des Hommes en général; mais fur tout des Grands: Idole, que l'Orgueil a confacrée, qu'il a mife en la place de la

Gg gg 2　　　　　Vertu,

Vertu, & à laquelle ils facrifient & la Religion & l'Humanité.

Il faut pourtant convenir, que l'on eft redevable de bien des avantages, à l'amour, que les Hommes ont pour l'Honneur. Sans ce frein, on verroit à tout moment les Grands abufer de leur pouvoir, & comme ils n'ont rien à craindre des Loix, s'abandonner fans referve à l'impétuofité de leurs paffions. Ce fut par ce motif d'Honneur, qu'un des plus méchans Princes, qui fut jamais, (on veut parler de Caius Caligula) revoqua l'ordre qu'il avoit donné, de mettre fa ftatuë dans le Temple de Jerufalem. Dans la joye d'un Feftin, qu'Agrippa lui donnoit, il fit des promeffes réiterées à ce Prince, de lui accorder tout ce qu'il lui demanderoit, Agrippa lui demanda la grace qu'on vient de dire ¹⁰. „ Il l'accor-„ da, dit l'Hiftorien, parce qu'il jugea, qu'il étoit contre „ fon honneur de violer une parole, qu'il venoit de donner „ volontairement, devant un fi grand nombre de témoins. Voilà une conjonsture, où l'Honneur obtint d'un Prince, ce que la Juftice n'en auroit jamais obtenu. Mais d'autre côté, il faut convenir, que la même paffion a fait, & fera toûjours une infinité de maux. Ce n'eft pas que l'amour de l'Honneur, quand il eft moderé, foit vicieux en foi. Mais c'eft que les Hommes ayant detaché l'Honneur de la Vertu, quoi que ces deux chofes foyent auffi inféparables que l'ombre l'eft du corps, elles fe trouvent en oppofition dans leur Efprit. De là vient qu'il y a des vices, qui leur paroiffent honorables, des vertus, qui leur paroiffent honteufes, & ces vertus font méprifées, pendant que les vices font honorez. Ils ont fubftitué à la véritable Gloire la vanité, qui n'en a que l'apparence. C'eft pour cela que les Saints font fouvent obligez de méprifer la Gloire humaine, parce qu'elle fe trouve en oppofition avec leur Devoir: au lieu que les Gens du monde, négligent la Vertu, quand elle paroit contraire à leur faux Honneur. Et de là tant de crimes dans les Grands, plus efclaves encore que les Petits de la Gloire humaine, & plus difficiles à défabufer fur ce fujet, parce que perfonne n'ofe blâmer leurs actions, ni contredire leurs jugemens. Voilà un des motifs du crime d'Herode. Il préfére le faux Honneur de ne pas paroître léger & parjure, au véritable Honneur de reconnoître fa témérité & fa précipitation, & de demander pardon à Dieu d'un ferment léger, & qui, quand il eut été fait avec déliberation, ne pouvoit l'obliger à commettre un crime. *Il envoya* donc *fur le champ* un de fes Gardes avec ordre de *lui apporter la tête de Jean Bâtifte dans* un baffin. *Le Garde lui coupa la tête dans la prifon, & l'ayant apportée dans un baffin, il la donna à la jeune fille, qui la préfenta à fa mére.*

Marc vi. 27. & fuir.

II

Il y a dans cette hiftoire d'affreufes circonftances. Qu'une Princeffe, qui fe croit offenfée, demande la tête d'un Inno- cent, il n'y en a que trop d'exemples ; mais qu'elle fe faffe apporter cette tête fanglante dans un baffin, pour raffafier fa haine d'un tel fpectacle, c'eft peut-être ce qui n'a jamais été fait que par Herodiade. Il eft pourtant bien vraifembla- ble, qu'elle n'ufa de cette précaution, que pour s'affurer, fi c'étoit effectivement Jean Bâtifte, qu'Herode eut fait mou- rir. Comme il avoit de l'eftime pour ce faint Homme, elle craignit apparemment qu'on ne la trompât, & que l'on n'eut fubftitué quelqu'autre victime, à celle qu'elle demandoit.

Herodiade eft donc tranquille à préfent. L'importun cen- feur de fes crimes eft réduit au filence : Elle peut jouïr en paix & de fon Incefte & de fa Dignité. Vains projets des Méchans! On ne parvient point au repos par des crimes. Les jugemens de la Providence ne le permettront jamais. L'In- nocence & la vertu opprimées les pourfuivront jufques dans les Afyles du Throne, & viendront en empoifonner les plai- firs. L'Hiftoire en rapporte un exemple bien mémorable. [11] *Theodoric*, Roi des *Wifigots*, fit mourir d'un cruel fupplice, l'illuftre & fage [12] *Boëce* fur de fauffes accufations, . . . crai- gnant que *Symmaque* fon Gendre, auffi fage & auffi illuftre que fon Beaupére, ne voulut venger fa mort, il lui fit cou- per la tête. l'Italie n'avoit rien de plus eftimable que ces deux grands Hommes. Theodoric eft à table peu de tems après [13] la mort de Simmaque. [14] On lui fert dans un plat la tê- te d'un gros poiffon. Il croit voir la tête de Symmaque, qui grince les dents contre lui, & qui le regarde d'un œil menaçant: Il fe leve de table, tout effrayé, tout glacé, court à fa chambre, fait venir fon Médecin, lui conte le prodige qu'il vient de voir ; reconnoit qu'il a fait mourir deux innocens: pleure fes crimes, & meurt bientôt après, tourmenté des remords de fa confcience. Herode n'eft pas plus tranquille que Théodoric. Il entend parler des faits de Jefus: Il s'imagine *que c'eft Jean Bâtifte, qui eft reffufcité, & que c'eft à caufe de cela qu'il fait des miracles.* Cette tête, qu'il a fait couper, s'eft rejointe à fon tronc: Une vertu Divine l'anime: Elle fait des miracles de Bonté: N'en pourroit elle pas faire d'une jufte vengeance? Malheureux les Princes, qui abufant de leur pouvoir, ofent opprimer l'Innocence: Ils ne le feront jamais impunément. Combien de fois Herode & He- rodiade, privez de leurs Etats, & devenus le mépris de toute la Terre, fe reprochérent ils l'un à l'autre les crimes, dont ils étoient complices, & dont leurs Difgraces étoient la jufte punition?

Matth. XIV. 2.

DISCOURS XXX.

Cinq mille perſonnes raſſaſiées, avec cinq pains & deux poiſſons.
MATTH. XIV. 13-21. MARC VI. 30-44. LUC IX.
10-17. JEAN VI. 1-14.

Exod.
XVI. 14.

Uand on conſidére les Miracles, qui ont
ſignalé la vie du Fils de Dieu, pendant le
cours de ſon miniſtère, on y trouve quelques fois des conformitez avec les Merveilles, que Dieu avoit faites en faveur
des Iſraëlites. C'eſt ainſi que Dieu ayant
nourri ſon peuple dans le Déſert d'une maniére miraculeuſe, le Seigneur jugea à propos de nourrir de même d'une maniére miraculeuſe le peuple, qui le ſuivoit, & qui s'étoit attaché à lui à cauſe de ſes
inſtructions & de ſes bienfaits. Si le pain qu'il lui donne,
n'eſt pas un pain, qui ſoit deſcendu du Ciel, il eſt encore
plus ſurnaturel, comme on le verra dans l'explication de notre hiſtoire.

Matth.
XIV. 12.
13.

Marc VI.
30.

Jeſus étant en Galilée, proche de la mer de Tiberiade,
où il avoit coûtume d'enſeigner le peuple, qui le ſuivoit, &
qui étoit en grand nombre, les Diſciples de Jean vinrent lui
annoncer la mort tragique de leur maître, dont ils venoient
d'enſévelir le ſacré Corps. Dans le même tems ſes propres
Diſciples revinrent de leur miſſion, & lui rendirent compte,
de ce qu'ils avoient fait, & de ce qu'ils avoient enſeigné, & du ſuccès de leur prédication. Alors Jeſus, pour ſe dérober à la

Jean VII.
30.

fureur d'Herode, *parce que ſon heure n'étoit pas encore venuë*; &
pour donner du relache à ſes Diſciples, qui avoient beſoin
de repos, leur ordonna de s'embarquer avec lui, afin de paſ-

Luc IX.
10.

ſer dans *le Déſert de Bethſaïde.*

Il y a ici une difficulté, qu'il faut tâcher de réſoudre. Cela n'eſt pas particulier à nos Hiſtoriens ſacrez. On en trouve à tout moment de ſemblables dans les meilleurs Ecrivains
profanes. La queſtion eſt donc de ſavoir où étoit placé ce
Déſert, où J. Chriſt ſe retira. Comme il eſt appellé par S.

Ibid.

Luc le *Déſert de Bethſaïde*, on ſuppoſe qu'il étoit dans le voi-
ſinage de cette ville. Mais S. Jean témoigne, que J. Chriſt

Jean VI.
1.
Ib. vſ. 17.

paſſa de l'autre côté de la mer, ou du Lac de Tiberiade: Et enſuite le même Evangeliſte dit, que *les Diſciples du Seigneur*
paſſè-

Μάγας ὄχλος θαυρίνω αὐτω χορτασθεῖς.

A great multitude fed with few loaves and two fishes.

Eine große Menge Volks mit wenig Speise gesättigt.

Math. XV. 15.

IMMENSA MULTITUDO EXIGUO CIBO PASTA.

Une grande multitude nourrie avec un peu de viande.

Menigte van Menschen wonderbly verzadigt.

paſſerent à l'autre bord du Lac, *vers Capernaum.* Or *Bethſaïde* & Capernaum étoient conſtamment deux Villes aſſez pro- ches, ſituées l'une & l'autre en Galilée, au côté occidental du Lac. ^{Jean t. 44. & ailleurs.}

Pour réſoudre cette difficulté, les Interprêtes font diverſes ſuppoſitions, qui ont toutes leur vraiſemblance. Les uns ^{Maldo- nat in ſ; l.} remarquent, que les Juifs, depuis qu'ils furent ſortis d'Egyp- te, appelloient le rivage occidental du Lac, le rivage *au delà* du Lac, bien qu'il fut en deça, parce que telle étoit ſa ſitua- tion par rapport aux Iſraëlites, lorſqu'ils paſſèrent d'Egypte dans le païs des Cananéens. D'autres jugent, qu'il y avoit ^{Reland, Paleſt. Sac. lib. prim.487; 488.} deux *Bethſaïdes*, la prémiere en Galilée, & la ſeconde dans la Trachonitide. Ils ſe fondent ſur ce que Joſephe, qui ne pouvoit ignorer la ſituation des lieux de la Paleſtine, met une Bethſaïde dans la *Gaulonitide*, qui eſt la même Pro- ^{Joſeph. Antiq. xviii. 3;} vince, que la Trachonitide. Ce fut celle-ci que Philippe, qui étoit Tetrarque de la Trachonitide & de l'Ithurée rebâ- tit & embellit, & à laquelle il donna le nom de *Juliade*, à l'honneur de Julie, Fille d'Auguſte. Ainſi *le Déſert de Beth- ſaïde*, comme S. Luc l'appelle, étoit proche de Bethſaïde dans la Trachonitide, & par conſequent au delà du Lac, & non de Bethſaïde en Galilée, celle-ci étant ſituée en deça du Lac, ſur le même rivage que Capernaum. Enfin il y a des Inter- prêtes, qui placent *le Déſert de Bethſaïde* au delà du Lac, par- ce qu'il leur paroit, que le recit de S. Jean le demande, mais ſans admettre deux Bethſaïdes. Ils ſuppoſent que ce Déſert, étant ſitué vis-à-vis de Bethſaïde de Galilée, on lui donnoit ce nom là.

Il ne faut pas diſſimuler une autre difficulté, qui ſe pré- ſente, ſi l'on place le Déſert de Bethſaïde ſur le rivage orien- tal du Lac. C'eſt que le Peuple, que J. Chriſt avoit quitté ſur le rivage occidental, informé du lieu, où il vouloit ſe re- tirer, s'y rendit à piéd avec tant de diligence, qu'il le devança. Or J. Chriſt n'ayant fait que traverſer le Lac dans une Bar- que, il devoit y arriver beaucoup plûtôt que cette multitu- de, qui étoit obligée de faire le tour de la moitié du Lac, & d'aller traverſer le Jourdain ſur un pont, que l'on met vis- à-vis de Tiberiade. Mais il eſt aiſé de concevoir que Jeſus s'arrêta quelques tems ſur le Lac avec ſes Diſciples, ſans met- tre piéd à terre, ce qui donna le loiſir au Peuple de ſe rendre à piéd à l'endroit, où il ſavoit que Jeſus devoit aller. Quoi qu'il en ſoit, tout nous oblige à placer la retraite de Jeſus au delà du Lac. Car ſon deſſein étant de ſe mettre pour quel- que tems à l'abri des attentats d'Herode en fureur, il falloit qu'il ſortit de ſa Juridiction, ce qu'il n'auroit pas fait, s'il s'é-

Hh hh 2   toit

toit retiré aux environs de Bethſaïde de Galilée, Province, dont Herode étoit Tetrarque. Car on ne peut pas dire, que Jeſus y demeura caché, puiſque le peuple le ſuivit, & le de-

Matth. xiv. 17. vança même en grand nombre *Comme il deſcendoit de la barque*, dit S. Matthieu, *il vit une grande multitude de peuple accourir à lui.*

Cette vuë ne put qu'exciter la compaſſion du Fils de **Marc vi. 31.** Dieu, *parce qu'ils étoient*, dit S. Marc, *comme des brebis, qui n'ont point de Paſteur* : Ceux qui devoient les paître d'une ſaine Doctrine, ne les nourriſſant que de leurs vaines Traditions, dont pluſieurs étoient contraires à la Loi Divine. Jeſus **Marc vi.** donc *ſe mit à leur donner des inſtructions* ſalutaires, *& guérit les* **34. Matth.** *malades, qui ſe trouvoient parmi eux.* **xiv. 14.**

Jean vi. Après cela il *ſe retira ſur une montagne*, pour donner du **3.** repos à ſes Diſciples, & pour en prendre lui même ; mais comme la foule augmentoit toûjours, & qu'elle ne pouvoit ſe réſoudre à s'éloigner de ſon Bienfaiteur, les Diſciples, impatiens de ſe voir enfin ſeuls avec lui, & de joüir de quelque repos ; voyant d'ailleurs la nuit approcher, ils s'adreſſè-**Matth.** rent à Jeſus, *& lui dirent, ce lieu eſt déſert, & l'heure eſt déja* **xiv. 15,** *paſſée, donnez congé à ce peuple, afin qu'il aille s'achetter des vi-* **16.** *vres dans les Bourgades : Mais Jeſus leur dit, Il n'eſt pas beſoin qu'ils s'en aillent, vous mêmes donnez leur à manger.*

Les Diſciples, qui ſavoient, qu'ils avoient à peine ce qui leur étoit néceſſaire, bien loin d'avoir des proviſions ſuffiſantes, pour une troupe de quatre à cinq mille perſonnes, & qui d'ailleurs n'avoient pas beaucoup d'argent, pour en achetter, **Marc vi.** répondirent à leur Maître, Seigneur, *irions nous achetter pour* **37.** ¹ *deux cent deniers de pain, afin de leur donner de quoi manger.* Je crois que cela veut dire ; Quand nous aurions deux cent deniers, & que nous les mettrions en pains, à peine pourrions nous en avoir aſſez, pour nourrir une ſi grande multitude. Il eſt certain, comme on l'a dit, que J. Chriſt & ſes Apôtres ne mandioient point. Ils avoient de l'argent, & achettoient les choſes néceſſaires. L'un deux étoit chargé de la **Jean xii.** recepte & de la dépenſe, & c'eſt à Judas que J. Chriſt avoit don-**6.** né cette charge. Mais comme ils ne faiſoient que de revenir de leur miſſion, & que le Seigneur leur avoit expreſſé-**Matth.** ment ordonné, *de ne porter ni or, ni argent, ni monnoye dans* **x. 9.** *leurs ceintures*, il n'y a nulle apparence qu'ils euſſent de l'argent, beaucoup moins *deux cent deniers.* Ainſi leur intention eſt, de faire comprendre à Jeſus, qu'ils étoient dans l'impoſſibilité, de ſubvenir à la nourriture d'un peuple ſi nombreux, parce qu'ils n'avoient pas dequoi leur achetter le pain néceſſaire. C'eſt ce qui eſt confirmé par la queſtion, que

Jeſus

Jefus fait à Philippe dans S. Jean: *De quoi achetterons nous du* ^{Jean vi.} *pain, pour donner à manger à ces gens-là.*

Cette Queftion, que J. Chrift fit à Philippe, donna lieu à cet Apôtre, de repeter ce que les autres avoient déja dit, *Que quand même ils pourroient achetter pour deux cent deniers de* ^{Jean vi.} ^{6, 7.} *pain, à peine y en auroit-il affez, pour que chacun en eut un petit morceau.* Jefus, ajoute S. Jean, *difoit cela, afin d'éprouver Philippe; car pour lui, il favoit bien ce qu'il avoit à faire.* Le Seigneur voulut voir fi Philippe, qui étoit un des plus anciens Difciples, auroit des idées plus juftes que fes Collégues de la puiffance de fon Maître, & s'il ne reconnoîtroit pas de lui même, que le Seigneur étoit en état de nourrir ce Peuple, fans recourir à des moyens humains. Mais Philippe n'étoit pas plus éclairé, & peut-être moins encore que plufieurs autres, comme on le voit par la Queftion qu'il fait à Jefus dans le chapitre xiv. & par la réponfe du Seigneur. Jefus voyant ^{Jean xiv.} ^{7, 8, &} ^{fuiv.} le peu d'intelligence & de foi de fes Difciples, leur dit, en s'adreffant à tous, *Combien avez vous de pains? Allez voir:* ^{Marc vi.} ^{38.} *ayant regardé, ils lui dirent, cinq pains & deux poiffons.* Il paroit par S. Jean, que ce fut André, frére de Simon Pierre, qui dit à J. Chrift, qu'il *y avoit dans la troupe un jeune gar-* ^{Jean vi.} ^{9.} *çon, qui avoit cinq pains d'orge, & deux poiffons.* Mais ajouta-t-il, *Qu'eft ce que cela pour tant de monde?*

Il eft bien vraifemblable, que ce jeune garçon étoit venu à la fuite de quelqu'un de la troupe, qui, fachant que J. Chrift étoit dans un lieu défert, avoit fait porter quelques provifions pour lui, & pour d'autres perfonnes de fa connoiffance. Peut-être auffi quelques uns des Difciples l'avoient pris avec eux, pour porter ce peu de provifions, ne fachant pas le tems, que J. Chrift devoit demeurer dans un lieu folitaire.

Jefus ayant commandé, qu'on lui apportât ces cinq pains & ces deux poiffons, dit à fes Difciples, *de faire affeoir le* ^{Luc ix.} ^{14.} *peuple fur l'herbe, par troupes de cinquante perfonnes.* Elles étoient rangées vis-à-vis les unes des autres, formant des efpéces de tables de cent perfonnes chacune: De là vint que S. Marc dit, *qu'ils s'affirent par troupes, les unes de cent perfonnes, les au-* ^{Marc vi.} ^{40.} *tres de cinquante.* Il y en avoit cent à chaque table, mais il n'y en avoit que cinquante fur une ligne. Le Seigneur voulut, qu'ils fe rangeaffent de la forte, parce que c'étoit le moyen de juger d'abord du nombre des perfonnes, & de mettre les Apôtres en état de leur diftribuer à tous du pain & du poiffon. Ils alloient de rang en rang avec leur corbeilles; ou même ils n'avoient qu'à fe diftribuer les

differentes bandes de perfonnes, & à préfenter leur corbeille aux prémiers de chacune, pour la faire paffer enfuite aux autres.

Dès que Jefus l'eut ordonné, tous s'affirent fur l'herbe
verte, & formérent des efpéces de *Carreaux*, comme s'exprime S. Marc, prenant fa figure des *Jardins*, où les endroits
que l'on féme, font partagez en *planches* ou *carreaux*. On
reconnut par cet arrangement, que le nombre des perfonnes,
qui avoient fuivi Jefus, montoit à cinq mille hommes, fans
compter les femmes & les enfans.

*Marc VI.
40.*

Ces difpofitions étant faites, Jefus prit les cinq pains &
les deux poiffons, qu'il s'étoit fait apporter : Puis *levant les
yeux au Ciel, il bénit* Dieu, ou lui rendit graces de fes bienfaits, pour nous apprendre, comme le dit fort bien a S. Chyfoftome, *à ne jamais ufer des biens de Dieu, fans lui en témoigner nôtre reconnoiffance :* Car il ne faut pas s'imaginer que le
deffein, ou l'effet de cette bénédiction, fut de multiplier les
pains & les poiffons par la vertu des paroles, que le Seigneur
prononça. Ce ne font ni les pains, ni les poiffons, qui font
l'objet de la bénédiction de J. Chrift : C'eft à Dieu fon Pére
qu'elle s'adreffe. *Bénir & rendre graces*, font des expreffions
fynonimes dans l'Ecriture : De là vient que ce qu'un Evangelifte exprime par * *bénir*, l'autre l'exprime par *rendre graces :* Toute la vertu de la bénédiction par rapport aux alimens,
c'eft qu'elle en rend l'ufage légitime : Elle les fanctifie à l'é-
gard de ceux qui en ufent, après avoir reconnû, que c'eft
Dieu, qui les leur donne, & l'en avoir remercié.

*Matth.
XIV. 21.*

On ne doute point auffi, que le Sauveur ne fe foit propo-
fé, de témoigner à la face de tous les fpectateurs, que c'eft
à Dieu fon Pére, qu'il eft redevable de la Puiffance miraculeufe, qu'il va déployer. C'eft un des beaux caractéres du
Fils de Dieu, de rapporter toujours à Dieu fon Pére, la gloire des miracles qu'il a faits, afin que la reconnoiffance & l'admiration de ceux, qui en font les témoins, fe tourne toute
entiére vers le Pére. Tout ce qu'il exige, c'eft que l'on croye
que Dieu l'a envoyé. Ce fut ainfi que lorfqu'il reffufcita Lazare, il commença par *lever les yeux au Ciel*, & benir le Pére
célefte : *Pére, je te rends graces de ce que tu m'as exaucé. Je fai
que tu m'exauces toujours ; mais je dis ceci pour ce peuple, qui m'environne, afin qu'il croye que c'eft toi qui m'as envoyé.*

*Jean XI.
41.*

Après avoir rendu graces à Dieu de fes biens, & de la
Puiffance qu'il lui avoit confiée, le Seigneur *rompit les pains,
les diftribua à fes Difciples, & les Difciples au peuple.*

*Matth.
XIV. 19.*

11

---

* Ce que S. Matthieu a exprimé par bénir (Matth. XIV. 19.) S. Jean l'a exprimé par *rendre graces*
(Jean VI. 11.)

Il y a de l'apparence que les Apôtres reçurent les morceaux chacun dans fa corbeille : Car outre que c'étoit * la coûtume des Juifs, de porter des corbeilles, quand ils voyageoient, il paroit par la fuite, que J. Chrift ayant ordonné aux Apôtres de ramaffer les reftes, afin que rien ne fe perdit, ils en remplirent *douze corbeilles* : Pourquoi précifément *douze*, fi non parce que chacun des Apôtres avoit la fienne ? Matth. XIV. 20.

Ce fut ainfi que Jefus nourrit dans un Défert, fix à fept mille perfonnes, avec cinq pains & deux poiffons, & que les morceaux qui reftèrent des pains, furpaffoient la quantité du tout. Cependant ce miracle, quelque grand qu'il foit n'a rien de furprenant, dès qu'on en confidère l'Auteur : Ce n'eft au fond qu'une imitation, de ce que la Providence fait continuellement dans la Nature, où *un grain*, *femé dans une terre fertile*, *en produit cent*, *un autre foixante*, *un autre trente*. La difference qu'il y a, c'eft que les multiplications naturelles fe font avec le tems, par le concours des caufes fecondes, des pluïes du Ciel, des fels végétatifs, que la Terre porte dans fon fein, de la chaleur du foleil, & des autres moyens, qui concourent à la nourriture, à l'accroiffement, & à la maturité des plantes & des femences. Mais dans cette occafion, comme dans toutes les operations miraculeufes, où la Puiffance Divine intervient immédiatement, la caufe fuprême fait toute feule, & dans un inftant, ce que les caufes fecondes n'opérent que peu à peu, & felon les régles du mouvement, qu'il a plû au Créateur d'établir dans la Nature. Matth. XIII. 8.

Voilà l'idée que l'on peut fe former de la multiplication des cinq pains & des deux poiffons. Mais où fe fait elle cette multiplication ? N'eft-ce point entre les mains du Sauveur, qui, à mefure qu'il rompt les pains, & qu'il partage les poiffons en crée de nouveaux ? Ou bien eft ce dans les Corbeilles, où les Apôtres recevoient les morceaux que J. Chrift leur donnoit, & qu'ils portoient enfuite aux diverfes bandes, qui étoient affifes fur l'herbe ; de forte qu'à mefure que

cha-

---

* Cette coûtume des Juifs a été le fujet de la raillerie des Poëtes Payens, & de Juvenal en particulier, dans ces vers de fa troifième fatyre, vf. 13, 14, 15, & 16.

Nunc facri fontis nemus, & delubra locantur
Judaeis, quorum cophinus foenumque fuppellex.
Omnis enim populo mercedem pendere juffa eft
Arbor, & ejectis mendicat fylva camoenis.

Le P. Tarteron a rendu ces quatre vers en ces termes. " On loüe aujourd'hui aux Juifs le Bois, les " eaux, & le Temple que ce bon Roi (Numa) confacra jadis aux Mufes : helas ! on les en a chaffées; " & ces miferables Juifs, qui n'ont pour tous meubles que quelques corbeilles & un peu de foin, paient " jufqu'à l'ombre de la forêt où ils fe retirent. "

chacun des affiftans en tiroit des morceaux, la Providence en fubftituoit d'autres? Il femble que c'eft ainfi que S. Chryfoftome a conçû ce miracle, [3] *Les corbeilles*, dit ce Pére, *étoient comme autant de fources, qui fournifloient toujours de nouveaux alimens, & qui ne tarifloient point.* Il en fut de ces corbeilles, comme du vafe de cette pauvre Veuve, dont nous avons l'hiftoire dans le fecond Livre des Rois. Preffée par fes Créanciers, qui vouloient lui enlever fes fils, & les reduire à la fervitude, elle eut recours à Elifée, qui lui demanda ce qu'elle avoit dans fa maifon: *une cruche d'huile*, repondit elle. *Allez* lui dit le Prophète, *& empruntez de tous vos voifins des vaifleaux, mais des vaifleaux vuides, & n'en demandez pas en petit nombre.* . . . . *Verfez y de votre huile.* . . . . Elle le fit, remplit un grand nombre de vaifleaux, & l'huile ne ceffa de couler, que lors qu'il n'y en eut plus de vuides. Il en fut de même des corbeilles des Apôtres: Elles ne cefferent point de fournir de nouveaux morceaux de pain, que lors que toutes les troupes en eurent mangé, & qu'elles furent raffafiées.

(marge: x. Rois iv. 1. & fuiv.)

Voilà ce qui fe paffa dans le Défert de Bethfaïde, à la vuë de cinq mille hommes, fans compter les femmes & les enfans, & ce qui eft rapporté par nos quatre Evangeliftes; S. Jean ayant jugé à propos de l'inférer dans fon Hiftoire du Sauveur, parce que ce fut l'occafion du long Difcours, que J. Chrift fit à la multitude, & que cet Evangelifte nous a confervé. Il nous apprend auffi, que ce Miracle arriva, lorfque la quatrième Paque, que le Seigneur célébra pendant fon miniftère, étoit proche, c'eft-à-dire, qu'il arriva un peu plus d'un an avant la mort du Sauveur.

(marge: Jean vi. 1.13. Ib. vi.16-19.)

La réflexion, que les Juifs dûrent faire naturellement à la vuë d'un tel miracle, c'eft que Dieu leur avoit envoyé un Prophète, qui portoit des caractéres de fa miffion divine, non feulement femblables, mais fuperieurs à ceux de ces anciens Prophètes, dont ils véneroient la mémoire. En effet Elifée, dont on vient de parler, ayant reçu d'un particulier l'offrande des prémices de la moiflon, qui confiftoit en *vingt pains d'orge*, & dans quelque poignée d'épis, ordonna à fon Serviteur, d'en nourrir une troupe de cent Difciples des Prophètes, qui apparemment n'étoient pas feuls, comme on en peut juger par la rélation de l'Hiftorien facré. Le Serviteur d'Elifée lui ayant repréfenté, que c'étoit bien peu de chofe pour cent hommes: *Donnez ces pains à ce peuple*, repondit le Prophète, *car ainfi a dit l'Eternel, ils mangeront, ils feront raffafiez, & il y en aura de refte*, ce qui arriva effectivement,

(marge: n. Rois iv. 42. 44.)

ment,

ment. Jefus renouvelle ce Miracle ; mais avec ces deux differences: L'une, qu'il nourrit fix à fept mille perfonnes, avec
cinq pains d'orge & deux poiffons, & ce qui refta furpaffoit
de beaucoup le tout: L'autre, que le miracle du Sauveur fut
fait dans un Défert, en préfence d'une nombreufe troupe de
témoins, qui firent en effet la réflexion , que l'on vient de
marquer, & la firent plus diftincte & plus étenduë. *Ces gens* Jean vi,
là, dit l'Evangelifte, *ayant vû le miracle, que Jefus avoit fait,* 14.
difoient, c'eft véritablement le Prophète, qui devoit venir dans le
monde; c'eft-à-dire, *le Meffie*, qui devoit être, felon eux, un
très grand Prophète, & même plus grand que Moïfe.

DISCOURS XXXI.

* *J. Chrift & S. Pierre fur la mer.* MATTH. XIV. 22-33.
MARC VI. 47-52. JEAN VI. 16-21.

Matth.
xiv. 27.
Marc vi-
45.

E repas miraculeux, dont on a parlé dans
le Difcours précédent, étant fini, & les
reftes en ayant été ramaffez, Jefus *obligea
auffi-tôt* (ce font les termes de S. Matthieu
& de S. Marc) *fes Difciples, à rentrer dans
la barque,* qui les avoit amenez, *& à paffer
à l'autre bord* du Lac *vers Bethfaïde, pendant que* de fon côté *il congédia le Peuple.*

Les Evangeliftes ne nous difent pas les raifons de cet empreffement du Seigneur, à renvoyer fes Difciples feuls de l'autre côté du Lac. On en devine néanmoins une, qui paroit
très vraifemblable, comme elle eft très digne de la prudence
du Fils de Dieu. Cette nombreufe Troupe, qu'il venoit de
raffafier dans le Défert, fut fi charmée du miracle qu'elle a-

Jean vi.
14, 15.

voit vû, que non feulement ils difoient, *celui-ci eft véritablement le Prophète, qui devoit venir,* c'eft-à-dire, le Meffie, mais
que leur Zèle inconfideré les porta *jufqu'à vouloir l'enlever &
le proclamer Roi.* Rien ne pouvoit être plus funefte aux progrès de l'Evangile. C'étoit foulever les Juifs & les Romains
contre J. Chrift & fes Difciples, & donner lieu à des fédi-
tions populaires, & à une grande effufion de fang. Pour
prévenir donc cette entreprife, Jefus congédia d'abord la multitude, en leur ordonnant de retourner dans leurs Villes &
dans leurs Bourgs, mais *il obligea* auparavant *fes Difciples à re-
paffer le Lac,* de peur qu'ils ne fe laiffaffent entrainer aux mouvemens impétueux du Peuple, & qu'ils ne concouruffent à
un deffein, qui ne pouvoit que leur être très pernicieux.
Leur Zèle & leur foi n'étoient point encore éclairez : Ils étoient
pleins d'efpérances ambitieufes, & afpiroient aux prémiéres
Dignitez du Royaume de J. Chrift.

Il faut bien remarquer, que le Seigneur ne difoit point encore ouvertement, qu'il fut le Meffie. Il falloit auparavant
diffi-

---

* Mettons ici les vers de *Prudence*, qui a bien décrit l'action du Fils de Dieu, marchant fur les flots.
Cathemerin. vf. 48-51.

Ambulat per ftagna Ponti: Summa calcat fluctuum.
Mobilis liquor profundi pendulam praeftat viam,
Nec fatifcit unda fanctis preffa fub veftigiis.

Χριϛὸς καὶ Πέτρος ἐν τῇ θαλάσσῃ.
Matth: XIV. 31.
CHRISTUS UNA CUM PETRO IN MARI.

Christ and Peter upon the Sea.
Jesus Christ et S. Pierre sur la mer.

Christus und Petrus gehen auf dem Meer.
Christus en Petrus op de Zee.

Luyken invent.

diffiper les fauffes idées, que les Juifs s'en étoient formez:
Ce qui étoit très difficile, & qu'il ne put opérer fur fes Difciples mêmes qu'après fa Réfurrection. De là vient que leur
ayant demandé, ce qu'ils penfoient de fa Perfonne & de fon
miniftère, & S. Pierre lui ayant répondu pour tous, *Vous* Math.
êtes le Chrift, le Fils du Dieu vivant, Jefus leur défendit auffi- xvi. 16.
tôt de le publier. Il loüa cette confeffion; mais pour corriger les fauffes efpérances, que cette foi pouvoit leur faire
concevoir, & détruire en eux l'idée d'un Roi temporel, il
en prit occafion de leur déclarer le myftére de fa mort, *Dès* Ib. vē.21.
lors, dit l'Evangelifte, *Jefus commença à leur découvrir, qu'il*
falloit qu'il allât à Jerufalem, où il fouffriroit beaucoup de la
part des Anciens, des Scribes, & des Principaux Sacrificateurs,
& qu'il devoit être mis à mort, & reffufciter le troifiéme jour.
Jefus établit fa Miffion Divine par une infinité de Miracles bienfaifans: Il tâche par fes inftructions, de ramener les
Efprits des erreurs, dont ils étoient enchantez, fur la nature du Régne du Meffie, & des biens qu'il devoit apporter
au monde: Mais il ne fe dit le Chrift, & ne permet qu'on
le dife, que lors qu'il n'y a plus de mefures à garder, & que
le tems de fon Sacrifice eft venu. Alors il permet que le
peuple le conduife en triomphe à Jerufalem; qu'ils lui faffent
une entrée Royale; qu'ils le reconnoiffent pour *le Fils de Da-* Matth.
vid, pour le Roi, qui leur vient de la part du Seigneur; a- xxi. 9.
lors quand Pilate lui demande *s'il eft le Roi des Juifs,* il répond Jean
ouvertement, *Je le fuis.* Il n'y a plus d'inconvénient à dé- xviii. 17.
clarer cette vérité. Les idées & les efpérances d'un Régne
temporel, vont fe diffiper par fa mort, & le S. Efprit, qu'il
va envoyer du Ciel à fes Difciples, achevera de faire connoitre à tout le monde, que les Biens du Royaume des Cieux
ne confiftent que dans la Sainteté, & dans une Vie éternelle
après la mort.

Ces réflexions découvrent la raifon, pourquoi Jefus renvoye fur le champ fes Difciples, de l'autre côté du Lac, &
les fépare d'une Troupe, qui après avoir reconnu qu'il eft
le Meffie qui doit venir, (car c'eft ce qu'ils veulent dire) fe dif-
pofent à l'enlever, & à le proclamer Roi. JESUS, dit l'E- Matth.
vangelifte, OBLIGEA AUSSI-TOT fes Difciples, *de monter* xiv. 22.
dans la barque, & de paffer à l'autre bord avant lui, pendant qu'il 23.
renvoyeroit le peuple: après quoi il monta fur une montagne pour y
prier.

La retraite, la folitude conviennent à la Priére. C'eft-là
que l'Ame attentive, recueillie en elle même, n'ayant que
Dieu & fes merveilles devant les yeux, contemple fans diftrac-
tions fes perfections & fes bienfaits, conçoit pour lui l'Ad-
mira-

miration & la Reconnoiſſance, qu'il mérite, & lui offre le
pur ſacrifice de ſes louanges & de ſes actions de graces. Il
eſt vrai que Jeſus n'a pas beſoin de la retraite pour éviter les
diſtractions. Il ne s'élève point dans ſon Ame de penſées,
qui n'ayent leur ſource dans la Raiſon & dans la Piété: Point
de ces vapeurs, de ces nuages que les Paſſions, dont l'Eſprit Humain a tant de peine à ſuſpendre les mouvemens, élévent ſouvent malgré nous dans le tems que nous prions, &
qui interceptent la contemplation de Dieu. Cependant Jeſus veut être ſeul, comme s'il étoit ſujet aux infirmitez des
pécheurs. D'ailleurs il veut apprendre par ſon exemple, à
éviter l'oſtentation dans la Priére. Il pratique le prémier le

Math.
vi. 6, précepte qu'il nous a donné, de nous retirer dans nos Cabi-
nets, quand nous voulons prier Dieu, & de n'avoir que lui
pour témoins de nos Oraiſons.

Autre obſervation. Jeſus a travaillé toute la journée: Il
a enſeigné le peuple: Il l'a nourri d'un manière miraculeuſe:
Le ſoir vient: Il a beſoin de repos: où va-t-il le chercher? Il
va ſe délaſſer dans le ſein de Dieu des Travaux de ſon miniſtère, & goûter cet ineffable plaiſir, qui fera dans l'Eternité les
délices des Bienheureux: Contempler Dieu gracieux, favorable, l'adorer, lui offrir les hommages d'un cœur pur, &
en recevoir des témoignages de ſon amour.

Mais ſurquoi pouvoient rouler les priéres du Sauveur?
L'Indigence naturelle à l'Homme, ſes Beſoins l'appellent ſans
ceſſe à la Priére: Mais la plénitude des Graces Divines réſi-

Jean iv.
14. de dans la perſonne de Jeſus. Il eſt la ſource *des eaux vives,*
qui jailliſſent juſques dans la Vie éternelle. Il appelle à lui les A-
mes altérées; mais lui peut il l'être? Nous ne ſavons pas ce
que le Seigneur demande à ſon Pére. Par rapport à lui, ſes
priéres ne peuvent être que de continuelles actions de graces.
Mais par rapport à ſes Diſciples, & à ceux qui croyoient en
lui, c'étoient d'ardentes requêtes, comme on en peut juger
par la priére, qu'il préſenta à Dieu avant ſon Sacrifice, & que
nous avons au xvii. de S. Jean. Les Sacrifices ſpirituels, qu'il
offre à Dieu, ſont comme le Sacrifice qu'il lui a offert pour
tous les hommes, le pur effet de ſa Charité.

Après avoir achevé ſa priére, le Bon Paſteur tourne toute ſon attention du côté de ſes chéres Brebis. Il n'ignore pas
la peine, où ſont ſes Diſciples. Ils s'étoient embarquez avec

Math.
xiv. 24. un vent favorable, & déja ils avoient traverſé plus de la moitié
du Lac de Galilée, lorſque le Vent impétueux & contrai-
re, agite la barque où ils ſont, en ſorte qu'ils faiſoient des

ib. vf. 13. efforts inutiles pour avancer. D'ailleurs il étoit *nuit*, & la
nuit devoit être fort ténébreuſe, puiſqu'à en juger par la rou-
te,

te, le vent qui fouffloit alors devoit être un vent d'Occident,
qui couvroit le Ciel de nuages: Et ce qui dût redoubler leur
inquiétude, le Seigneur qui commande aux vents & à la
mer, n'eft point avec eux. Ne fe plaignent ils point alors,
de ce qu'il les a renvoyez avec tant de précipitation, lorfque la nuit alloit venir? Ne fe repentent ils point de lui avoir
obéï? On ne fait ce qui fe paffe dans leur efprit. Mais on
fait bien qu'ils ne pouvoient être tranquilles, leur foi étant
encore trop foible pour les raffurer. D'ailleurs ils ignorent
le deffein de leur divin Maitre, qui ne cherche qu'à les éprouver, & à les affermir contre les tentations de leur miniftére, par l'expérience de fon fecours. ¹ " Il les expofe de nou-
" veau à la tempête, dit S. Chryfoftome, comme il l'avoit
" fait auparavant ; mais alors il étoit avec eux pour les raf-
" furer, & à préfent il fe tient éloigné pour augmenter leur
" frayeur. C'eft ainfi qu'il les inftruit à s'affermir contre les
" périls, afin que le fouvenir de ceux dont il les aura tirez,
" fe grave plus profondement dans leur mémoire. " C'eft
le but des Tentations dont Dieu eft l'auteur. Elles font deftinées à éprouver la Foi, & à la fortifier, par l'expérience
du Secours divin. En effet le Seigneur, fachant la peine où
étoient fes Difciples, vient les en tirer, & *à la quatrième veil-* | Matth.
le de la Nuit, dit l'Evangelifte, *il alla à eux, marchant fur* | xiv. 25.
la mer.

A la quatrième veille de la Nuit ; c'eft-à-dire, de fort grand
matin. Les Juifs ne partageoient la Nuit qu'en trois veilles; mais depuis qu'ils furent foumis aux Romains, ils fuivirent leur exemple, & la partagèrent en quatre. La prémiére finiffoit à neuf heures du foir, la feconde à minuit, la
troifiéme à trois heures du matin & la quatrième s'étendoit depuis trois heures jufqu'à fix: Ce fut dans cet efpace, & vers
le point du jour, que Jefus vient trouver fes Difciples marchant fur les eaux.

Jefus étoit feul: il n'y avoit point de barque à l'endroit
où il s'étoit retiré: C'eft ce qui fit qu'il alla trouver fes Difciples, marchant fur les eaux: Car le Seigneur ne fait point
de prodiges fans néceffité. C'eft ici un de ces endroits, dont
les anciens Hérétiques, qui s'étoient parfuadez, que J Chrift
n'a eu que la figure & l'apparence d'un Corps Humain, abufoient pour colorer leur Erreur. Il eft vrai, qu'il eft naturellement impoffible, qu'un Corps Humain marche fur la
furface de l'eau fans enfoncer. Cela eft contre les régles de
la Nature: Les parties d'un corps fluide s'éloignent, lorfqu'elles font preffées par le poids d'un corps Humain, qui
porte tout entier fur cette petite colonne d'eau, qui répond

à l'étenduë de ses piéds. Aussi ne prétend on pas que l'action du Seigneur, marchant sur les eaux, fût une action naturelle. C'est un Prodige, qu'il est aisé d'expliquer, sans lui ôter un corps humain avec toutes ses proprietez, puisque l'Ecriture assure en termes clairs, que *la Parole a été faite chair*, *& qu'il a été semblable à ses fréres en toutes choses, excepté le péché.*

Jean I. 14. Heb. IV. 15.

La Puissance Divine dont le Seigneur est revêtû, ne peut elle pas tenir son Corps suspendu sur les eaux? Les Anges, qui sont à son commandement, ne peuvent ils pas, s'il l'ordonne, lui prêter leur ministére? N'auroit-il pas pû, s'il l'eût voulû, affermir les eaux de la mer sous ses piéds? S. Pierre, dont le Corps n'étoit pas certainement d'une autre nature que les notres, auroit marché sur les eaux comme le Seigneur, s'il n'y avoit pas eu en lui plus de témérité que de foi. Jesus est véritablement homme: L'Ecriture est claire & expresse là-dessus. Il a marché sur les eaux: Le témoignage des Apôtres est formel, & incontestable: mais pour la maniére dont ce Prodige s'est fait, il est libre à chacun de l'expliquer, pourvû qu'on n'établisse aucune supposition, qui détruise les proprietez naturelles du Corps du Sauveur. Mais au fond il convient à des Esprits bornez, tels que sont les notres, de ne rien affirmer là-dessus. Pour nous, nous nous contenterons de dire, que Dieu, qui selon l'expression de Job, *marche sur les flots de la mer, comme sur une terre solide,* y peut faire marcher les fidéles, quand il lui plait. Il est le maître, & non l'esclave de la Nature. Ce Prodige se trouve autorisé par un autre presque semblable, qui arriva lorsque la Coignée d'un des Disciples *d'Elisée* tomba dans le Fleuve du Jourdain, & qu'il s'écria & lui dit; helas mon Seigneur, elle étoit empruntée, mais aussi-tot qu'ils eut montré à ce Prophète l'endroit où elle étoit enfoncée, il y jetta du bois, & la fit nager sur l'Eau.

Job. IX. 8.

II. Rois VI. VI. 5. 6. 7.

A la vuë d'une Figure Humaine, qui marchoit sur la mer, les Disciples, qui ne pouvoient reconnoître Jesus, parce qu'il faisoit encore obscur, *crurent que c'étoit un Phantome, & de la peur qu'ils eurent, ils jetterent de grands cris.* On ne sauroit dire ce qu'ils s'imaginèrent: Crurent-ils que cette Apparition étoit[3] une Ame Humaine revêtuë d'un corps Aërien, figuré comme celui dont elle avoit été séparée? [4] L'opinion Payenne des Manes, ou des Ombres des morts, s'étoit glissée chez les Juifs? Ou bien crurent ils que c'étoit quelque mauvais Démon, qui avoit pris la Figure Humaine, & qui se promenoit la nuit sur les eaux? Leurs yeux ne les trompoient point: Ils voyoient en effet la Figure d'un Homme,

Matth. XVI. 16.

me, qui marchoit fur la mer, & comme il leur fembloit impoffible, que ce fut un véritable Homme, ils s'imaginèrent
que c'étoit ou l'Ombre de quelque mort, qui avoit été enfe-
veli dans les ondes, ou quelque Efprit, qu'ils ne pouvoient
foupçonner un bon Ange: Les bons Anges ne cherchant
pas les ténébres. Cette vuë les effraye. Ce font des hommes fimples, qui ne font pas au-deffus des Erreurs populaires, fi l'on peut appeller de la forte des Opinions, que l'on
trouve parmi les Philofophes mêmes. J. Chrift ne les en reprend point: Et l'on voit, que lorfqu'il fe préfenta à eux,
depuis fa Réfurrection, il eut la précaution charitable de leur
dire, de le bien examiner, & de le bien toucher, pour s'affurer que c'étoit lui-même, & non pas fon Phantôme, & com-
me s'exprime S. Luc, *un Efprit.*   Luc xxiv, 37.

Arrêtons nous un moment à diffiper un prétexte, que ce
que l'on vient de dire des Apôtres, pourroit fournir à l'Incrédulité. C'eft que des Gens fi fimples, prévenus de telles
erreurs, & fi faciles à s'effrayer, devoient être très faciles
à tromper. Rien de plus frivole que cette conjecture: ou
plûtôt bien loin d'affoiblir le témoignage des Apôtres, elle
ne peut que le fortifier. Ils croyent des Phantômes; cela eft
vrai: Et c'eft pour cela, qu'ils s'affurent par le témoignage
de tous leurs fens, que Jefus, qui leur apparoît, n'en eft
point un. Ils font prévenus d'Erreurs populaires; cela eft
vrai encore.... Mais font ils prévenus, que Jefus doit reffufciter le troifième jour après fa mort: eux, qui malgré les
affurances que le Seigneur leur en avoit données, portent la
prévention contraire jufqu'à l'Incrédulité. Ce font des Gens
faciles à tromper: Cela eft bien faux. A quelles précautions
ont ils manqué, pour s'affurer que ce Jefus, qu'ils voyent,
qu'ils touchent, & qui leur parle depuis fa mort, eft le même que celui qu'ils ont fuivi pendant fa vie? Ce font des
Gens faciles à effrayer: Des Phantômes leur font peur. On
en convient. Mais depuis que Jefus eft mort, reffufcité d'entre les morts, & monté dans le Ciel, il n'y a plus de péril
qui les étonne. Ils bravent la puiffance du monde & des
Enfers, & ces foibles rofeaux que le vent faifoit plier de
tous cotez, font devenus des rochers inébranlables. Les
maux les plus réels ne les épouvantent point, & toute la Gloire du monde n'eft pour eux qu'un vain & méprifable Phantome.

Jefus entendant les cris de fes Difciples, & voyant leur
frayeur, leur dit *Raffurez-vous c'eft moi.* Il n'en falloit pas da-   Matth.
vantage, pour calmer leurs frayeurs: Et S. Pierre, toûjours   xiv. 27.
plus prompt & plus hardi que fes Collégues, ayant reconnû

la

Matth.
xiv. 28. la voix de fon divin Maître, s'écria à l'inftant, *Seigneur, fi c'eft vous, ordonnez que je vous fuive en marchant fur les eaux. Si c'eft vous,* c'eft-à-dire, *puifque c'eft vous* : Car cette particule du Difcours a fouvent cette fignification. Si S. Pierre eût dou-té le moins du monde que ce fut J. Chrift, fe feroit il ex- Ib. v. 30. pofé à aller périr dans la mer, *le vent étant fort,* & les vagues extrêmement agitées ? s'il avoit feulement foupçonné que ce fût un mauvais Démon, comme les Difciples le crurent d'a-bord, il n'auroit pas voulu s'en éclaircir par une expérience fi dangereufe. Il ne doute donc pas que ce ne foit J. Chrift : Nul autre ne pouvoit lui donner le pouvoir, qu'il lui de-mande, *de marcher fur les eaux.*

Il y a de la beauté & de la grandeur dans le caractére de S. Pierre. Cet Apôtre s'eft diftingué plus d'une fois par la promptitude de fa Foi, & par l'ardeur de fon Zèle pour J. Chrift. C'eft une de ces Ames nobles & généreufes, qui ne conçoivent que de grands Deffeins, & qui femblent nées pour s'élever à la vertu Heroïque. C'eft dommage que ces beaux mouvemens ne fe foutiennent pas toûjours ; que la Préfomp-tion fe mêle avec fon courage ; qu'il ne mefure pas fes pro-jets avec fes forces, & qu'il ne comprenne pas encore, ce que l'Expérience lui apprit dans la fuite ; c'eft que la Force de l'Homme vient de la Grace de Dieu, qui fe déploye dans fa foibleffe, & qui ne s'y déploye jamais avec plus d'abondance & de fuccès, que lorfque la connoiffance de fa propre foibleffe le tient dans l'Humilité. C'eft le défaut de S. Pierre. Mais du refte il a de la Foi, du Zèle, de la grandeur d'Ame. Il honore, il aime infiniment J. Chrift, & fi quelques fois le Seigneur le diftingue de fes Collégues, c'eft parce qu'il fe diftingue lui même par des fentimens nobles & tendres pour le Seigneur. Ainfi dès qu'il entend fa voix, il brûle d'im-patience d'aller à lui : *Seigneur, puifque c'eft vous, ordonnez, que je vous fuive, en marchant fur les eaux.*

Ce qu'il y a de beau dans ces paroles, c'eft prémiérement, une foi fublime, une haute confiance dans le pouvoir de J. Chrift : mais une confiance juftifiée par des actions. Car dès Matth.
xiv. 29.
Ibid. que le Seigneur lui eut dit, VENEZ, il defcend de la barque & fe livre fans balancer à la merci des ondes. *Pierre,* dit l'E-vangelifte, *defcendit de la barque, & fe mit à marcher vers Jé-fus.* Secondement, quelque grand que foit fon Zèle & fon Courage, il ne manque point de circonfpection. C'eft un tranfport foudain, qui le faifit, mais il ne l'étourdit pas. *Sei-gneur,* dit-il, *ordonnez que je vous fuive, en marchant fur les eaux.* Pour entreprendre des actions hardies & dangereufes, ce n'eft pas affez de confulter fon Courage & fon Zèle, il faut at-

tendre

tendre les ordres de Dieu. Sans cela, c'eft témerité. Un homme courageux, mais fage, ne s'expofe jamais à quelque tentation que ce foit, que lorfqu'il fuit la vocation de Dieu, qui l'y appelle.

Cependant on ne peut pas tout approuver dans le tranf- port de S. Pierre. Il eft appellé à imiter fon Sauveur: mais eft ce dans fes actions miraculeufes? J. Chrift marche fur les eaux: C'eft un miracle qu'il fait, pour confirmer la Foi de fes Difciples, & pour montrer qu'il eft le maître des Ele- mens, & qu'il change à fon gré les Loix de la Nature. Je crains qu'il n'y ait un peu de vaine gloire dans le tranfport de S. Pierre: C'eft d'ordinaire l'écueil contre lequel les gran- des Ames vont heurter. Je n'ai garde d'appliquer à S. Pier- re ce que je vais dire; mais on voit tous les jours l'homme fuperbe, vouloir imiter Dieu, par les endroits où il eft ini- mitable; afpirer témérairement à tout ce qui eft grand, & négliger d'imiter Dieu, par l'endroit, par lequel il veut & doit être imité; je veux dire, par la Sainteté, par la Chari- té, & par les Vertus bienfaifantes.

Après avoir marché quelques pas fur la mer, S. Pierre, voyant que *le vent étoit fort*, *il eut peur*, & Jefus fufpendant alors la vertu divine, qui le foutenoit, *il commença à s'enfoncer* dans l'eau, *& s'écria, Seigneur, fauvez moi.* On voit ici tou- te l'imperfection des vertus Humaines: Que les plus forts font foibles, dès que Dieu les laiffe à eux mêmes! Qu'eft devenuë cette foi fublime, cette haute confiance en J. Chrift? *Le vent eft fort:* mais les vents ne font ils pas foumis aux com- mandemens du Seigneur? S. Pierre *commence à enfoncer:* Mais c'eft parce que la condition que le Seigneur exige de lui, ne fubfifte plus: fa confiance ceffe, & il n'eft en danger de pé- rir que parce qu'il craint de périr en la préfence du Seigneur, & en faifant ce qu'il lui a permis. Mais encore une fois, tel- le eft l'imperfection des vertus Humaines: Tel le funefte effet du mêlange de la chair & de l'Efprit: *L'Efprit eft prompt, mais la chair eft foible.* S. Pierre a de grandes vertus; mais elles font mê- lées de grands défauts, & n'en feront purifiées, que lorfque le feu divin du S. Efprit fera defcendu fur lui, & fur fes Collégues.

Jefus touché de la foibleffe & de la frayeur de fon Dif- ciple, *lui tendit la main, le prit,* & le foutint fur les flots. Après il le cenfura de fa foibleffe; mais avec cette incompa- rable douceur, qui accompagne les cenfures de J. Chrift, dès qu'il n'y a que de la foibleffe, fans malice & fans hypocrifie. *Homme de pèu de foi,* lui dit-il, *pourquoi avez vous douté?* Le terme de l'Original exprime cette incertitude, ces mouvemens oppofez de confiance & de crainte, qui agitent l'Ame fuc-

Vol. V.   M m m m   cefcessivement: Ce n'est pas Incrédulité; c'est une Foi foible, que la crainte fait chanceler.

On voit ici toute la Bonté du Fils de Dieu. Il commence par délivrer S. Pierre du péril, où il est, avant que de lui représenter sa faute. Il semble que pour la lui faire mieux sentir, il auroit pû le laisser quelque tems en danger, mais la Charité du Seigneur ne lui permet pas, d'exposer la foi de son Disciple à une plus longue tentation.

Après cela Jesus monta dans la barque avec S. Pierre, & *à l'instant le vent cessa.* Les Disciples du Seigneur ne furent pas les seuls témoins de ces merveilles. Il y avoit dans la barque d'autres personnes, qui frappées de ce qui venoit d'arriver, coururent se jetter aux piéds de Jesus, *& l'adorérent en disant, vous êtes véritablement le Fils de Dieu.* L'adoration qu'ils rendent à Jesus, n'est pas le culte supérieur, qu'ils savoient bien n'être dû qu'à Dieu. Mais ce n'est pas non plus une simple vénération, telle qu'on l'a pour des personnes d'une éminente Dignité. Ils ne connoissent pas assez la personne du Sauveur, pour lui rendre les honneurs Divins. Ce mystére ne fut manifesté aux Apôtres mêmes, tout au plus qu'après la Résurrection du Seigneur, ou même depuis l'avénement du S. Esprit. Mais ils connoissent bien d'autre coté, que Jesus est un Homme Divin, dans lequel il y a une Vertu infiniment supérieure à celle des plus grands hommes. Mais *l'adoration*, qu'ils rendent à J. Christ, est, pour ainsi dire, une adoration moyenne, entre celle que les Orientaux rendoient aux Rois, & celle que les Juifs rendoient au vrai Dieu. Aussi ne disent ils pas, *Vous êtes véritablement Dieu,* mais *vous êtes véritablement le Fils de Dieu,* terme, qui dans l'idée qu'en avoient les Juifs, désigne la personne du Messie. Il a bien à la vérité une autre force dans l'Ecriture; mais il ne s'agit que de l'idée que les Juifs y attachoient.

Voilà l'effet naturel, que doivent produire les actions miraculeuses du Saüveur, c'est de lui faire rendre le culte, qui lui est dû; & comme la principale partie de ce Culte consiste, non dans des témoignages extérieurs de respect, mais dans la foi & dans l'obéïssance: C'est aussi de la sorte que le Chrétien doit adorer son Redempteur: *Fléchir les genoux* devant lui avec toutes les Créatures, est la prémiére partie de son Culte; mais lui obéïr inviolablement avec tous les Saints, c'est la seconde & la plus essentielle.

D I S-

Matth. XVII.

Μεταμόρφωσις Χριϛῦ ἐν τῷ ὄρει. | CHRISTI TRANSFORMATIO IN MONTE.

The transfiguration of Christ on the mount. | Transfiguration de Jesus-Christ sur la Montagne.

Christi Verklärung auf dem Berge. | Christus verheerlykt op den berg.

Picart delin. | Abit sculpe.

DISCOURS XXXII.

La transfiguration de J. Chrift. MATTH. XVII. 1-8.
MARC IX. 1-7. LUC IX. 28-36.

Vant que d'expliquer l'hiftoire de la Transfiguration du Seigneur, il eft à propos de rapporter quelques Difcours, qui la précédent, & qui femblent avoir été l'occafion de cet Evénement.

Jefus étant aux environs de ¹ *Céfarée de Philippe*, demanda à fes Difciples ce que l'on penfoit de lui. Ils lui répondirent, *que les uns difoient, qu'il étoit Jean Bâtifte,* (lequel étoit reffufcité des morts) *les autres qu'il étoit Elie, les autres Jeremie, ou quelqu'un des anciens Prophètes.* Là-deffus il leur repartit, *mais vous qui dites vous que je fuis?* S. Pierre lui répondit auffi-tôt, *Seigneur vous êtes le Chrift, le Fils du Dieu vivant.* Jefus approuva la confeffion de S. Pierre, qui étoit celle des autres Apôtres auffi; mais il leur défendit à tous de publier, qu'il fut le Meffie, parce que cela n'auroit fervi qu'à hâter fa mort, qui devoit être differée encore de quelque tems. Cependant le Seigneur, voyant qu'ils étoient perfuadez de cette vérité capitale, jugea qu'il étoit tems de leur revêler le myftère de fa mort prochaine. *Dès lors,* dit l'Evangelifte, *Jefus commença à leur découvrir, qu'il falloit, qu'il allât à Jerufalem, où il auroit beaucoup à fouffrir de la part des Anciens, des Souverains Sacrificateurs, & des Scribes, qu'il devoit même y être mis à mort, mais qu'il devoit auffi reffufciter le troifième jour.*

Quoique le Seigneur eut tâché de moderer, par la promeffe de fa Réfurrection, l'impreffion facheufe, qu'une nouvelle fi imprévuë, & fi contraire à leurs préjugez, alloit faire fur l'efprit de fes Difciples, S. Pierre ne laiffa pas de lui dire, *A Dieu ne plaife, Seigneur, cela ne vous arrivera point;* paroles téméraires, & qui lui attirèrent une très févère reprimande de la part de fon Divin Maitre. Cependant pour raffermir la foi de fes Difciples, & prévenir autant qu'il étoit poffible, le fcandale que fa mort devoit leur caufer, Jefus ne fe contenta pas de les affurer de fa Réfurrection, il ajoûta, *qu'il viendroit avec fes Anges, & avec la Gloire de fon Père, & qu'alors il recompenferoit chacun felon fes œuvres.* Mais comme cet

Matth. xvi. 13. & fuiv.

Ib. vf. 21.

Ib. vf. 22.

Ib. vf. 27.

Mm mm 2

Matth.
xvi. 28.

cet évenement devoit être éloigné, il leur dit encore, *Je vous assure qu'il y en a quelques-uns, qui font ici préfens, qui ne mourront point, qu'ils n'ayent vû le Fils de l'homme venir dans fon régne*, ce que S. Luc a exprimé par ces mots, *qu'ils n'ayent vû le régne de Dieu.*

Luc ix.
27.

Il s'agit de favoir quand cette promeſſe fut accomplie. Les Interprétes várient beaucoup là-deſſus. Nous allons dire notre fentiment, fans fupprimer celui des autres.

1. D'habiles Interprétes expliquent cette promeſſe, de la Réfurrection & de l'Exaltation de J. Chriſt. Ce fut alors qu'il prit poſſeſſion de fon Régne, & que Dieu, l'ayant fait feoir à fa droite, lui donna la Toute-puiſſance dans le Ciel & fur la Terre. Mais comme tous les Apotres en général, & qu'un grand nombre de Diſciples le contemplèrent vivant &

1. Cor.
xv. 6.

glorieux, jufques-là *qu'il y eut plus de cinq cent perfonnes, qui le virent à la fois* en Galilee depuis fa Réfurrection, cela ne paroit pas convenir à la promeſſe du Sauveur, qui ne fut faite qu'à un petit nombre de ceux, qui étoient préfens, quand il la fit.

2. On ne croit pas, par la même raifon, qu'il s'agiſſe de l'avénement du S. Efprit, le jour de la Pentecote. Car bien que le Seigneur ait paru alors dans la Gloire de fon Régne,

Rom. i.

puifque ce fut alors *qu'il fut déclaré Fils de Dieu, d'une maniére puiſſante*,

Act. ii.
36.

& comme s'exprime S. Pierre, que *Dieu le déclara Seigneur & Chriſt*, bien que le Royaume des Cieux, qui juſqu'alors n'avoit fait *qu'approcher*, eut commencé proprement ce jour-là, par la prédication de l'Evangile, & par la conver-

Ib. vi. 41.

fion *de près de trois mille perfonnes*, cependant cet Evénement eut un fi grand nombre de témoins, qu'on ne peut dire, qu'il ne fut vû, *que de quelques uns de ceux qui étoient préfens*, lorſque le Seigneur le prédit.

3. Il y a plus de vraifemblance dans l'opinion de ces Interprétes, qui croyent que J. Chriſt prédit alors la punition des Juifs rebelles & incrédules; Car cette terrible éxécution fut l'ouvrage du Seigneur, & un des exploits de fon régne. Quoi qu'il n'ait pas paru vifiblement, ni lui ni fes Anges, cependant quand il parle en ſtile prophétique, de cet épouvanta-

Matth.
xxiv. 30.
31.

ble Evénement, il dit, *qu'il viendra fur les nüées du Ciel, avec la puiſſance & la majeſté de fon Pére*. Et quand il dit à S. Pier-

Jean xxi.
21.

re, en parlant de S. Jean, *fi je veux qu'il demeure*, c'eſt-à-dire qu'il vive, *jufqu'à ce que je vienne, que vous importe, mais vous fuivez moi*: Cet avénement du Seigneur, c'eſt la ruine totale de Jerufalem & de la République des Juifs, qui arriva depuis le martyre de S. Pierre, & auquel S. Jean furvéquit plufieurs années.

Cette

Cette explication a d'illuſtres partiſans, & il eſt conſtant que J. Chriſt parle de la ruïne de Jeruſalem dans le verſet, qui précéde immédiatement la promeſſe, que nous expliquons. Car ce que S. Matthieu exprime dans ces mots, *le* Math. XVI. 17. *Fils de l'homme doit venir avec ſes Anges & avec la Gloire de ſon Pére, & alors il recompenſera chacun ſelon ſes œuvres,* S. Marc l'a exprimé en ces termes, *Quiconque aura eu honte de moi, ou* Marc VIII. 38. *de mes paroles* PARMI CETTE NATION ADULTERE ET CORROMPUE, *le Fils de l'homme aura honte de lui, quand il viendra avec la majeſté de ſon Pére, accompagné de ſes ſaints Anges.* Ces mots *parmi cette Nation adultére & corrompuë* indiquent manifeſtement l'avénement du Seigneur, pour punir l'Incrédulité, l'Impénitence & les blaſphêmes de la Nation Judaïque. Or cette épouvantable Cataſtrophe arriva environ quarante ans après la mort du Seigneur, lorſque quelques uns des Apotres & un grand nombre de ceux qui avoient ouï cette prédiction, vivoient encore: Car le Seigneur parla en préſence de la multitude, qui le ſuivoit, comme on le voit par le témoignage de S. Marc & de S. Luc. C'eſt là ce qui Marc VIII. 34. Luc IX. 23. a fait croire à de ſavans Interprêtes, que lorſque J. Chriſt ajouta, *Je vous dis en vérité, qu'il y en a quelques uns de ceux, qui* Ib. Marc VIII. 39. *ſont ici préſens, qui ne mourront point, qu'ils n'ayent vû le régne de Dieu, arrivé dans ſa puiſſance & dans ſa force:* il a voulu parler de la ruïne de Jeruſalem, qui fut un acte éclattant de la toute-puiſſance auſſi bien que de la Juſtice du Seigneur.

4. Mais bien que cette explication ſoit probable, & qu'elle ſoit adoptée par des Interprêtes reſpectables, on croit néanmoins devoir préferer celle ² *d'Origene,* & de la plupart des Anciens, auſſi bien que de pluſieurs ³ Modernes. Ces derniers prétendent, que J. Chriſt a voulu parler de ſa *Transfiguration,* quand il a dit, *que quelques uns de ceux qui étoient préſens, ne mourroient point, qu'ils n'euſſent vû le Fils de l'homme venir dans ſon Régne.* Effectivement ce fut dans cette Transfiguration, que nôtre Seigneur fit voir à ſes Diſciples un eſſai de cette gloire & de cette majeſté, qu'il a dans le Ciel: Ce fut là que Moïſe & Elie vinrent lui rendre hommage, & que Dieu, en le proclamant de nouveau ſon Fils, ordonna qu'on le reconnût & qu'on lui obéït. Qu'eſt ce que *voir Jeſus dans ſon Regne,* que de *le voir couronné de Gloire & d'honneur,* & d'entendre Dieu même lui confier la Puiſſance ſouveraine? Ce fut une inſtallation anticipée du Seigneur dans ſon Régne, pour faire voir à ſes Diſciples, ce qui devoit bientôt arriver dans le Ciel.

Pour confirmer cette explication, il faut remarquer 1. que S. Marc a bien diſtingué la prédiction du vſ. 38, où J. Chriſt Ib. vſ. 38. 39.

parle de son avénement pour punir les Juifs incrédules, de la promesse qu'il fait à ses Apôtres dans le vs. 39. Car, après avoir rapporté cette prédiction, S. Marc ajoute ces mots, *Puis Jesus leur dit encore, Je vous assure, qu'il y en a quelques-uns ici présens qui ne mourront point, qu'ils n'ayent vû le Régne de Dieu arrivé dans sa puissance & dans sa force.* Ce qui insinuë non seulement une distinction entre cette prédiction & cette promesse, mais même quelque intervalle entre l'une & l'autre. Le discours précédent, depuis le vs. 34. jusqu'au 38. inclusivement, s'adresse aux Apôtres & au peuple, qui étoit avec eux ; mais la promesse du vs. 39. *Jesus leur dit encore &c.* s'adresse aux Apôtres seuls 2. Il faut remarquer encore, que les trois Evangelistes lient l'histoire de la Transfiguration a-

Matth.
XVII. 1.
Marc IX.
1.
Luc IX.
28.

vec la promesse du vs. 39. Car S. Marc & S. Matthieu disent, *Six jours après,* & S. Luc *Huit jours après, Jesus prit avec lui Pierre, Jaques & Jean &c.* Ce qui indique assez clairement, que ce fut alors qu'il accomplit cette promesse, *Je vous dis en vérité, qu'il y en a quelques uns de ceux qui sont ici présens, qui ne mourront point, qu'ils n'ayent vû le Fils de l'homme venir dans son régne.* Il est vrai que ces mots, *qui ne mourront point,* semblent insinuer un Evénement plus éloigné ; mais le Seigneur eut des raisons de prudence, pour s'expliquer d'une maniére un peu obscure sur le tems, où il devoit accorder à quelques uns de ses Disciples la faveur, qu'il leur promet. Il falloit ménager la foiblesse des Apôtres, ôter tout prétexte à la jalousie, qui auroit pû se glisser entre eux, & laisser espérer à tous, ce qui n'étoit destiné qu'à trois. On peut consulter là dessus un [4] habile moderne. On a cru devoir commencer par cette discussion, avant que d'entrer dans l'explication de la Transfiguration de J. Christ.

Matth.
XVII. 1.
Marc IX.
1.
Luc IX.
28.

Six jours après le Discours, que Jesus tint au peuple, & la promesse qu'il fit à ses Disciples, il en prit trois avec lui. S. Luc dit, *environ huit jours ;* mais cela ne fait aucune difficulté : Car outre qu'il s'explique d'une maniére indéterminée, les six jours de S. Matthieu & de S. Marc feront les huits jours de S. Luc, si l'on compte le jour auquel J. Christ parla, & celui auquel arriva la Transfiguration.

Les trois Disciples que J. Christ choisit, furent *Pierre, Jaques & Jean,* & la raison de ce choix, 5 " c'est qu'ils l'em-
" portoient sur les autres du coté des qualitez personnelles,
" & qu'ils étoient à tous égards les prémiers du Collége A-
" postolique. Comme il n'y avoit point de jalousie entre
" eux (au moins n'y en eut il pas depuis qu'ils eurent reçû
" le S. Esprit) S. Matthieu n'a pas fait difficulté de marquer
" la distinction, que J. Christ fit de Pierre, de Jaques & de
" Jean, dans cette occasion si mémorable. „ Bien

Bien qu'on doive reconnoitre, que tout ce qu'il y a de bonnes qualitez & de dons excellens dans les hommes, foit l'effet de la Grace de Dieu, & qu'il foit l'Auteur des diffé- rences avantageufes, qui les diftinguent les uns des autres, il faut pourtant convenir, fans entrer dans les myftéres de la Providence, que le choix du Seigneur, non plus que celui de Dieu fon Pére, n'eft point fondé fur un amour aveugle & partial. S'il préfére quelques uns de fes Difciples aux au- tres, & leur témoigne une confiance particuliére, c'eft par- ce qu'il trouvoit en eux des talens, qu'il ne trouvoit pas dans les autres. Aumoins c'eft ainfi qu'en ont jugé les Anciens. Ecoutons la deffus l'éloquent Evêque, que nous venons de citer. [6] " S. Pierre, dit-il, l'emportoit fur les autres par la " ferveur de fon Zéle pour J. Chrift: S. Jean par la tendref- " fe que J. Chrift avoit pour lui, & par le caractére de cet " Apôtre, qui étoit l'image vivante de la douceur de fon di- " vin Maître: Et S. Jaques, pour avoir dit au Seigneur, " qu'il pouvoit boire de la même coupe que lui, & pour l'a- " voir juftifié par fon martyre: Car comme ce Jufte faifoit " beaucoup de peine aux Juifs ennemis de la Foi, Herode " crut leur rendre un grand fervice en l'immolant à leur haine.

Ce ne fut pas dans cette occafion feulement, que le Sei- gneur diftingua ces trois Apôtres. Cela arriva encore lors qu'il voulut reffufciter la fille de *Jaïrus* Il laiffa les autres Dif- ciples, & ne permit qu'à ces trois de le fuivre. Il en ufa de même dans fon agonie; *Tenez vous ici,* dit-il aux Apôtres *pen- dant que je m'en irai là pour prier;* mais il dit en même tems à *Pierre,* & *aux Fils de Zebedée,* c'eft Jaques & Jean, de l'accom- pagner. Ces diftinctions, dont le Seigneur ufa envers ces trois Difciples, firent qu'ils furent regardez de toute l'Eglife, comme les principaux du Collége Apoftolique, & comme *les Colomnes,* felon l'expreffion de S. Paul.

Il y a bien de l'apparence qu'entre les qualitez, qui diftin- guoient ces trois Apôtres, il y avoit celle de la Difcrétion: Car Jefus voulant que fa Transfiguration fut un myftére, jufqu'à ce qu'il fut monté au Ciel, il ne dut y admettre que des perfonnes capables de garder un fecret, que l'admiration que ce fpectacle leur caufa, & leur Zéle pour la Gloire de leur Maître, auroit pu leur faire revêler avant le tems. Ce fut fans doute pour cela, que le Seigneur ne jugea pas à pro- pos d'y admettre tous fes Difciples. Il en choifit trois, dont il connoiffoit la prudence & la difcrétion. Ce nombre étoit fuffifant, pour certifier dans la fuite la vérité du fait, la Loi ne demandant que deux témoins, pour la confirmation des faits.

Mrc v, 37.

Matth. xxvi. 36, 37.

Gal. 11. 9.

Que

Que l'Incrédulité, attentive à chercher des prétextes pour colorer ses blasphèmes, ne se flatte pas de pouvoir profiter de la réflexion, que l'on vient de faire, comme si le Seigneur s'étoit entendu avec les trois Disciples, qui étoient dans sa plus étroite confidence, pour supposer & publier dans la suite un miracle imaginaire, qui auroit du rapport avec ce qui étoit arrivé à Moïse, sur la montagne de Sina. Est-il donc permis, est il raisonnable, de convertir la Prudence en fraude, & l'Homme sage sera-t-il suspect d'imposture, lorsqu'il ne voudra confier ses secrets qu'à des personnes discrétes? J. Christ fut-il d'intelligence avec les mêmes Disciples, pour supposer & publier ensuite le mystére de son agonie, & de cette tristesse étonnante, qui semble lui faire si peu d'honneur, & qui le saisit aux approches de son supplice? Il est vrai Jesus n'admit de tous ses Disciples, que Pierre Jaques & Jean, à voir la résurrection de la fille de Jaïrus? Mais ne les admit-il pas tous à voir celle de Lazare? N'y admit-il pas, non seulement les sœurs de ce saint homme, mais tous les Juifs, qui étoient venus de Jerusalem, pour les consoler de la mort de leur frére?

Les heureux témoins de la Transfiguration du Sauveur, ne se contentèrent pas d'en instruire leurs Collégues, lorsqu'il leur fut permis de le faire. Ils l'ont insérée dans les divins Ecrits, qu'ils nous ont laissez. Il est vrai que nous n'en avons aucun de S. Jaques, l'Epître qui nous reste sous le nom de Jaques, étant du Fils d'Alphée, & non du Fils de Zebedée, qui est celui dont il s'agit dans nôtre Histoire, & qu'Herode fit mourir. Il est vrai encore que S. Jean n'a point rapporté dans son Evangile l'histoire de la Transfiguration, cet Apôtre n'ayant eu pour objet que de raconter, ce que les trois autres avoient omis; mais n'a-t-il pas fait mention de ce mémorable Evénement dans ces paroles, *Nous avons vu sa Gloire, mais une Gloire comme du Fils unique du Pére, pleine de grace & de vérité.* Et a l'égard de S. Pierre, voici comment il en parle dans sa seconde Epître, *Ce n'est point en suivant des fables composées avec art, que nous avons fait connoitre la puissance & l'avénement de notre Seigneur J. Christ, mais comme ayant été nous mêmes les témoins de sa Gloire & de sa Majesté. Ce fut en effet un témoignage bien honorable & bien glorieux, que celui qu'il reçut du Pére, lorsqu'une voix qui sortit du sein de la Majesté glorieuse de Dieu, lui adressa cette parole, c'est ici mon Fils bien aimé en qui j'ai pris mon bon plaisir. Et nous avons nous mêmes entendu cette voix, lorsque nous étions avec lui sur la montagne sainte.* Il est bien édifiant pour la Foi, que les témoignages de S. Matthieu, de S. Marc & de S. Luc, qui n'assistèrent pas au spectacle de la Transfiguration, soyent confirmez par celui

Jean 1.
14.

11. Pier.
1. 16,
17, 18.

lui des deux témoins oculaires, dont il nous refte des monumens par écrit.

Jefus ayant pris avec lui Pierre, Jaques, & Jean, laiffa le
refte des Difciples, & leur dit vraifemblablement, qu'il fe retiroit à l'écart *pour prier;* car S. Luc nous raconte que c'étoit
l'intention du Seigneur.   Il ne voulut pas en dire davantage, pour ne pas mortifier les Difciples, qu'il laiffoit, &
pour leur ôter toute occafion de jaloufie. A l'égard des trois
autres *il les mena fur une haute montagne,* qu'aucun des Evangeliftes n'a nommée, mais qu'on croit être celle du *Tabor,*
qu'un Payen nomme *Atabyrium,* & Jofephe, qui en fait la
défcription au IV. livre de la Guerre des Juifs, *Itabyrium.*
Les Voyageurs modernes là placent au centre de la Galilée,
comme S. Jerome. [8] Elle étoit effectivement fort haute, puifque Jofephe lui donne *trente ftades* d'élévation, & ajoute, qu'elle a au fommet une pleine de vingt-fix ftades.

[9] Quelques Critiques modernes conteftent la tradition dont
on vient de parler, & prétendent que ce ne fut point fur la
montagne de Tabor, que J. Chrift fut transfiguré; mais fur
quelque autre proche de Céfarée de Philippe, & cela parce
qu'il eft dit, que *fix jours après* que J. Chrift eut tenu à fes
Difciples, les Difcours rapportez Matth. XVI. 13. Marc VIII.
27. *il prit avec lui Pierre, Jaques & Jean* (Matth. XVII. I.
Marc 9. 2.) *& les conduifit fur une haute montagne,* fans qu'il
ait quitté l'endroit où il étoit; Or il eft certain, qu'il étoit
proche de Céfarée, & ce qui confirme cette penfée, c'eft que
S. Luc & S. Marc rapportent, que Jefus en defcendant de la ₘₐᵣc. montagne trouva fes autres Difciples & tout le peuple, qui
venoient au devant de lui. Cependant, comme on n'a que des
conjectures à alléguer contre la Tradition, tenons nous à la
Tradition & fuppofons que ce fut fur la montagne que fe fit
la Transfiguration.

Lorfque Jefus fut parvenu au fommet de la montagne il
étoit nuit; Car outre qu'il falloit bien marcher un jour, pour
faire trente ftades en montant, c'eft que la Nuit étoit propre
au fpectacle, que J. Chrift alloit donner à fes Difciples. Si
ce fpectacle fut arrivé dans un beau jour, & que le Soleil
eut donné à plein fur le vifage & fur les vêtemens du Seigneur, on s'en feroit moins apperçû.   On auroit même pu
croire, que l'éclat, qui brilloit fur fa perfonne, n'étoit que
la réflexion de la lumiére du Soleil.

Jefus s'éloigna un peu de fes Difciples, *afin de prier* fans ₗᵤc. diftraction.   C'étoit fa coûtume, comme on l'a déja remarqué ailleurs, de confacrer à la priére une partie de la nuit. Le
jour lui étoit enlevé par les travaux de fon miniftère; Il le

paſſoit à inſtruire les hommes, & à s'entretenir avec eux; mais la nuit, qui eſt le ſeul tems dont il puiſſe jouïr, il va la paſſer en partie à s'entretenir avec ſon Pere. Ses Diſciples, qui autant que leurs forces le permettoient, imitoient leur divin Maître, prioient auſſi ſans doute, conformément au précepte, que le Seigneur leur avoit donné; mais accablez de ſommeil & ·de laſſitude, après avoir monté une ſi haute montagne, *ils s'endormirent.*

Ce fut pendant qu'ils dormoient, & que le Seigneur continuoit ſa priére, *que ſon viſage devint tout autre, & que ſes habits parurent blancs & lumineux*; & comme s'exprime S. Matthieu, *ſon viſage devint brillant comme le Soleil, & ſes vêtemens auſſi éclattans que la lumiére.* S. Marc ajoute, *qu'ils étoient d'une blancheur ſi éclattante, qu'il n'y a point de ſoulon ſur la terre, qui la puiſſe imiter.*

On ſe rappelle ici ce qui arriva à Moïſe, lorſqu'il demanda à Dieu de lui laiſſer voir ſa Gloire; Il la vit effectivement; mais ce ne fut qu'en partie; cependant il reſta ſur ſon viſage une ſplandeur ſi éblouïſſante, que les Iſraëlites n'oſoient le regarder, ſoit qu'ils n'en puſſent ſoutenir l'éclat, ſoit que cet éclat leur parût terrible, ce qui obligea Moïſe de ſe couvrir d'un voile, lorſqu'il vouloit leur parler. S. Paul a expliqué le myſtére de cet événement dans ſa 11. Epit. aux Corinthiens. La gloire, qui parut ſur le viſage de J. Chriſt fut quelque choſe de ſemblable, mais S. Jean en a bien marqué la différence dans ces mots, *Elle étoit pleine de grace & de vérité. De vérité*, parce qu'elle étoit le ſymbole viſible *de la plénitude de la Divinité*, qui réſide dans la perſonne du Seigneur, & qui étant cachée ſous le voile de la chair, ſe manifeſtoit alors, telle qu'elle paroit à préſent aux Bienheureux dans le Ciel. Mais cette *Gloire* étoit en même tems *pleine de Grace*, & les Apôtres, bien loin de demander à J. Chriſt de la cacher à leurs yeux, la contemplent avec admiration, & avec un raviſſement de joye, comme on peut juger par ce que dit alors S. Pierre, & que nous examinerons dans la ſuite.

Telle fut *la Transfiguration* du Seigneur. Il conſerva ſa nature corporelle telle qu'elle étoit, ſans aucun changement: ſeulement elle devint lumineuſe & reſplandiſſante comme le Soleil. Cependant les Apôtres *s'éveillèrent*, ſoit par l'effet d'une lumiére ſoudaine, qui frappa leurs yeux tout fermez qu'ils étoient; ſoit par la voix des deux Prophétes, qui s'entretenoient avec J. Chriſt. Quelle fut la ſurpriſe & l'admiration des Apôtres, lorſqu'en s'éveillant ils virent un ſpectacle ſi merveilleux & ſi ineſpéré? Ne s'écrièrent ils point comme Jacob, lorſqu'après la viſion de l'Echelle myſtique, par où

les

les Anges montoient & defcendoient, il s'éveilla fubitement, & admirant la Providence Divine, qui l'accompagnoit: *Certainement l'Eternel eft ici*, dit-il, *& je n'en favois rien*! L'Eternel étoit véritablement préfent fur le Tabor, & les Difciples n'en favoient rien; mais il y a cette différence, que Jacob fut faifi de frayeur. *Il eut peur*, dit l'Ecriture, & il ajoute *Que ce lieu eft terrible*! *C'eft ici la maifon de Dieu: C'eft la porte des Cieux*! Ce n'eft pas là le jugement que font les Apôtres. Ils ne difent pas que ce lieu eft terrible; mais qu'il eft aimable! Et fi Dieu y donne des marques de fa préfence, c'eft pour remplir les cœurs d'admiration & de joye.

La furprife des Apôtres fut d'autant plus grande, qu'étant venus feuls avec Jefus, dans un lieu defert & écarté, ils le virent accompagné de deux perfonnes, qui étoient comme lui, *couverts de gloire*, & par la converfation qu'ils avoient avec J. Chrift, les Apôtres reconnurent que c'étoit Moïfe & Elie.

Ici la curiofité, toujours féconde en Queftions, demandera, pourquoi Moïfe & Elie paroiffent ils dans la Transfiguration du Seigneur? D'où viennent ces deux Prophètes? Parurent-ils dans leurs véritables corps, ou dans des corps empruntez, & formez exprès pour cette occafion, comme les Anges avoient accoûtumez de fe montrer? Comment les Apôtres les reconnurent ils, puifqu'ils ne les avoient jamais vûs, & que les Juifs, religieux obfervateurs du fecond commandement, n'avoient point d'images de leurs Prophètes? Tachons de répondre à ces Queftions d'une manière modefte, & qui puiffe édifier les Fidéles, fans nous mettre en peine des doutes & des difficultez affectées de l'Incrédulité, qui ne préféré *les ténèbres à la lumiére, que parce que fes œuvres font mauvaifes*. Commençons par la derniére Queftion.

1. Les Apôtres reconnurent Moïfe & Elie, fans doute parce qu'ils les entendirent nommer dans la converfation, qu'ils eurent avec Jefus. Rien de plus naturel & de plus fimple. Des perfonnes qui s'adreffent tour à tour la parole, fur tout lorfqu'elles font plus de deux, fe nomment réciproquement. Cela fe pratiquoit fouvent parmi les Anciens, où ce n'étoit point incivilité, d'appeller par leur nom les perfonnes, à qui l'on parloit. On en a un grand nombre d'exemples dans les Dialogues de Platon & de Ciceron.

2. Pourquoi Moïfe & Elie paroiffent ils dans la Transfiguration du Seigneur, plûtot que d'autres perfonnes? C'eft parce que ces deux grands Hommes furent, ce que la République d'Ifraël eut de plus illuftre, depuis fa fondation jufqu'à la venuë du Meffie. Moïfe fut un très grand Prophète; mais il n'eft pas compté parmi les Prophètes, parce qu'il

fur

fut proprement le Légiflateur des Ifraëlites ; c'eft pourquoi lorfqu'on cite fes Livres, ou qu'on allégue fon Autorité, on dit *la Loi*. Elie fut le plus célébre des Prophètes: Il fut le Reftaurateur de la Religion, qui de fon tems étoit extrême-ment corrompuë: Il effuïa pour cet effet de terribles perfécu-tions: Il fit de grands miracles, & enfin Dieu, pour récom-penfer fon Zèle & fes travaux, le difpenfa de la loi généra-le, qui ordonne à tous les hommes de mourir une fois : Il fut enlevé au Ciel en corps & en Ame, par un tourbillon de flames, ou par *un char de feu*, comme s'exprime l'Ecriture. Or Moïfe & Elie paroiffant dans la Transfiguration du Sei-gneur, & rendant témoignage à J. Chrift, ils viennent rati-fier en perfonne ce que la Loi & les Prophètes avoient dit de lui: Et c'eft ainfi que ces deux Miniftres de l'Ancien Tefta-ment confirment de vive voix, en préfence des Apôtres le témoignage, que la Loi & les Prophètes avoient rendu au Meffie. C'eft la penfée [10] de S. Jerome, qui eft fort jufte.

3. Queftion. D'où venoient ces deux Prophètes? Ils ve-noient du féjour des Bienheureux, de cet endroit, quel qu'il foit, & en quelque lieu qu'il foit placé, que notre Seigneur appelle *le Paradis*, & dans lequel il promit au *Brigand conver-ti*, qu'il feroit avec lui le jour de fa mort. Comme c'eft une extrême témérité de s'ingérer dans les chofes, que l'on n'a point vuës, c'eft-à-dire, de déterminer ce que l'on ne fait pas, nous gardons ici un profond filence, quoi qu'il fut aifé d'en-tretenir le Lecteur des opinions humaines là-deffus. Mais on fe borne dans ces Difcours à ce qui eft néceffaire, & on tâche de n'avancer rien, qui ne foit bien appuié fur l'Ecri-ture. Ce qu'il y a de certain, c'eft que tout ce qui exifte, fi l'on en excepte la Divinité, exifte dans quelque lieu, & que le féjour des Bienheureux, quelque part qu'il foit, doit être un lieu de repos & de félicité, où ils jouïffent de la pré-fence de Dieu.

4. Queftion. Dans quel corps parurent Moïfe & Elie? A l'égard d'Elie, il n'y a aucune difficulté, puifqu'*il fut tranf-porté dans le Ciel fur un char de feu*, où fon corps fut depouillé fans doute des qualitez terreftres & corruptibles, pour revê-tir celles qui conviennent à l'Immortalité. Il n'eft pas ma-laifé de concevoir, que Dieu ait permis, qu'il revint fur la terre, pour s'entretenir avec J. Chrift. Il y a plus de diffi-culté à l'égard de Moïfe, parce que l'Ecriture dit, *qu'il mou-rut au païs de Moab, & que l'Eternel l'enfevelit dans une vallée vis-à-vis de Beth-Pehor, mais que nul n'a connu fon fepulcre jufqu'à aujourd'hui*. Il eft vrai, que les Juifs ont fuppofé, qu'il ref-fufcita bientôt après, & qu'il fut enlevé au Ciel. [11] Jofephe dit,
qu'après

II. Rois
II. II.

Deut.
xxxiv. 6,
7.

*qu'après avoir embraffé Eleafar & Jofué, & pendant qu'il par-
loit encore une Nuée le couvrit, & l'emporta dans une vallée, où
il difparut: mais que lui-même avoit écrit, qu'il étoit mort, craignant qu'à caufe de l'éminence de fes vertus, on ôfât dire qu'il étoit
monté vers Dieu*, & qu'on ne l'honorât comme une Divinité.
C'eft depuis long-tems l'opinion des Juifs, [12] que Moïfe fut
tranfporté tout vivant dans le Ciel; [13] *non dans le Ciel de la
Gloire*, dit Philon, *mais dans celui des Bienheureux*, qu'il place
au deffous du féjour de la Divinité. Il ajoute, [14] que c'eft ce
que fignifient ces paroles du Levitique, *Dieu appella Moïfe en haut.* Il couroit du tems de Clement d'Alexandrie
un livre intitulé, *De l'affomption de Moïfe:* Apocryphe, qui en
impofa à ce Pére, & qui lui donna lieu de croire, que
le fujet de la difpute, qu'il y eut entre Michel l'Archange & le Diable, [15] fut, que le Démon vouloit, que le corps
de Moïfe demeurât dans le fépulcre, & fut livré à la corruption, aulieu que l'Archange vouloit l'enlever, le réünir à
fon Ame, & le tranfporter dans le Ciel.   Mais fans
nous arrêter à ces fables Judaïques, nous ne doutons pas
que Moïfe ne foit mort ; qu'il n'ait été enféveli dans un
lieu inconnu, de peur que les Ifraëlites ne tombaffent
dans l'Idolatrie du culte des morts, qui étoit en vogue
depuis longtems, parmi les Egyptiens & les Pheniciens, &
qu'il ne foit demeuré dans fon fépulcre. Mais quelle abfurdité y a-t-il, à dire, que Dieu le reffufcita, pour venir
contempler le Meffie, & reconnoitre avec Elie, que Jefus étoit le Chrift?

L'entretien, que Moïfe & Elie eurent avec Jefus, rou- Luc IX.
la, dit S. Luc, *fur fa mort, qui devoit arriver à Jerufalem.* Il [31.]
y a dans le Grec, *fon iffue* ou *fa fortie* [16] qui veut dire *fa
mort.* Il femble que S. Chryfoftome a lû [17] *fa gloire*, & il
y avoit en effet [18] des Exemplaires où l'on lifoit de la forte;
mais c'eft évidemment, non une faute de Copifte, les
mots d'*Exodos* & de *Doxa* étant trop differens, mais une
explication, que quelques Copiftes indifcrets avoient four-
rée dans le Texte.

On voit dans le fujet de cet entretien une des principales vuës de la Transfiguration du Sauveur.   Elle eut deux
objets: le prémier, de confirmer la promeffe que le Seigneur
avoit faite à fes Difciples, qu'il viendroit dans la Gloire de
fon Régne, & qu'alors il recompenferoit chacun felon fes
œuvres: le fecond, de prévenir le fcandale, que fa mort
ignominieufe devoit caufer à fes Difciples.   On a vû comment cette nouvelle révolta S. Pierre, lorfque le Seigneur la

lui annonça tout ouvertement: Or ſi quelque choſe pouvoit affermir leur foi contre un Evénement, qui étoit directement contraire à leurs préjugez, & qui renverſoit toutes leurs eſpérances, c'eſt d'entendre les deux plus grands
Prophètes parler de cet Evénement, & venir exprès, pour
confirmer cette vérité, & convaincre les Apôtres, que tel
étoit l'ordre irrévocable de la Providence. Les Figures de
la Loi & les Oracles des Prophètes annonçoient bien la mort
du Meſſie. Mais les Docteurs Juifs tâchoient d'éluder ces
preuves, & quand l'erreur eſt agréable, il eſt facile d'en
perſuader les meilleurs Eſprits: mais quels préjugez, quels
doutes, quelles explications Judaïques, pouvoient réſiſter
au témoignage de Moïſe & d'Elie, paroiſſant en perſonne, & annonçant de leur propre bouche, & à Jeſus, &
à ſes Diſciples, que le Chriſt devoit ſouffrir la mort à Jeruſalem.

Luc IV.
31.
　　Lorſque la Converſation fut finie, & que Moïſe & Elie
alloient ſe ſéparer de Jeſus, Pierre s'adreſſa tout d'un coup
au Seigneur, & lui dit, *Maître, il eſt bon que nous ſoyons
ici; ſi vous le voulez bien, nous y dreſſerons trois tentes, une pour
vous, une pour Moïſe, & une pour Elie.* S. Pierre vouloit retenir les Prophètes avec Jeſus, & leur conſtruire des tentes
de branchages, afin qu'ils fuſſent plus commodément dans
un lieu déſert. Quoi qu'il n'y ait que cet Apôtre, qui
parle, il exprime néanmoins les ſentimens de ſes Collégues, comme on peut en juger par la réflexion, que fait

Marc
IX. 6.
S. Marc. *Pierre,* dit-il, *ne ſavoit ce qu'il diſoit, car ils étoient
épouvantez,* lui & ſes Collégues. Le Grec ſignifie bien *é-
pouvantez;* mais il ſemble ne ſignifier dans cet endroit, *qu'ê-
tre hors d'eux mêmes.* Il eſt vrai néanmoins, qu'ils pouvoient bien être effrayez, d'avoir entendu les Prophètes
parler avec Jeſus de ſa mort prochaine, & que pour prévenir un Evénement ſi funeſte, ils auroient ſouhaité de
demeurer ſur la montagne. Peut-être eſpéroient ils, qu'à
leur priere Moïſe & Elie perſuaderoient à Jeſus, de ne point
aller à Jeruſalem, pour n'y être pas expoſé à la perſécution
des Scribes & des Sacrificateurs. Car c'etoit-là l'intention de
S. Pierre & de ſes Collégues, comme S. Chryſoſtome l'a
crû [19] „ La même raiſon, dit cet ancien Docteur, qui avoit
„ fait dire à S. Pierre, *A Dieu ne plaiſe, Seigneur, cela ne
„ vous arrivera point,* lui fait dire dans cette occaſion, *Maî-
„ tre, il eſt bon que nous ſoyons ici,* &c. Cette raiſon eſt la
„ crainte de voir mourir ſon Maître à Jeruſalem. Il n'oſe
„ s'exprimer auſſi ouvertement qu'il avoit fait, depeur de
　　　　　　　　　　　　　　　　　　　　　　　　　　　　　　　„ s'at-

„ s'attirer la même réponfe; Il le fait donc à mots couverts;
„ mais toujours dans le même but. Il efpére que Jefus, en
„ fixant fon féjour fur cette montagne, y fera en fureté
„ contre les piéges & les attentats des Juifs: Et qu'après
„ tout, y étant avec Moïfe & Elie, il pourra fe mettre à
„ couvert de leur violence; l'un ayant fubmergé Pharao
„ & fon armée; & l'autre fait tomber le feu du Ciel fur fes
„ ennemis. " La conjecture de S. Chryfoftome eft très vraifemblable, fi l'on prend le mot de S. Marc, *Ils étoient épouvantez* dans le fens ordinaire; car quel autre fujet de frayeur
pouvoient avoir les Apôtres, en voyant leur divin Maître
glorifié, & les deux plus grands Prophètes l'honorer &
lui rendre hommage?

Quoiqu'il en foit, deux Evangeliftes témoignent, que S.
Pierre *ne favoit ce qu'il difoit*, & [20] *Origene* n'a pas fait diffi- Marc ix. 6. Luc ix. 33.
culté, d'attribuer à *l'inftigation du Démon*, la propofition té-
meraire & infenfée, qu'il fit à Jefus. Dans la fuite, après
une longue invective contre cet Apôtre, bien loin de ré-
tracter des paroles fi fortes, ou de les moderer, il traite
d'ignorans ceux qui y trouveront à redire. On voit bien furquoi ce favant Docteur fonde une fi rigoureufe cenfure;
c'eft cette réponfe, que J. Chrift avoit faite à S. Pierre,
Retire toi de moi, Satan: paroles, où J. Chrift femble effectivement attribuer au Démon le confeil, que S. Pierre ofe
lui donner, & qui paroit partir d'un cœur pénétré d'admiration & d'amour pour fon divin Maître.

Il eft bien conftant, puifque les Evangeliftes le témoignent, que S. Pierre *ne favoit ce qu'il difoit*; mais fi l'on fait
attention aux opinions des Juifs fur le Régne du Meffie,
on trouvera de quoi l'excufer. Ils étoient perfuadez, que
lorfque le Meffie viendroit fur la terre, les Prophètes, les
Patriarches, les Hommes illuftres, les Saints, qui étoient
morts, reffufciteroient, & régneroient avec lui dans la Judée, jouïffant de toutes les délices innocentes de la vie.
C'étoit là *le rétabliffement de toutes chofes*, qui devoit arriver
fous Elie. Voyant donc Elie defcendre du Ciel, & Moïfe reffufcité: fachant que Jefus étoit véritablement le Meffie, S. Pierre & fes Collégues ne penférent qu'à demeurer
avec Jefus & les Prophètes dans le lieu, où ils étoient, jufqu'à ce qu'il trouvât à propos de defcendre de la montagne, pour aller fe montrer au monde, & prendre poffeffion de fon Régne. Tel étoit l'aveuglement des Difciples
du Seigneur: Tout ce qu'il leur avoit dit de fa mort: Tout
ce qu'ils en avoient entendu dire aux deux Prophètes, n'a-

voit

voit fait que gliffer, pour ainfi dire, fur la furface de leur Efprit; bien loin d'en arracher des préjugez, qui leur étoient chers, & que la vue de J. Chrift reffufcité, & les inftructions du S. Efprit, eurent feules la force de diffiper.

Matth. XVII. 5. Luc IX. 34.

A peine S. Pierre eut il achevé de parler, & comme s'expriment les Evangeliftes, *Pierre parloit encore*, *lorfqu'une Nuée lumineufe les couvrit*, favoir J. Chrift, & les deux Prophètes. Ce n'eft pas que cette Nuée les enveloppât. Il faut la concevoir fufpenduë fur leur tête, & tout proche d'eux; car le mot de l'Original fignifie *couvrir de fon ombre.* Cependant il n'y auroit aucun inconveniant à croire, que la Nuée * couvroit auffi les Difciples, qui étoient tout proches du Seigneur, puifqu'ils entendirent l'entretien, qu'il eut avec Moife & Elie, & que S. Pierre venoit de lui dire les paroles, que nous avons rapportées.

Ce Phenoméne extraordinaire & foudain dût furprendre les Apôtres; car il femble que cette Nuée fe forma fubitement, & c'eft ainfi que l'Interprête Latin a exprimé 21 le Grec de S. Marc: Ce Phenoméne, dis-je, dût les furprendre, & leur caufer de l'admiration, mais il ne dût pas les effrayer. Ce n'eft pas *un nuage obfcur;* d'où il fort des éclairs, & femblable à ces nuées épaiffes & fombres, qui furent les fimboles menaçans de la préfence de Dieu, lorfqu'il publia la Loi. Mais *lorfqu'ils virent les deux Prophètes entrer dans la nuée, ils furent faifis de frayeur*, dit S. Luc

Luc IX. 34.

Il faut ajouter ce que dit S. Matthieu, qui éclaircit ce récit de S. Luc, & qui nous découvre plus diftinêtement la caufe de la frayeur des Difciples, c'eft *qu'il fortit de la Nuée une voix*, *qui dit*, Celui là eft mon Fils bien aimé, en qui je me fuis plû: Ecoutez le. A l'ouïe de cette voix, continue S. Matthieu *les Difciples tombèrent le vifage contre terre, & furent faifis d'une extrême frayeur.* Il faut expliquer ceci.

Matth. XVII.5,6.

Les deux Prophètes *entrent dans la nuée*, qui étoit fufpenduë fur leurs têtes, & qui *les couvroit;* c'eft-à-dire, que s'élevant dans l'air par cette force furnaturelle, ou par cette agilité, qui convient aux corps purifiez des qualitez terreftres, & comme s'exprime S. Paul, aux corps *transmuez*, ils entrèrent dans la Nuée, qui fut comme le Char lumineux, qui les emporta dans le féjour célefte. Ce fpeêtacle, qui frappa les Difciples, pût leur faire craindre d'être enlevez de même, & préfentez alors devant le Tribunal de Dieu. C'eft une prémiére caufe de frayeur; mais la voix, qui fortit de

1. Cor. xv. 51. & 1. Thef. iv. 16.

la

* Le recit de St. Marc ne permet gueres d'en douter, le pronom les (*αὐτοὺς*) fe rapportant manifeftement aux Difciples.

la Nuée en fût une feconde : Car bien que ces paroles, *C'eft ici mon Fils bien aimé, en qui je me fuis plû,* n'euffent rien que de confolant, & d'édifiant pour eux : Cependant, comme elles leur annonçoient, que Dieu étoit préfent dans la Nuée, comme il l'avoit été autrefois, lorfqu'il parloit à Moïfe fur la montagne, ou lorfque fa Gloire defcendoit fur le Tabernacle, il eft non feulement naturel ; il eft même né- ceffaire, que des hommes charnels & pécheurs foyent faifis de frayeur. Une préfence extraordinaire de la Divinité, la- quelle fe démontre par des fignes miraculeux & fenfibles, fe- ra toûjours redoutable à des pécheurs. Elle le feroit même à des innocens. C'eft ainfi que Daniel, lorfqu'il eut la vi- fion rapportée au chapitre x. de fon livre, fe fentit tout af- foibli, & qu'à l'ouïe de la voix, qui lui fut adreffée, *il fut faifi d'une extrème frayeur, & demeura couché le vifage contre terre.* Cependant un excellent Interprête de l'Ecriture ju- ge, que fi les Apôtres *tombèrent le vifage contre terre,* ce fut moins un effet de leur frayeur, que de *leur extrême étonne- ment,* ce qu'il confirme en conférant les termes, dont ²² S. Luc & S. Marc fe font fervis, pour exprimer ce que fenti- rent les faintes femmes, lorfqu'étant entrées dans le fépulcre du Seigneur, elles y virent deux Anges fous la forme hu- maine. [Dan. x. 9, 10.]

Le témoignage, que le Pére rendit à Jefus, en cette oc- cafion, eft conçû en ces termes, felon S. Matthieu ; *C'eft ici mon Fils bien aimé, en qui je me fuis plû ; Ecoutez-le.* Mais S. Luc & S. Marc n'ont pas ces mots, *en qui je me fuis plû.* C'eft vraifemblablement une omiffion, puifqu'on les trouve dans la ii. Epitre de S. Pierre, qui ayant été témoin ocu- laire de la Transfiguration, avoit bien retenu une parole fi mémorable. Ainfi Dieu prononça, lorfque le Seigneur al- loit confommer fon miniftére, le même Oracle, qu'il avoit prononcé, lorfqu'il lui conféra ce miniftére, & l'oignit du S. Efprit. Il ajouta feulement cette parole, ECOUTEZ-LE : commandement, qui exprime *la Foi & l'Obéiffance ;* mais qui a un rapport manifefte à l'Oracle de Moïfe, lorfque Moïfe vou- lant confoler le Peuple de fa mort prochaine, il leur dit, *l'Eternel vôtre Dieu vous fufcitera un Prophète tel que moi d'en- tre vos Freres, vous l'écouterez :* Vous croirez tout ce qu'il vous dira, & vous ferez tout ce qu'il vous commandera. Moïfe vouloit bien parler de Jofué, dans le fens litteral & prochain ; mais il défignoit le Sauveur dans le fens myfti- que, & qui ne fut peut-être connû que du S. Efprit, qui animoit Moïfe. Dieu le manifefte à préfent ce fens myfti- [Matth. xvii. 5.] [Luc ix. 35. Marc ix. 7.] [ii. Pier. i. 17.] [Deut. xvii. 15.]

Vol. V. Qq qq que.

que. Il interprête lui même l'Oracle, que fon Efprit a dicté, & en préfence de Moïfe, qu'il a rappellé du Tombeau, & d'Elie, qu'il a fait defcendre du Ciel, il déclare ce Prophète, *tel que Moïfe*, qui, comme lui, eft le Médiateur d'une Alliance, mais *d'une Alliance établie fur de meilleures promeffes*, & le Legiflateur d'une Loi nouvelle, il déclare, dis-je, que Jefus eft Prophète, que toute la Terre le doit écouter.

L'Oracle fut prononcé, lorfque les deux Prophètes étant entrez dans la Nuée, *Jefus fe trouva feul*. C'eft afin qu'il n'y ait point d'équivoque, & que les Apôtres fachent, que le témoignage, & le commandement dont il eft accompagné, regardent J. Chrift, & ne regardent que lui. *Tous les Prophètes, & la Loi*, c'eft-à-dire, Moïfe, *ont prophétifé jufqu'à Jean*, difoit le Seigneur, *& fi vous voulez m'en croire Jean eft l'Elie qui devoit venir*. Jean étoit l'Elie typique & fignificatif. Le véritable Elie eft venu: Moïfe, qui a donné la Loi, eft venu. Ils ont réfigné leur autorité entre les mains du Seigneur, & déformais leur Prophétie n'aura plus d'autre ufage, que celui de fervir à convaincre les Incrédules, que Jefus eft le Fils de Dieu.

Comme les trois Apôtres demeuroient le vifage collé contre terre, & n'ofoient lever les yeux, *Jefus les toucha*, dit S. Matthieu. Il en ufe comme l'Ange, qui apparut à Daniel, lorfque ce Prophète *étant couché le vifage contre terre, une main le toucha, & le fit lever fur fes genoux & fur fes mains: Au même tems une voix lui dit, Levez vous, homme aimé du Ciel; Que la paix foit avec vous: Fortifiez vous.* Jefus touche de même fes Difciples confternez, *Levez vous,* leur dit-il en même tems; *N'ayez point de peur*; Levez vous, hommes cheris du Ciel, *Vous à qui il a été donné de connoître les Myftéres du Royaume des Cieux, & de voir ce que tant de Prophètes & de Rois avoient défiré de voir, & ne l'avoient point vû:*

Ce magnifique fpectacle étant fini, Jefus ramena les trois Difciples au lieu, où il avoit laiffé les autres: Et comme il defcendoit de la montagne, il dit aux prémiers, *de ne parler à perfonne de ce qu'ils avoient vû jufqu'à ce que le Fils de l'homme fut reffufcité d'entre les morts.* Diverfes raifons obligent le Sauveur, à ordonner à fes Difciples, de garder le filence là-deffus. La prémiére eft, que fi leurs Collégues l'avoient fû, comme ils étoient encore fort imparfaits, ils auroient conçû de la jaloufie contre leurs trois Collégues, & ils auroient été attriftez de la préférence, que le Seigneur
leur

Marginal references:
Luc IX. 36.
Matth. XI. 13, 14.
Matth. XVII. 7.
Dan. X. 10, 19.
Matth. XVII. 7.
Luc II. 10.
Matth. XIII. 11-16.
Matth. XVII. 9.

leur avoit donnée. Une fi grande diftinction entre des perfonnes, qui fe croyent égales, n'auroit pû que jetter des
femences de difcorde & d'envie parmi eux. On fait com- Marth. XX. 11. & fuiv.
ment ils murmurèrent contre Jaqués & Jean, lorfque leur
mére demanda à J. Chrift, que fes deux fils fuffent affis,
l'un à fa droite, & l'autre à fa gauche. La feconde raifon
fut, que cette merveille étant arrivée la nuit, dans un lieu
écarté, où elle n'eut pour témoins que trois des Difciples
du Seigneur, elle auroit été expofée à la calomnie des Incrédules, & traitée de fable, ou d'impofture magique. Il
étoit donc à propos d'attendre à la publier, que l'exaltation de J. Chrift, & l'envoy du S. Efprit avec toutes fes fuites, confirmât le témoignage des Apôtres. L'E-
xaltation du Sauveur fut, pour ainfi dire, la réalité, l'accompliffement de la Transfiguration, dans laquelle il parut pour quelque tems dans la Gloire, qu'il poffède à
préfent dans le Ciel, & avec laquelle il paroitra, lorfqu'il
viendra juger le monde.

On allégue d'autres raifons du filence, que le Seigneur
impofa à fes Difciples, & l'on dit en particulier, que fi
les Apôtres avoient publié la Transfiguration, ou fi les
Juifs en avoient été témoins, ils n'auroient jamais ofé attenter à la vie du Redempteur, & par conféquent la Rédemption ne feroit point arrivée. Cette raifon, qui a
paru folide à des [23] Docteurs Catholiques Romains, a-
voit été autrefois avancée par de très anciens Hérétiques,
comme on le voit dans [24] un Ouvrage de Clement d'A-
lexandrie: Mais dans la difpofition où étoient les Juifs,
bien loin que la Transfiguration du Seigneur eut fufpendu leurs attentats contre fa perfonne, elle n'auroit fervi
qu'à les hâter, & à leur fournir un prétexte de le crucifier. Dès qu'ils fe font mis dans l'Efprit, que les Démons, d'intelligence avec Jefus, veulent les féduire, ils
fuppoferont toujours, que ces Efprits malins ont opéré les
Prodiges, qui parurent dans la Transfiguration; que le
Moïfe & l'Elie, qui parlèrent avec Jefus, étoient deux
Démons apoftez, qui prirent le nom & la figure de ces deux
Prophètes, & que la Nuée & la voix, qui en fortirent,
n'avoient point d'autres Auteurs. Quand on confidére,
que la Réfurrection de Lazare, qui fe fit en public, &
auprès de Jerufalem, acheva de déterminer les Juifs, à

faire

faire mourir le Sauveur, peut-on croire que la Transfiguration les eut rendus dociles & fideles? Quand l'Esprit est aveuglé par les paſſions, l'Evidence, bien loin de perſuader, ne fait qu'irriter l'Incrédule & le rendre furieux.

F I N.

TABLE

DES PASSAGES DE

L'ECRITURE SAINTE,

Qui font expliquez, ou citez dans les

XXXII. DISCOURS

De ce Cinquieme Volume,

EVAN,

TABLE DES PASSAGES

EVAN-

Sfff

PREUVES
DES
CITATIONS
DU CINQUIEME VOLUME.

DISCOURS PRELIMINAIRE.

1. Hift. Crit. de Manichée. Tom. I, pag. 404. & feq.

2. I. Pier. V. 3. On n'ignore pas que divers Interprètes croyent, que S. Pierre a défigné *Rome* par le nom de *Babylone*. D'autres croyent qu'il s'agit de *Babylone* d'Egypte. Mais on s'en tient à l'explication la plus fimple, d'autant plus qu'il y avoit encore beaucoup de Juifs dans l'Affyrie. Mr. l'Abbé du Pin dit auffi de ce fentiment. Voyez fa Diff. Prelim. Biblioth. Ecclef. Tom. I, p. 71. Col. 1.

3. Clement d'Alexandrie met la naiffance des Sectes fous l'empire d'Adrien: mais les Erreurs de ces Sectes font bien plus anciennes. On commença de nier la refurrection des l'an 56. de N. S. comme on le voit par le Ch. xv. de la I. Epit. aux Corinthiens, qui fut écrite vers ce tems la. Les Herefies fur le mariage & fur les viandes fe manifeftoient des l'an 64. lorfque S. Paul écrivit fa I. Ep. à Timothée I. Tim. IV. Celles qui nioient la vérité de la Nature Humaine de J. Chrift étoient répandues en Afie des le tems de S. Jean. I. Jean 11. 18. 22. Cela n'empêche pas que le témoignage de Clément d'Alexandrie ne foit véritable. Les Herefies précédentes n'avoient été, jufqu'au tems d'Adrien, que les Erreurs de quelques particuliers. Mais alors il s'éleva des Philofophes, qui les enfeignerent, & qui formérent des fectes féparées de l'Eglife.

4. S. Epiphane dit de Bafilide, qu'il fut σύγχολος de Saturnin. Hæref. XXIV. p. 68.

5. Voyez l'Herefie XXIII. p. 66.

6. Voyez Heref. XXIV. p. 66.

7. Εἰς μόνὸν Ἰωαγγέλιον τέσσαρα πρὸς εἴκοσι ὄντα ἕως βιβλία. C'eft ce que dit *Agrippa* furnommé *Caftor* dans *Eufebe*. II. E. L. IV. 7. Mr. de *Valois* dans fes obfervations fur *Eufebe* foupçonne qu'il s'agit dans cet endroit d'un *Evangile* compofé par *Bafilide*, fous pretexte qu'*Origene* en fait mention. Ce n'eft pas ici le lieu de difcuter des faits de cette nature. On remarquera feulement, que fi *Agrippa* avoit voulu parler d'un faux Evangile de l'invention de Bafilide, il ne fe feroit pas exprimé comme il a fait.

8. Epiph: Hær. XXVII. p. 106. XXX. p. 138.

9. Epiph: Hær. XXXVIII. p. 113. Ce Pere dit des Cerinthiens, qu'ils avoient l'Evangile felon S. Matthieu, mais non pas entier, 'Ουχὶ ὅλω.

10. Epiph: Hær. XXX. p. 127.

11. Hieronym. adverf. Pelagian: L. III. Initio.

12. Ignac. Epift. ad. fmyrn. N. 111. Voyez les Peres Apoftoliques. T. II. p. 35. Il faut conferer cet endroit avec ce que dit *S. Ignace* dans l'Ep. aux *Philadelphiens*, N°. VIII. p. 33. On y verra que les paroles que nous avions citées,

étoient prifes de l'Evangile. Or on apprend de S. Jerôme de Vir. Ill. cap. xxvii. qu'elles étoient dans l'Evangile des Nazaréens. *Origene* temoigne, dans fa Préface fur les livres *Des Principes*, qu'elles fe trouvoient auffi dans le Livre intitulé *La Doctrine de Pierts*. Au refte, au lieu d'un *efprit incorporel*, on lit dans *S. Ignace*, auffi bien que dans *Origene*, un *Demon Incorporel*. Δαιμόνιον ἀσώματον. Mais *Dæmonium Demon* ne fignifie qu'un *Efprit*, un *Genie*, un *Ange*. Le Paffage allegué par S. Ignace eft tout fait parallele avec Luc XXIV. 39.

13. *Des plus Anciens Valentin* vint à Rome fous *Hyging*. Eufeb. Chronic. an. 141. p. 168. l'Illuftre *Pearfon* place le Pontificat d'*Hyging* à l'an 122. ou 123. de N. S. De Ann. Primor. Rom. Pontif. Epifcopor. Cap. XII. Dodu. Differtat. de Roman. Pontif. primæva fuccef̈f. cap. XII. 6. Cependant le Pere An. Pagi, ne met le Pontificat d'Hygynus qu'à l'année 137. Crit. Baron. an 137. N°. XI.

14. Epiph. Hæref. XXXI. p. 178. 180. 181.

15. Voyez cette piece à la fin des œuvres de Clement d'Alexandrie. p. 789. & fuiv. Et dans la Biblioth: Gr. de Fabric. T. V.

16. Epiph. Hær. XXXIII. N. 3. & feq. Grabe a crû Ptolomée contemporain de Valentin. Spicil. Tom. II. p. 69. Cave ne s'en éloigne guere. Hift. Litt. T. I. p. 139. Vid Dodu. Diff. IV. fur S. Irenée.

17. Ὄντες Οὐαλεντίνε χολῆς δεικμάτατος. Strom. lib. IV. p. 502.

18. Voyez le dans Clement d'Alexand. ibid.

19. Origen. in Johan. Tom. II. p. 60. Tom. III. p. 68. & Alibi paffim.

20. *Valentinus integro inftrumento uti videtur.* Tertull. de Præfcrip. Cap. xxxvIII. Il l'oppofe a Marcion, qui a retranché des Ecritures; *Valentinus autem pepercit.*

21. Epiph. Hær. XXXIV. p. 233. 240. 244. 253. 254.

22. Marcion commençoit l'Evangile felon S. Luc au ch. III vf. 1. On peut voir dans S. Epiphane Hær. XLII. p. 313, & fuiv. en quoi fon exemplaire differoit du notre. M. Simon a fort bien remarqué, que plufieurs de ces differences n'étoient que des diverfes leçons. Hift. Crit. du N. T. 1. Part. Ch. XII. p. 128.

23. Iren. ub. fupr.

24. On dit neantmoins que *Tatien* avoit retranché de fon Evangile, appellé *Diateffaron* les Genealogies du Seigneur, & tout ce qui pouvoit montrer qu'il étoit né de la famille de David. Theodor. Hær. Fabular. L. 1. 20. Cela paroit furprenant car *Barfilabe* & *Barbebræus* deux Savans Syriens témoignent, que S. Ephrem avoit compofé un Commentaire fur le *Diateffaron* Syriaque de Tatien. Affem. Bibliot. Orient. T. III. p. 12.

25. C'eft a ce tems la, & vers l'an 160. qu'on

doit placer la naiffance de l'Herefie Ma-
nichéenne.

26. *Quod ,* (Evangelium) *nec ab ipfo* (Chrifto) *fcriptum conftat, nec ab ejus Apoftolis, fed longo poft tempore , a quibusdam incerti nominis viris , qui , ne fibi non adhiberetur fides , fcribentibus quæ ne fcirent, Partim Apoftolorum nomina , partim eorum qui Apoftolos fequuti viderentur, fcriptorum fuorum frontibus indiderunt , affeverantes fecundam eos fe fcripfiffe quæ fcripferint.* Fauft. ap. Aug. L. XXII. a.

27. Faufte les appelle *Deificos Sermones.*

28. On s'exprime ainfi , parce que les Manichéens nioient le Batéme du Sauveur.

29. *Sed & cenfus conftat altos fub Augufto tunc in Judaeen per Sentium Saturninum, apud quos genut ejus inquirere potuiffent.* Text adv. Marcio. l. iv.

19. Voyez les Notes de Valois fur Eufebe. II. E. L. i. 5.

30. On n'ignore pas que ce fentiment n'eft pas celui de la plufpart des Anciens : mais il ne laiffe pas d'avoir beaucoup de vraifemblance, & un favant moderne paroît y incliner Vol-Tillem. Memoir. Ecel. Note VII. fur S. Luc.

31. On fait bien que quelques Anciens, & en particulier *Origene,* ont crû que le mot'Ἐπιχειρﬦσαι que S. Luc employe au vf. 1. infinue l'imperfection des Relations precedentes. Mais cette Remarque n'eft point du tout certaine. Voyez celle de *Cafauboi* fur cet endroit dans Valæus.

32. C'eft ce que dit S. Luc vf. 4. *Afin que vous puiffiez avoir une entiere certitude des chofes dont vous avez déja été inftruits.*

33. Voyez les Annales de S. Paul, par *Pearfon,* & la Critique de Baronius par le P. *Pagi* fur l'an LXVII. N°. III.

34. Καὶ διὰ τὶ πλειϛ κρμα τὶ ἐνίελετε τὸ τοις ϛαυροῖς, κρμ ϛαυροῖ τοῖς σωμασιν. Joseph. De Bell. Jud. L. VI. 12. p. m. 933.

35. On peut voir ce Difcours à la fin du II. Liv. de la II. Part. de l'Hift. du Manicheifme.

36. On veut bien ajouter cette limitation , par complaifance pour les Incrédules.

37. Clem. Alex. ftrom. L. iv. p. 502.

38. Voyez la lettre que le Senat & le peuple d'Abdere écrivirent là deffus à *Hippocrate.* Elle eft parmi les Lettres de ce dernier p. m. 777.

39. Voyez Jean XX. 6. 7. 8. Je fais que l'on lit dans prefque tous les exemplaires vf. 8. *Et il crût* : mais je ne doute pas qu'il ne faille preferer la leçon de l'exemplaire de *Cambridge,* qui porte , *& il ne crut point* le vf. 9. paroît confirmer évidemment cette leçon. Ce qu'on dit , pour défendre la leçon commune, eft trop recherché.

40. La *Prophétie* dont il eft parlé dans la fuite vf. 10. femble n'être que le don de bien expliquer , ce que *la fcience* avoit fait connoitre.

41. Jerôme Savonarole , qui fut brûlé en 1498.

DISCOURS PREMIER.

1. *J. C. n'a rien laiffé par écrit :* On en étoit fi perfuadé du tems de *St. Auguftin,* c'eft-à-dire, dans le iv. & au commencement du cinquieme fiécle, que les Payens en faifoient une objection contre le Chriftianifme, à laquelle ce Pére répond par voye de récrimination. *De confenfu Evang.* lib. cap. vii. Et voici ce que dit St. Irenée fur le même fujet: *Non enim per alios difpofitionem falutis noftræ cognovimus , quam per quos Evangelium pervenit ad nos , quod quidem tunc præconiaverunt, poftea verò per Dei voluntatem in fcripturis nobis tradiderunt , fundamentum & columnam fidei noftræ futurum.* Adv. Haeres. lib. iii. cap. i.

2. Voyez *Eufebe* Hift. Ecel. lib. iii. chap. xxiv.

& xxv. & en particulier St. *Irenée* liv. iii. contre les Herefies , p. 258. Il floriffoit vers l'an 167. Quoiqu'il y eut déjà plufieurs Hérétiques comme les *Marcionites,* les *Valentiniens* &c. Cependant toutes les Eglifes Chrétiennes ne reconnoiffoient pour Authentiques, que les quatre Evangiles que nous avons. Les faux Evangiles font d'un tems pofterieur. On en voit la preuve dans le paffage, auquel nous renvoyons le Lecteur. *Tanta eft autem circa Evangelia firmitas, ut & ipfi Haeretici teftimonium reddant ei , & ex ipfis egrediens unus quifque eorum , conetur fuam confirmare doctrinam.* Les divers Herétiques fe partageoint les Evangiles ; mais chacun tâchoit d'apuier fes fentiments fur l'un des quatre, à l'exclufion de tout autre.

Le Lecteur peut confulter auffi le Difcours de Mr. de Beaufobre fur les Apocryphes du N. Teftament. *Hift. Crit. de Maniche &c.* T. I. p. 11. p 438. & fuiv.

3. *Primus omnium Matthæus eft , publicanus, cognomento Levi. Hier.* Prœmi. in Matth. Iren. adv. Haeres. Lib. iii. c. 1. & cap. cap. xi. Eufeb. Hift. Ecel. lib. iii. cap. xxiv.

4. *Quamvis finguli fuum quendam narrandi ordinem tenuiffe videantur , non tamen unufquifque eorum , velut alterius praecedentis ignarus , voluiffe fcribere repetitur. Aug.* De confenfu Evang. lib. 1. cap. ii. *Marcus Matthæum fubfecutus, tanquam pedilfequus & breviator ejus videtur.* Ibid.

5. C'eft ce que St. Marc dit en parlant de Levi. Marc II. 14. Et comme il paroît, en conferant Luc V. 17. que St. Matthieu eft Levi, on en conclut fort vraifemblablement que St. Matthieu étoit *fils d'Alphée.* Cela a donné lieu à quelques Anciens de dire, que St. *Jaques* fils d'Alphée , étoit fon Frere , quoiqu'il n'y ait en cela aucune apparence.

6. C'eft à *Capernaum,* Ville de Galilée ; mais il avoit fon bureau, au bord de la Mer, ou du Lac de Galilée.

7. *Iren.* adv. Haeres. lib. iii. cap. 1. *Eufeb.* Hift. Ecel. lib. iii. cap. xxiv. Socrat. Hift. Ecel. lib. 1. c. 19.

8. Ce témoignage de S. Irénée , qui a été copié par Eusebe, ne s'accorde point avec la Tradition generale. Il faut qu'il ait crû, que S. Pierre alla à Rome dès les prémieres annéés de l'Empire de Claude , puifque c'eft dans ce tems-là , que l'on croit generalement que S. Matthieu écrivit fon Evangile : Or il eft conftant, par l'Epitre aux Romains , que S. Paul n'avoit point été à Rome , quand il écrivit cette Epitre, c'eft-à-dire, vers l'an 53. de N. Seigneur, & le 3. de Neron. Si St. Pierre & S. Paul ont été enfemble à Rome, de quoi il y a grand fujet de douter , ce ne peut-être que vers l'an 65. ou 66. de N. Seigneur , de forte que l'Evangile felon S. Matthieu n'auroit été écrit que dans ce tems-là , lorfque celui de S. Luc l'étoit déja , ce qui eft contraire à toute la Tradition.

9. *Till.* Mem. T. I. part. iii. pag. 965. Edit. de Bruxelles.

10. Voyez *Iren. Eufeb.* ubi fup. Les Evangiles font placez dans cet ordre depuis long-tems. Cependant dans les plus anciens manufcrits , où S. Matthieu eft toûjours le premier, S. Jean eft le fecond. Cela ne vient point certainement de ce que l'on a crû , que l'Evangile felon St. Jean ait été écrit avant celui de S. Marc, car perfonne ne l'a jamais dit. Mais c'eft vraifemblablement parce que S. Jean a été Apôtre auffi bien que S. Matthieu, au lieu que les deux autres Evangeliftes n'ont été que Difciples des Apôtres.

11. Iren. ub. fup. l. iii.

                         Eufeb.

12. Euſeb. H. E. L. 1V. 3. Hieron. De Scrip. Eccl. cap. V I I.

13. On en juge ainſi, quand on compare ce qui eſt dit Matth. X X V I I. 55. avec Marc X V. 40.

14. On peut voir ce que *Caſaubon* a dit ſur ces nouveaux noms donnez à quelques uns des Apôtres. Iſ. *Caſaub.* Exerc. XIII. ad Baron. cap. 13. p. 257.

15. *Tout ceux qui nous ont précédé dans l'explication des myſteres de l'Ecriture*, dit St. Auguſtin, *ont entendu par les quatre Animaux les quatre Evangeliſtes.* Aug. T. IX. Tract. 36. in Joh. p. 279.

16. *Aug.* De Conſ. Evang. lib. 1. cap. v1.

17. Hieron. Roem. in Math.

18. *Iren.* lib. 111. adv. Haer. cap. x1.

19. Aug. De Conſ. Evang. lib. 1. cap. v1,

20. *Hieron.* Proem. in Math.

21. Si l'on veut lire quelque choſe d'excellent ſur cette Viſion d'Ezechiel, il faut lire les deux Diſſertations que le ſavant Mr. *Vitringa* a faites là-deſſus. Je doute qu'il y ait rien de meilleur ſur ce ſujet. Toutes les parties de cette Viſion y ſont développées, avec une netteté & une érudition dignes de cet habile Homme. *Camp. Vitringa*, Obſerv. Sacr, T. II. lib. 1v. cap. 1. & 11.

22. Voyez Bochart, *Hieroz.* parte 11. lib. 111. cap. v1. p. 769.

23. Voyez Spencer, De Leg. Heb. lib. 111. Diſſ. v. p. 856, 877.

24. *Quibus cunctis perſpicuè oſtenditur, quatuor tantum debere Evangelia ſuſcipi, & omnes Apocryphorum naenias mortuis magis Haereticis quam Eccleſiaſticis viris canendas. Hieron.* Proem. in Math.

25. *Qui quaſi ab homine exorſus eſt ſcribere, liber Generationis* &c. Ibid.

26. *In qua (facie Leonis) Vox Leonis in Eremo rugientis auditur, Vox clamantis in Deſerto* &c. Ibid.

27. Zacharie n'offroit pourtant pas un ſacrifice, mais le parfum. Luc I. 10.

28. Iren. ub. ſup. L. 111. 1. Athanas. in Synop.

29. Hieron. in Proem. in Math.

DISCOURS II.

1. Voyez l'*Autorité* que Dieu donne aux Miniſtres de la Religion: Deut. XVII. 11, 12. Delà ce que dit *Joſeph. Que les ſacrificateurs ſont établis pour veiller ſur tous , pour être Juges des Controverſes , & pour punir les fautes.* Joſeph. contra Appionem. lib. 11. p. m. 485.

2. *Ex his rebus liquet, juxta Legis Judicium, Sacerdotes aequiparari homine ac majeſtate Regibus: Si quidem illis tanquam Principibus conferri tributa imperat.* Philo, de Sacerdotum honoribus. p. m. 643.

3. Voici ce que dit là deſſus Ciceron, dans ſon Oraiſon aux Pontifes : *Cum multa divinitus, Pontifices , à Majoribus noſtris inventa , atque inſtituta ſunt ; tum nihil praeclarius , quam quod eoſdem , & Religionibus Deorum immortalium & ſummae Reipublicae praeſſe voluerunt , ut Ampliſſini & Clariſſimi Cives Rempublicam benè gerendo , Religiones ſapienter interpretando, Rempublicam conſervarent.* Cic. in exord. Orat. ad Pontifices.

4 *Inſtitutum eſt etiam , ut quotidie bis adolerentur odoramenta fragrantiſſima, in ara quae intra velum eſt , oriente ſole, occidenteque , ante matutinum & poſt veſpertinum ſacrificium, ut ſacra cum ſanguine fiant pro nobis qui conſtamus è ſanguine, incruenta vero pro principali noſtri parte, anima, ratione praedita , facta ad exemplar divinae imaginis.* Philo, de Victimis. p. m. 647.

DISCOURS III.

1. Ναζαρὲθ. Urbs Galilaeae. Marc. I. 9. aedificata ſuper rupem, unde Chriſtum praecipitare
Vol. V.

---

conati ſunt. (Luc 4. 29.) Urbs, in qua Chriſtus educatus eſt, & cujus Synagogam frequentare ſolebat Luc IV. 16. unde Ναζαρενὸς. Marc. I. 24. & 14. 67. &c. Ναζωραῖ@. Matth. XXVI. 71. dictus eſt. . . . Euſebius in Onomaſtico notat, vicum hunc eſſe e regione Legionis , 15. milliaribus inde Orientem verſus , prope montem Thabor. Had. Relandi Palaeſt. lib. 111. p. 668.

2. Un paſſage de Philon juſtifiera ce que l'on avance ici. Il parle de là femme du Souv. Sacrificateur, & dit , " qu'elle devoit être Vier-„ ge, non ſeulement par rapport à l'integrité „ du corps, mais auſſi par rapport aux engage-„ mens ; En ſorte qu'elle ne devoit point a-„ voir été femme d'un autre , qui eut été „ nommé ſon mari , bien qu'il ne l'eut pas „ connuë. *Phil.* De Monarch. Lib. 11. p. m. 632.

3. Vid. Baron. Apparat. ad Ann. Eccl. p. 19.

4. *En ſaluant.* Conferez ces mots du Seigneur, Math. X. 12. *Saluez cette maiſon* , avec ceuxci de S. Luc, X. 5. qui ſont paralleles, *Dites que la paix ſoit dans cette maiſon.* Saluer , c'eſt ſouhaiter toute ſorte de bien.

5. Ἐυφέρων.

9. Κεχαριτωμένης. Clem. Alex. Paedag. lib. 111. 12. p. 257.

7. Ἀνδρὶ Κεχαριτωμένῳ. Eccleſiaſt. XVIII, 17.

DISCOURS IV.

1. Cette obſervation eſt du ſavant M. Reland. Palaeſt. lib. 111. pag. 870. Il y a dans S. Luc Ἐις πόλιν Ἰούδα, qu'il ſaut traduire ſelon lui , *dans la Ville de Juta.* Il croit que l'on a mis *Juda* pour *Juta*, les deux lettres D & T étant ſouvent ſubſtituës l'une à l'autre. On peut conſulter l'Auteur, dans lendroit cité. D'autres croyent que c'eſt *Hebron*, qui étoit auſſi ſituée dans le Païs des montagnes de Judée, & qui étoit Ville Sacerdotale.

2. μεγαλύνεϑαι, i. e. laudibus efferre. Sic enim accipitur apud Euripidem, in Bacchis, & magnificare apud Verrem & Plinium, *Beza* , in Matth. XXIII. 47.

DISCOURS V.

1 On peut conſulter *Clem. Alex.* Srromat. lib. 1. p. 340. On y verra, quon ne ſavoit pas, c'eſtà-dire , vers la fin du 11. Siecle , ou au commencement du 111. quel jour nôtre Seigneur étoit né; Et que ceux qui l'avoient recherché le plus curieuſement, mettoient cet evenement vers le 20. de Mai. A l'égard de l'Année , ce Pére croit que ce fut la 28. après la bataille d'Actium , c'eſt-à-dire, la 41. d'Auguſte. Joſeph Scaliger a montré que ce doit etre la 42. & par des calculs fort laborieux & fort igenieux, il fait voir que J. C. doit être né vers l'équinoxe de Septembre, ou au commencement d'Octobre. Voyez Joſ. Scaliger , Animadv. ad Chron. Euſeb. p. 174. & ſeq.

2. On ignoroit encore , au tems de S. Chryſoſtome , le jour de la naiſſance de J. Chriſt. On en voit la preuve dans l'Homelie XXXIII. de ce Pére, (Tom. V.) où il allegue les raiſons, que les Occidentaux avoient de fixer ce jour au 25. de Décembre. Elles ſe réduiſent à celles que nous marquons.

DISCOURS VI.

1 *Baron.* An. Eccl. Anni 1. Num. 11. Scultet. Exerc. Ev. lib. 1. c. 51. Grot. in h. l.

2. Ἐν ϲκηλῳ φ τινὶ , ϲύντυγχι φ κώμης κατίλυσιν. Juſt. Martyr. Dialog. p. m. 237.

3. *Euſeb.* Demonſt. Evang. l. VII. p. m. 343. Edit. Col. 1688.

4. *Caſaub.* Exerc. II. ad. Bar. An. p. 163.

Tt tt   5. Ἐν

5. 'Εν Βεβλαιφ. Sozom. H. E. L. II. 2. p. 443.
6. Les Anciens se servent des mots , 'Αντρον, σπήλαιον, qui veulent dire, un Antre, une Caverne.
7. Salmas. ap. Val. in h. l.

DISCOURS VII.

1. Voyez Mr. le Clerc, sur Gen. XVII. où il prouve fort bien, après plusieurs autres, que ce retranchement du peuple , n'est proprement , que l'exclusion des priviléges de la Nation judaïque.

2. Plusieurs Péres ont allegué des raisons , qui ne font gueres plus folides, que celles des Juifs, touchant le choix que Dieu a fait du huitième jour, pour la Circoncifion des enfans. Voy. Aug. lib. 2. cont. Julian. cap. 3. Justin. in Dialog. Cyrill. in Joh. lib. 4. cap. 51. Cyprian. lib. 3. Ep. 8. Origéne en particulier rapporte le sentiment ridicule de ceux, qui attribuoient aux malignes influences des Astres, sous lesquels la Judée est située, la nécessité de circoncire les enfans le huitième jour. Origen, in Gen. p. m. 13. Edit Huet. T. l.
3. Vid. Cunaeus, de Rep. Heb.
4. Phil. de la Circoncifion , p. m. 624. Edit. Col. 1613.
5. *Circumcifionem, non quafi cunfummatricem justiciae, fed in figno eam dedit Deus , ut cognofcibile perfeveret genus Abrahae, ex ipfa scriptura difcimus.* Irenaeus adv. Haer. l. IV. c. 30. Voy. auffi S. Chryfoftome, qui la regarde comme un figne deftiné à diftinguer le peuple Juif. Hom. XXXIX. in Gen. p. m. 450.
6. *Sacerdos apud Ægyptios , Aruſpex, aut quorum libet facrorum minifter...omnis circumciditur,* Orig. lib. II. in Ep. ad Romanos.
7. Philon eft un des premiers, qui l'ait dit, dans fon petit Traité *fur la Circonfion;* au moins un des prémiers, qui nous foit connu; car il avoit pris cette penfée dans fes Prédeceffeurs. Mais M. Huet, dans fes Remarques fur Origene, s'eft étendu davantage fur cette matiére. N'alleguons que cet endroit. *Alii circumcifionem tot Gentium ufu celebratam , civili vitu ac politico primum introductam putant , ad praecavendam ſcilicet leprae luem, quae è ſordibus ſub praeputio ſuccreſcentibus oriri ſoleret; ad a Deo nihilominus Abrahamo traditam , ut quod aliis morbi antidotum, illi, ipfiufquae pofteris, morbi antidotum fimul, & Divini Foederis fignum effet:* Ad Orig. Comm. Obf. & Notae p. 13.
8. Vid. Huet, fur Origene, dans fes Notes, p. 5.
9. Hom. V. in Jerem. p. m. 85.
10. Joh. Spenc. De Leg. Heb. lib. 1. c. v. p. m. 62.
11. Aug. De Civit. Dei, lib. XVI. cap. 27. lib. 2. adv. Pelag. & Celeft. cap. 30. Cette opinion a été fuivie par *Prosper* , Fulgence, le Pape *Gregoire.* I. &c.
12. Μόνοι πάντων άνθρωπων Κολχοι , κỳ Αιγύπτιοι , Ệ Αιθίοπες περιτάμνονται άπ' άρχῆς τὰ αιδοῖα. Herod. Euterpe , §. 104. Il croit pourtant que ce font les Egyptiens, qui ont donné cet ufage aux autres , & il en allegue une raifon vraifemblable. Confultez Grotius , Traité de la vérité de la Rel. Chretienne: liv. 1. c. XVI. & Spenzer, De Leg. Heb. lib. 1. p. 55.
13. Hom. VI. in cap. II. Matth. p. m. 67.

DISCOURS VIII.

1. *Jefum accepit in ulnas: functionem autem illam Sacerdotalem fuiffe, cum Lucas infinuat , tum Patres ferme omnes agnofcunt , & Ecclefiam in facris imaginibus profiteri certum eft ,* inquit Baronius, Annal. Ecci. Anni I. Num. XL. La Reflexion de Baronius. *Cum Lucas infinuat* eft tres fauffe. Si Saint Simeon, avoit été Prêtre, eft il vraifemblable , que S. Luc ne l'eût pas dit.
2. Bafnage, Hift. des Juifs T. III. Ch. 1. p. 12. 13. de la derniere Edition.
3. Ef. XLIX. 6. Gen. XLIX. 18. Pf. XXVII. 1. Pf. XCVII. 3. Ef. 52. 2. & Act. XIII. 47.

DISCOURS IX.

1. Hom. VI. in Matth. T. VII. p. 63.
2. Porphy. De Abfti. lib. IV. 16. p. 165. Voy fur le mot de Mage, Hift. Crit. de Manichée. T. I. p. 161. 162. Cafaub. Exerc. 11. Num. X. p. 135. qui cite Platon , Xenophon , Strabon, Diogene Laerce &c. *Magi eft vox Perfica. Significat autem in ea Lingua Sapientem , five Philoſophum.* Drufius.
3. Thom. Hyde , Hift. Relig. Vet. Perf. cap. XXIV.
4. Herodot. lib. 1. cap. 132.
5. On peut voir la morale des Mages dans un livre Perfan, intitulé *Sadder* , c'eft-à-dire , *les cent Portes,* que M. Hyde a traduit , & joint à fon Traité de l'ancienne Religion des Perfes.
6. Plat. in Alcib. p. m. 32. Cic. De Divin. lib. 1. cap. 41. Strab. Geograph. lib. XV. p. m. 466.
7. Cafaub. Exerc. II. Num. XIX. p. m. 181. & 182.
8. Plin. Nat. Hift. lib. XXX. Cap. 1. & II.
9. Orig. Cont. Celfe. lib. 1. p. 45. Edit. Cantab.
10. Dom. Calmet. dont la Differtation eft à la tête de fon Commentaire fur les Evangiles.
11. La Chaldée eft effectivement située au Septentrion, par rapport à la Judée, & les Prophetes l'ont confidérée de la forte. Ezech. I, Jerem. I. 14. IV. 6. XXIV. 9. Il eft vrai qu'Efaie dit, en parlant d'Abraham , qui vint de Chaldée. Ef. 41. 2. Que Daniel avoit été inftruit par les Mages en Chaldée, Dan. I. 6. qu'il y avoit un grand nombre de Juifs à Babylone : Tout cela peut favorifer la conjecture de Dom-Calmet, fans parler des raifons qu'il allegue pour l'appuier. Dans ces matieres il ne faut demander que des probabilitez.
12 Juft. Martyr. in Dialogo. Tertul. adv. Judaeos.
13. Grotius, Drufius & autres.
14. Drufius.
15. Tacite place l'Arabie à l'Orient de la Judée. (lib. v. Hift. p. m. 618.) & l'on fait que tous les Peuples tiroient l'Encens & la Myrrhe de *l'Arabie(*Plin. Nat. Hift liv. XII. c. XIV. & XV.) que les Anciens ont crû être la feule , qui produifit ces deux fortes de parfums; encore n'étoit ce qu'un petit canton de l'Arabie.
16. Sunt qui & haec Sidera perpetua effe credant, fuoque ambitu ire, fed non nifi relicta à fole cerni. Alii vero, qui & nafci humore fortuito & ignea vi , ideoque diffolvi. Plin. Nat. Hift. lib. II. cap. xxv.
17. C'eft ce que j'apprens de Dom-Calmet: Il dit, dans fa Differtation fur les Mages, que Pline rapporte , que cette Comète *repréfentoit la figure d'un Dieu, ſous une forme humaine* (fpecie humana Dei effigiem in fe oftendens.) J'ai confulté toutes les Editions, de Pline, que j'ai pû trouver; mais je n'ai vû dans aucune le paffage que ce Savant Commentateur allegue. *Il eft vrai* , ajoute-t-il, *que ce paffage eft fufpect à quelques Critiques.* Ce n'eft pas affez dire : Le paffage eft faux, & fourré par un Impofteur ignorant , qui ne connoiffoit guéres le genie de Pline, pour ofer lui preter une pareille penfée.
18. Plin. Nat. Hift. lib. II. cap. 25.
19. Auct. incerti opus imperfectum Hom. II. in Matth. p. 12.
20. Ligtfoot. Harm. Evang. p. 4.

21. Tacit.

21. Tacit. lib. v. p. m. 622. Suet. in Vit. Vefp.
c. IV. p. m. 515.

22. Epiph. Haeres. XXX. 329, p. 154. Eufeb. in
Chronico.

23. On croit dans l'Eglife Latine, que les Mages
font venus le 13. jour après la naiffance du
Fils de Dieu. Surquoi M. De Tillemont dit,
pour excufer cette erreur, que l'Eglife en fixant fes Fêtes, ne s'eft pas mife en peine des
jours, où les evenemens font arrivez, n'ayant
pour but que d'en conferver le fouvenir. A-
prés quoi il ajoute, Nous mettrions volontiers un
au & deux mois entre la naiffance de J. Chrift
& la venuë des Mages. Tom. I. pag. 207.
Num. IX.

DISCOURS X.

1. Porphyr. De Vita Pyth. p. 185. Edit. Holft.

2. C'eft ce que répondent à cette Queftion, un
Theologien moderne fort judicieux. Epifc. Inft.
Theol. lib. II. p. 26. Col. 2. & un autre Theo-
logien plus ancien & fort habile. Pet. Martyr.
Loc. Com. De Infom. p. 13.

3. Tillem. J. Chrift T. I. p. I. p. 16.

4. Sozom. II. E. L. v. 21. p. 630. Voyez la note de Valois fur cet endroit. Il y fait affez
fentir ce qu'il penfoit de ces fables.

5. Locus non torquetur à Matthaeo, fed fcitè aptatur
ad praefentem caufam. Calv. Harm. E. p. 43.

6. Tillem. ub. fup. p. 17.

7. Caf. Exerc. 11. ad An. Ecc. Bar. xiv. p. 192.

DISCOURS XI.

1. Les Grecs, dans leurs Monologe, & les Ethio-
piens, dans leur Liturgie, prétendent qu'il y
eut quatorze mille enfans tuez. C'eft une Fable, dont on ne fait pas l'origine. Till. T. I.
p. 212. Bethlehem étoit fituée au midi, par rapport à Jerufalem, à fix mille pas, ou environ
de cette Capitale. Elle étoit bâtie fur une
Coſine, qui n'avoit que mille pas de circuit,
& environnée de quelques Valons. Vid. Had.
Reland. Pal. Sac. lib. III. p. 883.

2. Plufieurs Interprètes ont fué inutilement fur
ce Chapitre, en voulant appliquer ce que dit
Jeremie à la feconde Captivité. Il eft certain qu'il parle de celle des dix Tribus, & le
favant Dom Calmet a fort bien prouvé, dans
une Differtation, qu'elles revinrent dans leur
païs, au moins en bonne partie.

3. Macrob. Satur. L. II. 4.

DISCOURS XII.

1. Quint. Curc. l. I. p. 16.

2. Grot. in h. l.

3. Philon, dans fon Traite: Que tout homme de bien
eft Libre p. m. 679.

4. Cela eft prouvé par divers paffages, & en particulier par celui de Jofephe, τ̕ χρυσοῦν κίονα
τ̕ ἐν τοῖς Διὸς ἀνίθηκεν, auream columnam po-
fuit, quae in Jovis eft Templo. Et dans la note on trouve ces mots: ἐν τοῖς ὃ Διὸς, id eft,
ἐν τῷ ναῷ, ut oftendit Lud. Capellus, in fpici-
leg. ad Luc. 11. 19. Vid. Jof. Ant. Jud. Lib.
vIII. c. v. p. m. 434. Edit. Havercamp. On
peut confulter, fur ce paffage, Scultet. Exerc.
Evang. lib. I. c. 67. Grot. Ham. L'Auteur de
l'Ecclefiaftique, chap. xLII. 9. a dit, ἐν τοῖς πα-
τρικοῖς, pour dire, dans la maifon paternelle.
Voyez la note de la Vers. de Berlin, fur le
vf. 4p. C'eft ainfi que les Péres Grecs ont
entendu ce paffage.

DISCOURS XIII.

1. Maldonat a prétendu que c'étoit une entiere

folitude, & a défendu fon fentiment par diverfes raifons, que l'on peut voir dans fes
Commentaires fur Matth. III. 1. Spanheim au
contraire a foutenu, que le Défert de Jean
Batifte étoit un lieu moins peuplé que divers
autres Lieux de la Paleftine, mais où il y avoit
cependant & des Villes & des Habitans. Vid.
Dub. Evang. Pars I. Dub. XCVII. Ligtfoot a
crû que c'étoit le même lieu, qui eft appellé
les montagnes de Judée Hor. Heb. in Matth. III.
1. Mais le favant Reland a réfuté Ligtfoot, &
a fait voir que le mot Hébreu מִדְבָּר Midbar
ne répond pas exactement à celui de ἐρημία
en Grec, & de folitude en Latin; & qu'il
défigne proprement un Lieu deftiné aux patura-
ges. . . . Reland Palaeft. lib. I. Cap. LVI. p.
m. 374. Cependant, bien que l'on ne puiffe
rien conclure pour la folitude de Jean Batifte
par le lieu de fa demeure, où il y avoit
certainement un grand nombre de Villes.
(Jof. XV.) D'où vient que ce Défert de Judée
reçoit divers noms dans l'Ecriture, à caufe
des Villes qui s'y trouvent. (I. Sam. 23. 25.
II. Chron. XXII. 20.) l'Illuftre Cafaubon a fort
bien remarqué, que la Prophétie d'Efaïe, &
l'application qu'en fait l'Evangelifte, defi-
gnent affez que ce fut une entiere folitude, &
qu'on a tort de ne pas reconnoître quelque
chofe de fingulier, & dans la demeure & dans
le genre de vie de ce Saint Homme. Caf.
Exerc. ad Ann. B. Exerc. XIII. Num. VIII.

2. Polydore Virgile, bon Catholique Romain, dans
un de fes Traitez, où il examine l'origine de
la Vie Monaftique dans le Chriftianifme, prouve fort bien, que Paul & Antoine en ont été
les prémiers Fondateurs, & qu'ils ont pris
pour modéles les Effeniens; fecte de Juifs en
grande reputation de fainteté, & dont Jofephe
a fait une fi belle Defcription. L'endroit mérite d'être lû. (Polyd. Verg. De Inventi. Rer.
lib. vII. cap. 1.) La Defcription de Jofephe
eft au 11. Livre de la Guerre des Juifs. (De
Bell. Jud. lib. 11. cap. vIII. Edit. Hav. Au
refte La Vie Monaftique, à la confidérer en
elle même, tire fon origine des Pythagoriciens,
c'eft d'eux qu'elle a paffé aux Effeniens, comme Jofephe le reconnoît. (Antiq. lib. xv. c.x.
§. 5.) Divers Auteurs ont parlé des Effeniens
Porphyre. (De Abft. lib. IV. 11, 12, 13.) Pline. Hift. Nat. V. 17. & Eufebe. qui apparemment a tiré ce qu'il en dit, dans fa Préparation Evangelique. liv. vIII. 10. de l'Apologie
de Philon pour les Juifs. Le même Philon a-
re encore des Effeniens, Livre, Que tout homme de bien eft libre p. 600.

3. C'eft dans fon Livre, qui a pour titre, περὶ
βίου θεωρητικοῦ, ou de la vie Contemplative p.
688. Il avoit parlé, dans le Livre précédent,
des Effeniens, qui menent une vie active. Il
y a de l'apparence que le nom d'Effeniens, ou
de Saints, étoit le nom général de la fecte,
qui fe partageoit en deux branches. Les uns
menoient une vie active, travaillant de leurs
mains, & s'occupant à tous les Arts inno-
cents; Les autres menant une vie contemplative, & ne s'occupant qu'à la lecture & à la
médiation des Saintes Ecritures, qu'ils expliquoient d'une maniere allegorique, regardant
la lettre comme le corps, & l'explication allegorique, comme l'Efprit de l'Ecriture. Ce
font ces derniers que Philon appelle Thera-
pentes, c'eft-à dire, comme il l'explique lui
même, des gens uniquement occupez à la
Culture de l'Ame, & qui fe propofent d'en conferver la fanté, qui confifte dans les connoiffances & la fainteté. A l'égard des prémiers,
ils avoient la liberte de fe marier, ou de vivre dans le Celibat, de s'établir dans les Villes, & en général ils menoient une vie moins
auftére que les derniers, puifqu'ils fe nour-

riffoient

riſſoient de viandes, au lieu que les derniers
ne mangeoient que du pain, & ne buvoient
que de l'eau, & pour tout aſſaiſonnement, ils
n'avoient qu'un peu de ſel & d'hyſope, pour
les plus délicats.

4. M. De la Croze. *Chriſt des Indes.* liv. vi. p. 435.
& ſuiv.

5. *Sunt (foeminae) quae ciliciis veſtiuntur, & cu-
cullis fabrefactis, ut ad infantiam redeant, ini-
tantur noctuas & bubones. Sed ne videar tantum
diſputare de foeminis, viros quoque fuge, quos vi-
deris catenatas: quibus foeminei contra Apoſtolum
crines, hircorum barba, nigrum pallium, & nu-
di in patientia frigoris pedes: Haec omnia argu-
menta ſunt Diaboli.* Hier. ad Euſtoch. Ep.
XXII.

6. Voyez *Scultet.* Exerc. Evang lib. 1. cap. xvii.
Dom Calmet, ſur Matth. iii. 4. & *Piſcator*, ſur le
même endroit. Ce dernier a crû, que Jean
Batiſte avoit été vêtû d'une peau de Chameau,
avec ſon poil. Δον τριχων καμηλου, id eſt, e pelle
Cameli habente adhuc ſuos pilos. Syneed. Membri.
Talis enim fuit veſtis Prophetarum, ut
videre eſt de Elia. II. Reg. 1. 8. & de falſis
Prophetis, Zach. 13. 4.

7. Camelos olim in Judaea & vicinis locis fuiſſe
frequentiſſimos, ex ſcriptura manifeſtiſſimum
eſt. . . . Camelorum pilos in veſtium uſum
ceſſiſſe docet hiſtoria Joh. Baptiſtae. . . He-
braei vocant *lanam Camelorum* (עמר גמלים)
ut cum quaerunt, an ut lanam ovium, ita lanam Camelorum cum lino miſcere iis vetet.
Lev. XIX. 19. Vid. Talmudicum Tractatum *Ke-
laim.* cap. 10. §. 6. Pili camelorum *in Caſpiis*
olim fuere molliſſimi, & ex iis confectae
Veſtes ad delicias pertinebant. (Ælian. Hiſt.
lib. 17. c. 34.).. Sed Camelorum *in Caſpiis*,
aut in *Tartaria* villi, quam ſunt tenues, tam
ſunt aſperi vulgares, quibus Johannes induce-
batur. Bochart. Hieroz. Pars. 1. lib. 11. c. 11.
p. m. 78.

8. Divers Interprêtes Anciens & Modernes ſe
ſont mis à la torture, pour donner au terme
de l'Original, qui ſignifie certainement *des
Sauterelles*, une autre ſignification. Mais le
Savant Bochart a prouvé, par un grand nombre d'Autoritez, qu'en divers endroits de l'E-
thiopie, de l'Afrique, de la Grece, de *la Judée*
même, on ſe nourriſſoit de Sauterelles. Ainſi
il n'y a rien de ſingulier à S. Jean, de s'être
nourri de cette ſorte d'animaux; mais ce qu'il
y a de ſingulier, c'eſt de n'avoir uſé que de
cette nourriture; aumoins tout le tems qu'il
a demeuré dans ſa retraite. Vid. Bochart.
Hieroz. Pars 11. lib. iv. cap. vii.

9. Les plus judicieux Interprêtes avoient juſqu'à préſent, que le *miel*, dont Jean Batiſte
s'eſt nourri, eſt celui que l'on trouve, en divers païs, dans les creux des Arbres & des
Rochers. *Bochart* lui même l'a crû ainſi, &
a allegué des preuves, qui paroiſſent ſans repli-
que. *Hieroz.* Pars 11. lib. cap. xii. Mais M.
Reland a fait voir, qu'il s'étoit trompé. Voici
ce qu'il dit: *Mel copioſum hic* (in Palaeſtina)
*praeter illud, quod apes elaborant, in Sylvis, &
manat ex arboribus. Hoc eſt* μελι ἀγριον, *quo ali-
mento Johannes utebatur.* . . Diodorus Sicu-
lus. lib. XIX. cap. 104. nos docet, quod fuerit μελι ἀγριον nuncupatum, ubi de Nabataeis
ſcribit, 'Αυτοι χρωνται, &c. Utuntur illi pro ali-
mento *carne & lacte*, & iis, quae ex terra pro-
veniunt: naſcitur enim apud ipſos piper in arboribus, & mel plurimum, quod agreſte appellant,
quod potant aqua mixtum. Sic Plinius. lib. xv. 7.
Sponte naſcitur (oleum) in Syriae maritimis,
quod Elaiomeli vocant: manat ex arboribus pin-
gue, craſſius melle, reſina tenius, ſapore dulci.
Reland. Palaeſt. Sac. lib. 1. cap. ult. p. 383.
Je vois pourtant que le Savant *Scultet* n'a pas
ignoré cette particularité. *Verum in illis locis*

---

*Syriae circa Libanum ſingularis quaedam ſpecies
mellis fuit, quam nominarunt δρουσικα, h. e.
Rorem mellis, eo quod ſicut ros in arbores deſtuat,
& poſtea coagulatus, ſeu duratur aliquantulum in
grumos, pellibus excipitur. Eſtque res valde bo-
na, inſtar generoſiſſimi ſaccari, hodieque inde Ve-
netias, & Venetiis in alia loca vehitur. In myro-
lis vocatur Manna.* Scult. Exerc. Evang. I. 1.
cap. xv.

10. S. Auguſtin a fort bien expliqué ce paſſage;
mais ce qu'il ajoute ne plaira pas à tout le
monde. *Unde dictus eſt* (Johannes) *non mandu-
cans neque bibens, niſi quia illo victu quo Judaei
utebantur, ille non utebatur.
At Chriſtus certe bibens & vinarius non diceretur,
niſi vinum biberet: cur ergo & hoc vos immundum
putatis? contra Apoſtolum dicentem, omnia munda
mundis. Oſtendite ubi iſta Diſcipulis ſuis removerit,
fallaces, improbi.* S. Aug. T. VI. cont. Fauſt.
lib. xvi. cap. xxxi.

11. Maldonatus in h. l. Scribit, inde Monachorum
inſtitutum natum, quod voluerint homines, exter-
nis rebus opinionem de ſe ſanctitatis excitare.

12. Il paroit, par S. Auguſtin, que le Célibat,
les Abſtinences de certaines viandes, les
les Mortifications. . . . . . Que toutes ces
Pratiques viennent originairement de la Secte
Chrétienne des Manichéens; d'où elles ont
paſſé dans l'Egliſe Catholique. Si l'on eſt en
doute là-deſſus, il ne faut que lire l'endroit,
que l'on cite: Ces gens-là croyoient, que J.
Chriſt avoit défendu à ſes Apotres le Mariage,
l'uſage de la chair, la poſſeſſion des biens du
monde, & qu'il n'avoit accordé tout cela
qu'aux gens du ſiecle: Il répond à Fauſte,
Manichéen: *Dicis enim & tu Chriſtum ſic do-
cuiſſe ciborum indifferentiam, ut a ſuis quidem
Diſcipulis omnes carnes penitus removeret: ſecula-
ribus vero vulgo concederet, omnia quae poſſent
edi, atque aſſeveraret quod eos nihil in os intrans
polluere, quia quae de ore impudenter procedunt,
ea ſola ſunt, quae polluunt hominem. Haec verba
tua ſunt, tanto impudentiora, quanto apertiore
mendacio deprompta.* S. Aug. Contra Fauſt.
T. VI. Oper. lib. XVII. Cap. XXXI.

13. Joſeph. Antiq. lib. XVIII. 7. p. 883. de l'Edit.
d'Haverkamp. On a traduit e paſſage ſur le
Grec, parce qu'il n'a pas été bien rendu, ni
par M. Arnauld D'Andilly, dans ſa Verſion
de Joſephe, ni par M. De Tillemont, dans ſes
Mem. Eccl. T. I. part. 1. p. 166. Ces Traduc-
teurs ſemblent s'être reglez ſur la Verſion Latine de Galenius, qui n'eſt conforme à l'O-
riginal qu'en partie.

14. Ce Deſert étoit d'une grande étendue, & plûtôt une Campagne, qu'un Déſert, à cauſe des
Villes qu'il renfermoit dans ſon enceinte.
Joſ. XV. Cependant il eſt vrai que Jean Batiſte en ſortit, & pour prêcher & pour bâtiſer ceux qui goûtoient ſes exhortations. Il
alla, dit S. Luc, *dans tout le païs, qui eſt aux
environs du Jourdain*, prêchant le batême de repentance, pour obtenir la remiſſion des pechez.
Luc III. 3. Or Mr. Reland remarque, que le
païs, appelé *les environs du Jourdain*, étoit
une pleine fort vaſte, dans laquelle couloit le
Jourdain, & un des plus beaux endroits de
la Paleſtine. Reland. Palaeſt. lib. 1. cap. iv. p.
m. 365.

15. *Bethabara* (Jean I. 28.) qui veut dire, *maiſon
ou lieu de paſſage*; parce qu'on y paſſoit le
Jourdain. C'eſt effectivement la ſignification
de *Bethabara* en Hebreu, בית עברה & il paroit par Jean, X. 40. que cet endroit étoit un
lieu de paſſage.

16. *Ennon*, (Jean III. 23.) *Euſebe* nous apprend,
que cet endroit étoit éloigné de huit milles
de *Scythopolis*, vers le midi, aſſez près de Sa-
lim & du Jourdain. Reland. Palaeſt. lib. III.
p. m. 550.

On

17. On peut voir dans les remarques sur Matth. III. qui sont dans le Nouveau Testament de Berlin, & en d'autres, quel est le sens litteral de cet Oracle : Comment les Evangelistes l'ont appliqué à Jean Batiste, & comment il l'a appliqué lui même à son ministere.

18. Il est bon d'entendre là-dessus Maimonide, dans son Traité de la Repentance. *Praecepta Legis, sive praeceptiva, sive prohibitiva, quicumque transgressus fuerit, sive errans, sive profusment, cum poenitentiam agit ac peccato suo revertitur, Confessionem edere tenetur. Quicumque oblationem obtulerit, vel ex ignorantia comulisso, vel ex praesumptione expiatum per oblationem non habet peccatum, usque dum oralem edat confessionem.* Maim. in tractatu Theschubah, sive de poenitentia cap. 1.

DISCOURS XIV.

1 *Aperiuntur autem coeli, non reseratione Elementorum, sed spiritualibus oculis, quibus & Ezechiel in principio Voluminis sui, apertos eos esse commemorat.* Hieron. in h. l. T. VI. p. 4.

2. Cette expression, *le Ciel se fend*, ou le Ciel s'ouvre, se trouve souvent dans les Anciens Auteurs. On en peut voir des exemples dans Seneque, Quaest. Nat. l. 1. 13. Dans Plutarque, *in Timoleonte*, p. 232. Voyez aussi les passages qu'a notez Grotius sur Matth. III. & M. Lampe, sur Jean, I. p. 486.

3. Grotius in h. l.

4. *Qui spiritus cum hoc esset, tam verè erat Columba, quam & spiritus ; nec interfecerat substantiam propriam assumpta substantia extranea.* Tertul. De Carn. Christ. cap. III. Cela est contraire évidemment au recit des Evangelistes, qui disent simplement que le S. Esprit descendit comme une Colombe. Ce *comme* detruit la realité de la Colombe. Mais Tertullien est engagé à soutenir cette absurdité, parce qu'il dispute contre les Marcionites, qui nioient que J. Christ eut eu une véritable chair. Il évite un écueil & donne contre un autre, ce qui n'arrive que trop souvent aux Ecrivains dans les Controverses.

5. Calv. Harm. Evang. p. 56.

DISCOURS XV.

1 *Spanh. Dub. Evang.* Pars III. Dub. LV. p. m. 241.

2. Cela paroit par la suite, ou le Démon dit à J. Christ, de *convertir les pierres en pains*. Matth. IV. 3.

3. Jos. Hist. L. xv. c. 14. & de la Guerre des Juifs L. l. v. 14.

4. Matth. III. 7. Ces paroles sont tirées du chap. VI. du Deut. vs. 16.

DISCOURS XVI.

1 Ceux qui ont examiné avec le plus d'atttention l'ordre des Evenemens de la vie du Seigneur, placent le Sermon sur la montagne, après la seconde Paque que J. Christ célébra depuis son Bateme, & après l'élection des XII. Apôtres. S. Luc le dit si positivement, que l'on croit que S. Matthieu, qui l'a mis avant cette Election, l'a fait par anticipation.

2. Aug. T. VI. cont. Faust. lib. v. p. m. 224.

DISCOURS XVII.

1. Sur la situation de *Cana*, voyez Reland: Palaest. lib. III. p. 506. & Josephe, qu'il cite Antiq. xv. 6. & de la Guerre des Juifs 1. 14.

2. Si ut aliqui volunt, Joannis Evangelistae fuerunt Nuptiae. Joan. Fer. in Joh. II. 1.
Vol. V.

3. Chrys. T. VI. p. 219. Hom. sur ces mots: *Jesus fut invité aux Nôces.*

4. Λέγω αὐτῇ ὁ Σωτὴρ. ἔπαγγι γίναι. Dans l'Homelie sur ces mots : *Jesus fut invité aux nôces.* Tom. VI. p. 219.

5. Chrys. Hom. XX. in cap. II. Joann. T. VIII. p. 134.

6 Ce que dit ici cet éloquent Pére de l'Eglise est fondé sur la déclaration de J. Christ. *Alors vous direz, nous avons mangé, & bû avec vous & vous avez enseigné dans nos places publiques. Mais le Pére de famille repondra, je vous dis que je ne sai qui vous êtes, Eloignez vous de moi, vous tous qui faites metier d'iniquité.* Luc XIII. 26. 27.

7. Tous les Péres en general conviennent, que J. Christ censura sa mére ; mais tous ne conviennent pas de la veritable cause : S. Irénée ne l'accuse que de précipitation. (lib. III. cap. 18.) mais S. Chrysostome d'un peu de vanité, & il trouve le même défaut dans les Parens du Seigneur, qui lui disoient, par ce motif, *Montrez vous au monde.* Jean VII. 4.

8. Chrys. ubi sup. Hom. XX. in cap. II. Joann.

9 *Quasi hoc monstrare vellet (servator) Non nos il sumus, qui Curam suscepimus vini, quod in Nuptiis consumitur : Tamen prae amore, si vis ne deficiat vinum sic ministris, ut faciant quae ego eis dixero, & videbis eis non decsse vinum.* Just. Marc. Resp. ad 136. quaest Orth.

10 *Ita Histrius binarum matretarum continebant singulos, octoginta quatuor pintas Parisianas: quae erant trium metretarum, continbant centum viginti sex pintas.* Lami, Comm. in Harm. Evang. lib. II. cap. x. p. 108.

DISCOURS XVIII.

1 *Lac de Genezareth.* Il est appellé par S. Matthieu, IV. 18. & par S. Marc, I. 16. *Mer de Galilée.* les Hébreux appellant du nom de mer, toute sorte d'amas d'eaux. Il est aussi nommé *Mer de Tiberiade*, Jean IV. 1. Josephe parle de ce Lac en plusieurs endroits. Antiq. lib. XVIII. cap. 3. & de Bell. l. II. c. 27. Au reste Gennezareth & Tiberiade portoit la même Ville: Ce dernier nom lui fut donné par Herode, en l'honneur de *Tibere*. Les Herodes faisoient parla leur cour aux Empereurs : C'est ainsi qu'Herode ayant fait rebâtir *Bethzaïde*, la nomma *Juliade*, en l'honneur de Julie, fille d'Auguste.

2. Josephe, De la Guerre des Juifs. liv. III. 2.

3. Voyez Reland lib. I. cap. XXVIII. XXXII. & XXXIX. où il parle & de *Tiberiade*, qu'il ne croit pas la même Ville que *Gennezareth*, & du Lac ou de la Mer de ce nom, de sa situation, de son étenduë, &c.

4. Voyez la note de Drusius dans Valeus, sur Luc. VIII. 39.

DISCOURS XIX.

1. Voy. Reland. lib. III. p. m. 680. & 682.

2. Nous avons plusieurs Descriptions du Temple: Les unes en Latin, comme celle de Villalpand & de Ligtfoot ; les autres en François, & dont les plus exactes sont celles de Mr. Prideaux, dans le premier Tome de son Hist. des Juifs, & de Dom-Calmet.

3. Mettons ici ce qu'a dit, sur ce passage, le célébre Cordelier Ferus. *Observa, quod tunc vel maxime Judaeorum Genti exterminium imminebat, & ira Dei, cum eorum Religio maxime ad avaritiam declinasset: Quod si verum est, imò quia verum est, merito timendum est nobis, Nam & nostra Religio plane ad quaestum & avaritiam declinavit, ut infra dicetur. Statuerant Pontifices & Pharisaei licitum esse in Templo vendere res ad sacri-*

V v v

sacrificia & oblationes necessarias, ne parum magnificus esset cultus Dei: sed hoc praetextu suum quaestum augebant. Fer. in Joan. II. p. 48.
4. Chryf. Hom. XXII. in Joan.
5. Joseph. Antiq. L. XV. 14.
6. Josep. ub. sup. lib. XX. 8.

DISCOURS XX.

1. Chryf. in cap. III. Joh.
2. Grotius in h. l.
3. Voyez Grotius sur cet endroit, & les passages qu'il cite. Prov. XXX. 4. Ef. LV. 9.
4. Voyez encore Grotius, & Jean, VI. 51, 58. Jaques, I. 17. & III. 15, 17. C'est ainsi que le Bâteme de Jean est dit, *être du Ciel.* Matth. XXI. 25. & qu'il est dit de Jerusalem, qu'elle est *descendue du Ciel.* Apoc. III. 12. XXI. 2, 10.
5. Voyez sur cette histoire Bochart, Hieroz. Part. II. lib. III. cap. XIII. p. m. 421. Philon a expliqué cette histoire d'une manière allegorique. *De Agricultura* m. 157.

DISCOURS XXI.

1. *Formula illa post Resurrectionem demum ita praescripta est, & potissimum ad Gentes spectat.* Lampe, in h. l.
2. Joseph, de Bell. Jud. l. III. c. II. On pouvoit aller de Judée en Galilée sans passer par la Samarie; mais alors il falloit faire un grand détour, traverser le Jourdain, & passer par la Pérée. *Samarie,* qui donnoit le nom à la Province, s'appelloit alors *Sebaste,* nom qu'Herode, surnommé le Grand, lui avoit donné en l'honneur d'Auguste. Vid. Reland, Palaeft. lib. III. p. 979.
3. Voyez Jof. Scaliger. Animadv. ad Euseb. Chroni, p. 201.
4. *Videtur Sichem medio aevo dicta fuisse Sichar, in quo & Beliar dicebant pro Belial, & Beelzebul pro Beelzebub, immutatione ultimae litterae tantum.* Druf. in not.
5. Ἰουδαῖοι τε καὶ Σαμαρεῖς, ἔχοντες τ̀ πρὸς τ̀ θεὸ λέγον, διὰ τῶν προφητῶν, καὶ ἀπὶ προσδοκώντας τον χριςὶν &c. Juft. Mart. Apol. II. p. m. 69. Il est neanmoins très vraisemblable, que les Samaritains rejettoient les Livres Historiques des Juifs, lesquels contenoient des Histoires injurieuses à leur Nation, Mais ou Justin s'est bien mal expliqué, ou ils recevoient en général les Prophétes.
6. Les principales causes de la haine des Juifs contre les Samaritains, sont 1. Le Chisme des dix Tribus, sous Jeroboam. I. Rois XII. 2. Le mélange des *Guthéens* avec les Descendans de Jacob, qui fit qu'on les appella tous de ce nom. II. Rois XVII. 6, 24, 29, 30. 3. Les obstacles que les Samaritains mirent au retablissement du Temple & de la Ville de Jerusalem. Esdr. I. 11. & suiv. III. 1. IV. 1. Nehem. IV. 6. 4. L'erection du Temple de Garizim, que les Samaritains firent bâtir sur la montagne de Garizim; Jof. XI. c. VII. VIII. Antiq. Jud. Voyez Basnage, Hist. des Juifs, liv. VIII. ch. IV. art. XXIII. *Prideaux,* Hist. des Juifs, T. II. pag. 295. & suiv.
7. Voyez Basnage & Prideaux dans les endroits ci-dessus, & en particulier *Reland.* Diff. Misc. III. de monte Garizim.
8. Dieu avoit ordonné que l'on n'offrit des sacrifices, que dans un seul endroit. Lev. XVII. 4. & il avoit déclaré qu'il choisiroit lui même cet endroit. Deut. XII. 5-11. Quand les Israelites entrerent dans la terre de Canaan, Dieu voulut être adoré en *Silo.* Jof. XVIII. 1. Jerem. VII. 12. Dans la suite il choisit Jerusalem. I. Rois VIII. 16. XLIV. 48. IX. 3. XI. 13.

9. Les Payens n'ont pas ignoré cette vérité, témoin ces beaux endroits, que l'on pourroit alleguer de leurs Ouvrages. *Nous ne pouvons concevoir la Divinité,* dit Ciceron, *que sous l'idée d'un Esprit pur, parfaitement libre & qui, tout immateriel qu'il est, donne le mouvement à tout,* Tusc. I. p. 118. Et ailleurs, *le culte le plus saint & le plus pieux, est de vénérer les Dieux, avec un cœur pur & des mœurs integres.* De Nat. Deor. lib. II. p. 211. Vid. Seneca De Benef. lib. 1. cap. VI. cap. VI. p. 4. *Parse,* dans sa seconde Satire, *Philon,* De Plantatione Noe, p. m. 178. &c.

DISCOURS XXII.

1. Le Savant Spanheim prouve fort bien, que *Beze* & *Piscator* se sont trompez, quand ils ont crû qu'il falloit traduire, *par les Anciens.* Voyez Rom. IX. 12, 26. Gal. III. 16. Apoc. VI. 11. & IX. 4. où la même expression se trouve, & où il faut certainement l'entendre au datif. Spanh. Dub. Evang. Pars III. Dub. CXIX. p. m. 599.
2. Voyez là-dessus Juft. Mart. Dialog. p. m. 243. & Origene, contre Celse, Edit. Cantab. lib. IV. p. m. 184.
3. C'est ce que dit S. Jean (1. Ep. V. 18. *Nous savons que quiconque est né de Dieu, ne pêche point, car celui qui est né de Dieu se tient sur ses gardes, & le malin Esprit ne le touche point.* Voy. Orig. in Joh. T. XXI. p. m. 302. où il explique assez bien la difference de ceux qui sont nez de Dieu, d'avec ceux, qui ne le sont pas. Les prémiers font usage de la grace Divine, & sont attentifs à leurs actions, pour les conformer à la Loi de Dieu, & les autres ne font pas usage de cette grace, & s'abandonnent aux impressions des Objets sensuels, & des mouvemens qu'ils causent.
4. Jean XIII. 27.

DISCOURS XXIII.

1. *Primus est Deorum cultus, Deos credere; deinde reddere illis majestatem suam, reddere bonitatem, sine qua Majestas non est.* Seneq. Epist. LXX.

DISCOURS XXIV.

1. *Jerome Savonarol,* qui prêchoit à Florence, vers la fin du XV. siècle.
2. Plutarch. T. II. *De Fortuna Romanorum.* p. m. 319.
3. *Increpat ventum furentem, quod procellis tristibus*
   Vertat aequor fundo ab imo, vexet & vagam ramem.
   Ille jussis obsecundat: mitis unda sternitur.
   Dit le Poete *Prudence,* en parlant de ce miracle. Cathemerin. vf. 37. p. m. 110.

DISCOURS XXV.

1. Voy. Casaub. Exercit. XIII. Num. 34. p. m. 219. Reland. lib. III. p. 576. Josephe dit *Gerasa,* De Bell. Jud. II. 10. A l'égard de *Gadara,* c'etoit la Metropole de la Pérée, place forte. Joseph. ib. lib. v. 3. p. m. 288. Ces deux Villes etoient voisines, & situées l'une & l'autre sur le Lac de Tiberiade, au delà du Jourdain. Au reste il faut remarquer que dans la Version Syriaque, on lit *Gadoreniens,* dans S. Matthieu, comme dans S. Marc & dans S. Luc: Mais ce pourroit bien être une correction de l'Interprête, qui a voulu rendre les Evangelistes conformes.
2. De Bell. Jud. lib. I. cap. v. ad fin.
3. Cela a varié. *Elles ne furent d'abord composées*

posées que de trois mille hommes de pié ; mais dans la suite elle furent augmentées de quatre jusqu'à six mille hommes de pié & de trois cent chevaux. Vid. Lipf. *De militia Rom.* Dial. V. lib. II. p. m. 69.

4. Vid. *Petav.* T. III. cap. III. De Angelis.

5. 'Ανὴρ τὶς δὲ τῶν πόλεως, ἐν ἐκχὶ Δαιμόνιο. Luc, VIII. 27.

6. Vid. *Hefid.* a ἔργ, vf. 121. *Platon.* lib. III. De Rep. *Clem. Alex.* in Admonit. ad Gentes. & *Plutarc.* De Placitis Philos. lib. I. cap. VIII.

7. Depuis que le cruel Antiochus eut exercé de si barbares persecutions, contre les Juifs, pour n'avoir pas voulu manger de la chair de pourceau, & que pour insulter aux Juifs, il eut profané le Temple & l'Autel, en y immolant de ces animaux, & en mettant au sommet de cet Edifice sacré la figure d'un pourceau, les Juifs firent un canon, par lequel ils dénoncérent le dernier des Anathemes, à quiconque nourriroit des pourceaux. Vid. *Schichard*, ap. Spencer. L.ib. I. cap. v. *De Animal. & Cibor. delectu*, Sect. IV. p. m. 173.

8. De la le mot de Petrone. *Judaeus, licet & Porcinum Numen adoret.* Voyez ce que dit Callistrate, dans Plutarque. Sympos. lib. IV. Prob. 5.

9. Ce que l'on rapporte ici est tiré . & du petit Traité de Mr. *De Daillon*, Ministre autrefois à la Rochefoucaud en Poitou, & du *Monde enchanté* de Balt. Bekker, qui a souvent copié le prémier, comme il l'avoue lui même. Ce que l'on peut dire de ce dernier ouvrage, c'est qu'il est bien mal écrit, & tres mal traduit: plein de repetitions, & d'un Verbiage obscur. Ennuyeux au dernier point.

10. On peut voir le dessus Justin Martyr. Apol. II. p. m. 50. Καὶ οἱ ψυχαῖς ἀποθανόντων λαμβανόμενοι, καὶ ῥιπτόμενοι ἄνθρωποι, οὓς Δαιμονιολήπτους καὶ μαινομένους καλεῖν πάντες. On peut voir ce que dit, sur ces Ames Humaines, qui deviennent Démons, S. Augustin. De Civit. Dei, lib. VIII. 14. Lib. IX. 11. Il y rapporte les opinions des Payens. *Les foux*, dit vives, & *les furieux étoient appellez Démoniaques, par les Gentils*, dans fa note sur le livre VIII. c. XIV. de la Cité de Dieu.

11. Voyez Ligtf. Hor. Heb. in Matth. XVII. 15. Judaeis usitatissimum erat, morbos quosdam graviores, eos praesertim quibus vel distortum corpus, vel mens turbata & agitata phraenesi, malis spiritibus attribuere. .. Ex hac vulgari Gentis opinione, ab uno Evangelista introducitur pater hujus pueri, de eo dicens σεληνιαζεται Matth. XVII. 13. ab alio ἔχει πνεῦμα ἄλον, Marc. IX. 17. πνεῦμα λαμβάνει αὐτόν, Luc IX. 39. Et de là ce que l'on voit dans S. Jean, où les Juifs disent de J. Christ, *Il a un Démon*, & pour expliquer leur pensée, *Il est hors du sens*: δαιμόνιον ἔχει, καὶ μαίνεται, Joh. X. 20.

DISCOURS XXVII.

1. C'est effectivement le sentiment le plus général. Cependant le célèbre Grotius s'en est éloigné, & a cité, pour appuier son sentiment un passage de Valentinien l'Heracleon, rapporté par Clement d'Alexandrie, qui ne l'a pas contredit. Or cet Heracleon étoit fort proche des tems Apostoliques. Grotius cite aussi un passage d'Origene contre Celse : Ces autoritez ne font pas à mépriser. Ce savant croit que *Levi*, ou *Levis*, étoit un des Chefs des Peagers, comme Zachée en étoit un, & que Matthieu n'étoit qu'un de ses Commis.

2. τῇ χώρᾳ, ἢ τοῖς ἱεροσολύμοις ἐπιτάσσειν Φόρον, Joseph. De Bell. Jud. lib. I. cap. VII. p. m. 69.

3. Vid. Baron. Ann. XXXI. Num. LXXI. *Caninius* De Locis N. Test. & *Sigonius*. De jure Civ. Rom. lib. II. c. IV.

4. Il est appellé *un des premiers Commis* ἀρχιτελώνης, Luc. XIX. 2.

5. In Orat. pro Planc. & Orat. pro Lege Manilia. Le même Ciceron n'a pas fait le même éloge des simples Commis, dont il a regardé la Profession, comme peu compatible avec le caractère d'un honnête homme. Vid. Cic. De Offic. lib. I. cap. XLII.

6. Κακῶς πλωτήσαντι, Suet. in vita Vespaf. cap. I.

7. Vid. Suicer. in voce Τελώνης.

8. *Arguit in hoc loco Porphyrius, & Julianus Augustus, vel imperitiam Historici mentientis, vel Stultitiam eorum, qui statim secuti sint salvatorem, quasi irrationabiliter quemlibet vocantem hominem sint secuti.* Hieron. in Matth. cap. IX. p. 13.

9. Chryf. in Cap. IX. Matth. Hom. XXXI.

10. Les Juifs donnoient le titre de pêcheurs aux Gentils, & comme ils regardoient les *Peagers* comme des *Apostats*, soit à cause de leur Profession, ou à cause de leur commerce familier avec les Gentils, ils leur donnoient le même nom de *pêcheurs*. Voy. Gal. II. 15. & comparez Matth. XI. 19. & XVIII. 17. avec Matth. V. 46. & Luc VI. 32. 33. Ainsi ce titre ne conclut rien, par rapport aux mœurs de S. Matthieu , ou des autres Peagers, qui étoient à table avec J. Christ.

11. C'est précisément la réponse du Phil. *Antis tene à ceux qui lui reprochoient d'avoir des liaisons avec des hommes vicieux. Les Medecins, dit-il, visitent bien les malades, sans en contracter les maladies. Καὶ οἱ ἰατροὶ, φησὶ, μετὰ τῶ νοσούντων εἰσὶν ἀλλ' οὐ πυρέσσουσι,* Laert. lib. VI. §. 6. p. 319.

12. Vid. Suicer. T. I. p. 1433. Grot. Pricaeus. A tous ces exemples, on peut ajouter ce que dit *Horace*.

.... Quisquis Ambitione mala , aut ar-
genti pallet amore;
Quis luxuria, tristive superstitione,
Aut alio mentis morbo Calet.

Hor. Satyr. III. lib. II. vf. 77, 78, 79, 80. *Lucien*, fait dire à *Diogene*, qu'il est le Medecin des Ames, *qu'il guerit des passions vicieuses.* ἰατρὸθεραπτης τῶν ἀνθρωπων, καὶ ἰατρὸς τῶν παθῶν, Vit. auctio. T. III. p. 107.

DISCOURS XXVIII.

1. Reland. Palaeft. fac. lib. II. p. m. 370.

2. Par rapport aux Romains , c'étoit une Loi des XII. Tables , *In urbe ne fepelito.* Cic. Leg. I. II. Num. 58. Ils enterroient leurs morts le long des grands chemins, & *Varron* nous en a appris la raison : *fepulcra fecundum viam funt, quo praetereuntes admoneant, & fe fuiffe, & illos effe mortales.* Varro de lingua Latina. lib. v. De là vient , que *S. Pierre* & *S. Paul* ont été enterrez , le prémier dans la voye *Triomphale* , & & le fecond dans la voye , ou fur le chemin d'Oftie. Hier. fcript. cap. I. En général c'étoit la coûtume de tous les Peuples. Delà ce beau mot de S. Chryfoftome, ou de celui, qui a emprunté fon nom: *Il n'y a point de Ville, point de Bourg, où l'on ne trouve , avant que d'y entrer , des fepulcres, afin d'obliger ceux qui y entrent , de reflechir fur ce qu'ils deviendront , avant de contempler , dans les Villes , les Richeffes , le Pouvoir, & les Dignitez, qui y éclattent,* Chry. Tom. VI. Hom. de Fide & leg. Nat. p. 150. Ce n'est que dans le fixieme fiecle , que la coûtume d'enterrer dans les Eglifes , s'est introduite dans le Chriftianifme. Vid. Bingham. Antiq. Eccl. vol. X. fect. 7.

3. Vid. Plutarq. De Confol. ad Appollonium. p. m. 102.

DISCOURS XXIX.

1. Joseph. Antiq. lib. XVIII. c. v. vid. notas in Edit. Havercamp.

Joseph.

2. Joseph. ubi sup. lib. xviii. Antiq.

3. Ces trois furent *Archélaüs , Antipas , & Philippe. Archelaüs* fut Tetrarque de la Judée & de la Samarie. Ce fut lui, qui après avoir regné sept à huit ans, fut relegué par Auguste à Vienne, fur les pleintes que fes fujets portérent contre lui. *Philippe* fut Tetrarque de la Trachonitide & de l'Iturée, & *Antipas* de la Galilée. Herode avoit ainsi disposé de fes Etats par fon Teftament, qui fut enfuite confirmé par Auguste. Archelaüs en eut deux parties, Philippe & Antipas n'en eurent chacun qu'une. Ainsi la succession étant partagée en quatre portions, Augufte leur donna à tous trois le titre d'*Ethnarque*, qui veut dire, *Prince du peuple*, ou *de la Nation*. Josephe dit toujours *Ethnarques*, en parlant des Fils d'Herode, quoiqu'ils foyent plus connus fous le titre de *Tetrarques*. Jos. Antiq. lib. xvii. cap. xi. De Bell. lib. ii. cap. vii, viii.

4. Joseph. Antiq. lib. xviii. cap. ix.

5. Joseph. ubi sup.

6. 'Αλλ' ἐςὶν ἀνδρώπων τὰ τοιαῦτα μὴ διαλεχθέτων ἀρχῇ τὸ διαφέρει, ἢ πόσον διενέκατο αἰνίας καὶ ςρατφαίσεις, ... Polyb. Megal. Hiftor. lib. 111. p. m. 162.

7. *Salufte* parlant d'une femme de condition, nommée *fempronia*, blâme entre autres chofes en elle, *qu'elle jouoit des inftrumens , & danfoit trop bien pour une honnête femme*: *faltare doĉta , & faltare elegantius , quam neceffe eft probae: multa alia , quae inftrumenta luxuriae funt , fed ei cariora femper omnia , quam decus , atque pudicitia fuit.* Sall. Bell. Catil. p. m. 68. Et voici ce que dit *Horace*, fur le même fujet . . . *Motus doceri gaudet Jonicos matura Virgo , & fingitur artibus. Jam nunc & incestos amores , de tenero meditatur ungui.* . . . Hor. Carm. lib. iii. Ode VI.

8. Θέλω ἵνα μοι δῷς ἐξ αὐτῆς ἐπὶ πίνακι ἢ κεφαλὴν Ἰωάννου τȣ βαπτιςȣ. Marc. VI. 25.

9. Συνετήρει αὐτον. Beza, *Obfervabat*, mot qu'il prend dans le fens qu'il a en Latin, & qui fignifie *refpecter*. Mais la Vulgate a fort bien traduit, *cuftodiebat, Il le gardoit.*

10. Joseph. Antiq. lib. xviii. c. 11. p. 643.

11. Voy. *Procope*, De la Guerre des Gots, Liv. I. 1. à la fin.

12. Voyez la defcription du fupplice, dans un Anonyme contemporain , qu'*Adrien de Valois* a publié, à la fin de fon *Ammien Marcellin.*

13. Elle arriva l'an 524, ou 525.

14. *Paucis poft diebus coenanti ipfi , cum pifcis grandioris caput miniftri appofuiffent , vifum eft id Symmachi caput effe , quod dentibus inferiori labro impreffit , & oculis torve truculenterque minantibus , graviter minanti habere fpeciem. Ingenti prodigio territus , rigenfque frigore extra modum , ad cubile properat. . . . Expofita rei ferie Elpidio medico , commiffam in Symmachum ac Boetium fcelus defuevit , Id lamentatus , & animi dolore preffus , quem calamitas afferebat , paulo poft obiit.* Procop. ibid.

DISCOURS XXX.

1. *Deux cent deniers*, felon l'eftimation qu'en ont fait les Savans dans ces matieres, faifoient environ 25. écus. On remarque que cette fomme étoit employée dans le Difcours, par maniere de Proverbe.

2. Chryf. Hom. L. in Matth. XIV.

3. Chryf. Hom. L. in Matth. XIV.

DISCOURS XXXI.

1. Chryf. Hom. LI. in Matth.

3 *Nunc animae tenues , & corpora funĉta fepulcris Erant ,* . . . Ovid. Faft. 2. vi. 565.

4. Vid. Joseph. De Bell. Jud. lib. 1. c. xxx. ad. fin.

DISCOURS XXXII.

1. *Cefarée de Philippe* étoit l'ancienne ville de *Dan*, située à l'extremité de la Paleftine, du côté de la Syrie, & nommée depuis *Paneade. Philippe*, Tetrarque d'Ithurée &c. la rebâtit, & la nomma *Cefarée.* Il ne faut pas la confondre avec celle dont il eft parlé dans les Aĉtes. Celle-ci fe nommoit auparavant *la Tour de Strabon*, & fut bâtie par Herode le Grand, qui la nomma *Cefarée*, en l'honneur d'Augufte.

2. Orig. in Matth. p. 291. S. Chryfoftome , Theophylaĉte &c. ont fuivi cette explication. S. Jerome l'a fuivie auffi, dans fon Commentaire fur S. Matthieu , p. m. 34. col. 2. *Donec viderint filium hominis venientem in regno fuo. jufqu'à ce qu'ils ayent vû le Fils de l'homme venant dans fon regne*, ce qu'il paraphrafe dans ces mots , " Afin qu'à caufe de votre incredulité „ il fe montre dans le tems préfent , tel qu'il „ viendra un jour. „ *Ut qualis eft poftea venturus*, ob incredulitatem veftram, *praefenti tempore demonftretur.*

3. Voyez Georg. Calixt. Harm. Evang. p. 279. Toftat in Matth. XVII. & la Synopfe des Critiques.

4. Voyez Toftat in Matth. XVII. Quaeft. VI. p. 543.

5. Chryf. Hom. LVII. in Matth.

6. Chryf. ubi fupra.

7 Ανατέλλον, Polyb. Hiftoriar. lib. v. p. m. 413.

8. Voyez Reland Palaeft. fac. lib. 1. p. m. 332. où il parle de l'origine du nom donné à cette montagne & de fa fituation. *Quod ad nomen attinet*, nihil probabius , quam ּ dictum effe a תבור, quod editum locum , verticem montis , & umbilicum notat. . . . Graecis Θαθωρ & 'Αταθύριον, aut ἐςὶν Ἰταβύριον folet dici , Nempe nomen 'Αταβύριον notus erat Graecis & Romanis. . . . unde Hefychius, 'Αταβύριον ὄρος ἔνδα Διμια εναγίζεται, Le même Auteur concilie ce que dit Jofephe, fupra nombre 30. ftades de hauteur au mont Tabor, avec ce que dit Polybe, qui ne lui en donne que 15. le prémier, dit il , parle du fommet de la montagne, & le fecond du penchant où étoit placée la ville du même nom. Par rapport à la fituation de cette montagne , je me contenterai d'alleguer ce que dit S. Jerome , allegué par l'Auteur. *Thabor, terminus Zabulon. Eft autem mons in medio Galilaeae , mira rotunditate, fublimis , diftans a Diocaefaraea decem millibus contra orientalem plagam , qui confinium quoque inter tribum Iffachar & Nephtalim fuit.*

9. Difputant viri eruditi , fuerit ne mons Tabor idem atque ille , inquem Chriftus duxiffe Petrum , Jacobum & Johannem legitur. Hieronimus Cyrillus , atque alii ita tradunt , & haut temere rejicienda effe fateor, quae multorum foeculorum confenfu nituntur : nec profeĉto aliquid occurrit , quod ftirpitus evertere hanc opinionem queat. Sunt tamen quaedam , quae me proclivem reddunt , ut credam , non in monte Tabor , fed alio quodam , id contigiffe... Jam Ligtfootus obfervavit , quum proxime antecedens hiftoria , relata à Mathaeo. cap. xvi. com. 13. contigerit Caefaream Philippi, nec fcriptor facer Chriftum alio migraffe memoret , non in monte Tabor , fed non longe a Caefarea quaerendum effe locum , de quo agimus; & profeĉto quum & antecedentia & confequentia confirmius , vix alibi , quam in vicinia Caefarae hunc montem quaerere poffumus. Chriftus enim legitur cum Difcipulis fuis profeĉtus ad vicos Caefarcae Philippi.

Vide

Vide Matth. XVI. 13. Marc VIII. 27. Illic de variis rebus collocutus est cum Discipulis, & mox subjungitur Matth. XVII. 1. Marc IX. 2. *Et post sex dies Jesus assumpsit Petrum, Jacobum & Johannem* &c. nulla facta mentione itineris ad loca remota, *& duxit in montem excelsum seorsim.* Non dicitur, duxit eos in montem Tabor, & relictu Caesarea illuc profectus est, sed duxit eos seorsim, & quidem solos, (quot utique in locis vicinioribus, quam monte Tabor fieri poterat) dum alii Discipuli in vicinia haererent, nam simul atque de monte descenderunt, illico Discipuli & reliqua turba Christo dicuntur venisse obviam. Vid. Luc. IX. 36. & confer cum Marc. IX. 14. adeoque credibile est, non longe a Caesarca Jesum Discipulos illos tres duxisse, in aliquem montem certo nomine haud notum. . . . *Reland.* Palaest. sac. lib. 1. p. m. 336.

10. *Lex ostenditur & Prophetae, qui & passionem Domini & resurrectionem crebris vocibus nunciarunt...* Hier. ubi sup p. 35. col. 1.

11. Joseph. Antiq. lib. IV. 8. p. m. 259.

12. Voyez Grotius, in Ep. Jud. & Cappel, in Math. XVII. où il cite Maimonide, *Dicunt Judaei Mosem non esse mortuum, sed ascendisse & Deo in Coelo administrare.*

13. Phil. De Plantatione Noe, p. m. 170.

14. Λέγεται γὰρ ἐν λουτικῇ βίβλῳ, ἀνεκλάετο Μωυσῆ.

15. Vid. Clem. Alexand. Adumbratio in Epist. Jud.

16. Voyez II. Pier. I. 15. où le même mot se trouve, & où il est employé pour signifier la mort.

17. Ελλὴν, Φησὶ, ἢ δόξαν ἣν ἔμελλε πληρῶν ἐν ἱερῷ,

ταλιμ. τατ' ἐςιν, τὸ παθ-θ' ᾳῇ τὸ ςαύρον. Chrys. Hom. LVII. in Matth.

18. Voyez les Variantes de Mill, sur Luc IX. 31. Au reste un savant Interprète moderne croit que le mot *Exodos,* ou *sortie,* désigne ici l'*Expedition,* si on peut parler de la sorte, c'est-à-dire, l'Expedition du Seigneur contre Jerusalem. Cette explication est trop subtile, & la singularité, qui surprend quelques fois l'aprobation des Lecteurs, nous paroit plûtôt une raison de la rejetter.

19. Chrys. Hom. LVII. in Math.

20. Orig. in Matth. p. m. 299, 300, & 301.

21. Il y a dans le Grec, Καὶ ἐγένετο νεφέλη ἐπισκιάζουσα αὐτῆς. Marc IX. 6. *Et facta est nubes obumbrans eos.*

22. S. Luc chap. XXIV. 15. ἐμφίβων γενομένων, elles s'épouvanterent, & S. Marc. ch. XVI. 5. ἐξεθαμβώθησαν, & que l'Interprete Latin a fort bien rendu par *obstupuerunt,* Voyez Grotius sur Math. XVII. 6.

23. Voyez Tostat, Quaest. CII. in Matth. XVII.

24. Τὸ δὲ, μηδενὶ εἰπεῖν, ἵνα μὴ ὃ ἐςὶν ὁ Κύρι@- νοήσαν τις ἀποδοκιμᾶς, τῷ ἐπιζωλᾶσιν τῷ Κυρίῳ τὰς χεῖρας, ᾗ ἀτελὴς ἡ οἰκονομία γένηται, ᾳῇ αὐτὶ ἀνωτε ἀπόσχονται ᾗ Κυρίου; paroles, qui ont été rendues, par le P. Combefis, en ces termes: Illud autem, *Nemini dixeritis,* ne scilicet id quod erat Dominus intelligentes se abstinerent, ne in eum manus injicerent, essetque imperfecta dispensatio, & ab eo mors recederet, &c. Clem. Alex. in Elog. Theodori §. V. p. in Fabrit. Bibliot. Gr. T. V. Tr. 137.

TABLE

DES

PRINCIPALES MATIERES,

CONTENUES DANS LES

XXXII. DISCOURS

DE CE CINQUIEME VOLUME.

A.

tenir

répandit ses dons surnaturels sur *Jesus Christ*, avec tant d'abondance qu'il en posseda la plenitude. 148.

Etoile qui apparut à des *Mages Orientaux*, & leur fit connoître la Naissance de *Jesus Christ*, dans la *Judée*, où ils vinrent lui rendre Hommage & offrir des presens. 106. On ne sçait pas de quel genre étoit *cette Etoile*; mais tous ceux qui en ont réchérché la nature conviennent, en général, que ce ne fut, ni quelqu'une des *Etoiles fixes*, ni quelqu'une des *Planètes. ibid.* Quelques Anciens ont crû que c'étoit *une Comète*, ou *quelqu'un des Astres* appartenant à un Tourbillon voisin, & qui entrent par diverses révolutions dans le nôtre. *ibid.* Mais si l'*Etoile* que *ces Mages* virent eût été de cet ordre, elle auroit été apperçuë de tout *le peuple Juif*, & même des autres Nations. *ibid.* Il est donc vrai-semblable que ce Phoenomène étoit un Feu allumé extraordinairement, par la Puissance Divine, dans la moyenne région de l'air, uniquement destiné à éclairer *les Mages*, & à leur servir de guide. 107. On peut inférer de son Cours & de son Usage, que ce n'étoit qu'*un Feu* assés bas, qui paroissoit & disparoissoit, à peu près comme celui qui servit de Guide *aux Israëlites*, dans le *Desert. ibid.* Il est bien difficile de faire une Réponse suffisante, pour satisfaire ceux qui demandent comment *ce Météore* pouvoit faire connoître *aux Mages*, que *le Roi des Juifs étoit né? ibid.* On ne trouve aucun rapport entre *un tel signe*, & *l'Evenement* qu'il doit annoncer. *ibid.* Ce fut donc par quelque Révelation Divine qu'ils apprirent l'usage qu'ils devoient faire de cette *Lumiere Celeste*. 108.

Evangiles qui sont certainement des *Disciples* de *Jesus Christ*, &, par consequent, des Auteurs dont ils portent les noms, qui ont vû ses Miracles, & entendu les choses qu'ils raportent. 6. On n'a aucune Raison probable de contester la verité de leur Temoignage. *ibid.* Trois sortes de preuves, que *ces Evangiles* n'ont point été alterées, & que nous les avons maintenant tels qu'ils ont été mis par écrit, dès le commencement du Christianisme. *ibid.* Cela est attesté par l'*Eglise Universelle*, & même par l'aveu de toutes les anciennes Sectes. *ibid.* & 7. Cela forme une Démonstration Morale de l'Authenticité des *Evangiles*. 9. Ils n'ont aucune chose qui démente ces Témoignages. 10. On ne sauroit y trouver aucune marque de supposition. *ibid.* Eclaircissement d'une Difficulté sur cela. 11. Ils sont du tems auquel les Apôtres ont vecu. *ibid.* Celui de *Saint Luc* a été écrit avant le Martyre de *Saint Paul*. 12. Ceux de *Saint Matthieu*, de *Saint Marc* & de *Saint Luc*, ont précedé la Ruine de *Jerusalem. ibid.* Première preuve de cela. *ibid.* Seconde preuve tirée de ce qu'on n'apperçoit, dans *ces Evangiles*, aucun indice que *Jerusalem* fut ruinée, quand ils furent écrits. *ibid.*

Evangelistes dont le Caractère paroit avoir été celui de veritables Historiens de la vie de *Jesus Christ*. 13. Voïés l'Article de ses *Disciples*, & ce qui en est marqué aux pages précedentes 3. 4. 5. Considerations sur leur nombre, leurs vertus, leur Harmonie, leur constance. 15 & 16. Ils ne temoignent point dans leur propre cause, & n'ont aucun interêt à mentir. *ibid.* Ils ne font rien moins que crédules & prévenus. 17. Ils font témoins oculaires. *ibid.* Ce font des hommes pleins de bon sens. *ibid.* Certitude de leur Témoignage. 18. Ils ne peuvent avoir souffert d'Illusion. *ibid.* Leur sincérité manifeste. 19. & 20. Demonstration invincible que *leurs Evangiles* n'ont soufert aucune Alteration Importante, & qui puisse rendre incertaine la Doctrine du *Sauveur*, ni les Miracles qui l'ont confirmée. 35. & 36. Resle-

xions Historiques & Morales sur cela. 37. *Les quatre Evangelistes* avec leurs Symboles expliqués dans le premier Discours, qui commence à la page. 39. Ils n'ont rien mis par écrit de leur Doctrine, pendant plusieurs années qu'ils furent occupés à la prêcher. *ibid.* Motifs qui les porterent finalement à laisser aux Fidèles l'*Histoire de la vie*, & des *Miracles* de *Jesus Christ*, & une idée simple, mais juste & complète de sa Doctrine. *Ibid.* Ceux qui l'ont écrite sont de deux ordres; les uns *Apôtres de Jesus Christ*, & par consequent témoins oculaires de sa vie & de ses Miracles, savoir *Saint Matthieu*, & *Saint Jean*; les autres *Disciples des Apôtres*, écrivant avec leur approbation, savoir *Saint Marc*, & *Saint Luc. ibid.* Les Particularités les plus certaines qui concernent *ces quatre Evangelistes*, sont raportées dans le premier Discours, & indiquées dans cette Table, sous leurs Noms particuliers. 40.

F.

Fanatisme imputé à l'*Apôtre Saint Paul*, & à d'autres Disciples de *Jesus Christ*, par des *Incrédules*. 29. Réfutation de cette Calomnie. *ibid.* Ses *Visions* n'avoient rien qui sentît le *Fanatisme. ibid.* Ce que l'on peut dire, pour l'en accuser. *ibid.* & 30. Faits Historiques propres à detruire ce pretendu *Fanatisme*, de même que celui qu'on a aussi voulu attribuer à l'*Apôtre Saint Pierre. ibid.* & 31-33.

Foi extraordinaire du Paralytique presenté à *Jesus Christ*, dans la ville de *Capernaum*, par quatre hommes très-charitables, qui n'avoient pas moins de confiance en *Jesus Christ* que ce *Malade*. 273. Leur Foi se montroit par leurs œuvres. 274. Elle étoit non seulement *Active* mais aussi *Ingénieuse. ibid.*

Fouet de petites cordes, que *Jesus Christ* prit dans sa main, quand il chassa les *Vendeurs de Bestiaux* & les *Changeurs du Temple de Jerusalem*. 192. Il n'en usa que pour chasser *les Taureaux & les Agneaux*, sans en frapper les hommes qui les vendoient, parcequ'une pareille violence ne convenoit pas à son Caractère, & l'on fait comme il condamna celle de *Saint Pierre*, quand il frappa *le Serviteur du Souverain Pontife*, lorsqu'il s'agissoit de l'empêcher d'être saisi, par des soldats autorisés à l'emmener prisonnier. 194.

G.

Garizim Montagne dans la Prince de *Samarie*, sur laquelle *un Autel* fut construit à l'honneur du *vrai Dieu*, par le *Patriarche Abraham*, selon les Preuves que des Savans prétendent en avoir, quoique cela n'ait pas été mis dans les Livres Historiques de l'*Ancien Testament*. 221. Il est aussi très-vraisemblable que *le Patriarche Jacob* erigea pareillement un autre *Autel*, sur *cette Montagne*, où Dieu voulut que *ses Bénédictions*, promises à ceux qui observeroient *ses Loix*, fussent annoncées. *ibid.* Remarques sur ce que *Moïse* ordonna aux *Israëlites* de faire, sur *cette Montagne*, lorsqu'ils auroient passé le *Jourdain. ibid.*

H.

Herode Tyran barbare & jaloux de son Autorité Usurpée, fut saisi d'une grande Crainte, lorsqu'il apprit la Naissance de *Jesus Christ*, par *les Mages* qui lui dirent, qu'ils venoient d'Orient pour faire des Presens à ce *Nouveau Roi des Juifs*. 107. 109. L'apprehension qu'*Herode* avoit d'être privé du Sceptre dont il s'étoit emparé, lui inspira le cruel dessein de faire mourir *cet Enfant*, quand *les Mages* auroient trouvé le

lieu

difpofer de foi même. 133. Il n'ignoroit pas le Miniftère qui lui étoit deftiné, puifqu'un *Ange* en avoit averti fon Pere, il fe retira dans un Lieu folitaire, & y demeura jufqu'au jour qu'il devoit être manifefté à *Ifraël. ibid.* Confidé-ration fur divers Motifs qui lui firent choifir un *Lieu Defert,* pour y exercer fon Miniftere 135. Son vêtement étoit *une Robe de Poil de chameau,* avec *une Ceinture de Cuir.* 136. Rémarques Hiftoriques fur les differens fentimens des In-terprêtes fur la Matière & la Forme de ce Vê-tement. *ibid.* Il vivoit de ce que la Provi-dence lui fourniffoit, fans culture, & ne man-geoit que *des Sauterelles & du Miel fauvage* 137. Il s'abftint, pendant toute fa vie, *de vin, & de tout Brûvage capable d'enyvrer. ibid.* Motifs pour lefquels l'*Aufterité de fa* vie fut differente de celle de *Jefus Chrift.* 138. Le Zèle de ce Précurfeur du *Meffie* fut toujours dirigé par la Prudence & par la Raifon, c'eft pourquoi il ne condamnoit point les Profeffions les plus dan-gereufes & contraires aux bonnes Mœurs, com-me l'eft celle des *Soldats*, qu'il jugeoit être né-ceffaire; il n'en condamnoit que les Défauts. *ibid.* Il cenfuroit les vices des Grands, com-me ceux des Petits, & n'epargna pas mieux le redoutable *Herode* que les fimples Particuliers. 139. *Sa Foi* ne fut point ébranlée quand il fut emprifonné par ordre de ce cruel & diffo-lu Monarque. *ibid.* Comment il donna occa-fion à fes Difciples de connoître *Jefus Chrift,* & declara franchement à ceux qui couroient en foule pour recevoir *fon Bâteme*, qu'il n'étoit ni *le Meffie*, ni *Elie*, ni aucun des *Anciens Prophè-tes*, comme ils fe l'imaginoient, & qu'il ne baptifoit qu'avec de l'*Eau*; mais qu'il y avoit une Perfonne parmi eux, qu'ils ne connoiffoient pas, & dont il n'étoit pas digne de delier les Souliers, qui les bâtiferoit *du Saint Efprit & de Feu. ibid.* Il avoit environ trente ans lorfqu'il commença de prêcher dans le *Defart de Judée*, qui étoit frequenté par un grand nombre de Peuple, qui le traverfoit, pour aller dans la Province de *Pérée*, fituée au dela du *Jourdain. ibid.* Les Exhortations qu'il leur faifoit dans *fes Prédications*, rouloient principalement fur la néceffité de pratiquer, fans delai, tous les De-voirs de la Converfion, ou Répentance. 140. *Jefus Chrift* dont *la Naiffance* fut révélée à *la Vier-ge Marie*, par *l'Ange Gabriel*, quand il vint lui dire qu'elle *avoit trouvé grace devant Dieu & qu'el-le étoit Benite, plus que toutes les Femmes*, à quoi il ajouta, *vous mettrés au monde un Fils, auquel vous donnerés le nom de Jefus*; il *fera grand; on l'appellera le Fils du très-haut; le Seigneur lui don-nera le Thrône de David fon Pere: Il regnera eter-nellement fur la Maifon de Jacob, & fon Regne n'aura point de fin.* 65. *Ibid.* La *Naiffance* de ce Fils Merveilleux fut puis annoncée à des Ber-gers, dans le voifinage de *Bethlëem*, & caufa une grande joie, à tout le Peuple qui en fut a-verti. 76. On ne fait point quel fut *le jour de cette Naiffance*. Les Anciens Cronologiftes ne l'ont point marqué, & *les premiers Chrétiens* n'en célébroient point la Fête. 79. Ce ne fut que dans le I V. Siécle que les Occidentaux fixé-rent cette *Naiffance* au vingt-cinquième de De-cembre. *ibid.* Le Lieu de cette *Naiffance* fut une *Crêche*, dans laquelle *les Bergers* trouverent cet Enfant de *Marie* couché. 82. Recherches Critiques fur l'endroit de *Bethlëem* où étoit l'*E-curie* qui fervit de Logement à *Marie* & à *Jo-feph*, & dans quelle *Crêche* ils avoient couché *Jé-fus Chrift. ibid.* & 83. 84. Réflexions Mora-les fur cet état d'humiliation dès fa venue au monde. 86. Il étoit conforme à la Doctrine qu'il devoit prêcher, & aux Maximes que fes Difciples devoient obferver. *ibid.* & 87. *Jefus Chrift* fut puis *Circoncis*, parce qu'il étoit *Juif*, *Vol. V.*

& parcequ'il devoit exercer fon Miniftere dans *le Judaïfme*, où tout Enfant Mâle, dont la chair n'avoit pas été circoncife, devoit être rétranché du Milieu du Peuple, felon la Loi du XVII. Chapitre de la *Génefe.* 88. Ce fut le jour de cette *Circoncifion* que *Jofeph & Marie* lui donne-rent le nom de *Jefus*, qui fignifie *Sauveur*, par-ce qu'il venoit au monde *pour fauver fon Peuple de fes péchés*, comme *St. Matthieu* le dit au pre-mier chapitre de fon *Evangile.* 90. La pré-miere fois qu'il fut porté au Temple de *Jeru-falem*; le vénérable *Simeon* digne fucceffeur des Illuftres Fidèles qui attendoient l'Avènement du *Meffie*, prit *Jefus* entre fes bras, & rendit gra-ces à *Dieu* de ce qu'il lui avoit fait voir *fon Sa-lut*, qui étoit la Gloire d'*Ifraël.* 46. Motifs pour lefquels il fut porté en *Egypte*, & y de-meura Refugié, avec *Jofephe & Marie*, jufques après la mort du Roi *Herode.* 117. Plufieurs faux Miracles qui lui ont été attribués, par des Rélations faites au fujet de la Retraite de *cette fainte Famille* en *Egypte. ibid.* & 118. 119. *Je-fus* étant parvenu à la douzième année de fon âge & s'étant éloignée de la compagnie de fes Pa-rens, qui l'avoient mené à *Jerufalem*, y fut trou-vé par eux, dans *le Temple*, au milieu des Doc-teurs, qui admiroient fes prudentes & doctes Réponfes, fur les Demandes qu'ils lui faifoient, touchant la Réligion 127. &c. jufqu'à 130. Ré-ponfe Enigmatique & obfcure qu'il fit à fa Mere, qui fe plaignoit de ce qu'il l'avoit quit-tée fans aveu. 132. Il demeura puis à *Naza-reth*, fans y donner aucune marque de ce qu'il étoit, jufqu'à ce qu'il fut parvenu à l'Âge de trente ans, ou environ, qui étoit le terme préf-crit, dans *la Loi Mofaïque*, pour les fonctions des Miniftres facrés. 143. Il fortit alors de cette ville & alla trouver *Jean Batifte* qui ne le connoiffoit point, & qui fut bien étonné de ce qu'il lui demandoit fon Bâteme, par ce *figne de Repentance* dont *Jefus Chrift* n'avoit pas befoin. 144. C'eft pourquoi *Saint Jean* réfufa de lui adminiftrer, jufques à ce qu'il eût connû, par l'inftruction de *Jefus Chrift*, qu'il devoit acquiefcer à fa Demande. *ibid.* Ex-plication de quatre principaux Motifs qui enga-geoient *Jefus Chrift*, à fe faire bâtifer par *Saint Jean.* 145. Dès que *Jefus Chrift* fut forti de l'eau, il fe mit à prier. 146. Confiderations fur la nature de cette Priére. *ibid.* Il vit alors le Ciel ouvert, & le *Saint Efprit* décendre fur lui, en forme de *Colombe.* 147. Remarques fur cette ouverture du Ciel, & fur la Perfonne du *Saint Efprit. ibid. Jefus Chrift* reçut la pléni-tude des Dons de ce *Divin Efprit.* 148. Il parut, dans fes Mœurs, tel qu'il avoit été prédit par *Efaie*, lui attribuant plufieurs caractères de Bonté, & d'Équité. *ibid.* & 149. Il les fit auffi connoître dans *fes Prédications*, & par *fes Miracles. ibid.* Son *Onction & fon Sacre* fu-rent differens de ceux des autres Prophetes, en ce que le *Saint Efprit* qui les faififfoit quelque fois, s'arrêta continuellement fur lui. *ibid.* Con-fiderations fur ce que les Dons du *Saint Efprit* ne furent repandus que par degrés fur *fa Perfon-ne Humaine*, quoique *fa Nature Divine* en poffe-dat la plenitude, quand il fut conçû par la vertu de *cet Efprit. ibid.* Il lui infpira le deffein de fe retirer dans un lieu folitaire. 152. Motifs de cette Rétraite, où il n'eut aucuns Alimens, pendant quarante jours, *ibid.* La vertu divine qui le foutenoit permit alors que *la Faim* qu'il fentit, donna lieu au *Demon* de le tenter. 152. Propofition qu'il lui fit de changer des *Pierres* en *Pains.* 153. Admirable Réponfe que laquelle *Jefus Chrift* éluda cette *Tentation*, fans vouloir faire un Miracle, ni donner à connoître qu'il é-toit *le Fils de Dieu.* 154. & 155. *Seconde Ten-tation*, par laquelle *ce Demon* effaia de le faire pe-

Zz zz rir,

rir, en l'expofant a être précipité du haut d'un Portique du *Temple de Jerufalem*. *ibid.* & 156. fageffe & moderation avec laquelle *Jefus Chrift* lui repondit, en alleguant un *Paffage de l'Ecriture Sainte*, propre à refuter celui que *ce Tentateur* lui apliquoit témérairement. *ibid.* Troifiéme *Tentation*, par laquelle *cet Efprit Seducteur* offroit de lui donner tous les Roiaumes du Monde & leur Gloire, s'il vouloit l'adorer. 157. Comment il le conduifit fur *une haute montagne*, & lui montra toutes ces chofes. *ibid.* Remarques fur l'impoffibilité qu'il y a de les découvrir phyfiquement toutes, du fommet d'aucune Montagne du Globe Terreftre. *ibid.* D'habiles Interprétes fe font imaginés que *le Demon* traça, dans les airs, de vains Phantomes de plufieurs beaux Palais, & de brillantes images de leurs magnifiques Décorations. *ibid.* Quelques Commentateurs ont prétendu que *ce Demon* fit à *Jefus Chrift* une belle Defcription Géographique des vaftes & riches Provinces de l'Empire & des Monarchies dont il offroit de le rendre Maitre. *ibid.* On ne decide rien là-deffus. 158. *Jefus Chrift* fit connoitre que *l'Idolatrie*, qui lui étoit propofée, excitoit fon indignation, contre ce *Tentateur.* & il le repouffa finalement, en lui difant, *va arriere de moi Satan*, le nommant par fon Nom, afin qu'il n'ignorât plus qu'il le connoiffoit. *ibid.* Réflexions Morales fur ce fujet. *ibid.* *Jefus Chrift* aiant établi l'Autorité Divine de *fa Miffion*, par des Guerifons Miraculeufes, pendant un tems affis confiderable, il commença d'expofer à *fes Difciples* la Morale fublime qui eft contenue dans *le Sermon* qu'il fit fur *une Montagne de Galilée.* 159. Il paffa *en priere* toute la nuit qui précéda ce *admirable Sermon. ibid.* Choix qu'il fit enfuite, parmi *ces Difciples*, de Douze qu'il nomma *fes Apôtres*, & envoia puis deux à deux prêcher *fon Evangile*, avec le pouvoir de *guerir les malades*, & de *Chaffer les Démons.* 160. Remarques bien importantes fur cela, *ibid.* Comment il fut entouré d'une grande foule de Peuple, dans la Pleine qui étoit au bas de la fufdite Montagne, où il lui fit même plufieurs Guerifons Miraculeufes. 161. Inftructions qu'il donna à *fes Apôtres*, & qui font contenues dans le *Sermon* indiqué ci-devant. fur lequel on a fait plufieurs obfervations générales. Elles confiftent premierement à examiner fi *Jefus Chrift* y corrige *la Loi de Moife*, & la perfectionne, ou s'il ne fait que l'expofer, en corrigeant les fauffes glofes des Docteurs *Juifs.* 166. La Reponfe qu'on y fait eft deduite fort amplement depuis la page 162. jufques à la 169. On y fait voir, en fecond lieu, que l'Evangile a une Perfection abfolue, & que les Loix de *Jefus Chrift*, font uniquement Réligieufes; mais que celles de *Moife* font mêlées de Loix Civiles, & accommodées à la République qu'il forma ibid. La feconde obfervation éclaircit l'intention de *Jefus Chrift*, fur ce qu'il contenoit *fon Sermon* par des veritez Paradoxes d'une Morale très-fevere, & qui femble plus propre à rebuter *fes Difciples*, qu'à fe les attacher. 166. & 167. On examine, par une troifiéme Confideration, fi plufieurs des *Préceptes de Jefus Chrift*, ne font que des *Confeils de Perfection*, ou des *Loix abfolues* & indifpenfables. 167. Cette diftinction de *Préceptes* & de *Confeils* peut avoir été introduite à bonne intention, mais elle a eu de très-mauvaifes fuites, dans la pratique. *ibid.* & 168. Il paroit, en quatriéme lieu, que les *Préceptes* de la plus rigide Morale du *Sermon de Jefus Chrift*, qui femblent être adreffés à *tous fes Difciples*, en général, concernent pourtant d'une maniere plus particuliere, ceux qu'il venoit de choifir, pour être *fes Apôtres*, & qu'il deftinoit à prêcher *fon Evangile. ibid.* & 169. C'eft ainfi

qu'on doit entendre plufieurs autres *Préceptes* de *Jefus Chrift*, dont quelques-uns ne conviennent qu'à eux, à caufe de leur Miniftere, & des circonftances dans lefquelles ils fe trouvoient, & il y en a d'autres qui ne conviennent pas feulement *aux Apôtres*, mais auffi à *tout fes Fideles* en général, & à tous les tems. 170. On peut dire, en cinquiéme lieu, que le grand nombre d'Interprétes qui enfeignent que tous *ces Préceptes* font généraux & perpetuels, ne peuvent accommoder leur Opinion avec *les Paroles de Jefus Chrift*, fur ces *Preceptes*, fans y faire des Reftrictions & des Diftinctions. *ibid.* & 171. Réflexion Morale, très-remarquable fur *ces Commandemens rigides. ibid.* & 172. Comment *Jefus Chrift* fut invité à *des Noces* qui fe firent dans la ville de *Cana* en *Galilée*, auxquelles il affifta, avec fa Mere, & quelques-uns de *fes Difciples*. 173. Avis qu'elle lui donna, fur la fin de ce Répas, que le *Vin* y manquoit. 174. Severité qui paroit extraordinaire, dans la Reponfe que *Jefus* lui fit, fur cela. *ibid.* & 176. Explication des termes qu'elle contient. *ibid. Apologie* qu'on peut en faire, jointe à des Réflexions très-fenfées, & fort inftructives de *Saint Chryfoftome* fur cela. *ibid.* & 177. Comment on doit entendre la Déclaration que *Jefus Chrift* fit à *fa Mere*, en lui difant, que *fon heure*, (pour faire des Miracles) *n'étoit pas encore venue. ibid.* & 179. Celui qu'il fit neamoins d'abord après avoir dit cela, donne lieu à prendre fes Paroles dans *un fens Myftique*, dont l'explication peut faire connoitre que *Jefus*, brif faifoit allufion à des évenemens qui ne devoient pas s'accomplir en ce tems-là. *ibid. Paraphrafe de Saint Chryfoftome*, fur ces mêmes paroles. *ibid.* & 180. *Jefus Chrift* ayant puis d'abord fait remplir d'*Eau*, fix Cuvettes, il la convertit en *Vin* ibid. Il fut trouvé meilleur que celui qu'on avoit bû jufqu'alors dans ces Noces. 181. & 182. Ce *Miracle* fut le prémier par lequel *Jefus Chrift* manifefta fa Puiffance, & *fes Difciples* crurent.ibid. Il prêcha à *Nazareth*, dont fes Concitoyens furieux, voulurent le précipiter du fommet de la Montagne où leur ville étoit batie. 184. Il n'y fit pas beaucoup de Miracles à caufe de leur Ingratitude, & il quitta cette ville, pour aller à *Capernaum*, ville de *la Galilée. ibid.* Il parcourut les autres villes de cette Province, annonçant partout *le Regne de Dieu*, fixant fon féjour à *Capernaum*, les *Miracles* qu'il y fit, en enfeignant tous les *Sabats*, dans les Synagogues. *ibid.* Une grande foule de Peuple l'ayant fuivi le long du *Lac de Genezareth*, où plufieurs l'accabloient, il fe jetta dans une Barque de *Simon Pierre*, & fe mit à enfeigner, tous ceux qui étoient fur le Rivage, après quoi il dit à *Simon* d'avancer en pleine *Eau*, & d'y jetter fes Filets pour pêcher. 185. Ils furent d'abord remplis d'une prodigieufe quantité de *Poiffons. ibid. Jefus* étant puis allé de *Capernaum* à *Jerufalem*, il entra d'abord dans le *Parois du Temple* , où il trouva des gens qui y vendoient des *Animaux*, & il les en chaffa, & jetta par terre l'argent des *Changeurs* qui étoit fur des Tables où il renverfa pareillement. 192. *Les Juifs* lui ayant demandé quelque *Miracle* propre à faire voir qu'il avoit l'Autorité d'entreprendre ces chofes, il leur dit, abbatez ce *Temple* & en trois jours je le réléverai. *ibid.* Reflexions Morales fur *ce Trafic*, dont *Jefus Chrift* n'improuvoit que les Fraudes & l'Avarice, & fon introduction dans *ce Temple* dedié uniquement au Culte réligieux du feul vrai *Dieu*. 193. & 194. Confiderations fur deux caractères rémarquables dans cette conduite de *Jefus* chaffant du *Temple les Marchands & les Changeurs. ibid.* & 195. Examen de ce qui obligea les *Juifs* qui virent ce traitement très-hardi & févere à le fouffrir, fans aucune oppofition,

Temple, declara un peu obfcurement que Dieu feul étoit *fon Père*, & non pas *Jofeph* quoiqu'il en eût le nom putatif.

L.

*L*Ac de *Genezareth*, qui eft appellé *la Mer de Galilée* & de *Tiberiade*. 184. Ce fut fur *ce Lac* que *Jefus Chrift* fit venir, dans les Filets de *Simon*, d'*André* fon Frere, de *Jaques* & de *Jean*, Fils de *Zebedée*, une fi grande quantité de *Poiffons* qu'ils eurent befoin de recourir à d'autres Pêcheurs, pour tirer leurs Filets qui fe rompoient. 185. Trois Réflexions fur la Profeffion de ces Pecheurs qui furent puis Difciples de *Jefus Chrift*. &c. jufques à 187.

Legion de Demons dont un homme étoit poffedé. 263. Chaque Légion, chez *les Romains*, étoit compofée de fix mille combattons. *ibid.* Il y a *des Legions d'Anges*, comme il y en a de mauvais *Efprits*. *ibid.* Remarques fur cela. *ibid.* & 264.

Lepreux qui fut gueri miraculeufement, par *Jefus Chrift* fur le Chemin de *Capernaum*. 236.

Livres Apocryphes bien differens, à tous égards, des *Livres Canoniques*. 14. Difcours fur les *Apocryphes* du Nouveau *Teftament*. *ibid.*

Loix Civiles & Réligieufes que *Moïfe* donna aux *Ifraëlites*, differentes de celles de *Jefus Chrift*. 165. Celles-là étoient accommodées à la *République* qu'il forma, & deftinées à en bannir l'Idolatrie, l'Injuftice & les Crimes. *ibid.* Il exigeoit la pureté des intentions du Cœur pour le Culte de Dieu, fans lefquelles il ne lui feroit pas agréable ; mais *ces Loix* aboutiffoient principalement à reprimer les actions qui troublent la fociété, & qui affujettiffent aux peines corporelles. *ibid. Les Loix de Jefus Chrift* font uniquement Réligieufes, parcequ'il n'a point fondé *une République* feparée des *Societé civiles*, mais *une Eglife*, qui devoit être compofée de *toutes les Nations*, & foumife aux *differentes Loix des Magiftrats*, auxquels les divers membres de *cette Eglife* feroient foumis. *ibid.* & 166. Le But de *ces Loix* a donc moins été de régler les Actions exterieures, de-ja réglées, par *les Loix civiles*, que les Penfées & les Défirs du Cœur. *ibid.* Mais outre l'établiffement de la veritable & folide vertu preferite dans *ces autres Loix Réligieufes*, il y en a qui obligent à *la Patience*, dans les plus grandes Afflictions, & qui ne conviennent qu'aux l'articuliers, & non *aux Republiques*, ou à des Etats gouvernés légitimement par des *Loix civiles*. *ibid.* Explication de deux manières propres à concilier ce qui paroit trop rigide, ou contraire à la Nature l'Humaine, dans quelques endroits des *Loix de Jefus Chrift*, avec la Prudence, la Juftice, & le Droit Naturel. 168. Articles particuliers de *ces Loix* dont les Difficultés font expliquées. *ibid.* &c. jufques à 172.

Luc (Saint) Evangelifte qui forma le deffein d'écrire l'Hiftoire de *la vie Jefus Chrift*, animé par l'exemple de *plufieurs*, qui l'avoient fait avant lui, & pour confirmer la certitude des verités que *les Chrétiens* prêchoient de toutes parts. 3. 4. Il étoit Originaire d'*Antioche* & *Gentil*, qui apparamment devint Profelyte *du Judaïfme*, & puis Difciple de *St. Paul*, qui le rencontra à *Troade*, d'où il le fuivit puis dans fes voyages. 42. Quelques Hiftoriens ont conjecturé, fans en avoir des preuves certaines, qu'il étoit Medecin de profeffion. *ibid.*

Lycanthropes qui, par *une efpece de folie*, croient être *Chiens, chats, Loups-garous*, ou même avoir des commerces avec *les Demons*. 267. Ces fortes de *Foux* & *Vifionaires* ont donné lieu à quelques favans de croire qu'on ne doit pas attribuer aux *Demons* tout ce que *les Evangeliftes* ont dit des

Vol. V.

Efprits malins que *Jefus Chrift* chaffoit des corps de ceux que *les Juifs* s'imaginoient en être poffedés, & qui n'étoient que des *pretendus Demoniaques*, & des *Frénetiques* agités de quelque mal violent, dont les caufes phyfiques & naturelles étoient inconnues. 267. Plufieurs Réflexions fur cela. *ibid.* &c. jufques à 268. Rémarques propres à faire connoître ce qu'il y a de vrai ou de faux dans cette opinion. *ibid.* &c. jufques à 271.

M.

*M*Ages qui étoient fort eftimés en *Perfe*, où l'on ne donnoit ce Nom qu'aux Savans, dans ce qui concerne la *Divinité* & *fon Culte*, & qui en étoient les Miniftres. 104. Leur *Religion* étoit fort belle, & avoit un grand rapport avec la *Judaïque*. *ibid.* Articles principaux de *leur Theologie*. *ibid.* Leur *Morale* étoit auffi fort bonne, à la referve de quelques *Cérémonies fuperftitieufes*, qu'on trouve dans les Réligions l'lumaines. *ibid.* *Ces Mages* étoient appellés aux Confeils des Rois dont ils étoient les Précepteurs. *ibid.* Ils ménoient une vie auftère, & s'appliquoient beaucoup à l'*Etude de la Nature*, & du *Cours des Aftres*, fur lequel ils fondoient leurs Prédictions des Evénemens futurs, de forte qu'ils étoient *les Prophetes* de leur Nation. 105. Ils n'étoient point *Magiciens*. *ibid.* Tout cela donne lieu de conjecturer de quel Païs étoient *les Mages* qui vinrent faire des *Prefens* à *Jefus Chrift*, nouvellement né à *Bethlehem*. *ibid.* Examen de trois diverfes opinions touchant la fituation du *Païs natal de ces Mages*. *ibid.* & 106. Ils furent avertis de la Naiffance de *Jefus Chrift*, par l'*Apparition d'une nouvelle Etoile*. *ibid.* Plufieurs confiderations *Phyfiques* fur ce Phoenomène, & fur les differentes Opinions de ceux qui ont tâché de refoudre les Difficultés qui s'y rencontrent. *ibid.* & 107. Le tems de l'*Arrivée de ces Mages* auprès de *Jefus Chrift* eft incertain, & l'on ne peut concilier le Recit que *St. Matthieu* en fait, avec celui de *St. Luc*, à moins qu'on ne fuppofe, que *cet Mages* ne vinrent adorer *Jefus Chrift* qu'environ un An après fa Naiffance. 108. Explication d'un Moien par lequel on peut faire difparoître les contradictions apparentes de ces deux Narrations. *ibid.* & 109. Réflexion fur le Courage magnanime de *ces Mages* qui ne s'épouventerent point de la colère d'*Herode*, qui cherchoit le moien de faire mourir *Jefus Chrift*, à qui ils rendirent Hommage, en lui offrant de l'*Or*, de l'*Encens* & de la *Myrrhe* 110. & 111. Confideration fur *les Myfteres* qu'on a cherché dans la Nature de *ces Prefens*.

Maladies que *Jefus Chrift* gueriffoit attribuées à des caufes naturelles, par des *Philofophes modernes*. 229. Ils prétendent que celles que *les Juifs* attribuoient à des operations de quelques *Demons*, n'étoient que Frénefie, Foreur, Humeurs noires, qui troubloient la Raifon, & qui caufoient des Convulfions violentes ; ou que c'étoit quelque Epilepfie, ou des Obftructions & *autres Maladies*, que *les Juifs* peu inftruits des caufes naturelles qui les produifoient & des Rémèdes propres à les guerir, attribuoient aux *Démons*. Quatre Principes dont on peut fe fervir pour refuter cette opinion. 230. 267. & 268. Celles qui font des fuites & des effets des *Péchés* particuliers que les hommes ont commis. 275. Il y a *des Maladies* qui ne font pas feulement des Chatimens, dont par Dieu punit, mais auffi des effets naturels des defordres de leur vie. *ibid.* Excellente Leçon pour un grand nombre de *Malades*. 277.

Manichéens qui vers le milieu du troifième fiécle du *Chriftianifme*, commencérent à nier l'Au-

A a a a a   then-

ne

mira-

V.

Z.

C c c c   haita

Fin de la Table, du Cinquiéme Volume.

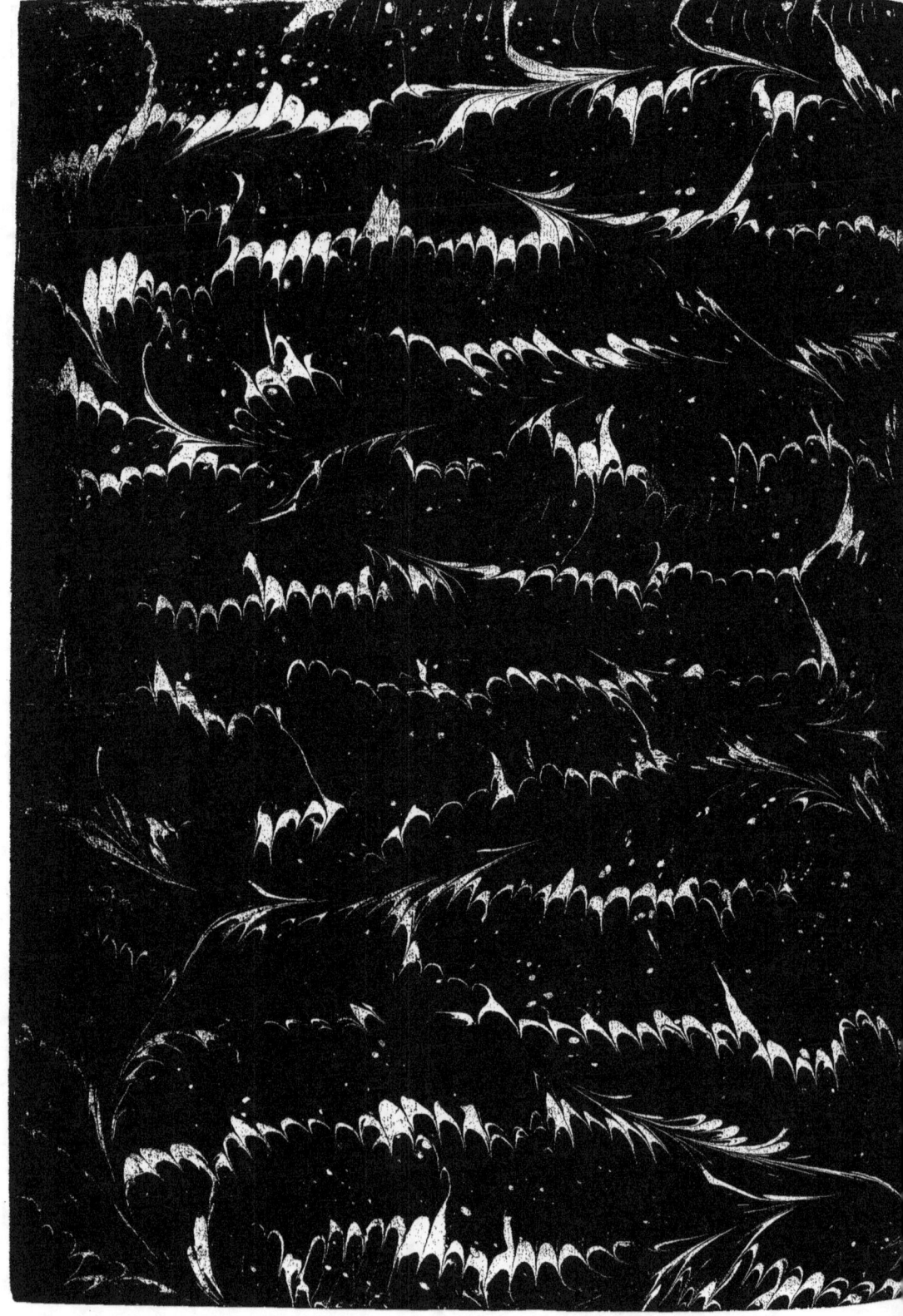

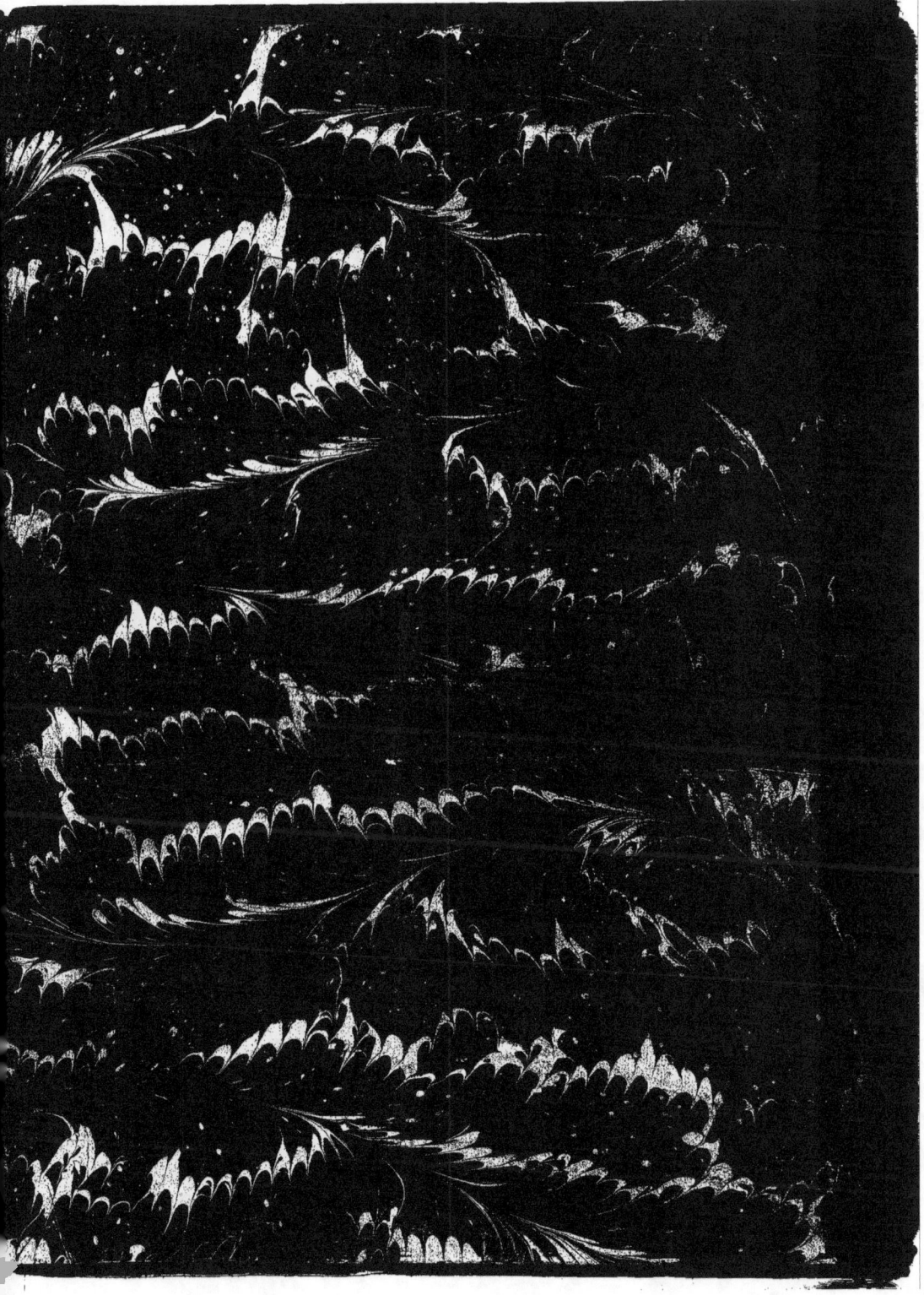

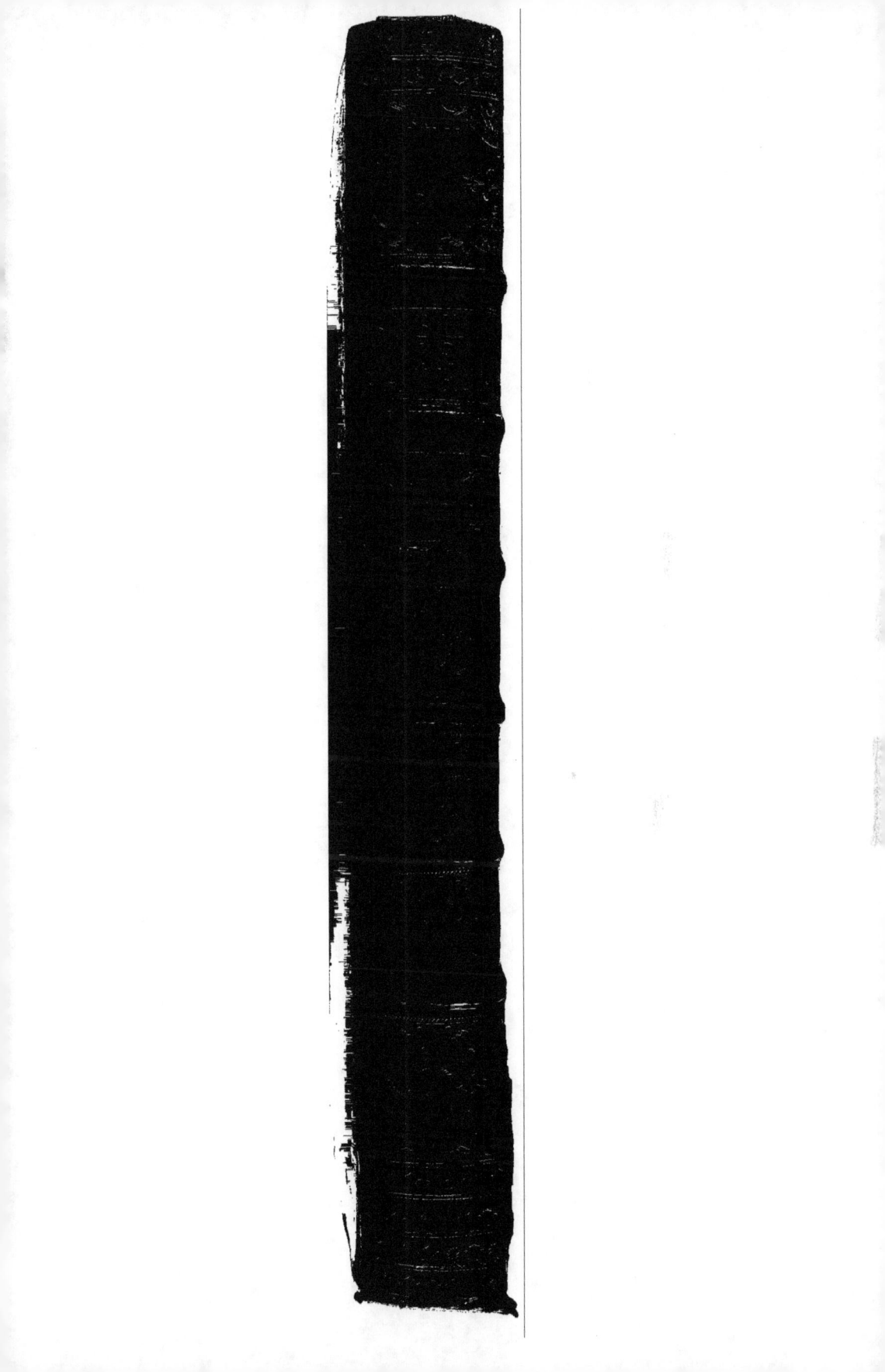

www.ingramcontent.com/pod-product-compliance
Lightning Source LLC
Chambersburg PA
CBHW070747030726
47504CB00003B/458